GUIDO DIECKMANN

DIE KREUZFAHRT

atb aufbau taschenbuch

Guido Dieckmann, geboren 1969 in Heidelberg, arbeitete nach dem Studium der Geschichte und Anglistik als Übersetzer und Wirtschaftshistoriker. Heute ist er als freier Schriftsteller erfolgreich und zählt mit seinen historischen Romanen, u. a. dem Bestseller »Luther« (2003), zu den bekanntesten Autoren dieses Genres in Deutschland. Guido Dieckmann lebt mit seiner Familie in Haßloch in der Pfalz.

Im Aufbau Taschenbuch sind von ihm lieferbar: »Die sieben Templer«, »Der Pakt der sieben Templer«, »Die Mission der sieben Templer«, »Luther« sowie die historischen Weimar-Krimis »Das Geheimnis des Poeten« und »Der Fluch der Kartenlegerin«.

Mehr zum Autor unter www.guido-dieckmann.de

Deutschland 1936: Carla Fuchs träumt davon, eine weltweit bekannte Musikerin zu werden. Ihr Vater aber hat andere Pläne: Sie soll den adeligen Harald von Breden heiraten. Nachdem allerdings ans Licht gekommen ist, dass es in ihrer Familie einen jüdischen Verwandten gibt, löst von Breden die Verlobung. Spontan nimmt Carla die Einladung ihres Vaters zu einer Kreuzfahrt durch das östliche Mittelmeer an, an Bord verhält er sich aber immer sonderbarer. Carla begreift, dass ihn ein Geheimnis umtreibt und er etwas außer Landes schmuggeln will. Auf der Reise kommt sie einem Ufa-Regisseur näher, doch plötzlich taucht ihr ehemaliger Verlobter überraschend und mit undurchsichtigen Absichten auf dem Schiff auf …

GUIDO DIECKMANN

DIE KREUZFAHRT

1936 – Eine junge Frau und ihre gefährliche Mission

Roman

aufbau taschenbuch

MIX
Papier aus verantwortungsvollen Quellen
FSC® C083411

ISBN 978-3-7466-3661-0

Aufbau Taschenbuch ist eine Marke der Aufbau Verlag GmbH & Co. KG

1. Auflage 2020

Umschlaggestaltung www.buerosued.de, München
unter Verwendung von Motiven von © Richard Jenkins Photography,
© Heritage Image Partnership Ltd/Alamy Stock Photo
und © Artokoloro Quint Lox Limited/Alamy Stock Foto
Satz LVD GmbH, Berlin
Druck und Binden CPI books GmbH, Leck, Germany
Printed in Germany

www.aufbau-verlag.de

Zur Erinnerung an C. L. und S. L., die 1936 auf der »Königin Maria von Jugoslawien« reisten, und an meinen Vater, der mir von ihrer Kreuzfahrt erzählte.

PERSONENVERZEICHNIS

Die Familie:

Carla Fuchs, Violinistin aus Aachen.

Dr. Robert Fuchs, ihr Vater, Direktor einer aufstrebenden Fabrik pharmazeutischer Präparate in Aachen.

Rina Fuchs, seine Frau und Carlas Mutter, eine ehemalige Balletttänzerin.

Emil Fuchs, ihr Sohn und Carlas Bruder, sportbegeisterter Gymnasiast.

und *Maurizio Bellamuti*, ehemaliger Geigenvirtuose und Professor der Musik aus Mailand, seit einigen Jahren Carlas Lehrer und Förderer.

In Berlin:

Harald von Breden, Journalist in Berlin und Carlas Verlobter.

Wilhelm Steinberg, jüdischer Dirigent, möchte nach Palästina auswandern, um dort mit Arturo Toscanini ein Orientorchester aufzubauen.

Fritz Sallinger, Antiquitätenhändler in Berlin.

Die »Diva«, eine alternde Ufa-Filmschauspielerin, die in Berlin von einem Comeback träumt.

Auf dem Schiff:

Alexander Rovanic, Kapitän des Dampfers »Königin Maria von Jugoslawien«.

Dimitrios, griechischer Kabinensteward auf der »Königin Maria von Jugoslawien«.

Dr. Blakowitz, Schiffsarzt und Pathologe wider Willen.

Theo Reidt, Ufa-Regisseur aus Berlin und Passagier auf der »Königin Maria von Jugoslawien«, versucht, für einen Abenteuerfilm in Ägypten passende Drehorte zu finden.

Marlies Uhl, seine Schwester und Assistentin mit weitreichenden Verbindungen bis hin zu den höchsten Stellen des Deutschen Reichs.

Maude Robbins, lebenslustige Gouvernante und Lehrerin aus Chicago, Illinois.

John Bennett, Sohn eines britischen Offiziers im Mandatsgebiet Palästina.

Margie Bennett, Johns Schwester, ebenfalls auf dem Weg zu ihrem Vater nach Jerusalem.

In Ägypten:

Faysal, ein junger Ägypter aus Alexandria, der die »Straße der tausend Augen« wie seine Westentasche kennt.

Farad, sein Bruder, Konstabler der Polizeikommandantur von Alexandria

Monsieur Zabi, ein wohlhabender Geschäftsmann in Alexandria mit einer Schwäche für technische Apparaturen aus Europa.

Ahmed, Monsieur Zabis Diener.

Fred Kessler, Legationsrat der deutschen Gesandtschaft in Kairo.

Eugen Bammentaler, Vertreter der deutschen Gesandtschaft in Kairo.

Dr. Albert Foster, Archäologe und Verwalter der Ausgrabungsstätte Amarna am östlichen Nilufer, dem Fundort der Büste Nofretetes.

Veit Born, Fosters Grabungshelfer in Amarna.

Im Libanon:

Lieutenant Charles Baxter, Angehöriger der britischen Mandatsregierung Palästina.

Lieutenant Mike Christians, sein Kollege.

BERLIN
1936

1. KAPITEL

Berlin, Sommer 1936

»Der Bursche ist gelaufen wie der Teufel, Sweetheart! Die anderen Sportler hatten nicht die geringste Chance gegen ihn!«

Carla Fuchs blickte amüsiert von ihrer Zeitschrift auf, als ihr jüngerer Bruder mit glühenden Wangen in den Salon gestürmt kam. Sie und ihre Mutter genossen an diesem Nachmittag dort Kaffee und Pflaumenkuchen, und keine der beiden Frauen hatte damit gerechnet, dass er bereits so früh aus dem Olympiastadion zurückkehren würde. Von nun an würde es mit der Ruhe und Gemütlichkeit wohl oder übel vorbei sein.

»Owens geht in die zweite Runde, und das Publikum rast vor Begeisterung!«, rief Emil Fuchs und imitierte dabei den Redefluss eines Sportreporters der Wochenschau. Er warf sich neben Carla auf das mit grünem Samt bezogene Sofa. »Holt er sich die zweite Goldene?« Unvermittelt machte Emil einen Satz nach vorne, verharrte dann in der Bewegung und bog seine Hüfte, als weiche er einem Hindernis aus – dabei stieß er gegen den zierlichen Mahagonitisch, auf dem ein Hotelpage die noch dampfende Kaffeekanne abgestellt hatte.

»Hast du eine Ahnung, wie ein Stadion brummt, wenn dreißigtausend Menschen von ihren Tribünensitzen aufspringen und zu jubeln anfangen?«

Carla schüttelte milde lächelnd den Kopf. Ein Glück, dass sie nicht wirklich unter Kopfschmerzen litt, so wie sie es ihrem Vater und Emil gegenüber behauptet hatte, um sich vor den heutigen Wettkämpfen im Stadion zu drücken. Bei dem Radau, den allein dieser Junge schon veranstaltete, konnte es einem schon ganz anders werden.

»Das Brummen wirst du uns bitte ersparen!« Rina Fuchs musterte ihren Sohn streng vom Kragen seines Sommerhemds über die senffarbenen, zerknitterten Knickerbockers bis hinunter zu seinen Schuhen. Als sie den Staub darauf bemerkte, schüttelte sie missbilligend den Kopf. Emils Vater hatte ihm zwar am Morgen sportliche Kleidung erlaubt, aber so durchgeschwitzt und abgekämpft erschien man trotzdem nicht zum Nachmittagskaffee. Schon gar nicht an einem Tag, von dem möglicherweise die Zukunft der eigenen Schwester abhing! Rina nahm sich vor, mit ihrem Mann ein ernstes Wörtchen darüber zu reden. Sie hatte ja gar nichts dagegen, die Zügel etwas lockerer zu lassen, solange die Familie sich in Berlin aufhielt, doch der Rummel um die Olympischen Spiele durfte nicht dazu führen, dass Emil völlig verwilderte. Im Hotel gingen tagtäglich prominente Leute ein und aus, da gehörte es sich nicht, dass der Sohn des bekannten Wissenschaftlers Robert Fuchs mit unpolierten Schuhen herumlief.

»Und wenn wir schon dabei sind!« Rinas Stimme klang langsam etwas schrill, wie immer, wenn sie anfing, sich über etwas aufzuregen. »Wie oft muss ich dir noch sagen, dass du Carla nicht mit diesen englischen Kosenamen anreden sollst? Wer bringt dir nur diesen ganzen Unsinn bei? Liest du diese Ausdrücke in den Sportmagazinen, die Bellamuti dir heimlich zusteckt?« Sie schüttelte den Kopf. »Konzentriere dich zur Abwechslung mal auf deine Lateinstunden, damit du in der Quarta besser abschneidest. Dein Zeugnis zu Ostern war, gelinde gesagt, eine Katastrophe. Vater hat zwar nichts dazu gesagt, aber er war doch ziemlich enttäuscht!«

Rina wäre noch mehr zu diesem Thema eingefallen, doch sie verzichtete darauf, es auszuführen, da sie just in diesem Moment ihren Mann den Salon betreten und auf sie zukommen sah. Obwohl dieser längst nicht so sportbegeistert war wie Emil, schien auch er sich im Olympiastadion amüsiert zu haben. Das ließ sich zumindest aus seiner blendenden Laune schließen.

Summte er nicht sogar eine bekannte Filmmelodie vor sich hin? Für gewöhnlich tat er so etwas niemals, weil er das Kino nicht leiden konnte.

»Na, mein Junge?« Mit einer flüchtigen Geste strich er seinem Sohn über den Kopf. »Hast du den Ladys schon erzählt, was wir im Stadion alles erlebt haben?« Mit einem verschmitzten Zwinkern küsste er zuerst seine Frau, dann Carla auf die Wange. »Ist das Kaffee? Mein Gott, ich würde sterben für einen Schluck! Carla, wärst du so freundlich?«

Der Kaffee war nicht mehr heiß, ein Umstand, über den sich Fuchs an jedem anderen Tag sicher beklagt hätte.

»Ladys?« Rina bedachte ihren Ehemann mit einem vorwurfsvollen Blick. »Jetzt fang du nicht auch noch damit an, dich so … unkonventionell auszudrücken. Vor nicht einmal einer Minute habe ich Emil verboten, mit amerikanischen Begriffen um sich zu werfen. Wenn das einer aufschnappt, wird er denken, wir sympathisieren mit …«

»Mit Athleten wie Jesse Owens?« Aus Roberts kantigem Gesicht verschwand das Lächeln, das ihn für einen kurzen, magischen Moment wieder in den Mann verwandelt hatte, der er vor der Gründung seines Unternehmens gewesen war. Carla bedauerte das sehr, denn sie konnte sich nur noch dunkel an diese Zeit erinnern. Als kleines Mädchen hatte sie es geliebt, ihren Vater in der nach Baldrian und Kräutern duftenden Apotheke am Markt zu besuchen. Dort hatte sie Kamillenblüten abwiegen und salzige Hustenpastillen in Papiertütchen füllen dürfen, während ihr Vater Salben angerührt hatte. Doch ein Jahr nach Emils Geburt hatte er die Apotheke verpachtet und eine Fabrik für Arzneimittel gegründet. Die Geschäfte liefen gut, zumal Fuchs es verstand, sein Unternehmen mit genügend Weitblick auch durch die wirtschaftliche Krisenzeit am Ende der Republik zu führen. Seine Erfolge ermutigten ihn, mithilfe eines Kompagnons in der Nähe von Stuttgart eine Versuchsstation aufzubauen, in der botanische Experimente durchgeführt wurden.

Wo genau die Forschungsschwerpunkte ihres Vaters lagen, wusste weder Carla noch der Rest der Familie. Unter Geldsorgen hatten sie jedenfalls nie leiden müssen.

»Der Amerikaner mag ja ein guter Sportler sein«, lenkte Rina ein. Sie hasste es, mit ihrem Mann zu diskutieren, weil sie dabei oft den Kürzeren zog. »Aber … Herrgott nochmal, bin ich denn die Einzige, die hier klar denken kann? Sobald die Spiele zu Ende sind, werden die Ausländer alle wieder in See stechen. Dann ist der ganze Zauber vorbei, aber wir werden immer noch hier in Deutschland sein. Du hast eine Firma zu leiten, und Carla …!« Sie holte tief Luft, womit sie zu verstehen gab, dass sie noch längst nicht fertig war und nicht unterbrochen zu werden wünschte. »Ich hoffe, du hast nicht vergessen, warum wir trotz dieses scheußlich kühlen Wetters nach Berlin gefahren sind, obwohl es an der Riviera im August gewiss angenehmer ist.«

»Damit Emil endlich eine Autogrammkarte von Jesse Owens bekommt?«

»Mach jetzt keine dummen Scherze, Robert! Hier geht es um das Glück deiner Tochter und nicht um die Unterschrift eines amerikanischen Schnellläufers!«

»Wie du meinst, meine Liebe!« Er warf seinem Sohn einen strengen Blick zu. »Also, schreib es dir hinter die Löffel! Kein Autogramm, jedenfalls keines von dem Sprinter. Aber vielleicht kann ich dir ja als Trostpreis ein Autogramm von unserem Führer besorgen, auch wenn dem beim Hundertmeterlauf die Zunge früher aus dem Hals hängen dürfte als unserem Gast aus Übersee.«

Rina keuchte erschrocken.

Unwillkürlich fuhren Carlas Blicke zur Tür, wie so oft, wenn ihr Vater solche bissigen Bemerkungen machte. Gottlob, draußen in der Halle schien niemand zu sein, der die Ohren spitzte. Trotzdem fragte Carla sich, was nur in den Vater gefahren war, dass er so leichtsinnig drauflosplapperte. Normalerweise galt im

Hause Fuchs das strenge Gebot, vor den Kindern nicht über Geschäftliches oder Politik zu reden, schon gar nicht über die Partei, die allgegenwärtig zu sein schien. Der Vater selbst hatte auf diese eiserne Regel bestanden, nachdem einer ihrer Nachbarn von der Polizei abgeholt worden war, weil er sich über die Leibesfülle des Herrn Reichsmarschalls lustig gemacht hatte. Über seinen Scherz war zwar zuerst tüchtig gelacht worden, aber nun klebte der frühere Reichsbahnrat irgendwo in Süddeutschland Tüten. Carla hatte den Namen des Ortes vergessen, eines aber hatte sie sich gemerkt: Der Alte würde so schnell keine Witze mehr reißen. Stattdessen würde er sich gut überlegen, mit welchen seiner früheren Freunde er überhaupt noch reden konnte, ohne Konsequenzen befürchten zu müssen. Besorgt beobachtete Carla, wie ihr Vater sich den Kuchen schmecken ließ, ohne auf die betretenen Mienen seiner Angehörigen zu achten. Vaters Verhalten, fand sie, war wirklich seltsam. Dazu noch dieser starre Blick, der einem das Fürchten lehren konnte. Ob er krank war? Oder einfach nur überarbeitet? Carla hoffte, dass er sich später ein wenig zusammennahm, wenn Harald hier war.

»Hervorragend«, lobte Fuchs den Kuchen, dem von ihm ausgelösten Entsetzen gegenüber anscheinend völlig gleichgültig. »Wie alles, was hier im Haus serviert wird, nicht wahr? Ich bin froh, dass wir hier Zimmer bekommen haben.« Rina nickte zögerlich. Sie persönlich gab zwar eigentlich dem noch teureren Hotel *Adlon* den Vorzug, musste aber doch zugeben, dass der *Steinplatz* ebenfalls zu Recht zu den besten Häusern der Hauptstadt zählte. Das in einem mehrstöckigen Gebäude mit prachtvoller Fassade untergebrachte Hotel warb mit seiner fast familiären Atmosphäre. Es war nicht so überlaufen wie die exquisiten Häuser Unter den Linden, und mochte man hier auch nicht ganz so oft auf Prominenz stoßen, gab es dennoch keinen Gast, der Grund zur Klage hatte. Die Direktorin, eine ebenso resolute wie elegante Witwe, behandelte ihre Gäste mit viel Herzlichkeit und war bemüht, ihnen jeden Wunsch von den Augen abzulesen.

»Und wann kommt der junge Herr, der unsere Tochter zu einer Frau von und zu machen will?« Robert warf einen Blick auf seine Uhr. »Habe ich noch Zeit, mich für seine Hoheit in Schale zu werfen?«

Carla konnte sich ein kurzes Auflachen nicht verkneifen. Sie nahm es ihrem Vater nicht übel, dass er Haralds adeliger Herkunft keine besondere Aufmerksamkeit schenkte. Männer wie er, die sich aus eigener Kraft etwas aufgebaut hatten, ließen sich von Leistungen beeindrucken, nicht von Titeln, die nach dem Zusammenbruch der Monarchie eigentlich keine Rolle mehr spielten. Carla war davon überzeugt, dass ihr Vater Harald mögen würde, denn der junge Mann hatte dem pommerschen Landsitz seiner Familie ganz bewusst den Rücken gekehrt, um in Berlin Karriere zu machen. Er hatte einige Semester Jura studiert und war dann zur Zeitung gegangen. Gewiss ließ sich so nicht sofort das große Geld machen, aber Harald war ehrgeizig, daher zweifelte sie keinen Moment daran, dass er es noch weit bringen würde. Auf das Vermögen ihres Vaters war er jedenfalls nicht angewiesen, nicht mit dem großen Besitz im Rücken, den er im Osten erben würde, wenn seine Mutter sich eines Tages zur Ruhe setzte. Ein wenig nervös wurde Carla, so oft sie an die Verwandtschaft ihres Verehrers dachte. Noch kannte sie überhaupt keine seiner Angehörigen und fragte sich daher, wie eine geborene Baronin von Weidnitz-Rechenthal wohl auf ein Mädchen reagierte, das zwar Geld, aber keinen langen Stammbaum mit wohlklingendem Namen mit in die Ehe brachte. Eine Person, die ihre eigenen Ziele verfolgte und nicht daran dachte, sich unterzuordnen? Würde die Baronin sie und ihre Eltern herablassend behandeln und Harald gar den Umgang mit ihr verbieten?

Von einem Mitschüler aus dem Konservatorium hatte sie erfahren, dass der alte Baron, Haralds Vater, ein hochrangiger Offizier in der Armee des letzten Kaisers gewesen war, den der Untergang der Monarchie und die turbulenten, krisengeschüttelten Jahre der ersten Republik zu einem verbitterten Mann gemacht hatten. Er war vor einigen Jahren gestorben, aus Gram über die Abdankung Wilhelms II., hieß es. Womöglich dachte seine Frau ähnlich. In den Briefen, die Harald ihr schrieb, erwähnte er seine Angehörigen so selten, dass sie für Carla seltsam schemenhaft wirkten, fast wie Nebenfiguren eines Romans, deren Namen man einige Seiten später schon wieder vergessen hatte. Harald beklagte sich darüber, dass die Baronin seine Arbeit bei der Zeitung so kritisch sah und sich weigerte, seine Artikel zu lesen. Sie hielt es für unter seiner Würde, einer solch niederen Arbeit nachzugehen. Wen wunderte es, dass Carla schon beim Gedanken an eine baldige Begegnung mit der alten Dame unwohl wurde? Doch unglücklicherweise hielt sich die Baronin während der Sommermonate in Berlin auf, daher war es undenkbar, ihr länger aus dem Weg zu gehen. Eine Einladung ihrerseits war bislang ausgeblieben, also hatte Carlas Mutter vorgeschlagen, sich zwanglos in einem Berliner Restaurant zum Abendessen zu treffen. Dem stimmte Carla zu, obwohl Harald fand, dass für eine Begegnung auch später noch Zeit sei. Im Winter vielleicht oder zur Apfelblüte auf dem pommerschen Landgut. Erst als Carlas Eltern darauf bestanden hatten, seine Familie während ihres Aufenthalts in Berlin kennenzulernen, hatte er klein beigegeben und einen Tisch reserviert.

»Carla?« Rina schlug eine Modezeitschrift auf. »Antwortest du bitte deinem Vater?«

»Harald lässt sich bei dir und Mama entschuldigen«, erklärte Carla rasch, als sie den fragenden Blick ihres Vaters bemerkte. »Leider ist in der Redaktion so viel zu tun, dass er uns erst nach dem Abendessen Gesellschaft leisten kann. Vorher muss er noch zwei Interviews führen.«

Robert Fuchs zuckte mit den Achseln. »Wenn der Bursche aus einem so guten Stall kommt, wie deine Mutter nicht müde wird zu behaupten, verstehe ich nicht, warum er in Berlin für eine Zeitung arbeitet, anstatt sich um seine Brennerei in Pommern zu kümmern.« Er spähte zur Tür. »Gegen einen guten Tropfen hätte ich jetzt im Übrigen auch nichts einzuwenden.«

»Aber doch nicht vor dem Abendessen, Robert!«, tadelte ihn seine Frau.

»Bitte sprich ihn nicht auf das Gut an, das wäre ihm peinlich!« Verlegen zupfte Carla einen Faden aus ihrer Jacke, deren unauffällige Farbe an Haferflocken mit Milch erinnerte. Anders als Rina, die selbst mit Anfang fünfzig noch so aufsehenerregend aussah, dass sich die Männer auf der Straße nach ihr umdrehten, war Carla so schüchtern, dass sie es kaum jemals wagte, auch nur einen Fuß in eine teure Boutique zu setzen. Sie hatte zwar Rinas markantes Gesicht, ihre blasse Haut und ihr hübsches brünettes Haar geerbt, nicht aber deren Figur und Größe. Sogar Emil mit seinen zwölf Jahren hatte sie längst eingeholt, dabei hatte Carla kürzlich ihren einundzwanzigsten Geburtstag und damit den Beginn ihrer Volljährigkeit gefeiert. Rina befand gnadenlos, dass die väterliche Linie für den mangelnden Liebreiz der Tochter verantwortlich sei, und schleifte Carla durch Kaufhäuser und Läden, wo sie Kleider und hochhackige Schuhe kaufte, um Carlas feminine Seite zu betonen. Für die Begegnung mit der Baronin hatte sie ihr ein Kostüm mit rotem Fuchskragen geschenkt, das Carla zehn Jahre älter aussehen ließ und nun in ihrem Koffer auf seine große Stunde wartete. Irgendwann würde sie es wohl oder übel tragen müssen, wenn sie ihre Mutter nicht beleidigen wollte. Dabei hasste Carla es, die Blicke fremder Personen auf sich zu ziehen. Es gab nur einen einzigen Ort auf der Welt, wo es ihr nichts ausmachte, im Rampenlicht zu stehen, und dies war der Konzertsaal. Wenn sich dort der Vorhang hob und das Getuschel des Publikums verstummte, verwandelte sie sich vor aller Augen in einen anderen Menschen. Eine Frau, die weder schüchtern noch still war, sondern selbstbewusst und lebensfroh. Wenn sie Violine spielte, waren Dinge wie Eleganz und Körpergröße nicht mehr wichtig, es zählte nur noch, ob es ihr gelang, Menschen durch Musik zu verzaubern.

Carla spielte seit ihrem vierten Lebensjahr, und inzwischen prophezeiten ihr nicht mehr nur ihre Lehrer eine große Zukunft als Solistin.

Natürlich hatte Carla ihr Instrument auch nach Berlin mitgenommen. Ihr Privatlehrer hatte einen Übungsplan für sie ausgearbeitet und sie bekniet, auch während des Sommers nicht davon abzuweichen. Dieser Ermahnung hätte es allerdings nicht bedurft, denn Carla liebte ihre Geige und vergaß nie zu üben. Was Ehrgeiz und Pflichtbewusstsein betraf, ähnelte Carla ihrem Vater, der ohne seine Forschungsarbeit auch nicht leben konnte. Rina hatte einmal spöttisch bemerkt, er bedauere es bestimmt, seine Firma nicht wie Carla in einen Geigenkasten packen zu können.

2. KAPITEL

Als Carla und ihre Familie später den Speisesaal des Hotels verließen, fanden sie Harald von Breden in der Halle sitzend vor. Der volle Aschenbecher neben ihm deutete an, dass er bereits eine ganze Weile hier gewartet hatte. Carla fragte sich, warum er nicht an ihren Tisch gekommen war – galt dies etwa als unhöflich? Dann aber fiel ihr auf, wie müde und abgespannt er aussah, und sie vermutete, dass Harald erst einmal eine Verschnaufpause gewollt hatte. Das verstand sie sehr gut, wirklich jeder brauchte wohl von Zeit zu Zeit seine fünf Minuten für sich allein. Als er sich nach ihr umdrehte und sie zaghaft anlächelte, wurde ihr Herz warm vor Zuneigung. Harald gab sich ihr gegenüber immer so betont forsch und selbstbewusst, dass sie sich an seiner Seite oft wie ein winziges Mäuschen fühlte. Vermutlich war er von der Baronin in dem Glauben erzogen worden, ein Mann seiner Herkunft müsse durch sein Auftreten imponieren. Doch dass es tief in ihm eine verwundbare Seite gab, fand Carla viel interessanter. Als Redakteur eines Berliner Wochenblatts führte er ein aufregenderes Leben als sie, er begegnete interessanten Menschen und war immer im Bilde darüber, was sich in der Hauptstadt tat. Doch der Preis dafür war hoch. Er musste gegen die ständige Kritik der Baronin kämpfen und sah sich noch dazu den Launen seines Chefredakteurs ausgesetzt, der offensichtlich ein wahrer Choleriker war und ihm nicht einmal ein Abendessen mit der Familie seiner Verlobten gönnen wollte. Als Harald Carlas Vater höflich die Hand schüttelte, war von Müdigkeit jedoch nichts mehr zu spüren. Charmant begrüßte er Rina und bedauerte wortreich, das gemeinsame Abendessen aufgrund eines wichtigen beruflichen Termins verpasst zu haben.

»Aber ich bitte Sie, Herr von Breden, das ist doch nicht der Rede wert«, winkte Rina Fuchs huldvoll ab. Sie nahm eine Zigarette aus ihrem silbernen Etui und ließ sich von Harald Feuer geben.

»Ach wirklich? Das wäre mir neu!« Robert Fuchs hob verwundert die Augenbrauen und wedelte den Zigarettenrauch seiner Frau mit der Hand fort.

»Ich meine nicht deine Karriere, mein Lieber«, konterte Rina. »Ich bin mir sicher, dass Herr von Breden …«

»Harald«, unterbrach sie der junge Mann mit einem entwaffnenden Lächeln. »Wenn Sie erlauben!«

»Dass Harald unsere Carla nicht jeden Abend allein zu Hause lassen wird, wenn die beiden erst einmal verheiratet sind. Bestimmt wird er seine Arbeit bei diesem Wochenblatt dann an den Nagel hängen und mit ihr aufs Land ziehen, habe ich recht?« Sie seufzte. »Das Gut von Breden soll ja das reinste Paradies sein. Dass Ihre Mutter es da vorzieht, den Sommer in der Stadt zu verbringen … Sie müssen Robert und mich später oft nach Pommern einladen!«

»Damit wir mit unseren Enkeln spielen können«, brummte Robert Fuchs. »Die hast du doch gewiss auch schon fest eingeplant, nicht wahr?«

Entsetzt starrte Carla ihre Mutter an, die sich lässig mit ihrer Zigarette zurücklehnte und so tat, als bemerke sie die warnenden Blicke ihres Mannes sowie ihrer Tochter nicht. Manchmal könnte ich sie mit einer Saite meiner Violine erdrosseln, dachte Carla wütend. Was war nur in sie gefahren, Harald so taktlos zu überfallen? Über eine Hochzeit war noch nie geredet worden. Schließlich kannten Carla und Harald sich erst seit zwei Monaten, und wenngleich es auch Anzeichen gab, dass er sich für Carla interessierte, hatte er sie doch noch nicht gefragt, ob sie seine Frau werden wollte. Vermutlich würde er das nach diesem Fauxpas auch nicht mehr tun. Welcher Mann, der auch nur halbwegs bei Verstand war, tat sich eine Schwiegermutter wie Rina an?

Doch Harald wirkte weder verunsichert noch peinlich berührt. Lächelnd drückte er seine Zigarette im Aschenbecher aus. »Nun, ich hoffe, Sie wissen, wie sehr Carla mir am Herzen liegt«, bemerkte er. »Ich würde sie nie vernachlässigen. Aber vergessen wir nicht, dass auch sie ihre Ziele hat, und die lassen sich nicht auf einem abgeschiedenen Gutshof hinter Stettin verwirklichen. Ich habe sie gestern spielen gehört – das Violinkonzert von Brahms, an dem sie und Bellamuti so fleißig arbeiten. Herrlich, ein wahrer Genuss! Ihre Tochter verfügt über eine Begabung, die sie eines Tages weltberühmt machen könnte.«

Haralds glühender Eifer verschlug nicht nur Carlas Mutter für einen Moment die Sprache, auch der Gesichtsausdruck ihres Vaters veränderte sich. Er sah plötzlich besorgt aus. Carla indessen freute sich, weil Harald sich auf ihre Seite stellte und ihren Eltern zu verstehen gab, dass er ihren Wunsch, als Violinistin Karriere zu machen, billigte. Er bewunderte sie für ihr Talent und ermutigte sie, ihr Ziel zu erreichen. Dafür hätte sie ihn gleich hier in der Lobby küssen können.

»Aber schickt es sich denn für die Frau eines Gutsbesitzers, öffentlich Konzerte zu geben?« Rina ließ nicht locker. In ihrer Welt gab es keine mit adeligen Grundbesitzern verheiratete Frauen, die ihr Geld damit verdienten, vor Publikum Geige zu spielen. Nervös drückte nun auch sie ihre Zigarette aus. Dann bestellte sie mit schriller Stimme bei einem der livrierten Pagen Likör. »Was würde Ihre Mutter, die Baronin, sagen, wenn Carla wochenlang durch die Weltgeschichte reiste? Heute Paris, morgen Mailand, dann London oder New York. Ach, was weiß ich? So, wie ich die gnädige Frau einschätze, wäre sie bestimmt dagegen.« Sie sah Carla kopfschüttelnd an. »Davon abgesehen ist meine Kleine für ein solches Leben nicht gemacht. Dafür bräuchte sie ein dickeres Fell, breitere Schultern und die nötigen Ellenbogen.«

»Mutter!«, protestierte Carla nun entrüstet und wandte sich mit einem um Hilfe bittenden Blick an ihren Vater, der der Unterhaltung schweigend zuhörte. Sie fand es eigenartig, dass er Rina nicht längst über den Mund gefahren war. Teilte er etwa ihre Meinung?

»Du weißt doch, wie stolz ich auf dich bin, meine Liebe«, sagte Robert Fuchs nach einigem Zögern. »Und mir ist auch bewusst, dass die Violine momentan dein ganzer Lebensinhalt ist.«

»Was heißt hier momentan? Ich spiele sie, seit ich drei Jahre alt bin!«

»Aber die Zeiten ändern sich, Carla. Sie werden … schwieriger. Du kennst nur deine Musik, aber Geige spielen ist nicht alles, was im Leben zählt. Wer kann schon voraussagen, was in den nächsten Jahren auf uns zukommen wird. Ob die Geschäfte weiterhin so gut laufen wie bisher. Auch wenn Bellamuti dich gerade in den höchsten Tönen lobt, halte ich den Zeitpunkt für ungünstig, gerade jetzt eine Konzertlaufbahn anzustreben.«

Carla schnappte empört nach Luft. Von ihrer Mutter hatte sie nichts anderes erwartet, aber dass ihr nun auch noch ihr Vater in den Rücken fiel, konnte sie nicht begreifen. Was um alles in der Welt hatte ihre musikalische Ausbildung mit seinen Geschäften zu tun? Bevor sie Harald kennengelernt hatte, war es doch beschlossene Sache gewesen, dass sie ihr Glück als freie Künstlerin wagen würde. Sie hatte hart dafür gearbeitet, sowohl im Konservatorium als auch in zahlreichen Privatstunden. Die Reise nach Berlin waren die ersten Ferien seit Jahren. Und dies auch nur, weil ihr italienischer Privatlehrer Maurizio Bellamuti sich in diesen Tagen auch in der Hauptstadt aufhielt, um im Auftrag der Reichsmusikkammer am Rande der Olympischen Spiele eine Gruppe von Musikern zu betreuen. Er hatte versprochen, Carla an zwei Abenden in der Woche zu unterrichten, bei all seinen Verpflichtungen aber bislang nicht die Zeit dazu gefunden. Gerade als sie an ihn dachte, hörte sie eine bekannte, tiefe Bassstimme. Schwerfällig auf seinen Spazierstock mit dem silbernen Löwenknauf gestützt, aber bis über beide Ohren grinsend, stapfte der Italiener überraschend durch die Hotellounge auf sie zu.

»Da ist ja meine Lieblingsschülerin!«, rief er Carla zu, ohne die verdutzten Blicke der Hotelgäste wahrzunehmen, die den kühlen Spätsommerabend in der Halle ausklingen ließen. Carla hätte sich am liebsten an seiner Schulter ausgeweint, doch dies hätte die These ihrer Mutter bestärkt, dass sie zu verträumt und unselbstständig war, um mit Schwierigkeiten souverän umzugehen.

»Großer Gott, der hat uns gerade noch gefehlt«, flüsterte Rina ihrem Mann zu. »Wusstest du, dass er heute Abend kommen wollte?«

Mit einem Stöhnen wuchtete der Italiener seinen massigen Körper neben Carlas Mutter auf das Sofa, das unter seinem Gewicht beängstigend knarrte. Er tupfte sich den Schweiß von der Stirn, dann fiel sein Blick auf Rinas Glas.

»Likör? Ich hoffe, du hast nichts dagegen, Bella, aber ich komme gleich um vor Durst! In ganz Berlin scheint heute Abend kein Taxi frei zu sein. Ich musste von meiner Absteige bis zu eurem Nobelhotel zu Fuß gehen! Die ganzen zweihundert Meter. Ist das zu fassen? Aber was tut man nicht alles, um seine hoffnungsvollste Schülerin zu sehen!« Bevor Rina protestieren konnte, ergriff Maurizio Bellamuti ihr Glas und stürzte es hinunter. »Schmeckt nach mehr!«, bemerkte er grinsend.

»Du scheinst trotz des ermüdenden Fußmarsches guter Dinge zu sein«, meinte Carlas Vater ohne große Begeisterung. Er hätte lieber die Unterhaltung mit Carla und Harald fortgesetzt.

»Das bin ich, Fuchs, das bin ich! Aber lass mich erst einmal zu Atem kommen, dann erzähle ich euch alles. Ihr werdet Ziegelsteine staunen.«

»Bauklötze!«, verbesserte Emil den korpulenten Mann lachend. Der Junge liebte Bellamuti, der auch sein Patenonkel war, heiß und innig, was durchaus auf Gegenseitigkeit beruhte. Äußerlich schien der Mailänder die fleischgewordene Karikatur eines südländischen Künstlers zu sein. Er war nicht groß, dafür aber rund wie ein Fass. Seine eng zusammenstehenden Augen sowie die gerundeten Lippen verliehen seinem Apfelgesicht eine melancholische Note, die von einem üppigen Bart sogar noch betont wurde. Maurizio Bellamuti wendete viel Zeit für die Pflege seines ergrauten Haars auf, das er schulterlang trug. Zudem liebte er farbenfrohe Kleidung und kostspielige Accessoires, die seine exzentrische Persönlichkeit ebenso unterstrichen wie die lebhaften Gesten, die jedes seiner Worte begleiteten. Niemals wäre es ihm eingefallen, das Haus ohne den passenden Gehstock und seine schweren Siegelringe zu verlassen. Rina hielt ihn für einen Paradiesvogel und sah es lieber, wenn Carla ihn statt zu Hause im Konservatorium traf. Sie hatte ihm schon oft vorgehalten, dass sein Äußeres zu Klatsch und Tratsch einlud und er Zusammenstöße mit der Staatsgewalt geradezu herausfordere. Wie rasch konnte ein eingefleischter Junggeselle, den man niemals in weiblicher Begleitung antraf, dabei ins Gerede kommen! Als langjähriger Freund der Familie wolle er doch gewiss vermeiden, sie zu kompromittieren. Doch Maurizio Bellamuti schlug Rinas Warnungen stets in den Wind. Er war der Überzeugung, dass ihn das gute Einvernehmen zwischen dem Führer des Deutschen Reiches und dem Duce Mussolini vor allen Angriffen bewahrte. Außerdem hatte er ohnehin vor, einmal wieder nach Italien zu ziehen, um seinen Lebensabend in Mailand zu verbringen. Zuvor aber sollte aus Carla, seiner großen Entdeckung, eine Berühmtheit werden. Ihr Triumph sollte sein Vermächtnis sein, und er arbeitete fast ebenso rastlos dafür wie Carla selbst. Dabei kam ihm zugute, dass er über hervorragende Kontakte verfügte. Für ihn war es daher nur eine Frage der Zeit, bis sein Schützling die Konzertsäle der Welt eroberte.

Nun blickten ihn alle erwartungsvoll an und warteten, was er ihnen zu sagen hatte.

»Ich habe heute Nachmittag erfahren, dass eine der Violinistinnen, die bei den Abschlussfeierlichkeiten der Spiele im Olympiastadium spielen sollte, nicht auftreten kann«, erklärte der Mailänder gestenreich. »Weißt du, was das bedeutet, mein Kind?«

Carla wurde prompt hellhörig. Sie war am Eröffnungstag der Spiele mit ihren Eltern und Emil im Olympiastadion gewesen. Die Begeisterung der etwa hunderttausend Menschen war wie ein Sog gewesen, dem sie sich nicht hatte entziehen können. Hoch über ihren Köpfen war der Zeppelin Hindenburg über die Tribünen geschwebt, während unterhalb der Arena das Olympische Sinfonieorchester gespielt hatte. Es war brillant gewesen.

»Willst du damit sagen, Carla könnte tatsächlich anstelle dieser Frau auftreten?«, erkundigte sich Robert Fuchs vorsichtig.

Maurizio nickte eifrig. »Ich habe meine Verbindungen spielen lassen. Einfach war es nicht, die Herren von der Reichsmusikkammer berichten dem Propagandaministerium und dort …« Anstatt weiterzusprechen schickte er einen prüfenden Blick in Haralds Richtung. Er war nicht glücklich darüber, dass ein Mann in Carlas Leben getreten war. Dabei galt sein Misstrauen nicht einmal Harald persönlich. Für den Mailänder waren einfach alle, die um seine Schülerin herumscharwenzelten und ihr kostbare Zeit zum Üben raubten, Störenfriede. Dass Harald als Zeitungsreporter ebenfalls schwer beschäftigt war und Carla nur selten sah, ließ er nicht gelten. Carla vermutete zudem, dass zwischen den beiden Männern eine gewisse Eifersucht herrschte. Beide liebten sie auf ihre Weise, beide unterstützten ihre Pläne. Aber Bellamuti ließ keinen Zweifel daran, dass er keine Konkurrenz dulden würde, die sich so intensiv in Carlas Leben einmischen könnte, wie er es schon seit zehn Jahren tat.

»Sie können ganz offen vor mir reden, Herr Bellamuti«, sagte Harald, um Freundlichkeit bemüht. »Wie Sie wissen, gehöre ich schon fast zur Familie!«

Maurizio Bellamuti zuckte gleichgültig mit den Achseln. »Na, dann können Sie mir ja auch ein Bier besorgen, junger Mann. Noch besser einen Rotwein! Und lassen Sie sich Zeit! Ich vermute, dass Carla noch hier sein wird, wenn Sie zurückkehren!«

»Nehmen Sie zur Kenntnis, dass ich nicht Ihr Laufbursche bin«, knurrte Harald verärgert. »Also steigen Sie von Ihrem hohen Ross herunter. Sie mögen Carlas Geigenlehrer sein, aber ich bin bald … ihr Ehemann!«

Rina schlug sich mit der flachen Hand auf den Mund, um den spitzen Schrei zu dämpfen, der ihren Lippen entwich. »Heißt das etwa … Ich meine …« Hilfesuchend blickte sie sich nach ihrem Mann um. »Will er damit etwa sagen …«

Carla verspürte ein leichtes Schwindelgefühl, als Harald ihre Hand nahm. Er lächelte unsicher. »Eigentlich wollte ich dich erst morgen bei unserem gemeinsamen Abendessen fragen, aber warum es noch weiter aufschieben? Du weißt doch schon lange, wie sehr ich dich bewundere. Ich möchte, dass du meine Frau wirst.«

Robert Fuchs bestellte französischen Champagner zum Anstoßen, Rina plapperte etwas von einem wunderschönen Brautkleid, das sie in einem Laden Unter den Linden gesehen habe und Maurizio klopfte während der nächsten halben Stunde fortwährend mit seinem Spazierstock auf, als versuchte er, ein Loch in den Fußboden zu schlagen, in das er Harald hineinstopfen konnte. Dessen Heiratsantrag hatte seine gute Laune restlos vertrieben, aber am meisten musste es ihn wurmen, dass sein Vorschlag, Carla bei den Schlussfeierlichkeiten der Olympischen Spiele vor Tausenden von Menschen auf der Geige spielen zu lassen, völlig übergangen worden war. Die Hoteldirektorin und ihr Sohn gehörten zu den ersten, die dem jungen Paar alles Gute wünschten.

»Ich nehme an, Sie möchten heute Abend noch ein wenig ausgehen, um zu feiern?« Sie schürzte ihre dezent geschminkten Lippen und zwinkerte ausgerechnet Maurizio Bellamuti zu, der ihr aber mit säuerlicher Miene die kalte Schulter zeigte. »Mal überlegen: Sie könnten ins Varietétheater in der Lutherstraße gehen. Dort kann man sich köstlich amüsieren. Aber wenn Sie etwas zu feiern haben, empfehle ich Ihnen wärmstens das Residenz-Casino, unser *Resi.*« Fast ein wenig verlegen fügte sie hinzu: »Dorthin gehe ich selbst von Zeit zu Zeit mit meinen Kindern, und während der Olympiade geben sich sogar ganz berühmte Leute die Klinke in die Hand. Schauspieler, Sängerinnen …«

»Madonna, sehe ich so aus, als würde ich gerne tanzen?«, nuschelte Bellamuti beleidigt, während alle anderen den Vorschlag mit Begeisterung aufnahmen. »Außerdem wollten Carla und ich an unserem Brahms weiterarbeiten.«

»Aber doch nicht am Abend ihrer Verlobung, du Spielverderber!«, rief Rina. »Das hat Zeit! Heute Abend sollen die Sektkorken knallen!«

Nach kurzer Beratung kam man überein, Bellamuti mit Emil ins Capitol zu schicken, wo ein Film mit dem jungen Schauspieler Heinz Rühmann gezeigt wurde, den der Junge besonders mochte. Nach kurzem Protest gab sich der Italiener geschlagen, obwohl er Kinos ebenso wenig leiden konnte wie Tanzlokale. Der Rest der Familie begab sich gut gelaunt zum Residenz-Capitol.

»Arme *principessa,* das hätte nicht passieren dürfen«, flüsterte Bellamuti. Traurig starrte er dem Taxi mit seiner Lieblingsschülerin nach, bis es von der Dunkelheit verschluckt wurde. Erst als Emil sich über den Nieselregen beschwerte und ungeduldig an seinem voluminösen Regenmantel zupfte, erwachte der Italiener aus seiner Starre. Behutsam legte er seinen Arm um die Schultern des Jungen. »Ich fürchte, deine Schwester rast blind in ihr Unglück!«

Emil blickte den dicken Mann verwundert an. »Warum, Maurizio? Wegen diesem Harald? Der scheint doch ein ganz netter Kerl zu sein. Er hat versprochen, mir eine Autogrammkarte von Jesse Owens zu besorgen!«

Maurizio Bellamuti begann zu lachen. Wild und rau wie noch nie zuvor in seinem Leben.

3. KAPITEL

Als Carla zu ihrem Tisch zurückkehrte, brannten ihre Füße wie Feuer, doch das kümmerte sie nicht weiter.

»Na, glücklich?«, wollte ihre Mutter wissen, die sie auf der Tanzfläche keinen Moment aus den Augen gelassen hatte. »Ihr seid aber auch ein hübsches Paar, du und Harald. Das wird die Baronin nicht anders sehen.«

Carla nickte. Sie konnte sich nicht erinnern, jemals zuvor so ausgelassen getanzt zu haben. Aber wie oft erlebte sie auch Nächte wie diese? Die Hoteldirektorin hatte nicht übertrieben, der Tanzpalast war einmalig. Wohin man auch blickte, sah man fröhlich feiernde Menschen. Auf der Bühne wechselten sich drei Orchester ab, deren Musiker nicht nur die bekannten Schlager, sondern hauptsächlich mitreißende Rhythmen aus Amerika spielten. Carla hätte nicht geglaubt, dass sie diese mögen würde, stellte aber zu ihrer Überraschung fest, dass sie gar nicht genug davon bekommen konnte. Sie war nur froh, dass Bellamuti nicht sah, wie begeistert sie in den Applaus der Gäste einstimmte. Der Mailänder hätte die flotte Jazzmusik bestimmt als barbarische Folter für sein Gehör beschimpft. Ihr aber gefiel jeder Takt, den sie mit den Füßen unter dem Tisch begleitete. Sie fühlte sich so leicht und frei, dass sie am liebsten laut gejubelt hätte, eine Erfahrung, die neu für sie war und ihr Herzklopfen bescherte. Bellamuti hatte ihr beigebracht, die Musik ernst zu nehmen und ihr Spiel zu studieren, zu analysieren, dabei aber auch niemals zufrieden mit sich zu sein. Was für eine Wohltat war es, sich den herrlichen Rhythmen einfach nur hinzugeben, nicht über Tonfolgen und Kadenzen nachgrübeln zu müssen, sondern einfach zu genießen. Wer hier einkehrte, dachte nicht an Morgen, sondern nur an diese eine Nacht.

Die schillernde Atmosphäre des Saals trug noch zusätzlich dazu bei, die Nacht zum Tag zu machen. Die Wand- und Deckenbeleuchtung bestand aus einer verwirrenden Anzahl von Glühlampen, die für originelle Lichtspiele sorgten. In unmittelbarer Nähe der Bar gab es ein Wasserbecken mit Fontänen, welche sich im Takt der Musik bewegten wie die Schlangen eines indischen Fakirs. Ihr Tanz war nicht nur hübsch anzusehen, sondern erfrischte auch die von Zigaretten- und Pfeifentabak geschwängerte Luft. Männer in weißen Jacketts balancierten geschickt Tabletts durch den Zigarrennebel oder sausten mit Servierwagen von Tisch zu Tisch. Viele sammelten mit Nummern versehene Blechbüchsen ein. Harald hatte Carla erklärt, dass der Tanzpalast über sein eigenes Rohrpostsystem verfügte, das es den Gästen erlaubte, auf bequeme Weise Tabak, Streichhölzer, Schokolade oder Eau de Cologne zu bestellen. Der Gast füllte am Tisch einen Zettel aus und legte ihn mit etwas Geld in eine Dose. Carlas Vater machte sogleich die Probe aufs Exempel, musste aber fast eine Stunde warten, bevor er sein Kästchen Tabak in Empfang nehmen konnte. Zusätzlich zu den Büchsen gehörte zu jedem der nummerierten Tische noch ein eigener Telefonapparat. So war es möglich, von Tisch zu Tisch zu telefonieren.

»Da hört sich doch alles auf«, urteilte Fuchs stirnrunzelnd. »In meiner Jugend bemühte sich ein Herr noch persönlich an den Tisch einer Dame, um sie um den nächsten Tanz zu bitten. Er musste ihr in die Augen schauen! Heutzutage ruft er sie einfach an. Hat sie keine Lust, nimmt sie nicht ab. Gefällt ihm ihre Stimme nicht, wählt er einfach eine andere Nummer.«

»Aus dir soll jemand schlau werden«, sagte Rina mit einem sehnsuchtsvollen Blick auf den Tischapparat, der seit ihrer Ankunft kein einziges Mal geläutet hatte. »Predigst du uns nicht immer, dass wir uns dem Fortschritt nicht verschließen dürfen?«

»Mag sein, aber das gilt nicht für die Anstandsregeln!« Fuchs senkte die Stimme. »Nehmen wir nur mal diese Musik. Die jungen Leute springen umher, als wären ihre Schuhe voller Ameisen.« Er schnaubte abfällig. »Na ja, mir soll's recht sein. Nach den Spielen werden dieselben Musiker, denen du heute zuhörst, nur noch Wiener Walzer aufführen dürfen, darauf gebe ich dir Brief und Siegel. Diese Jazzmusik erlauben die Herren dort oben doch nur, solange die ausländische Presse im Land ist!«

Rina erhob warnend den Zeigefinger. »Robert, du hast uns etwas versprochen …«

»Ach was, bei diesem Getöse versteht man doch eh kaum sein eigenes Wort! Wer sollte da lange Ohren machen?« Wie um seine Worte Lügen zu strafen, klingelte plötzlich das Telefon. Erschrocken starrten Carla und ihre Mutter auf den schwarzen Apparat vor ihnen.

»Nun nimm doch ab«, sagte Fuchs, dessen Stimme auf einmal weitaus weniger gelassen klang. »Vielleicht will ja jemand Carla zum Tanz auffordern.«

Rina zögerte einen Moment, tat dann aber wie geheißen. Sie war blass geworden; nervös klimperte sie mit den Augenlidern. Ohne sich zu melden, lauschte sie, wobei sie ihr rechtes Ohr mit der Hand gegen den Geräuschpegel des Saales abschirmen musste, um überhaupt genug zu hören. Schließlich hauchte sie in die Muschel: »Ich habe verstanden!« Mit einem Achselzucken reichte sie den Hörer an ihren Mann weiter. »Für dich, Robert!«

Das Gespräch dauerte nicht lange. Nach nur wenigen Sekunden erklärte Fuchs eisig, dass der Anrufer eine falsche Nummer gewählt habe, und knallte den Hörer auf.

»Habe ich nicht gesagt, dass diese blöden Tischtelefonapparate die Pest sind? Nicht einmal wählen können die Leute!« Argwöhnisch blickte er über die Schulter. Doch keiner der Gäste, die in ihrer Nähe die Musik und den Champagner genossen, sah auch nur zu ihnen herüber.

Rina reckte angriffslustig das Kinn. »Darf man erfahren, wer das war?«

»Habe ich dir doch gesagt: Falsch verbunden!«

»Und warum kannte der Mann deinen Namen? Er hat ausdrücklich nach Herrn Dr. Robert Fuchs gefragt. Außerdem könnte ich schwören, dass ich diese Stimme schon einmal gehört habe.«

Fuchs sah sie an wie ein auf frischer Tat ertappter Ladendieb. Mit fahrigen Bewegungen lockerte er seine Krawatte, dann seufzte er. »Also schön, bevor du weiterhin Detektiv spielst: Es war Hagenberg!«

Rina gab einen gereizten Ton von sich, der zum Ausdruck brachte, dass sie etwas Ähnliches schon vermutet hatte. Doktor Otto Hagenberg war Botaniker und gehörte wie Bellamuti zu den Menschen, die seit vielen Jahren eng mit Carlas Familie verbunden waren. Wie auch Maurizio, lebte Hagenberg in seiner ganz eigenen Welt, in der es jedoch nicht um Musik, sondern um Versuche an Pflanzen ging. Er galt als schwierig und unbeholfen im Umgang mit Menschen, doch dass er seinen Kompagnon sogar bis in ein Tanzlokal verfolgte, war neu.

»Vermutlich hat man ihm im Hotel mitgeteilt, wo wir heute Abend zu finden sind«, erklärte Fuchs, als er die fragenden Blicke seiner Frau und Tochter bemerkte. Er rang sich ein dünnes Lächeln ab. »Er wird behauptet haben, es gehe um Leben und Tod, damit sie ihn verbinden.« Mit fliegenden Fingern stopfte er Tabak in seine Pfeife. »Dabei ist alles in bester Ordnung. Ich hätte die Firma bestimmt nicht verlassen, wenn es anders wäre!«

»Du hättest diesem schrecklichen Mann gar nicht erst sagen sollen, wo wir wohnen«, meinte Carla, welche plötzlich von der Schreckensvision heimgesucht wurde, der Botaniker könnte vor ihrem Tisch auftauchen und wild auf ihren Vater einreden. »Gottlob bist du ihn rasch losgeworden.«

Fuchs starrte gedankenverloren auf die Pfeife in seiner Hand, verzichtete aber darauf, sie anzuzünden.

»Bitte sag, dass er nicht nach Berlin kommt!«, flehte Carla. »Ich möchte ihn nicht zu meiner Verlobungsfeier einladen müssen.« Fuchs versprach schließlich, dass sein Geschäftspartner bestimmt kein weiteres Mal stören würde, weil er ihm bei der nächsten Gelegenheit mit Nachdruck klarmachen wollte, wie unpassend das war, aber Carla hörte ihm längst nicht mehr zu. Ihre ganze Aufmerksamkeit galt der Cocktailbar, wo Harald mit einigen Bekannten plauderte. Nach ihrem letzten Tanz hatte er angeboten, sie den Damen und Herren vorzustellen, doch als sie erfahren hatte, dass seine Freunde der Filmbranche angehörten, hatte sie sich plötzlich geniert und die Begegnung abgelehnt. Worüber sollte jemand wie sie schon mit solchen Leuten reden? Die würden sie doch nur prüfend ansehen und sich fragen, was ein gut aussehender und wohlhabender Bursche wie Harald von Breden nur an einer so wenig glamourösen Erscheinung fand. Je länger Harald indes fortblieb, desto mehr bedauerte Carla ihren Entschluss. Was mochte Harald von ihr denken? Hatte sie ihn blamiert? Wenn sie nach der Hochzeit mit Harald in Berlin leben wollte, musste sie sich daran gewöhnen, mit Presseleuten, Filmschauspielerinnen und Adeligen zu verkehren, ob ihr das nun gefiel oder nicht. Nach einer Weile dachte Carla nicht mehr an Hagenberg und ihre Eltern. Stattdessen beobachtete sie, wie die beiden Männer mit ihrer Begleitung lachend an ihren Tisch zurückkehrten, während Harald mit einer auffallend gut aussehenden, etwas älteren Dame an der Bar zurückblieb. Er schien darüber allerdings nicht sehr glücklich zu sein. Mehrmals versuchte er, das Gespräch zu beenden und sich zu verabschieden, doch die Unbekannte schien ihn nicht entkommen lassen zu wollen. Als er schließlich verstohlen in Carlas Richtung wies, legte die Frau den Kopf in den Nacken und lachte. Allmählich regte sich in Carla Ärger. Sie sah ja ein, dass Harald als höflicher Mensch eine alte Bekannte nicht vor den Kopf stoßen wollte, aber was sich dort an der Bar abspielte, wurde allmählich peinlich – auch für sie. Mit klopfendem Herzen überlegte sie, ob sie zu den beiden gehen und Harald fragen sollte, wie lange er sie denn noch alleine bei ihren Eltern sitzen lassen wollte, aber sie traute sich nicht. Sie war nicht gut darin, eine Szene zu machen, was nicht nur daran lag, dass ihre Erfahrungen mit Rendezvous sich auf ein, zwei Verabredungen mit ehemaligen Studenten aus der Verbindung ihres Vaters beschränkte. Sie verfügte nun mal nicht über Rinas überschäumendes Temperament. Dieses hatte sie ebenso wenig geerbt wie den Modegeschmack ihrer Mutter. Die Unbekannte an der Bar hätte sie vermutlich ausgelacht. Sie trug ein figurbetontes scharlachrotes, tief ausgeschnittenes Abendkleid, das bei jeder ihrer Bewegungen glitzerte, und der schwarze Turban auf ihrem Kopf verlieh ihr etwas Geheimnisvolles. Unwillkürlich fragte sich Carla, wie ihr Haar darunter aussehen mochte. War es platinblond und fiel in Wellen über die zierlichen Schultern? Oder entsprach die Farbe den pechschwarzen geschwungenen Augenbrauen? Ganz egal, bestimmt war es wunderschön und so schillernd wie die gesamte Erscheinung.

Eine Weile beobachtete Carla die Fremde noch, dann hatte sie genug. Sie fühlte sich zurückgesetzt und fragte sich, ob das, was in ihrer Brust brodelte, Eifersucht war. Unmöglich, redete sie sich selbst gut zu. Dazu bestand nun wirklich kein Anlass. Die Frau mit dem Turban mochte eine Schönheit sein, aber Harald sah nicht so aus, als ob er ihr verfallen wäre. Doch warum zum Teufel ließ er sie nicht einfach stehen?

»Sieht die Dame bei Harald nicht ein wenig der Garbo ähnlich?«, flüsterte Rina entzückt. Sie schien keineswegs irritiert, weil eine fremde Frau ihren zukünftigen Schwiegersohn so dreist in Beschlag nahm. »Wenn mich nicht alles täuscht, wohnt sie auch in unserem Hotel. Ich habe sie gestern am Empfang gesehen, sie führte einen entzückenden Pudel an der Leine. Der Kleine trug das gleiche Smaragdhalsband wie sie, nur kleiner natürlich.«

Carla spitzte die Ohren. Das aufdringliche Weib wohnte auch noch in ihrem Hotel. Wenn das kein schlechtes Zeichen war.

»Diese alte Schachtel redet auf den armen Jungen ein wie ein Wasserfall«, bemerkte Fuchs. Er schien erleichtert, dass ihn niemand mehr auf Hagenberg ansprach.

Carlas Mutter pflichtete ihm bei. »Nun ja, vermutlich will er nur höflich sein, und gleich hast du ihn wieder. Heute Abend sollte nichts dein Glück stören!« Die Weise, wie Rina das Wort Glück betonte, erinnerte Carla an einen Knochen, der einem Hund vorgeworfen wurde, um ihn bei Laune zu halten. Noch vor einer halben Stunde hätte sie die Frage, ob sie denn glücklich sei, mit einem seligen Lächeln beantwortet, nun sah es aber ganz anders in ihr aus. Das Orchester spielte längst wieder, doch anstatt zu tanzen, saß sie ohne ihren Verlobten herum und tat sich leid. Erwartete sie einfach zu viel und vergaß, dass Harald bereit war, Opfer zu bringen, indem er ein Mädchen aus der rheinischen Provinz all den lebensfrohen Frauen vorzog, denen er tagtäglich in Berlin begegnete?

»Na endlich«, sagte Carlas Vater, als Harald sich ein paar Minuten später zu ihnen gesellte. Er schenkte seinem zukünftigen Schwiegersohn ein wenig Sekt nach. »Wir dachten schon, die ältere Dame an der Bar will mit Ihnen durchbrennen!« Er blickte erwartungsvoll in die Runde, aber sein Scherz entlockte keinem am Tisch auch nur ein Grinsen. Fuchs verstand es einfach nicht, gelungene Witze zu machen. Wenn andere indessen über etwas lachten, was er sagte, war meistens er derjenige, der nicht begriff, warum.

Harald hauchte Carla einen Kuss auf die Wange und entschuldigte sich wortreich für seine lange Abwesenheit. »Diese Leute arbeiten alle für die Ufa«, erklärte er anschließend. »Einer der Herren ist Regisseur, ich habe erst kürzlich ein Interview mit ihm geführt. Er wird bald zu einer Reise an den Nil aufbrechen, um Drehorte für eine neue Filmproduktion zu suchen. Ein Mammutprojekt, in das vermutlich fast eine Million Reichsmark fließen werden!«

»Ach, dann gehört die Dame mit dem Turban auch zum

Film?«, erkundigte sich Rina. »Wie aufregend. Sie hat ja auch etwas … Exotisches an sich, nicht wahr?« Sie nippte an ihrem Glas. »Wird sie vielleicht die Hauptrolle spielen? Ach, bitte verraten Sie es mir doch, Harald, ich sage es auch bestimmt nicht weiter!«

»Nun, das steht noch gar nicht fest«, wehrte Harald ab. »Trotzdem hätte mein Chef mich in hohem Bogen hinausgeworfen, wenn ich der Dame nicht ein paar Fragen gestellt hätte.« Seufzend strich er sich das Haar zurück. »Das ist nun einmal das Los des Zeitungsredakteurs. Ich bin heilfroh, dass Carla so verständnisvoll ist.«

Carla rang sich ein Lächeln ab. Sie hatte nicht einmal geahnt, wie verständnisvoll sie war. Aber so musste es wohl sein, wenn sie stillschweigend ertrug, wie ihr Verlobter Interviews mit alternden Filmdiven führte, während ihr Vater seinen Geschäftspartner am Telefon eines Tanzlokals anfauchte.

4. KAPITEL

Harald von Breden bezahlte den Taxifahrer und wies ihn an, auf ihn zu warten. Dann half er Carla aus dem Automobil und begleitete sie und ihre Eltern bis zur Eingangstür. Durch eines der Fenster fiel ein schwacher Lichtschein auf die regennasse Straße. Der Nachtportier war also noch am Empfang.

»Gehen Sie morgen ins Stadion?«, erkundigte sich Harald höflich, als er Fuchs die Hand reichte, um ihm eine gute Nacht zu wünschen.

Carlas Vater unterdrückte ein Gähnen. »Um halb elf beginnt die Vorrunde im Weitsprung. Emil ist schon gespannt wie ein Flitzebogen, wer die Goldmedaille einheimst, dieser Owens oder unser Luz aus Leipzig. Die Damen begleiten uns, und anschließend gehen wir noch ein wenig Flanieren oder trinken eine Berliner Weiße. Sie brauchen sich also nicht um uns zu kümmern. Seien Sie einfach pünktlich im Lokal.« Er nickte Harald anerkennend zu. »Das Restaurant, das Sie ausgewählt haben, ist eine piekfeine Adresse, alle Achtung. Es ist sehr großzügig von Ihnen, uns dorthin auszuführen!«

»Und gewiss war es schwierig, dieser Tage einen Tisch für eine ganze Abendgesellschaft zu bekommen«, pflichtete Rina ihrem Mann kichernd bei. Nicht nur ihre rosigen Wangen ließen erkennen, dass ihr der viele Sekt ein wenig zu Kopf gestiegen war.

»Aber ich bitte Sie, Herr Doktor!«, wehrte Harald ab. »Ich möchte, dass Ihnen diese Tage in Berlin in bester Erinnerung bleiben.« Er zwinkerte Carla charmant zu. »Dir ganz besonders, mein Engel! Ich weiß natürlich, dass du dir deine Verlobung anders vorgestellt hast, aber ich verspreche dir, dass wir alles nachholen.« Blumen, ein Ring für das Mädchen, notierte er in Gedanken. »Das Horcher ist wirklich ein vorzügliches Speiselokal, du wirst sehen.«

»Wenn es den Ansprüchen der Baronin genügt, wird es auch für uns gut genug sein«, sagte Rina. Sie hakte sich bei Carla unter. »Apropos, du solltest nicht versäumen, in der Stadt eine hübsche Kleinigkeit für Frau von Breden zu kaufen.«

»Ach, das ist doch nicht nötig«, wehrte Harald ab.

»Wir bestehen darauf! Carla möchte doch nicht mit leeren Händen dastehen, wenn sie endlich die Bekanntschaft der Frau Baronin macht.«

Harald wartete, bis die Familie seiner Verlobten im Innern des Gebäudes verschwunden war. Ohne Eile steckte er sich eine Zigarette an, um seine Nerven zu beruhigen.

Die Nacht war noch nicht zu Ende, jedenfalls nicht für ihn.

Er hatte sich durch seine eigene Dummheit in eine unangenehme Situation gebracht und konnte nur darauf hoffen, dass der von ihm gewählte Ausweg aus dem Dilemma keine Sackgasse war. Während er den Rauch seiner Zigarette in die tintenschwarze Nacht blies, überlegte er kurz, ob er zu weit ging. Was, wenn Carla Verdacht geschöpft hatte? Noch schien sie zu glauben, was er ihr erzählte, doch sie war nicht so dumm, wie sie manchmal tat. Wenn er so weitermachte wie bisher, würde sie den Braten bald riechen.

»Na, was ist denn nun, Meister?« Die Stimme des Taxifahrers klang gereizt. Er hatte die Scheibe heruntergekurbelt und warf Harald einen verständnislosen Blick zu. »Wollen Sie die ganze Nacht hier herumstehen oder mit mir zurückfahren? Mein Geld ist es ja nicht, was Sie verpulvern …!«

»Halten Sie die Klappe, ich muss nachdenken«, fauchte Harald zurück. In der Lounge des Hotels erloschen nach und nach die letzten Lichter, was bedeutete, dass er handeln musste. Auf keinen Fall wollte er den Nachtportier herausklingeln. Er würde dem Burschen sowieso ein paar Scheine zustecken müssen, damit er den Mund hielt.

Harald schickte das Taxi fort, ihm fehlte ohnehin das Geld, um sich bis nach Hause fahren zu lassen. Keine fünf Minuten später stand er vor dem Zimmer, dessen Nummer er sich im Tanzpalast eingeprägt hatte – Nummer 49. Er klopfte nur ein einziges Mal an, denn das Letzte, was er wollte, war, jemanden um diese Zeit aufzuwecken. Was er vorhatte, war riskant genug. Er hatte keine Ahnung, auf welcher Etage Carla wohnte. Was, wenn ausgerechnet jetzt eine der Zimmertüren aufging und sie vor ihm stand? Oder gar ihr Vater?

Die Frau, die ihn hereinbat, saß vor einem zierlichen Frisiertisch und bürstete ihr langes Haar, was sie allerdings nicht davon abhielt, Harald ungeniert von Kopf bis Fuß zu mustern. »Du hast ein wenig Fett angesetzt«, meinte sie kritisch. »Das ist mir schon im Tanzlokal aufgefallen!«

Harald warf Hut und Mantel auf einen Stuhl, dann verschränkte er die Arme vor der Brust. Er war nicht gekommen, um zu streiten, obwohl ihm in diesem Augenblick genau danach der Sinn stand. Schweigend sah er sie an. Alle Welt nannte sie nur »Diva« – nicht, weil sie als Schauspielerin große Erfolge gefeiert hatte, sondern weil sie sich benahm, als könnte sie sich alles erlauben. Dabei war es ein Glücksfall für sie gewesen, dass dem reichen Idioten, der sie geheiratet hatte, niemals aufgefallen war, über wie wenig Talent sie wirklich verfügte. Seit Jahren hatte die Diva keinen Fuß mehr in die Ufa-Studios gesetzt, aber an der Bar des Tanzpalasts hatte er gehört, Propagandaminister Goebbels habe sie persönlich nach Berlin gebeten, um eine Rolle zu besetzen. Wenn dies mehr als ein Gerücht war, lohnte es sich auf jeden Fall doppelt, seine alte Bekanntschaft mit der Frau aufzufrischen.

Die Diva bürstete weiter, was ihm die Zeit gab, sich in Ruhe umzuschauen. Das Zimmer war geräumig, geschmackvoll eingerichtet und hübsch dekoriert. Verstörend fand er nur die Unordnung im Raum: Über allen Stuhllehnen hingen Kleider, Blusen und Seidenstrümpfe. Er hätte gern auf dem Sofa Platz genommen, doch es war voller Schuhe.

»Wie pikant, dass deine … Freunde und ich im selben Hotel wohnen, nicht wahr?« Endlich legte die Frau ihre Bürste zur Seite. »Wenn sie dich auf dem Korridor gesehen hätten …« Als sie aufstand, stieg Harald ein Hauch ihres Parfüms in die Nase. Etwas Ausländisches, das er ordinär, aber auch anziehend fand. Er fragte sich, ob Carla sich freuen würde, wenn er ihr so einen Duft zum Geschenk machte.

»Mir wäre schon was Passendes eingefallen«, schnaubte Harald verächtlich. »Vergiss nicht, dass ich für eine Zeitung arbeite!«

»Oh, wie könnte ich das vergessen? Immerhin war ich es, die dir die Anstellung beim *Völkischen Beobachter* besorgt hat. Ich erinnere mich auch, dass sich deine Dankbarkeit in Grenzen hielt. Weiß dieses Mädchen eigentlich, wie nahe wir uns einmal gestanden haben?«

Harald schwieg, bemüht, nicht die Beherrschung zu verlieren. Keinesfalls durfte er die Diva spüren lassen, wie sehr er sie verabscheute, weil sie seine dunkelsten Geheimnisse kannte, sich aber trotzdem mit ihm traf. Ihre Vorliebe für protzige Juwelen und ausgefallene Kleidung wie den albernen Turban, den sie an der Bar des Residenz-Capitols getragen hatte, verachtete er, und er hasste auch ihre Art, mit ihm zu spielen. Andererseits ließ sich nicht abstreiten, dass sie ihm hin und wieder nützlich war.

»Du hast also eine neue Eroberung gemacht und brauchst Geld?« Sie kam sofort auf den Punkt, als könnte sie in seinen Gedanken wie in einem Buch lesen.

Harald atmete tief durch. Nicht den Beleidigten spielen, befahl er sich. Sie lud ihn ein, weil er gut aussah, blendende Manieren hatte und über einen wachen Verstand verfügte. Doch er machte sich nichts vor: Sobald er sie langweilte, würde sie ihn fortschicken. Seinen Preis würde er ihr später nennen, sobald sie bekommen hatte, was sie von ihm wollte. So lauteten die Regeln, und bis heute hatte keiner von beiden sie gebrochen.

Die Diva näherte sich ihm mit einem gierigen Lächeln auf den Lippen, wobei sie bei jedem Schritt eine Schleife ihres hauchdünnen Seidenmantels öffnete, bis dieser ihr wie von selbst von den schmalen Schultern glitt. Unter dem Negligé war sie nackt.

»Wenn du Geld brauchst«, flüsterte sie ihm zu, »dann verdien es dir!«

Als Fuchs die Tür ihres Hotelzimmers aufschloss, fuhr mit knatterndem Motor ein Automobil am Haus vorbei. Bestimmt Haralds Taxi, ging es ihm durch den Kopf. Auf dem Korridor mit seinen knarrenden Dielen war alles still, doch unten auf der Straße schien das Nachtleben noch in vollem Gange zu sein. Ganz von fern drang die Melodie des Schlagers *Ich bin auf der Welt, um glücklich zu sein* an sein Ohr, den Emil so gern im Radio hörte. Nachdenklich lauschte er, bis Rina ihn darüber in Kenntnis setzte, dass sie Kopfschmerzen habe und keinen Takt Musik mehr ertrug. Sie verschwand sogleich im Badezimmer, wo sie ihr Necessaire nach Tabletten durchwühlte. Fuchs drückte sein Ohr an die Verbindungstür zum Nebenzimmer, verwarf aber die Idee, nach seinem Sohn zu sehen. Gewiss schlief der Junge nach seinem Kinobesuch längst, und er wollte ihn nicht wecken. Emil litt ohnehin seit geraumer Zeit unter Schlafstörungen, die für einen Jungen seines Alters ungewöhnlich waren und ihrem Hausarzt gar nicht gefielen. Trotz seiner Sportbegeisterung war Emil kränklich und viel zu dünn für sein Alter, was für Fuchs eindeutig daher rührte, dass das Kind von Rina allzu sehr in Watte gepackt wurde. Ihre Angst, er könnte sich verletzen, war schon fast krankhaft. Hier in Berlin blühte Emil jedoch geradezu auf und schlief für gewöhnlich ein, sobald sein Kopf das Kissen berührte.

Das ist die Berliner Luft, zitierte Fuchs eine beliebte Operettenmelodie. Er hängte das Jackett seines schwarzen Abendanzugs über einen Bügel und wollte soeben die Schranktür öffnen, als er den Brief entdeckte. Er lag direkt vor ihm auf dem Fußboden. Jemand musste ihn während seiner Abwesenheit unter der Tür durchgeschoben haben.

Fuchs spürte, wie sein Mund trocken wurde. Sein Herz schlug schneller, und seine Hand zitterte, als er sich nach dem Umschlag bückte. Verstohlen lauschte er auf die Geräusche, die Rina im Badezimmer von sich gab. Sie gurgelte mit Mundwasser, ein Ritual, auf dass sie nicht einmal um zwei Uhr in der Früh verzichten wollte. Niemals wäre sie mit schlechtem Atem ins Bett geschlüpft.

Eine Weile starrte Fuchs den Brief nur an, als hoffte er, das Papier würde sich auflösen wie Schnee in der Sonne, wenn er es nur lange genug in den Händen hielt. Er wusste genau, wer ihm geschrieben hatte: dieselbe Person, die ihn im Tanzlokal am Telefon hatte sprechen wollen. Es war nicht Hagenberg gewesen, das hatte er nur behauptet, um seine Familie in Sicherheit zu wiegen. Die Wahrheit konnte er ihnen nicht sagen, weil er damit nicht nur sein, sondern auch ihr Leben bedrohte. Seine Firma, Carlas Zukunft als Ehefrau dieses jungen Reporters, kurzum alles, was sie sich in mühevoller Arbeit aufgebaut hatten, konnte mit einem Schlag zunichtegemacht werden, wenn die falschen Leute auf ihn aufmerksam wurden. Natürlich konnte er so tun, als habe ihn der Brief nie erreicht. Aber sein Verfasser war hartnäckig. Er würde einen weiteren schicken, und dann noch einen. So lange, bis Fuchs reagierte. Aus diesem Grund musste er eine Entscheidung treffen, so schwer es ihm auch fiel, das war er seiner Familie schuldig. Carla stand kurz vor der Hochzeit mit einem Baron, und diese Heirat stellte eine Lebensversicherung dar, einen Schutz, für den er selbst vermutlich nicht mehr lange würde sorgen können. Carlas Sicherheit durfte um keinen Preis gefährdet werden.

Fuchs dachte nach, wobei er den Brief unschlüssig in der Hand zerknüllte. Sein Verfasser war also ebenfalls im Tanzpalast gewesen. Er hatte sie dort beobachtet, und als Fuchs ihn am Telefon barsch abgewimmelt hatte, war er auf die Idee mit dem Brief gekommen. »Dieser Idiot«, murmelte Fuchs. »Warum lässt er mich nicht in Ruhe? Er bringt uns alle in Gefahr!«

Als Rina zehn Minuten später im Nachthemd aus dem Badezimmer kam, beschwerte sie sich, weil es so verbrannt roch. Auf dem Tisch glomm ein Häufchen Asche im Aschenbecher.

Rina wollte nicht wissen, was er verbrannt hatte. Das war gut. Sie begab sich zu ihrem Bett und schlug gähnend das Plumeau zurück. »Ob Harald es mir übel nimmt, dass ich ihn gebeten habe, auch Bellamuti zum Abendessen einzuladen?«, fragte sie. »Ich fand ja nur, dass wir ihn bei einem solchen Anlass nicht ausschließen dürfen.«

»Wenn du meinst …« Fuchs hörte kaum hin. Er dachte immer noch über den Brief nach.

»Er gehört ja irgendwie zur Familie, nicht wahr? Außerdem haben wir ihn gekränkt. Dabei ist sein Angebot, Carla mit den Olympischen Sinfonikern spielen zu lassen, eigentlich ganz fabelhaft.« Sie ließ sich in die Kissen gleiten. Dass Fuchs nicht ins Bett kam, sondern mit nachdenklicher Miene vor dem Aschenbecher sitzen blieb, störte sie nicht. Sie hatte sich daran gewöhnt, dass er oft viele Stunden nach ihr schlafen ging, weil er noch über Geschäftlichem brütete.

»Was soll sie doch gleich noch spielen? Beethovens Opferlied?« Sie begann, die ersten Takte des Stücks zu summen. Fuchs ließ sie gewähren, schüttelte dann aber energisch den Kopf.

»Sie wird überhaupt nicht spielen«, sagte er entschlossen. »Nicht im Stadion. Ich will nicht, dass die versammelte Presse auf uns aufmerksam wird.«

»Ja, aber was wird dann aus ihrer Karriere?« Rina starrte ihn ungläubig an. »Ich habe damals bei unserer Heirat auf meine eigene verzichtet, aber unsere Carla …«

»Lass dir von Bellamuti keinen Floh ins Ohr setzen«, brummte Fuchs. »Carlas Violinspiel ist zweifellos brillant, aber wir beide wissen doch, dass sie den Strapazen eines Künstlerlebens nicht gewachsen ist. Wenn sie diesen Harald von Breden wirklich gernhat, soll sie ihn heiraten, von mir aus noch diesen Monat, und mit ihm nach Pommern ziehen.«

Wo sie weitab vom Geschehen ist. Wo niemand sie so leicht aufspürt, der ihr wehtun oder ihrer Familie schaden könnte. Wo sie mit der Zeit vergessen wird.

Rina ließ den Kommentar ihres Mannes über sich ergehen wie ein Sommergewitter. Sie schien sogar über seine Worte nachzudenken, doch Fuchs kannte ihren Gesichtsausdruck gut genug, um zu wissen, dass sie ihn für verrückt hielt. Verwunderlich war dies nicht, aber wie hätte er Rina seinen plötzlichen Sinneswandel besser erklären sollen? Die Wahrheit konnte er ihr nicht sagen, das schaffte er einfach nicht. Obwohl ihm klar war, dass der Tag kommen würde, an dem ihm keine andere Wahl blieb.

Was Carla betraf, so gab er sich keinen Illusionen hin. Rina würde, wie üblich, nicht auf ihn hören. Sie würde alles geben, damit ihre Tochter in diesem Land Karriere machte, und so unwissentlich eine Katastrophe auslösen.

Es sei denn, es gelang ihm, sie aufzuhalten.

5. KAPITEL

Als Harald sich hastig ankleidete, lag die Diva noch zwischen den zerwühlten Laken. Er kehrte ihr den Rücken zu, spürte aber, dass sie ihn nicht aus den Augen ließ. Sie liebte es, ihn beim Anziehen zu beobachten, und er hatte den Eindruck, dass sie seinen Körper dabei musterte wie ein Bildhauer sein Modell. Gestört hatte ihn das früher nie. Nun allerdings wünschte er, sie würde damit aufhören, ihn so besitzergreifend anzustarren. Er hatte geglaubt, kleinliche Befindlichkeiten wie Scham oder Gewissensbisse längst überwunden zu haben, stellte aber überrascht fest, dass dem nicht so war. Zumindest regte sich ein flaues Gefühl in seinem Magen, das ihm verriet, dass er zu weit gegangen war. Und dies am Abend seiner Verlobung. War etwa Carla daran schuld? Hatte ihre Bekanntschaft ihn so verändert, dass ihn schon der Gedanke daran erschaudern ließ, nach einer gemeinsamen Nacht mit der Alten dort im Bett noch ein Glas Champagner zu trinken? Wie dem auch sei, heute würde er nicht zum Frühstück bleiben. Er wollte sie nicht einmal mehr ansehen, geschweige denn berühren. Heute hatte er endgültig eine Grenze überschritten, und wenn Carla jemals dahinterkam, würde sie ihn zum Teufel jagen. Dann konnte er alle seine Pläne begraben.

Schlecht gelaunt rückte er den Krawattenknoten zurecht und griff nach Hut und Mantel. Es war früh am Morgen, vor dem Fenster zwitscherten die Vögel. Er wollte fort sein, bevor die Sonne aufging und Berlin erwachte. Seine Arbeit war getan, nun war es an ihr, ihn dafür zu bezahlen. »Würdest du dich bitte erheben, bevor das Zimmermädchen hereinkommt? Und zieh dir etwas über!«

Mit einem spöttischen Lächeln hüllte sich die Diva in ihren Morgenmantel und schlüpfte in ein Paar Pantoffeln. Zerstreut wühlte sie in der Handtasche, die sie auch im Resi bei sich gehabt hatte. Harald wusste, dass sie stets mehrere Hundert Reichsmark mitnahm, wenn sie ausging. »Nun gut, dann will ich mal meinen Beitrag für das junge Glück leisten. Ich nehme an, du brauchst ihn, um dieses junge Gänschen und seinen Anhang standesgemäß auszuführen. Na, wohin soll's denn gehen? In die italienische Taverne in der Kurfürstenstraße oder zu Horcher?«

Harald machte ein säuerliches Gesicht, das sie prompt zum Lachen brachte.

»Schau nicht drein wie ein Frosch! Ich zähle nur eins und eins zusammen. In diesen beiden Lokalen wolltest du mit mir nie gesehen werden. Du wolltest sie aufsparen, falls du eines Tages doch jemanden finden solltest, der auf deinen Charme hereinfällt.«

»Halt den Mund und gib mir das Geld, damit ich verschwinden kann«, fauchte Harald. Er war wütend, weil er sich ertappt fühlte, und das Geplapper der Diva machte es nicht besser. Noch fassungsloser war er jedoch, als er die Frau nur zwei Scheine aus ihrer Handtasche holen sah. »Zwanzig Reichsmark? Du spinnst wohl! Ich will meine Verlobte nicht zu Bockwurst und Brause einladen!«

»Mehr ist heute nicht drin, mein Lieber! Ehrlich gesagt hast du mich ein wenig enttäuscht. Ich bin mehr Leidenschaft und Durchhaltevermögen gewöhnt.«

»Von deinem Mann bestimmt nicht!« Harald errötete. »Das kannst du doch nicht machen! Verdammt noch mal, wofür hältst du dich, du Hure?« Aufgebracht beobachtete er, wie sie das Geld auf ihre Frisierkommode legte und dann zum Bett zurückging.

»Wie amüsant, dass ausgerechnet du mich so nennst«, hielt sie ihm entgegen. »Weiß deine kleine Braut eigentlich, warum der feine Herr von Breden nach Berlin gekommen ist und wie es um die herrschaftlichen Güter seiner hochwohlgeborenen Sippschaft in Wahrheit bestellt ist? Nein? Wann hast du denn vor, es ihr zu sagen? Sie will doch gewiss irgendwann deine Mutter, die Frau Baronin, kennenlernen!« Sie schnaubte verächtlich. »Frau Baronin, dass ich nicht lache! Nun, vielleicht sollte ich dem armen Ding die Augen öffnen, bevor du dich mit ihrem Vermögen aus dem Staub machst! Ich sehe sie bestimmt im Frühstücksraum.«

Mit einem Aufschrei sprang Harald auf die Frau zu. Sie versuchte ihm auszuweichen, doch er war schneller. Er packte sie und drängte sie mit ausgestrecktem Arm gegen die Wand. Bei dem Gerangel fiel eines der gerahmten Aquarelle zu Boden, wo es in tausend Scherben zerbrach. Sogleich bückte sich Harald und hob ein besonders scharfes Stück Glas auf, das er der zitternden Diva an die Kehle hielt. Nie wieder würde sie ihn behandeln wie einen dahergelaufenen Hund, dafür würde er sorgen, und wenn er ihr mit der Scherbe Augen und Ohren aus dem Gesicht schneiden musste.

»Du wirst dich von meiner Verlobten fernhalten, verstanden? Kein Sterbenswörtchen über mich und meine Familie!«

»Scher dich hinaus, bevor ich um Hilfe rufe!« Ihre Stimme klang erstickt.

»Glaubst du, dass dich dein Mann mit einem zerschnittenen Gesicht zurücknimmt oder du damit auch nur eine Rolle als Komparsin bekommst?«

Verzweifelt versuchte die Frau, sich aus seinem eisernen Griff zu befreien, erreichte damit aber nur, dass Haralds Hand mit dem Glassplitter ihren Lippen gefährlich nahe kam. Vor einer Stunde hatte Harald sie noch geküsst, nun verspürte er große Lust, ihr wehzutun.

Erst als sie versprach, zu schweigen, ließ Harald von ihr ab. Er machte einen Schritt zurück und sah sie an. Ein Nichts war sie, ein Niemand, mit einer Glasscherbe konnte sie aus der Welt radiert werden, wenn er nur wollte. Das Gefühl der Macht erregte ihn, es schien ihn unbesiegbar zu machen. Aber ihm blieb keine Zeit, es zu genießen. Er musste fort.

Bevor er ging, schnappte er sich das Geld von der Kommode und steckte es ein. Für ein Essen im Nobelrestaurant würde es nicht reichen, aber zurücklassen wollte er es auch nicht.

Auf dem schwach beleuchteten Korridor blickte sich Harald um, als erwache er aus einem Alptraum. Mechanisch fuhr er sich mit beiden Händen über das schweißnasse Gesicht und überlegte, was über ihn gekommen war. Am liebsten hätte er in einen Spiegel gesehen, nur um sicherzustellen, dass er sich nicht in ein Ungetüm verwandelt hatte. War er das eben gewesen? Der Kerl mit der Glasscherbe? Was war nur über ihn gekommen? Gewiss, sie hatte ihn gedemütigt und bedroht. Nun hatte sie lernen müssen, dass ihr verdammtes Geld ihr nicht aus allen Schwierigkeiten heraushalf. Er hätte sie töten können, doch er vermutete, dass seine Drohung vorerst genügte. Sie würde den Mund halten, und selbst wenn sie es nicht tat, würde Carla ihr kein Wort glauben. Wenigstens für eine Weile.

Bis er hatte, was er wollte.

Hinter der Tür mit der Nummer 49 blieb alles still, nicht einmal ein leises Schluchzen drang an sein Ohr. Als er feststellte, dass die Diva tatsächlich nicht um Hilfe rief, machte sich Harald davon. Er beschloss, den Seitenausgang zu benutzen, der in einen Hinterhof hinausführte. Auf diesem Weg hatte er das Hotel vor zwei Jahren schon einmal verlassen. Nur war damals die Dame höflicher und die Bezahlung besser gewesen.

Der Korridor lag schon fast hinter ihm, als ihn ein Knarren jäh zusammenzucken ließ. Es kam von der Treppe, die zum dritten Stock hinaufführte. Jemand kam direkt auf ihn zu. Er erschrak, als er erkannte, dass es Carlas jüngerer Bruder Emil war.

Harald biss sich auf die Lippen. Was nun? Zurückkehren? Den Jungen ignorieren und später behaupten, er habe sich getäuscht? Warum zum Teufel turnte der Bengel um diese Zeit im Treppenhaus herum, barfuß und ohne Morgenmantel über dem Pyjama? Hatte er die Toilette gesucht und sich verlaufen? Nun, ängstlich sah er nicht aus, dafür war sein Blick so glasig und durchdringend, dass Harald gar nicht anders konnte, als abwartend vor der Treppe zu verharren, bis der Junge vor ihm stehen blieb. Er öffnete den Mund, sagte aber keinen Ton, schien ihn nicht einmal wahrzunehmen. Unschlüssig bewegte Harald seine Hand vor den Augen des blassen Jungen auf und ab. Keine Reaktion.

Ein Schlafwandler, frohlockte Harald. Am liebsten hätte er laut aufgelacht. Da hatte er ja noch einmal Glück gehabt! Er wusste nicht viel über Schlafwandler, nur, dass man sie weder erschrecken noch aufwecken sollte. Morgen früh würde der Bursche sich wohl nicht mehr an seinen nächtlichen Ausflug erinnern.

Haralds Lächeln gefror jedoch, als er zusah, wie der Junge sich stumm an ihm vorbeischob und auf die Brüstung zuhielt. Er schlief tief und fest, davon war Harald inzwischen überzeugt, aber wer konnte wirklich sagen, was in seinem Bewusstsein hängen blieb und was nicht?

Harald dachte an die Glasscherbe, das Gefühl von Macht und Freiheit, das er genossen hatte, als er die Angst in den Augen der Diva hatte aufglimmen sehen.

Die Augen des schmächtigen Jungen blieben matt und ausdruckslos. Er legte seine Hände auf den Handlauf, dann hob er ein Bein und machte Anstalten, über die Brüstung zu klettern. Harald hielt gespannt den Atem an und fragte sich, was Emil im Traum vor sich wähnte – vielleicht sein Bett, in das er zurückzukehren hoffte? Doch anstatt weicher Kissen wartete jenseits des Treppengeländers ein schwarzes Loch auf ihn.

Er würde in die Tiefe stürzen und auf dem Fußboden der Halle zerschmettern.

Damit blieb Haralds Geheimnis allerdings gewahrt. Er würde Carla trösten und sich somit noch enger an ihre Familie binden. Niemand würde Verdacht schöpfen, vorausgesetzt, die

Diva hielte den Mund. Aber bestimmt hatte auch sie nicht vor, in einen Skandal verwickelt zu werden.

Ehe Harald wusste, was geschah, hockte Emil auf dem Geländer und ließ die Beine baumeln. Der Blick des kleinen Schlafwandlers eilte ins Leere, und doch schien er im Traum etwas Angenehmes zu erleben, zumindest legte sich ein Lächeln über sein blasses Gesicht. Ob er sich soeben im Olympiastadion sah? Vielleicht sah er den Erfolgslauf Jesse Owens' ein weiteres Mal. Harald beobachtete fasziniert, wie Emil den Hals reckte, als versuche er, eine bessere Sicht auf ein Geschehen zu erhaschen, das nur in seiner Vorstellung stattfand. Er beugte sich vor und begann aufgeregt zu zappeln. Noch krallten sich seine Finger in das Holz des Handlaufs, aber es war nur eine Frage der Zeit, bis er diesen loslassen und die Arme in die Luft werfen würde, jubelnd und seinem Idol Beifall spendend. Dann würde er den Halt verlieren.

Jesse Owens würde über die Ziellinie sprinten und Emil in den Tod reißen.

Harald stockte der Atem, als genau das eintraf, was er sich in Gedanken ausgemalt hatte. Emil keuchte im Schlaf auf. Er streckte sich, um von seinem imaginären Sitz aufzuspringen.

Harald fluchte. Mit einem einzigen Satz war er an der Brüstung, wo Emils Füße den Halt verloren und in plötzlichem Entsetzen wild in die Dunkelheit traten. Harald warf sich vor, und im letzten Moment gelang es ihm, den Arm des Jungen zu packen. Dieser lächelte nicht mehr. In Panik strampelte er so heftig, dass Harald ihn kaum festhalten konnte. »Verdammt nochmal, bleib ruhig«, zischte er. »Ich ziehe dich ja schon herauf!«

Er half dem am ganzen Leib schlotternden Jungen, über das Geländer zu klettern. Emil war kreidebleich. Er schien mit einem Blick zu erfassen, in welcher Gefahr er geschwebt hatte und dass er nur dank Haralds beherztem Eingreifen nicht schwer verunglückt war. Keuchend sank er zu Boden, wo er die Beine anzog und beide Arme um die Knie schlang.

Auch das noch, dachte Harald. Hinter seinem Rücken ballte

er die Hand zur Faust. Dass der Kleine aufgewacht war und ihn erkannt hatte, passte ihm überhaupt nicht. Aber so wenig er letzten Endes fähig gewesen war, die Diva zu verletzen, so wenig hatte er es über sich gebracht, dabei zuzusehen, wie der Bengel in den Tod stürzte. Wie zum Teufel sollte er ihn nun aber davon abhalten, seinen Eltern beim Frühstück davon zu erzählen? Die zwanzig Reichsmark der Diva fielen ihm ein. Sein Lohn. Sollte er Emil das Geld geben, damit er nicht ausplauderte, ihn im Hotel gesehen zu haben?

»Es ist schon wieder passiert, nicht wahr?«, brach die dünne Stimme des Jungen in seine Gedanken ein. »Ich kann mich nicht einmal erinnern, dass ich mein Zimmer verlassen habe.«

Harald zuckte unschlüssig mit den Achseln. »Ist ja noch mal gut gegangen, was? Wolltest wohl einen neuen Rekord im Weitsprung aufstellen!«

»Bitte sagen Sie meinen Eltern nichts davon!«

Harald horchte auf. Was war das? Hatte er richtig gehört?

»Es darf niemand wissen, dass ich nachts … manchmal aufstehe und im Schlaf umhergehe. Sonst erzählt Vater es unserem Arzt, diesem alten Idioten. Der muss mich jetzt schon für irre halten, so blöde Fragen stellt er mir, wenn ich in seine Praxis komme. Ich habe mal gehört, wie jemand sagte, er lasse Schwachsinnige abtransportieren. In Heilanstalten, aus denen sie nie mehr zurückkommen.«

»Blödsinn«, murmelte Harald. »So etwas gibt es bei uns nicht. Das würde unser Führer nie zulassen.« Dennoch atmete er auf. So wie die Dinge lagen, brauchte er sein Geld nicht zu opfern. Lächelnd reichte er Emil die Hand. »Du hast mein Wort, Kleiner! Ich habe dich nicht gesehen und du mich nicht. Korrekt?«

»Korrekt«, antwortete Emil und erwiderte zaghaft den Händedruck

»Nun aber Marsch zurück ins Bett!« Harald deutete auf die Treppe zum dritten Stock. »Du willst doch später pünktlich im Stadion sein, nicht wahr?«

6. KAPITEL

Carla hatte eigentlich nicht vorgehabt, an diesem Tag das Olympiastadion zu besuchen, denn es gab hundert Dinge, die sie noch zu erledigen hatte, bevor sie Haralds Mutter im Restaurant traf. Für ein Uhr hatte Rina für sie einen Termin bei einem Friseur gemacht, der angeblich auch Filmstars wie die berühmte Pola Negri frisierte. Beim Frühstück war plötzlich Bellamuti aufgetaucht, der sie ermahnt hatte, ihre Übungen auf der Violine nicht zu vergessen. Dies wäre alles noch nicht so tragisch gewesen, wenn ihr Vater nicht überraschend verkündet hätte, er müsse am Vormittag einen wichtigen Termin wahrnehmen und könne Emil daher nicht zu den Spielen mitnehmen. Weil Rina sich sogleich mit Kopfschmerzen zurückzog, ließ Carla sich unter leisem Protest erweichen, ihren Bruder zu begleiten. Emil war an diesem Morgen ungewöhnlich blass und zerstreut. Auf Carlas Frage, wie der Kinobesuch gewesen war, antwortete er nur mit einem Achselzucken. Überhaupt kam ihr der Junge übermüdet vor. Hatte er die halbe Nacht gelesen oder war er aus Vorfreude auf den heutigen Tag im Olympiastadium zu aufgeregt gewesen, um einschlafen zu können?

Ein paar Stunden später brachte sie Emil zum Hotel zurück. Der Wettkampf im Weitsprung war entgegen ihrer Erwartungen doch so aufregend gewesen, dass sie einige Male in den Jubel der Menge miteingefallen war. Gespannt hatten Emil und sie das Duell zwischen dem Amerikaner Owens und dem Leipziger Luz Long verfolgt, aus dem Owens letztendlich als Sieger hervorgegangen war.

»Über acht Meter!«, rief Emil begeistert aus. »Das ist wirklich unglaublich. Ein neuer Weltrekord!«

Carla lächelte. Sie war froh, ihre gesteppte Jacke angezogen und eine Baskenmütze über die Ohren gezogen zu haben, denn es war empfindlich kühl heute. Auf der Tribüne hatte sie Frauen gesehen, die warme Decken über ihre Knie gelegt hatten, und das Anfang August. Das Wetter spielte in diesem Sommer wahrhaftig verrückt.

»Ob mir dein Harald wirklich ein Autogramm von Jesse Owens besorgen kann?«, fragte Emil, als er mit Carla am Kurfürstendamm die Straßenbahn verließ. Dort herrschte ungeheuer viel Trubel. Automobile rasten hupend an den Geschwistern vorbei, und wahre Menschenmassen schoben sich schwatzend oder schimpfend über die breiten Gehsteige. Obwohl die Sonne nicht schien, waren die Außenplätze der Caféhäuser begehrt. Ältere Herren saßen Pfeife rauchend beieinander und diskutierten, junge Mütter fütterten Kinder mit Früchtekuchen oder Eiscreme. Gruppen halbwüchsiger Mädchen zogen mit klimpernden Sammelbüchsen von Tisch zu Tisch. Wer eine Münze einwarf, wurde mit einem Lächeln und einer Anstecknadel belohnt. Die Bänke, die entlang der Straße zum Verweilen einluden, sahen aus, als wären sie erst vor Kurzem blitzblank gescheuert worden. Von den Erkern und Balkonen der hohen Gebäude flatterten Hakenkreuzfahnen im Wind. In diesen Tagen schien ohnehin die gesamte Stadt in einem roten Flaggenmeer zu ertrinken. Carla musste an ihren letzten Besuch in Berlin denken: Damals war ihr die Stadt längst nicht so gelassen und aufgeräumt vorgekommen, wie sie sich heute zeigte. Mit Schaudern erinnerte sie sich an die an Hauswände geschmierten Parolen. Davon war, so weit Carla beobachten konnte, heute in ganz Berlin nichts mehr zu sehen – es gab keine Aufmärsche, kein wüstes Gegröle uniformierter Halbwüchsiger in den Straßen. Womöglich hatte ihr Vater recht und das Land hatte zu sich selbst gefunden.

»Da fällt mir ein, ich muss noch etwas besorgen«, erklärte Carla, nachdem sie mit Emil eine Tasse Schokolade getrunken hatte. Mit einer schüchternen Geste winkte sie dem Kellner zu. »Eine Kleinigkeit für Haralds Mutter!«

Emil verzog das Gesicht, womit er zu erkennen gab, dass ihm der Sinn überhaupt nicht danach stand, mit seiner Schwester durch die Läden des Kurfürstendamms zu bummeln.

»Von hier aus finde ich ganz leicht zu unserem Hotel zurück«, versicherte er Carla eifrig. »Papa ist bestimmt schon wieder im Hotel. Um halb sechs will er ja schon mit mir zum Poststadion gehen.« Carla biss sich zweifelnd auf die Unterlippe. Ihr war nicht ganz wohl dabei, den Jungen allein durch die fremde Stadt gehen zu lassen. Aber wenn sie alles schaffen wollte, was sie sich für den Rest des Tages vorgenommen hatte, blieb ihr keine Zeit, Emil vorher noch abzuliefern. Schließlich ließ sie sich überreden und die Geschwister trennten sich.

Als Carla eine halbe Stunde später auf ihre Armbanduhr sah, bemerkte sie erschrocken, dass sie den Friseurtermin vergessen hatte. Auf ihre Pola-Negri-Frisur musste sie nun wohl oder übel verzichten. Rina würde das überhaupt nicht gefallen. Sie konnte nur hoffen, dass die Baronin bei ihrer ersten Begegnung anderes zu tun hatte, als sie auf ihr Haar anzusprechen.

»Wo finde ich nur ein passendes Geschenk für eine Frau, von der ich nicht das Geringste weiß?«, murmelte Carla, während sie die lange Straße hinunterlief. Die Füße taten ihr langsam weh, und sie tadelte sich, weil sie am Vortag in der Aufregung vergessen hatte, Harald nach den Vorlieben seiner Mutter zu fragen.

In einer ruhigen Seitenstraße stieß sie nach einigem Umherlaufen auf einen kleinen Laden, der ihr Interesse weckte. Auf den ersten Blick wirkte er bescheiden und im Vergleich mit den zahlreichen eleganten Geschäften, an denen sie auf dem Kurfürstendamm vorbeigekommen war, eher schäbig. Dennoch zog das rote Ziegelsteingebäude sie fast magisch an. Es war ein Eckhaus, das mit seinem uralten schmiedeeisernen Ladenschild und der Bank vor dem mit allerlei Krimskrams vollgestopften Schaufenster ein wenig aus der Zeit gefallen wirkte. Über der Tür prangte in altmodisch geschwungenen Lettern die Aufschrift »Antikwaren und Musik«, darunter der Name des Besitzers: F. Sallinger.

Für gewöhnlich betrat Carla kleine Läden nur ungern ohne Begleitung. Sie mochte es nicht, beim Stöbern von Verkäufern verfolgt zu werden, die ihr etwas aufschwatzen wollten, was sie gar nicht brauchte. Da es ihr schwerfiel, Nein zu sagen, verließ sie solche Läden daher häufig mit Dingen, die ihr gar nicht gefielen, und ärgerte sich, weil sie zu schüchtern gewesen war, sie abzulehnen. Ihre Mutter lachte sie deswegen aus. Fand Rina nicht, wonach sie suchte, tat sie dies lautstark kund und riet dem verdutzten Personal, das Warenangebot zu erweitern. Zu Carlas Überraschung war sie an diesem Nachmittag aber nicht die Einzige, die sich das umfangreiche Angebot des Antikwarengeschäfts ansah. Gut ein halbes Dutzend Kunden, vorwiegend Ausländer, streiften durch das Geschäft, vermutlich auf der Suche nach originellen Reiseandenken. Angenehm war die fast ehrfurchtsvolle Atmosphäre, die in dem durch allerlei Regalwände in Nischen unterteilten Laden herrschte. Carla fiel sogleich auf, dass die Leute sich nur flüsternd unterhielten, was zum Lärm auf dem nahen Kurfürstendamm einen höchst bemerkenswerten Kontrast bildete. Fast kam es Carla so vor, als schlendere sie durch eine Kirche, ein Eindruck, den nicht nur der herbe Geruch nach Holz untermalte, sondern auch das seidene Dämmerlicht, in dem Tausende winziger Staubpartikel tanzten.

Ein wenig enttäuscht stellte Carla fest, dass die meisten Antikwaren nichts als Trödel waren, billiger Ramsch, wie er sich mit den Jahren auch im Keller ihres Aachener Elternhauses angesammelt hatte. Die auf dem Ladenschild erwähnte »Musik« bestand aus einigen Stapeln vergilbter Notenhefte, die so brüchig aussahen, dass Carla sich nicht einmal traute, sie aufzuschlagen. Sie seufzte. Ihre Hoffnung, in diesem Sammelsurium etwas zu finden, das den Ansprüchen der Baronin von Breden genügte, schwand zwar, doch so schnell wollte sie nicht aufgeben. Zumindest die gläsernen Vitrinen im hinteren Teil des Ladens sahen einigermaßen vielversprechend aus. Fein säuberlich etikettiert lagerten hier sogar Schmuckstücke wie Puderdöschen, Löffel mit Elfenbeingriff, Handspiegel und Porzellanpuppen. Carla zögerte, eine der Glastüren zu öffnen, wagte es schließlich aber doch, ein paar der Kostbarkeiten vorsichtig herauszunehmen. Sie war heilfroh, dass niemand ihr dabei Beachtung schenkte. Der Ladeninhaber, ein älterer Herr mit Nickelbrille, war mit einem anderen Kunden beschäftigt, den er überschwänglich begrüßte und sogleich in ein Gespräch verwickelte.

Überrascht drehte sie sich nach den beiden Männern um, glaubte sie doch für einen Moment, die Stimme ihres Vaters zu hören. Der Mann, mit dem der alte Trödler sich unterhielt, wies sogar eine verblüffende Ähnlichkeit mit ihm auf. Ein merkwürdiger Zufall, befand sie irritiert, beschloss aber, dem Ganzen keine besondere Bedeutung beizumessen. Hatte ihre Mutter nicht oft betont, Carlas Vater habe ein Allerweltsgesicht? Umso mehr verwirrte es sie, als der Blick des fremden Mannes plötzlich an ihr hängen blieb. Obwohl in seinem Ausdruck nichts Anstößiges oder Frivoles lag, fand Carla es unangemessen, sogar verstörend, von ihm so angestarrt zu werden. Rina hätte den Kerl mit einer spitzen Bemerkung in die Flucht geschlagen, ihr dagegen blieb nichts anderes übrig, als sich erneut auf die Pretiosen in dem Glasschränkchen zu konzentrieren. Es wäre doch gelacht, wenn sich hier kein Geschenk für eine ältere Dame finden ließe. Vielleicht gefiel dieser ja eine der hübschen Spieluhren. Während sie nach dem erstbesten Stück griff, spürte sie, wie sich die Blicke des Unbekannten in ihren Rücken bohrten. Er beobachtete sie, daran bestand nun kein Zweifel mehr.

Carlas Mund wurde trocken vor Anspannung. Der alte Ladeninhaber berichtete mit einer dünnen Greisenstimme unverzagt, dass die Geschäfte seit der Olympiade endlich besser gingen. Die Kunden kämen wieder, nachdem sie den Laden lange gemieden hätten. Niemand beschmiere mehr seine Schaufensterscheiben oder beleidige ihn auf offener Straße.

»Und haben Sie nicht bemerkt, dass *Der Stürmer* mit seinen hässlichen Artikeln über uns nirgendwo in Berlin mehr zu sehen ist?«, fragte der alte Mann enthusiastisch. »Die Herren von der Partei wollen sich vor den ausländischen Gästen und der Presse nicht blamieren. Sie haben begriffen, dass das Ausland sie beobachtet, daher werden sie uns in Zukunft wieder in Frieden lassen. Warum auch nicht? Wir zahlen Steuern wie jeder andere auch. Meine beiden Söhne sind anno '14 in den Krieg gezogen und haben sich im Schützengraben von Verdun das Eiserne Kreuz verdient.«

»Alle Achtung!«

Der Mann senkte seine Stimme zu einem verschwörerischen Flüstern. »Sind vor knapp drei Jahren ins Ausland verduftet! Gleich nachdem der Reichstag gebrannt hat. Der Ältere ist ab nach Südamerika, der zweite nach England.«

»Und Sie, Sallinger? Wie lange bleiben Sie noch hier?« Wieder beschlich Carla in ihrer Ecke das unheimliche Gefühl, ihren Vater sprechen zu hören.

Der Ladenbesitzer kicherte. »Bin doch 'n oller Berliner, was zum Kuckuck sollte ich in Chile oder bei den Teetrinkern anfangen, außer meinen Jungs auf die Nerven zu gehen? Ne, ne, ich bleibe. Auswandern ist was für junge Leute wie Sie. Obwohl ein so begabter Musiker unserem Kulturbund fehlen wird. Die Klarvierabende, die dort stattfinden, sind für alte Leute wie meine Wenigkeit der einzige Lichtblick am Ende eines langen, harten Tages geworden.«

Leise stellte Carla die Spieldose ins Regal zurück und griff nach einer anderen. Es war ihr ein wenig peinlich, bei dem Gespräch der beiden Männer die Ohren gespitzt zu haben. Allem Anschein nach handelte es sich bei ihnen um Juden. Nachdenklich öffnete sie die mit schwarzen Perlen und winzigen Rubinen besetzte Dose und lauschte der Melodie: Mozarts Zauberflöte, die Arie der Königin der Nacht. Eine entzückende Arbeit, urteilte Carla erfreut, und genau das richtige Geschenk. Es gab sogar eine eingravierte Widmung. Als Carla diese las, war ihr jedoch, als wolle die Dose ihr aus der Hand springen. Das konnte doch nicht sein! Spielte ihre Einbildung ihr einen Streich?

Unserer geachteten Mutter Fr. von Breden zum Jubeltag. In Dankbarkeit, H.

Franziska von Breden, schoss es Carla durch den Kopf. Die Baronin! Ein Irrtum war ausgeschlossen, die Spieldose hatte einmal Haralds Mutter gehört. Er selbst musste sie ihr geschenkt haben. Aber wie mochte das Stück ausgerechnet in diesem Laden gelandet sein? Das konnte sich doch nur um ein Versehen handeln.

Carla nahm ihren ganzen Mut zusammen und erkundigte sich bei dem alten Herrn mit der Drahtbrille.

»Ein Irrtum, meinen Sie?« Verwundert begutachtete der Antiquitätenhändler das gute Stück. Dann schüttelte er den Kopf. »Ne, ne, Fräulein«, meinte er. »Das hat schon alles seine Richtigkeit. Meine Bücher sind alle vorbildlich geführt, aber wie Sie sich denken können, legen die Herrschaften, die mir etwas zum Verkauf anbieten, großen Wert auf Diskretion. Daher kann ich Ihnen nichts über die Leute sagen, die mir die Spieldose gebracht haben.« Sallinger legte das hübsche Spielzeug auf seinen Ladentisch. Der sonderbare Mann, mit dem er sich unterhalten hatte, wich ihm nicht von der Seite. Carla war das gar nicht recht. Sie fühlte sich befangen in seiner Gegenwart und wünschte, er würde endlich gehen. Dennoch konnte sie nicht umhin, seinen prüfenden Blick zu erwidern. Trotz seines sich lichtenden dunklen Haars schätzte sie ihn auf weniger als vierzig Jahre. Er war bis auf einen kleinen Bauchansatz schlank und mittelgroß. Die verträumt blickenden Augen und seine große Nase verliehen seinem Gesicht einen Schatten von Melancholie und Schwermut, welcher durch die abgewetzte Kleidung, die er trug, noch verstärkt wurde. Schuhe, Anzug und Schlips hatten schon deutlich bessere Tage erlebt. Auf Carla machte der Mann den Eindruck eines immer ein wenig abwesenden Künstlers, der von der Hand in den Mund lebte, diesen Umstand aber keineswegs bedauerte. Die Bemerkung des Trödlers über die Klavierabende, die der Mann bestritt, hatte ihr ja schon bewiesen, dass sie damit gar nicht so falsch lag.

»Möchte das Fräulein die hübsche Spieldose nun kaufen oder nicht?« Der alte Sallinger räusperte sich ungeduldig. Es gab noch mehr Kunden im Laden, die bedient werden wollten. Noch bevor Carla eine Antwort fand, nannte er ihr seinen Preis. Dieser war recht hoch.

Carla wühlte in ihrer Handtasche, was eigentlich überflüssig war, denn sie wusste genau, dass ihr Geld nicht reichte. Aber sie musste Franziska von Bredens Spieldose haben, so viel stand fest. Sie oder gar nichts. »Vielleicht darf ich Ihnen eine Anzahlung …«

»Bedaure, Fräulein«, unterbrach der Händler sie kopfschüttelnd. »Wie wäre es, wenn Sie sich nach etwas anderem umschauten? Die Puderdöschen sind bei den Damen sehr beliebt. Oder darf es ein silberner Kosmetikspiegel sein?«

Carla wollte keinen Spiegel, sondern genau diese Spieluhr. Haralds Mutter würde staunen, wenn sie sie ihr beim Abendessen im Restaurant überreichte. Sie und Harald würden Carla auf ewig dankbar sein.

Der Fremde mit dem melancholischen Blick lächelte ihr aufmunternd zu. »Na, das scheint ja ein ganz besonderes Objekt zu sein«, meinte er. Seine Hand verschwand in der Innenseite seines abgetragenen, grauen Zweireihers. »Verstehen Sie mich nicht falsch, aber es wäre mir eine Ehre, Ihnen auszuhelfen, Fräulein

Fuchs. Von Künstler zu Künstler.« Er zwinkerte dem Antikwarenhändler zu. »Wie viel ist das Ding wirklich wert?«

»Unter zwanzig Reichsmark kann ich nicht gehen, Herr Kapellmeister«, sagte Sallinger mit erhobenen Händen. »Auf Ehre und Gewissen!«

Carla schaute den Fremden mit einiger Empörung an. Wie konnte er es wagen? Hatte sie ihn um Hilfe gebeten? Hielt er sie etwa für eine ... Sie stutzte. Moment, wie hatte er sie eben angeredet? Allmählich fand sie ihn nicht mehr nur lästig. Er fing an, ihr Angst zu machen.

»Woher kennen Sie meinen Namen?«, platzte sie heraus. »Ich habe ihn nicht erwähnt. Und wie können Sie wissen, dass ich Musikerin bin?«

Der Mann nickte verständnisvoll. »Da bin ich Ihnen wohl eine Erklärung schuldig, Carla!«

»Nennen Sie mich nicht so!«

»Entschuldigen Sie bitte, was wäre Ihnen denn lieber?« Er legte den Kopf schief und betrachtete sie mit seinen dunklen, traurigen Augen.

»Mir wäre lieber, wenn Sie aufhören würden, so zu tun, als würden Sie mich kennen.«

»Wie Sie wünschen, gnädiges Fräulein. Aber was ist nun mit der Spieldose, die Ihnen so am Herzen liegt?«

Carla biss sich auf die Lippe. Wie die Dinge lagen, blieb ihr nichts weiter übrig, als die Dose zurückzulegen. Bis zur Verabredung mit den von Bredens war nicht mehr genug Zeit, um ins Hotel und noch einmal in die Stadt zu fahren. Zu dumm.

»Nur einmal angenommen, ich würde Ihr Angebot annehmen ...«, sagte Carla vorsichtig. »Ich würde Ihnen das Geld natürlich gleich morgen früh zukommen lassen, aber ...«

»Steinberg«, sagte der dunkelhaarige Mann mit einer höflichen Verbeugung.

»Wie bitte?«

»Das ist mein Name, Wilhelm Steinberg.« Er zog seine Brieftasche aus der Jacke und zählte sorgfältig einige Scheine ab, die er neben Sallingers Registrierkasse legte. Noch bevor die Spieluhr unter einer Schicht braunen Packpapiers verschwand, meldete sich Carlas Gewissen. Der Mann sah nicht gerade wohlhabend aus, im Gegenteil. Definitiv besaß er nicht genug Geld, um es für Spieluhren zu verpulvern. Dennoch tat er es, und sie brannte darauf, zu erfahren, warum.

Gemeinsam verließen sie den Antikwarenladen und gingen ein Stück schweigend nebeneinander her. Carlas Herz raste. Was um alles in der Welt machte sie hier eigentlich? Sie ließ sich von einem Mann aus der Verlegenheit helfen, der ihr völlig unbekannt war, und wusste doch nicht mehr von ihm als seinen Namen. Dazu kam, dass er ganz offensichtlich ein Jude war. Sich mit solchen Leuten auf offener Straße zu zeigen, war gefährlich. Nur gut, dass Carla fremd in der Stadt war und außer Harald und Bellamuti hier keine Menschenseele kannte.

»Sie wollten mir doch etwas erklären«, erinnerte ihn Carla nach einer Weile, wobei sie unruhig über die Schulter spähte. Die Straßen mit den hohen Mietshäusern, durch die Steinberg sie führte, sahen für sie alle gleich aus. Nach wenigen Schritten hatte sie keine Ahnung mehr, wo sie war, geschweige denn, wie sie aus dem verwirrenden Labyrinth trister Straßen und schäbiger Höfe zurückfinden sollte. Der Wind, der sie schon im Stadion hatte frösteln lassen, wirbelte die Blätter im Rinnstein auf und zerrte am Saum ihres Rockes. Steinberg musste mit einer Hand seinen Hut festhalten, damit er ihm nicht vom Kopf gerissen wurde.

»Was wollen Sie denn genau wissen?«

»Warum hat der Mann im Laden Sie Kapellmeister genannt?«, fragte Carla. »Sind Sie wirklich Musiker?«

Steinberg schmunzelte. »Ich habe Klavier und Violine studiert, und dann Orchesterleitung bei Hermann Abendroth.«

»Was? *Dem* Abendroth?« Carla stieß staunend die Luft aus. Bellamuti hatte ihr von dem berühmten Violinisten erzählt, er gehörte seitdem zu einem ihrer Vorbilder. Es galt als Ehre und Auszeichnung, von einem Meister wie ihm unterrichtet zu werden.

»Danach führte mich mein Weg als Musiker von Köln über Prag nach Frankfurt«, erzählte Steinberg weiter. »Aber das ist lange her. Wie Sie sich denken können, ist so einer wie ich für die klassische deutsche Kultur nicht mehr tragbar.«

Carla überlegte, ob es klug war, ihr Bedauern darüber zum Ausdruck zu bringen, und beschloss, lieber zu schweigen. Diese ganze Politik war aber auch entsetzlich verwirrend. Wer sollte da noch den Überblick behalten? Persönlich fand sie es schockierend, einem ambitionierten Künstler die Arbeit zu verbieten. Konnte es so etwas wirklich geben? Vielleicht übertrieb der Mann ja. Sie nahm sich vor, bei nächster Gelegenheit Bellamuti danach zu fragen. Was dieser ihr antworten würde, konnte sie sich allerdings denken. Er mochte es gar nicht, wenn sich seine Schüler mit etwas anderem beschäftigten als ihren Übungen.

Steinberg deutete auf ein schäbiges Gebäude am Ende der Straße, in dessen Erdgeschoss sich eine Kneipe befand. Diese trug den bezeichnenden Namen »Zum Leierkastenmann«.

Carla blieb stehen. Dort hinein sollte sie? Durch die sperrangelweit geöffneten Fenster des Lokals drang Grammophonmusik ins Freie, dennoch war es Carla hier gar nicht geheuer. Sie konnte sich nicht erinnern, jemals auch nur einen Fuß in eine solche Kaschemme gesetzt zu haben.

»Können wir nicht woanders hingehen?«, erkundigte sie sich naserümpfend, als Steinberg die quietschende Tür öffnete. Ein Schwall bläulichen Tabakqualms quoll über die Schwelle. Eine raue Stimme bestellte Bier.

»Wollen Sie behaupten, Sie hätten nichts dagegen, mit mir im Café Kranzler gesehen zu werden, Carla?« Steinberg sah sie prüfend an.

Beschämt senkte Carla den Blick. Nein, sie wollte nicht mit ihm gesehen werden, weder auf dem Kurfürstendamm noch in dieser Kneipe. Stattdessen wollte sie erfahren, warum er sie dauernd beim Vornamen nannte und ihr trotz ihrer Vorbehalte auf so unheimliche Weise vertraut vorkam.

Und natürlich auch, warum er ihrem Vater so erschreckend ähnlich sah.

Sie hätte schwören können, ihm in Sallingers Laden zum ersten Mal begegnet zu sein, und doch schien er mehr von ihr zu wissen, als ihr lieb war.

»Entweder Sie sagen mir jetzt auf der Stelle, was das zu bedeuten hat, oder ich gehe!« Sie machte einen Schritt zurück. Sollte er sie doch für ein trotziges Kind halten, das war ihr egal. Ohnehin hätte sie schon längst zum Hotel zurückkehren sollen, sie musste sich schließlich für das Essen mit der Baronin umziehen. Der Abend würde auch so schon anstrengend genug werden.

Steinberg schien einen Moment nachzudenken, dann nickte er. »Also gut, Carla. Ich bitte dich schon jetzt um Verzeihung, falls das, was du gleich hören wirst, dich erschrecken sollte. Womöglich wirst du mir nicht einmal glauben. Vielleicht habe ich auch gar nicht das Recht, dich mit meinen Sorgen zu behelligen, noch dazu über den Kopf deines Vaters hinweg. Aber ich stecke in Schwierigkeiten und brauche dringend Hilfe.«

»Hilfe? Etwa von meinem Vater?«

Steinberg nickte. »Er hat mir einmal versprochen, dass ich mich jederzeit an ihn wenden dürfte. Zugegeben, das ist Jahre her, aber ein Ehrenwort bleibt doch ein Ehrenwort, nicht wahr? Nun reagiert er weder auf Anrufe noch auf Briefe. Daher möchte ich dich bitten, einen Kontakt zu ihm herzustellen. Vielleicht hört er ja auf dich!«

»Und warum sollte mein Vater Ihnen helfen können?« Carla schüttelte ungläubig den Kopf. Was der Mann da sagte, war absurd. Und warum duzte er sie nun auch noch? Er musste sie mit jemandem verwechseln. »Er kennt Sie doch gar nicht!« Vater kennt überhaupt keine Juden, wollte sie hinzufügen, unterließ es aber, weil sie es für unhöflich hielt, eigens darauf hinzuweisen. Sie bemerkte einen Schimmer in Steinbergs Augen, als kämpfe er gegen aufsteigende Tränen an. Vielleicht reizte aber auch nur der Qualm der Zigaretten seine Augen.

»Glaub mir, dein Vater kennt mich gut«, sagte Steinberg leise. »Auch wenn er sich bemüht haben dürfte, diesen Umstand zu vergessen.« Er holte tief Luft. »Diese Geschichte reicht lange zurück.«

7. KAPITEL

»Ich fürchte, wir müssen unser Abendessen verschieben«, verkündete Harald, als er Carla am späten Nachmittag im Musiksalon des Hotels traf. Sie saß reglos gegenüber dem Flügel, auf dem Schoß ihre Geige, deren Saiten sie abwesend berührte. Es war ein besonders schönes, kostbares Instrument, um das sie viele ihrer Mitstudierenden beneideten. Ihr Vater hatte es ihr am Tag ihrer Aufnahme ins Konservatorium geschenkt. Carla erinnerte sich, wie glücklich sie damals gewesen war und mit wie viel Zuversicht sie in die Zukunft geblickt hatte. Sie und ihre Freunde hatten sich für unbesiegbar gehalten, für angehende Künstler, die der Welt das zurückgeben würden, was sie ihrer Meinung nach in den dunklen Jahren nach dem großen Krieg verloren hatte: Harmonie, Klang und Wärme. Aber eben diese Wärme war nun aus Carlas Leben gewichen. Sie fühlte sich schwach, wie gelähmt. Ihre geliebte Geige lag auf ihr wie ein totes Stück Holz, dabei war sie ihr doch immer fast wie ein Lebewesen vorgekommen. Nun hatte sie ihre Seele verloren, und Carla brach fast das Herz bei dem Gedanken, dass sie ihr diese wohl nicht mehr würde zurückgeben können.

Sie würde nie wieder auf der Geige spielen können. Jedenfalls nicht vor anderen.

Nicht in ihrer Heimat.

Harald räusperte sich, bis sie aufblickte. Ach ja, er hatte etwas wegen des Abendessens zu ihr gesagt. Es fiel aus, und er musste folgerichtig annehmen, dass ihre Traurigkeit etwas mit seiner Absage zu tun hatte. Wenn dem doch nur so gewesen wäre! Er fing an, ihr etwas zu erklären, doch Carla hörte kaum zu. Immerhin begriff sie nach einer Weile, dass die Baronin offensichtlich erkrankt war. Nein, nichts Ernsthaftes, nur eine leichte Sommergrippe. Kaum verwunderlich bei den herbstlichen Temperaturen, die momentan in Berlin herrschten.

Carlas Blick fiel auf das Ding im braunen Packpapier, das sie auf den Flügel gelegt hatte. Sie war bei ihrer Rückkehr ins Hotel so durcheinander gewesen, dass sie sich nicht die Mühe gemacht hatte, es auszupacken. Wozu auch? Einen Moment lang war sie versucht, Harald die Spieldose in die Hand zu drücken und ihn zu bitten, sie allein zu lassen, doch sie entschied sich dagegen. Vielleicht war ein Mensch, der nicht zu ihrer Familie gehörte, jetzt genau das, was sie brauchte. Ein Mensch, der zuhören und dem sie vertrauen konnte.

»Tut mir leid, dass es deiner Mutter nicht gut geht«, sagte sie leise. »Aber ich fürchte, ich wäre ohnehin nicht in der Stimmung gewesen, ihr heute Abend zu begegnen …«

Nicht, nach all dem, was sie von Steinberg über ihren Vater, dessen Vergangenheit und auch über sich selbst erfahren hatte. Sie krümmte ihre Finger und wunderte sich fast, dass sie ihr gehorchten. Jede noch so kleine Bewegung kam ihr ungewohnt vor, als stecke sie plötzlich in einem fremden Körper, hilflos in einer abweisenden, bedrohlichen Welt.

Von nun an würde nichts mehr so sein wie zuvor. Und auch sie würde nie wieder dieselbe sein. Allmählich dämmerte ihr, wieso ihr Vater so strikt dagegen gewesen war, dass sie im Olympiastadion vor den Augen des Führers, seines Stabs und der ganzen Welt als Solistin auftrat. Warum er gewollt hatte, dass sie keine Aufmerksamkeit erregte. Doch warum hatte er ihr nie davon erzählt? Hatte er befürchtet, sie könnte die Wahrheit nicht verkraften?

Steinberg hatte ihr von einem Symphonieorchester erzählt, das weit weg von Berlin, in einem fernen Land, entstehen sollte. Mitten in der Wüste, wenn man seinen Worten glauben wollte. Wie hatte er es noch genannt, das Orientorchester? Angeblich bemühte er sich, einige der begabtesten Musikerinnen und Musiker Europas an diesen gottverlassenen Ort zu bringen, weil sie – wie er selbst – in der Heimat keine Zukunft mehr hatten. Ein wahrhaft aberwitziges Unterfangen. Carla rauchte schon der Kopf vom Grübeln. Sie wünschte sich, sie könnte die Augen schließen, einschlafen und beim Erwachen feststellen, dass sich nichts geändert, sondern sie nur schlecht geträumt hatte. Sie würde mit Bellamuti Beethovens Opferlied einstudieren und einen bravourösen Auftritt abliefern. Die Menschen im Stadion, ja selbst der Führer würden vor Begeisterung applaudieren, sobald der Klang ihrer Violine sie in ihren Bann zog. Dann würde sie Harald heiraten und mit seiner Hilfe als Solistin berühmt werden.

»Ist alles in Ordnung?« Harald klang besorgt. Ihren schwachen Protest ignorierend, nahm er ihr die Geige aus der Hand und legte sie mitsamt Bogen auf einen Sessel. »Soll ich deinen Vater rufen? Der Herr Apotheker hat doch bestimmt Aspirin zur Hand!«

Energisch schüttelte sie den Kopf, bis ihr die Tränen über die Wangen liefen. Nein, ihren Vater, der sie ein Leben lang belogen hatte, wollte sie jetzt bestimmt nicht sehen. Außerdem war er noch gar nicht ins Hotel zurückgekehrt.

Nach einigem Zögern nahm sie sich ein Herz und berichtete Harald in groben Zügen, was sie in der Stadt erlebt hatte. Nur die Sache mit der Spieluhr ließ sie aus. Dies war eine andere Geschichte, die sie ihm zu einem anderen Zeitpunkt erzählen wollte. Als sie fertig war, sprang der junge Mann auf und lief unruhig im Zimmer auf und ab.

»Irrst du dich auch nicht?«, murmelte er dabei. »Ich meine … Vielleicht ist dieser Kerl nur ein Schwindler, der dir mit einer schwachsinnigen Geschichte das Geld aus der Tasche ziehen wollte.«

Carla zuckte mit den Schultern. »Er hat nichts von mir verlangt, im Gegenteil, er hat mir sogar Geld geliehen. Ist es nicht merkwürdig? Jetzt, wo ich ihn kennengelernt habe, glaube ich fast, ihn doch schon mal gesehen zu haben, vielleicht in frühester Kindheit. Aber meine Erinnerungen sind undeutlich und verschwommen.«

»Steinberg … Steinberg … Nein, nie gehört!«

»Er war Dirigent an der Frankfurter Oper, bis man ihn davongejagt hat. Seitdem organisiert er Konzertabende für irgendeine kulturelle Vereinigung hier in Berlin. Aber die werden nur von … seinen Leuten besucht.«

»Juden!« Harald fuhr sich mechanisch durch das widerborstige blonde Haar. Einen bangen Moment lang glaubte Carla, einen verächtlichen Blick wahrzunehmen, doch als er sie in den Arm nahm und zärtlich auf die Lippen küsste, verschwand das Gefühl der Beklemmung.

»Mach dir keine Sorgen, Liebling«, sagte er. »Und vergiss um Gottes willen, was dieser Kerl dir erzählt hat. Das hat nicht das Geringste mit uns zu tun.«

»Ich wünschte, ich könnte das glauben! Was würden zum Beispiel deine Mutter und deine Schwester von mir denken, wenn sie es erführen?«

Harald verzog das Gesicht zu einer Grimasse, wie so oft, wenn von seinen Angehörigen die Rede war. »Nun, es wäre schon besser, wenn sie nichts davon wüssten«, gab er nach kurzer Überlegung zu. »Vor allem, weil Mutter sich nicht aufregen darf. Sie hat es schwer genug.«

Carla nickte betrübt. Einer älteren, gesundheitlich angeschlagenen Dame Aufregungen zu bescheren, war das Letzte, was sie wollte. Aber war es möglich, über eine so gravierende Angelegenheit den Mantel des Schweigens zu breiten? Schließlich gab es Gesetze, Staats- und Parteiinteressen, wie man das heute nannte. Wollte Harald ihre gemeinsame Zukunft mit einer Lüge beginnen? Und wie sollte sie Bellamuti beibringen, dass sie keine Karriere als Geigenvirtuosin mehr anstrebte? Der Mailänder würde fluchen, dass man es bis über die Alpen würde hören können. Doch an all dies wollte Carla gerade nicht denken. Ihre Augen brannten, und in ihren Schläfen hämmerte es. Haralds Reaktion hatte ihr ein wenig die Angst vor dem nächsten Tag genommen, doch was sie nun benötigte, waren Ruhe und ein wenig Zeit für sich.

Carla schlief bis in den späten Vormittag hinein. Jeglicher Versuch ihrer Familie, sie zu wecken, scheiterte. Als sie schließlich gähnend den Frühstücksraum betrat, waren die Kellner bereits dabei, das benutzte Geschirr der Gäste abzuräumen. Das Geräusch klirrenden Porzellans ließ sie gequält das Gesicht verziehen. Was sie jetzt brauchte, war eine Kopfschmerztablette, keine Käseplatte.

Emil, der sich sein Marmeladenbrot schmecken ließ, begrüßte sie mit dem freundlichen Hinweis, sie sehe aus wie ein Gespenst. Für diese Bemerkung erhielt er einen Rüffel von Rina, die jedoch ihrerseits nachfragte, ob sie sich nicht wohlfühle. Ihr Vater sagte nichts. Er war ganz in die Lektüre des *Berliner Tagblatts* vertieft, und nur ein regelmäßiges Rascheln deutete darauf hin, dass er überhaupt noch am Tisch saß.

»Etwas Make-up könnte dir wahrhaftig nicht schaden«, meinte Rina seufzend. »Was, wenn Harald dich so sieht?« Da das Personal auf ihre Rufe nicht reagierte, schenkte sie sich selbst Kaffee nach. Wie gewöhnlich war sie tadellos gekleidet und frisiert. Über einer marineblauen Jacke trug sie die Perlenkette, die Fuchs ihr im vergangenen Jahr geschenkt hatte. Auf ihren Wangen lag ein Hauch von Rouge, und ihr in Wellen gelegtes Haar glänzte. »Hoffentlich nimmst du es dir nicht zu Herzen, dass die Baronin euer Verlobungsessen verschieben musste. Bestimmt ist sie selbst untröstlich, weil sie uns noch nicht kennenlernen konnte.«

»Ich frage mich langsam, ob es diese Baronin überhaupt gibt!«, rief Emil vorlaut. »Keiner von uns hat sie je zu Gesicht bekommen.« Er kicherte. »Vielleicht ist sie auch ein Geist!«

»Emil, halt den Mund!«, kam es hinter der Zeitung hervor. »Sonst gibt's für dich heute kein Florettfechten!«

Der Junge verstummte sofort. Das Fechten der Damen wollte er sich keinesfalls entgehen lassen, immerhin trat mit der Deutschen Helene Meyer ein großes Talent an, und Emil war, wie alle seine Freunde, hoffnungslos vernarrt in sie.

Carla schob ihren Frühstücksteller zur Seite. Sie brachte jetzt beim besten Willen keinen Bissen herunter, nicht, solange ihr hundert Fragen wie schwere Steine im Magen lagen. Sie starrte auf die Zeitung, die wie eine Mauer zwischen ihr und ihrem Vater aufragte. Wie passend, dachte sie. Er hat immer hinter einer Mauer gelebt, die ihn nicht nur vor uns, sondern auch vor der Wahrheit abgeschirmt hat. Carla überlegte. Sie bezweifelte, dass dies der richtige Zeitpunkt war, um die Mauer einzureißen. Aber gab es solch einen Augenblick überhaupt?

»Vater?«

In das Rascheln des Papiers mischte sich ein Brummen.

»Ich muss mit dir reden, Vater!«

»So?«

Am liebsten hätte Carla den Mann, den sie von Kindesbeinen an zu kennen geglaubt hatte, angeschrien, er solle endlich seine verfluchte Zeitung zur Seite legen und ihr in die Augen sehen, aber natürlich gehörte sich so etwas nicht für eine wohlerzogene junge Dame. Umso größer war ihr Erstaunen, als ihr Vater zusammenzuckte. Kreidebleich ließ er die Zeitung sinken und schnappte geräuschvoll nach Luft. Carla blickte ihn irritiert an. Irgendetwas schien ihn zu Tode erschreckt zu haben.

»Was ist denn los, Robert?«, fragte Rina. »Ist dir nicht gut? Du solltest nicht so viel Kaffee trinken. Hast du vergessen, was dein Arzt wegen deines Blutdrucks gesagt hat?«

Fuchs sprang auf, ohne die Bemerkung seiner Frau in irgendeiner Weise zu kommentieren. »Entschuldigt, aber ich muss fort. Ich habe etwas Wichtiges vergessen!«

Rina rief ihm empört hinterher, aber Carlas Vater eilte so

rasch aus dem Frühstücksraum, dass ihr Protest ungehört verhallte.

»Was ist bloß in ihn gefahren?« Rina berührte ihre Schläfen, als erwarte sie aufgrund des überstürzten Aufbruchs ihres Mannes einen Migräneanfall. »Allmählich habe ich genug von seinen Launen. Wir sind nach Berlin gekommen, um die Olympischen Spiele zu besuchen und Harald besser kennenzulernen, aber nicht, damit Vater Geschäftstermine wahrnimmt.«

Falls nicht etwas ganz anderes dahintersteckt, dachte Carla verwirrt.

Emil bückte sich derweil nach der unter den Tisch gerutschten Zeitung. »Vielleicht hat sich Papa über einen Artikel deines Liebsten aufgeregt, Carla!«

»Sei nicht so frech zu deiner Schwester«, schimpfte Rina, deren Miene nun tatsächlich auf Kopfschmerzen schließen ließ. »Außerdem arbeitet Harald überhaupt nicht für dieses Blatt, nicht wahr, Carla? Vater sollte wirklich kein Konkurrenzblatt lesen! Wie sieht denn das aus?«

Carla antwortete nicht. Neugierig geworden überflog sie alle infrage kommenden Artikel. Einer davon hatte ihren Vater in höchste Alarmbereitschaft versetzt. Doch welcher? Unter den Berichten über sportliche Leistungen und glanzvolle Empfänge der Reichsregierung für ausländische Staatsgäste stach eine einzige Meldung hervor, die einen Verkehrsunfall zum Thema hatte.

»Nach polizeilichen Angaben wurde ein junger Mann in den Abendstunden beim Versuch, die befahrene Lietzenburger Straße in Charlottenburg zu überqueren, von einem Automobil ergriffen und tödlich verletzt«, las sie stockend vor. »Zeugen des Geschehens erklärten vor der Schutzpolizei, die in vorbildlicher Weise sofort zur Stelle war, der zu Tode gekommene Mann sei auf die Straße gelaufen, ohne sich umzublicken. Nach ersten Erkenntnissen handelt es sich bei dem Opfer um einen jungen Reporter, der …«

»Großer Gott, doch hoffentlich nicht dein Harald«, unterbrach Rina ihre Tochter mit vor Schreck geweiteten Augen.

»... in Washington, USA, wohnhaft, die amerikanischen Athleten aus Übersee nach Berlin begleitet hat. Die Reichsregierung sowie das Olympische Komitee bedauern zutiefst ...« Carla hörte auf zu lesen, denn die Trauerbekundungen interessierten sie nicht. War es wirklich der Unfall dieses Amerikaners, der ihren Vater so nervös machte? Das war schwer vorstellbar, denn so weit sie wusste verband diesen weder etwas mit Sport noch mit Reportern, schon gar nicht, wenn sie aus Übersee stammten. Er mochte Amerika nicht besonders.

Andererseits hielt Carla seit ihrer Begegnung mit Steinberg in ihrer Familie nichts mehr für unmöglich. Noch einmal nahm sie sich die Zeitung vor, doch dieses Mal las sie Zeile für Zeile. Der Name des verunglückten Sportreporters war zu ihrem Bedauern nicht abgedruckt worden. Es fehlte ein Hinweis auf sein genaues Alter sowie auf die amerikanische Zeitung, in deren Auftrag der Mann die weite Reise nach Berlin unternommen hatte.

Aber war dies überhaupt wichtig? In einer Großstadt gehörten Unfälle mit Automobilen zum Alltagsgeschehen. Mit der Heimlichtuerei ihres Vaters hatte das gewiss nichts zu tun. Bestimmt hatte er einen anderen Grund gehabt, einfach aus dem Raum zu laufen, vielleicht wollte er sich einfach nicht mit ihr auseinandersetzen und wich ihr nun aus. Ob er ahnte, dass Steinberg ihre Nähe gesucht hatte? Unruhig blickte sie auf ihre Uhr und überlegte, wo Harald blieb. Hatte er ihr nicht versprochen, so rasch wie möglich zu ihr zu kommen? Sie mussten doch beraten, wie es mit ihnen weitergehen sollte.

Auf dem Weg durch die Halle winkte ihr der Sohn der Direktorin freundlich zu. Heinz war nur ein paar Jahre älter als Emil, aber bereits in der Lehre, welche er allerdings nicht im Hotel seiner Mutter absolvierte, sondern in einer Berliner Speisegaststätte.

»Noch nicht bei der Arbeit?«, erkundigte sich Rina bei dem jungen Mann an der Rezeption. Vermutlich half er aus, denn obwohl während der Hauptsaison, noch dazu jetzt während der Spiele, besonders viel zu tun war, fehlte es im Hotel doch oft an Personal.

»Ich muss heute erst gegen fünf Uhr im Horcher sein«, sagte Heinz. »So lange sortiere ich die eingegangene Post für unsere Gäste.«

Carla hatte keine Lust, sich zu unterhalten, doch beim Klang des Restaurantnamens wurde sie ebenso hellhörig wie ihre Mutter.

»Ach, ich wusste ja gar nicht, dass du in diesem Restaurant lernst«, sagte Rina prompt. »Das ist ja ein Zufall! Ich hoffe, dein Chef hatte nicht zu große Ungelegenheiten, weil Herr von Breden gestern so kurzfristig unseren Tisch abbestellt hat.«

Heinz hob verwundert die Augenbrauen; er schien gar nicht zu wissen, wovon Rina sprach. »Da muss ein Irrtum vorliegen, gnädige Frau«, sagte er. »Es gehört zu meinen Aufgaben, die Tischreservierungen zu überprüfen. Ich mache das ganz gern, weil bei uns so viele berühmte Leute verkehren. Sogar der Herr Reichsmarschall beehrt uns regelmäßig.« Er schüttelte den Kopf. »Ein Herr von Breden ... Nein, tut mir leid, von dem habe ich noch nie gehört.«

Rina lachte nervös auf. »Aber Junge, was redest du da? Ich meine Harald von Breden, den Sohn der Baronin von Breden aus Pommern. Ein Stammgast!«

»Wie gesagt, es muss sich um ein Missverständnis handeln. Vielleicht hat der Herr ja ganz woanders reserviert. Wir sind schon seit Wochen hoffnungslos ausgebucht.« Der junge Mann begann in einem der Postfächer zu wühlen. »Aber da fällt mir ein: Für das gnädige Fräulein wurde ein Brief abgegeben.«

Carlas Hand zitterte leicht, als sie das kleine Kuvert entgegennahm. Von Steinberg? Nein, er hatte versprochen, ihr genügend Zeit zu lassen und sich auch an ihren Vater nicht mehr schriftlich zu wenden. Sie erkannte Haralds Handschrift und atmete auf. Gewiss wollte er ihr nur mitteilen, dass er in der Redaktion aufgehalten wurde und sich verspätete.

Sie ließ sich mit dem Schreiben auf einem der bequemen Polstersessel in der Halle nieder. Von den vornehm gekleideten Damen und Herren, die gemächlich an ihr vorbeischlenderten, nahm sie kaum Notiz. Nur eine einzelne Frau mit Turban und Pudel an der Leine erregte ihre Aufmerksamkeit, da diese auf ihrem Weg zum Ausgang kurz stehen blieb. Carla erkannte sie wieder. Es war die Filmschauspielerin, mit der Harald an der Bar des Tanzpalasts gesprochen hatte. Sie warf Carla einen kalten Blick zu, dann kehrte sie ihr demonstrativ den Rücken zu und stolzierte davon. Ihr Hund folgte ihr mit einem aggressiven Kläffen.

»War das nicht diese Schauspielerin?« Rina starrte der Diva beleidigt hinterher. »Sie hätte wenigstens grüßen können! Aber was schreibt Harald denn nun? Ich hoffe, seiner Mutter geht es wieder besser, damit das Verlobungsessen bald nachgeholt werden kann!«

Carla dachte noch immer über das kapriziöse Verhalten der älteren Schauspielerin nach, als sie das Kuvert öffnete. Ihr Blick war feindselig gewesen, ja, voller Verbitterung, als hätte Carla ihr etwas weggenommen, was ihr gehörte. Dabei kannte sie die Person doch gar nicht.

Als sie den Brief las, glaubte sie, hinter sich ein hässliches Lachen zu hören. Gleichzeitig wurde ihr schwindelig. Die Buchstaben verschwammen vor ihren Augen.

»Großer Gott, Carla, ist dir nicht wohl?« Die Stimme ihrer Mutter dröhnte in ihren Ohren wie ein Güterzug. »Was ist denn heute mit euch los? Erst rennt dein Vater davon wie von der Tarantel gestochen, und nun … Werde mir bloß nicht ohnmächtig, hörst du? Brauchst du Riechsalz? Nein? Ich werde Harald anrufen!«

Carla schüttelte den Kopf. »Das kannst du dir sparen … Er

wird nicht kommen.« Sie gab Rina den Brief, diese las und erbleichte ebenfalls.

»Aber ... das kann er doch nicht machen«, stammelte die ältere Frau entsetzt. »Das geht doch nicht!« Fassungslos suchte sie Carlas Blick, deren Welt innerhalb eines einzigen Tages zum zweiten Mal zerbrochen war.

»Sie schläft jetzt!« Leise schloss Rina die Tür zum Nebenzimmer, in dem sich Carla hingelegt hatte. »Das arme Kind. Ich begreife es immer noch nicht!«

Bellamuti verdrehte die Augen. Er war sogleich zum Steinplatz gekommen, nachdem Fuchs ihn informiert hatte: ein Akt der Freundschaft, den sogar Rina ihm hoch anrechnete. »Was gibt es da nicht zu verstehen?«, polterte der Italiener nun drauflos. Energisch drückte er die Zigarre, die er nur zur Hälfte geraucht hatte, im Aschenbecher aus. »Ich habe sofort gewusst, dass dieser Bursche nichts taugt. *Diavolo*, so etwas sehe ich an den Augen eines Menschen!«

»Wenn wir wenigstens wüssten, warum er die Verlobung wieder gelöst hat. Carla hat mich seinen Brief lesen lassen, aber darin steht nur, dass er sich keine gemeinsame Zukunft mit ihr vorstellen kann und sie nicht wiedersehen darf.«

Fuchs runzelte die Stirn. »Ich gebe unserem Freund Bellamuti recht – der Kerl taugt nichts, da kann er noch so großspurig sein Parteiabzeichen am Revers spazieren führen. Ich wollte ihn vorhin zur Rede stellen, habe sogar bei seiner Redaktion angerufen.« Er lachte bitter auf. »Seiner *angeblichen* Redaktion, sollte ich wohl besser sagen. Denn der feine Herr von Breden war nicht da. Man hat mir gesagt, dass er schon seit drei Monaten nur noch gelegentlich für den *Völkischen Beobachter* arbeitet.«

»Na bitte, da haben wir es ja«, brummte Bellamuti nicht ohne Genugtuung. »Demnach gibt es diese Frau Baronin auch nicht?«

Fuchs zuckte mit den Achseln. »Doch, schon. Aber sie wohnt

in Berlin und nicht auf einem Landgut in Pommern. Das hat mir der Herr von der Zeitungsredaktion anvertraut. Das Hofgut kam vor sieben Jahren unter den Hammer, gleich nachdem sich der alte Baron wegen der Wirtschaftskrise eine Kugel in den Kopf gejagt hat. Seine Witwe lebt seitdem in ärmlichen Verhältnissen in einer Mietwohnung im Wedding. Ich schäme mich nur, weil ich all das nicht längst nachgeprüft habe.«

»In der Tat nachlässig von dir, mein Freund«, meinte Bellamuti.

Rina fächelte sich mit einem Modejournal Luft zu. Sie war völlig vor den Kopf gestoßen. »Jetzt wird mir auch klar, warum im Restaurant keine Tischreservierung auf den Namen von Breden vorlag. Es war gar nicht im Interesse dieses Schwindlers, dass wir die Bekanntschaft seiner Mutter machen.« Sie fing an, hemmungslos zu schluchzen. »Mein Gott, was für eine Blamage. Was werden die Leute sagen?«

»Nichts, *cara mia*!«, sagte Bellamuti. Gelassen zündete er sich eine neue Zigarre an und blies den dicken, aromatischen Rauch empor zur Decke. Wie gewöhnlich war er gekleidet, als habe er einen Bühnenauftritt vor sich. Sein dickes Gesicht glänzte, und der Duft eines herben Rasierwassers umhüllte seinen massigen Leib, über den sich eine knallrote Weste mit Goldstreifen spannte, und über seine blank polierten Schuhe hatte er weiße Gamaschen gezogen. »Falls du nicht sogleich alle eure Freunde und Verwandten informiert hast, wissen doch nur wir drei, Carla und Emil von der Verlobung. Wir werden also kein Wort mehr darüber verlieren und so tun, als habe es diesen schrecklichen Mann niemals gegeben. *Capito*?« Der Mailänder rieb sich mit einem Lächeln die Hände. »Carla ist natürlich gekränkt und traurig. Das verstehe ich, schließlich war ich auch einmal jung. Aber harte Arbeit wird ihr helfen, zu vergessen. Und für Arbeit werde ich schon sorgen. Da wäre der Auftritt mit dem Olympischen Sinfonieorchester. Außerdem habe ich es arrangiert, dass Carla dem bekannten Violinisten Kulenkampff auf der Geige vorspielen darf. Er unterrichtet hier in Berlin, und sein Wort hat Gewicht.«

Fuchs unterbrach Bellamuti kein einziges Mal, während dieser wortreich Carlas Karriere als Musikerin plante. Doch am Ende schüttelte er den Kopf.

»Nimm es mir nicht übel, alter Freund, aber ich finde, meine Tochter muss erst einmal zur Ruhe kommen. Sie hat eine große Enttäuschung erlitten, so etwas steckt man nicht so leicht weg. Wir sollten daher keinen Tag länger in Berlin bleiben.«

Bellamuti öffnete den Mund, um zu widersprechen, doch Fuchs ließ das nicht zu.

»Ich habe mir etwas überlegt, was euch bestimmt gefallen wird!« Er griff in die Innentasche seines Jacketts und holte ein Bündel bunt illustrierter Prospekte hervor, die er vor Rina und dem Mailänder auf den Couchtisch legte.

»Thomas Cook?«, las Rina auf einer der Broschüren, auf deren Vorderseite ein Kamel vor orientalischen Ruinen zu sehen war. Irritiert hob sie den Blick. »Was soll denn das?«

Fuchs lächelte. »Ich habe mir erlaubt, eine Reise für uns zu buchen: eine Kreuzfahrt durchs Mittelmeer. Griechenland, Ägypten, Jerusalem. Die Seeluft wird Carla guttun und auf andere Gedanken bringen.« Er schlug Bellamuti auf die Schulter, der entsetzt die Augen aufriss. »Du kommst natürlich mit, alter Freund. Pack schon mal deine Koffer. In drei Tagen legt unser Schiff ab.«

ADRIATISCHES MITTELMEER 1936

8. KAPITEL

Split, Spätsommer 1936

Über der weiträumigen Hafenanlage von Split stand die Sonne zur Mittagszeit fast senkrecht. Der Himmel war wolkenlos und azurblau, so weit das Auge reichte.

Das Erste, was Carla zur Kenntnis nahm, als sie müde und verschwitzt aus dem Autobus stieg, waren Scharen von Seemöwen, deren Geschrei sich mit dem Hupen der Fahrzeuge und den lauten Rufen jugoslawischer Händler mischte, die mit Handkarren und Bauchläden die Schiffsanlegestelle säumten. Ein herrlicher Duft von gebratenen Paprikawürstchen und Fisch stieg ihr in die Nase und erinnerte sie daran, dass sie das letzte Mal auf dem Fährschiff etwas gegessen hatte, also auf der Reise von Ancona über die ruhige Adria. Sie überlegte, ob sie ihre Geldbörse zücken und sich etwas kaufen sollte, denn bis sie auf dem Dampfer etwas zu essen bekamen, würden vermutlich noch Stunden vergehen. Einige Passagiere aus dem klapprigen Bus aus der Stadt stürmten an ihr vorbei auf die Buden der Händler zu, wo sogleich hitzige Verkaufsgespräche begannen. Im Nu fanden Tonfiguren, aus Holz geschnitzte Kämme, bunt bemalte Keramikbecher und grob geknüpfte Teppiche neue Besitzer.

Carla ließ ihre Handtasche nicht aus den Augen. Auf der Fähre hatte man die Passagiere vor Taschendieben gewarnt, welche bevorzugt die Hafengegend vor den größeren Schiffen unsicher machten. Plötzlich hörte sie jemanden neben sich schnaufen – es war Bellamuti. Das Gesicht des korpulenten Italieners war gerötet und glänzend. Unablässig wischte er sich mit seinem Taschentuch den Schweiß vom Gesicht.

»*Madonna*, ich sollte eigentlich Hitze gewöhnt sein, aber das hier …« Mit einer schroffen Geste wehrte er einen redseligen Verkäufer ab, der ihm gehäkelte Mützen anbieten wollte. »Ich kann mich noch nicht recht entscheiden, was fürchterlicher war: die schmutzige Fähre oder der klapprige Autobus!« Er schob seinen breitkrempigen Strohhut tiefer in die Stirn, um sich vor der Sonne zu schützen. »Ich begreife einfach nicht, was sich dein Vater von dieser Reise verspricht«, jammerte er. »Ein paar Tage Erholung im Spreewald hätten doch gereicht, um diesen Hochstapler von Breden zu vergessen. Andererseits will ich auch nicht undankbar sein. Es war sehr großzügig von ihm, auch mich einzuladen.« Er lachte brummig. »So kann ich wenigstens mit meiner begabtesten Schülerin an unserem Brahms weiterarbeiten. Bis zum Herbst wirst du auf dein erstes Violinkonzert vorbereitet sein, meine Liebe! Darauf gebe ich dir mein Wort.«

Carla lächelte gezwungen, obwohl ihr eigentlich eher nach Weinen zumute war. Sie hatte noch immer nicht den Mut gefunden, Bellamuti zu beichten, dass sie auf keinen Fall auftreten wollte. Sie dachte an ihre Geige, die soeben mit dem übrigen Gepäck der Passagiere aus dem Autobus geladen wurde. Noch vor wenigen Wochen hätte sie den kleinen schwarzen Koffer nicht für einen Moment aus den Augen gelassen, nun hatte sie nichts dagegen, dass Emil ihn für sie trug. Rina war Carlas plötzliche Distanz zu ihrem Instrument schon im Nachtzug nach Genua aufgefallen, aber sie hatte sie nicht darauf angesprochen. Vermutlich schrieb sie Carlas Verhalten ihrem Kummer zu. Sowohl ihr Vater als auch ihre Mutter behandelten sie seit Berlin wie eine Glasfigur, die Sprünge bekommen hatte und von der man nun befürchtete, sie könnte ganz zerbrechen. Carla gefiel das gar nicht, besonders Rinas Mitleid fand sie unerträglich. In Rinas Welt gab es nur Mädchen, die eine gute Partie machten, und andere, die sitzen gelassen wurden, weil sie nicht hübsch und geistreich genug für einen Mann waren. Carla gehörte wohl nun eindeutig in letztere Kategorie, dabei spielte es keine Rolle, dass der davongelaufene Verlobte ein verschuldeter Hochstapler war.

Die aufgeregte Stimme ihres Bruders holte Carla jäh aus ihren Gedanken. Der Junge lief ein Stück voraus, vorbei an den vollen Gepäckwagen, die auf höchst malerische Weise von Eseln über die Anlegestellen für größere Schiffe gezogen wurden. Dann blieb er stehen, drehte sich zu Carla um und deutete auf einen Dampfer, vor dessen Landungsbrücke sich gerade eine Musikkapelle formierte. Vor dem Schiff wimmelte es vor Menschen: Offiziere in schmucken Uniformen sowie Stewards liefen die Gangway hinauf und hinab. Händler und Schaulustige fanden sich ebenso ein wie verschiedene Lieferanten, die schwere Kisten schleppten. Bevor die ersten Passagiere an Bord gingen, musste alles erledigt sein.

»Das ist also unser Schiff?«, rief Rina, während sie ihr Gesicht mit der Hand vor der Sonne abschirmte. Sie klang beeindruckt. »Königin Maria von Jugoslawien. Ein hübscher Name für einen Mittelmeerdampfer.«

Bellamuti schüttelte erbost den Kopf. »Eine Zumutung«, schimpfte er an Fuchs gewandt, der beim Anblick des Schiffes sogleich den obersten Kragenknopf schloss und die Krawatte geraderückte. Carla fragte sich, ob ihr Vater einen Willkommensgruß des Kapitäns erwartete und diesem nicht nachlässig gekleidet über den Weg laufen wollte. Zuzutrauen war ihm das ohne Frage. Sein einziges Zugeständnis an die Hitze war die Schirmmütze, die er anstelle seines üblichen Hutes trug.

»Ich traue diesem Volk nicht!« Bellamuti sah sich misstrauisch um. »War denn wirklich kein italienisches Schiff zu finden, das nach Ägypten fährt?«

Carla hörte ihren Vater seufzen. Sie alle kannten Bellamutis Vorbehalte gegen die Völker der Adria, die nicht italienischer Herkunft waren, zur Genüge. Er hatte es sogar durchgesetzt, dass ihr Reiseweg sie durch Italien geführt hatte, was sie einen halben Tag gekostet hatte. In Split angekommen, hatte er sich geweigert, an der kurzen Rundfahrt durch die sehenswerte Altstadt teilzunehmen, und war in einer Hafenkneipe verschwunden. Seiner Meinung nach waren die angepriesenen Sehenswürdigkeiten wie der Jupitertempel und der Palast des Kaisers Diokletian ohnehin alle römisch, also italienisch, wobei derlei Relikte der alten Zeit in seiner Heimat unter dem Duce Mussolini natürlich viel besser in Schuss gehalten würden. Jedenfalls besser als in diesem allmählich zerbröckelnden Split!

Als Fuchs Bellamuti gerade erklären wollte, dass es unhöflich war, einem geschenkten Gaul ins Maul zu schauen, fing die Kapelle zu spielen an. Begleitet von den Klängen eines heiteren österreichischen Volkslieds gingen die ersten Passagiere über die Brücke an Bord.

»Komm schon, Papa«, drängte Emil aufgeregt. »Wir wollen doch nicht die Letzten sein, die hinaufgehen!« Der Junge schwenkte Carlas Geigenkoffer so lange auf und ab, bis Rina, die ihn wohl schon im Meer schwimmen sah, das kostbare Instrument an sich nahm.

»Nur keine Eile!« Fuchs klopfte seinem Sohn beschwichtigend auf den Rücken. »Ohne uns werden die schon nicht ablegen.«

»Das befürchte ich auch«, brummte Bellamuti, dem nicht entgangen war, wie Emil mit der Geige seiner Schülerin umging, ohne dass diese dagegen protestierte. Ein verwunderter Blick traf Carla. Als sie zu Boden starrte, ergriff Bellamuti seinen bis zum Rand mit Noten gefüllten Aktenkoffer und begab sich mit ihm zur Landungsbrücke. Dabei schmetterte er ein Stück aus Giuseppe Verdis Oper *Il trovatore*, mit dem er sogar die Bordkapelle übertönte.

Einige Stunden später lag Carla erschöpft von all den neuen Eindrücken auf ihrem Bett und lauschte dem Spiel der Wellen. Der Platz in ihrer Kabine war knapp bemessen, aber da das Fenster zur See ausgerichtet war, machte ihr das nicht viel aus.

Das Mobiliar war aus hellem Ahornholz gearbeitet und bestand neben dem Bett aus einem halbrunden Frisiertisch, über dem ein venezianischer Spiegel hing, sowie einem Schrank und einer Fensterbank mit weinrotem Polsterbezug, welche auch als Truhe genutzt werden konnte. Alles hübsch und komfortabel.

Was mache ich hier bloß, fragte Carla sich müde. Warum um alles in der Welt habe ich mich zu dieser Reise überreden lassen? Als sie jünger gewesen war, hatte sie immer davon geträumt, einmal nach Griechenland zu reisen, und zu den Pyramiden Ägyptens. Nun würde sie all die Orte bald mit ihren eigenen Augen sehen, doch in ihr regte sich nicht das leiseste Gefühl von Vorfreude. Dagegen überfiel sie regelrechte Panik, wenn sie daran dachte, dass die »Königin Maria von Jugoslawien« nicht nur Alexandria und Beirut anlaufen würde, denn auch das von den Briten verwaltete Mandatsgebiet Palästina gehörte zu ihren Zielen.

»Ausgerechnet Palästina«, seufzte Carla. Während ihre Eltern und Emil darauf brannten, Jerusalem und Bethlehem, die Stätten des christlichen Glaubens, zu sehen, überkam sie beim Gedanken an Palästina ein eigenartiges Gefühl. Dies lag wohl hauptsächlich an ihrem schlechten Gewissen. Obwohl sie in Berlin noch ein, zwei Mal versucht hatte, ihrem Vater Steinbergs Botschaft auszurichten, hatte sie es letztendlich doch nicht getan. Sie hatte sie über ihrem eigenen Kummer bewusst verdrängt, denn darüber zu reden, hätte bedeutet, zuzugeben, dass sie über Vaters Vergangenheit und seine früheren Kontakte Bescheid wusste. So hatte sie geschwiegen, wie so viele Menschen in Deutschland heute über Dinge schwiegen, die für sie unbequem waren und nicht in das Bild von der neuen Macht und Größe des Reiches passten, das allerorts von den Nazis gezeichnet wurde.

Ob Steinberg ihr diesen Mangel an Hilfsbereitschaft jemals würde verzeihen können? Aber vermutlich spielte das keine Rolle, weil sie ihn wahrscheinlich nie wiedersehen würde. Palästina war groß genug, um sich während eines Landganges nicht über den Weg laufen zu müssen – falls der ehemalige Dirigent überhaupt schon im Lande war.

Zu dumm nur, dass der Mann mit den schwermütigen Augen ihr jedes Mal in den Sinn kam, wenn ihr Blick auf ihren Geigenkoffer fiel. Bedeutete dies, dass ihr Leben fortan mit seinem Schicksal verbunden war?

Jemand klopfte an die Kabinentür.

Ich werde mich bei ihm entschuldigen, nahm Carla sich fest vor, obwohl sie keinen blassen Schimmer hatte, wie sie das anfangen sollte. Wenn ich eines Tages ein Konzert gebe, dann nicht in Hamburg, Berlin oder Dresden, sondern mit Steinbergs Orientorchester.

Vor ihrer Tür stand ein junger Mann mit dunklem Lockenschopf, der kurze, weiße Hosen trug und sich als zweiter Kabinensteward vorstellte. Er hieß Dimitrios, und sein Deutsch war fast perfekt. Ohne Carlas Erlaubnis abzuwarten platzierte er einen Stapel Handtücher auf dem halbrunden Tisch an der Wand.

»Wenn Sie während der Reise etwas wünschen, lassen Sie es mich bitte wissen«, bat er mit einem Zwinkern, das verriet, dass er den Schalk im Nacken hatte. »Ich würde mich freuen, dem gnädigen Fräulein jeden Wunsch von den Augen abzulesen.«

»Gut zu wissen«, murmelte Carla, während sie in ihrer Handtasche nach einem Trinkgeld suchte. Wie viel gab man einem Steward, damit er einen in Ruhe ließ? Welche Währung galt auf See? Italienische Lire? Griechische Drachmen? Vermutlich waren einem jungen Burschen wie Dimitrios Deutsche Reichsmark am liebsten.

Dimitrios wartete lächelnd. Er wirkte so, als würde er sich in der Rolle des Herzensbrechers gut gefallen, und sein gutes Aussehen spielte ihm dabei bestimmt in die Karten.

»Die meisten Passagiere haben sich bereits einer Führung über die Decks angeschlossen«, sagte der junge Mann nun.

»Möchten Sie vielleicht, dass ich Sie auch ein wenig herumführe?«

Nein, eigentlich wollte Carla das ganz und gar nicht, aber noch weniger war ihr daran gelegen, dass der junge Steward sie fortan mit übertriebener Aufmerksamkeit belästigte, weil er annahm, sie würde sich nicht genug amüsieren. Dabei war das doch der Zweck einer solchen Kreuzfahrt.

Während der nächsten Stunde besichtigte Carla die »Königin Maria« von Bug bis Heck, nur die Mannschaftsquartiere, die Kapitänsbrücke und der Maschinenraum blieben ihr erspart. Dafür lernte sie das Promenadendeck mit seiner Liegehalle sowie unter Deck den Speisesaal für Passagiere und den Tanzraum kennen, in dem die Bordkapelle fast jeden Abend auftrat. An der Backbordseite bot ein Meerwasserpool Abkühlung an heißen Tagen, was angesichts der brennenden Sonne bestimmt herrlich war. Als Dimitrios sie schließlich zurückbrachte, rauchte Carla zwar der Kopf, aber sie war davon überzeugt, dass sie sich künftig nicht mehr verlaufen würde.

9. KAPITEL

»Auf Korfu soll ein vorzüglicher Wein wachsen«, erklärte Carlas Vater, als die Familie nach dem ersten gemeinsamen Abendessen an Bord bei einem Glas Portwein aufs Meer sah. Fuchs blätterte eifrig in seinem vergilbten Reiseführer. Dieser fiel zwar fast auseinander, dennoch beharrte Fuchs darauf, dass Vorkriegserzeugnisse den heutzutage gedruckten Machwerken in jedem Fall vorzuziehen seien. Dafür fehlten zur Insel Korfu mehr als fünf Seiten im Buch, was ihn ziemlich enttäuschte.

»Macht nichts, ich freue mich sowieso mehr auf die Pyramiden und das Tal der Könige«, tröstete ihn Emil. »Ich kann es kaum erwarten, endlich in Ägypten anzukommen. Die Jungs in der Schule werden vor Neid erblassen, wenn ich ihnen erzähle, wo ich die großen Ferien verbracht habe!«

Seine Mutter fächelte sich lächelnd Luft zu. Auch sie war sichtlich zufrieden und trug ihrem Mann dessen eigenartiges Verhalten in Berlin nicht länger nach. Der ganze Trubel um Harald hatte vieles geändert, vor allem hatte die gemeinsame Sorge um Carlas Wohlergehen das Ehepaar Fuchs wieder enger zusammengebracht.

Auf Deck war eine angenehme Brise Seeluft zu spüren, zumindest klebten ihnen hier oben nicht so die Kleider auf der Haut wie den Reisenden unter Deck und in den Salons.

»Zuvor genießen wir aber erst einmal die griechische Inselwelt«, meinte Rina. »Ihre Schönheit wird dich dafür entschädigen, dass du ein paar der olympischen Wettkämpfe verpasst hast.«

»Trotzdem schade, dass ich kein Autogramm von Jesse Owens

bekommen habe.« Emil seufzte kurz, dann wandte er seine Aufmerksamkeit wieder dem Mittelmeer zu.

Inzwischen war die Sonne am Horizont mit einem überwältigenden Farbenspiel zwischen den Wellen verschwunden. Es wurde dunkel. Die ersten Sterne funkelten silbern über dem Kreuzfahrtschiff, und Carla starrte überwältigt in den Nachthimmel, so klar und deutlich hatte sie die Sterne zu Hause noch nie wahrgenommen. Sie schienen fast zum Greifen nah.

Am Nachbartisch nahm eine hochgewachsene, etwa dreißigjährige Frau mit zwei Kindern Platz. Der Junge mochte in Emils Alter sein, das Mädchen war jünger. Es hielt eine hübsche Porzellanpuppe im Arm, die sie mit Erdbeereis fütterte. Als die Frau Carlas Blick begegnete, grüßte sie höflich, vertiefte sich dann aber in ein Buch.

»Eine Amerikanerin«, klärte Rina ihre Tochter auf, als sie deren Interesse bemerkte. »Die Kinder sind nicht ihre eigenen. Sie ist nur die Gouvernante und hat den Auftrag, sie zu ihrem Vater zu bringen.«

Carla fragte sich, wie ihre Mutter nach so kurzer Zeit schon an diese Informationen gekommen war, obwohl sie kein Wort Englisch sprach. Andererseits hatten fehlende Sprachkenntnisse Rina noch nie davon abgehalten, neue Reisebekanntschaften zu schließen. Davon abgesehen war ihre Beobachtungsgabe unübertrefflich.

Von mir aus darf sie sich mit dem ganzen Schiff verbrüdern, solange sie mich dabei aus dem Spiel lässt, dachte Carla. Sie war nicht hier, um neue Menschen kennenzulernen, schon gar keine Männer. Von denen hatte sie fürs Erste genug. Die Amerikanerin am Nachbartisch wirkte indessen fröhlich und unbeschwert, ein Lichtblick unter den Passagieren, die in der Mehrzahl aus steifen Herrschaften im Alter ihrer Eltern bestanden. Es imponierte Carla auch, dass die junge Frau ohne männliche Begleitung in den Orient reiste und noch dazu auf zwei Kinder aufpasste. Aus den Augenwinkeln beobachtete sie, wie die Gouvernante mit einem Taschentuch einen Klecks heruntergetropftes Eis vom Kleidchen des Mädchens tupfte. Achselzuckend lächelte sie Carla dabei zu und zwinkerte.

»Ich hoffe, du nutzt die Zeit an Bord, um wieder aus deinem Schneckenhaus zu kommen«, sagte Rina, als könnte sie mühelos in den Gedanken ihrer Tochter lesen. »Der Reinfall mit Harald darf nicht dazu führen, dass du dich vor der Welt zurückziehst! Du bist hübsch und liebenswert, aber wenn du nur vor dich hinbrütest, wird das keiner bemerken.«

»Carla braucht jetzt erst einmal Ruhe«, mischte sich ihr Ehemann ein, der sich offensichtlich nur widerwillig von der Lektüre seines zerfledderten Reiseführers trennte. »Je weniger wir an Bord mit fremden Leuten zu tun haben, desto besser!«

»Ganz meine Meinung«, pflichtete ihm Bellamuti bei. »Ich habe mir die Lounge neben dem Speisesaal angesehen. Im Tanzraum, wo die Kapelle spielt, gibt es ein Klavier. Dort könnten Carla und ich an ihrem Geigenspiel arbeiten. Selbstverständlich nur ein, zwei Stunden pro Tag. Danach lasse ich dich in Ruhe sonnenbaden, oder was junge Leute auf so einem Kahn sonst zu tun pflegen.«

»Sehr zuvorkommend, Maurizio!« Carla unterdrückte ein Augenrollen.

»Aber gern, mein Kind. Die feuchte, salzige Seeluft könnte der Violine nämlich schaden.«

Empört presste sie die Lippen zusammen. Auf keinen Fall würde sie ihre Nachmittage an Bord nur mit Bellamuti verbringen – schon gar nicht, um Geige zu üben. Dies lag hinter ihr, ein für alle Mal. Wortlos stand sie auf und griff nach Handtasche und Weste. Da bemerkte sie, dass die Puppe des Mädchens am Nebentisch zu Boden gefallen war. Dieses kleine Missgeschick bot ihr endlich eine Gelegenheit, vor ihrer Familie und Bellamuti zu flüchten. Rasch bückte sie sich nach dem Spielzeug und gab es dem Kind mit einem freundlichen Augenzwinkern zurück.

»*A very beautiful doll*«, sagte sie, wobei sie die spärlichen Sprachkenntnisse aus ihren Englischstunden hervorkramte. Diese würden zwar kaum ausreichen, um mit der Mitreisenden Gespräche zu führen, aber gerade weil ihr Vater vorhatte, sie von den Passagieren fernzuhalten, verspurte Carla ein trotziges Verlangen danach, die Nähe dieser jungen Amerikanerin zu suchen.

»Vielen Dank, das ist sehr freundlich von Ihnen«, antwortete die Gouvernante lächelnd auf Deutsch. Als sie Carlas erstaunten Blick auffing, kicherte sie. »Ich habe drei Jahre als Kindermädchen in Heidelberg gearbeitet, während mein Bruder dort Medizin studiert hat. Er ist jetzt Arzt in Chicago. Und ich passe immer noch auf Kinder auf.« Sie gab Carla die Hand. »Maude Robbins! Freut mich, Sie kennenzulernen und wieder ein bisschen Deutsch zu sprechen. An Bord gibt es zwar einige Herrschaften aus Deutschland, aber ich glaube, die bleiben lieber unter sich. Bitte, setzen Sie sich doch, meine Liebe!«

Nachdem Carla sich einen der Korbstühle herangezogen hatte, stellte Maude ihr ihre Schützlinge vor: Der rothaarige Junge hieß John, seine Schwester Margie. Die Kinder lächelten höflich, verloren aber, da sie der Unterhaltung der beiden Frauen nicht folgen konnten, rasch das Interesse.

Carlas Herz klopfte, während sie ihren Namen nannte. Es war ihr noch nie leichtgefallen, auf Fremde zuzugehen. Zu groß war ihre Furcht, im Gespräch langweilig zu wirken oder nicht die richtigen Worte zu finden. Doch Maude Robbins' offene Art machte es ihr leicht, ihre Scheu zu überwinden. Nach wenigen Minuten fand sie sich in einer angeregten Unterhaltung mit der fröhlichen Gouvernante wieder. Dabei vergaß sie, dass ihre Eltern und Bellamuti sie vom Nachbartisch aus argwöhnisch beäugten.

»Sie reisen tatsächlich ganz allein mit den Kindern in den Orient?«, erkundigte sich Carla zutiefst beeindruckt. »Das würde ich mich niemals trauen!«

Maude Robbins zuckte mit den Achseln. »Mein Bruder und ich waren noch sehr jung, als unsere Eltern starben. Uns blieb daher keine andere Wahl, als früh selbstständig zu werden. Vielleicht sind Kinder deshalb zu meinem Lebensinhalt geworden. Sobald ich bemerke, dass sie meine Hilfe brauchen, kann ich gar nicht anders!« Sie nippte an ihrem Glas Eistee. »Mein Bruder möchte, dass ich in die Staaten zurückkehre. Er behauptet, in Europa könnte es bald wieder Krieg geben, wegen ... Sie wissen schon.«

Carla stutzte. Krieg? Ausgeschlossen! Hatten Adolf Hitler und seine Parteifunktionäre nicht erst kürzlich in Berlin verkündet, dass sie sich rückhaltlos für den Frieden einsetzen wollten? Andererseits war während der letzten drei Jahre so manches im Reich geschehen, was Carla bei näherer Betrachtung bestürzend fand.

Um nicht länger darüber nachgrübeln zu müssen, fragte Carla nach Maudes Plänen und erfuhr, dass sie die letzten beiden Jahre in Großbritannien zugebracht hatte. Dort hatte sie für einen Offizier der britischen Armee gearbeitet.

»Mein Arbeitgeber, Major Bennett, ist im Ausland stationiert«, berichtete die junge Frau im Flüsterton. »Leider erfordern es die Umstände, dass ich die Kinder wenigstens für eine Weile zu ihm nach Palästina bringe.«

»Wirklich, nach Palästina?«

Maude nickte. »Ganz recht, ins britische Mandatsgebiet. Der Vater der Kinder dient dort im Offizierskorps. Soweit ich weiß, ist er in Jerusalem stationiert. Ich habe ihm vor unserer Abreise aus London telegrafiert, dass wir kommen, aber bedauerlicherweise erhielt ich keine Antwort. Wollen wir hoffen, dass er nicht zu überrascht ist, wenn wir in Haifa landen.«

»Dann reisen Sie mit den Kindern ja ins Ungewisse?« Carla konnte nicht fassen, dass die junge Amerikanerin so unbekümmert war. Hatte sie denn gar keine Angst?

»Iwo, wenn wir erst einmal in Palästina sind, werden wir den

Major schon finden«, winkte Maude Robbins ab. »Vermutlich war er einfach zu beschäftigt, um zu schreiben. Schließlich wurde die britische Garnison in Alarmbereitschaft versetzt, weil die Araber, die um ihre Ländereien fürchten, immer wieder Aufstände gegen die Mandatsregierung anzetteln – und gegen die Juden, die jetzt in großer Zahl einwandern. In wenigen Monaten reist auch die Peel-Kommission ins Land. Sie haben sicher von Sir William Peel gehört?«

Carla errötete beschämt. Nein, von einem William Peel hatte sie ebenso wenig gehört wie von arabischen Aufständen. Wie hatte sie Bellamuti nur erlauben können, sie von allem, was auf der Welt geschah, abzuschirmen? Sie kam sich schrecklich dumm vor, doch Maude gab ihr zu ihrer Erleichterung nicht das Gefühl, minderwertig zu sein.

»Die Kommission hat den Auftrag, sich von den Zuständen im Mandatsgebiet ein Bild zu machen«, erklärte diese stattdessen. »Dabei soll mit den Arabern und den Juden verhandelt werden. Die Juden beharren auf einem eigenen Staat in Palästina, weil sie in diesem Landstrich ihr altes, biblisches Siedlungsgebiet sehen, aus dem sie vor fast zweitausend Jahren vertrieben wurden. Die Araber dagegen behandeln sie als Eindringlinge und bekämpfen sie bis aufs Blut, um sie wieder aus Jerusalem zu vertreiben. Für die Briten, die für Ruhe und Ordnung sorgen sollen, ist das keine leichte Aufgabe. Ich fürchte, falls die Kommission sich für eine Teilung des Landes entscheidet, werden die Probleme erst richtig anfangen.«

Unwillkürlich musste Carla an Steinberg und sein Orientorchester denken. Um es aufzubauen musste nicht nur er selbst einen Weg finden, ins Land zu kommen, er musste dies auch zahlreichen Musikerinnen und Musikern ermöglichen. Sie hätte Maude gern gefragt, wie sie die Chancen für das Gelingen eines solchen Unternehmens einschätzte. Obwohl Carla nicht annähernd so viel von Politik verstand wie die Amerikanerin, sagte ihr doch der gesunde Menschenverstand, dass die britische Armee bei all den Schwierigkeiten, denen sie sich nun gegenübersah, der Gründung eines Orchesters kaum die oberste Priorität einräumen würde. Hinzu kamen die aufständischen Araber, von denen Maude gesprochen hatte und die die Zuwanderung weiterer Menschen gewiss nicht so ohne Weiteres zulassen würden.

Eine Weile unterhielten sich die jungen Frauen noch miteinander, doch Carla merkte bald, dass ihre Gedanken abdrifteten. Sie geriet ins Träumen, von einem Symphonieorchester, das zuerst unter freiem Himmel am Strand, dann am Rande einer Wüstenoase sein Können unter Beweis stellte. Sich selbst entdeckte Carla in einem glitzernden weißen Abendkleid, aber mit bloßen Füßen im Sand. Sie spielte die erste Geige, während Steinberg voller Hingabe seinen Taktstock schwang. Als sie an den Dirigenten dachte, klopfte ihr Herz. Sie erinnerte sich an den Nachmittag in Berlin, rief sich ins Gedächtnis zurück, was er ihr in der kleinen Kneipe enthüllt hatte: dass sie zu ein und derselben Familie gehörten.

Urplötzlich jagte ihr ein Gedanke durch den Kopf, der so aberwitzig war, dass er sie fast lähmte. Maude Robbins ging in Palästina von Bord, um den Vater ihrer Schützlinge zu suchen. Dass dies nicht ungefährlich war, lag auf der Hand. Aber was, wenn sie sich ebenfalls dazu entschloss, nach dem Landausflug nicht mehr aufs Schiff zurückzukehren? Womöglich war sie ihm ja eine Hilfe dabei, die Musiker ins Land zu schmuggeln. Immerhin kannte sie nun Maude, und die hatte Verbindungen zu einem hohen Offizier der Mandatsregierung. Ihr Vater hatte sie belogen. Jahrelang hatte er sie über ihre wahre Herkunft im Unklaren gelassen. Warum also sollte sie mit ihren Eltern nach Deutschland zurückkehren? Sie konnte ihr Glück ebenso gut auch in der Fremde wagen – auch wenn dies gewiss alles andere als einfach werden würde.

Kurz darauf verabschiedete sich die junge Gouvernante, denn die Kinder des Majors waren müde geworden und mussten zu

Bett gebracht werden. Carla blieb zurück. Ein Blick über die Schulter verriet, dass am Nachbartisch niemand mehr saß. Ihre Familie und Bellamuti waren anscheinend bereits unter Deck gegangen.

»Nun haben wir fast nur über mich und meine Arbeit gesprochen«, sagte Maude Robbins zerknirscht. »Dabei brenne ich darauf, zu erfahren, womit Sie Ihre Zeit verbringen!«

Ein zaghaftes Lächeln huschte über Carlas blasses Gesicht. »Ich bin Violinistin«, sagte sie. »Und ich hoffe, schon bald in einem neuen Orchester spielen zu dürfen.«

10. KAPITEL

Fuchs war Frühaufsteher. Zu lange zu schlafen hieß für ihn, Lebenszeit zu vergeuden – Zeit, die man besser für die Arbeit oder eine andere sinnvolle Tätigkeit einsetzte. Als er an diesem Morgen neben der leise schnarchenden Rina erwachte, galt sein erster Gedanke der Frage, wie er sich an Bord eines Schiffes beschäftigen sollte, das gemächlich entlang der dalmatinischen Küste kreuzte. Die »Königin Maria« hatte Kurs auf Griechenland genommen, würde das erste Etappenziel ihrer Reise aber kaum vor dem Morgen des nächsten Tages erreichen. Allein bei der Vorstellung, die Zeit bis zum Abendessen mit Spaziergängen über das Promenadendeck zu verbringen, war ihm unwohl.

Leise begab sich Fuchs zu dem schmalen Kabinenschrank, wo er überprüfte, ob seine und Rinas Wertsachen noch an Ort und Stelle waren. Zu seiner Erleichterung fand er alles so vor, wie er es tags zuvor eingeräumt hatte. Auch der Fotoapparat war an seinem Platz.

Du bist nicht mehr in Deutschland, beruhigte er sich. Hier kann dir nichts geschehen. Doch die Beklommenheit mochte nicht von ihm weichen. Sein Blick fiel auf seine schlafende Frau. Rina war noch fast genauso schön wie an dem Tag, als er sie um ihre Hand gebeten hatte, vor einer gefühlten Ewigkeit in einem eleganten St. Petersburger Caféhaus. Rina war damals Teil eines Ballettensembles auf Tournee gewesen, während er sich nur vorübergehend in der Stadt aufgehalten hatte, um einen Studienfreund zu besuchen. Dieser hatte Fuchs zu einem Theaterbesuch überredet, wo ihm Rina sogleich aufgefallen war. Ihre Aufmerksamkeit zu erringen hatte sich allerdings als schwierig erwiesen, denn obwohl Rina nur ein Ballettmädchen unter vielen war, verfügte sie doch über eine Reihe hartnäckiger Verehrer, die der verwöhnten jungen Frau kostspieligere Geschenke machen konnten als ein mittelloser Pharmaziestudent. Dennoch hatte sich Rina aus Liebe für ihn entschieden. Wenige Monate nach ihrer Hochzeit brach der Krieg aus, der in Russland in die Revolution der Bolschewiken mündete, und viele der jungen Männer, die für Rina geschwärmt hatten, verloren ihr Leben. Damals hatte Fuchs Rina gerettet, indem er sie rechtzeitig außer Landes gebracht hatte. Heute sorgte er dafür, dass sie ein weiteres Mal ihre Heimat verließ, dieses Mal vermutlich endgültig. Oberflächlich betrachtet befanden sie sich auf einer Vergnügungsreise in den Orient, doch weder Rina noch die Kinder ahnten, dass sie nach der Kreuzfahrt nicht mehr nach Deutschland zurückkehren konnten. Fuchs quälte der Gedanke, die Menschen, die ihm am nächsten standen, zu belügen, aber zu ihrer eigenen Sicherheit durfte er Rina erst reinen Wein einschenken, wenn das Schiff im britischen Mandatsgebiet Palästina angelegt hatte.

Dort würde man weitersehen. Fuchs war zu bescheiden, um sich selbst für einen brillanten Wissenschaftler zu halten, doch er hegte die leise Hoffnung, dass seine Forschungen es ihm ermöglichen würden, auch in der Fremde für seine Familie zu sorgen. Vorausgesetzt es ging nicht in letzter Sekunde etwas schief …

Da war zum Beispiel Carla: Seit ihrer Abreise aus Berlin benahm sie sich so eigenartig, dass Fuchs befürchtete, sie könnte misstrauisch geworden sein. Manchmal blickte sie ihn an, als wüsste sie über alles Bescheid, was er getan hatte. Aber das war Unsinn, Carla konnte nichts wissen. Sie war bestimmt nur bekümmert, weil dieser Heiratsschwindler in Berlin ihr das Herz gebrochen hatte. Aber solche Verletzungen heilten.

Herzen, in denen Gewehrkugeln steckten, nicht.

Vielleicht sollte ich mit ihr reden, überlegte er. Emil ist noch ein Kind, aber Carla ist eine erwachsene Frau. Sie wird mir zuhören und danach vielleicht sogar verstehen, dass ich mir die Entscheidung, zu Hause alles aufzugeben, nicht leicht gemacht habe.

Während des Frühstücks blieb Fuchs wortkarg. Gedankenverloren nippte er an seinem Kaffee und hörte kaum zu, wie seine Familie eifrig Pläne schmiedete. Rina und Emil wollten zum Baden aufs Oberdeck. Bellamuti, dem jede körperliche Anstrengung bei warmem Wetter ein Gräuel war, kündigte an, das Klavier im Tanzraum zu inspizieren. Zu seiner Freude versprach Carla, mit ihrer Violine zu ihm zu stoßen.

Jubelnd warf der Italiener die Hände in die Luft. »Bravissima, Bella, ich könnte dich küssen! Du bist also zur Vernunft gekommen! Und ich fürchtete schon, du würdest deine Geige über Bord werfen!«

Fuchs hob den Blick. Auch er war erleichtert, dass seine Tochter wieder spielen wollte. Die Violine würde ihr helfen, auf andere Gedanken zu kommen. Dennoch machte ihr plötzlicher Sinneswandel ihn stutzig.

»Hat die Amerikanerin etwas damit zu tun?«, fragte er. »Du hast dich gestern noch lange mit der Frau unterhalten, obwohl ich dich doch gebeten hatte, dich von Fremden auf dem Schiff fernzuhalten!«

Noch bevor Carla eine Erwiderung darauf fand, kam Bellamuti ihr zu Hilfe. »Ach was, wenn diese Signorina deine Tochter ein wenig aufheitern konnte, stehen wir tief in ihrer Schuld.« Er zuckte mit den Achseln. »Ich finde es richtig, dass sie andere junge Leute trifft, solange es keine windigen Burschen sind, wie dieser Schmarotzer aus Berlin!«

Mit diesen Worten schmatzte der Mailänder Carla einen Kuss auf die Wange und zog sich dann zufrieden pfeifend zurück.

Fuchs räusperte sich verlegen. Nun saß er mit Carla allein am Tisch und fragte sich, warum das Mädchen ihn ansah, als warte es nur darauf, dass er das Wort an sie richtete. Hastig griff er nach seiner Kaffeetasse, aber sie war leer. Warum ging Carla denn nicht?

Unter anderen Umständen hätte er sich darüber gefreut, sich mit ihr zu unterhalten, denn sie waren einander einmal so nah gewesen. Nun jedoch fühlte er sich in ihrer Gegenwart befangen wie ein Kind, das etwas ausgefressen hatte. Das mochte daran liegen, dass ihr Blick viel klarer geworden war, seit sie nicht mehr pausenlos Geige übte. Sie wirkte weniger träumerisch und nicht mehr so zerbrechlich wie früher. Hatte die Sache mit Harald sie so hart gemacht? Er musste damit rechnen, dass sie es merkte, wenn er sie belog.

»Ich … wollte dich nicht kränken«, sagte er leise. »Du sollst nicht denken, dass ich dir keine netten Reisebekanntschaften gönne. Ich dachte nur, du bräuchtest jetzt erst einmal Zeit für dich, um unter die Sache mit Harald einen Schlussstrich zu ziehen.« Er seufzte. »Ich bin jedenfalls froh, dass du seine wahren Absichten durchschaut hast.«

»Habe ich das?« Carla setzte ihren Strohhut auf, da eine heftige Briese ihr die Haare ins Gesicht blies. Die Sonne brannte: ein kleiner Vorgeschmack auf die Hitze, die sie in Kürze in Ägypten erwarten würde. »Harald mag uns belogen haben, was seine Familie angeht, aber das war nicht der Grund, warum er den Kontakt zu uns abgebrochen hat.«

Fuchs runzelte die Stirn. Die Richtung, in die Carla das Gespräch lenkte, behagte ihm nicht. »Woher stammt eigentlich unsere Familie?«, fragte die junge Frau wie aus heiterem Himmel. »Mutters Eltern waren deutsche Bauern, die an der Wolga gesiedelt haben. Aber über deine Verwandten weiß ich so gut wie gar nichts. So lange ich zurückdenken kann, hast du auch nie von ihnen gesprochen, geschweige denn, sie zu uns eingeladen.«

»Wie um Himmels willen kommst du denn jetzt darauf?« Es war Fuchs deutlich anzumerken, wie unangenehm ihm die

Wendung war, die ihr Gespräch plötzlich nahm. »Meine Familie seid ihr: Mutter, Emil und du. Meine Eltern sind lange vor deiner Geburt gestorben, daher hast du sie nie kennengelernt. Aber sie waren Deutsche, das darfst du mir glauben.«

Carlas Blicke verrieten ihm, dass seine Antworten sie nicht zufriedenstellten. Kein Wunder. Das alles war seine Schuld! Er hätte sein Schweigen früher brechen müssen, statt sich in seine Forschungen zu flüchten.

»Wie hast du Wilhelm Steinberg kennengelernt?«

Fuchs starrte seine Tochter einen Augenblick lang ungläubig an, dann flüsterte er: »Wie ist das möglich? Wie hast du von ihm erfahren?« Er sann kurz nach, ehe es ihm dämmerte. »Du bist ihm begegnet, nicht wahr? In Berlin?«

Carla nickte. »Kannst du dir überhaupt vorstellen, wie ich mich gefühlt habe, als er, ein mir völlig Unbekannter, mich plötzlich beim Vornamen nannte?«

»Er hat dich einfach so angesprochen? Auf offener Straße?« Er beugte sich über den Tisch. »Wie unvorsichtig von ihm! Hat euch jemand zusammen gesehen?«

»Ich glaube nicht«, sagte Carla. »Steinberg hat auch nur meine Nähe gesucht, weil er keine Möglichkeit sah, mit dir in Kontakt zu treten. Du hast dich geweigert, ihn zu sehen! Da hat er mich gebeten, mit dir zu sprechen, aber …«

Als Carla ratlos die Schultern hob, begriff Fuchs die Zusammenhänge. Anstatt mit ihm zu reden, hatte sich das Mädchen Harald von Breden anvertraut, der sie prompt sitzengelassen hatte. Ein Ehrgeizling, der im Ministerium für Propaganda Karriere machen wollte, durfte sich in dieser Beziehung keine Blöße geben. Dass von Breden nun über ihn Bescheid wusste, ärgerte ihn, ließ sich aber nicht mehr rückgängig machen. Nur eines konnte er tun: Carlas schlechtes Gewissen beruhigen.

Arm in Arm schlenderten Vater und Tochter über das obere Promenadendeck. Um diese Zeit des Tages waren nur wenige Liegestühle besetzt. Ein paar ältere Damen dösten im Schatten vor sich hin oder lasen, aber die meisten Passagiere hielten sich auf dem Sonnendeck auf, wo der Meerwasserpool und ein Federballnetz für Zerstreuung sorgten. Für den Nachmittag war ein Wasserballspiel angekündigt worden.

»Du bist also mit Steinberg verwandt?«, brachte Carla schließlich das Gespräch wieder auf den Dirigenten. »Habt ihr euch schon als Kinder gekannt?«

»Ja, wir sind Vettern«, bestätigte Fuchs widerstrebend. »Steinberg ist ein paar Jahre jünger als ich, dennoch waren wir in unserer Jugend eng befreundet. Schon als Kind hatte er nur seine Musik im Kopf, während ich mich mehr zu den Naturwissenschaften hingezogen fühlte. Dann ging das Textilgeschäft meines Vaters pleite, und als er starb, sah es mit meiner Zukunft düster aus. Also hat Willhelms Vater mir das Pharmaziestudium finanziert.«

»Es war großzügig von ihm, einen entfernten Verwandten zu unterstützen«, sagte Carla.

Fuchs sah das auch so. »Ich war ihm auch sehr dankbar und versprach den Steinbergs, dass sie sich jederzeit an mich wenden könnten, falls sie einmal meine Hilfe bräuchten.«

Er blieb stehen. »Später kaufte ich mit der finanziellen Hilfe meines Onkels die Apotheke und heiratete deine Mutter. Du und dein Bruder kamt zur Welt, und ich machte mich mit einem neuen Unternehmen selbstständig. Mein Leben verlief in geordneten Bahnen. Ich lernte neue Menschen kennen, verkehrte in ganz anderen Kreisen. Warum hätte ich das alles aufs Spiel setzen und mit einer Vergangenheit hausieren gehen sollen, mit der mich gar nichts mehr verband? Steinberg und ich hatten uns doch längst aus den Augen verloren. Kein Mensch wusste noch, dass ich über Vaters Linie mit einem Juden verwandt bin. Nicht einmal deiner Mutter habe ich es erzählt, weil ich fürchtete, dass sie ihren Mund nicht halten könnte. Und so hätte es bleiben können.

»Wenn dein Vetter dich nicht in Berlin an dein altes Versprechen erinnert hätte«, ergänzte Carla. Sie seufzte. »Er war wirklich verzweifelt, Papa. Er hat mir von seinen Plänen mit dem Orientorchester erzählt.«

Fuchs hob erstaunt die Augenbrauen. »So? Hat er das?«

»Eine wundervolle Idee, findest du nicht auch? Ich hoffe, es gelingt ihm, die Musiker nach Palästina zu bringen!«

Fuchs überhörte weder die Begeisterung, die in den Worten seiner Tochter mitschwang, noch übersah er das Glitzern in ihren Augen. »Du hast doch nicht vor, dich da einzumischen?«, fragte er. »Schlag dir das aus dem Kopf, Tochter, das ist viel zu gefährlich!«

»Sicher nicht gefährlicher, als wenn ich versuche, in Hitlers Reich Karriere als Violinistin zu machen. Glaubst du, das Propagandaministerium würde es zulassen, dass die Großcousine des jüdischen Dirigenten Steinberg öffentlich Konzerte gibt?«

Fuchs wollte Carla nichts vormachen, daher schüttelte er den Kopf. »Vermutlich verstehst du nun, warum ich dagegen war, dass Bellamuti dich im Olympischen Orchester spielen lässt. Versteh mich bitte nicht falsch, dein Auftritt wäre gewiss zauberhaft gewesen. Du hättest die Herzen Tausender Menschen im Sturm erobert.«

»Vor allem hätte ich viel Aufmerksamkeit auf mich und meine Familie gezogen. Wovon andere nur träumen können, wäre für mich rasch zum Alptraum geworden.« Sie lehnte sich an die Reling und sah zu, wie sich tief unter ihr die schäumenden Wellen an der Bordwand brachen.

»Ich bin erleichtert, dass du so vernünftig bist«, sagte Fuchs.

»Steinberg hat dich um etwas gebeten, was mit dem Orchester zu tun hat, nicht wahr? Was will er? Wofür sollst du dich einsetzen? Geht es um Ausreisevisa für die Musiker? Eine Bürgschaft? Du hast doch gar keine Kontakte zur britischen Mandatsverwaltung!«

Fuchs schnappte nach Luft. So energisch hatte er seine sanfte Tochter noch nie erlebt. Behutsam legte er ihr die Hand auf die Schulter und bat sie, ihn nicht weiter mit Fragen zu quälen. »Ich weiß, dass dich mein langes Schweigen in eine unangenehme Situation gebracht hat«, sagte er schuldbewusst. »Aber je weniger du von diesen Dingen weißt, desto besser. Wir werden andere Möglichkeiten für dich finden, das verspreche ich dir. Bellamuti wird sich etwas einfallen lassen.« Er lächelte. »Was glaubst du, warum ich dem alten Nörgler die teure Seereise in den Orient spendiere? Er wird dich unterrichten, bis du so weit bist, die größten Konzertsäle der Welt zu füllen. London, Paris, New York! Dort wird dich niemand nach deiner Verwandtschaft fragen.«

Unwillig schüttelte Carla seine Hand ab. »Ich will weder nach England noch nach Amerika. Schon gar nicht, wenn ich dafür unter Bellamutis Fuchtel stehen muss. Ich möchte einmal im Leben etwas wirklich Sinnvolles tun. Etwas Neues mitaufbauen helfen, selbst wenn ich dafür in die Wüste müsste. Deshalb werde ich um Aufnahme in Steinbergs Orientorchester bitten.«

Fuchs unterdrückte nur mühsam die aufsteigende Wut. Hatte das Mädchen den Verstand verloren? In Palästina wollte sie künftig leben? Nein, sie verrannte sich in etwas, das ihr nur schaden konnte. »Hör zu, Carla, du kannst unmöglich in Palästina auftreten. Steinberg würde dir das auch gar nicht erlauben, weder er noch die Briten. Du bist schließlich Deutsche und keine Jüdin.«

»Das werden wir noch sehen«, meinte Carla unbeeindruckt. »Und nun entschuldige mich bitte! Bellamuti wartet mit dem Unterricht. Ich schätze, es liegt noch eine Menge Arbeit vor uns.«

Nachdenklich polierte Fuchs seine Kamera, die er an einem stabilen Lederband um den Hals trug. Die Leica war funkelnagelneu, er hatte sie am selben Tag in Berlin gekauft, als er auch die Kabinen auf der »Königin Maria« gebucht hatte. Emil, der von Fotoapparaten viel mehr verstand als er, war mit seiner

Wahl zufrieden gewesen, da die Kamera nicht nur über ein modernes Schraubgewinde, sondern auch über auswechselbare Objektive verfügte. Wie nicht anders zu erwarten, hatte der Junge sogleich versucht, sich die Leica unter den Nagel zu reißen, aber das hatte Fuchs ihm nicht erlaubt. Solche Fotokameras waren schließlich kein Spielzeug und die Filme zu teuer, um sie für belanglose Schnappschüsse zu vergeuden. Doch als Fuchs die Enttäuschung auf dem Gesicht seines Sohnes bemerkt hatte, war er schnurstracks zu dem Fotoladen zurückgeeilt und hatte für Emil eine zweite, kleinere und günstigere Kamera gekauft, über die er nach Belieben verfügen durfte. Seitdem knipste Emil alles, was ihm vor die Linse kam.

Auf dem Weg zu seiner Kabine begegnete Fuchs dem Kabinensteward. Der junge Mann trug eine Mappe mit Briefen bei sich, und als er Fuchs erkannte, bat er ihn, stehen zu bleiben. »Guten Morgen, Dimitrios.« Fuchs hob erwartungsvoll die Augenbrauen. »Na, was gibt es?«

»Kaum auf hoher See, schon laufen bei unserem Funker die Drähte heiß«, erwiderte der Steward mit einem Seufzen. »Das ist schon das dritte Telegramm, das ich abliefern muss.« Er senkte die Stimme. »Alles für den deutschen Passagier aus Kabine 53c. Scheint ungeheuer wichtig zu sein! Aber so ist das nun mal beim Film.«

Fuchs runzelte die Stirn. »Beim Film? Ist der Herr etwa Schauspieler?«

Ehe der junge Mann ihm antworten konnte, bog ein fülliger Mann mit Schnauzbart um die Ecke, der die Uniform des Chefstewards trug. »Du sollst arbeiten, du Faulpelz«, fuhr er den jungen Griechen an. »Fürs Herumstehen wirst du nicht bezahlt.«

Dimitrios öffnete seine Dokumentenmappe und zog einen Umschlag heraus. »Aber ich arbeite doch. Ein Telegramm für den Herrn Doktor!«

»Für mich?« Fuchs starrte auf das Papier, das der Junge ihm

in die Hand drückte. »Aber …« Wie war das möglich? Er hatte niemandem mitgeteilt, dass er diese Reise unternahm. Seine Mitarbeiter und Geschäftspartner nahmen an, er sei immer noch in Berlin, um sich mit der Familie die olympischen Wettkämpfe anzusehen. Der Einzige, der von der Kreuzfahrt wusste, war Steinberg, doch gerade dieser würde sich hüten, ihm aufs Schiff zu telegrafieren.

Fuchs' Hand zitterte, als er das Telegramm öffnete. Irgendetwas lief hier mächtig aus dem Ruder, das verriet ihm sein Instinkt, noch bevor er die erste Zeile gelesen hatte.

Die Nachricht war kurz, bestätigte jedoch alle seine Befürchtungen: Die Firma Fuchs und Partner gab es nicht mehr. Hagenberg war tot. Und ihm befahl man, auf schnellstem Weg nach Deutschland zurückzukehren.

11. KAPITEL

Carla staunte nicht schlecht, als am Abend Maude Robbins an ihre Kabinentür klopfte und sie einlud, mit ihr in den kleinen Nachtklub neben dem Speisesaal zu kommen.

Die junge Amerikanerin war in dem dunkelgrünen Abendkleid kaum wiederzuerkennen. In ihrem sorgfältig frisierten Haar glitzerte ein mit Strasssteinen besetzter Kamm, dazu trug sie silberne Ohrringe. Carla dachte an ihre eigene bescheidene Garderobe und errötete.

»Ach was, wir finden schon etwas Hübsches für Sie!« Mit einem spitzbübischen Lächeln schob sich Maude an Carla vorbei. »Nachdem ich es mit List und Tücke geschafft habe, John und Margie ins Bett zu verfrachten, möchte ich den Rest des Abends bei einem Glas Gin Tonic und flottem Swing genießen.«

»Aber ist es dafür nicht schon zu spät?«, warf Carla zaghaft ein. Sie war erschöpft, und ihr Kopf dröhnte. Stundenlang hatte sie mit Bellamuti an ihrem Brahms gearbeitet, nun war ihr einziger Wunsch, ins Bett zu gehen und sich die Decke über den Kopf zu ziehen. Morgen würde das Schiff in den Hafen der Insel Korfu einlaufen, auf dem Programm stand ein Landausflug mit zahlreichen Besichtigungen. Das würde anstrengend werden. Abgesehen davon hatte die Unterredung mit ihrem Vater sie aufgewühlt. Einerseits freute es sie, dass er ihr endlich die Wahrheit über seine Verbindung zu Steinberg erzählt hatte, andererseits spürte sie, dass er ihr noch immer etwas verheimlichte.

»Das Bordorchester soll ausgezeichnet sein!«, schwärmte Maude. »Aber richtig drehen die Jungs erst auf, nachdem die älteren Herrschaften zu Bett gegangen sind. Deshalb komme ich auch erst jetzt zu Ihnen, Carla! So blass wie sie sind, brauchen Sie eine kleine Abwechslung.« Sie lachte vergnügt. »Und vielleicht auch einen harmlosen Flirt? Es gibt einige ganz passable Herren an Bord!«

»Großer Gott, nur das nicht!«, stöhnte Carla. Doch die gute Laune der jungen Amerikanerin wirkte zu ansteckend, um sich länger zu sträuben. Als Maude sie mit sanfter Gewalt vor den Frisiertisch schob, um ihr das Haar zu glätten, leistete sie keinen Widerstand. Nur gegen das schwarze Kleid protestierte sie. Sie hatte es am Abend ihrer Verlobung in Berlin getragen, ein Ereignis, das sie zu gern aus ihrem Gedächtnis getilgt hätte. Impulsiv öffnete sie das Fenster, knüllte das Kleid zusammen und warf es hinunter ins Meer.

»Alle Achtung, Kleines!«, gluckste Maude amüsiert. »Du machst dich!«

Eine halbe Stunde später saßen die beiden jungen Frauen auch schon an einem der runden Marmortische des Tanzsalons. Wie Maude vorausgesagt hatte, bewegten sich um diese Zeit fast ausschließlich jüngere Paare über die Tanzfläche. Ausgelassenes Gelächter und Stimmengewirr verwandelten den Raum in einen summenden Bienenstock. Dessen ungeachtet genoss Carla die leichte Atmosphäre, die hier herrschte – und auch den Sekt, den sie wie Wasser in sich hineinschüttete.

»Wenn du noch mehr trinkst, wirst du morgen vom Esel fallen«, sagte Maude besorgt.

»Was, welcher Esel?« Carla machte große Augen. »Nimmst du mich auf den Arm?«

Die Gouvernante schüttelte den Kopf. »Hat man dir nicht gesagt, wie genau unsere Gruppe beim Landausflug die Insel Korfu erkunden wird?«

Carla kicherte ausgelassen, als sie sich Bellamutis Gesicht beim Anblick seines Reittieres vorstellte. Während sie die Lachtränen aus den Augen wischte, drehten sich zwei der Herren, die an der Bar miteinander rauchten, interessiert nach ihr um.

Maude drückte aufgeregt Carlas Hand. »Siehst du den großen, breitschultrigen Mann, der gerade zu uns herüberschaut? Den mit dem Vollbart? Das ist unser Kapitän.«

Der Mann lächelte ihr zu, dann flüsterte er seinem Gesprächspartner etwas zu, woraufhin dieser flüchtig nickte.

»Großer Gott, sie kommen zu uns an den Tisch«, stammelte Maude aufgeregt. »Sieht der Kapitän nicht blendend aus? Die grauen Schläfen und der Bart machen ihn so …«

»Alt?«

»Unsinn, er hat genau das richtige Alter und genug Kraft in den Armen, um mich beim Tanzen nicht fallen zu lassen.« Als der Kapitän zuerst sie, dann Carla mit einem charmanten Handkuss begrüßte, bot sie ihm sogleich einen Stuhl an.

»Alexander Rovanic«, stellte sich der Kapitän vor. »Es ist mir eine Ehre und ein Vergnügen, die Damen auf meinem Schiff willkommen zu heißen. Wenn es irgendetwas gibt, wodurch ich Ihren Aufenthalt an Bord noch angenehmer machen kann, zögern Sie nicht, sich an mich zu wenden.« Er wies auf den Herrn an seiner Seite, der bislang kein Wort gesagt hatte. »Oh, verzeihen Sie. Darf ich Ihnen Herrn Theo Reidt aus Deutschland vorstellen? Er reist in einer ganz besonderen Mission nach Ägypten.«

»Oh, wie aufregend«, sagte Maude. »Sind Sie etwa im Auftrag Ihrer Regierung unterwegs? Einem Diplomaten wollte ich schon immer begegnen. Vorausgesetzt, er verwickelt uns nicht in eine Krise.« Scherzhaft drohte sie mit dem Zeigefinger.

»Ein Krise?«, stammelte Reidt ein wenig unbeholfen. »Wie meinen Sie das, Fräulein?«

»Nun ja, blickt die ganze Welt dieser Tage nicht nach Berlin? Ihr Reichskanzler Hitler, oder Führer, wie Sie ihn nennen, hat alle in seine Hauptstadt eingeladen, um zu zeigen, wie hurtig seine Leute laufen und wie hoch sie springen können. Das wäre doch der ideale Zeitpunkt für geheime ausländische Aktionen, zum Beispiel in Spanien, wo Ihre Regierung den Bürgerkrieg General Francos unterstützt!«

Kapitän Rovanic hob mit einem beschwichtigenden Lächeln die Hand. »Wollte Herr Reidt nach Spanien, hätte er das falsche Schiff bestiegen. Meines wird Sie, wie versprochen, nach Griechenland, Ägypten und Syrien bringen.«

»Und nach Palästina«, ergänzte Maude Robbins, ohne dem jungen Mann an Rovanics Seite einen ironischen Seitenblick zu ersparen. »Vergessen wir nicht das Land der Juden, in dem Milch und Honig fließen!«

Carla sah Reidt vor Verlegenheit erröten und verspürte Mitleid mit ihm. Sie schätzte ihn auf Anfang dreißig, doch neben dem hochgewachsenen Kapitän wirkte er mit seiner hellen, rosigen Haut und dem dünnen Haar wie ein blasser Junge, der sich in dem perfekt sitzenden Smoking verloren vorkam. Dabei war das Erscheinungsbild des Mannes insgesamt tadellos: Seine teuren italienischen Schuhe waren blank poliert und sein schwarzer Schlips über dem gestärkten Hemd ordentlich gebunden. Am beeindruckendsten fand Carla jedoch seine Augen, die von einem so intensiven Blau waren, als hätte sie jemand mit Wasserfarben angemalt. Und genau diese Augen waren es, die plötzliche eine Erinnerung in ihr wachriefen. Sie hatte Theo Reidt schon einmal gesehen. Aber wo? Sie verfluchte den vielen Champagner.

»Falls Sie mich für einen Spion halten, muss ich Sie enttäuschen, Fräulein«, sagte der junge Mann mit einem gequälten Lächeln. »Ich arbeite als Regisseur für die Ufa in Berlin.«

Carla fiel es wie Schuppen von den Augen. Natürlich: an der Bar des Berliner Tanzlokals, in dem sie ihre Verlobung gefeiert hatte. Dort hatten er und seine Kollegen aus der Filmbranche Sekt mit dieser exaltierten Schauspielerin getrunken, die sie tags darauf im Hotel so hochnäsig gemustert hatte.

Und nun befand sich derselbe Mann an Bord des Schiffes,

das sie und ihre Familie in den Orient brachte. Während sie noch über diesen sonderbaren Zufall nachdachte, ertönte im Hintergrund die Melodie des amerikanischen Liedes *I Can't Give You Anything But Love.*

»Mein Lieblingslied, wie wunderbar!« Maude sprang von ihrem Stuhl auf, weswegen dem Kapitän gar nichts anderes übrig blieb, als sie zum Tanz aufzufordern.

Theo Reidt beobachtete das Paar einen Augenblick, dann erhob er sich ebenfalls. »Darf ich bitten, Fräulein Fuchs?«

Carlas Herz begann schneller zu schlagen. Am liebsten hätte sie das Weite gesucht, aber damit hätte sie nicht nur den Regisseur vor den Kopf gestoßen, sondern auch Maude und Kapitän Rovanic, der so freundlich zu ihnen gewesen war.

Zu ihrer Überraschung erwies sich Theo Reidt als hervorragender Tänzer. Hatte er eben noch einen distanzierten, ja fast gehemmten Eindruck gemacht, so korrigierte er diesen nun durch so flotte Tanzschritte, dass Carla, die durchaus Leidenschaft für lebhafte Rhythmen entwickelt hatte, bald die Puste ausging. Sie war daher froh, als nach einigen Minuten etwas Langsameres gespielt wurde und sie wieder zu Atem kam.

»Dass wir beide uns ausgerechnet an Bord eines jugoslawischen Schiffes wiedersehen, ist erstaunlich«, sagte Reidt völlig unvermittelt. Damit ließ er die Katze aus dem Sack. Er hatte Carla also ebenso wiedererkannt wie sie ihn.

»Sie waren mit dem Burschen vom *Völkischen Beobachter* zusammen. Wie war doch sein Name? Harald von Breden? An der Bar erzählte mir jemand, sie beide seien verlobt.«

»O nein, da wurden Sie falsch unterrichtet«, sagte Carla hastig. »Die Sache mit von Breden ist aus und vorbei. Er war … nicht der Richtige für mich.«

Reidt lächelte amüsiert. »Tut mir leid!«

»Wirklich?«

»Nein, wenn ich ganz ehrlich bin, tut es mir nicht leid«, sagte er. »Als Filmregisseur bin ich daran gewöhnt, Menschen zu studieren: ihre Blicke, ihr Mienenspiel, die Art, wie sie sich bewegen. Diesen Baron von Breden habe ich nur flüchtig kennengelernt, aber was ich in seinen Augen gesehen habe, hat mir nicht gefallen. Sind Sie sicher, dass er Ihnen nicht mehr nachstellen wird?«

»Warum wollen Sie das wissen?«

»Einfach nur männlicher Beschützerinstinkt!«

»Der, was mich betrifft, aber völlig fehl am Platz ist«, sagte Carla spitz. »Ich bin mit meinen Eltern an Bord. Mein Vater bewacht mich wie Zerberus den Zugang zur Unterwelt. Und sollte er einmal verhindert sein, springt mein Geigenlehrer für ihn ein!«

Reidts Mundwinkel zuckten belustigt. »Sie reisen mit Ihrem Geigenlehrer?«

»Eine lange Geschichte!«

Carla wich Maude aus, die Wange an Wange mit einer schlechten Kopie Fred Astaires an ihr vorbeitanzte. Offensichtlich hatte Kapitän Rovanic sich klammheimlich davongestohlen. Dafür waren andere junge Männer auf die hübsche Amerikanerin aufmerksam geworden.

Carla hatte genug getanzt. Sie war müde, ihre Füße brannten in den Schuhen, die Maude ihr aufgeschwatzt hatte. Obwohl sie zu gerne noch in Erfahrung gebracht hätte, was den Regisseur nun tatsächlich in den Orient führte, schnappte sie sich ihre Handtasche und gab Maude gestikulierend zu verstehen, dass sie in ihre Kabine zurückkehrte. Wenn sie nicht bald etwas Ruhe bekam, würde der Landausflug nach Korfu die reinste Tortur werden.

Dass Reidt darauf bestand, sie durch das verwirrende Labyrinth aus Treppen und Gängen zu begleiten, brachte sie ein wenig in Verlegenheit, aber sie erlaubte es, weil sie nicht unhöflich sein wollte. Zu ihrer großen Erleichterung begegnete ihnen auf dem Weg zu den Kabinen kaum jemand. Die meisten Passagiere schliefen längst, Carlas Familie und Bellamuti gewiss auch.

»Sie werden doch morgen bestimmt an Land gehen?«, fragte sie der junge Mann, als sie vor ihrer Tür angekommen waren. Sie mochte es kaum zugeben, aber sie fühlte sich in seiner Gegenwart wohl und freute sich schon darauf, ihm während der Besichtigungen auf Korfu zu begegnen. Wie sie ihn einschätzte, konnte er ihr viel über die Schönheiten der Insel und ihrer Bauwerke erzählen. Doch in das Gefühl der Vorfreude platzte plötzlich die Erinnerung an das Gespräch mit ihrem Vater und seine Warnung, den Leuten auf dem Schiff zu nahe zu kommen. Reidt war ein sympathischer Mensch, zu dem sie sich hingezogen fühlte. Vielleicht hatte sie das Schicksal auf die »Königin Maria« geführt, wie sonst war dieser Zufall zu erklären? Aber das Schicksal war zugegebenermaßen ziemlich launisch und spielte Carla nicht zum ersten Mal böse Streiche. Reidt hatte es trotz seiner scheuen Art bis zum Regisseur gebracht. Das bedeutete, dass ihm eine große Karriere winkte, solange er nach den Regeln der Nazis spielte. Ohne Förderung durch das Ministerium für Propaganda durfte er in Berlin vermutlich keine Filmspule einlegen. Es war ratsam für ihn, einer Frau wie ihr aus dem Weg zu gehen.

»Nein, ich glaube nicht, dass wir uns morgen sehen«, sagte Carla leise. Dann verschwand sie in ihrer Kabine und zog die Tür hinter sich zu.

12. KAPITEL

Korfu, Spätsommer 1936

Bereits früh am nächsten Morgen drängten sich die Passagiere an der Reling aneinander, um keinen Moment der Einfahrt des Schiffes in die Bucht von Korfu zu versäumen. Beim Anblick der näher kommenden Insel, die mit ihren bewaldeten Berghängen im Sonnenlicht wie das in Farbe gebannte Werk eines Landschaftsmalers wirkte, gerieten viele der Männer und Frauen an Bord ins Schwärmen.

Rina stieß ihren Mann mit dem Ellbogen an. »Warum machst du denn keine Fotografien von der Insel? Man könnte meinen, du hängst dir den Apparat nur um den Hals, um anzugeben.«

»Hier würde ich nur alles verwackeln«, widersprach Fuchs. »Später werden wir noch genug lohnenswerte Motive finden.«

Emil hatte seine eigene Kamera im Anschlag und knipste eifrig alles, was ihm vor die Linse kam.

»Pass auf, dass sie dir nicht ins Meer fällt, Junge!«, mahnte Fuchs. »Eine zweite bekommst du von mir bestimmt nicht geschenkt!«

Emil errötete, doch als der Dampfer an einer kleinen, Korfu vorgelagerten Insel vorüberglitt, beugte er sich erneut weit über die Reling, um Aufnahmen von ihr zu machen.

»Die Toteninsel«, bemerkte Bellamuti, als eine von Zypressen umgebene Kapelle vor ihnen auftauchte. Er bekreuzigte sich. »Sieht ganz schön gespenstisch aus, nicht wahr? Dort sollen die Seelen ertrunkener Griechen umgehen!« Lachend klopfte er Emil auf den Rücken, dem dabei tatsächlich fast die Kamera entglitten wäre.

Rina verdrehte kurz die Augen, wurde jedoch im nächsten Moment schon wieder von der Schönheit der Insel überwältigt und verschwand leise summend unter ihrem Sonnenschirm.

Carla hielt derweil verstohlen Ausschau nach Theo Reidt, doch der junge Mann befand sich nicht unter den Passagieren auf dem Oberdeck. Vermutlich hatte er es nicht so eilig damit, an Land zu kommen, wie die anderen, und genoss stattdessen sein Frühstück.

Dafür erkämpfte Maude Robbins sich und ihren Schützlingen einen Weg durch die Menge. Als die Gouvernante Carla unter den Passagieren entdeckte, hob sie die Hand und bugsierte gleichzeitig John und Margie bis an die Reling. Dabei gähnte sie verschlafen.

»Na, wo steckt denn dein Verehrer? Ich muss sagen, ich habe mir Sorgen gemacht, als du plötzlich mit ihm verschwunden bist. Wollte er, dass du ihm etwas auf deiner Geige vorspielst?«

Carla seufzte. Auf nüchternen Magen ließ sich Maudes lockeres Mundwerk nur schwer ertragen.

»Keine Sorge«, meinte Maude vergnügt. »Du weißt doch, dass die Kinder kein Wort Deutsch verstehen, du kannst mir also alles erzählen!«

»Die Kinder nicht, meine Eltern schon!« Carla nahm ihren Strohhut ab und fächelte sich ein wenig Luft damit zu, bevor sie hinzufügte: »Ich wäre dir wirklich dankbar, wenn du leiser reden würdest. Außerdem ist Herr Reidt nicht mein Verehrer! Er ist nur ein Passagier, mit dem ich getanzt habe, so wie du mit diesem Fred-Astaire-Ersatz.«

Die Amerikanerin atmete erleichtert auf. »Freut mich, das zu hören, Darling! Nach allem, was ich inzwischen von dir weiß, hast du kein sehr glückliches Händchen bei der Auswahl von Männern. Daher habe ich Kapitän Rovanic ein bisschen über diesen Reidt ausgehorcht.«

»Du hast *was* getan?« Carla öffnete empört den Mund. »Wie konntest du nur, Maude!«

»Er sagt, der Mann sei auf der Suche nach geeigneten Drehorten für einen neuen Film.«

»Na und? Schließlich ist er Regisseur!« Maudes Einmischung ging Carla allmählich auf die Nerven. Wie sollte sie ihr klarmachen, dass sie weder an Reidt noch an irgendeinem anderen Mann an Bord interessiert war? Sie wollte in Ruhe entspannen und Harald vergessen. Sonst nichts.

Maude schien zu spüren, dass sie zu weit gegangen war. »Verzeih mir, vermutlich sehe ich Gespenster und dieser Reidt ist tatsächlich genauso harmlos, wie er wirkt.«

Eine knappe Stunde später hatten Carla und ihre Familie wieder festen Boden unter den Füßen. Während eine Schar überforderter Reiseleiter sich abmühte, die Gäste in Gruppen einzuteilen, nahm Carla erste Eindrücke von der Umgebung in sich auf. Trotz des Getöses, das die Reisenden veranstalteten, lag über diesem Ort eine heitere Leichtigkeit, die ihr gefiel. Man fühlte sich hier so fern von Sorgen und Nöten. Andererseits fragte sie sich, ob sie in dieser Abgeschiedenheit würde leben können. Was fingen die Menschen hier an, außer zu fischen und Reisende über die Insel zu führen? Sie atmete die nach Salz und Fisch riechende Hafenluft ein. Im Hafenbecken unter ihr schaukelten Fischerboote, ein paar Schritte weiter wurden Netze zum Trocknen aufgespannt, und vor einem der weiß angestrichenen Häuser saßen ein paar alte, dunkel gekleidete Frauen beisammen, die ihr neugierige Blicke zuwarfen. Zwei Häuser weiter befand sich eine Taverne mit blauen Fensterläden. Einfache Tische und Stühle standen um einen gewaltigen, aus Ziegelstein gemauerten Grill herum, auf dem vermutlich die Mahlzeiten zubereitet wurden. Wie es aussah, würden sie dort später ihr Mittagessen zu sich nehmen.

Hinter Carla keuchte Bellamuti vor Anstrengung. Der Italiener hatte gar nicht vorgehabt, mit den anderen an Land zu gehen, weil er sich vor der sengenden Hitze, noch mehr aber vor den Eseln fürchtete. Erst im letzten Moment hatte er seine Meinung geändert.

»Irgendein Spaßvogel hat behauptet, wir müssten auf Maultieren über die Insel reiten«, sagte er grimmig, während er sich mit einem Tuch über die Stirn wischte. »Dabei warten dort ganz normale Autobusse, die uns zum Achilleion bringen werden!« Er winkte ihr, ihm zu den Fahrzeugen zu folgen, in die sich bereits die ersten Passagiere schoben.

Im Bus hatte Rina ihr den Platz neben sich freigehalten. »Na endlich, ich dachte schon, du kämst gar nicht mehr!«

Carla lächelte. Auf den Besuch des Palastes, den die schon lange verstorbene Kaiserin von Österreich nach dem Vorbild einer römischen Villa hatte umbauen und dekorieren lassen, freute sie sich schon. Ihr Herz hüpfte unwillkürlich, als sie einige Reihen vor sich Theo Reidt entdeckte. Er war also doch von Bord gegangen. Zu seiner Rechten saß eine ungefähr vierzigjährige Frau in einem groben Flanellrock, die dem Geplauder der Passagiere mit einer säuerlichen Miene begegnete. Dazu schien sie recht nervös zu sein, denn sie blickte fortwährend auf ihre Uhr, die sie in einem altmodischen Medaillon um den Hals trug. Carla beobachtete, wie sie Reidt etwas zuraunte. Bestimmt beklagte sie sich bei ihm über die harten Sitze oder die Verzögerung, die den straffen Zeitplan der Gruppe ins Wanken brachte.

»Nein, ist das möglich?«, hörte Carla plötzlich ihre Mutter rufen. »Den Herrn in dem hellen Anzug kennen wir doch aus Berlin, nicht wahr? Wo sind wir ihm doch gleich begegnet? Bei einem Empfang oder im Olympiastadion?« Rina legte die Stirn in Falten, was sie stets tat, wenn sie angestrengt nachdachte. »Oh, jetzt fällt es mir wieder ein. Es war im Tanzpalast! Gottlob wurden wir einander nicht vorgestellt. Du kannst den Mann also getrost ignorieren. Harald von Bredens Freunde sind Luft für uns!«

»Er gehört nicht zu seinen Freunden, Mutter!« Carla hielt es für angebracht, Rina den Wind aus den Segeln zu nehmen. Sie hatte sich zwar fest vorgenommen, zu dem jungen Regisseur auf Distanz zu gehen, wollte aber auch nicht, dass Rina ihm unhöflich begegnete. Das hatte er nicht verdient.

Rinas Blicke sausten zwischen Reidt und Carla hin und her wie ein Pingpongball. »Woher willst du das wissen? Sag bloß, du hast auf dem Schiff schon seine Bekanntschaft gemacht?«

Die Ankunft ihrer jungen, dunkelhaarigen Reiseführerin rettete Carla vor einer Antwort. Die Frau war Griechin, studierte Archäologie und freute sich darauf, den deutschsprachigen Herrschaften die Schönheiten der Insel Korfu zu zeigen.

Die Fahrt in dem klapprigen Autobus dauerte nicht lange, führte dafür aber über holprige, staubige Straßen, die so steil anstiegen, dass die Reisenden kräftig durchgeschüttelt wurden. Bellamuti schimpfte auf Italienisch vor sich hin, während die altjüngferliche Frau an Reidts Seite sich mit einer Broschüre Luft zufächelte. Carlas Vater schien das Gewackel nicht viel auszumachen. Er starrte abwesend auf die vorüberziehende Landschaft und verzog nicht einmal die Miene, als der Bus jäh abbremste, weil hinter einer scharfen Linkskurve eine ganze Herde Schafe über die Straße getrieben wurde.

»Vielleicht wäre der Esel doch die bessere Wahl gewesen«, stöhnte Bellamuti, nachdem er den Autobus verlassen hatte. »In diesen Schrotthaufen setze ich jedenfalls keinen Fuß mehr. *Basta*!« Rina und Emil redeten beschwichtigend auf den älteren Mann ein, doch nicht einmal der herrliche Ausblick aufs Meer, der die Passagiere nun erwartete, vermochte ihn milde zu stimmen. Staub und Hitze setzten ihm zu sehr zu. Auf seinen Spazierstock gestützt, steuerte der dicke Mann eine marmorne Ruhebank an und ließ sich im Schatten einer Pinie nieder.

»Der alte Herr scheint sich nicht wohlzufühlen. Kann ich vielleicht helfen?«

Reidt schlenderte lächelnd auf Carla zu. Grüßend berührte er die Krempe seines Hutes. »Vielleicht braucht er ein Glas Wasser?«

»Bellamuti fehlt nichts. Er findet Reisen einfach strapaziös und sucht überall das Haar in der Suppe.«

Das weiße Gebäude mit den Säulen thronte inmitten eines gepflegten Parks. Die Luft war heiß und vom Duft südländischer Blumen und Kräutern durchzogen. Zikaden zirpten zwischen den Ästen der Zypressen, welche den Weg zum Palasteingang säumten. Carla vernahm die klagenden Töne einer Hirtenflöte. Die Musik kam von einer der Aussichtsterrassen und klang direkt ein wenig unheimlich.

Lächelnd deutete der junge Regisseur auf die in römischem Stil errichtete Villa. »Die Herrin des Hauses liebte offensichtlich den Komfort!«

»Kaiserin Elisabeth von Österreich?«

Reidt nickte. »Sie ließ es nach ihrem Geschmack umbauen und kam so oft nach Korfu, wie ihre Verpflichtungen bei Hofe das zuließen. Hier auf der Insel fühlte sie sich wohler als in den düsteren Räumen der Wiener Hofburg. Das Klima tat ihrer Lunge gut. Aber ihr Gatte, Kaiser Franz Joseph, ist niemals hier gewesen.«

»Dann wurde das Haus mit dem wunderbaren Garten also ganz zu ihrem eigenen Rückzugsort«, sagte Carla, während sie sich die Statuen antiker griechischer Helden ansah. »Ein Platz, der nur ihr allein gehörte und von dem sie niemand vertreiben konnte. Beneidenswert!«

Er sah sie überrascht an. »Nanu, so melancholisch heute? Einer Virtuosin wie Ihnen fliegen doch die Herzen im Dreivierteltakt zu. Wem sollte es da einfallen, Sie vertreiben zu wollen?«

Carla war heilfroh, als sie plötzlich Emil und Rina winken sah. So brauchte sie nicht mehr auf Reidts Bemerkung einzugehen. Ihre Mutter stand vor einer gewaltigen Statue, die einen liegenden Mann darstellte. Emil knipste ein Foto nach dem anderen.

»Das ist der sterbende Achill!«, rief er Carla zu. »Der aus dem Trojanischen Krieg. Ich finde es unsportlich und feige, wie er getötet wurde. Ein vergifteter Pfeil, von den Zinnen der Stadtmauer aus abgeschossen. Der traf seine Ferse, die einzige Stelle an seinem Körper, die verwundbar war. Mein Lateinlehrer sagt, ein Deutscher von Ehre hätte nie so hinterlistig gehandelt wie diese Trojaner.«

Reidt lächelte milde. »Vielleicht sollte dein Lateinlehrer einmal das Nibelungenlied lesen, mein Freund. Auch in dieser Dichtung hat der Held, Siegfried, eine verwundbare Stelle am Leib, nämlich unterhalb des Schulterblatts. Dort, wo ein Blatt hängen blieb, als Siegfried im Blut eines Drachen badete. Seine Gattin verrät die Stelle später arglos Hagen, Siegfrieds Feind, der seine Maske aber erst fallen lässt, als Siegfried ihm den Rücken zukehrt. Er stirbt durch einen Speer. Nicht besonders sportlich, möchte ich meinen.« Er zwinkerte Emil vergnügt zu. »Mit Gruß an deinen Lateinlehrer!«

Während Emil weiterfotografierte, wartete Reidt geduldig, bis Carla ihn mit ihrer Mutter bekannt gemacht hatte.

»Oh, das Vergnügen ist ganz auf meiner Seite«, flötete Rina, die ihren Vorsatz, kein Wort mit Reidt zu wechseln, längst vergessen hatte. »Wie nett, dass Carla so rasch Anschluss auf dem Schiff gefunden hat. Nun muss sie nicht mehr mit diesem ordinären Kindermädchen herumziehen.«

»Mutter!« Carla warf ihr einen wütenden Blick zu. Doch sie war nicht die Einzige, die verärgert reagierte. Wie aus dem Boden gestampft tauchte die Frau aus dem Bus auf, die Reidt mit feuerrotem Kopf vorhielt, am Tor nicht auf sie gewartet zu haben.

»Meine Schwester und gleichzeitig Sekretärin«, stellte er die aufgebrachte Frau mit einem kleinen Seufzer vor. »Sie kümmert sich auf Reisen nicht nur um meine Korrespondenz, sondern auch um meine guten Manieren, und sorgt dafür, dass ich nicht zu viel trinke!«

»Uhl«, fauchte die Frau. Es klang wie ein Schimpfwort. »Marlies Uhl!« Sie musterte Carla, als prüfe sie die Qualität eines Brathuhns in der Fleischerei. Rina ignorierte sie völlig.

»Wenn die Dame meinen Bruder entschuldigen würde. Wir beide machen diese Reise nicht zu unserem Vergnügen, sondern um zu arbeiten!«

»Zu arbeiten?« Rina lachte amüsiert. »An einem so paradiesischen Ort wie diesem?«

»Allerdings!« Brüsk kehrte Marlies Uhl Carla den Rücken zu und marschierte flink auf den Eingang des Palasts zu. Reidt entschuldigte sich für das barsche Verhalten seiner Schwester mit einem Seufzer, der andeutete, dass er so etwas nicht zum ersten Mal erlebte. Bevor er sich verabschiedete, lud er Carla für den Abend zu einem Cocktail auf das Oberdeck ein.

Rina starrte ihm mit offenem Mund hinterher. »Diese Frau bewacht den armen Kerl wie Paris die schöne Helena, um bei der Sagenwelt zu bleiben.«

»Man könnte sie auch eine Furie nennen«, pflichtete Emil bei, der den sterbenden Achill inzwischen aus allen nur erdenklichen Perspektiven fotografiert hatte.

Carla überlegte. Reidts Schwester hatte ganz offensichtlich etwas gegen sie. Gewiss war es nicht klug, sie gegen sich aufzubringen.

13. KAPITEL

Rina war froh, als sich ihre Gruppe nach der Führung durch das Achilleion zerstreute, denn was sie nun brauchte, war ein wenig Zeit für sich, um all die Eindrücke zu verarbeiten. Ihr Mann und Emil waren in den Park gegangen, Carla wollte nach Bellamuti sehen, der immer noch unter der schattigen Pinie saß und den Grillen beim Zirpen zuhörte.

Allein mit ihren Gedanken schlenderte Rina durch den prunkvoll eingerichteten Palast der alten österreichischen Kaiserin. Ein wenig erinnerte sie das Haus an die Gebäude, die sie aus ihrer Jugend in St. Petersburg kannte. Damals hatte sie sich vorgestellt, wie es wohl sein mochte, inmitten von so viel Luxus zu leben. Während das Stimmengewirr der Besucher verebbte, betrachtete sie abermals die herrlichen Porzellanvasen auf den Konsolen, die Decken- und Wandmalereien und die Bilder in schweren goldenen Rahmen. Vor einem der Gemälde blieb sie besonders lange stehen. Die griechische Reisebegleiterin hatte erklärt, es stelle den Sieg des Helden Achill über seinen trojanischen Feind Hektor dar. Rina erschauerte beim Anblick des stolzen Mannes, der auf einem Streitwagen triumphierte, während er den Leichnam seines Gegners hinter seinem Gefährt herschleifte. Achill hatte grausame Rache geübt, aber, wie Rina inzwischen wusste, hatte auch er diesen Krieg nicht überlebt.

Nachdenklich ging sie weiter. Auf dem Schiff hatte sie ein paar Leute darüber reden hören, dass der Ausbruch eines neuen Krieges in den nächsten Jahren nicht ausgeschlossen sei. Sie vertraten die Ansicht, dass Reichskanzler Hitler sich mit den deutschen Grenzen nicht mehr lange zufriedengeben und seine

Finger nach dem Osten Europas ausstrecken würde. Noch täuschte er alle Welt, indem er von Frieden sprach, doch insgeheim begänne er, die Armee aufzurüsten, was einen Bruch aller geltenden Verträge darstelle.

Konnte daran etwas Wahres sein? Oder war das Gerede von einem Krieg nur die übliche Schauerpropaganda, um Ängste zu schüren?

Rina beschloss, die düsteren Gedanken zu verdrängen. Keiner ihrer Bekannten zu Hause wünschte sich einen neuen Krieg, schließlich waren die Wunden des letzten kaum verheilt. In Deutschland ging es den Menschen langsam wieder besser. Die Arbeitslosigkeit war zurückgegangen, alles Weitere würde sich auch finden. Am wichtigsten war, dass es der Familie gut ging. Roberts Firma lief anscheinend so prächtig, dass die Regierung auf seine Erfolge aufmerksam geworden war. Warum also sollten sie sich Sorgen machen?

Rina warf einen Blick aus dem Fenster, weil laute Rufe an ihr Ohr drangen. Rund um den Park hatten sich Andenkenverkäufer eingefunden, die Gipsfiguren, bunte Webdeckchen und billigen Schmuck verkauften. Soweit Rina ausmachen konnte, waren einige von ihnen in Streit mit einer Gruppe von Straßenhändlern geraten, welche ebenfalls um die Aufmerksamkeit der Besucher vom Schiff buhlten. Alte Frauen in zerlumpten Röcken boten ihre Dienste im Handlesen an, während ihre Kinder bettelnd vor den Besuchern umhersprangen.

Wieder fühlte sich Rina an ihre eigene Kindheit erinnert, obwohl sie eigentlich nur ungern an die Jahre in Russland zurückdachte. Jeden Sommer war fahrendes Volk durch ihr Dorf an der Wolga gezogen. Die Männer hatten versucht, den Bauern Pferde zu verkaufen, Schuhe besohlt und Messer geschliffen. Von Mal zu Mal waren sie und ihre Frauen mit Steinwürfen davongejagt worden. Trotzdem waren sie im nächsten Sommer zurückgekehrt, verlässlich wie die Zugvögel. Auf die Frage, warum sie denn keinen großen Bogen um den Ort machten, in dem man ihren Leuten so feindselig begegnete, hatte Rina nie eine Antwort gefunden. Hatten sie gehofft, dass im nächsten Jahr alles anders werden würde, und sich an diese Hoffnung geklammert wie ein Ertrinkender an die rettende Planke? Oder waren sie nur deshalb gekommen, weil sie den bekannten Weg den Wolgasümpfen vorgezogen hatten?

Rina fragte sich, ob von diesem Verhalten nicht auch etwas tief in ihr steckte. Sie hatte Gewohnheiten entwickelt und hielt auf Biegen und Brechen an diesen fest. Wenngleich sie zugeben musste, dass sich die Atmosphäre in Deutschland in den letzten Jahren verändert hatte, lehnte sie es ab, sich davon beeindrucken zu lassen. Schließlich hatten Robert und sie nichts zu befürchten, solange sie sich an die Gesetze hielten und dafür sorgten, dass ihre Papiere in Ordnung waren. Robert weigerte sich zwar, in die NSDAP einzutreten, dennoch wurde er in der Stadt respektiert. Rina konnte nur hoffen, dass er die herrliche Reise nutzte, um sich von den Anstrengungen seiner Arbeit zu erholen. In letzter Zeit gefiel er ihr nicht. Ihn bedrückte etwas, aber da er nicht damit herausrücken wollte, konnte sie ihm auch nicht helfen.

Rina blieb in dem angenehm kühlen Gemäldesaal, bis die Hupe des Autobusses sie wieder hinaus in die Hitze rief. Seufzend machte sie sich auf den Weg. Im Park begegnete sie keiner Menschenseele mehr, offensichtlich sammelte sich ihre Gruppe am Tor.

Na, das ist ja nett, dachte sie verstimmt. Wenn sie sich nicht beeilte, würde der Bus ohne sie zum Hafen zurückkehren. Vermutlich nahmen Robert und die Kinder an, sie sei bei einer anderen Gruppe gelandet, aber sie fand es trotzdem ungehörig, dass ihr Ehemann sich nicht die Mühe machte, nach ihr zu suchen. Zum Teufel mit seinen Launen, es wurde wirklich Zeit, dass sie nach Hause kamen und das Leben wieder seinen gewohnten Gang nahm.

Erneut erklang die Hupe des Autobusses.

Rina hastete über den schmalen Kiesweg. Dabei wehte ihr der Wind Sand in die Augen, welche sogleich heftig zu brennen anfingen. Unbeholfen wischte sie sich mit dem Ärmel über das Gesicht. Da hörte sie plötzlich Schritte näher kommen; jemand ergriff ihr Handgelenk. Im ersten Augenblick meinte sie, jemand sei erschienen, um sie zum Autobus zu bringen, doch als sie aufsah, fand sie sich unvermittelt zwei Frauen gegenüber, dem Aussehen nach Mutter und Tochter. Die beiden starrten sie an, ohne dabei auch nur ein Wort zu sagen. Erst als Rina die Hand der einen abschüttelte, um sich eilig an ihr vorbeizuschieben, begannen beide, auf Griechisch auf sie einzureden. Sie verstellten ihr den Weg.

»Lassen Sie mich durch, ich darf meine Gruppe nicht verlieren«, rief Rina, die langsam in Panik geriet, erreichte damit jedoch nur, dass die jüngere Frau sie vom Pfad schubste und in ein nahe gelegenes Gebüsch von blühendem Rhododendron trieb, das vom Tor aus nicht einsehbar war.

Rinas Herz raste. Gleichzeitig fluchte sie, weil sie getrödelt und darüber die Zeit vergessen hatte. Wäre sie doch nur bei ihrer Gruppe geblieben! Zitternd vor Angst wartete sie darauf, dass eine der beiden Frauen ein Messer aus dem Rock zog und sich damit auf sie stürzte. Die größere verschränkte die Arme vor der Brust und starrte sie lauernd an. Sie sah zäh und kräftig aus, ihr dichtes schwarzes Haar glänzte in der Sonne wie Rabengefieder.

»Geld?«, schluchzte Rina. Ihre Kehle fühlte sich so heiser an, dass ein Hilferuf zwecklos gewesen wäre. Stattdessen deutete sie auf ihre Handtasche und wiederholte: »Geld?«

Die beiden wechselten einen kurzen Blick, dann schüttelten sie grinsend den Kopf. Die alte Frau kam auf Rina zu und nahm ihre Hand, während ihre Tochter durch die Zweige spähte und den Weg zwischen Tor und Achilleion im Auge behielt. Der Autobus hupte nicht mehr, auch drangen keine dröhnenden Motorengeräusche mehr durch die blühende Anlage der längst verstorbenen Kaiserin von Österreich. Es war nicht zu fassen, aber man hatte Rina anscheinend tatsächlich vergessen.

»Was wollen Sie denn von mir?«, rief Rina. Sie spürte, wie das alte Weib seine Finger über ihre Hand zog, was sie an eine krabbelnde Spinne erinnerte. Dabei flüsterte sie ihr etwas ins Ohr, das sie mehrmals wiederholte. Rina runzelte verwirrt die Stirn. Wollte die Frau ihr etwa nur die Zukunft aus der Hand lesen wie auf einem Rummelplatz?

»Feine Frau hören, was Mutter ihr sagen«, zischte ihre Tochter. Ihre Stimme klang wie das Rascheln trockener Blätter und ließ Rina mehr erschaudern als die Berührung der Alten. Diese wackelte mit dem Kopf hin und her, als führe sie einen grotesken Tanz vor. Ihre Augen weiteten sich. Die Pupillen wurden glasig, und sie schnappte nach Luft.

»Mutter kennt Zukunft! Gibt guten Rat! Aber ihr Gesicht zeigt Sorge um feine Frau!«

Rina atmete tief durch. Ihr Herz klopfte immer noch heftig, aber ihre Angst galt nicht mehr den beiden Frauen, die ihr offensichtlich doch nichts zuleide tun wollten. Die Alte plapperte in griechischer Sprache drauflos, stöhnte zuletzt sogar auf, als leide sie unter Schmerzen.

»Ich verstehe kein Wort«, sagte Rina, erbost über das Verhalten des Weibes. Brüsk zog sie ihre Hand zurück. An Wahrsagekunst hatte sie nicht einmal als Kind an der Wolga geglaubt. Dies war alles Humbug. Wenn die Alte Geld von ihr wollte, stellte sie es falsch an.

»Tochter Musikerin«, übersetzte die jüngere die Worte ihrer Mutter. »Sehr gut, spielt schöne Lieder, aber ihr Spiel bringt … den Tod!«

Rina schlug vor Entsetzen die Hand vor den Mund. Hatte sie sich verhört? Nein, das war ausgeschlossen. Aber woher um alles in der Welt sollte diese Alte wissen, dass sie überhaupt eine Tochter hatte? Und dass diese Geige spielte? Sie hob abwehrend beide Hände.

»Ehemann düsteres Geheimnis!«, fuhr die Frau in gebrochenem Deutsch fort. »Er Verräter. Heimat verloren! Darf nicht weiterreisen, sonst …!« Sie zog ihren Zeigefinger über die Kehle. »Du gut aufpassen! Mit Ehemann reden, bevor ihr nach Ägypten kommen!«

»Schluss mit dem Unsinn!«, schrie Rina die zerlumpte Frau an. Sie hatte genug von diesem Unfug und würde keinesfalls länger zuhören. Zu ihrer Erleichterung hörte sie nun doch wieder die Hupe. Folglich war der Autobus doch noch nicht zurück zum Hafen gefahren. Rina nahm die Beine in die Hand. Mit wehenden Kleidern eilte sie den Pfad hinunter und hielt nicht an, bis sie das Tor vor sich aufragen sah. Die Frauen kamen ihr weder nach, noch riefen sie ihr etwas hinterher. Als sie sich noch einmal umdrehte, waren beide verschwunden. Doch nicht nur sie: Als Rina atemlos auf den Platz trat, war auch von den Andenkenverkäufern nichts mehr zu sehen. Die Einzige, die ihr entgegenkam, war die griechische Reisebegleiterin, die ihr mit einem leicht vorwurfsvollen Blick bedeutete, in den Autobus zu steigen.

»Ich habe ihr ein leichtes Beruhigungsmittel gegeben«, beantwortete Fuchs am Abend die Frage des Kapitäns nach dem Befinden seiner Frau. »Als sie von Ihrer freundlichen Einladung an den Kapitänstisch erfahren hat, ging es ihr sogleich besser!« Er hob sein Glas und prostete Kapitän Rovanic mit einem höflichen Lächeln zu. »Auch meinerseits verbindlichsten Dank!«

»Aber Herr Doktor«, wehrte Alexander Rovanic ab. »Die Ehre und das Vergnügen sind ganz auf meiner Seite. Nachdem ich bereits Ihr charmantes Fräulein Tochter kennenlernen durfte, war es mir ein Anliegen, auch Sie und Ihre Gattin offiziell an Bord begrüßen zu dürfen.« Er machte eine schwungvolle Handbewegung und verlieh wortreich seiner Hoffnung Ausdruck, dass die Passagiere das für den Abschluss des Besuchs von Korfu erdachte Programm genossen. Der große Speisesaal stand ganz im Zeichen eines griechischen Abends. Aus diesem Anlass waren die festlich gedeckten Tische mit Mäandergirlanden, Blumen und griechischen Fahnen geschmückt worden, das Bedienungspersonal servierte in farbenfrohen Trachten Ouzo und Metaxa, und die Kapelle spielte einen Sirtaki nach dem anderen.

Kapitän Rovanic warf einen Blick auf die Frau seines Gastes, die geistesabwesend in ihrem Teller herumstocherte. »Eigenartig ist es dennoch«, befand er. »Jahr für Jahr laufe ich mit der ›Königin Maria‹ Korfu und auch andere griechische Inseln an, aber noch nie wurde einer der Passagiere so dreist belästigt wie Ihre Gattin! Vielleicht hätten Sie den Fall doch unserem Zahlmeister melden sollen. Dann hätte man nach den Frauen fahnden lassen können.«

Rina blickte von ihrem Teller auf. »Aber es ist ja nichts weiter geschehen, Herr Kapitän. Ich bin nur erschrocken. Im Nachhinein ist es mir peinlich, dass ich so viel Aufregung verursacht habe.« Sie kicherte nervös. »Ich musste nicht mal einen Groschen dafür bezahlen, dass die Alte mir aus der Hand gelesen hat!«

»Na, und was bringt dir die Zukunft?«, wollte Bellamuti wissen. Er hatte sich mit Carla über einen Satz des Brahmskonzerts unterhalten, mit dem er noch nicht so recht zufrieden war, wandte seine Aufmerksamkeit nun aber Rina zu. »Du hast doch alles, wovon du geträumt hast, bekommen: einen erfolgreichen Gatten, zwei reizende Kinder, ein schönes Heim!« Der korpulente Mann strich sich seufzend über den Vollbart. »Schade, dass sie nicht mir aus der Hand lesen wollten. Ich habe sie nicht mal gesehen. Vermutlich bin ich vor lauter Hitze eingenickt, dabei hätte ich brennend gern erfahren, ob ich noch einmal auf einer Bühne stehen und vor einem ausverkauften Opernhaus spielen werde wie in meiner Jugend.«

»Solche Leute sind die Pest«, meldete sich Marlies Uhl zu Wort. Sie saß in einem ungünstig geschnittenen Abendkleid, aber trotzdem nicht weniger selbstbewusst neben ihrem Bruder.

An ihren fleischigen Armen klirrten mehrere Reife, die sie sich vermutlich auf der Insel gekauft hatte. »Diebe und Halunken, ich weiß, wovon ich spreche!« Sie blickte Rina an, als erwarte sie, dass diese ihr beipflichtete. »Haben Sie nicht erzählt, dass dieses fahrende Volk schon in ihrer Kindheit über ihren Heimatort hergefallen ist, um dort zu rauben und zu plündern?«

»Nein, ich sagte nur, dass sie mit Knüppeln und Steinen vertrieben wurden, bevor sie auch nur ihr Lager aufschlagen konnten.«

»Da hören Sie es, meine Herrschaften!« Marlies Uhl nickte zufrieden. »Gottlob geht man jetzt auch bei uns gegen solche Elemente vor. Vor den Olympischen Spielen hat man sie alle zusammengetrieben und an den Rand Berlins verfrachtet, damit sie die öffentliche Ordnung nicht stören und klauen können.«

»Schrecklich«, murmelte Carla.

»Ach, finden Sie?«

Reidt schloss die Augen, woraufhin seine Schwester ihm mit dem Hinweis, es sei unhöflich, am Kapitänstisch einzuschlafen, einen Rippenstoß verpasste. Carla warf dem jungen Mann einen mitleidigen Blick zu. Da hatte sie angenommen, ihre eigene Familie sei schwierig, doch mit einer so herrschsüchtigen Person wie Marlies Uhl zu reisen musste die Hölle sein. Carla begriff nicht, warum jemand wie Reidt, der sich bei der Ufa wahrscheinlich tagtäglich beweisen musste, ihren Schikanen nicht Einhalt gebot. Marlies Uhl thronte am Kapitänstisch wie eine Königin und sparte auch bei der folgenden Unterhaltung nicht mit bissigen Kommentaren. Unter ihren kalten Blicken kam Carla sich einmal mehr klein und schäbig vor.

»Ich verstehe, dass Frau Fuchs ihre Begegnung mit den Frauen auf Korfu gerne vergessen möchte«, sagte Kapitän Rovanic verständnisvoll. Er nickte Reidt zu. »Aber vielleicht wäre der Herr Regisseur so freundlich, uns ein wenig von seinem Filmprojekt zu erzählen?«

»Warum nicht?« Reidt trank einen Schluck Wein, dann erklärte er: »Mein Studio bereitet ein großes Abenteuerepos mit Starbesetzung vor, welches zur Zeit der Pharaonen spielen soll. Wir hatten ursprünglich gehofft, in Spanien drehen zu können, aber wie Sie sich denken können, hat das die aktuelle politische Lage dort unmöglich gemacht.«

»Das Ministerium für Propaganda hält so große Stücke auf meinen Bruder, dass er nach Ägypten reisen darf, um am Nil nach Drehorten zu suchen«, mischte sich Marlies Uhl wieder ein. »Nach unserer Rückkehr werde ich persönlich die Gutachten verfassen!«

»Dann sind Sie ein Schützling von Minister Goebbels?«, sagte Carlas Vater. »Alle Achtung!« Der Sarkasmus, der in seiner Stimme lag, ließ Reidt erröten.

»Meine Schwester neigt zu Übertreibungen, Herr Fuchs!«, sagte er leise. »Politik interessiert mich nicht. Ich will eine gute Arbeit abliefern und meine Produzenten zufriedenstellen.« Er lächelte. »Natürlich träume ich davon, eines Tages mit meinen Filmen den Hollywoodstudios Konkurrenz zu machen. Im Moment sind uns die Amerikaner technisch noch weit voraus. Sie drehen zum Beispiel in Technicolor, was ihre Bilder besonders ausdrucksstark macht.«

»In Berlin zählt man auf dich und dein Können, Theo«, verkündete Marlies Uhl so streng, als würde sie ein Versagen nicht dulden. »Wir können nicht nur auf ein brillantes Drehbuch zurückgreifen, sondern auch auf einen perfekten Stab. Dein Film wird grandios werden, da können die Amerikaner mit ihrem lächerlichen *Robin Hood* nicht mithalten.«

»Vorausgesetzt, Sie verlieren nicht noch weitere Künstler, weil sie entweder nicht mehr in Deutschland auftreten dürfen oder es auch gar nicht mehr wollen«, meinte Fuchs trocken, während er sich eine Zigarette ansteckte.

Marlies Uhl warf ihm einen bitterbösen Blick zu, begnügte sich aber mit dem vertraulichen Hinweis, dass die Ufa gerade dabei sei, einige der hoffnungsvollsten Talente des deutschen Films unter Vertrag zu nehmen.

»Namen dürfen wir Ihnen leider noch nicht nennen, aber Sie werden schon sehen, dass der Film unter der Regie meines Bruders ein Kassenschlager werden wird.« Sie lachte nervös auf. »Wer braucht schon eine Marlene Dietrich, die ihrer Heimat den Rücken kehrt? Die hat ihre besten Jahre bereits hinter sich.«

»Mag sein«, sagte Fuchs, der offensichtlich Gefallen daran gefunden hatte, der Schwester des Regisseurs über den Mund zu fahren. »Da mir die Zeit fehlt, um mir Abenteuerstreifen anzusehen, werde ich das leider nicht herausfinden. Und was Ägypten betrifft, so ziehe ich eine Besichtigung der tatsächlichen Sehenswürdigkeiten einer Pappmaché-Filmkulisse vor.«

Kapitän Rovanic erhob sein Glas. »Es werden zwar noch einige Tage vergehen, bevor wir in Alexandria anlegen, aber ich möchte schon jetzt auf das geheimnisvolle Land am Nil trinken. Bestimmt wird die Mission unseres jungen Freundes dort von Erfolg gekrönt.« Er nickte Reidt wohlwollend zu. »Wenn Sie direkt im Land drehen, werden Sie auch auf viele Einheimische zurückgreifen können. Für ein paar Piaster stellen die Leute sich liebend gern als Komparsen zur Verfügung.«

»Mit mir und meiner Tochter dürfen Sie ebenfalls rechnen«, scherzte Rina. »Im Gegensatz zu meinem Mann habe ich eine Schwäche für den Film. Inzwischen gehe ich sogar fast lieber ins Kino als ins Theater oder ins Konzert, denn was einem dort heutzutage geboten wird, ist nicht so nach meinem Geschmack. Das gilt natürlich nicht für die Auftritte meiner Tochter.«

»Ihre … Auftritte?« Marlies Uhls Augenbrauen hoben sich wie zwei sich windende Kobras.

»Aber natürlich, das hätte ich ja fast vergessen!« Kapitän Rovanic legte die Hand auf sein Weinglas, als der Steward ihm nachschenken wollte. »Signore Bellamuti war so freundlich, mir zu verraten, dass wir mit Fräulein Fuchs eine hochbegabte Violinistin an Bord haben. Es wäre uns eine Ehre, wenn Sie für die Damen und Herren an einem der nächsten Abende ein kleines Kammerkonzert geben würden. Ihr Lehrer meinte, Sie würden mir diese Bitte gewiss nicht abschlagen.«

Ich bringe Bellamuti um, dachte Carla. Wie kann er dem Kapitän über meinen Kopf hinweg so etwas versprechen? Sie wich dem Blick des gut aussehenden Mannes aus, der gespannt auf ihre Antwort wartete. Zu ihrer Erleichterung bahnte sich da ein junger Offizier einen Weg zum Kapitänstisch. Er flüsterte Rovanic etwas zu, woraufhin dieser sich entschuldigte.

»Wir halten auf den Kanal von Korinth zu«, sagte er zu den am Tisch Versammelten. »Das erfordert meine Anwesenheit auf der Kommandobrücke.« Er verbeugte sich vor Carla, die erst ihn, dann Bellamuti perplex ansah.

»Überlegen Sie es sich, Fräulein Fuchs! Sie würden mir mit einem Bordkonzert eine große Freude machen.«

14. KAPITEL

Auf Theo Reidts Einladung hin traf Carla sich nach dem Abendessen mit ihm auf ein Glas Wein an der Bar. Dies tat sie heimlich, da sie längst gemerkt hatte, dass ihr Vater das Interesse, das der junge Regisseur an ihrer Person zeigte, skeptisch beäugte. Am Tisch des Kapitäns hatte er nach seiner Bemerkung über die ausgedünnte deutsche Filmlandschaft kein weiteres Wort mehr mit Reidt gewechselt. Dafür hatte er sich die kritischen Blicke von Marlies Uhl gefallen lassen müssen. Carla fühlte sich in ihrer Ansicht bestätigt, dass es gefährlich war, sich im Beisein der Frau abfällig über Staat und Partei zu äußern. Dass ihr Vater dies seit Berlin immer häufiger tat, jagte ihr Angst ein. Er hatte sich verändert, so viel stand fest. Der Mann, der stets so großen Wert auf Loyalität gegenüber der Obrigkeit gelegt hatte, war unvorsichtig geworden. Etwas quälte ihn, und dies hatte nichts mit dem Versprechen zu tun, das er Steinberg gegeben hatte. Carla hätte ihm so gern geholfen und war traurig, dass er es nach wie vor ablehnte, sie ins Vertrauen zu ziehen. Trotzdem fand sie, dass er zumindest vor Fremden mit seinen Bemerkungen vorsichtiger sein sollte. Sie befanden sich zwar auf hoher See, aber die Reise war in wenigen Wochen zu Ende. Gewiss wollte ihr Vater nicht, dass die Gestapo am Hafen auf ihn wartete.

»Kapitän Rovanic ist ein netter Bursche, aber kann es sein, dass er Sie mit seiner Bitte ein wenig überfahren hat?«, fragte Reidt. Er lachte. »Mir würde es jedenfalls so gehen.«

Carla blickte ihn überrascht an, dann fiel es ihr wieder ein. Richtig, das Konzert. »Bellamuti hat mich schon immer vor vollendete Tatsachen gestellt. Manchmal fühle ich mich wie eine

Spieldose, die nach Belieben aufgezogen wird, wenn jemand ihre Musik hören will, aber …« Sie sprach nicht weiter, weil ihr plötzlich das antike Stück einfiel, das sie in Berlin gekauft hatte: die Spieldose der von Bredens. Sie befand sich nach wie vor in Ihrem Besitz und lag nun in ihrer Kabine im Schrank. Eigentlich hatte Carla vorgehabt, sie ebenso ins Meer zu werfen wie das Kleid von ihrem Verlobungsabend, aber aus einem Grund, den sie selbst nicht benennen konnte, hatte sie es nicht über sich gebracht. Sie kannte die Baronin nur aus Haralds Berichten, und so, wie er sie belogen hatte, konnte es durchaus sein, dass die Frau in Wahrheit ganz anders war, als er sie glauben gemacht hatte. Womöglich fand sie eines Tages einen Weg, ihr ihr früheres Eigentum zukommen zu lassen.

»Ich stelle es mir schwer vor, immer unter der Aufsicht eines Lehrers oder Managers zu stehen, der sogar an Familienreisen teilnimmt«, sagte Reidt.

»Bellamuti hat einmal gesagt, sein einziges Glück bestehe darin, einen Teil Unsterblichkeit zu erschaffen, etwas Dauerhaftes, woran man sich noch in hundert Jahren erfreuen kann. Er selbst wird nie wieder auf einer Bühne stehen, so wie früher in Mailand. Daher konzentriert er sich nun voll und ganz auf meine Karriere. Vermutlich wird es ihm das Herz brechen, wenn ich …« Betroffen legte sie die Hände in den Schoß.

»Wenn Sie einem jungen Mann begegnen, der Sie heiratet und mit dem Sie fortgehen?«

Nein, dachte Carla. Wenn ich in Palästina bleibe. Dorthin kann Bellamuti mir nicht folgen. »In seinem Alter wird es ihm schwerfallen, einen neuen Lebensinhalt zu finden, aber daran wird wohl kein Weg vorbeiführen«, sagte Reidt leise. »Sie sind eine bemerkenswerte junge Frau, Carla. Sie sollten anfangen, Ihr Leben nicht mehr von anderen bestimmen zu lassen.«

Carla legte die Stirn in Falten. »So etwas kann wirklich nur ein Mann sagen. Mag sein, dass er selbstbewusste Frauen schätzt, sofern es sich um Schauspielerinnen oder Operndiven handelt, die man aus der Ferne bewundert. Für die eigene Ehefrau gelten andere Regeln.«

»Ihre Mutter sieht mir nicht danach aus, als würde sie sich Ihrem Vater unterordnen!«

»Rina? Sie war Balletttänzerin in St. Petersburg, aber nachdem sie meinen Vater geheiratet hatte, gab sie das Tanzen auf. Es wäre ungehörig gewesen, als verheiratete Frau auf einer Bühne zu stehen und sich anstarren zu lassen. Aber in gewisser Weise haben Sie schon recht. Das hat sie ganz allein so entschieden. Es gibt immer eine Wahl.«

»Das klingt fast so, als hätten Sie Ihre Wahl bereits getroffen«, sagte Reidt mit einem leisen Seufzen.

Carla leerte ihr Glas. Was war nur mit ihr los? War ihr der Wein zu Kopf gestiegen? Noch nie hatte sie mit einem Mann so diskutiert. Auch mit Harald nicht. Man hatte ihr beigebracht, Konversation zu betreiben, hier und da eine geistreiche Bemerkung fallen zu lassen, sich ansonsten aber zurückzunehmen. Reidt schien sich indessen für ihre Ansichten zu interessieren. Er nahm sie ernst, und dieses Gefühl tat so gut, dass sie den Mut fand, auch ihm eine persönliche Frage zu stellen. Im Grunde ging es sie nichts an, da er nur eine Reisebekanntschaft war, doch nachdem er Bellamuti und dessen Einfluss auf sie erwähnt hatte, fand sie, dass sie das Recht hatte, ihn darauf anzusprechen.

»Wieso lassen Sie sich von Ihrer Schwester so herumkommandieren?«, fragte sie nach einigem Zögern.

Die Miene des jungen Mannes verdüsterte sich so auffallend, dass Carla erschrak. War sie doch zu weit gegangen?

»Verzeihung, Herr Reidt. Ich wollte Sie nicht in Verlegenheit bringen. Sie sind mir keine Rechenschaft schuldig.«

Reidt wehrte mit einer Handbewegung ab. »Nein, Sie müssen sich nicht entschuldigen. Marlies kann manchmal in der Tat eine Plage sein. Ihre übertriebene Fürsorge macht mich ebenso wahnsinnig wie ihr Kontrollwahn. Aber sie war nicht immer so besitzergreifend wie heute. Es sind … die Umstände, die sie verändert haben. Sie war einmal verheiratet, aber ihr Mann ist gestorben. Ein netter Kerl. Sein Tod belastet Marlies noch immer sehr.« Reidt starrte sein Weinglas an, dann bat er den Barkeeper um einen französischen Cognac, der prompt serviert wurde.

»Arbeitete er auch in der Filmbranche?«, fragte Carla höflich.

»Er gehörte zu den besten Kameramännern, die je bei der Ufa gearbeitet haben. Bevor der Tonfilm kam, war eine exakte Kameraeinstellung sogar noch wichtiger als heutzutage. Marlies' Mann beherrschte ausgeklügelte Techniken, aber …« Reidt leerte seinen Cognac in einem Zug. »Dann verunglückte er mit dem Automobil tödlich. Ausgerechnet er, der doch fest überzeugt war, jede von Menschen ersonnene Maschine zu beherrschen.«

»Dann beschäftigen Sie Ihre Schwester als Regieassistentin, um ihr über ihren schweren Verlust hinwegzuhelfen? Das ist sehr großzügig von Ihnen.«

»Für diese Großzügigkeit, wie Sie es nennen, zahle ich auch einen hohen Preis. Aber meine Assistentin ist Marlies nicht, das bildet sie sich nur ein. Ich habe sie in einem der Büros als Schreibkraft untergebracht.«

»Ach, ich dachte, sie begleitet Sie nach Ägypten, um Sie auf der Suche nach Drehorten am Nil zu beraten? Sie hat etwas von Gutachten erzählt, die sie erstellen würde.«

Reidt antwortete nicht gleich. Stattdessen spähte er vorsichtig über die Schulter, eine Bewegung, die, wie Carla bemerkt hatte, seit einigen Jahren in Deutschland Mode geworden war. Der stämmige Barkeeper, wie Kapitän Rovanic gebürtiger Jugoslawe, war am anderen Ende des Bartresens, wo er die Bestellung zweier Herren annahm. Ansonsten befand sich niemand in ihrer Nähe.

»Marlies hat ungefähr so viel Ahnung vom Film wie ein Preisboxer vom Ballett«, gestand Reidt nach einer Weile. Er sprach so leise, dass Carla die Ohren aufsperren musste, um ihn zu verstehen. »Es war auch nicht meine Idee, sie mitzunehmen, im Gegenteil. Die Anordnung kam von ganz oben, wenn Sie verstehen, was ich meine.«

Carla schluckte. Sie hatte sehr wohl verstanden. Marlies Uhl reiste auf der »Königin Maria« im Auftrag des Ministeriums für Propaganda.

Aber warum? Misstraute man Reidt in Berlin? Hielt man ihn für unzuverlässig und hatte seine Schwester damit beauftragt, ihm auf die Finger zu sehen? Carla fiel wieder ein, was ihr Vater beim Abendessen über den deutschen Film gesagt und wie empört Marlies darauf reagiert hatte. Wenn die Frau ein Spitzel des Propagandaministers war, schrieb sie vielleicht just in dieser Minute einen Bericht über ihn. Großer Gott, wenn die Behörden eine genaue Untersuchung einleiteten, würden sie alles herausgefunden haben, noch bevor der Dampfer Haifa erreicht hatte – auch ihres Vaters Verbindung zu seinem Vetter Steinberg. Carla verbarg ihr Gesicht hinter ihren Händen und ein plötzlicher Schwindel ergriff sie. Mühsam unterdrückte sie ein Schluchzen. Die Angst vor Verfolgung und Verlust, die ihr neues Lebensziel vorübergehend gedämpft hatte, kehrte nun umso heftiger zurück.

»Carla?« Reidt klang besorgt. »Vielleicht sollte ich Sie zu Ihrer Kabine bringen. Es war ein langer, anstrengender Tag.«

»Schickt Ihre Schwester regelmäßig Telegramme nach Berlin?«, fragte Carla mit erstickter Stimme. »Bitte sagen Sie es mir, Herr Reidt, ich muss es wissen!«

Reidt zuckte mit den Achseln. »Ich weiß es nicht, Carla. Aber … ich erkenne sie in letzter Zeit ohnehin kaum wieder.« Er griff nach ihrer Hand und lächelte. »Hören Sie, lassen Sie sich von Marlies nicht die wunderschöne Reise verderben. Glauben Sie mir, sie ist harmlos. Verrückt, aber ungefährlich. Sie kennen doch den alten Spruch: Hunde, die bellen …« Er dachte kurz nach, dann hellte sich seine Miene auf. »Um Ihnen zu beweisen, dass ich mich in meiner Arbeit als Filmregisseur weder von meiner Schwester noch von Propagandaminister Goebbels beeinflussen lasse, möchte ich Ihnen eine Stellung anbieten.«

»Eine Stellung?«, erkundigte sich Carla verwirrt. »Mir? Machen Sie sich über mich lustig?«

»Nein, das ist mein voller Ernst! Sie sind eine künstlerisch begabte, kluge und gefühlvolle Frau. Ich brauche jemanden wie Sie, um den perfekten Drehort am Nil zu finden.«

In ihrer Kabine starrte Carla unruhig zur Decke empor. Sooft sie versuchte, ihre Gedanken zu ordnen, sooft entglitten sie ihr wieder. Welch ein Durcheinander, dachte sie erschöpft. Sie schloss die Augen und versuchte, sich auf den leisen Gesang des Meeres zu konzentrieren, auf das Rauschen der Wellen tief unter ihr. Aber obgleich das Geräusch eine entspannende Wirkung hatte, war sie zu aufgewühlt, um einschlafen zu können. Ihr Blick fiel auf den Geigenkasten. Zuerst dachte sie an das Bordkonzert, auf das Bellamuti sie so fleißig vorbereitete, dann an Steinberg. Unter ihrem Kopfkissen lagen einige Aufzeichnungen, die auch einen Stammbaum ihrer Familie enthielten. Nachdenklich betrachtete sie sich die Äste und Verzweigungen, die sie mühsam zu Papier gebracht hatte. Die meisten hatten keinen Namen, da ihr Vater sie aus seiner Erinnerung gestrichen hatte. Selbstverständlich begriff sie, warum er so entschieden hatte. Es waren die Umstände, wie Reidt es formuliert hatte.

Carla legte ihre Aufzeichnungen zurück unter ihr Kissen. Von ihrem Vater würde sie kaum mehr über diesen verheimlichten Familienzweig erfahren, so viel stand fest. Daher hoffte sie, dass Steinberg ihre Fragen beantworten würde – vorausgesetzt, es gelang ihr überhaupt, den Dirigenten in Palästina ausfindig zu machen.

Es klopfte leise an der Tür. Carla warf sich ihren seidenen Morgenmantel über und öffnete einen Spalt. In der diffusen Notbeleuchtung des Korridors erkannte sie das schmale Gesicht des griechischen Kabinenstewards. Der junge Mann schien etwas auf dem Herzen zu haben.

»Was ist denn los, Dimitrios?«, fragte Carla. »Es ist schon spät!«

»Entschuldigen Sie die Störung, Fräulein, aber es geht um Ihren Bruder. Ich habe auch bei den älteren Herrschaften geklopft, aber die haben mich wohl nicht gehört.«

»Na, sie werden schlafen!« Carla trat hinaus auf den Flur und sah Dimitrios stirnrunzelnd an. »Was ist mit Emil? Ist er seekrank geworden?«

Der Steward schüttelte den Kopf. »Das nicht, gnädiges Fräulein. Aber auf meinem letzten Kontrollgang habe ich ihn beim Umherschleichen erwischt. Er war im Schlafanzug und hatte nicht einmal Pantoffeln an den Füßen. Mir kam es so vor, als wolle er hinauf an Deck. Und das mitten in der Nacht. Ich sprach ihn an, doch er schien mich nicht zu hören. Er ist ein …« Da Dimitrios das deutsche Wort nicht einfiel, legte er den Kopf zur Seite, schloss die Augen und machte ein grunzendes Geräusch.

»Ein Schlafwandler!«, rief Carla erschrocken. Dunkel erinnerte sie sich, dass ihre Mutter vor ein paar Monaten den gleichen Verdacht geäußert hatte. Aber sie hatte angenommen, dass Vater Emils Problem längst mit beruhigenden Medikamenten in den Griff bekommen hatte. Allem Anschein nach hatte sie sich geirrt. Emil schlafwandelte nach wie vor, was bedeutete, dass die Sorge des Stewards berechtigt war. Bei dem Gedanken, Emil könnte im Schlaf über Bord gehen, wurde Carla abwechselnd heiß und kalt.

»Ich habe den jungen Mann zu Bett gebracht«, sagte Dimitrios mit einem Lächeln. Aus der Brusttasche seiner weißen Stewarduniform fischte er einen Schlüssel. »Heute Nacht wird er bestimmt nicht mehr durch die Korridore geistern!«

Carla nickte müde. »Ich bin Ihnen wirklich sehr dankbar, Dimitrios. Nicht auszudenken, was hätte geschehen können, wenn Sie nicht so aufmerksam gewesen wären.« Sie huschte in die Kabine zurück. Der junge Steward verdiente ein großzügiges Trinkgeld.

»Besten Dank, Fräulein!«, sagte der junge Mann. »Wenn Sie wünschen, werde ich morgen früh Ihre Eltern …«

»Nein, darum werde ich mich kümmern! Mein Vater ist Apotheker, er wird wissen, wie bei solchen Fällen zu verfahren ist.«

Dimitrios sah sie durchdringend an. »Wie Sie wünschen, Fräulein. Eigentlich wäre es meine Pflicht, den Zahlmeister und den Kapitän zu informieren. Aber dann müsste Emil vielleicht in Athen von Bord gehen. Erlauben Sie mir wenigstens, ihn für den Rest der Reise im Auge zu behalten.« Carla atmete auf. »Das ist sehr freundlich von Ihnen, Dimitrios! Ich werde auch aufpassen, dass Emil keinen Unfug mehr anstellt.«

Nachdem der Steward gegangen war, setzte sich Carla auf das Bett und spielte mit dem Schlüssel in ihrer Hand. Wie ihr Vater war auch Emil ein Frühaufsteher, der auf dem Schiff sogar an den morgendlichen Turnübungen teilnahm, die einer der Offiziersanwärter für die Passagiere auf dem Oberdeck anbot. Gewiss würde der Junge in Panik geraten, wenn er nach dem Aufwachen seine Tür verschlossen vorfand.

Carla seufzte. Wie es aussah, blieb ihr nichts anderes übrig, als den Rest der Nacht in Emils Kabine zu verbringen und sich im Morgengrauen klammheimlich davonzustehlen. Sie nahm ein Buch aus ihrem Koffer und wollte sich gerade aufmachen, als es abermals klopfte.

»Etwas vergessen, Dimitrios? Ich …« Carla blieb das Wort im Halse stecken, als sie sah, dass nicht der junge Kabinensteward vor der Tür stand.

»Frau Uhl?«

Reidts Schwester war vollständig angezogen, sie trug sogar ihren Mantel über dem Kleid, dem ein säuerlicher Geruch von Kampfer und Baldrian anhaftete.

»Ich muss mit Ihnen reden!« Resolut drückte sie sich an der

erschrockenen Carla vorbei und zog die Tür hinter sich ins Schloss. Im Innern der Kabine musterte sie Carla ebenso kalt, wie sie es bereits am Tisch des Kapitäns getan hatte.

Die Anordnung kam von ganz oben!

Sie reist im Auftrag des Propagandaministeriums!

Carla wich dem Blick der älteren Frau aus. Ihre Hände fühlten sich plötzlich kalt wie Eis an. »Warum möchten Sie so spät denn noch mit mir sprechen? Ich wollte soeben schlafen gehen.« Marlies Uhl verzog abschätzig den Mund. Sie ließ sich in den einzigen Sessel der Kabine fallen und legte ihre plumpen Arme auf die Lehnen. »So? Ich hatte eher den Eindruck, als wären Sie drauf und dran gewesen, den Raum zu verlassen. Sie können ruhig zugeben, dass Sie zu ihm wollen.« Ihr Blick fiel auf den Schlüssel in Carlas Hand. »Wie aufmerksam von Theo, Ihnen den Kabinenschlüssel zu geben! Nein, streiten Sie es bloß nicht ab! Ich bin kein Dummkopf!«

Fassungslos schüttelte Carla den Kopf. Was die Frau da andeutete, war so absurd, dass sie beinahe laut gelacht hätte. »Das ist doch nicht der Schlüssel zur Kabine Ihres Bruders!«, verteidigte sie sich entrüstet.

»Ach nein? Sie wären nicht das erste Flittchen, das versucht, ihn um den kleinen Finger zu wickeln, um einen Vorteil aus seiner Position zu ziehen. Theo ist durchaus brillant, was seine Arbeit angeht. Ansonsten ist er aber schwach und begriffsstutzig. Ein Mann eben. Er möchte dem deutschen Film zu Weltruhm verhelfen, ihn bedeutender machen als den in Hollywood. Doch dabei übersieht er, dass ihm das niemals aus eigener Kraft gelingen wird. Wer wirklich erfolgreich sein will, ist auf die Reichsfilmkammer angewiesen, und auf eine gute Beziehung zum Ministerium für Propaganda.«

»Ich vermute, an dieser Stelle kommen Sie ins Spiel?«

Marlies Uhl breitete die Arme aus, als befände sie sich auf einer Bühne. »Warum nicht? Ich musste schon meinem Mann auf die Sprünge helfen, sonst wäre er über Atelieraufnahmen von Pudeln nicht hinausgekommen.« Sie erhob sich aus dem Sessel und kam mit drohender Miene auf Carla zu. »Ich weiß von Theos Angebot! Mir entgeht nichts, was er tut!«

Carla verschränkte die Arme vor der Brust. Das wurde ja immer schöner.

»Hoffentlich sind Sie nicht so dumm, anzunehmen, dass er einen einfältigen Backfisch wie Sie zur Regieassistentin machen kann. Wer sind Sie schon? Eine törichte Geigenspielerin, die von einem großmäuligen Lehrer protegiert wird.«

»Das war doch bestimmt nur ein Scherz«, protestierte Carla. »Eine Laune, die ich nicht ernst genommen habe. Ich würde mir nie anmaßen, einem Regisseur Ratschläge erteilen zu können.«

Marlies Uhls Augen verengten sich. So ganz schien sie Carla nicht zu glauben. »Dann halten Sie sich in Zukunft von meinem Bruder fern?«

Carla erwog, der Frau die Antwort zu geben, die sie hören wollte. Dies wäre gewiss klug, aber auch feige gewesen. Sie dachte daran, wie oft sie von Ängsten geplagt worden und vor Schwierigkeiten davongelaufen war. Marlies' Empörung entnahm sie, dass Reidt sich ihren Rat zu Herzen genommen und seine Schwester in ihre Schranken gewiesen hatte. Durfte sie, die ihn dazu ermutigt hatte, nun kneifen?

»Nanu? Keine Antwort, Fräulein Fuchs?«

Carla atmete tief durch, dann zeigte sie zur Kabinentür. »Ich möchte, dass Sie gehen, Frau Uhl!«, sagte sie so beherrscht sie nur konnte. »Unverzüglich!«

»Was?«

»Sie haben richtig verstanden! Hinaus!«

Marlies Uhl starrte sie mit offenem Mund an. »Das werden Sie noch bereuen«, drohte sie, bevor sie ungestüm auf den Gang hinausstürmte. »Sie glauben vielleicht, auf einem jugoslawischen Schiff wären Sie vor uns sicher, aber da irren Sie sich. Wir werden Sie im Auge behalten!«

15. KAPITEL

Athen, Spätsommer 1936

Am nächsten Morgen gelang es Carla gerade noch rechtzeitig, aus Emils Kabine zu schleichen, bevor der Junge aufwachte. Sie selbst hatte kaum ein Auge zugemacht, weil sie immerfort an Marlies Uhls Drohung hatte denken müssen. Ob es stimmte, was die Frau ihr an den Kopf geworfen hatte? Besaß das Reich wirklich einen so langen Arm, dass sie sich selbst auf hoher See fürchten musste? Was, wenn Marlies in ihrem Zorn der deutschen Botschaft in Athen telegrafierte und man sie unter irgendeinem Vorwand von Bord holte? War so etwas erlaubt? Carla dachte fieberhaft darüber nach, wie sie sich nun verhalten sollte. Hatte sie zunächst auch angenommen, die Frau klammere sich nur an ihren Bruder, weil sie einsam und wegen des Todes ihres Ehemannes verzweifelt war, so glaubte sie inzwischen, dass viel mehr dahintersteckte als Eifersucht. Marlies schien sich ganz und gar den Zielen des Reiches verschrieben zu haben. Daher hoffte sie, dass sich ihr Bruder nicht länger gegen den Einfluss des Propagandaministeriums wehrte und mit diesem zusammenarbeitete. Wie man hörte, sollte die Ufa bald Teil einer neuen Gesellschaft werden, die dann noch stärker staatlicher Kontrolle unterlag als bisher schon. Wollte Marlies ihren Bruder in Goebbels' Arme treiben, durfte sie nicht zulassen, dass ihr eigener Einfluss auf ihn schwand. Kein Wunder, dass Carla ihr ein Dorn im Auge war.

Dabei weiß sie nicht einmal alles über mich, dachte Carla bekümmert. Wäre sie nur nicht mit Maude zum Tanzen gegangen, dann wäre dies alles nicht geschehen. Andererseits konnte sie doch nichts dafür, dass die Schwester des Regisseurs ihr etwas andichtete, was gar nicht der Wahrheit entsprach.

Carla stieg hinauf zum Oberdeck, wo sich um diese Zeit noch wenige Menschen aufhielten. Sie brauchte frische Luft. Als sie an die Reling trat, stellte sie ein wenig enttäuscht fest, dass über dem Kanal von Korinth an diesem Morgen ein so starker Dunst hing, dass man kaum die Hand vor Augen erkannte. In Kürze würde das Schiff Piräus erreichen, von wo aus es nicht mehr weit nach Athen war.

Was sollte sie tun? Von Bord gehen, ehe ein Unglück geschah? Aber sie musste doch nach Palästina. Wenn sie jetzt ohne einen Pfennig in der Tasche in Griechenland strandete, würde sie ihr Ziel vielleicht nie erreichen. Womöglich war sie auch zu pessimistisch. Marlies Uhl hatte vor, sie einzuschüchtern, aber irgendwie konnte sie nicht glauben, dass diese unscheinbare Person tatsächlich so mächtig war, wie sie vorgab zu sein. Hatte Reidt es nicht selbst treffend ausgedrückt, als er gesagt hatte, dass bellende Hunde nicht bissen?

Marlies Uhl wird mich nicht davon abhalten, diese Reise zu genießen, nahm Carla sich vor.

Einige Passagiere eilten im Laufschritt an ihr vorbei. Offensichtlich betrieben sie Frühsport, aber Emil war nicht dabei. Womöglich hatte ihn sein nächtlicher Ausflug zu sehr erschöpft.

Wie auf Korfu warteten auch im Hafen von Piräus Autobusse, welche die Passagiere in die griechische Hauptstadt bringen sollten.

»Bellamuti bleibt heute an Bord!«, erklärte Rina, als sie hinter Carla die Gangway hinunterschritt. Aus Angst zu stolpern machte sie winzige Schritte und klammerte sich ans Geländer.

Carla warf einen Blick über die Schulter. Sie sah den Mailänder mit einer Zigarre im Mund an der Reling stehen. Krank wirkte er nicht. Als er sie erkannte, schwenkte er seinen Hut.

»Keine Sorge, er kommt nach, sobald er die armen Stewards, die in den nächsten Stunden ihm ganz allein zur Verfügung stehen, in den Wahnsinn getrieben hat«, meinte Rina trocken. »Vater hat ihm die Adresse unserer Herberge in der Altstadt aufgeschrieben!«

Carla nickte. Das sah Bellamuti ähnlich. Vermutlich würde er die freie Zeit nutzen, um in aller Ruhe ihr Bordkonzert vorzubereiten. Laut Reiseplan würde das Schiff zwei Tage lang im Hafen liegen, um vor der Weiterreise die Vorräte an Wasser und Lebensmitteln aufzustocken sowie erforderliche Reinigungsarbeiten durchzuführen. Da einige Passagiere es vorzogen, in Athen zu übernachten, anstatt spät abends nach Piräus zurückzukehren, waren telegrafisch Zimmer in einem der ruhigeren Stadtbezirke bestellt worden. Carla nahm nicht an, dass ihr Marlies Uhl dort über den Weg lief.

Zu ihrer Erleichterung befanden sich weder der junge Regisseur noch seine Schwester im Bus. Mit einem Seufzer lehnte sie sich zurück und ließ die vorbeiziehende Landschaft auf sich wirken. Die Hafenanlagen, die sich allem Anschein nach meilenweit dahinzogen, sahen antik aus. Hinter ihr zitierte eine Männerstimme aus einem Reiseführer. Rina blickte sich nach Emil um, der sie aber nicht bemerkte, weil er am Objektiv seines Fotoapparats herumschraubte. »Wann hattest du eigentlich vor, mit mir über Emil zu sprechen?«, fragte Carla leise.

»Wieso? Was stimmt denn nicht mit ihm?« Rinas Augenlider begannen nervös zu zucken.

»Ich glaube, das weißt du genau, Mutter. Der Junge schlafwandelt. Gestern ist er mitten in der Nacht aufgestanden und wollte hinauf an Deck gehen. Glücklicherweise ist der Steward auf ihn aufmerksam geworden und hat ihn ins Bett gebracht.«

»Ja, aber ...«

»Keine Sorge, ich habe die Nacht in seiner Kabine verbracht«, beruhigte Carla ihre Mutter. »Außerdem hat Dimitrios versprochen, ein wenig auf Emil aufzupassen. Aber das ist natürlich keine Lösung.«

»Nein, natürlich nicht, Kind!« Abwesend tätschelte Rina

Carlas Hand. »Du musst dich damit nicht belasten, hörst du? Ich werde mit deinem Vater sprechen, er wird schon wissen, was da zu tun ist.« Sie seufzte. »Zu dumm, dass so etwas ausgerechnet hier auf dem Schiff passieren muss. Aber wundert dich das? Dein Vater benimmt sich seit Berlin so merkwürdig, das merkt auch Emil. Der Junge ist durcheinander, und ehrlich gesagt, mir geht es ebenso. Vor allem, nachdem mich diese beiden Frauenzimmer auf Korfu durch die Mangel gedreht haben.«

»Hat Vater denn nicht wissen wollen, was sie dir prophezeit haben?«

Rina lachte zynisch. »Du kennst doch deinen Vater. Als ob der Herr Doktor Fuchs etwas auf einen solchen Aberglauben geben würde! Für ihn zählt doch nur die Wissenschaft.« Sie zog ein mit Spitzen besetztes Taschentuch aus ihrer Handtasche und betupfte damit ihre Augen. »Wie es mir dabei geht, kümmert ihn nicht. Er gab mir zwei seiner Tabletten mit einem Glas Wasser und wünschte mir eine gute Nacht. Das war alles. Ha, vielleicht sollte ich ihm doch auf die Nase binden, dass die Botschaft der Frauen gar nicht mir, sondern ihm selbst galt.«

Der Bus fuhr krachend durch eine Ansammlung von Schlaglöchern. Der erste Gast beschwerte sich lautstark über Übelkeit, auch Rina presste ihr Tuch vor den Mund.

Carla runzelte die Stirn. »Was meinst du damit, dass die Botschaft ihm galt?«

»Na ja, nicht nur ihm allein. Irgendwie auch … dir«, murmelte Rina, aus deren Gesicht jede Farbe wich. »Sie wussten, dass du Geige spielst, und sagten mir auf den Kopf zu, dass dein Vater nicht nach Ägypten weiterfahren dürfte.«

»Was noch?«

»Carla, bitte lass es gut sein! Das war doch nichts als Gefasel. Diese Betrügerinnen wollten mir Angst machen, damit ich ihnen Geld gebe. Mehr steckt da nicht dahinter.« Rina reckte den Hals und blickte sich suchend im Autobus um. »Erzähl mir lieber, wo der reizende junge Herr Reidt steckt. Warum hat er dich nicht eingeladen, die Akropolis mit ihm gemeinsam zu erkunden?«

Carla verspürte wenig Lust, mit ihrer Mutter über Theo Reidt zu sprechen, daher zuckte sie nur mit den Schultern und wandte ihre Aufmerksamkeit der befahrenen Straße zu, über die der Autobus nun stadteinwärts rumpelte. Je näher sie dem Zentrum kamen, desto lauter dröhnte der Verkehrslärm in ihren Ohren. An Geschäftigkeit stand die griechische Metropole Berlin offenbar in nichts nach. Die Straßen, die zu den beiden wichtigsten Plätzen, Syntagma und Omonia, führten, waren mit Fortbewegungsmitteln jeder Art vollgestopft. Es schien fast so, als träfen Stadt und Land, Vergangenheit und Gegenwart in geballter Form aufeinander. Kutschen und Maultierkarren lieferten sich ein Rennen mit Automobilen und Bussen, die so viel gelben Staub aufwirbelten, dass Carla allein beim Anblick ein Hustenreiz überfiel.

Der Autobus hielt mit quietschenden Reifen vor dem ehemaligen Stadtschloss Athens, in dem inzwischen das griechische Parlament tagte. An das von Säulen getragene Gebäude mit seiner im Sonnenlicht glitzernden Fassade schloss sich eine hübsche Parklandschaft an.

Während die meisten Passagiere einem Fremdenführer folgten, blätterte Carlas Vater in seinem alten Reisehandbuch. Erst als Carla zu ihm trat, hob er den Kopf. »Ich habe nicht vor, die Stadt in einer Gruppe durcheinanderschwatzender Leute zu besichtigen«, entschied er. »Wozu hätte ich mir sonst ein Buch über alle Sehenswürdigkeiten gekauft? Ich werde euch persönlich zur Akropolis hinaufführen!«

Emil war der Einzige, der jubelte. Carla und ihre Mutter wechselten einen Blick, aus dem wenig Begeisterung sprach. Während Carla noch überlegte, wie sie sich der Aufsicht ihres Vaters entziehen konnte, hörte sie plötzlich, wie ihr Name gerufen wurde.

»Ist das nicht diese Amerikanerin vom Schiff?« Irritiert spähte Fuchs durch seine Brille zur gegenüberliegenden Straßenseite, von der aus Maude Robbins ihm fröhlich zuwinkte. Bei ihr waren die Kinder ihres britischen Arbeitgebers.

»Nein, was für ein Glück, dass ich Sie und Ihre Familie gefunden habe, Doktor«, sagte die junge Frau sichtlich erleichtert. »John und Margie wollten eine Portion Eiscreme. Nun fürchte ich, dass wir den Anschluss an unsere Gruppe verloren haben. Sie haben doch gewiss nichts dagegen, wenn wir uns Ihnen anschließen?« Sie zwinkerte Carla vergnügt zu, und alle setzten sich gemeinsam in Bewegung.

»Natürlich habe ich die Gruppe nicht verloren«, vertraute ihr die Gouvernante wenig später mit einem verschwörerischen Lächeln an. »Aber all die älteren Herrschaften vom Schiff, die vor jeder Säule in Ehrfurcht verharren …« Sie verzog ihr hübsches, sommersprossiges Gesicht zu einer Grimasse. »John und Margie würden sich dabei zu Tode langweilen, und ich dürfte mir bis Alexandria ihr Gejammer anhören.«

Carla fragte sich, ob den Kindern hier nicht ein ähnliches Schicksal blühte, denn ihr Vater schien keine Sehenswürdigkeit auslassen zu wollen. Allerdings fiel ihr auf, dass sich John und ihr Bruder auch ohne gemeinsame Sprache zu verstehen schienen. Die Jungen steckten auf dem Weg, der sie über Plätze und durch überfüllte Markthallen führte, immer wieder die Köpfe zusammen, zeigten auf dieses und jenes und amüsierten sich königlich. Rina dagegen marschierte mit düsterer Miene hinter ihren Angehörigen und den ungeladenen Gästen her. Erst als die kleine Margie lächelnd auf ihren Sonnenhut deutete und etwas auf Englisch zu ihr sagte, was man mit gutem Willen als Kompliment verstehen konnte, weichten Rinas Züge auf. Ohne Umschweife zückte sie ihr Taschentuch und reinigte die von Eiscreme klebrigen Hände des kleinen Mädchens.

»Gott sei Dank«, flüsterte Maude aus einiger Entfernung. »Ich dachte schon, deine Mutter hat etwas gegen uns!«

»Oh, sie mag Kinder«, entgegnete Carla. »Nur mit ihren eigenen hat sie Schwierigkeiten.« Sie seufzte. Inzwischen hatten sie den Trubel der Innenstadt hinter sich gelassen. Der Weg, den die alte Karte aus dem Reisehandbuch auswies, führte bergauf. Staub und Hitze wurden so heftig, dass sogar Emil von Zeit zu Zeit stehen bleiben musste, um zu verschnaufen. Für seine Mutter, die allen Warnungen zum Trotz Schuhe mit hohen Absätzen trug, wurde der Aufstieg zu einer wahren Folter. Mit schmerzverzerrtem Gesicht humpelte sie ihrer Familie hinterher, wobei sie immer wieder wortreich zum Ausdruck brachte, wie sehr sie Bellamuti an Bord beneidete.

Der Anblick, der sich ihr und den anderen am Ziel des Weges bot, versöhnte Rina indes für alle Strapazen. Beeindruck lief sie zwischen den Ruinen umher. Auch Carla war überwältigt. Nie zuvor in ihrem Leben hatte sie etwas so Erhabenes aus nächster Nähe bewundert. Immer wieder streckte sie die Hand aus, um den hellen Stein des Parthenons zu berühren. »Ist es nicht phantastisch?«, rief sie Maude zu, die ihre Kamera auf eine Säulenreihe richtete. Die Amerikanerin hatte für den Landausflug besonders bequeme Kleidung gewählt und trug ein Paar beigefarbene Hosen. Die Ärmel ihres leichten Baumwollhemds hatte sie bis über die Ellbogen hinaufgerollt, so dass man ihre sonnengebräunten Arme sah.

»Ich bewundere die Künstler, die diese wundervollen Tempel erschaffen haben.«

Maude strich sich lachend das Haar aus dem Gesicht. »Warte nur, bis du die Pyramiden gesehen hast! Die werden dich umhauen!«

Eine Weile durchstreiften die jungen Frauen die eindrucksvollen Ruinen der Propyläen, eine Art von Torbau zu den Heiligtümern der Akropolis, bevor sie eine Anhöhe erklommen, die zu einem weiteren Tempel emporführte. Maude war begeistert von der Aussicht über die griechische Hauptstadt und rief sogleich ihre Schützlinge herbei, die gemeinsam mit Emil gerade den Tempel der Nike erkundeten, um sie vor der märchenhaften Kulisse zu fotografieren.

»Der Major ist ein sehr misstrauischer Mensch«, erklärte sie Carla, nachdem sie John und Margie wieder zum Spielen geschickt hatte. »Er glaubt doch tatsächlich, ich würde sein Geld zum Fenster hinauswerfen, aber mit meinen Aufnahmen werde ich ihm beweisen, dass diese Seereise allein der Bildung seiner Sprösslinge gedient hat. Sind wir erst einmal bei ihm in Palästina angekommen, werden die beiden britische Schulen besuchen, John sogar eine militärische. Der Junge wird nicht mehr viel zum Umherreisen kommen, dafür ist die politische Lage ja auch viel zu angespannt. Daher möchte ich die Zeit bis zu unserer Ankunft gut nutzen.«

»Die beiden werden dir fehlen, nicht wahr?«

Ein Schatten fiel auf das sonst so heitere Gesicht der jungen Gouvernante. Einen Moment sagte sie nichts, dann aber nickte sie. »Ich will mir gar nicht vorstellen, wie es für mich ohne die beiden sein wird. Sie sind mir so sehr ans Herz gewachsen. Der Major wird versuchen, mich so rasch wie möglich zur Heimkehr zu bewegen. Aber was soll ich in England oder gar in den Staaten, wenn ich weiß, dass die Kinder auf einem Pulverfass sitzen.« Sie schüttelte den Kopf. »Nein, ich werde vorläufig in Jerusalem bleiben, ob es dem Major nun gefällt oder nicht. Vielleicht finde ich dort ja eine Anstellung als Englischlehrerin.«

Carla ging einige Schritte neben der jungen Frau her und dachte darüber nach, wie einfach sich dies doch aus ihrem Mund anhörte. Dann blieb sie unvermittelt stehen.

»Kann ich dir etwas anvertrauen, Maude?«, begann sie, bevor der Mut sie wieder verlassen konnte. »Aber du musst mir versprechen, mit niemandem darüber zu reden!«

Maude holte eine Flasche Wasser aus ihrer Umhängetasche, trank einen Schluck und bot auch Carla davon an. »Hört sich ja geheimnisvoll an. Geht es um den Regisseur, diesen Reidt?

Du hast dich doch nicht etwa verliebt?« Sie spritzte sich ein wenig Wasser ins Gesicht. »Lass dir eines sagen, meine Liebe: Reisebekanntschaften erscheinen uns wie die Kirsche auf dem Eisbecher, aber sie halten in der Regel nicht das, was sie versprechen. Die Eiscreme ist geschmolzen, ehe ihr den Heimathafen erreicht habt, und hinterlässt nur hässliche Flecke auf dem Kleid.«

»Ich rede nicht von Reidt, sondern davon, dass ich auch vorhabe, in Palästina von Bord zu gehen. Ich ... kann nicht mehr nach Deutschland zurück.«

Maude Robbins blickte sie an, als hätte sie den Verstand verloren. »Was sagst du da? Ich fürchte, die Sonne bekommt dir nicht, Kindchen. Wir sollten in den Schatten gehen!« Sie sah sich suchend um. »Wo stecken denn nur deine Eltern und die Kinder? Allmählich sollten wir uns an den Abstieg machen. Mir knurrt schon der Magen.«

»Ich habe keinen Sonnenstich!«, rief Carla so energisch, dass Maude zusammenzuckte. »Und es ist mein Ernst. Ich darf in Deutschland vermutlich nie wieder öffentlich auftreten, es sei denn mit gefälschten Papieren. Aber das Violinspiel ist mein Leben, das weiß ich. Ich könnte niemals glücklich werden, wenn man es mir verböte.« Sie holte tief Luft, bevor sie hinzufügte: »Und aus diesem Grund brauche ich einen Ort, an dem ich Geige spielen kann, ohne befürchten zu müssen, aus dem Konzertsaal verjagt zu werden.«

Maude Robbins strich sich über das Kinn. Einen Moment lang war sie so verblüfft, dass ihr die Worte fehlten. Eine halbe Ewigkeit verging, ehe sich die junge Frau verlegen räusperte. »Dann bist du Jüdin?«

»Protestantin«, sagte Carla. »Getauft und konfirmiert, so wie mein Vater auch. Wir sind eine gewöhnliche Familie, die zu Weihnachten in die Kirche geht. Von jüdischen Verwandten im Stammbaum hatte ich keine Ahnung, bis ich in Berlin einem Vetter meines Vaters über den Weg lief. Er ist Musiker und will sich in Palästina ein neues Leben als Dirigent aufbauen.«

»Ich fange an zu verstehen.« Maude wurde unruhig. »Du willst zu ihm, nicht wahr? Aber du hast keine Einreisepapiere. Im britischen Mandatsgebiet warst du eine Illegale, die jederzeit abgeschoben werden kann. Die Armeepolizei würde Jagd auf dich machen.«

Maudes Worte trafen Carla schwer. Hatte ihr Vater nicht etwas ganz Ähnliches gesagt, um sie von ihrem Vorhaben abzubringen?

»Mir ist klar, dass es schwierig werden wird«, flüsterte sie. »Glaubst du denn, mir fällt es so leicht, alles hinter mir zu lassen? Meine Heimat? Meine Freunde und die Familie? Bellamuti hat so hart mit mir gearbeitet, um mich zu einer berühmten Violinistin zu machen. Aber welche Wahl bleibt mir denn? Wir wissen nicht, was uns in Deutschland noch erwartet. Momentan gibt Hitler sich friedlich, um die Öffentlichkeit in Sicherheit zu wiegen, aber Vater sagt, dass er aufrüsten lässt.« Sie sah Maude an. »Ich hatte gehofft, dass du mir helfen könntest. Wenn du bei diesem britischen Major ein gutes Wort für mich einlegst, könnte er mir doch die nötigen Papiere beschaffen, oder nicht?«

»Für eine Deutsche?« Maude hob abwehrend die Hand. »Ich habe dir doch erklärt, dass es schon für mich schwer genug werden wird, in Jerusalem bleiben zu können. Dich, meine liebe Carla, würde der Major vermutlich für eine Spionin der Nazis halten und einsperren lassen!«

»Aber du kannst ihm doch erklären …«

»Nein, schlag dir das aus dem Kopf! Mit den erforderlichen Papieren in der Tasche wäre es mir ein Vergnügen, in Jerusalem eine Wohnung mit dir zu teilen. Du könntest Musik und ich Sprachen unterrichten, aber so …« Sie senkte den Blick bis hinab zu ihren staubigen Stiefeln. Carla verstand auch ohne weitere Worte, worum es der jungen Amerikanerin ging. Wenn sie durch Carlas Schuld im Militärgefängnis landete, würde sie ihre beiden Lieblinge, John und Margie, niemals wiedersehen.

Ich hätte nicht fragen dürfen, dachte sie niedergeschlagen. Es ist meine, nicht ihre Sache.

»Du wirst dich nicht davon abbringen lassen, nicht wahr?«, fragte Maude. »Du wirst es trotzdem versuchen?«

Carla senkte den Blick. Wozu sollte sie es abstreiten?

»Und ich dachte, du wärst ein Lämmchen«, brummte die Gouvernante. »Aber … Wie sagt ihr doch in Deutschland? Stille Wasser sind tief?« Sie betrachtete Carla so durchdringend, als sähe sie sie heute zum ersten Mal, und atmete tief aus. »Also schön! Da ich nicht will, dass dir in Jerusalem etwas zustößt, werde ich mit dem Major reden. Aber versprich dir nicht zu viel davon! Wie ich ihn einschätze, wird er dich unter Bewachung der Militärpolizei aufs Schiff zurückbefördern.«

»Ich möchte aber nicht, dass du Schwierigkeiten bekommst«, wandte Carla ein.

»Lass das meine Sorge sein!« Mit der Hand schirmte die junge Frau ihr Gesicht gegen die Sonne ab, deren gleißende Strahlen fast senkrecht auf sie fielen. Ein Stück weiter traten zwei Personen aus dem Schatten einer der Ruinen. Ein Mann im hellen Anzug und eine Frau, die sich auf einen Spazierstock stützte.

»Na, wenn das nicht unser Freund Reidt ist«, sagte Maude nicht ohne Spott in der Stimme. »Und wie gewöhnlich hängt seine Schwester wie eine Klette an ihm. Mit der Gruppe vom Schiff sind die beiden nicht heraufgekommen. Was ist? Wollen wir sie nicht begrüßen?«

Schon der Gedanke daran bescherte Carla einen trockenen Mund. Am liebsten hätte sie sich zwischen den Säulen versteckt, aber das wäre kindisch gewesen. Knapp erzählte sie Maude von Marlies Uhls nächtlichem Besuch in ihrer Kabine.

»So eine dreiste Person«, schimpfte Maude. »Wenn das Dritte Reich schon auf Frauen wie diese Marlies zurückgreifen muss, solltest du deine Pläne, das Land zu verlassen, vielleicht noch mal überdenken. Dann ist der Spuk vermutlich doch bald zu Ende. Ich glaube, sie wollte dich nur aushorchen, vielleicht ein bisschen einschüchtern. Aber gefährlich kann sie dir kaum werden, auch wenn sie Tag und Nacht nach Berlin telegrafiert. Schließlich kommst du aus einer bekannten Unternehmerfamilie. Du hast zu Hause nichts angestellt und über deine Herkunft wird dieses Weib kaum Bescheid wissen, wo sie dir selbst doch bis vor Kurzem noch nicht klar war.«

Carla kaute abwesend auf ihrer Unterlippe. Nein, sie hatte sich gewiss nichts zuschulden kommen lassen, was zu Hause eine Verhaftung rechtfertigte. Was ihren Vater betraf war sie sich allerdings weniger sicher. Hatte nicht Rina erst auf der Fahrt von Piräus hierher behauptet, er habe sich in den vergangenen Monaten verändert? Sein sonderbares Verhalten in Berlin, die kritischen Äußerungen, die er von sich gab, und nicht zuletzt sein plötzlicher Entschluss, Steinberg zu helfen, sagten Carla, dass er Grund hatte, vor Personen wie Marlies Uhl auf der Hut zu sein.

»Wie nett, Sie hier zu treffen«, sagte Maude mit einem herzerwärmenden Lächeln, als die Geschwister auf sie und Carla zukamen. »Und ich dachte schon, Sie würden die Akropolis gar nicht besichtigen.«

»Die Autobusse sind eine Zumutung«, erklärte Marlies Uhl kühl. »Wir haben ein Taxi in die Stadt genommen. War zwar etwas teurer, aber die Ufa kommt ja für unsere Auslagen auf.«

Reidt sah sie streng an. »Wolltest du Fräulein Fuchs nicht noch etwas anderes sagen? Tu dir bitte keinen Zwang an!«

Die Frau nahm ihre Sonnenbrille ab und räusperte sich. Ein hilfloses Lächeln huschte über ihr breites Gesicht. Die Begegnung war ihr peinlich, das sah man. Trotzdem machte sie einen Schritt auf Carla zu. »Mein Bruder hat recht, Fräulein Fuchs«, sagte sie. »Ich habe mich Ihnen gegenüber sehr unhöflich verhalten.« Sie lachte nervös auf. »Manchmal vergesse ich einfach, dass ich nicht mehr auf Theo aufpassen muss, sondern, dass er heute gewissermaßen mein Chef ist. Ich hatte kein Recht, aufzubrausen, nur weil er Ihnen eine Stellung angeboten hat. Ich hätte doch wissen müssen, dass eine junge Musikerin wie Sie gar keine Zeit für solche Unternehmungen hat.« Sie lächelte Carla listig an. »So ist es doch, nicht wahr?«

»Na, dann wäre dieses Missverständnis ja aus der Welt geschafft«, rief Maude. Ohne jede Vorwarnung hakte sie sich bei der überrumpelten Marlies unter und spazierte plaudernd mit ihr davon, ohne auf den leisen Protest der Frau zu achten.

Carla und Reidt sahen den beiden verwundert nach.

»Wie es aussieht, hat Ihre Freundin uns etwas Zeit verschafft«, sagte der junge Mann nach einem Moment des Schweigens. »Das gibt mir die Gelegenheit, mich ebenfalls zu entschuldigen. Dass es ein Fehler war, Marlies von meinem Angebot zu erzählen, merkte ich erst, als sie wutentbrannt davonstürmte. Aber ich hätte niemals für möglich gehalten, dass sie Sie gleich aufsuchen und eine Szene machen würde.« Er hob die Augenbrauen. »Denn genau das hat sie getan, nicht wahr?«

Carla machte eine wegwerfende Handbewegung. Von fern hörte man Maude kichern. Sie war keine schlechte Schauspielerin, das musste Carla ihr lassen. Vielleicht sollte Reidt sie unter Vertrag nehmen, um seinem nächsten Film die nötige Würze zu geben.

»Ich habe Marlies ein für alle Mal verboten, sich in meine Angelegenheiten zu mischen«, fuhr der Regisseur mit fester Stimme fort. »Sollte sie mich noch einmal in der Öffentlichkeit bloßstellen, wird sich künftig eine andere Schreibkraft um meine Korrespondenz kümmern.«

»Dem Propagandaministerium würde das nicht gefallen«, gab Carla zu bedenken.

Reidt stieß grimmig die Luft aus. »Noch braucht mich Goebbels, und das weiß er auch. Er kann es sich nicht leisten, weitere gute Regisseure an das Ausland zu verlieren, denn was soll dann aus der Ufa werden? Dem Kino gehört die Zukunft, Carla. Durch große Filme lassen sich Ideen weitertransportieren, Menschen erreichen.«

Nicht nur erreichen, dachte Carla. In den falschen Händen können sie Menschen töten wie eine Waffe. Der Gedanke daran ließ sie erschaudern.

Unvermittelt blieb Reidt stehen. Seine Augen blitzten auf. Als er sanft den Arm um Carla legte, hielt sie den Atem an. Einerseits wünschte sie sich seine Nähe, wie man sich an einem frostigen Tag nach einem lodernden Feuer sehnt, auf der anderen Seite spürte sie, dass sie sich an ebendiesem Feuer verbrennen würde. Sie bekam Angst vor ihren eigenen Gefühlen.

Du darfst das nicht zulassen, wirbelte es durch ihren Kopf. Großer Gott, warum musste er auch so gut riechen? Nach Tabak und einem herben Rasierwasser. Im Schatten des Erechtheions suchte sein Mund ihre Lippen. Eine Flut von Emotionen spülte den letzten Rest Zweifel fort und ließ ihr Herz wild klopfen.

»Ich habe mich in dich verliebt, Carla«, flüsterte er ihr ins Ohr, während er sanft über ihr vom Wind zerrauftes Haar strich. »Ich wünsche mir so sehr, dass du mein Angebot annimmst und mit mir durch Ägypten reist, den Nil hinunter bis ins Tal der Könige. Die Ufa würde dir noch heute telegrafisch einen Vertrag ausstellen!«

Carla konnte kaum glauben, was sie da hörte. Zugegeben, all das klang verlockend, fast wie ein Traum. Doch wie würde er reagieren, wenn er von ihrer Abstammung erfuhr, und von ihren Plänen? Er gehörte nach Deutschland. Und sie …

Ich muss es ihm sagen, dachte sie. Auch wenn er danach nichts mehr von mir wissen will. Erfahren muss er es. Ich darf nicht riskieren, dass er meinetwegen seine Karriere aufs Spiel setzt. Sie öffnete den Mund – und schloss ihn wieder, als sie Maude und Reidts Schwester auf sich zukommen sah. Maudes englische Schützlinge folgten mit Emil und Carlas Eltern in einigem Abstand.

»Nun, was sagst du zu meinem Vorschlag, Carla?« Reidt hielt noch immer ihre Hand, ließ sie aber los, als auch er die Gruppe näher kommen sah.

Carla konnte ihm jetzt noch keine Antwort geben. »Später, auf dem Schiff!«, flüsterte sie ihm zu. Dann drehte sie sich rasch um und ging ihren Eltern entgegen.

16. KAPITEL

Die Herberge, in der Carlas Familie gemeinsam mit einigen anderen Passagieren die Nacht verbringen sollte, lag am Ausgang eines labyrinthartigen Gewirrs aus kopfsteingepflasterten Gässchen. Kleine Läden für Keramikarbeiten oder Lederwaren drängten sich aneinander. Aus Tavernen und Caféhäusern drangen Gelächter und Musik, Pferdedroschken und Männer mit Maultieren schoben sich an den Passanten vorbei.

Müde trottete Carla ihrem Vater hinterher, der in regelmäßigen Abständen stehen blieb, um sich bei einheimischen Ladenbesitzern nach dem Weg zur Pension zu erkundigen. In der Schule hatte er Altgriechisch gelernt und prahlte damit, sich noch an die meisten Vokabeln erinnern zu können. Zu seiner Enttäuschung zuckten die Befragten nur amüsiert die Achseln. Sie schienen kein Wort von dem, was er redete, zu verstehen.

»Was hast du gesagt?«, fragte Rina spöttisch. »Etwa, dass du die Höhle der Kyklopen suchst?«

»Die tun doch nur so, als würden sie mich nicht verstehen«, befand Carlas Vater gekränkt. »Wenn ich ihnen ihren Plunder abkaufen würde, wären sie bestimmt hilfsbereiter.«

Es wurde schon dunkel, als sie endlich vor dem richtigen Haus ankamen. Davor stand ein hagerer Mann und rauchte. Er musterte die Gruppe einen Moment lang, dann trat er seine Zigarette aus, stieß das Tor auf und winkte seinen neuen Gästen, ihm in einen Innenhof zu folgen. Dort waren schon Tische und Bänke für das Nachtessen aufgestellt worden. Ein paar Mädchen, die in etwa in Carlas Alter waren, verteilten Körbe mit duftenden Brötchen und Käse sowie Weinkannen auf den Tischen. Aus dem Haus, einem zweistöckigen Gebäude mit Flachdach und hölzerner Balustrade, drang ein köstlicher Duft von gegrilltem Fleisch.

Carla ließ sich auf einer Steinbank nieder. Ihr gegenüber plätscherte Wasser durch den weit aufgerissenen Mund eines Brunnenkopfes, dessen Haar aus einem Gespinst ineinander verwobener Schlangen bestand. Es sah interessant, gleichzeitig aber auch Furcht einflößend aus.

»Ein Medusenhaupt«, klärte ihr Bruder sie sofort eifrig auf. »Der Sage nach erstarrt jeder zu Stein, der es ansieht.« Der Junge ging zu dem Becken und spritzte sich Wasser ins Gesicht, auch sein Vater und Carla wuschen sich die Hände.

Rina beobachtete sie dabei nicht ohne Argwohn. »Ob die erwarten, dass wir uns alle in diesem … Zuber waschen?«, fragte sie Maude Robbins, die mit ihren beiden Schützlingen auf einer Bank ihr gegenüber geduldig wartete, bis sie an der Reihe war.

»Sieht wunderbar frisch aus«, sagte Maude. »Am liebsten würde ich später hineinspringen!«

Rina schnappte nach Luft. Sie wollte gerade zu einer scharfen Erwiderung ansetzen, als eine Männerstimme hinter ihr in beruhigendem Ton sagte: »Keine Sorge, Madame! Im Haus werden Sie alles finden, was Sie brauchen, um sich frisch zu machen.«

»Dimitrios?« Überrascht starrte Rina den jungen Mann an, der so unvermittelt am Tisch aufgetaucht war. Der Steward trug ein weites Leinenhemd mit bunten Stickereien, das leger über der schwarzen Hose hing.

»Ach du liebe Zeit, ohne Ihre Steward-Uniform hätte ich Sie fast nicht erkannt«, sagte Rina. »Aber was machen Sie denn hier in der Altstadt? Sind Sie uns gefolgt?«

Dimitrios schüttelte den Kopf. »Die Pension gehört meinem Onkel und meiner Tante, bei denen ich aufgewachsen bin. Wann immer ich in Athen bin, komme ich her, um den beiden zu helfen.« Er zwinkerte ihr verschmitzt zu. »Die Empfehlung, ihr Haus auch an Passagiere zu vermieten, stammt von mir.«

Er klatschte in die Hände. »Aber nun sollten Sie erst einmal essen und sich von dem langen Tag auf der Akropolis erholen.«

Er rief etwas in griechischer Sprache, woraufhin unter dem Beifall der Gäste große Platten mit gebratenem Hammel, in Öl eingelegten Oliven und gewürztem Joghurt zu den Tischen getragen wurde. In einem Winkel des Hofes fingen ein paar Musikanten zu spielen an. Im Nu herrschte eine derart ausgelassene Stimmung, dass sogar Rina sich davon anstecken ließ. Als Dimitrios' Onkel sie zum Tanzen holte, leistete sie nur halbherzig Widerstand.

Ihr Ehemann sah ihr eine Weile zu, ohne mit der Wimper zu zucken. Er schien mit seinen Gedanken weit fort zu sein, doch seine Miene drückte so viel Angst vor der Zukunft aus, dass es Carla, die ihn beobachtete, schier das Herz zerriss. Er war einsam, das spürte sie. Am liebsten hätte sie sich an ihn gekuschelt und ihren Kopf an seine Schulter gelehnt, wie sie es als kleines Mädchen oft getan hatte. Aber sie wagte es nicht, ihm zu nahe zu kommen, weil sie Angst davor hatte, abgewiesen zu werden.

Gedankenverloren nahm sie eine Olive in den Mund und verzog das Gesicht, als sie den bitteren Geschmack der Frucht auf der Zunge spürte. Würde sie es tatsächlich schaffen, ihren Vater, ihre Mutter und Emil zu verlassen? Und Reidt? Sobald er gefunden hatte, wonach er am Nil suchte, würde er nach Deutschland zurückkehren, um seinen Film zu drehen. Dafür lebte er, und dafür brachte er Opfer. Sie, Carla, kannte er erst, seit sie auf dem Schiff waren, während ihn die Leidenschaft für seine Arbeit seit vielen Jahren begleitete. Er hatte gesagt, dass er sie liebte und wenn sie tief in sich hineinfragte, spürte sie, dass sie auch etwas für ihn empfand. Es war töricht, dies abzustreiten, aber ebenso töricht wäre es gewesen, zuzulassen, dass er sich zwischen seiner Tätigkeit und ihr entscheiden musste.

So etwas verlangte man von keinem Künstler, so weh es auch tun mochte.

Carla schluckte. Sie war froh, dass Reidt ein Taxi nach Piräus genommen hatte, denn heute Abend hätte sie es nur schwer ertragen, ihn inmitten all dieser fröhlichen Menschen sehen zu müssen, in dem Wissen, dass er eine Antwort von ihr erwartete.

Als Dimitrios sich mit drei griechischen Musikern ihrem Tisch näherte, erwachte sie jäh aus ihren Gedanken. Ehe sie sich versah, wurde sie von warmen Geigenklängen umgeben, die sie einhüllten wie ein schützender Mantel. »Nicht traurig sein«, schienen sie ihr zuzuflüstern. »Wir sind hier, um dir zu helfen!«

Wie verzaubert lauschte sie den fremdartig klingenden Melodien und spürte förmlich, wie ihre Sorgen davonflogen. Ein verklärtes Lächeln umspielte ihre Lippen. Die Männer waren keine Virtuosen, spielten aber so gefühlvoll, dass es an den Tischen ringsum ganz still wurde.

»Und nun das junge Fräulein«, rief Dimitios übermütig. »Sie ist eine echte Violinistin und wird euch zeigen, wie man das Instrument richtig spielt!« Er nahm einem seiner Freunde die Geige aus der Hand und reichte sie Carla.

Carlas zaghafter Protest ging in dem spontanen Beifall der Männer und Frauen an den Tischen unter. Offenkundig wollten die Leute sie tatsächlich unbedingt spielen hören. Pfiffe schallten durch die von Kerzen und Fackeln erleuchtete Nacht. Dimitrios strahlte vor Freude über seinen Einfall über das ganze Gesicht. Offensichtlich war er ein wenig angetrunken, nur so konnte Carla es sich erklären, dass er sie plötzlich auf den Tisch hob. Wiederum brandete Applaus auf.

Nur gut, dass Bellamuti mich nicht sieht, dachte Carla, während sie unschlüssig die Geige betrachtete. Jemand reichte ihr den Bogen.

Carla begann zu spielen. Und der Innenhof verstummte.

»Ich glaube, das Mädchen war noch nie so brillant wie heute Abend! Schade, dass Bellamuti nicht dabei war. Sein Gesicht hätte ich sehen mögen, als der Bursche sie auf den Tisch hob!«

Fuchs stand im Morgenmantel am offenen Fenster und blies den Rauch seiner Zigarette in den tintenschwarzen Himmel. Er erinnerte sich nicht mehr, was genau Carla gespielt hatte, dafür besaß er nicht die richtige Ausbildung. Doch wie die Gäste der griechischen Pension nach ihrem spontanen Auftritt vor Begeisterung von ihren Bänken gesprungen waren, würde er nicht vergessen, so lange er lebte. Carlas Geigenspiel hatte etwas Magisches an sich, das musste selbst ein eingefleischter Rationalist wie er zugeben. Während er gelauscht hatte, waren alle Sorgen und Nöte von ihm abgefallen. Die quälenden Stimmen in seinem Kopf, die ihn wie die Furien der griechischen Sage an Hagenberg und seine Firma erinnerten, an Steinberg und das Vorhaben seiner Tochter, waren verstummt.

Doch Furien ließen sich nie lange täuschen. Verloren sie ihre Fährte, gaben sie alles, um sie wiederzufinden. Er spürte, wie sie abermals von seinen Gedanken Besitz ergriffen, und das beklemmende Gefühl in seiner Brust nahm zu.

Er dachte an das Telegramm und den Befehl, nach Deutschland zurückzukehren. Hätte er nach dem angeblichen Unfall des Journalisten in Berlin nicht gewarnt sein müssen? Aber wenn man ihm bereits dort auf die Schliche gekommen war, warum hatte er dann mit seiner ganzen Familie diese Kreuzfahrt antreten dürfen? Warum hatte man ihn nicht an der Grenze festgehalten? Die Gestapo hatte ihre Männer doch überall, seit drei Jahren kontrollierte sie das gesamte Reich. Wenn sie jemanden auf ihn angesetzt hatte, dann …

Da fiel es ihm plötzlich wie Schuppen von den Augen: Der Mann war an Bord. Er reiste mit ihnen.

Ja, das ergab Sinn. Er reiste mit ihnen, speiste gemeinsam mit ihnen zu Abend oder nahm einen Cognac an der Bar. Vielleicht übernachtete er hier, in dieser verfluchten Pension. Das bedeutete, dass er seine Familie nicht, wie gehofft, in Sicherheit gebracht hatte. Er hatte nur dafür gesorgt, dass der Tod sich an ihre Fersen geklemmt hatte.

Fuchs hustete verkrampft, während er die Asche seiner Zigarette über die Fensterbrüstung rieseln ließ. Er musste etwas unternehmen, und zwar rasch. Aber was? Von Bord gehen? Hier in Athen untertauchen? Das war völlig unmöglich. Sein Weg führte ihn nach Jerusalem, er durfte nicht ruhen, bis er die Stadt erreicht hatte.

Rina war bereits im Bett. Dimitrios' Onkel hatte den Eltern der hübschen Geigenspielerin, wie er sie augenzwinkernd genannt hatte, eines der besten Zimmer der Herberge gegeben. Es war bescheiden möbliert und verfügte zu Rinas Bedauern auch nicht über die Annehmlichkeit eines eigenen Badezimmers. Doch dafür war die Bettwäsche sauber und die Matratze nicht muffig. Für eine Nacht würde das Quartier ihren Ansprüchen genügen.

»Dimitrios hätte eigentlich eine Rüge verdient!« Rina fächelte sich mit ihrem Sonnenhut Luft zu. Es war eine schwüle Nacht und trotz der offenen Fenster drückend heiß im Raum. »Ich bin gewiss nicht humorlos, aber ich finde, der Bursche hätte Carla nicht so überrumpeln dürfen. Sie ist keine Jahrmarktsattraktion.« Sie legte den Kopf schräg. »Wir sollten Bellamuti nichts davon erzählen, sonst bekommt er am Ende einen Wutanfall. Du weißt doch, wie besitzergreifend er sein kann.«

Fuchs starrte wie betäubt in den Innenhof hinunter. Vor dem schwachen Lichtschein einer fast heruntergebrannten Fackel zeichneten sich die Umrisse der Tische und Bänke ab. Bis auf das leise Plätschern des Brunnens mit seinem sonderbaren Wasserspeier war alles still, doch ganz von fern war ein heiserer Singsang zu hören, der Fuchs aufhorchen ließ.

Vermutlich ein paar Angetrunkene auf dem Heimweg von der Taverne, beruhigte er sich. Er wollte soeben das Fenster schließen, als er bemerkte, wie das große Tor zum Hof eine Handbreit geöffnet wurde. Doch niemand trat ein. Stattdessen schien jemand ins Innere des Anwesens zu spähen. Dann vergrößerte sich der Spalt, und ein Schatten schlüpfte durch das Tor. Es war ein Mann, so viel ließ sich trotz der Dunkelheit erkennen. Er machte ein, zwei Schritte auf die Herberge zu, dann verharrte er unschlüssig.

»Hast du gehört, was ich gesagt habe?« Rina klopfte gegen das Holz des Bettrahmens. »Ich habe dich gebeten …«

»Still, verdammt!« Fuchs legte beschwörend einen Finger über die Lippen. Der Mann im Hof schlich leise zum Brunnen, wo er sich über das Wasserbecken beugte und in gierigen Zügen trank. Der schwache Schein der Fackel zu seiner Linken fiel auf sein Gesicht.

»Robert, wer ist da unten?«, wollte Rina wissen. »Du siehst aus, als würdest du einen Geist sehen.«

Einen Geist? Fuchs atmete tief durch. Ja, womöglich. Aber das würde er herausfinden. Und wenn sich sein Verdacht bestätigte, brach er diesem Geist alle Knochen im Leib.

»Bleib hier und sei in Gottes Namen leise!«, raunte er Rina zu, die sich gerade anschickte, das Bett zu verlassen. Er schlüpfte in die Pantoffeln und ergriff seinen Spazierstock.

Als er sich im Hof umblickte, glaubte er einen Atemzug lang, er habe sich getäuscht, denn beim Brunnen war niemand mehr. Er wollte schon erleichtert aufatmen, als er den Mann an einem der leeren Tische sitzen sah. Er trug Hemd und Hose, aber keine Krawatte. Seinen Hut hatte er neben sich auf die Bank gelegt. Zu seinen Füßen entdeckte Fuchs eine schon recht abgegriffene Reisetasche. Langsam, noch immer zweifelnd, ging Fuchs auf ihn zu. Der Mann schien ihn zunächst nicht zu bemerken. Er starrte in die Dunkelheit, schien der Musik der Grillen zu lauschen, die im Gebüsch zirpten. Erst als Fuchs mit seinem Spazierstock gegen die Bank stieß, drehte der Mann sich langsam zu ihm um. Er schien keineswegs überrascht, Fuchs zu sehen. Natürlich nicht. Offensichtlich war er seiner Spur bis hierher gefolgt.

»Wie können Sie es wagen?« Fuchs blieben die Worte vor Entrüstung im Halse stecken, als der Mann aufsprang und ihm mit einem Lächeln auf den Lippen die Hand zur Begrüßung hinhielt. Voll Abscheu wich Fuchs vor ihm zurück. »Ich hatte gehofft, Sie nie wieder in meinem Leben sehen zu müssen!«

Der Mann deutete auf den Stock, den Fuchs drohend schwang. »Ich hoffe, Sie wollen mir damit nicht den Schädel spalten!«

»Weiß Carla, dass Sie hier sind?«

»Nein, aber ich habe vor, mit ihr zu sprechen. Es gibt da ein paar Dinge, die wir unbedingt miteinander klären müssen!«

Fuchs wäre gern laut geworden, noch lieber hätte er dem Kerl mit seinem Stock Manieren beigebracht, obwohl dies keineswegs seiner Art entsprach. Solche Angelegenheiten regelte man nicht mit roher Gewalt. Davon abgesehen empfahl es sich so spät nicht, seinem Herzen Luft zu machen.

»Gar nichts haben Sie mit ihr zu klären«, sagte er, seine Wut mühsam unterdrückend. Der Kerl musste verschwinden. Auf der Stelle. Er spähte zum Fenster im oberen Stock hinauf. In seinem Zimmer brannte kein Licht mehr. Rina musste es ausgeschaltet haben. Stand sie dort oben hinter dem Vorhang oder traute sie sich vor Angst nicht aus dem Bett?

»Robert?« Als Fuchs diese Stimme nach sich rufen hörte, wusste er, dass er sich wieder einmal in ihr getäuscht hatte. Natürlich war Rina nicht oben geblieben, wie er es von ihr verlangt hatte. Barfuß und nur mit einem dünnen Hausmantel bekleidet eilte sie über das grobe Pflaster. Ihr üppiges Haar fiel ihr offen über die Schultern. Als sie erkannte, wer der Mann war, mit dem er sprach, fiel ihre Kinnlade nach unten.

»Harald von Breden?« Es klang hart, wie sie den Namen betonte. »Robert, was hat dieser Schuft hier verloren? Wie zum Teufel hat er uns gefunden?«

»Er will zu Carla!« Fuchs spähte zum Haus hinüber, doch dort blieb alles still. Das war gut, Carla durfte auf keinen Fall mitbekommen, dass ihr ehemaliger Verlobter in Athen war.

Der junge Mann hob beschwichtigend die Hand. »Kein Grund, sich gleich gegenseitig an die Kehle zu gehen, Doktor Fuchs«, sagte er mit einem milden Lächeln. »Ich will ja gern zugeben, dass ich mich Ihnen und Carla gegenüber falsch verhalten habe …«

»Falsch verhalten?« Rina ballte die Fäuste. »Das wird dem Sachverhalt wohl kaum gerecht. Man verhält sich falsch, wenn man eine Dame im Café länger als zwei Minuten warten lässt. Sie dagegen …« Rina holte tief Luft. »Sie haben uns einen Haufen Lügen aufgetischt und meiner Tochter damit das Herz gebrochen. Und als ob das alles nicht genug wäre, haben Sie auch noch die Frechheit, ihr nachzureisen?«

Harald von Breden neigte den Kopf, ohne Rina anzusehen. »Es ist wahr, was Sie sagen. Sie haben jeden Grund, mich zu verabscheuen. Ich hätte nicht ohne jede Erklärung davonlaufen und Carla mit ihrer … bedrückenden Entdeckung alleinlassen dürfen.«

Fuchs beobachtete, wie Rina irritiert die Hände in die Hüften stemmte. Kalter Schweiß trat ihm auf die Stirn.

»Von welcher bedrückenden Entdeckung sprechen Sie? Carla schwebte im siebten Himmel, bis Sie sie belogen und betrogen haben.«

Von Breden hob den Blick, aber Fuchs hätte schwören können, dass der überraschte Ausdruck auf seinem Gesicht nur gespielt war. »Ach, Ihre Frau Gemahlin weiß es gar nicht?«

»Was weiß ich nicht?« Sie drehte sich um. »Robert, wärst du bitte so nett, mich aufzuklären? Schließlich stehe ich nicht zu meinem Vergnügen mit offenen Haaren und ohne Schuhe vor diesem … diesem Heiratsschwindler!«

Fuchs wusste, dass er einschreiten musste, bevor Harald noch einmal den Mund aufmachte. Aber ihm fiel nichts ein, das den jungen Mann zum Schweigen gebracht hätte. Also holte er aus und schlug Harald so kräftig seinen Spazierstock auf den Kopf, dass dieser lautlos zu Boden ging.

17. KAPITEL

»Wie konntest du nur?« Rina war fassungslos. Ihre Schritte hinterließen anklagende Geräusche auf dem Fliesenboden. Trotz der Hitze rieb sie sich die Arme, als würde sie frieren. Vermutlich eine Auswirkung des Schocks, den sie erlitten hatte. »Du musst vollkommen den Verstand verloren haben, von Breden anzugreifen!«

Ihr Mann lehnte sich an die Wand und sah zu, wie Dimitrios Haralds Körper über den Fußboden schleifte. Erst als der junge Mann sich mit vorwurfsvollem Blick zu ihm umdrehte, überwand er sich und half, den reglosen von Breden auf einen gepolsterten Diwan zu wuchten. Dimitrios' Tante kam mit einer Schüssel heißem Wasser und Tüchern in den Raum gelaufen. Stumm beugte sie sich über den Bewusstlosen und begann nach kurzer Untersuchung, ihm das Blut vom Gesicht zu waschen.

Dimitrios wischte sich die Hände an seinem Kittel ab. »Er lebt, aber er hat ganz schön was abbekommen. Sie hätten ihn töten können. Wenn er nicht so einen harten Schädel hätte …«

»Das sehe ich selbst«, sagte Fuchs mit einem schuldbewussten Blick. Die ganze Sache tat ihm schon jetzt entsetzlich leid. »Ich bin froh, dass er lebt.«

»Ich auch, das dürfen Sie mir glauben. Meine Verwandten sind einfache, ehrbare Leute. Sie haben hart gearbeitet, um diese schöne Pension aufmachen zu können. Wenn die Polizei hier auftaucht und anfängt, Fragen zu stellen, wird das auch für sie unangenehm.«

Das verstand Fuchs nur zu gut. Er selbst hatte auch nicht die geringste Lust, Bekanntschaft mit der griechischen Polizei zu machen – oder einem griechischen Gefängnis. Nein, so weit durfte es nicht kommen.

»Können Sie ihn nicht irgendwo verschwinden lassen, damit er uns nicht mehr belästigt?«, fragte er vorsichtig. »Ich zahle Ihnen, wie viel auch immer Sie wollen!«

»Ist das dein Ernst, Robert?« Rinas Blick war unheilverkündend. »Auch wenn der Mann sich Carla gegenüber wie ein Schuft verhalten hat, hättest du nicht handgreiflich werden dürfen. Und ganz bestimmt wird Dimitrios ihn nicht verschwinden lassen. Wir sind hier nicht in einem billigen Kriminalroman!«

Fuchs war klar, dass seine Frau eine Erklärung für sein Verhalten verlangte. Dass sie ihn nicht gleich in Dimitrios' Beisein zur Rede stellte, lag allein daran, dass sie es nicht mochte, persönliche Dinge vor Fremden zu besprechen. Sie würde darauf zurückkommen, sobald sie wieder an Bord waren. Darauf musste er sich einstellen. Im Moment zählte allein die Frage, was sie mit von Breden anzufangen gedachten. Fuchs sah hinüber zum Diwan. Der Mann war ein Schwindler, der Baron Münchhausen in den Schatten stellte, so viel stand fest. Sein Beteuern, nach Athen gekommen zu sein, um Carla für seinen Verrat um Verzeihung zu bitten, klang hohl. Ob er es war, der für die Gestapo arbeitete? Von der Hand zu weisen war das nicht. Die Staatspolizei rekrutierte mitunter gern gescheiterte Existenzen wie diesen Hungerleider.

»Es wird Ihnen nicht gefallen, aber dieser Herr hat für den Rest der Reise eine Passage auf der ›Königin Maria‹ gebucht«, sagte Dimitrios leise. Er drehte den Docht der Öllampe kürzer, damit ihr honiggelber Schein den Bewusstlosen nicht blendete. »Ich war dabei, als er in Piräus mit dem Zahlmeister sprach, und habe alles mitangehört. Er sagte, er habe ein Flugzeug genommen, um rechtzeitig vor dem Auslaufen des Schiffes in Athen zu sein.« Er blähte die Wangen auf und ließ die Luft langsam daraus entweichen. »So etwas Verrücktes macht man doch nur, wenn es um eine Frau oder viel Geld geht.«

Möglicherweise um beides, dachte Fuchs.

»Wenn Harald von Breden die Schiffspassage bezahlt hat, heißt das, Sie müssen ihn mit an Bord nehmen?«, erkundigte sich Rina vorsichtig. »Aber … dann würde er Carla bestimmt begegnen.« Sie spähte ängstlich zur Decke hinauf. »Das arme Kind! Wenn sie wüsste, dass der Mann, der sie sitzen gelassen hat, im selben Haus ist. Nein, es ist ausgeschlossen, dass er mit uns reist. Ich werde nicht zulassen, dass dieser erbärmliche Schwindler sich noch einmal in ihr Leben drängt. Ausgerechnet jetzt, wo sie den netten Regisseur kennengelernt hat. Hast du nicht bemerkt, wie Reidt sie heute auf der Akropolis angesehen hat?«

Fuchs verzog das Gesicht, denn daran mochte er nun auch nicht denken.

Dimitrios' Tante warf ein blutiges Tuch in die dampfende Porzellanschüssel. Sie rief dem jungen Kabinensteward etwas auf Griechisch zu, dann stapfte sie aus dem Raum und warf die Tür zu.

»Tut mir leid, Herrschaften«, sagte Dimitrios. »Aber ich fürchte, Ihnen bleibt keine andere Wahl. Meine Tante möchte keinen Ärger bekommen. Sie verständigt ihren Bruder Nikolaos. Dem gehört ein kleiner Transporter für Gänse, mit dem wir den Burschen noch heute Nacht nach Piräus fahren werden. Ich lasse ihn aufs Schiff bringen und sorge dafür, dass ein Arzt nach ihm sieht, der keine Fragen stellt. Vermutlich wird er in den nächsten Tagen ohnehin viel schlafen. Aber mehr kann ich leider nicht für Sie tun.«

Carla erfuhr von Haralds Ankunft erst, nachdem sie am Nachmittag aufs Schiff zurückgekehrt war. Zuerst hatte sie geglaubt, ihre Mutter wolle ihr einen Streich spielen, bis ihr klar wurde, dass Rina mit einem solchen Thema niemals Scherze gemacht hätte.

Harald war also an Bord. Er war ihr nachgereist. Aber warum? Was wollte er denn noch von ihr? Hatte er in Berlin nicht seine Wahl getroffen und entschieden, dass eine gemeinsame Zukunft mit seinen beruflichen Ambitionen nicht zu vereinbaren war? Es war eigenartig, aber je länger sie über Harald nachdachte, desto deutlicher spürte sie, dass es nicht mehr wehtat. Ihr Kummer war verflogen oder, besser gesagt, in Gleichgültigkeit übergegangen. Sie verstand, was ihn dazu veranlasst hatte, sich aus dem Staub zu machen, ehe er Ärger bekam. Nicht einmal seine Aufschneiderei nahm sie ihm noch übel. Nein, Harald gehörte zu Carlas Vergangenheit wie ein Buch, das sie zu Beginn gefesselt, dann geärgert und zuletzt gelangweilt hatte. Dass er sich auf das Schiff geschlichen hatte, war natürlich lästig, ließ sich aber nicht mehr ändern. Es sei denn, jemand tat ihr den Gefallen und warf ihn über Bord, bevor sie ihm im Speisesaal oder an Deck begegnete.

Und Theo Reidt? Großer Gott, an ihn hatte sie in all der Aufregung gar nicht gedacht. Sie hatte ihn seit gestern weder gesehen noch mit ihm geredet. Falls Harald tatsächlich hier war, um sie zurückzugewinnen, würde es zwischen ihm und Reidt bald zu einem handfesten Konflikt kommen. Auf einem Kreuzfahrtschiff, umgeben von nichts als Wasser, konnte so etwas nur böse enden.

Verdammt, Harald, dachte sie. Ich will dich nicht wiedersehen!

Wie betäubt klammerte sich Carla an die Reling und starrte auf die offene See hinaus. Die »Königin Maria von Jugoslawien« hatte den Hafen von Piräus planmäßig verlassen und hielt nun Kurs auf Kreta. Von dort war es nicht mehr allzu weit bis Alexandria. An Deck genossen die Passagiere das herrliche Wetter. Viele der älteren Herrschaften dösten in Liegestühlen, lasen Zeitschriften oder tranken Kaffee, während sich andere in dem kleinen Schwimmbassin auf dem Oberdeck tummelten.

Wie unbekümmert sie alle wirken, dachte Carla. Niedergeschlagen machte sie sich auf den Weg zu Bellamuti, der mit ihr noch die Stücke für ihr Bordkonzert durchsprechen wollte.

Sie fand den Italiener am Klavier der Lounge, wo er etwas in sein ledergebundenes Buch schrieb. Als er Carla bemerkte, sprang er sogleich auf und schritt ihr mit weit ausgebreiteten Armen entgegen. Seine Umarmung nahm ihr fast den Atem. Ein Duft von Pfefferminz und Weinbrand stieg ihr in die Nase, für den es um diese Tageszeit eigentlich noch zu früh war.

»Bellamuti, du erdrückst mich«, wehrte sie ihn keuchend ab. »Mit einem gebrochenen Arm kann ich schlecht Geige spielen.«

»Ich bin stolz auf deinen Vater, dass er diesem Schuft endlich ein paar mit seinem Stock verpasst hat, äh …« Seine kleinen schwarzen Augen richteten sich schuldbewusst auf sie. »*O porca miseria*, da habe ich mich wohl verplappert!«

Allerdings, dachte Carla schockiert. Rina hatte ihr von der überraschenden Begegnung mit Harald in Athen erzählt, aber nicht erwähnt, dass ihr Vater handgreiflich geworden war.

»Wann hattet ihr vor, mir diese nicht ganz unerhebliche Einzelheit mitzuteilen? In Ägypten oder erst auf dem Weg nach Damaskus?«

Bellamuti zuckte gleichmütig die Achseln. »Bleib ruhig, der Bursche ist es nicht wert, dass du die Fassung verlierst.«

»Die hat ja wohl mein Vater verloren!«, sagte sie und atmete tief durch. Ich hoffe, er ist nicht schwer verletzt. Er könnte Papa anzeigen, sobald er … ich meine, sobald wir wieder in Deutschland sind.«

»Nach allem, was er sich euch gegenüber herausgenommen hat? Niemals! Außerdem geht es ihm schon besser, soviel ich weiß. Er wird vom Kabinensteward umsorgt, das ist mehr als er verdient hat.« Er sah sie forschend an. »Was wird aus dem Bordkonzert? Das willst du doch hoffentlich nicht absagen, oder?«

Carla zuckte mit den Schultern. Das Konzert war das Letzte,

woran sie im Augenblick denken wollte. Doch so leicht ließ Bellamuti sie nicht entkommen.

»Du musst auftreten, meine Liebe! Ich habe dem Kapitän mein Wort gegeben.« Er tätschelte ihre Hand. »Du bist kein gewöhnliches Mädchen, sondern das größte Talent, das ich jemals unterrichten durfte. Daher darfst du keine Angst haben, und du darfst dich von Schicksalsschlägen niemals am Musizieren hindern lassen. Menschen wie du und ich brauchen Publikum wie gewöhnliche Sterbliche Atemluft.« Bellamuti deutete auf Carlas Geige. »Deine Violine sollte dir mehr am Herzen liegen als ein Geliebter. Du hast ja erlebt, wie rasch Menschen dein Vertrauen missbrauchen und dich enttäuschen können, vor allem Männer. Und bei diesem von Breden hatte ich von Anfang an kein gutes Gefühl. Wenn deine Eltern auf mich gehört hätten, wäre euch einiges erspart geblieben. Aber keine Angst! Bellamuti wird schon dafür sorgen, dass sich niemand deiner Karriere in den Weg stellt.« Er klopfte sich auf seinen Bauch, über dem die kirschrote Weste spannte wie eine zweite Haut.

Carla senkte den Blick. Als Kind hatten ihre Augen geglänzt, wenn Bellamuti sie gelobt und ihr ein großes Talent bescheinigt hatte. Bellamuti sprach immer in Superlativen. Der größte Ruhm, die teuerste Konzerthalle … Nun gingen ihr seine Übertreibungen auf die Nerven. Wie er in ihr immer noch etwas Besonderes sehen konnte, war ihr ein Rätsel. Sie atmete gewiss keine andere Luft als die Menschen an Bord. Im Gegenteil, sie wünschte sich, sie könnte die Kreuzfahrt so genießen wie alle anderen.

Aber es war müßig, mit Bellamuti über solche Fragen zu diskutieren. Er würde ja doch nicht zuhören. Auf diesem Ohr war er taub.

Carla wartete, bis ihr Lehrer am Klavier Platz genommen hatte, dann schlug sie die Partitur auf und ließ sich erklären, wie er sich ihren Vortrag von Vivaldis *Vier Jahreszeiten* vorstellte.

Rina saß mit durchgedrücktem Rücken am Frisiertisch. Vor ihr lagen ihre Bürsten, Kämme und Spangen, aber sie benutzte nichts davon. Im Spiegel sah sie, wie ihr Mann durch die Kabine lief und die Abendgarderobe für den Speisesaal zusammensuchte: ein gestärktes Hemd mit schwarzem Binder, aber ohne Muster, dazu die beiden silbernen Manschettenknöpfe, filigrane Palmblätter, die sie ihm nach zwanzig Jahren glücklicher Ehe geschenkt hatte, weil sie seine Schwäche für exotische Pflanzen kannte.

Sie bemühte sich, hinter den ergrauten Schläfen und dem Oberlippenbärtchen den Mann wiederzufinden, der sie einst in St. Petersburg so glühend umworben hatte, doch es mochte ihr nicht gelingen. Ohne die vertrauten Manschettenknöpfe und die goldene Taschenuhr, die er jetzt aufzog, hätte sie ihn glatt für einen Fremden halten können.

»Hättest du mir jemals die Wahrheit gesagt, wenn Harald nicht aufgetaucht wäre?«

Robert blieb stehen. Bis auf das Ticken seiner Uhr wurde es mäuschenstill in der Kabine.

»Ich begreife nicht, wie du mir das all die Jahre verheimlichen konntest.« Sie drehte sich nicht um. Sonderbarerweise fand sie es einfacher, sich mit einem Spiegelbild zu unterhalten. Fast so, als führte sie ein Selbstgespräch. »Und dann erzählst du es Carla vor mir. Weiß Emil es etwa auch schon? Oder Bellamuti?«

Der Spiegelmann schüttelte den Kopf. »Hätte es denn etwas zwischen uns geändert, wenn du es gewusst hättest?«, fragte er leise. »Ich bin derselbe, der ich immer war. Dein Mann und der Vater unserer Kinder. Was spielt es für eine Rolle, wer meine Vorfahren waren? Als Carla und Emil zur Welt kamen, sprach man über derlei Dinge nicht.«

Rina schürzte die Lippen. Es stimmte, was er sagte. Noch vor wenigen Jahren hatte sich kaum jemand in ihrem Bekanntenkreis den Kopf über Fragen der Abstammung zerbrochen, was nicht heißen sollte, dass diese Menschen ganz frei von Ressentiments gewesen wären. Sie erinnerte sich, wie oft sie in den ersten Jahren ihrer Ehe gefragt worden war, ob sie denn nun eine Russin oder eine Deutsche sei. Diese Fragerei war ihr so auf die Nerven gegangen, dass sie hartnäckig an ihrer Aussprache gefeilt hatte, bis nicht der letzte Rest eines Akzents mehr übrig geblieben war. Hatte also nicht auch sie Wert darauf gelegt, ihre Herkunft vor anderen zu verheimlichen? Vielleicht, dennoch lagen die Dinge hier anders und ließen sich nicht schönreden.

»Wir leben nicht mehr in der Vergangenheit«, sagte sie leise. »Vor 1933 mag es keine Rolle gespielt haben, wer unsere Großeltern waren, aber heute ist das anders. Es entscheidet über vieles.«

Fuchs donnerte plötzlich seine Faust gegen den Kommodenschrank. »Die Nazis können von mir aus so viele Reichsbürgergesetze erlassen, bis sie daran ersticken«, rief er. »Die sind das Papier nicht wert, auf dem sie gedruckt werden.«

Rina mahnte ihn mit einer Geste, nicht so laut zu sein. In der Nachbarkabine schlief ein älteres Ehepaar aus Zürich, das sie stets freundlich grüßte und wohl kaum an den Wänden lauschte. Andererseits konnte man in diesen Zeiten nicht vorsichtig genug sein.

»Nach den neuen Gesetzen sind die Kinder demnach jüdische Mischlinge«, stellte Rina klar. »Jetzt verstehe ich auch, warum Carla seit Berlin wie vor den Kopf gestoßen herumläuft. Damit ist ihre Karriere in Deutschland beendet, noch bevor sie angefangen hat. Als Nichtarierin kann sie kein Mitglied der Reichsmusikkammer werden.« Ihre Augen füllten sich mit Tränen. »Alles war umsonst! Carlas Studium am Konservatorium, die teuren Privatstunden bei Bellamuti. Die Kontakte zur Philharmonie, die er geknüpft hat …«

»Ich werde tun, was in meiner Macht steht …«

»Begreifst du es denn immer noch nicht?«, unterbrach sie ihn schroff. »Gegen die Gesetze bist du machtlos. Die Zeiten, in denen wir eine Wahl hatten, sind nun vorbei! Wir haben sie nicht genutzt. Uns ging es nur um unseren Erfolg.« Als Rina an die Firma dachte, wurde ihr schwarz vor Augen. Sie hatte sich nie sehr für die Forschungen ihres Mannes interessiert, doch soweit sie wusste, arbeiteten er und Kollege Hagenberg mit staatlichen Zuwendungen. Demnach war sein Geheimnis dem Staatsapparat bislang entgangen. Die Frage war nur, wie lange er noch mit Fördergeldern rechnen durfte? Am Ende beschlagnahmte man noch alles, was Robert aufgebaut hatte. Sie würden verarmt enden. Geächtet und in völliger Isolation. Ohne eine Zukunft für die Kinder. Eine Weile würden sie noch von Ersparnissen und ihrem Schmuck leben können. Und dann? Ihre eigene Heimat an der Wolga war verloren, dorthin konnten sie nicht mehr zurück.

»Weiß dein Geschäftspartner, dass du …«

»Nun, das wollte ich dir noch sagen, Rina!« Fuchs atmete tief durch, bevor er weitersprach. »Hagenberg ist tot. Ich habe keine Ahnung, was geschehen ist. Möglicherweise ein Unfall im Laboratorium …«

Ein Unfall? Glaubte er etwa, dass sie ihm das abnahm? Für wie dumm hielt er sie denn?

Rina griff nun doch nach der Bürste vor ihr. Ihr Haar knisterte, als sie es wie betäubt mit mechanischen Bewegungen frisierte. Hagenbergs plötzlicher Tod gab ihr zu denken. Aber was sie noch mehr irritierte, war der Gedanke, dass ausgerechnet ein Lügner wie Harald von Breden ihr Geheimnis kannte. Dass Carla sich nicht ihrer Mutter, sondern diesem Mann anvertraut hatte, hinterließ einen bitteren Beigeschmack. Im Augenblick erschien ihr jedoch die Frage wichtiger, was von Breden mit seinem Wissen nun anzufangen gedachte. Versuchte er etwa, Kapital daraus zu schlagen? Von der Hand zu weisen war dies nicht.

Rina warf die Bürste auf den Frisiertisch. Als sie in die Augen der blassen Frau sah, die ihr aus dem Spiegel entgegenstarrte, fasste sie einen Entschluss.

Sie musste Harald von Breden aufhalten, bevor er ihr Leben zerstörte.

»Willst du dich nicht für den Speisesaal umziehen?«, hörte sie die Stimme ihres Mannes. Er trat hinter ihren Stuhl und legte ihr behutsam die Hände auf die Schultern. Sie schüttelte den Kopf. »Geh du allein«, sagte sie. »Ich lasse mir von Dimitrios etwas in die Kabine bringen!«

18. KAPITEL

»Wir haben einen neuen Passagier an Bord«, verkündete Kapitän Rovanic beim Abendessen. »Ein junger Adeliger aus Deutschland, soviel man mir berichtete. Arbeitet für eine Zeitung. Ich werde ihn morgen zu uns bitten.«

Marlies Uhl, die ihm in einem gewagten Abendkleid mit Leopardenmuster gegenübersaß, hob sichtlich erstaunt die Brauen. An ihren Handgelenken klirrte die doppelte Anzahl dünner Armreife. Dazu trug sie ein griechisches Diadem, das Mitte der zwanziger Jahre noch modern gewesen sein mochte, ihrem runden Apfelgesicht jedoch in keiner Weise schmeichelte. Die Frau musste die Athener Altstadt systematisch nach billigem Schmuck durchstöbert haben.

»Ich habe mich schon über das zusätzliche Gedeck gewundert«, sagte sie. Tatsächlich war der Stuhl neben ihr frei geblieben. »Der Herr leidet doch hoffentlich nicht an Seekrankheit?« Sie warf Carlas Vater einen durchdringenden Blick zu. »Sind Sie nicht Apotheker? Bestimmt haben Sie ein Mittelchen parat, um den Magen des Herrn Baron zu kurieren!«

»Marlies, bitte!« Reidt runzelte streng die Stirn. »Du hast mir etwas versprochen. Aber falls du dich nicht daran erinnern solltest, werde ich dein Gedächtnis später gerne auffrischen.«

»Ich habe nur versucht, mich mit unseren Mitreisenden zu unterhalten«, nuschelte sie. »Das wird doch wohl noch erlaubt sein!«

Kapitän Rovanic räusperte sich. Seine Fähigkeit, stets ein freundliches Gesicht zu machen, war etwas, worum Carla ihn glühend beneidete. Ihr war es unangenehm, dass Rovanic das

Gespräch auf Harald gebracht hatte, den geheimnisvollen Passagier, der seine Kabine bislang nicht verlassen hatte. Noch mehr erschreckte der Gedanke, dass der Kapitän offensichtlich den Entschluss gefasst hatte, Harald aufgrund seiner gesellschaftlichen Stellung an seinen Tisch einzuladen. Womöglich war es dann besser, den Stier bei den Hörnern zu packen und ihren Mitreisenden zu sagen, dass sie den Nachzügler kannte. Die Überraschte zu spielen, fand sie feige.

»Sie kennen den neuen Passagier aus Berlin«, sagte sie schließlich leise und wagte es dabei nicht, in die Runde zu blicken. »Es ist Harald von Breden. Wir waren miteinander verlobt.«

»Nein, was für eine Überraschung!« Marlies Uhl lehnte sich zurück und verschränkte die Arme, als erwarte sie weitere pikante Enthüllungen. Ihr Lächeln nahm raubtierhafte Züge an. »Ihr Verlobter ist an Bord?«

»Haben Sie nicht zugehört?«, sagte Carlas Vater grob. »Er *war* ihr Verlobter, wenigstens für einen einzigen gottverdammten Abend. Präteritum. Vergangenheit. Jetzt haben wir nichts mehr mit dem Herrn zu schaffen.« Schwungvoll warf er seine Serviette auf den Tisch. »Wenn Sie mich bitte entschuldigen möchten, Kapitän Rovanic? Ich muss nach meiner Frau sehen!«

»Ich würde es sehr bedauern, wenn ich Ihren Vater verärgert hätte!« Rovanic blickte Carlas Vater nach, der eiligen Schrittes den Speisesaal verließ. »Ein so netter älterer Herr! Er hat mir erst heute von seinen Pflanzenversuchen erzählt. Ich verstehe zwar nicht viel davon, aber es klang alles höchst interessant.«

Marlies Uhl rümpfte die Nase. »Ach was, wen kümmern schon dumme Pflanzen?«, rief sie. »Ich glaube, wir werden hier an Bord zu Zeugen einer dramatischen Liebesgeschichte, die es wert wäre, verfilmt zu werden. Ein junger Adeliger verliebt sich in eine Musikerin, aber die Standesunterschiede scheinen sie zu trennen. Sie flieht vor ihm bis nach Ägypten, doch so einfach gibt er nicht auf, sondern folgt der Liebe seines Lebens auf ein Schiff.« Mit blitzenden Augen nickte sie ihrem Bruder zu. »Nun, mein lieber Theo, wäre das nicht der passende Stoff für eines deiner Filmprojekte? Du bekommst ihn soeben frei Haus geliefert!«

Carla presste die Lippen aufeinander, um die Frau in dem Leopardenkleid nicht vor aller Ohren anzuschreien. Es lag auf der Hand, was Marlies mit ihren Sticheleien bezweckte: Sie versuchte, zwischen ihrem Bruder und Carla Zwietracht zu säen, deshalb träufelte sie ihm ihr Gift ins Ohr. Wenn er erst einmal glaubte, dass Carla Harald doch noch liebte, würde er zu ihr auf Distanz gehen.

Als die Abendgesellschaft sich auflöste, folgte Reidt Carla die Treppe hinauf an Deck.

»Deine Schwester sollte sich vielleicht tatsächlich einmal an einem Drehbuch versuchen«, sagte Carla. Der Wind tat ihr gut, er kühlte ihre erhitzten Wangen. »Ihre Einfälle sind nicht einmal schlecht, das muss ich zugeben. Die Menschen sehen so etwas gern. Aber es ist nicht *meine* Geschichte, die sie sich zusammenspinnt. Verstehst du? Sie geht von völlig falschen Voraussetzungen aus.«

Er griff in seine Innentasche, wo er, wie Carla vermutete, seine Zigaretten suchte. Warum Männer immer rauchen mussten, wenn sie etwas quälte, war ihr ein Rätsel. Tatsächlich zog er ein silbernes Etui hervor, fand aber kein Feuerzeug und steckte es daher wieder ein.

»Ich hätte Marlies am liebsten geohrfeigt«, sagte er. »Ich nahm an, sie habe sich beruhigt, aber offenbar lässt sie keine Gelegenheit aus, dich zu provozieren.« Er fuhr sich mit der Hand durchs Haar. »Aber ich begreife einfach nicht, warum dieser von Breden ausgerechnet jetzt hier auftaucht. Hast du eine Erklärung dafür, dass er dir nachreist?«

Carla zuckte mit den Schultern. Sie wusste nur das, was Rina ihr erzählt hatte. Dass Harald es bereue, wie er in Berlin mit ihr umgesprungen war, und sie um Verzeihung bitten wolle.

»Das glaube ich nicht!« Reidts Augen verengten sich zu zwei

schmalen Schlitzen. Sein für gewöhnlich so gutmütiges Gesicht nahm einen angriffslustigen Ausdruck an. »Kein Mensch, vor allem keiner, der ständig knapp bei Kasse ist, reist kreuz und quer durch Europa, um sich bei einem Mädchen für sein schlechtes Benehmen zu entschuldigen!« Er lachte rau.

»Dann glaubst du also Marlies? Dass Harald immer noch in mich verliebt ist?«

»Hast du eine vernünftigere Erklärung?«

Die Wendung, die das Gespräch nahm, behagte Carla nicht. Ihr war, als müsse sie sich für etwas rechtfertigen, was sich längst ihrer Kontrolle entzogen hatte. Nahm Reidt denn tatsächlich an, sie sei glücklich über Haralds Ankunft oder fühle sich zumindest geschmeichelt?

Plötzlich kam ihr ein Einfall. »Was, wenn deine Schwester das Ganze eingefädelt hat?«

»Marlies?« Theo Reidt runzelte die Stirn. »Was soll die damit zu tun haben?«

»Nun, Harald verkehrt als Reporter in Neubabelsberg, wo die Ufa ihre Filmstudios hat. Du hast ihn ja auch in diesem Umfeld kennengelernt. Als Sekretärin wusste Marlies vielleicht, dass Harald und ich ein Paar waren. Sie könnte ihm telegrafiert und Geld versprochen haben, wenn er mir hinterherreist und Unfrieden stiftet.«

»Ich fürchte, deine Phantasie geht mit dir durch, meine Liebe! Marlies war völlig verblüfft, als der Kapitän uns beim Essen von dem überraschend eingetroffenen Passagier erzählt hat.«

»Das könnte sie uns nur vorgespielt haben. Ist dir entgangen, wie zufrieden sie ausgesehen hat? Als ich zugab, zu wissen, wer sich hinter dem geheimnisvollen Passagier verbirgt, haben ihre Augen vor Vergnügen aufgeblitzt. Ich habe es genau gesehen, und mein Vater auch!«

Er glaubte ihr nicht, sondern hielt ihre Überlegungen für Hirngespinste. Nun, vielleicht waren sie das ja auch. Aber Carla war dennoch enttäuscht darüber, wie wenig er sie ernst nahm.

Harald hat seine Kabine nicht einmal verlassen und schon treibt er einen Keil zwischen uns, dachte sie traurig.

»Möchtest du, dass ich Marlies auf den Zahn fühle?«, fragte Reidt. »Vielleicht fühlst du dich dann besser!«

»Danke, nicht nötig«, erwiderte sie kühl. »Ich möchte jetzt hineingehen, mir wird kalt.« Das war gelogen, aber sie befürchtete, dass, falls sie blieb, etwas gesagt werden könnte, was sich schwer zurücknehmen ließ.

Reidt begleitete sie ein Stück, gemeinsam verließen sie das Oberdeck. Der Seewind trug ihnen Musik zu. Die Bordkapelle spielte amerikanischen Swing, aber Carla lehnte Reidts Angebot, mit ihr noch einen Schlummertrunk zu nehmen, mit einem Kopfschütteln ab.

Theo Reidt bestellte sich einen weiteren Cognac an der Bar. Es war bereits sein dritter, und allmählich spürte er, wie ihm der Alkohol zu Kopf stieg. Seine Fähigkeit zu denken schwand, und das mochte er nicht. Düster betrachtete der junge Regisseur die honiggelbe Flüssigkeit in seinem Glas. Vielleicht sollte er es einfach stehen lassen. Es schadete ihm, wenn er zu viel trank. In Berlin hatten ein paar Schweinehunde das Gerücht gestreut, er entwickele sich zum Säufer, aber das war nichts weiter als eine infame Lüge, die seine Karriere zerstören sollte. Marlies gab seitdem acht, dass man ihn nicht mehr bei öffentlichen Anlässen mit einem Weinglas in der Hand sah. Sie behauptete, er habe keinen Grund zu trinken und solle die Finger von dem Zeug lassen. Er verzog das Gesicht. Wirklich? War dem so? Reidt hatte es vor Carla nicht zugeben wollen, aber er wusste sehr gut, wie durchtrieben und intrigant Marlies war, obwohl ihre kleinen Ränkespiele bislang niemals zu seinem Schaden gewesen waren. Womöglich war es sogar ihr zu verdanken, dass seine Produzenten ihm die Reise durch das Mittelmeer so rasch genehmigt hatten. Er hatte angenommen, sie davon überzeugt zu haben, dass ein Film über das Ägypten zur Pharaonenzeit nicht in Neubabelsberg, sondern an Originalschauplätzen gedreht werden musste. Schließlich hatte die Ufa für den Streifen seines Kollegen Karl Hartl über den Aufstand der Polen gegen die russische Herrschaft vor hundert Jahren auch einige Drehorte im Osten genehmigt. Nicht einen Moment lang hatte er die Möglichkeit in Betracht gezogen, dass man ihn mit der Reise in den Orient kaltstellen könnte.

Reidt schloss die Augen und versuchte die Musik auszublenden, um den Nebel in seinem Kopf zu lichten. Während er hier trank, feierte der Film *Glückskinder* in New York seine Premiere, ein Streifen, der in Deutschland gedreht worden war, aber in Amerika spielte. Die Ufa rechnete mit einem der größten Erfolge seit ihrem Bestehen. Ein Erfolg, den Reidt, wollte er im Spiel bleiben, um jeden Preis übertrumpfen musste. Gelang ihm dies, würde er es schaffen, den Hollywoodproduktionen den Rang abzulaufen. Dann musste er nicht mehr um Pfennige betteln wie bisher. Er würde es sich leisten können, die begabtesten Autoren und die erfolgreichsten Darstellerinnen und Darsteller des Reichs unter Vertrag zu nehmen.

Hastig stürzte er den Cognac hinunter und gab sich dem wohligen Brennen in seiner Kehle hin. Gleichzeitig spürte er, wie sein Körper sich verspannte und sein Kopf sich mit düsteren Gedanken füllte. Was zum Teufel war mit ihm los? Noch vor einer Woche hatte er geglaubt, nichts und niemand könne ihn von seinem Ziel abbringen, nun saß er hier, trank und stellte alles infrage, woran er glaubte.

Er dachte an Carla. Als er sich ihren enttäuschten Blick ins Gedächtnis rief, hätte er sich um ein Haar einen vierten Cognac bestellt. Was war nur in ihn gefahren, so mit ihr zu reden? Sie musste ja denken, er unterstelle ihr, tatsächlich noch etwas für von Breden zu empfinden. Er hätte ihr glauben und klarstellen müssen, dass er auf ihrer Seite stand. Ob sie ihm sein kindisches Verhalten verzeihen würde, stand in den Sternen.

Reidt schwankte, während er durch die Gänge des Dampfers

irrte. Einer Eingebung folgend machte er einen Umweg über die Funkstation, wo er einen überraschten Funker nach Telegrammen für sich und seine Schwester fragte.

Der Blick des Mannes verriet, dass er Reidt für betrunken hielt. Doch er war so höflich, trotzdem seine Unterlagen durchzublättern.

»Nein, tut mir leid, mein Herr«, sagte er nach einer Weile. »Keine Nachrichten!«

»Hat meine Schwester, Frau Uhl, etwas senden lassen? Nach Berlin, vielleicht?«

Der Funker starrte Reidt an, als habe ihn dieser nach Marlene Dietrichs Telefonnummer gefragt. »Ich kann Ihnen nicht helfen, mein Herr! Das wäre gegen die Vorschriften …«

Zu dumm, dachte Reidt verärgert. Er verspürte keine Skrupel, Marlies nachzuspionieren, aber er hätte wissen müssen, dass man ihm keine Auskunft erteilen würde. Damit ließ sich Carlas Verdacht gegen seine Schwester weder erhärten noch entkräften.

Als Reidt wenig später in seine Kabine trat, beschlich ihn ein ungutes Gefühl, das ihn auf der Stelle ernüchterte. Er sah sich prüfend um. Sein Bett war ordentlich gemacht wie immer, Kleidung, Rasierzeug und Bücher befanden sich an ihrem Platz. Und doch war Reidt davon überzeugt, dass jemand in seinen Sachen gewühlt hatte. Mit schnellen Schritten durchquerte er die Kabine und riss die oberste Schublade der Kommode auf. Sein Pass und einige Papiere lagen zuoberst. Doch wo war das Drehbuch seines Filmprojekts?

Reidts Herz raste, als er den Inhalt der Schublade auf den Fußboden ausleerte und sich auf die Knie niederließ, um sie Stück für Stück durchzusehen. Das Drehbuch war unersetzlich, denn es gab nur ein einziges Exemplar davon, das ihm anvertraut worden war, und Reidt hätte sich ohrfeigen können, weil er es nicht längst im Tresor des Zahlmeisters deponiert hatte.

Zitternd vor Aufregung setzte er seine Suche in jedem Winkel der Kabine fort, doch je länger er in Koffern und Taschen wühlte, desto mehr schwand seine Hoffnung, das Drehbuch wiederzufinden. Es war nicht mehr hier. Jemand musste es gestohlen haben.

Aber wer? Wer wollte seinen Untergang?

Marlies? War sie etwa bei ihm eingebrochen? Nein, das hätte sie bestimmt nicht gewagt. Aber wer kam sonst noch in Betracht? Fieberhaft zermarterte er sich den Kopf, ohne zu einem Ergebnis zu kommen.

Der Verlust des Drehbuchs war eine Katastrophe. In Berlin würde man ihn wie eine heiße Kartoffel fallen lassen. Sein Traum würde zerplatzen. Das war das Ende.

Reidt taumelte wie ein geprügelter Hund zur Tür. Er musste schleunigst hinaus ins Freie, hier unten konnte er nicht mehr atmen. Vielleicht fand er draußen irgendwo einen Steward, den er von dem Diebstahl in Kenntnis setzen konnte.

An Deck begegnete er keiner Menschenseele, trotzdem beschlich ihn plötzlich das Gefühl, beobachtet zu werden.

»Hallo?« Er warf einen gehetzten Blick über die Schulter und zuckte zusammen, als er für einen kurzen Augenblick ein leises Lachen zu hören glaubte. »Ist da jemand?«

Vermutlich spielte der Gesang des Nachtwinds seinen gereizten Nerven einen Streich. Er schleppte sich an den Rettungsbooten vorbei und wich einem im Weg stehenden Liegestuhl aus. Täuschte er sich, oder schwankte das Schiff gerade besonders stark? Der Boden schien unter seinen Füßen nachzugeben. Hoch über seinem Kopf brach der Himmel mit einem dumpfen Grollen auf. Auch das noch, dachte Reidt verzweifelt. Ein Sturm. Das hatte ihm gerade noch gefehlt. Er hatte den Gedanken kaum zu Ende geführt, als es auch schon zu regnen begann. Im Nu war er nass bis auf die Haut. Als er weiterging, trat er plötzlich auf einen länglichen, weichen Gegenstand, den er im fahlen Mondlicht nicht gesehen hatte.

Was war das? Er bückte sich und keuchte, als er die Mappe

aus Ziegenleder erkannte, in der er das Drehbuch verwahrt hatte. Doch sie war leer! Er schleuderte sie vor Wut über die Reling.

Abermals erklang dieses sonderbare Lachen.

»Verdammt«, schrie Reidt. Durch den Regen sah er einen Steward, der ihm mit einem Regenschirm entgegengeeilt kam. Es war der junge Grieche, Dimitrios, falls er den Namen richtig in Erinnerung behalten hatte. Der Junge hielt ihn für einen angetrunkenen Passagier, der während eines aufkommenden Sturmes einen Veitstanz aufführte.

»Kommen Sie unter Deck, schnell!«, brüllte er, wobei er sich voller Unbehagen umsah.

»Nein«, gab Reidt entrüstet zurück. Er stieß den Kabinensteward zur Seite und taumelte auf den kleinen Pool zu. Darin war das Wasser in Bewegung geraten. Schwarze Wogen schwappten über den Rand des Bassins und klatschten auf das Deck.

Reidt sah, dass etwas auf dem Wasser umhertrieb. Es sah aus wie eine Schar Enten oder Schwäne, die sich kraftlos gegen die Wellen zu behaupten versuchten.

Dimitrios schüttelte den Kopf. »Was ist das?«, fragte er. Er bekreuzigte sich, weil ihm die Situation nicht geheuer vorkam. »Was schwimmt da?«

Reidt kämpfte gegen den Sturmwind an, der nach seinen Haaren und Kleidern griff. Was da im Bassin trieb, kam ihm bekannt vor.

Weiße Papierbögen, die sich langsam auflösten.

Die Seiten des verschwundenen Drehbuchs.

19. KAPITEL

»He, was hast du denn hier verloren? Spinnst du?«

Carla fuhr erschrocken hoch, als jemand sie an der Schulter rüttelte. Emil. Der Junge stand im Pyjama vor ihr und sah sie verwundert an. Es dauerte einen Moment, bis ihr einfiel, dass sie es sich in seiner Kabine bequem gemacht hatte.

»Was machst du hier?«, wiederholte Emil, wobei er jedes einzelne Wort betonte.

Carla verzog gequält das Gesicht. Ihre Füße waren kalt wie Eis. Hastig suchte sie nach ihren Pantoffeln, die sie im Schlaf abgestreift hatte. »Guten Morgen! Wärst du so nett, nicht so zu brüllen?«

»Oh, ich kann noch lauter werden, wenn du mir nicht gleich erklärst, was du in meiner Kabine zu suchen hast?«, knurrte Emil. »Sag bloß, du hast mich beim Schlafen beobachtet!«

Durch das kleine runde Fenster fielen bereits die ersten Sonnenstrahlen. Auf dem Gang vor der Kabine pfiff jemand eine Melodie. Das Schiff war erwacht. Carlas Fuß stieß gegen das Buch, das sie zur Unterhaltung mitgenommen hatte. Eigentlich hatte sie nur kurz die Augen schließen wollen, um über ihr Gespräch mit Reidt nachzudenken, doch dabei musste die Müdigkeit sie übermannt haben, bevor sie sich heimlich davonmachen konnte. Wie peinlich, dass Emil sie ertappt hatte.

Bevor sie zu einer Erklärung ansetzen konnte, hob er aber schon die Hand. »Verstehe«, sagte er leise. »Du weißt Bescheid, nicht wahr? Wer hat mich verpetzt? Harald?«

Überrascht hob Carla die Augenbrauen. Wie um alles in der Welt kam er ausgerechnet auf Harald? Als sie ihn danach fragte, zuckte er nur die Achseln. Carla sah ihm zu, wie er seine Turnkleidung aus der Schublade holte. Offensichtlich wollte er zum Frühsport aufs Oberdeck. Carla fühlte sich dagegen wie zerschlagen. Nach den Stunden im Sessel taten ihr der Rücken und die Beine weh, außerdem kratzte ihr Hals, als sei eine Erkältung im Anmarsch.

»Verpetzen würde ich das übrigens nicht nennen«, sagte sie, ein Gähnen unterdrückend. »Ich bin Dimitrios dankbar, dass er mir deine nächtlichen Ausflüge nicht verschwiegen hat. Wir hätten schon längst einmal darüber reden und nach Lösungen suchen sollen. So blieb mir ja nichts anderes übrig, als bei dir zu übernachten. Ich möchte schließlich nicht, dass du über Bord gehst!« Carla atmete tief durch. Sie musste daran denken, wie tief sie geschlafen hatte. Hätte sie es überhaupt gehört, wenn Emil in der Nacht die Kabine verlassen hätte? Sie bückte sich nach dem gestreiften Pyjamaoberteil, das der Junge achtlos zu Boden geworfen hatte. Es war feucht. Als wäre er damit durch den strömenden Regen gelaufen. Sonderbar …

Emil zog einen Kamm durch sein zerrauftes dunkles Haar. Anders als Carla war er eitel, das hatte er von ihrer Mutter geerbt.

»Der Mist vergeht schon wieder«, sagte er. »Du musst keine große Sache daraus machen. Vor allem verbitte ich mir, dass du in meine Kabine kommst, während ich schlafe. Zu Hause darf ich dein Zimmer ja auch nur betreten, wenn das gnädige Fräulein gut gelaunt ist und nicht auf der Geige fiedelt.«

Carla seufzte. Es hatte keinen Zweck, mit Emil zu diskutieren. Aber wenn er glaubte, sie so einfach abspeisen zu können, täuschte er sich. Schwungvoll warf sie sein Oberteil aufs Bett.

»Außerdem erzählt ihr mir ja auch nichts«, sagte Emil. »Nur durch Zufall habe ich erfahren, dass dein Verehrer aus Berlin an Bord gekommen ist. Bellamuti hat sich verplappert. Ist das nicht anstrengend, gleich zwei Kerle am Hals zu haben?«

Carla stemmte die Hände in die Hüften. »Werde bloß nicht

frech, ja? Meinetwegen kann Harald von Breden die Seeluft genießen und sich die Pyramiden ansehen, so lange er will. Ich habe ihn nicht eingeladen und möchte auch nichts mehr mit ihm zu tun haben.«

»Ich auch nicht«, sagte Emil. »Mir hatte er ein Autogramm von Jesse Owens versprochen. Aber …«

»Aber was?«

Der Junge errötete. Er kämpfte mit sich, das war schwer zu übersehen. »Na ja, vielleicht ist er nicht ganz so übel, wie du denkst. Du solltest ihm die Chance geben, zu erklären, was in Berlin passiert ist.«

Carla stutzte. Sie hatte sich wohl verhört! Energisch packte sie ihren Bruder an der Schulter. »Du weißt doch etwas, Emil! Nun komm schon, raus mit der Sprache!«

»Na gut, na gut, kein Grund, grob zu werden!« Der Junge grinste sie frech an und hielt die Hand auf. »Aber was ich weiß, sollte dir zwei Reichsmark wert sein!«

Im Speisesaal wurde das Frühstücksgeschirr abgeräumt. Nur vereinzelt waren Tische besetzt. Einigen der älteren Passagiere war der starke Seegang der vergangenen Nacht auf den Magen geschlagen. Sie blieben in ihren Kabinen oder schleppten sich zu den Liegestühlen, um frische Luft zu schnappen. Appetit hatte kaum einer.

Als Lautsprecherdurchsagen gegen Mittag eine überraschende Rettungsübung für die Besatzung und die Passagiere ankündigten, ging ein Murren durch die diversen Liegehallen. Niemand verspürte auch nur die geringste Lust, Schwimmwesten anzulegen, aber Kapitän Rovanic hielt es nach der stürmischen Nacht für erforderlich, den Ernstfall zu proben. Geriet ein Schiff in Seenot, musste jeder Passagier wissen, was es zu tun galt, gleichgültig ob ihm speiübel war oder nicht. Mannschaft und Bordpersonal waren angewiesen, die Anordnung des Kapitäns unter allen Umständen durchzusetzen.

Rina kämpfte sich mit schwerem Gepäck durch den Korridor, wo sie alsbald von einer gesichtslosen Masse aus erbosten und wild durcheinanderredenden Menschen verschluckt wurde, die, von Matrosen und Stewards angetrieben, auf einen der Aufgänge zuhielten.

Als einer der Männer ihr mit einem nachsichtigen Lächeln den Koffer aus der Hand nahm, schnappte sie empört nach Luft. »Finger weg!« Sie drehte sich nach ihrem Mann um. »Nun sag doch auch mal etwas, Robert!«

»Bedaure, Madame, aber den Koffer dürfen Sie nicht mitnehmen!«, erklärte der Matrose. »Das ist zwar nur eine Übung, aber auch im Ernstfall wäre für ihr Gepäck kein Platz im Boot.«

»Ich bringe die Sachen zurück«, bot Fuchs an, wurde jedoch daran gehindert. Der Matrose wies ihn an, Rinas Koffer in die Kabine zu schieben, vor der er stand. Zu seiner Erleichterung gehörte sie Bellamuti. Der Raum war leer. Wie es aussah, hatte sich der Italiener bereits hinauf an Deck begeben, um seine Rettungsweste in Empfang zu nehmen.

Tatsächlich stand er in einer Schlange vor den Rettungsbooten. Dort herrschte ein geradezu ohrenbetörender Lärm, den Bellamuti, auf seinen Spazierstock gestützt, stoisch über sich ergehen ließ. Scharen junger Mädchen kicherten albern wie Gänse, ältere Damen beschwerten sich, während ein überforderter Offizier demonstrierte, auf welche Weise die Boote sogar von den Reisenden selbst zu Wasser gelassen werden konnten. Natürlich nur im äußersten Notfall, wie er ein paar jungen Männern energisch zurief, die schon anfingen, an den Verankerungen zu ziehen.

Rina hob die Hand. Sie hatte Carla und Emil entdeckt, beide trugen schon ihre Schwimmwesten. Dem Jungen stand die Begeisterung über die willkommene Abwechslung ins Gesicht geschrieben, Carlas Gesichtsfarbe wirkte neben der Sonnenbräune ihres Bruders wie weißes Porzellan.

Eine weitere Lautsprecherdurchsage schepperte über die Decks.

»Bis nach Kreta sollen wir rudern? In diesen Nussschalen?« Rina war fassungslos.

»Warum nicht?«, erwiderte Carla mit einem dünnen Lächeln. »Man kann die Insel von hier aus schon sehen. Außerdem glaube ich nicht, dass du ein Ruder in die Hand nehmen musst.« Sie blickte sich suchend um. »Hast du zufällig Theo Reidt gesehen?«

»Herr Reidt hat auf mein Klopfen nicht geantwortet, Fräulein«, antwortete ein Steward, der Schwimmwesten an Nachzügler verteilte, an Rinas statt. »Ich musste Meldung machen! Die Passagiere sind nämlich verpflichtet, an den Rettungsübungen teilzunehmen. Da dürfen keine Ausnahmen gemacht werden.«

»Du machst dir doch wohl keine Sorgen um den Mann?« Rina sah ihre Tochter prüfend an, doch die kehrte ihr den Rücken zu.

Noch fast eine halbe Stunde verging, bevor sie an der Reihe waren, das Boot zu besteigen. Angesichts der Höhe, in der Rina sich befand, überkam sie ein Gefühl heftigen Schwindels.

»Wusstet ihr, dass der Apostel Paulus vor Kreta schiffbrüchig wurde? Oder war es Malta?«, hörte sie die Stimme ihres Mannes, doch sie hatte keinen Nerv für Weisheiten aus seinem antiquarischen Reisebüchlein.

»Was machst du eigentlich hier?«, hielt sie ihm entgegen. »Heißt es nicht immer, Frauen und Kinder besteigen die Boote zuerst? Ist mal wieder typisch – unsere Sachen dürfen nicht in die Boote, bei unseren Männern macht man eine Ausnahme. Und das nennt sich dann eine authentische Rettungsübung.«

Neben ihr hörte sie Carla aufstöhnen. Was denn? Wollte ihre Tochter ihr etwa in einem Rettungsboot eine Gardinenpredigt halten? Als Rina Carlas Blicken folgte, bemerkte sie, dass deren Empörung keineswegs ihrer Bemerkung galt, sondern dem Mann, der sich ganz zuletzt in das schon überfüllte Boot drängte: Harald von Breden.

»Guten Tag, Carla!« Der Mann sah aus, als habe man ihn aus

dem Bett gescheucht. Er trug einen Dreitagebart und war ungekämmt. Blutunterlaufene Schrammen zogen sich über seine Wangen und unter dem Hut schaute ein Kopfverband hervor. Seine Augen blitzten, als er sich vorbeugte. »Wenn du wüsstest, wie sehr es mich freut, dich endlich wiederzusehen!«

Carla genoss es, wie ihre Füße vom Meerwasser umspielt wurden. Der Abschnitt, an dem die Boote der »Königin Maria« angelegt hatten, war von schroffen Felsen umgeben, die sich wie Burgzinnen in den blauen Himmel erhoben. Ein Stück weiter des Wegs lag ein gutes Dutzend Männer und Frauen am Strand. Die meisten von ihnen waren Engländer, junge Pärchen, die sich mit Fischerbooten hatten herbringen lassen, um die Stille des abgeschiedenen Ortes zu genießen. Sie spielten Karten und badeten im Meer. Ihr Jauchzen war bis zu den Passagieren zu hören, welche aber für sich blieben und nur darauf warteten, die Rettungsübung endlich beenden zu dürfen. Rovanics Angebot, die Wartezeit mit einem außerplanmäßigen Ausflug zu den Ruinen des Palasts von Knossos zu versüßen, stieß, außer bei Emil und den Kindern des britischen Majors, auf wenig Begeisterung.

Auch Carla hielt sich von der Gruppe fern. Harald so unversehens zu begegnen hatte sie aufgewühlt. Auf dem Schiff hätte sie ihm noch einigermaßen aus dem Weg gehen können, in einem schwankenden Boot war dies unmöglich. Auch die Gesellschaft ihrer Mutter hatte ihr wenig Trost gespendet. Zu ihrer Überraschung hatte Harald aus ihrer Verlegenheit keinen Vorteil gezogen. Von ein paar belanglosen Worten abgesehen, hatte er während der kurzen Überfahrt zur Insel kaum gesprochen, weder mit ihr noch mit sonst jemandem.

Aber sie wollte, nein, sie musste mit ihm reden. Noch heute. Gewiss war es besser, sie beide klärten die Fronten möglichst bald. Sie würde ihm klarmachen, dass es keinen Zweck hatte, sie zu bedrängen. Vielleicht gab er dann sein Vorhaben auf, kehrte nach Hause zurück und ließ sie den Rest der Seereise genießen.

Sie geriet ins Grübeln, doch nicht über Harald, sondern über Theo Reidt.

Verflixt, wo steckte er nur? Carla sah sich um. Rina hatte recht, sie machte sich Sorgen um ihn. War es Reidt wirklich gelungen, an Bord zu bleiben, oder sah er sie, wie sie nun an Haralds Seite am Strand entlangspazierte? Das wäre ihr gar nicht recht gewesen.

»Was hast du?« Harald lächelte. »Ist es wegen deiner Eltern? Ich muss sagen, ich staune, dass sie nichts dagegen haben, dass wir uns unterhalten.« Er griff sich an den Kopf, dann zog er seinen Hut tiefer in die Stirn, um seinen Verband zu verbergen. »Dein Vater hat ganz schön Temperament, das muss ich ihm lassen!«

»Er hätte das nicht tun dürfen«, murmelte Carla. Das hätte er ihr überlassen sollen. Sie sah Harald zu, wie er sich Schuhe und Strümpfe auszog. Als er sich aufrichtete, schwankte er ein wenig, gab ihr aber mit einer Handbewegung zu verstehen, dass er vorhatte, weiterzugehen.

»Ich habe erzählt, am Hafen von Piräus in eine Rauferei geraten zu sein«, sagte Harald. »So bekommt dein Vater keinen Ärger.«

Carla nickte. Im Geschichtenerfinden war er schon immer brillant gewesen. Als sie daran dachte, was er ihr in Berlin aufgetischt hatte, hätte sie ihm am liebsten sofort den Rücken gekehrt. Aber sie ging weiter, die Augen starr auf einen fernen Punkt am Horizont gerichtet.

»Ich bin dir dankbar, dass du mir die Chance gibst, mich zu entschuldigen!«

Sie blieb stehen. »Das verdankst du Emil«, sagte sie kühl. »Er hat mir erzählt, dass du ihm in Berlin das Leben gerettet hast. Er wäre im Schlaf von der Brüstung gestürzt, wenn du ihm nicht rechtzeitig zu Hilfe gekommen wärst.«

»Er ist ein wunderbarer Junge …«

»Den du auch beschwindelt hast«, meinte Carla mit einem abschätzenden Blick. »Oder hast du ihm die versprochene Autogrammkarte von Jesse Owens mitgebracht?«

Haralds Schweigen genügte ihr als Antwort.

»Du warst zur Stelle, um ein schlimmes Unglück zu verhindern. Aus diesem Grund habe ich beschlossen, dir zuzuhören. Aber bilde dir bitte nicht ein, dass dies irgendetwas an der Sache ändert. Wir sind fertig miteinander.«

Obwohl ihr klar war, dass es für Harald in seinem Zustand mühsam war, mit ihr Schritt zu halten, ging sie schneller. Sie genoss es, den warmen Sand unter ihren Füßen zu spüren. Die Luft war erfüllt vom Rauschen des Meeres. Ein Stück weiter sprang ein schwarzer Hund um ein Fischerboot herum, das gerade von zwei Männern an Land gezogen wurde.

»Meinst du, ich wüsste nicht, dass ich alles zwischen uns zerstört habe? Ich habe mich wie ein Feigling verhalten. Ich war überfordert von dem, was du mir erzählt hast. Die … Abstammung deines Vaters. Ich wusste einfach nicht, wie ich damit umgehen sollte. Es hätte ja auch sein können, dass du durch unsere Beziehung in Schwierigkeiten gerätst. Ich weiß, das klingt verdammt hohl. Als würde ich es mir einfach machen. Aber so ist es nicht! Dein Vater hat nicht mit offenen Karten gespielt. Er hat der Verlobung zugestimmt und mich damit ins offene Messer laufen lassen.«

Carla atmete tief ein und ließ die Luft langsam durch die Nase entweichen. »Wie nett, dass du mich mit einem offenen Messer vergleichst.«

»Entschuldige, das war taktlos von mir …«, sagte Harald betreten. »Ich will deinem Vater ja auch gar keinen Vorwurf machen. Ich kann gut verstehen, warum er es vorgezogen hat, seine jüdische Herkunft zu verheimlichen, auch vor euch. Er ist ein Mensch mit einem starken Ehrgefühl. Es muss ihn wahnsinnig machen, dass er nach den neuen Gesetzen nun nicht einmal mehr als Reichsbürger gilt.«

Carla hätte am liebsten mit dem Fuß aufgestampft und sich die Ohren zugehalten. »Ich will das nicht hören!«, rief sie.

»Und dafür habe ich vollstes Verständnis«, sagte Harald. Er versuchte, den Arm um Carlas Schulter zu legen, was ihm aber nicht gelang, da sie flugs einen Schritt zurück machte.

»Du brauchtest Zeit, um diese Neuigkeiten zu verdauen. Nun, mir ging es nicht anders. Und wenn du deinem Vater verzeihst, weil er dir nicht die Wahrheit gesagt hat – über seine Familie und diesen Steinberg –, dann hoffe ich, dass du mir meine Schwindelei vielleicht auch verzeihst. Dein Vater hatte Angst, seine Familie zu verlieren, darum hat er geschwiegen. Ich hatte Angst, dich zu verlieren.«

Carla hob die Brauen. Warum beschlich sie das Gefühl, als zappele sie wie ein Fisch am Angelhaken? Haralds Blick haftete etwas Magisches an, das musste sie zugeben. Waren es seine Augen gewesen, die ihr in Berlin so gut gefallen hatten? Oder seine Gabe, allein mit Worten Schlösser zu errichten? Sie schluckte schwer. Schlösser aus Luft.

»Du hast uns im Glauben gelassen, den von Bredens gehöre ein herrschaftliches Landgut in Pommern«, sagte sie. »Du hast gelogen. Na ja, vielleicht nicht direkt gelogen, aber zumindest hättest du das Missverständnis aufklären müssen.«

Harald lächelte zerknirscht. »Fast so wie in Gottfried Kellers *Kleider machen Leute,* nicht wahr? Der arme Schlucker, der von den braven Stadtbürgen für einen großen Mann gehalten wird und aus der Sache nicht mehr rausfindet.«

Weil sie ihn für einen großen Mann hatte halten wollen, dachte Carla. Haralds Worte machten sie immer nachdenklicher. Ihren Eltern, vor allem Rina, wäre ein blaublütiger Schwiegersohn mit Vermögen sehr willkommen gewesen. Ob sie Harald auch ohne Gutsbesitz in Pommern akzeptiert hätten, war eine Frage, über die sich streiten ließ. War es denn so, wie er sagte? Hatte sein Schweigen ihn zum Lügner gemacht?

Wie ihren Vater?

»Ich habc zum Pfandleiher getragen, was nicht niet- und nagelfest war, um vor deinen Eltern das Gesicht nicht zu verlieren«, fuhr Harald fort. »Die letzten wertvollen Stücke aus dem Familienbesitz habe ich versetzt, um ein Abendessen oder einen Opernbesuch bezahlen zu können. Aber ich schwöre dir, dass ich vorhatte, dir reinen Wein einzuschenken. Ich war mir sicher, dass du auch einem kleinen Reporter eine Chance gegeben hättest. Gleichzcitig fürchtete ich, deine Familie könnte annehmen, ich hätte es nur auf dein Geld abgesehen.«

»Hast du deswegen auch verhindert, dass ich deine Mutter kennenlerne?«

Harald nickte. »Sie ist so arm wie ich«, sagte er. »Aber sie hält damit nicht hinter dem Berg. Wenn sie bemerkt hätte, dass ich deine Eltern und dich beeindrucken will, hätte sie nur die Nase gerümpft und wäre ohne jedes weitere Wort gegangen. Sie sagt immer, es kommt auf das Herz eines Menschen an, nicht auf den Inhalt des Geldbeutels. Um meine Schwester und mich auf gute Schulen zu schicken, hat sie sogar eine Weile in einer Fabrik gearbeitet. Jetzt muss sie das natürlich nicht mehr, weil ich sie mit meinem Verdienst als Reporter unterstützen kann.«

Carla musste an sich halten, um nicht laut herauszulachen. Wie sehr hatte sie sich vor einer Begegnung mit der Baronin gefürchtet, weil sie geglaubt hatte, diese sei eine strenge alte Frau, die sie auf Herz und Nieren prüfen und womöglich ablehnen würde.

»Warum lächelst du?«, wollte Harald wissen.

Carla winkte ab. Sie hielt es für überflüssig, zu erklären, dass sie sich ein ganz falsches Bild von der Baronin gemacht hatte. Da sie nicht nach Deutschland zurückkehrte, würde sie auch Frau von Breden nicht kennenlernen.

»Erinnere mich daran, dass ich dir etwas für deine Mutter gebe, sobald wir wieder an Bord sind«, sagte Carla.

Misstrauisch hob er den Blick. »Etwas für Mutter?«

»Auch wenn sie nicht an sentimentalen Erinnerungsstücken hängt, wird sie sich vielleicht darüber freuen.«

Carla machte kehrt. Sie waren weiter gegangen, als sie gewollt hatte. In jeder Beziehung. Allmählich wurde es Zeit, zum Treffpunkt am Strand zurückzukehren. Bestimmt waren ihre Eltern schon unruhig. Eine Weile spazierten Carla und Harald schweigend nebeneinander her. Carla stellte dabei fest, dass sie sich in seiner Gegenwart längst nicht mehr so unwohl fühlte, wie sie befürchtet hatte. Was zum Teufel hatte er mit ihr gemacht? Sie hypnotisiert? Immer wieder spähte sie zu dem Mann hinüber, den sie verabscheut und zu hassen geglaubt hatte, und erschrak, weil diese Gefühle wie fortgeblasen waren. War sie etwa bereit, ihm nach ein paar Worten schon zu verzeihen? Und was sollte daraus folgen? Sie liebte ihn doch gar nicht mehr. Oder war da am Ende doch noch ein Gefühl für ihn in ihr? Tief verborgen hinter einer Tür, die sie verschlossen hielt?

Und Reidt? Er war ehrlich zu ihr, kein Schwindler. Aber dann hatten sie gestritten … Großer Gott, wie konnte ein Leben, das bis vor Kurzem noch völlig ereignislos war, plötzlich derart aus den Fugen geraten?

»Hat dein Vater mit dir über seine Pläne geredet?«, erkundigte sich Harald plötzlich. Die Frage kam unerwartet.

»Welche Pläne meinst du?«

»Na ja, sein Geheimnis ist ja jetzt mehr oder weniger gelüftet und …«

Carlas Hände schlossen sich zu Fäusten. Wenn Harald jetzt auch noch sagte, dass er alles ausgeplaudert hatte, würde sie dort weitermachen, wo ihr Vater in Athen aufgehört hatte. Doch dem jungen Mann gelang es, sie zu beruhigen.

»Natürlich habe ich nichts gesagt«, erklärte er. »Vertrau mir, Carla. Ich will dich wieder für mich gewinnen. Das gebe ich ganz offen zu. Da wäre es doch verrückt, dir oder deinem Vater zu schaden, nicht wahr?« Er legte den Kopf schräg und sah

Carla mit einem sanften Lächeln an. »Trotzdem musst du ihn überzeugen, dass er sich absichern muss.«

»Absichern?«

»Gewiss! Im Augenblick hält die Partei in Deutschland noch die Füße still. Dir ist doch auch aufgefallen, dass während der Olympiade kein böses Wort über die Juden in den Zeitungen stand. Das Ausland durfte sich davon überzeugen, dass Berlin ein sauberer, friedlicher Ort ist, wo niemand aufgrund seiner Herkunft oder seines Glaubens benachteiligt wird. Der Führer hat sogar der blonden He zugejubelt, wie die Fechterin Helene Meyer genannt wird. Sie hat für das Reich Silber geholt. Aber beim *Völkischen Beobachter* wird gemunkelt, dass es nur noch eine Frage weniger Jahre ist, bis gegen die Juden im Reich losgeschlagen wird. Dein Vater sollte darauf vorbereitet sein.«

Die Angst schnürte Carla den Magen zu. Gewiss, was Harald sagte, klang plausibel, denn sie hatte etwas Ähnliches auch aus Steinbergs Mund gehört. Darum war dem Dirigenten ja auch so daran gelegen, Deutschland so schnell wie möglich zu verlassen.

Und ihr Vater half ihm dabei.

»Aber was könnte Vater tun? Welche Möglichkeiten hätte er denn, sich … abzusichern, wie du das nennst?« Harald blieb stehen. Er schien nachzudenken. Dann sagte er: »Es soll schon einige Male vorgekommen sein, dass gewisse Personen, die wie dein Vater nichtarischer Herkunft sind, von den Bestimmungen ausgenommen wurden. Dabei handelt es sich um Männer, die sich um das Reich verdient gemacht haben oder dringend gebraucht werden. Hochdekorierte Offiziere, aber auch einzelne Künstler. Kennst du den Tenor Joseph Schmidt, den mit dem Gassenhauer *Ein Lied geht um die Welt*?«

Carla erinnerte sich dunkel, den Namen schon einmal gehört zu haben. Vor ein paar Jahren hatte Bellamuti sie ins Kino mitgenommen, wo der Sänger in einem Film aufgetreten war.

»Goebbels soll von seiner Stimme so beeindruckt gewesen sein, dass er angeboten hatte, ihn mit einem Federstrich zum Ehrenarier zu befördern. Damit hätte er weiterhin im Reich auftreten dürfen. Aber Schmidt zog es vor, ins Ausland zu gehen.«

Carla war so verwirrt, dass ihr Schädel brummte. Vielleicht meinte Harald es ja aufrichtig, aber dieses ganze Gerede über berühmte Tenöre und militärische Strategen führte am Ende zu gar nichts, denn ihr Vater war weder das eine noch das andere. Er war nur ein …

Wissenschaftler.

Einer der renommiertesten Pharmakologen des Reiches. Unersetzbar auf seinem Gebiet.

Sie sah, wie Haralds Augen aufblitzen. Das Wort, das er benutzt hatte – »Ehrenarier« –, klang geradezu scheußlich in ihren Ohren. Und doch …

»Du glaubst, mein Vater hätte eine Chance?« Carla wagte gar nicht, den Gedanken zu Ende zu bringen. »Ich habe mal aufgeschnappt, dass seine Versuchsstation behördlich bezuschusst wird. Aber, ob er über die nötigen Kontakte verfügt, um …«

Das Wort blieb Carla im Hals stecken. War es falsch, eine solche Möglichkeit überhaupt in Betracht zu ziehen? Ähnelte ein derartiges Vorgehen nicht einem Pakt mit dem Teufel?

Harald wischte ihre Bedenken mit einer einzigen Handbewegung fort. »Ist dein Vater erst einmal aus der Schusslinie, bist du es auch. Du könntest weiter an deinem Traum arbeiten, als Violinistin die Bühnen des Reiches zu erobern. Gut genug bist du ja. Niemand würde dich mehr diffamieren, schon gar nicht die Presse.«

Ein reizvoller Gedanke, das ließ sich nicht abstreiten.

»Wie gesagt, Vater hat keine Verbindungen zu irgendwelchen Parteigrößen«, sagte Carla. Doch Harald räusperte sich verlegen, bevor er entgegnete: »Ich glaube, da könnte ich ihm weiterhelfen.«

»Du?« Carla starrte ihn kopfschüttelnd an. »Wieso ausgerechnet du?«

»Auch ohne pommersches Landgut bin ich immer noch ein Baron von Breden. Ich habe ein paar Verwandte in einflussreichen Positionen, die wiederum die richtigen Leute kennen.« Er hob die Augenbraue. »Bei dem Ansehen, das dein Vater genießt, sollte es nicht schwerfallen, die nötigen Papiere zu beschaffen, damit er unbehelligt weiterforschen kann. Seine Arbeit ist von Bedeutung, nicht wahr?«

Carla nickte zögerlich. Es schadete gewiss nicht, Harald in dem Glauben zu lassen.

»Du wärst also wirklich bereit, uns zu helfen?«, fragte sie vorsichtig. »Um dein Verhalten in Berlin wiedergutzumachen?«

Harald nahm ihre Hand, und diesmal ließ sie ihn gewähren, obwohl ihr Herz wie rasend klopfte. Sein Händedruck war fest, die Haut fühlte sich warm und feucht an.

»Wenn ich meine Verbindungen spielen lasse, bekomme ich auch eine Genehmigung, dich zu heiraten, Carla. Als Angehöriger der von Bredens wäre dein Vater noch besser geschützt!«

Plötzlich fror Carla trotz der Sonne, die heiß auf sie herabbrannte. Harald heiraten? Aber …

»Es ist so viel geschehen«, sagte sie. »Mir kommt es vor, als wären seit Berlin zehn Jahre vergangen und nicht nur zehn Tage. An Bord hatte ich viel Zeit, nachzudenken. Auch über mich und was ich eigentlich möchte. Und ob du es glaubst oder nicht, ich habe mich verändert.«

Harald tupfte sich mit dem Ärmel den Schweiß von der Stirn. »Ja, das habe ich bemerkt. Du wirkst nicht mehr so schüchtern und lässt dir nicht mehr alles gefallen, das imponiert mir. Du würdest eine hervorragende Baronin von Breden abgeben.«

Baronin von Breden. Carla überlegte fieberhaft. Wenn man es genau bedachte, bot Harald ihr ein Geschäft an: Heirate mich, dann beschütze ich dich und deine Familie. Kein übler Gedanke, falls ihm zu trauen war. Er schien alles durchdacht zu haben. Seine Familie mochte verarmt sein, aber in ungewissen Zeiten wie diesen waren Kontakte, Beziehungen und ein wohlklingender Name wertvoller als Aktiendepots.

Es gab dabei nur ein Problem: Carla liebte Harald nicht. Sie war sich nicht einmal sicher, ob sie das je getan hatte oder lediglich von seinen Schmeicheleien beeindruckt gewesen war.

»Du bist immer noch wütend wegen meines Benehmens in Berlin«, sagte Harald. Er klang verständnisvoll. »Aber wenn du dich erst wieder beruhigt hast, wirst du einsehen, dass wir zusammengehören.« Er blickte sie forschend an. »Oder gibt es etwa einen anderen Mann? Sag mir die Wahrheit, wir wollen doch aufrichtig zueinander sein!«

Carla schluckte. O ja, den gab es. Aber war es klug, Reidt ausgerechnet jetzt zur Sprache zu bringen? Der junge Regisseur behauptete, sich in sie verliebt zu haben, aber warum war er nicht hier, wenn sie ihn brauchte? Warum ging er Carla aus dem Weg?

Carla dachte nach. Ob es selbstsüchtig von ihr war, ihre eigenen Pläne zu verfolgen, wenn es doch eine Möglichkeit gab, an Harald von Bredens Seite ihrer Familie die Sicherheit in der Heimat zurückzugeben, die ihr Vater verloren zu haben glaubte? Sie durfte nicht nur an sich denken. Sie durfte nicht … an Reidt denken.

»Nun?«, drängte Harald mit einem erwartungsvollen Lächeln. »Vielleicht sollten wir heute Abend am Kapitänstisch verkünden, dass die Lösung unserer Verlobung ein Missverständnis war, was meinst du?« Als Carla wortlos an ihm vorbeigehen wollte, hielt er sie am Arm fest. »Eines noch: Von nun an kein Wort mehr über diesen Steinberg und seine Orchesterfreunde, verstanden? Ich verschaffe dir eine völlig neue Identität, aber dafür muss die Vergangenheit sterben.«

20. KAPITEL

Carla hatte nicht vorgehabt, nach ihrer Rückkehr an Bord Reidts Kabine aufzusuchen, aber sie musste mit ihm sprechen. Vor allem wollte sie wissen, wie es ihm ging.

Vor der Tür des jungen Regisseurs verharrte sie, von Zweifeln gepeinigt. War es ein Fehler, bei ihm zu klopfen? Sollte sie nicht bei ihren Eltern sein, um mit ihnen Haralds Wunsch einer erneuten Verlobung zu besprechen? Was um Gottes willen erhoffte sie sich noch von Reidt?

Auf Carlas Klopfen antwortete niemand.

Aber ich höre ihn doch, dachte Carla verwirrt. Sie legte ihr Ohr an die Tür und lauschte. Kein Zweifel, in der Kabine war jemand. Sie klopfte noch einmal, diesmal heftiger.

»Geh weg, Marlies«, drang es dumpf durch die Tür. »Lass mich doch in Ruhe!« Die Stimme gehörte eindeutig Reidt und klang so, als habe er wieder getrunken.

Carla nahm ihren ganzen Mut zusammen und rief: »Ich bin es, Carla! Mach bitte auf, ich möchte nur kurz mit dir reden!«

Einen Moment lang befürchtete Carla, der Regisseur habe sie nicht verstanden, doch dann hörte sie das Geräusch eines Schlüssels im Schloss. Im nächsten Moment öffnete sich die Tür einen Spalt. Reidt spähte misstrauisch hindurch.

»Bist du allein, Carla? Marlies ist nicht bei dir?«

Marlies? Hatte er den Verstand verloren? Wie kam er nur darauf, dass Carla ausgerechnet seine Schwester verständigt haben könnte?

Er öffnete die Tür, damit sie eintreten konnte. In dem Raum, der nur unwesentlich größer war als ihre eigene Kabine, empfing sie ein wahres Durcheinander an Kleidern und Papieren. Die Luft war verbraucht und roch ekelhaft nach kaltem Zigarettenrauch und Schnaps.

»Ich muss mich für die Unordnung entschuldigen, aber mit Damenbesuch habe ich nicht gerechnet!« Reidt kratzte sich zerstreut am Hinterkopf, dann bückte er sich, um einige seiner am Boden liegenden Hosen, Hemden und Schuhe zur Seite zu räumen. Den Kleidern, die er am Leib trug, haftete ein säuerlicher Geruch an, der nahelegte, dass er sie seit seiner letzten Begegnung mit Carla nicht gewechselt hatte. Auf Carla wirkte er, als habe er die ganze Nacht mit Kumpanen zechend am Pokertisch zugebracht.

Sie machte einen Schritt in die Kabine hinein. Dort hatte Reidt den kompletten Fußboden mit losen Blättern ausgelegt. Als Carla sich nach einem davon bückte, sprang Reidt wie von der Tarantel gestochen auf und packte sie derb am Handgelenk. Sie schrie auf.

»Fass sie nicht an!« Seine Stimme zitterte vor Aufregung. »Verzeih, du musst mich für völlig verrückt halten, aber …« Er machte eine hilflose Geste. »Sie sind nass geworden, verstehst du? Alle Seiten, und das ist schrecklich für mich. Seit den frühen Morgenstunden bin ich damit beschäftigt, sie zu trocknen.« Er lachte bitter auf. »Zumindest die wenigen Seiten, die überhaupt noch zu retten waren. Die meisten sind unleserlich geworden. Zerstört.«

Carla fiel es schwer, sich aus den Andeutungen des jungen Mannes einen Reim zu machen, doch sie spürte seine Verzweiflung. Und dann begriff sie, worum es hier ging.

»Das sind Drehbuchseiten, nicht wahr? Aber wie konnten sie so nass werden? Auf einigen Blättern ist gar nichts mehr zu erkennen!«

»Jemand hat sie aus meiner Kommode gestohlen«, sagte Reidt. »Ich kann es noch immer nicht fassen.«

»Ein Einbrecher, meinst du? Bist du sicher?«

Reidt sah sie giftig an. »Natürlich bin ich mir sicher! Gleich als ich die Kabine betrat, spürte ich, dass jemand hier war. Der Kerl wollte kein Geld, er war nur hinter dem Drehbuch her. Ich habe es an Deck gefunden, es trieb in dem verdammten Schwimmbassin.«

Carla stieß die Luft aus. Wie furchtbar für ihn. Nun begriff sie, wie er sich fühlen musste. Einen bangen Moment stellte sie sich vor, jemand hätte ihre Violine entwendet und in den Pool geworfen.

»Ein merkwürdiger Dieb«, sagte sie schließlich. »Wie es aussieht, wollte er die Seiten nur an sich bringen, um sie gleich wieder loszuwerden.«

»Um sie zu zerstören«, korrigierte Reidt. Er ließ sich erschöpft in den Sessel neben dem Bett sinken und vergrub sein Gesicht in beiden Händen. »Das Drehbuch an sich war ihm ganz egal, er wollte mir eins auswischen! Mich ruinieren!«

Ja, was Reidt sagte, ergab Sinn. Wer auch immer sich die Papiere unter den Nagel gerissen hatte, hätte sie auch verstecken, verbrennen oder über Bord werfen können. Doch er hatte es darauf angelegt, dass Reidt sie in diesem verheerenden Zustand fand. Es handelte sich hier also um eine Warnung oder eine Drohung.

»Jemand will mich zerstören!«, bestätigte Reidt Carlas Überlegungen. »Ich habe das Buch gegen den Willen der Produzenten und des Autors mit auf die Reise genommen. Wenn die in Berlin erfahren, dass es quasi vernichtet ist, kriege ich bei der Ufa keinen Fuß mehr auf den Boden. Meine Karriere hing am seidenen Faden, jetzt ist auch der gerissen.« Er hob den Blick. »Warum bin ich nach unserem Gespräch an Deck nicht schlafen gegangen? Der Einbrecher kam, während ich an der Bar einen Cognac nach dem anderen getrunken habe!«

Carla schmeckte etwas Bitteres im Mund. »Du denkst doch hoffentlich nicht, dass ich …«

»Niemals!« Reidt sprang auf, ging auf Carla zu und legte seinen Arm um ihre Taille. Als er sie zärtlich auf die Lippen küsste, schloss Carla die Augen, wehrte sich aber nicht.

»Ich bin so froh, dass du zu mir gekommen bist«, sagte er leise. »Ich muss mich auch bei dir entschuldigen. Was ich gestern zu dir gesagt habe, war abscheulich.« Er lächelte schief. »Ich glaube, ich war einfach ein wenig eifersüchtig und durcheinander, als ich hörte, dass dieser Kerl dir nachgereist ist. Wie dumm von mir.« Plötzlich wich das Lächeln aus seinem blassen Gesicht. »Ich möchte niemanden zu Unrecht verdächtigen, Carla, aber ich muss dich trotzdem fragen, ob von Breden über uns Bescheid weiß.«

Carla war klar, worauf Reidts Frage abzielte. Er wollte wissen, ob sie Harald den Diebstahl und die Zerstörung der Drehbuchseiten zutraute. Aber das war wenig wahrscheinlich, da die Seiten schon am Vorabend verschwunden waren, während sie Harald erst im Boot nach Kreta wiedergesehen hatte. Davor war er noch zu schwach gewesen, um seine Kabine zu verlassen. Davon abgesehen hielt sie es für ausgeschlossen, dass Harald wissen konnte, was sie mit Reidt verband. Vermutlich ahnte er nicht einmal, dass dieser überhaupt an Bord der »Königin Maria von Jugoslawien« war.

Es sei denn, jemand hatte es ihm zugetragen, während er sich in seiner Kabine erholte. Doch wer um alles in der Welt sollte so etwas getan haben?

Carla dachte nach. Sie hatte Marlies Uhl in Verdacht. Die Frau war enttäuscht von ihrem Bruder, weil dieser sich ihrem Einfluss entzog. Aber würde Marlies so weit gehen und Reidts Karriere sabotieren? Was sollte sie davon haben, außer einem kurzen Augenblick der Rache?

Carla beschloss, ihren Verdacht gegen Marlies nicht zu erwähnen, denn auch ihr lag nichts daran, durch bloße Spekulationen Zwietracht zu säen.

»Wenigstens konnte ich mich erfolgreich vor dieser dämlichen Rettungsübung drücken«, meinte Reidt nach einer Weile.

»Das hätte mir gerade noch gefehlt. Wie war es denn auf Kreta? Hast du dich gut amüsiert?«

»Amüsiert? Bei einer Rettungsübung mit Schwimmwesten um den Hals?« Carla räusperte sich. Sie sah wenig Sinn darin, Reidt ihre Begegnung mit Harald zu verheimlichen, da die beiden in Kürze, vielleicht sogar noch heute Abend, aufeinandertreffen würden. In knappen Worten berichtete sie Reidt daher von ihrer Aussprache mit Harald am Strand der kleinen Bucht. Während sie sprach, verdüsterte sich die Miene des jungen Mannes.

»Ist das sein Ernst? Erst lässt er dich sitzen, dann will er dich plötzlich wiederhaben?«, rief er verblüfft. »Du hast den Kerl doch hoffentlich zum Teufel gejagt?«

Carla verschränkte die Arme vor der Brust. »Das … ist nicht so einfach, wie du vielleicht annimmst.«

»Weil du ihn doch noch liebst?«

Sie biss sich auf die Lippen. Seine Worte von vorhin stürmten auf einmal wieder auf sie ein. *Meine Karriere hängt am seidenen Faden.*

Wenn dieser Faden wirklich zerriss, war dies zum Teil auch ihre Schuld. Konnte sie guten Gewissens damit leben? Andererseits durfte sie ihm nicht die Wahl verwehren. Jeder Mensch hatte das Recht, Entscheidungen zu treffen. Dies setzte jedoch voraus, dass man wusste, worauf man sich einließ. Carla hatte Harald damals von ihrer Herkunft erzählt, weil sie davon ausgegangen war, ihm vertrauen zu können. Und Reidt? Vertraute sie ihm etwa weniger? Dann war es vielleicht besser, auf der Stelle seine Kabine zu verlassen.

Sie blieb stehen. Holte tief Luft.

»Aber was ist es dann?«, fragte der Regisseur. »Ich verstehe das nicht. Erpresst er dich etwa mit irgendetwas?«

»Das nicht, aber er weiß etwas über meine Familie und mich, was mein Vater über Jahre hinweg vor Mutter und mir verheimlicht hat. Es hat … mit unserer Herkunft zu tun.«

Reidt starrte sie wie vom Donner gerührt an.

Wenn ich jetzt in seinen Augen Verachtung, Wut oder auch nur einen Hauch von Abscheu erkenne, hat das Schicksal entschieden, dachte Carla. Doch zu ihrer Überraschung sah sie, wie ein sanftes Lächeln über die Lippen des jungen Mannes huschte.

»Verstehe«, sagte er leise. »Du bist Jüdin?«

»Zu Hause nennt man uns jetzt jüdische Mischlinge«, sagte Carla. »Die Gesetze verbieten Beziehungen zu Ariern. Vater sagt, so etwas wird streng bestraft. Vermutlich mit Lagerhaft.«

Reidt massierte sich die Schläfen; es sah aus, als dächte er angestrengt nach.

»Vielleicht verstehst du jetzt auch, warum es für mich in der Heimat keine Zukunft gibt!« Carla war es peinlich, über all das zu sprechen, als hätte sie eine Krankheit. Als kleines Kind hatte sie einmal Kopfläuse mit nach Hause gebracht, denen ein Hausmädchen mithilfe einer übel riechenden Paste aus der Apotheke des Vaters den Garaus gemacht hatte. Sie erinnerte sich mit Grausen daran, wie sie sich vor Scham in ihrem Zimmer verkrochen hatte, obwohl sie doch gar nichts für die unwillkommenen Krabbeltiere in ihrem Haar gekonnt hatte. Der Gedanke, von anderen einerseits bemitleidet, gleichzeitig aber gemieden zu werden, hatte sie damals zur Verzweiflung getrieben.

Aber das war lange her. Sie war nicht krank. Sie brauchte kein Mitleid.

»Ich bin ein solcher Idiot!« Reidt drückte ihre Hand. »Da jammere ich, weil jemand ein paar Seiten Papier ins Wasser geworfen hat. Dabei machst du viel Schlimmeres durch als ich.«

»Ja, aber dein Film! Du sagst selbst, dass deine Karriere davon abhängt, dass du ihn für die Ufa drehen kannst.«

»Schon, aber im Grunde ist das nebensächlich, verstehst du? Ich könnte niemals glücklich werden, wenn du es nicht bist!« Er warf einen Blick auf die trocknenden Blätter, dann sah er ihr in die Augen. »Ich liebe dich, Carla, und wenn das bedeutet, dass ich irgendwo auf der Welt noch einmal ganz von vorne anfangen muss, warum nicht? Dann soll sich die Ufa einen anderen

Regisseur suchen. Ich wäre nicht der Erste, der Deutschland verlässt.«

Carla spürte, dass er es ernst meinte, und dies tat gut. Jetzt. Aber was war morgen, was in einem Jahr? Würde er sie dann nicht insgeheim verfluchen, weil sie ihm die Aussicht auf Erfolg in der Heimat genommen hatte?

Würden sie einander eines Tages hassen?

»Lass uns nicht mehr davon reden«, bat sie ihn. Hastig wischte sie sich die Tränen aus den Augenwinkeln. »Ich habe dir unser Familiengeheimnis anvertraut, weil ich nicht wollte, dass es wie eine Mauer zwischen uns steht.«

»Dafür bin ich dir dankbar! Du wirst sehen, wir finden einen Weg aus dieser Situation. Die Nazis werden uns unser Leben nicht kaputt machen!«

Einen Weg? Ja, vermutlich gab es den sogar. Doch wenn sie sich dafür entschied, ihn zu beschreiten, würde nicht Theo Reidt, sondern Harald an ihrer Seite sein. Allein der Gedanke daran bescherte ihr ein Flattern im Magen, denn sie liebte Harald nicht, da war sie sich jetzt ganz sicher. Aber hatte sie denn eine andere Wahl? Sie musste an das Wohl ihrer Familie denken. Das allein zählte.

Er muss von Harald erfahren, dachte sie und geriet ins Grübeln. In wenigen Stunden wollte von Breden ihre Verlobung am Tisch des Kapitäns bekanntgeben. Es war nicht fair, Reidt darüber im Ungewissen zu lassen, oder? War es am Ende nicht besser für ihn, sie zu hassen, anstatt ihr nachzutrauern? Er würde sie für eine Opportunistin halten und eine Weile enttäuscht von ihr sein. Dann konnte er sie vergessen und sich wieder auf sein großes Werk konzentrieren.

Bevor Reidt einschreiten konnte, hob sie eine der Drehbuchseiten auf und überflog die wenigen Dialogzeilen, die leserlich geblieben waren. Ihr kam da eine Idee.

Wie viele Seiten sind denn beschädigt worden?«, wollte sie wissen.

Er zog seine Lesebrille aus der Brusttasche und setzte sie auf. »Zweiundzwanzig«, sagte er. »Davon vierzehn irreparabel. Aber ich verstehe nicht ganz, worauf du hinauswillst.«

»Als Regisseur kennst du die Geschichte doch bestimmt ebenso gut wie der Mann, der sie geschrieben hat, nicht wahr?« Carla drückte Reidt das aufgeweichte Blatt in die Hand. »Wie wäre es, wenn ich dir helfen würde, die verlorenen Seiten zu ersetzen? Natürlich ohne die Handlung zu verändern. Bellamuti hat seine Reiseschreibmaschine mit an Bord genommen. Wir könnten sofort mit der Arbeit beginnen.«

»Ich … ich habe selbst eine«, stotterte Reidt, den Carlas plötzlicher Eifer verwirrte.

»Worauf warten wir dann noch? Ich bin nicht schlecht auf der Schreibmaschine. Geben wir der Welt euer kostbares Drehbuch zurück!«

Das wird mein Abschiedsgeschenk an dich, dachte Carla mit einem traurigen Lächeln.

21. KAPITEL

Das Klappern der Schreibmaschine erfüllte den kleinen Raum. Carla hatte darauf bestanden, dass Reidt sich wusch und rasierte, bevor sie mit der Arbeit begannen. Während er unter die Dusche sprang, bat sie Dimitrios um belegte Käseschnitten und Kaffee, da sie ahnte, dass der Regisseur seit Stunden nichts außer Schnaps zu sich genommen hatte.

»Nehmen Sie die Flasche mit«, trug sie dem Steward auf, als dieser wenig später an die Tür klopfte. »Meinetwegen schütten sie das Zeug über Bord. Und ...« Sie sah Dimitrios bittend an. »Es wäre nett, wenn Sie meinen Eltern nicht erzählen würden, wo ich mich aufhalte. Ich möchte nicht gestört werden.«

»Verstehe«, sagte Dimitrios. »Dem Herrn Regisseur scheint es ja wieder besser zu gehen.«

»Herr Reidt und ich haben zu arbeiten! Ich bin jetzt so etwas wie seine Privatsekretärin.«

»Ich dachte, er hätte schon eine!« Der Steward lachte gutmütig. »Aber wenn ich zwischen den beiden Damen wählen müsste ...«

Carla machte sich daran, das Zimmer aufzuräumen, und ließ auch frische Luft herein. Zehn Minuten später saß sie mit Reidt vor zwei dampfenden Kaffeetassen und tippte, was er ihr diktierte. Von Zeit zu Zeit hielt sie inne, um eigene Vorschläge beizusteuern, die von Reidt begeistert angenommen wurden. Carla war so eifrig bei der Sache, dass sie darüber ganz die Zeit vergaß. Es war spät geworden, Bellamuti würde aus der Haut fahren. Vermutlich ließ er schon den Dampfer nach ihr absuchen, weil sie nicht zur Vorbereitungsstunde in die Lounge gekommen war.

»Diese Ägypterin fasziniert mich«, sagte Carla, als sie endlich eine Pause einlegte. Sie zog das zuletzt getippte Blatt aus der Schreibmaschine und atmete erleichtert auf, als sie den Text nach schneller Durchsicht fehlerfrei fand.

Reidt lächelte. »Du meinst unsere Nofretete, die Gemahlin des Pharaos Echnaton? Ja, sie ist die perfekte Hauptfigur für einen Abenteuer- und Liebesfilm.«

»Vater hat mir ihre Büste gezeigt, als wir in Berlin die Museumsinsel besichtigten«, sagte Carla nachdenklich. »Ich weiß nicht, wie ich es beschreiben soll, aber als ich sie ansah, spürte ich sogleich eine Verbindung zu ihr. Als ob ich in die Augen einer engen Freundin oder einer lieben Verwandten blicken würde. Gleichzeitig hatte ich aber auch ein bisschen Angst vor ihr. Albern, nicht wahr?«

»Die Büste ist wunderschön und geheimnisvoll!« Reidt nippte an seinem Kaffee. Er trank schon seine fünfte Tasse, aber wenigstens verzichtete er Carla zuliebe darauf, die Kabine mit Zigarettenqualm einzunebeln. »Genau wie du, Carla!«

Carla spürte, wie sie errötete. Nicht, dass sie noch nie ein Kompliment eingeheimst hätte, doch für gewöhnlich lobte man sie für ihr Geigenspiel und nicht für ihr Aussehen. »Ich bin nicht schön, und an mir gibt es auch nichts Geheimnisvolles«, sagte sie.

»Da bin ich ganz anderer Meinung.« Reidt nahm eine der neuen Drehbuchseiten zur Hand. »Für mich entsteht wahre Schönheit aus Warmherzigkeit. Du hast der Geschichte einer Frau aus dem alten Ägypten eine Seele gegeben, von der vorher nichts zu spüren war. Das ist eine Gabe. Dieselbe Gabe hat der alte Bildhauer vor über dreitausend Jahren angewandt, als er Nofretetes Gesicht Unsterblichkeit verlieh. Wusstest du schon, dass Propagandaminister Goebbels vorhatte, die Büste den Ägyptern zurückzugeben?«

»Nein, davon hatte ich keine Ahnung!«

»Der Führer höchstpersönlich hat es ihm verboten. Er scheint seine eigenen Pläne mit der armen Nofretete zu haben.« Er lachte. »Vielleicht erklärt er sie ja zur Deutschen und stellt ihr einen Ariernachweis aus. Ein blondes Mädchen, das von den germanischen Urwäldern bis an den Nil wanderte, um dort das Herz eines Pharaos zu gewinnen.«

»Vielleicht sollten wir die Rolle der Königin im Film noch einmal umschreiben«, scherzte Carla. »Dem Propagandaminister würde deine Interpretation der Nofretete gewiss gefallen.«

»Dem vielleicht, aber den Ägyptern nicht«, gab Reidt zu bedenken. »Bleiben wir lieber bei der Wahrheit und konzentrieren uns auf die Geschichte, die im Drehbuch steht. Sie wurde von der Ufa bereits abgesegnet.«

Carla machte sich wieder an die Arbeit, obwohl sich ihre Finger schon fast taub anfühlten. Heute Abend würde sie nicht mehr Geige üben können. Doch die Geschichte der schönen Ägypterin, die vor Tausenden von Jahren an der Seite ihres geliebten Mannes mit Klugheit und Herz regiert hatte, zog sie so sehr in ihren Bann, dass sie über ihre Müdigkeit und einen schmerzenden Rücken hinwegsah. Gebannt lauschte sie Reidt, der ihr auseinandersetzte, was geschah, nachdem Nofretete und ihr Gemahl Echnaton dem alten Theben den Rücken gekehrt hatten, um mitten in der Wüste eine neue Stadt zu errichten. Die Priester des alten Kultes verfolgten sie mit ihrem Hass, versuchten, sie beim Volk zu diffamieren. Carlas Gedanken gingen auf Wanderschaft. Angesichts ihrer eigenen Geschichte fiel es ihr leicht, die verlorenen Dialoge zwischen der Frau des Pharaos und ihrem großen Gegenspieler, dem Befehlshaber des ägyptischen Heeres, wiederherzustellen. Die Worte kamen ihr in den Sinn, als sei sie tatsächlich in den Kopf der Frau vom Nil geschlüpft.

Als sie Reidt den letzten Bogen reichte, schüttelte er beeindruckt den Kopf. »Unglaublich«, sagte er. »Die Szene ist nun viel gefühlvoller. Das liegt an den Worten, die du unserer Heldin in den Mund legst. So wirkt Nofretete trotz aller Verzweiflung nicht gebrochen. Man nimmt ihr ab, dass sie noch Hoffnung hat. Gleichzeitig deutet der finale Dialog zwischen ihrem Erzfeind Haremhab und dem Priester seine Niederlage an. Er kann sich nicht als Sieger fühlen, weil ihn nicht Stärke und Klugheit, sondern Verrat auf den Thron bringt.«

Er strahlte über das ganze Gesicht. »Fabelhaft, Carla! Ich weiß gar nicht, wie ich dir danken soll. Ohne deine Hilfe hätte ich mich in Selbstmitleid gesuhlt, anstatt die Dinge in die Hand zu nehmen.«

Ein energisches Klopfen an der Tür unterbrach den Regisseur. Carla stand auf und strich ihren zerknitterten Rock glatt. Es war spät geworden. Bald wurde das Abendessen serviert.

»Dieser unverschämte Steward hat behauptet, du wollest nicht gestört werden«, dröhnte da auch schon eine weibliche Stimme durch den Raum.

Marlies Uhl. Die Frau hatte sich schon für den Speisesaal umgezogen. Wie am Abend zuvor trug sie ihren griechischen Kopfputz. Als ihr Blick auf Carla fiel, schnappte sie nach Luft. »Sie schon wieder? Na, das hätte ich mir eigentlich denken können. Sie geben wohl niemals auf, was? Wissen Sie, dass Ihre Mutter glaubt, Sie seien über Bord gegangen? Wie unhöflich, sich hier einzunisten, während alle anderen in heller Aufregung um Sie sind.«

»Marlies, halt den Mund«, herrschte Reidt seine Schwester an. »Fräulein Fuchs hat mir mit den Drehbuchseiten geholfen, damit die Ufa mich nicht feuert.«

Marlies bekam große Augen. Sie bewegte sich mit wippenden Hüften zum Tisch, welchen Reidt in die Mitte der Kabine geschoben hatte. »Ihr habt die Blätter getrocknet?«, hauchte sie erstaunt. »Und man kann den Text noch lesen?« Ihre Armreife klirrten. Carla wagte kaum sich vorzustellen, wie Marlies sich wohl in Ägypten kleiden und schminken würde.

»Wir haben das Drehbuch rekonstruiert«, erklärte Reidt mit stolz geschwellter Brust. »Das Ergebnis kann sich sehen lassen.

Ich wage sogar zu behaupten, dass die neuen Dialoge die alten in den Schatten stellen.«

Wortlos nahm Marlies einige der Seiten und blätterte sie durch, als sei es ihre Aufgabe, sie wie eine Volksschullehrerin zu korrigieren.

Fehlt nur noch der Rotstift, dachte Carla. Sie spähte zu Reidt hinüber, der gespannt die Luft anhielt.

»Laienhaft«, lautete Marlies' vernichtendes Urteil. »Durch und durch! Gewiss hat Fräulein Fuchs es gut gemeint, aber du solltest selbst wissen, dass so etwas den Ansprüchen der Ufa kaum genügen wird.« Sie zeigte auf eine Szene und schüttelte den Kopf. »Der Feldherr muss am Ende mächtig und stolz erscheinen, so wollte es Doktor Goebbels haben. Eine Hommage an unseren Führer, der dem Deutschen Reich nach all den Jahren der Demütigung wieder zu seiner verdienten Größe und Machtfülle verhilft. Euer Haremhab kommt mir aber wie ein gefährlicher Irrer vor, dem es nur um Zerstörung und die Ausschaltung seiner Gegner geht. Dafür setzt er alte Gesetze außer Kraft und zettelt einen Krieg an.« Sie verzog das Gesicht. »Nein, damit wird das Propagandaministerium niemals einverstanden sein.«

»Warten wir es ab«, sagte Reidt. »Außerdem erinnere ich mich nicht daran, dich um deine Meinung gebeten zu haben. Im Gegenteil, ich hatte dir verboten, dich einzumischen!«

Marlies wandte sich mit einem süffisanten Lächeln an Carla. »Nun, *Sie* scheint er um Hilfe gebeten zu haben. Ihnen ist doch hoffentlich klar, warum er das getan hat?«

Carla presste die Lippen aufeinander.

»Nicht, weil er so verzweifelt war, sondern weil er immer noch davon träumt, dass Sie mit ihm ins Bett gehen, Kindchen!«

»Was für eine Unverschämtheit, Marlies!«, brüllte Reidt seine Schwester an. Er packte sie grob am Arm und zerrte sie in Richtung Tür. »Wenn ich erfahre, dass du es warst, die das Drehbuch gestohlen und ins Wasser geworfen hat, drehe ich dir eigenhändig den Hals um! Verstanden?«

Marlies wurde blass. Fassungslos sah sie zu, wie ihr Bruder die Tür aufstieß und sie auf den Flur beförderte.

»Du ... du glaubst tatsächlich, ich wäre das gewesen?« Sie starrte erst Reidt, dann Carla an, die am liebsten in einem Loch im Fußboden verschwunden wäre, um dem Geschwisterstreit zu entgehen.

»Sie haben ihm diese fixe Idee in den Kopf gesetzt«, zischte Marlies. Ihre Stimme zitterte.

Carla sperrte entsetzt die Augen auf, brachte aber kein Wort des Protests über die Lippen.

»Dabei hatte ich Sie gewarnt!« Damit drehte sie sich um und stürmte den Korridor hinunter.

»Wo zum Teufel hast du bloß gesteckt?« Robert Fuchs war außer sich, als er Carla ein wenig später in der Lounge traf. Sein Gesicht war gerötet vor Ärger. »Deine Mutter ...«

»Ich weiß schon«, wehrte Carla ihn ab. Sie war erschöpft und sehnte sich nach etwas Ruhe. »Sie glaubt, ich wäre über Bord gegangen.«

»Damit treibt man keine Scherze, mein Kind! Rina war wirklich sehr besorgt, weil sie seit Kreta keine Gelegenheit mehr fand, mit dir zu sprechen.«

Während die meisten Passagiere sich nach Beendigung der Rettungsübung wieder an Bord der »Königin Maria« begeben hatten, waren Carlas Eltern, auf Emils Drängen, in einen schon am Hafen wartenden Pferdewagen gestiegen, um die Ausgrabungen des minoischen Palasts von Knossos zu besichtigen. Müde und verschwitzt waren sie an Bord zurückgekehrt.

Carlas Vater war bereits zum Abendessen umgezogen. Obwohl er für gewöhnlich schwarze Abendgarderobe bevorzugte, trug er heute ein weißes Jackett zu einer dunklen Hose, ein Ensemble, in dem er nicht so distanziert und streng wie sonst wirkte. Im Leder seiner blank polierten Schuhe spiegelte sich die grelle Deckenbeleuchtung der Lounge. Diese füllte sich mit herausgeputzten Herrschaften, die in den wuchtigen Klubsesseln Platz nahmen, um zu plaudern. Im Hintergrund unterhielt einer der Bordmusiker die Gäste mit leiser Klaviermusik. Carla erkannte Schumanns Träumerei, eines ihrer Lieblingsstücke.

»Deine Mutter und ich wüssten gern, was du mit von Breden zu besprechen hattest«, ließ Fuchs die Katze aus dem Sack. Seiner Miene nach ärgerte er sich immer noch darüber, dass er von dem Gespräch am Strand nichts mitbekommen hatte. »Ich kann nicht glauben, dass du ihm überhaupt zugehört hast! Nach allem, was er dir in Berlin angetan hat.«

»Hätte ich ihm lieber die kalte Schulter zeigen sollen, nachdem du ihm mit deinem Stock beinahe den Schädel eingeschlagen hast? Aber keine Bange, Harald hat gar nicht vor, dich deswegen beim Kapitän anzuschwärzen.« Rasch berichtete sie ihrem Vater von Haralds Entschuldigung.

»Wie nett von ihm«, meinte Fuchs verächtlich. »Aber ich traue ihm nach wie vor nicht über den Weg. Der Kerl ist gefährlich, glaub mir doch!«

»Wir müssen uns notgedrungen mit ihm arrangieren, weil …« Carla biss sich auf die Zunge, als ein Steward mit Getränken auf sie zukam. Lächelnd schüttelte sie den Kopf, während ihr Vater sich einen Aperitif nahm.

»Harald möchte mich tatsächlich zurückgewinnen«, sagte Carla. »Er hat gesagt, er würde in Berlin seine Verbindungen spielen lassen. Es gäbe Sonderbestimmungen, die er sich zunutze machen könnte, um die Rassengesetze zu umgehen. Damit wärst du frei und könntest deine Forschungsarbeit fortsetzen. Ich dürfte weiterhin Geige spielen und sogar auftreten.«

Fuchs leerte sein Glas in einem Zug, wobei er sich verschluckte und heftig husten musste. »Großer Gott, hast du den Verstand verloren?«, röchelte er. »Sprich leiser, sonst hört dich am Ende noch jemand! Außerdem lügt der Mann wie gedruckt, er hat dir einen Bären aufgebunden!«

»Was hätte er davon?«, widersprach Carla. »Geld? Solange er

keine Möglichkeit hat, mich zu heiraten, kommt er auch nicht an unser Vermögen.«

»Das ist wahr!« Fuchs sank in einen der Klubsessel und massierte sich die Schläfen. Dabei dachte er so angestrengt nach, dass er den Gong überhörte, der zum Essen in den Saal rief. Ein Strom gut gelaunter Passagiere, die Damen in glitzernden Abendkleidern, die Herren im Frack, zog an ihm vorüber. Einige der Herrschaften nickten Fuchs höflich zu, andere schienen durch ihn hindurchzusehen.

»Wir müssen gehen«, sagte Carla mit zittriger Stimme. Ihr Herz klopfte schneller, als sie die letzten Passagiere durch die Verbindungstür zwischen Lounge und Speisesaal verschwinden sah. Dort, an einem der Tische, wartete Harald von Breden auf sie, mit Champagner und der Ankündigung ihrer Verlobung.

»Warum zum Teufel verfügt der Kerl plötzlich über so viel Geld?«, murmelte ihr Vater.

»Was meinst du?«

Er hob den Blick. »Wie du dich zweifellos erinnerst, war Harald in Berlin noch abgebrannt. Verschuldet bis über beide Ohren. Bei dem Gedanken, uns zum Abendessen ins Horcher einzuladen, geriet er in Panik und rannte ins Pfandhaus. Dabei war das nicht einmal meine Idee, ich wäre auch mit ein paar Berliner Buletten zufrieden gewesen. Aber jetzt kann er sich eine Kreuzfahrt nach Ägypten und Syrien auf einem luxuriösen Dampfer leisten? Und vorher einen teuren Passagierflug von Berlin nach Athen? Da ist doch etwas oberfaul!«

»Vielleicht war noch ein Rest vom Familienschmuck übrig?«

Fuchs rümpfte die Nase. »Den seine Mutter, die Baronin, freiwillig herausgerückt haben soll, damit ihr Filius einem Mädchen, das er aus für sie nachvollziehbaren Gründen verlassen hat, durch halb Europa nachreisen kann? Nein, ich vermute, dass Harald von jemandem Geld bekommen hat. Genug, um wie ein Baron auf großem Fuß zu reisen. Die Frage lautet nun:

Wird diese Person von ihm erpresst oder bezahlt sie ihn freiwillig? Ich vermute Letzteres.«

Carla atmete tief durch. Die Theorie ihres Vaters klang einleuchtend. Fast schämte sie sich, dass ihr in all der Aufregung diese Details entgangen waren. Sie selbst hatte ja schon Marlies Uhl im Verdacht gehabt, Harald telegrafiert und an Bord geholt zu haben, um Carla und ihren Bruder auseinanderzubringen. Doch Marlies konnte unmöglich die geheimnisvolle Gönnerin sein. Sie war Witwe und fast mittellos. Ohne die Arbeit bei der Ufa, die Reidt ihr verschafft hatte, würde sie von einer schmalen Rente leben. Aber wer außer ihr konnte ein Interesse daran haben, sich Haralds Dienste zu erkaufen? Dieselbe Person, die auch Reidts Drehbuch in das Schwimmbassin an Deck geworfen hatte? Hatte das eine mit dem anderen überhaupt zu tun?

»Dein Verflossener hat vor, uns die Heimkehr nach Deutschland schmackhaft zu machen.« Fuchs stand auf und rückte seinen Schlips zurecht. »Wer auch immer ihm dazu geraten hat, spekuliert darauf, dass du seinen Vorschlag annimmst.«

»Die Partei?«, hauchte Carla erschrocken. »Aber der kann es doch schnuppe sein, ob eine unbekannte halbjüdische Geigerin in der Wüste Palästinas in einem Orchester spielt oder ins Reich zurückkehrt.«

Fuchs' Miene umwölkte sich. »Die Herrschaften sind auch nicht hinter *dir* her, Kind«, sagte er. »Mich wollen sie. Ich bin ihnen davongelaufen und habe etwas mitgenommen, das sie zu gern in die Finger bekommen würden.«

Es verging ein Moment, bis Carla begriff, dann fiel es ihr wie Schuppen von den Augen: Sie war gar nicht die Einzige, die an ein Leben fern der Heimat dachte. Ihr Vater tat dies auch, vermutlich sogar schon länger als sie. Die Kreuzfahrt war für ihn nie einfach nur eine Urlaubsreise gewesen, wie alle gedacht hatten. Sie war eine Flucht, wenngleich keine von allzu langer Hand geplante. In Berlin musste etwas geschehen sein, was ihren Vater dazu bewogen hatte, dem Deutschen Reich so schnell wie möglich den Rücken zu kehren. Aber was? Und wohin zog es ihn? Etwa auch nach Palästina? Das konnte sich Carla beim besten Willen nicht vorstellen. Es sei denn …

»Hat Steinberg etwas damit zu tun? Willst du mir nicht sagen, um welchen Gefallen er dich gebeten hat? Er hat mir schließlich auch vertraut, sonst hätte er mich in Berlin gar nicht angesprochen.«

Fuchs seufzte. »Wenn du darauf bestehst! Ich hatte zwar vor, dich herauszuhalten, aber vielleicht ist es besser, wenn du es weißt. Steinberg hat mich gebeten, etwas für ihn über die Grenze zu schmuggeln. In ein paar Wochen soll ich es ihm in Jerusalem übergeben.«

»Und du tust das? Aber was ist dieses geheimnisvolle Etwas?«

Fuchs sah sich nach allen Seiten um, bevor er antwortete: »Zwölf lupenreine Diamanten! Sie gehören den Musikern, die nach Palästina emigrieren, um in diesem Symphonieorchester zu spielen, und sind alles, was sie haben. Die Leute wollen sich damit ein neues Leben in der Fremde aufbauen, aber natürlich hätten die Nazis es nie erlaubt, dass sie Edelsteine außer Landes bringen. Wer heutzutage emigriert, muss eine sogenannte Reichsfluchtsteuer zahlen, die viele Juden schon an den Rand des Ruins führt. Ausführen dürfen sie nur ein paar lumpige Reichsmark, aber weder Gold noch Edelsteine mitnehmen. Auf Schmuggeln stehen ebenso harte Strafen wie auf Devisenvergehen. Womöglich sogar Lagerhaft.«

Gerührt drückte Carla die Hand ihres Vaters. Sie hatte Angst um ihn, war aber auch stolz. Das hätte sie ihm niemals zugetraut. »Und trotzdem tust du es?«

Fuchs lächelte dünn. »Schau mich nicht an, als wäre ich ein Held. Das bin ich nie gewesen. Ich gehe ja auch kein so großes Risiko ein. Wie du dich erinnerst, wurden unsere Sachen vom Zoll nur oberflächlich durchsucht. Da ich aus geschäftlichen Gründen oft ins Ausland reisen muss, besitze ich gültige Dokumente, die mir die Abfertigung leichter machen.«

»Du willst dich also in Jerusalem mit Steinberg treffen und ihm dort die Diamanten für seine Leute übergeben? Aber wenn ich dich richtig verstanden habe, sind die Steine nicht der einzige Grund, warum wir auf diesem Schiff sind«, sagte Carla.

Ihr Vater nickte kurz. »Ja, aber das erkläre ich dir später. Lass uns besser überlegen, was wir wegen von Breden unternehmen. Du willst doch nicht wirklich seine Frau werden, oder? Selbst wenn er die Behörden überlistet, könntest du ihm niemals vertrauen. Er hätte dich völlig in der Hand, könnte mit dir tun und lassen, was ihm gefällt.« Er legte seine Hände auf ihre Schultern. »Ich will nicht, dass du ein Leben voller Angst führen musst.«

Carla zuckte zusammen, als der Gong zum zweiten Mal ertönte. Langsam ging sie zur Tür und spähte in den hellen Saal mit seinem spiegelglatten Schachbrettboden. Am Kapitänstisch rückte Rovanic ihrer Mutter den Stuhl zurecht, wobei er ihr etwas ins Ohr flüsterte. Rina sah an diesem Abend umwerfend aus. Sie trug ein scharlachrotes Kleid und dazu Perlen, die wie winzige Schneeflocken über ihrem Dekolleté lagen. In ihrem frisch frisierten Haar steckte eine seidene Rose. Doch die kräftigen Farben standen in starkem Gegensatz zu der Blässe ihres Gesichts, gegen die auch das Rouge auf ihren Wangen nichts auszurichten vermochte. Carla beobachtete, wie ihre Mutter suchend den Hals reckte. Vermutlich hielt sie nach ihnen Ausschau und wunderte sich, wo sie blieben. War sie in alles eingeweiht?

Wenige Momente später ließen sich auch Bellamuti und Reidt am Tisch nieder. Bellamuti stopfte sich sogleich die Serviette in den Kragen. Von Marlies Uhl war indes nichts zu sehen. Obwohl sie bislang keine Einladung an Rovanics Tisch ausgeschlagen hatte, zog sie es heute offensichtlich vor, in ihrer Kabine zu speisen.

Gott sei Dank, dachte Carla erleichtert. Sie wollte Reidts Schwester nicht schon wieder begegnen.

Haralds Platz war noch leer. Ob er noch an seiner Verlobungsrede feilte? Carla wurde übel, als sie sich Reidts enttäuschtes Gesicht vorstellte. Sie spürte die schwere Hand ihres Vaters auf ihrer Schulter. Sein charakteristischer Geruch nach Tabak und Pfefferminz stieg ihr in die Nase. Als Kind hatte dieser Duft sie oft getröstet, heute sorgte er dafür, dass sie unglücklich aufschluchzte.

»Wenn ich Haralds Vorschlag jetzt ablehne, wird er misstrauisch«, sagte sie. »Dann finden wir nie heraus, ob er bezahlt wird, um uns nachzureisen. Und wenn ja, von wem.« Sie strich sich eine Haarsträhne hinters Ohr. »Vielleicht sollte ich seinen Antrag zum Schein annehmen. Verlobt ist ja noch lange nicht verheiratet. Wenn wir es geschickt anstellen, können wir dafür sorgen, dass er einen Fehler macht und sich verrät.«

»Bleib hier!« Fuchs berührte Carla sanft am Arm. »Warte auf Harald und sag ihm, dass ich ihn sprechen möchte, bevor er die Verlobung herausposaunt! Ich werde ihm erklären …«

»Zu spät!« Carla machte ihren Vater auf die Galerie aufmerksam, die durch eine Treppe mit dem Saal verbunden war. Für gewöhnlich wurde sie von Stewards oder Bordmusikern benutzt, während die Passagiere die Lounge durchquerten. Doch ausgerechnet heute stieg Harald von Breden mit einem siegessicheren Lächeln die Stufen hinunter. Höflich nach allen Seiten grüßend schritt er an den festlich gedeckten Tischen vorbei, blieb aber nicht stehen, bis er am Kapitänstisch angelangt war. Dort wurde er von Rovanic mit einem Händeschütteln empfangen.

Carla atmete tief durch, dann trat auch sie durch die Tür und begab sich zu ihrem Tisch.

22. KAPITEL

Theo Reidt nahm an diesem Abend kaum wahr, was auf seinem Teller lag. Das gebratene Entenfilet hätte auch Wiener Apfelstrudel, die Herzoginkartoffeln Erbsenpüree sein können. Seine ganze Aufmerksamkeit galt Harald von Breden, der am Tisch das große Wort führte. Die beiden Männer hatten sich zu Beginn des Essens mit einem reservierten Nicken begrüßt, danach aber nicht mehr miteinander gesprochen.

Reidt spähte zu Carla, die ihm in einem bescheidenen braunen Abendkleid gegenübersaß. Auch sie aß nur wenig, dabei hatten sich die Bordköche an diesem Abend selbst übertroffen. Carlas Miene verriet, dass sie über Harald von Bredens Anwesenheit nicht glücklicher war als er. Doch wann immer sich ihre Blicke kreuzten, senkte Carla den Kopf, als fürchtete sie sich davor, ihn anzusehen. Lag dies nur an von Breden? Oder nagte es noch an ihr, wie Marlies sie behandelt hatte?

Als Reidt an seine Schwester und ihren Auftritt in seiner Kabine dachte, stieg Wut in ihm auf. Wie hatte sie sich nur schon wieder derart vergessen können? Er hatte so gehofft, dass sie Carla endlich in Ruhe lassen würde, aber wie die Dinge lagen, war daran nicht zu denken. Dass sie es ablehnte, heute Abend mit ihnen zu speisen, bedeutete keineswegs, dass sie ihren Fehler einsah und sich schämte. Nein, Reidt kannte seine Schwester gut genug, um zu wissen, dass sie einfach Zeit brauchte, um sich neue Intrigen auszudenken.

Ob doch Marlies hinter dem Diebstahl des Drehbuchs steckte, überlegte er. Womöglich hatte sie vorgehabt, sich als Helferin in der Not aufzuspielen und dann zu ihrer Enttäuschung feststellen müssen, dass Carla ihr zuvorgekommen war. Hatte sie deshalb so unwirsch auf die neuen Drehbuchpassagen reagiert? Aber da war doch auch dieses abstoßende Gelächter gewesen, das er an Deck vernommen hatte. Jemand war ihm durch Wind und Regen gefolgt, um sich an seiner Verzweiflung zu weiden, und das war nicht Marlies gewesen.

Aber wer dann?

Er blickte in den Speisesaal, den die Stewards mit dampfenden Platten durchquerten. War der Unbekannte in der Nähe? Beobachtete er ihn in diesem Moment? Vielleicht täuschte er sich, aber im Stimmengewirr der Gäste war ihm plötzlich fast, als hörte er dasselbe hässliche Lachen wie in der Nacht an Deck.

»Herr Regisseur?«

Reidt schrak zusammen. Offensichtlich hatte Kapitän Rovanic ihn etwas gefragt.

»Ich … bitte um Verzeihung?«

»So sind sie, die Herren Künstler«, sagte Rovanic. »In Gedanken immer bei der Arbeit, nicht wahr? Gewiss sind Sie schon aufgeregt, weil wir morgen in Alexandria anlegen. Sie werden dort den Zug besteigen, der Sie auf direktem Wege nach Kairo bringt, nicht wahr?«

»Ich kann es kaum erwarten, die Heimat meiner Nofretete kennenzulernen«, gab Reidt zu. »Allerdings habe ich nicht vor, mich lange bei den Pyramiden aufzuhalten. Ich muss wissen, wo Pharao Echnaton mit seiner Gemahlin gelebt hat. Daher werde ich zum Ostufer des Nils weiterreisen.«

»Vor meiner Abreise aus Berlin habe ich mit einem Ufa-Produzenten gesprochen«, mischte sich Harald von Breden ein. »Wie Regisseur Reidt weiß, befasse ich mich sehr genau mit dem Kulturbetrieb unserer Hauptstadt. Auf ein Abenteuerepos, das im alten Ägypten spielt, sind alle schon sehr gespannt. Auch das Ministerium für Propaganda.« Er nahm einen Schluck Wein. »Das Deutsche Reich zählt auf Sie, mein Bester. Enttäuschen Sie es nicht!«

»Wenn Sie das sagen!«

Harald von Breden hob die Augenbrauen. »Nun, auf welchen Stoff dürfen wir uns freuen? In Berlin machten Sie ja noch ein großes Geheimnis um Ihre Geschichte. Aber hier auf dem Mittelmeer können Sie uns doch ein paar der deftigeren Einzelheiten verraten, nicht wahr?« Er grinste Reidt spöttisch an. »Die Herren am Tisch sind Gentlemen, und die Damen hören dezent darüber hinweg, was Sie uns zu sagen haben.«

Deftige Einzelheiten? Wovon zum Teufel sprach dieser Idiot? Reidt starrte irritiert auf die Blasen in seinem Wasserglas. Er hatte den Steward mit der Weinkaraffe fortgeschickt. Von nun an keinen Alkohol mehr! Er brauchte einen klaren Kopf. Für seine Arbeit. Und für Carla.

»Warum weghören?«, meinte Rina trocken. »Glauben Sie, eine ehemalige Tänzerin errötet noch wie ein Backfisch, sobald es pikant wird? Der Baron möchte wissen, ob Sie vorhaben, in Ihrem Film Schauspielerinnen nackt auftreten zu lassen.« Sie kicherte amüsiert. »Vielleicht im Gewand ägyptischer Tempeltänzerinnen, die im entscheidenden Moment die Hüllen fallen lassen.«

Bellamuti brummte etwas auf Italienisch, was wenig schmeichelhaft klang. Ob es sich auf Rinas Bemerkung, Haralds spitze Fragen oder Reidts Filmprojekt bezog, blieb offen.

Reidt warf Rina einen missbilligenden Blick zu. Er fand es überflüssig, dass Carlas Mutter von Bredens hämische Äußerung zusätzlich befeuerte. Wofür hielten ihn diese Leute? Von Bredens Versuche, seine Arbeit beim Film ins Lächerliche zu ziehen, machten ihn wütend.

»Der Film handelt von Nofretete, der Frau des ägyptischen Pharaos Echnaton«, klärte Carla die Runde auf. Zweifellos tat sie das, um die Wogen zu glätten, doch ihre Wangen erröteten, als sie die Blicke ihrer Tischnachbarn auf sich gerichtet fand. »Sie muss eine beeindruckende Persönlichkeit gewesen sein. Stark, klug und unabhängig, aber auch loyal. Sie folgte ihrem

Ehemann ohne zu zögern, als dieser seine alte Heimat aufgab, in der die ehrgeizigen Priester des Amun-Kultes das Sagen hatten, um mitten in der Wüste eine neue Stadt zu gründen.«

»Schön blöd«, murmelte ihre Mutter.

»Rina, ich glaube, du hattest genug Wein«, meinte Fuchs. Dann wandte er sich Harald von Breden zu. »Und Sie sollten als Journalist wissen, dass es nicht anständig ist, vorschnell und respektlos über etwas zu urteilen, das Sie noch gar nicht kennen können. Wir zerpflücken ja auch Ihre Zeitungsartikel nicht. Genauer betrachtet wäre das auch kaum möglich, wo wir doch noch keine ihrer angeblich hochgelobten Reportagen je zu Gesicht bekommen haben.«

»Vielleicht lesen Sie nicht die richtigen Zeitungen.« Haralds heitere Miene hatte Sprünge bekommen, sein Blick war kalt.

»Ach so, die richtigen Zeitungen?« Fuchs begann nun, sich in Rage zu reden. »Gestatten Sie, dass ich schmunzle? Ja, es gab einmal eine freie Presse in Deutschland, aber damit ist es vorbei. Seit Jahren haben wir nur noch eine dürftige Auswahl verschiedener Käseblätter, die sich kaum voneinander unterscheiden. Gedruckt wird nur noch, was unserem Führer genehm ist, sonst nichts. Das übelste aller Machwerke nennt sich *Der Stürmer*. Wird von einem Kerl namens Julius Streicher in Nürnberg herausgegeben und enthält nichts als Hetze. Und das im Auftrag und mit Billigung Ihres Führers! Sie suchen deftige Einzelheiten? Dort werden Sie sie finden.«

»Robert, hör auf«, zischte seine Frau. »Du weißt, dass du dich vorsehen musst.« Reidt stimmte zu. Sogar Carla schaute besorgt drein, schien aber auch nicht zu wissen, wie sie ihren Vater bremsen konnte. Der schwenkte jedoch unvermittelt um. Zerfahren raufte er sich das Haar. Dann sagte er: »Verzeihen Sie mir. War nicht so gemeint. Was versteht schon so ein alter Pillendreher wie ich von der Presse oder dem Film?«

Kapitän Rovanics Räuspern klang verlegen, schaffte es aber, die Aufmerksamkeit der Gäste an seinem Tisch wieder auf sich zu lenken. Reidt hatte schon bemerkt, wie sehr es dem Jugoslawen missfiel, wenn sein Dampfer zum Schauplatz hitziger politischer Streitgespräche wurde. Da die Passagiere aus verschiedenen europäischen Ländern kamen, ließen sich solche zwar nicht immer vermeiden, trotzdem sah Rovanic es als seine Pflicht an, absolute Neutralität zu bewahren. Entschlossen stand der hochgewachsene Mann auf und hob die Hand.

»Darf ich Sie höflichst daran erinnern, dass dies kaum der richtige Ort ist, um über die Politik in Ihrer Heimat zu diskutieren? Daher würde ich vorschlagen, das Thema zu wechseln! Uns allen steht eine aufregende Zeit bevor. Der Zauber des Orients und die beeindruckenden Monumente einer jahrtausendealten Kultur am Nil werden Sie wenigstens für einige Tage in eine andere Welt entführen.« Sein Ton war wie gewohnt liebenswürdig, doch haftete ihm auch ein Hauch von Schärfe an. Er würde es nicht dulden, dass an seinem Tisch gestritten wurde. Schließlich hatte niemand etwas davon, wenn die Emotionen hochkochten.

»Der Herr Kapitän hat recht«, rief Harald. »Vergessen wir, was hinter uns liegt, und bereiten uns auf die Zukunft vor. Eine Zukunft, welcher ich gottlob nicht allein entgegengehen werde. Carla, meine Liebe, ich glaube, es wird Zeit, nicht wahr?« Er erhob sein Glas und machte Anstalten, sich von seinem Platz zu erheben. Reidt blieb vor Schreck der Mund offen stehen, als ihm der gierige Blick auffiel, mit dem von Breden die junge Frau bedachte.

Was zum Teufel hatte der Mann vor? Er würde doch nicht … Und Carla? Warum saß sie nur da, steif wie ein Stock, und sagte nichts?

»Darf ich die Herrschaften nun um Aufmerksamkeit bitten?«, rief Harald von Breden. »Ich möchte die Gelegenheit nutzen …«

»Erlauben Sie mir vorab, etwas zu sagen«, fiel ihm Carlas Vater ins Wort. Sein stechender Blick zwang von Breden förmlich, sich wieder hinzusetzen. Reidt indes horchte gespannt auf.

Das versprach interessant zu werden. Der ältere Mann würde doch nach Rovanics Mahnung nicht gleich wieder einen Streit vom Zaun brechen? Dieselbe Befürchtung schien auch Carlas Mutter zu haben, denn sie legte besänftigend ihre Hand auf den Arm ihres Mannes. Dieser beachtete sie jedoch nicht.

»Ich fand bisher leider noch keine Gelegenheit, mich in aller Form bei Herrn von Breden zu entschuldigen«, sagte Fuchs schließlich. »Das möchte ich hiermit nachholen!«

Kapitän Rovanic kniff die Augen zusammen. »Wenn Sie Ihre Diskussion von vorhin meinen, Herr Doktor …«

»Ich spreche von unserer unglücklichen Begegnung in Athen. Ich habe mich vergessen und dem Herrn Baron nach einem Wortwechsel einen Hieb mit meinem Spazierstock verpasst. Als er ohnmächtig war, ließ ich ihn an Bord bringen.«

»Sie haben ihn mit dem Stock verprügelt?« Rovanics schockierte Miene gab zu erkennen, dass er ein solch unverblümtes Geständnis noch nie an seinem Tisch gehört hatte.

»Das darf doch nicht wahr sein, Roberto!«, stöhnte Bellamuti, der sich bislang mehr dem Essen und weniger den Tischgesprächen gewidmet hatte. »So etwas darf man nicht zugeben! Nicht ohne *Avvocato.* Willst du bei Wasser und Brot im Maschinenraum versauern?« Er verdrehte die Augen und schob den Teller mit geronnener Kirschsoße zur Seite. »Keine angenehme Vorstellung. Denkst du auch nur einmal an deine Tochter? Glaubst du, sie kann die Herrschaften mit einem Violinkonzert unterhalten, wenn sie sich um dich sorgen muss?«

Harald hob abwehrend die Hand. »Kein Grund zur Sorge, meine Herren. Die Sache in Athen war nichts als ein Missverständnis, an dem ich selbst schuld bin. Ich habe Herrn Fuchs zu keiner Zeit beschuldigt und werde es auch in Zukunft nicht tun!«

»Und das ist sehr großzügig von Ihnen, junger Mann«, sagte Fuchs. »Allerdings musste ich die Sache ansprechen, da mir mein Gewissen sonst keine Ruhe gelassen hätte. Insbesondere, seit ich weiß, dass ich noch viel tiefer in Ihrer Schuld stehe.«

Reidt hatte keine Ahnung, worauf Carlas Vater hinauswollte, doch da er an den Umgang mit Schauspielern gewöhnt war, wurde er den Verdacht nicht los, dass es ihm um mehr ging, als sich bei dem aufgeblasenen Reporter zu entschuldigen.

»Nicht doch, Sie schulden mir nichts!«, hörte er von Breden widersprechen. Der Reporter wurde nervös. Auf seiner Stirn glänzten Schweißperlen. Vermutlich hatte er sich den Verlauf des Abends anders vorgestellt. Das schien ihn mächtig zu ärgern.

»Aber natürlich, mein Freund!« Fuchs senkte die Stimme. »Ich habe erfahren, was in Berlin geschehen ist. Ich weiß alles!«

»Gar nichts wissen Sie!«, rief Harald. Mit zitternden Fingern fuhr er sich durch die Haare. Dann griff er nach seinem Glas, das aber leer war. Ein Fluch entschlüpfte seinen Lippen.

»Nur nicht so bescheiden, mein Lieber!«, sagte Fuchs. »Sie haben meinem Sohn das Leben gerettet. Wenn Sie ihn im Hotel damals nicht vom Treppengeländer gezogen hätten, wäre Emil abgestürzt und hätte sich den Hals gebrochen.«

Schweigen senkte sich über den Tisch. Alle schienen gespannt die Luft anzuhalten. Sogar Bellamuti ließ die Gabel sinken.

»Da hört sich doch alles auf«, brummte er. »Der Bursche soll meinem Patensohn das Leben gerettet haben?« Anerkennend neigte er den Kopf. »Alle Achtung, das hätte ich Ihnen nicht zugetraut. Ich hatte Sie für einen Tunichtgut gehalten.«

»Verzeihen Sie meinem Freund Bellamuti«, sagte Fuchs lächelnd. »Seine Ausdrucksweise ist manchmal so farbenfroh wie seine Kleidung.«

Harald von Breden saß da wie vom Donner gerührt. Stumm nahm er das Lob des Kapitäns entgegen, der erklärte, wie beeindruckt er war. Es vergingen einige Augenblicke, bis er sich wieder gefangen hatte und nicht mehr so verkrampft wirkte.

Aus dem Kerl soll einer schlau werden, dachte Reidt kopfschüttelnd. Gleichzeitig fragte er sich, warum Carlas Vater die Sache mit seinem Sohn ausgerechnet jetzt und hier, am Tisch des Kapitäns, zur Sprache brachte. Eine Antwort suchend, spähte er zu Carla hinüber, doch die wich seinem Blick konsequent aus. Stattdessen nickte sie von Breden zu. »Ich möchte dir ebenfalls noch einmal danken, Harald«, sagte sie mit einem zuckersüßen Lächeln. »Welch ein Glück, dass du zur Stelle warst – und das mitten in der Nacht!«

Rinas Augen weiteten sich überrascht. »Mitten in der Nacht, sagst du? Aber wir sind doch gar nicht so spät von diesem Tanzlokal zurückgekommen. Ich erinnere mich noch, dass Harald uns am Steinplatz abgesetzt und dann das Taxi zurück in die Stadt genommen hat. Es hat furchtbar geschüttet, nicht wahr?«

»Allerdings!« Fuchs hob die Augenbrauen, als hätte er auf diese Bemerkung nur gewartet. »Darf ich Sie um eine Erklärung bitten, was Sie zu so später Stunde noch im Hotel gemacht haben? Sie konnten doch unmöglich ahnen, dass Emil Ihre Hilfe brauchen würde!«

»Ich hoffe, dass Sie nicht so unverfroren waren, sich heimlich zu Carla zu schleichen!«, sagte Bellamuti.

»Ich … war nicht bei Carla«, verteidigte sich Harald. »So etwas entspricht nicht meinem Stil. Sie vergessen wohl, aus welcher Familie ich stamme. Außerdem bin ich diesem Herrn keine Rechenschaft schuldig.«

»Ihm nicht«, sagte Carla. »Aber mir wirst du doch bestimmt sagen, warum du so spät in der Nacht noch in unserem Hotel warst.«

Reidt atmete tief durch. Vielleicht war es nicht ganz fair von ihm, sich einzumischen, aber eine bessere Gelegenheit, Carla dem Einfluss dieses arroganten Wichtigtuers zu entziehen, würde so bald nicht wiederkehren.

»Ich könnte mir denken, wen der Herr vom *Völkischen Beobachter* besucht hat«, sagte er. »Wohnte nicht zur selben Zeit wie Sie eine unserer Schauspielerinnen am Steinplatz? Herr von Breden hat sich am Abend an der Bar mit der Dame unterhalten. Sie steht in dem Ruf … recht großzügig zu sein. Mit ihren Reizen ebenso wie mit ihrem Geld.«

»Das Weibsbild mit dem Turban?«, rief Rina. »O ja, an diese hochnäsige Person mit ihrem kläffenden Köter erinnere ich mich. Sie hat uns regelrecht geschnitten.«

Reidt sah Harald von Breden herausfordernd an. »Sie werden ja ganz blass, von Breden! Habe ich mit meiner Vermutung etwa ins Schwarze getroffen?«

Einen Atemzug lang war Harald von Breden wie erstarrt. Doch dann kam plötzlich Leben in ihn. »Du Mistkerl«, brüllte er, während seine Augen hasserfüllt aufblitzten. »Das zahle ich dir heim!«

Reidt ballte die Fäuste. Beim Aufspringen stieß er seinen Stuhl um, der polternd zu Boden fiel. »Und sollte ich erfahren, dass du es warst, der in meine Kabine eingedrungen ist, dann Gnade dir Gott!«

Wutentbrannt nahm Harald das Dessertmesser von seinem Teller. Carla schrie laut auf, als er sich damit auf Reidt stürzte.

ÄGYPTEN
1936

23. KAPITEL

Vor der ägyptischen Küste, Spätsommer 1936

»Ein Messer? Und damit ist er auf deinen Regisseur losgegangen? Nein, wie aufregend!«

Maude Robbins legte das amerikanische Modemagazin zur Seite, in dem sie geblättert hatte, während die Kinder des Majors vergnügt im Wasser planschten. An diesem Morgen hatten sie das Becken ganz für sich allein, da die meisten Passagiere sich in ihren Kabinen auf den mehrtägigen Landausflug in Ägypten vorbereiteten. Nur Carla war Maudes Einladung zu dem Pool am Oberdeck gefolgt, wo die beiden jungen Frauen die Beine ins Wasser hängen ließen. Trotz der frühen Morgenstunde herrschte bereits eine brütende Hitze an Deck. Fern am Horizont ließ sich schon die Silhouette der ägyptischen Küste ausmachen. Es würde nicht mehr lange dauern, bis die »Königin Maria« in den Hafen von Alexandria einlief. Doch bevor die Gäste an Land gehen konnten, mussten noch die üblichen Hafenformalitäten erledigt und Papierkram bewältigt werden.

»Da passiert einmal etwas Aufregendes auf diesem Kahn, und ich verpasse alles!« Maude verzog schmollend den Mund. »Dummerweise fühlte sich meine Kleine gestern Abend nicht wohl, vermutlich zu viel Erdbeereis. Dieser schnuckelige junge Grieche stopft sie damit voll, sooft er sie sieht. Daher sind wir in der Kabine geblieben. Aber was ist nun?« Flehentlich legte sie die Hände aneinander. »Lass dir doch nicht jedes Wort aus der Nase ziehen! Haben sich die Männer geprügelt? Ist Reidt verletzt?«

Carla spielte nachdenklich mit dem Gummiband ihrer Badekappe. »Nein, dazu kam es zum Glück nicht«, sagte sie. »Ob du es glaubst oder nicht, ehe Harald Reidt erreichte, stolperte er über Bellamutis ausgestrecktes Bein. Das brachte ihn zwar nicht zu Fall, aber Reidt gelang es, seinen Arm zu packen und auf den Rücken zu drehen. Ja, und dann war auch schon Rovanic bei den beiden. Er hat die beiden Streithähne auf der Stelle getrennt und Harald von einem kräftigen Offizier aus dem Speisesaal schleppen lassen. Das ging so schnell, dass die meisten Passagiere nicht viel davon mitbekommen haben.« Sie zuckte die Achseln. »Vielleicht dachte der eine oder andere einfach, Harald sei betrunken gewesen.«

»Und nun?«, bohrte Maude weiter. »Kapitän Rovanic wird einen solchen Vorfall auf seinem Schiff wohl kaum so ohne Weiteres übersehen, nicht wahr? Was geschieht nun mit Harald von Breden? Wird er unter Arrest gestellt?«

»Schön wär's«, sagte Carla bedrückt. »Aber er wird mit einem blauen Auge davonkommen. Der Kapitän findet, Reidt habe ihn provoziert und deshalb sei Harald auf ihn losgegangen. Von einem Messer war plötzlich nicht mehr die Rede. Es war verschwunden.«

Maudes Augen weiteten sich. »Du sagtest doch eben noch, Harald sei mit einem Messer auf Reidt losgegangen!«

»Ja, aber wie es aussieht, bin ich die Einzige am Tisch, die gesehen hat, wie Harald es in die Hand nahm. Als der Kapitän einschritt, hatte er es jedenfalls nicht mehr.«

»Wie ist das möglich?«, fragte Maude. »Ich meine, du hast dir das Messer doch sicher nicht eingebildet, oder?«

Carla schüttelte den Kopf. Nein, sie wusste genau, was sie am Abend zuvor gesehen hatte. Bestimmt hatte Harald das Messer verschwinden lassen, doch sie hatte keine Ahnung, wie er das geschafft haben mochte, ohne dass Rovanic oder Reidt es bemerkt hatten.

»Wie ich hörte, wurde Harald von Rovanic trotzdem hart ins Gebet genommen«, sagte Carla. »Wie du dir denken kannst, schätzt er derartige Szenen auf seinem Schiff gar nicht.«

»Ein Traum von einem Mann. Ich wünschte mir nur, er würde endlich Notiz von mir nehmen, aber seit dem Abend, als er mich zum Tanz aufgefordert hat, hat er kaum ein Wort mit mir gewechselt.«

»Nun ja, eigentlich warst du es, die ihn aufgefordert hat«, entgegnete Carla mit einem Lächeln. »In seiner Heimat sind die Mädchen vermutlich etwas weniger forsch und warten, bis sie zum Tanzen geholt werden.«

Maudes rot geschminkten Lippen entwich ein pfeifendes Geräusch. »Du meinst, ich habe ihn abgeschreckt? Er hält mich für ein aufdringliches, vorlautes Ding. Großer Gott, was mache ich denn jetzt? Ich glaube, ich habe mich in den Kerl verliebt! Ausgerechnet jetzt, wo ich die Kinder nach Jerusalem bringen muss.«

Es kam nicht häufig vor, dass Carla sich ihre Mutter herbeiwünschte, dies war jedoch einer dieser Momente. Die mondäne Rina hätte bestimmt einen Rat für Maude gehabt. Doch da Rina vergangene Nacht zu tief ins Glas geschaut hatte, schlief sie vermutlich noch.

»Hast du denn noch einmal versucht, Kontakt zum Major aufzunehmen?«, schwenkte Carla auf ein anderes Thema um. Seit sie Maude ihren Plan anvertraut hatte, in Palästina zu bleiben, hatte sich keine Gelegenheit mehr gefunden, mit ihr darüber zu sprechen.

Maude zuckte die Achseln. »Telegramme sind teuer!«

»Aber?«

Sie verdrehte die Augen. »Ja, du Quälgeist, ich habe telegrafiert. Geantwortet hat mir allerdings nicht der Major, sondern einer seiner Offizierskollegen. Bennett scheint noch mit dem Gouverneur im Mandatsgebiet unterwegs zu sein, mehr wollte mir sein Kollege nicht verraten. Er hat mir aber versprochen, seinen Freund über unsere Ankunft in Haifa in Kenntnis zu setzen. Ich hoffe nur, dass wir pünktlich anlegen und abgeholt werden. Was der Offizier schrieb, klang merkwürdig. Er schien nicht gerade erfreut zu sein, dass ich mit den Kindern den Major besuchen will.« Sie kniff Carla freundschaftlich in den Arm. »Das sollte dich nicht berühren, Darling! Ich werde mit Bennett reden! Vorausgesetzt, es ist dir immer noch ernst damit, im Mandatsgebiet zu bleiben.«

»Wieso sollte ich meine Pläne geändert haben?«

Maude lachte. »Na, immerhin haben sich gestern zwei Männer um dich geprügelt. Der eine will dich lieber heute als morgen heiraten, der andere mit dir durchbrennen. Wenn das nicht romantisch ist, weiß ich auch nicht weiter.«

»Wo denkst du hin?«, widersprach Carla. »Harald war wütend, weil herauskam, dass er zu dieser aufgetakelten Schauspielerin gegangen ist, nachdem er sich von mir verabschiedet hatte. Mich am Tag unserer Verlobung zu betrügen, nenne ich nicht romantisch, sondern unverfroren.«

»Ich bewundere deine Gelassenheit!« Maude spritzte mit dem Fuß die Kinder nass, die in ihrer Nähe planschten. »Wenn mich ein Kerl so behandelt hätte, hätte ich selbst ein Messer gezückt.«

Carla lehnte sich zurück, um ihrem bleichen Gesicht ein wenig Sonne zu gönnen. Zu ihrer Überraschung war sie weniger schockiert von alldem, was ans Licht gekommen war, als Rina oder Bellamuti. Sie fühlte sich nicht einmal gedemütigt. Dass Harald zu dieser Frau gegangen war, bewies ihr, dass er sie, Carla, nie geliebt hatte. Er hatte in ihr eine Geldquelle gesehen, die er nach Belieben anzapfen konnte.

Was blieb, war die Frage, warum er ihr nachgereist war. Wozu das sonderbare Angebot, in Deutschland seine angeblichen Kontakte für sie und ihren Vater spielen zu lassen? Er wollte sie nicht, das stand nun fest. Aber aus einem unbegreiflichen Grund versuchte er dennoch, zu verhindern, dass sie sich auf einen anderen Mann einließ. Das war mehr als merkwürdig. Bedauerlicherweise werde ich von ihm keine ehrlichen Antworten bekommen, dachte sie. Wenn er einen Funken Verstand besaß, verschwand er in Alexandria und ließ sich nie wieder blicken.

Oder er blieb, wo er war, und trieb weiter seine Spielchen mit ihr. Doch die Suppe würde sie ihm versalzen.

»Ich bin sicher, dass von Breden dich in Zukunft mit seiner Gegenwart verschonen wird«, sagte Maude. »Auch der größte Einfaltspinsel sollte wissen, wann die Schlacht verloren ist.«

»Hoffentlich hast du recht!« Carla lächelte. »Ich habe nämlich beschlossen, Reidt zum Ostufer des Nils zu begleiten. Auf den Spuren einer Frau aus dem Altertum, die dem verräterischen Priester die kalte Schulter zeigte.«

»Ich muss zugeben, dass ihr ein hübsches Paar abgebt. Der aufstrebende Filmregisseur und die Virtuosin. Fast könnte man neidisch werden.«

»Dazu besteht kein Grund«, erklärte Carla mit Bedauern in der Stimme. »Du vergisst, dass wir in unserer Heimat keine gemeinsame Zukunft haben.«

»Ach was, es gibt immer einen Weg!« Maude nahm ihre Zeitschrift zur Hand und blätterte, bis sie eine bestimmte Seite fand. »Gerade habe ich einen Artikel über den englischen König Edward gelesen. Hättest du geahnt, dass er mit dem Gedanken spielt, auf seinen Thron zu verzichten, damit er eine bürgerliche Amerikanerin heiraten kann? Die Frau ist geschieden, daher würde das britische Parlament niemals die Erlaubnis zur Eheschließung geben.«

Carla flüchtete unter einen Sonnenschirm, da ihre Haut bereits unangenehm brannte. »Ich kann mir denken, was du mir damit sagen willst. Wenn der König von England für seine Liebe abdankt, sollte es Reidt nicht schwerfallen, sich von seinem großen Traum zu verabschieden. Aber das will ich nicht! Ich will, dass er seinen Film dreht und als Ufa-Regisseur erfolgreich wird. Das macht ihn glücklich. Und wenn er glücklich ist, werde ich es auch sein. Selbst wenn das bedeutet, dass wir uns nach Ägypten nicht mehr wiedersehen, weil ich nach Palästina gehe und er zurück nach Deutschland fährt.«

Maude lächelte nachsichtig. »Wenn du den Mann liebst, was

ich nicht bezweifle, musst du ihm auch das Recht zugestehen, selbst zu entscheiden, welches das größere Glück für ihn ist. Fahr mit ihm den Nil hinunter und such den Ort, an dem diese Nofretete gelebt hat. Ich habe das Gefühl, dass du dort eine Antwort auf deine Fragen finden wirst.«

In Alexandria kamen Hafenbeamte an Bord. Die Einreiseformalitäten zogen sich so lange hin, dass es bereits fast zwei Uhr war, bis die Passagiere endlich an Land gehen konnten.

»Heute ist ein großer Tag für Ägypten«, erklärte Kapitän Rovanic, der eigens zur Gangway gekommen war, um sich bei den Reisenden für die Unannehmlichkeiten zu entschuldigen. »Die Menschen feiern den Anglo-Ägyptischen Friedensvertrag, der von heute an in Kraft tritt. Die Briten ziehen ihre Truppen zurück bis zum Suezkanal, das bedeutet für Ägypten größere Unabhängigkeit. Der junge König Faruq möchte der Welt beweisen, dass er aus seinem Land einen modernen Staat machen kann, in dem Gesetze nicht nur beschlossen, sondern auch umgehend ausgeführt werden. Daher die sorgfältigen Kontrollen.«

»Ich habe gelesen, dass der König ein umfassendes Reformprogramm in die Wege leiten möchte«, bestätigte Fuchs, der Rovanics Erklärungen aufmerksam zugehört hatte. »Er sucht nicht nur den Ausgleich mit Großbritannien, sondern hat auch versprochen, die Steuern zu senken und die Nilbauern zu unterstützen.«

Rovanic nickte. »Der Hafenbeamte hat mir mitgeteilt, dass heute ganz Alexandria auf den Beinen ist. Die Menschen haben ihre Arbeit niedergelegt und die Läden geschlossen, sogar in den Basaren. Auf den Plätzen der Stadt finden Feierlichkeiten und Kundgebungen statt. Ich muss daher darauf bestehen, dass alle Passagiere, die nach Kairo weiterreisen, auf der Stelle zum Bahnhof fahren und den Zug besteigen.«

»Aber wieso denn?«, erkundigte sich Rina, die sich zu den Männern gesellt und Rovanics Bemerkung aufgeschnappt hatte.

Sie nahm ihren Sonnenhut ab und verscheuchte damit einige Stechmücken, die um ihren Kopf herumschwirrten. »Soweit ich weiß, fährt der Zug in fünf Stunden ab. So lange wollten wir uns eigentlich Alexandria ansehen. Emil wird so enttäuscht sein, wenn er nichts von der Stadt zu sehen bekommt.«

»Ach was, der Junge kann warten, bis wir zurückkehren«, gab Fuchs gereizt zurück. »Schließlich läuft uns Alexandria nicht davon. Ich vermute, der Kapitän macht sich Sorgen, dass wir von den Menschenmassen erdrückt werden könnten, die heute unterwegs sind.«

»Ich bin für Ihre Sicherheit verantwortlich«, bestätigte Rovanic höflich. »Die Leute hier sind friedlich, aber eine Stimmung kann auch leicht kippen. Vor allem, wenn Tausende durch die Straßen ziehen und ihre Parolen brüllen. Als Ausländer hält man sich da besser ein wenig zurück. Vergessen Sie nicht: Wir haben auch britische Gäste an Bord.«

»Ich bin ganz Ihrer Meinung!« Fuchs nahm Rinas Arm und geleitete sie über die Gangway.

»Wir sehen uns am Bahnhof«, rief der Kapitän ihm nach. Fuchs drehte sich überrascht um.

»Heißt das, Sie begleiten uns nach Kairo?«

Rovanic hob die Hand. »Das habe ich vor, Herr Doktor! Und wenn Sie erlauben, werde ich Ihnen und Ihrer Familie persönlich die Pyramiden zeigen!«

Am Hafen wimmelte es vor Menschen, so dass der Weg zu den wartenden Droschken zu einem wahren Spießrutenlauf wurde. Dutzende von Händlern liefen neben den Passagieren her, zupften an ihren Ärmeln und überschrien einander in dem Versuch, die Aufmerksamkeit der Reisenden auf ihre Waren zu lenken. Teppiche, Lederwaren und Kupferpfannen wurden feilgeboten. Zerlumpte Kinder hielten bettelnd die Hand auf. Über dem Getümmel hing ein Geruch von gebratenem Fleisch und Gewürzen.

Fuchs hatte seinen Arm um Emils Schulter gelegt und zog

den Jungen unbarmherzig durch die Menge. »Nicht stehen bleiben!«, rief er. Doch er hatte kaum ausgesprochen, als ihm Emil auch schon die Miniatur eines knienden Messingkamels entgegenhielt.

»Was ist denn das schon wieder?«, fuhr ihn sein Vater an. »Habe ich dir nicht gesagt, dass du den Händlern auf keinen Fall etwas abnehmen sollst? Sonst werden wir sie nie mehr los! Wo ist der Kerl, der es dir aufgedrängt hat? Gewiss will er sich das Ding teuer bezahlen lassen.«

Emil reckte den Hals und blickte sich suchend um. Nur einige wenige Händler hielten noch mit der Gruppe Schritt, die dem Ausgang zueilte, doch die Männer priesen Ledergürtel und Teppiche an. Keiner von ihnen deutete auf die Kamelfigur in Emils Hand oder verlangte Geld dafür.

»Dann war es wohl ein Geschenk«, sagte Emil hocherfreut, als er mit seinen Eltern in der Droschke saß. Der Kutscher knallte mit der Peitsche. »Und ein Geschenk darf man behalten!«

»Von Fremden nimmt man aber nichts an«, widersprach Rina, ein Gähnen unterdrückend. Mit kritischen Blicken musterte sie die Figur, die ihr Sohn wie eine Trophäe in der Hand hielt. Das kleine Kamel war nicht wertvoll, aber sorgfältig gearbeitet, ein bei vielen durch Ägypten Reisenden beliebtes Andenken, das in den Basaren und auf den Märkten Alexandrias gewiss häufig zu finden war. Der Höcker des Tieres ließ sich aufklappen, darunter befand sich ein Hohlraum.

»Vermutlich für Tinte«, meinte Fuchs. »Aber ich stimme deiner Mutter zu, mein Junge. Wir wissen nicht, wer dir im dichtesten Gedränge die Figur in die Hand gedrückt hat. Ein Händler war das wohl kaum, denn der hätte niemals auf ein Geschäft verzichtet. Die Leute hier sind arm, du hast doch die vielen Bettler gesehen. Niemand kann es sich leisten, einem fremden Kind etwas zu schenken, von dessen Erlös man für seine Familie Brot kaufen könnte.«

»Vielleicht war es Carla?«, warf Emil zaghaft ein. Sie überrascht mich in letzter Zeit öfter.«

Seine Mutter schüttelte den Kopf. »Nein, sie lief uns voraus, mit Maude Robbins und den beiden Kindern. Es wäre wirklich das Beste, du wurdest das Ding aus dem Wagen werfen. Ich habe kein gutes Gefühl, wenn du es mitnimmst!«

»Nein!«

Fuchs runzelte die Stirn. »Ich habe mich wohl verhört?

»Die Figur ist doch nicht verflucht oder so«, erwiderte Emil, dem die Tränen in die Augen stiegen. »Ich möchte sie behalten. Bitte!«

Fuchs zog sein silbernes Etui aus der Jackentasche und zündete sich, Rinas missbilligenden Blicken zum Trotz, eine Zigarette an. Während er rauchte, dachte er darüber nach, wie viele sonderbare Dinge in den letzten Tagen geschehen waren. Seine und Carlas Probleme hatten ihn so in Beschlag genommen, dass er seinen Sohn darüber vernachlässigt hatte. Als ihm klar wurde, wie wenig er von dem Jungen, dessen Träumen und Ängsten, wusste, rührte sich ein so flaues Gefühl in seinem Magen, dass er die Zigarette in hohem Bogen auf die Straße warf. Als die Pferdedroschke den betriebsamen Bahnhof von Alexandria erreichte, hatte er eine Entscheidung getroffen.

»Also gut, du darfst die Figur behalten, Junge«, sagte er, während er seinem Sohn auf die Schulter klopfte. »Aber sie soll nicht dein einziges Andenken an Ägypten bleiben. Sobald wir in Kairo sind, darfst du dir von mir etwas wünschen!«

24. KAPITEL

Alexandria, Spätsommer 1936

Der Bahnsteig, von dem die Züge in Richtung Hauptstadt abfuhren, war lang, von Palmen gesäumt und staubig. Ein warmer Saharawind trieb den Wartenden Sand in die Augen. Ähnlich wie am Hafen wurde auch der Bahnhof von zahlreichen Händlern bevölkert, die sich auf Fuchs und die anderen Passagiere stürzten, kaum dass sie ihrer ansichtig wurden. Diesen zu entkommen gestaltete sich ungleich schwieriger, da der Zug nach Kairo auf sich warten ließ. Die Wartehalle, ein länglicher Bau aus rötlichen Lehmziegeln, bot zwar Schutz vor Wind und aufwirbelndem Sand, doch war es darin stickig und dunkel.

»Und hier sollen wir nun stundenlang warten?«, murrte Rina. Mit ihrer Handtasche winkte sie einen Wasserhändler herbei. Strahlend kam der Mann auf sie zugelaufen, wobei er einen kleinen Karren hinter sich herzog, auf dem vier dickbäuchige Tonkrüge standen. Blechbecher und eine Schöpfkelle trug er ein einem Lederbeutel um den Hals.

»Das kann unmöglich dein Ernst sein«, protestierte Fuchs, als er mit ansah, wie der Händler aus einem seiner Krüge Wasser für Rina schöpfte. »Du kannst das Wasser nicht trinken! Es ist nicht sauber. Wer weiß, aus welchem dreckigen Gewässer der Kerl es holt? Du könntest dir weiß Gott welche Krankheiten einfangen!«

»Ich bin aber durstig!«, klagte Rina. »Meine Kehle brennt von dem ganzen Staub. Wenn ich nicht gleich etwas zu trinken kriege, bekomme ich Migräne!«

Inzwischen waren auch Bellamuti, Carla und die amerikanische Gouvernante aufmerksam geworden. Sie alle rieten Rina davon ab, von dem Wasser aus dem Krug zu trinken. Seufzend steckte Rina dem Händler eine Münze zu und schickte ihn weg.

Kapitän Rovanic, der gerade in dieser Sekunde am Bahnhof eintraf, bestätigte Fuchs' Urteil. »Ich bin erleichtert, dass Sie auf Ihren Gatten gehört haben, gnädige Frau«, erklärte er besorgt. »Die Einheimischen vertragen das Wasser aus den Brunnen, doch für Sie als Europäerin wäre es sehr gefährlich, davon zu trinken! Ich habe schon Menschen gesehen, die sich nach ein paar Schlucken mit Magenkrämpfen auf dem Boden gewunden haben.«

Rina gab sich mit einem schwachen Lächeln geschlagen. »Besten Dank für Ihre Warnung, Herr Kapitän. Selbstverständlich vertraue ich dem Ratschlag eines so erfahrenen Mannes wie Ihnen gern!«

»Ich bin sicher, dass Ihr Gatte Sie medizinisch weitaus besser beraten kann als ich«, sagte Rovanic. Galant hauchte er Rina einen Kuss auf die Hand und lächelte ihr aufmunternd zu. »Ich kenne ein kleines Caféhaus, das einen vorzüglichen türkischen Mokka anbietet. Wenn Sie erlauben, möchte ich Sie dorthin einladen. Es sind nur ein paar Schritte und …«

»Sehr freundlich von Ihnen, aber das können wir nicht annehmen«, unterbrach Fuchs den Kapitän. »Sie wissen selbst, wie unzuverlässig die Eisenbahn im Orient verkehrt. Wir wollen doch nicht riskieren, dass der Zug nach Kairo früher kommt und ohne uns abfährt, weil wir in einem Café Mokka trinken.« Er machte eine Pause, um Luft zu holen, bevor er hinzufügte: »Ich werde meiner Frau jetzt etwas zu trinken besorgen. Irgendwo muss es hier doch auch Wasser in Flaschen zu kaufen geben!«

Als Fuchs schließlich nach einer aufreibenden Jagd nach europäischem Mineralwasser mit zwei Flaschen französischer Herkunft zur Bahnhofshalle zurückkehrte, war es spät geworden. Die Dämmerung brach herein. Vor dem maurischen Eingangsportal hielt Carla Ausschau nach ihm. Fuchs atmete erleichtert auf, als er seine Tochter winken sah. Der Zug war also nicht ohne ihn abgefahren. Fuchs mochte sich die Blamage nicht vorstellen, wenn ausgerechnet er ihn versäumt hätte.

»Wo warst du denn nur so lange?« Carla empfing ihn kopfschüttelnd. »Der Zug steht seit einer halben Stunde abfahrbereit auf dem Gleis. Bellamuti und Mutter reden mit Engelszungen auf den Schaffner ein, damit er noch wartet. Wenn wir uns nicht beeilen, sehen wir ihn nur noch von hinten.«

Eilig durchquerten Vater und Tochter die Halle, in der ihnen drückende Hitze, Gestank und ein unbeschreibliches Stimmengewirr entgegenschlugen. Von fern war der schrille Ton der Dampflokomotive zu hören. Jeden Moment konnte sie sich pfeifend in Bewegung setzen.

»Warum wolltest du Rovanics Einladung nicht annehmen?«, keuchte Carla, während sie den langen Bahnsteig hinunterhastete. »Er hat es doch gut gemeint!«

Die Antwort blieb Fuchs ihr schuldig, denn er schämte sich, zuzugeben, dass er auf den Kapitän eifersüchtig gewesen war. Er hatte Rina zeigen wollen, dass er durchaus in der Lage war, allein für die Bedürfnisse seiner Familie zu sorgen. Natürlich war das albern gewesen, denn Rina hatte ihm in all den Jahren nie Anlass zur Eifersucht gegeben. Aber nun war alles anders geworden: Für sie war er ein anderer Mensch, ja, ein Fremder geworden, und obwohl sie es nicht offen aussprach, fürchtete er, dass er sie verlieren könnte.

Erschöpft und schwitzend erreichten Fuchs und Carla den Waggon, vor dem seine Frau und Bellamuti voller Ungeduld auf und ab schritten. Außer ihnen befand sich eine wachsende Traube von Menschen auf dem Gleis, durch welche sich Carla und ihr Vater, Entschuldigungen murmelnd, hindurchkämpfen mussten. Dabei stieß Fuchs gegen eine verschleierte Frau, deren Begleiter im Nu wie ein Rohrspatz zu schimpfen begann. Die Menge wurde unruhig, Fuchs zog finstere Blicke auf sich. Weitere Männer, möglicherweise Verwandte des Beleidigten, fielen in das Gezeter ein. Sie bauten sich vor Fuchs auf und versuchten, ihn am Weitergehen zu hindern.

Ein Bursche von kaum achtzehn Jahren schlug Bellamuti, der sogleich angelaufen kam, die Zigarre aus dem Mund und zertrat sie, was ihm allerdings schlecht bekam, da der Italiener ihn sogleich am Kragen packte und schüttelte, bis ihm Hören und Sehen verging. Fuchs sah, wie Rina die Hand nach Carla ausstreckte und ihrer Tochter in den Waggon half. Er wollte ihr etwas zurufen, als ihn ein Schlag in den Rücken traf. Nach Atem ringend, taumelte er ein, zwei Schritte vor, wobei eine der Mineralwasserflaschen seinen Händen entglitt und auf dem Pflaster in tausend Scherben zerbrach.

»Robert«, hörte er die Stimme seiner Frau. »Ruf Bellamuti und steig endlich ein!« Wie um ihre Worte zu bestätigen, kreischte die Lokomotive auf. Eine Fontäne aus weißem Dampf schoss in den Himmel empor.

Fuchs streckte die Hand nach dem Griff der Waggontür aus, als sich plötzlich jemand an ihn heranpirschte. Er spürte eine Berührung. Gleichzeitig sah er neben seiner Kehle blanken Stahl aufblitzen. Ein scharfer Schnitt, kurz und präzise ausgeführt, und das Lederband, das er um den Hals trug, fiel mitsamt Fotoapparat in den Sand. Ehe Fuchs sich auch nur umdrehen konnte, bückte sich eine vermummte Gestalt nach der Kamera und rannte mit ihr davon.

Wie vom Donner gerührt starrte Fuchs dem Dieb hinterher, der mit seiner Beute den staubigen Bahnsteig hinunterrannte, ohne von jemandem aufgehalten zu werden. Fuchs rief laut um Hilfe, doch binnen weniger Augenblicke war von dem Flüchtenden nicht mal mehr eine Staubwolke zu sehen.

»Eine schöne Bescherung«, jammerte Rina. »Den Fotoapparat können wir abschreiben!«

Fuchs schnappte nach Luft. Inzwischen hatten einige Uniformierte den Bahnsteig gestürmt und die brüllende Menge auseinandergetrieben. Dabei gingen sie nicht eben sanft vor. Mit

Fußtritten und Stöcken sorgten sie dafür, dass die Reisenden nicht mehr belästigt wurden. Der Zugschaffner, ein weißhaariger Mann mit runzligem Gesicht, entschuldigte sich bei Fuchs und Bellamuti in englischer und arabischer Sprache, doch als Fuchs ihn auf den Dieb und seine gestohlene Kamera ansprach, zuckte der Alte nur ratlos die Achseln. Mit Gesten gab er den Männern zu verstehen, dass er den Zug nicht länger aufhalten konnte.

»Seien Sie froh, dass Ihnen nichts zugestoßen ist, Herr Doktor«, meinte Rovanic mit einem Stirnrunzeln. »Manchmal reicht schon ein geringerer Anlass, um die Gemüter zu erhitzen. Wenn Sie wollen, begleite ich Sie in vier Tagen zur Kommandantur von Alexandria, damit Sie den Diebstahl zur Anzeige bringen können. Allzu große Hoffnung kann ich Ihnen aber leider nicht machen.«

»Macht nichts, Papa«, rief Emil aus dem Fenster des Zugwaggons. »Wenigstens bleibt uns noch mein kleiner Fotoapparat. Mit dem großen hast du ja bisher sowieso keine Aufnahmen geknipst.«

Fuchs sperrte entgeistert die Augen auf. »In ein paar Tagen? Das ist völlig unmöglich. Ich will meine Kamera wiederhaben. Auf der Stelle! Vorher steige ich nicht in diesen Zug!«

»Robert, um Gottes willen, sei vernünftig«, zischte ihn Rina an, die den alten Zugschaffner genau im Auge behielt. »Jeden Moment kann der Mann dort das Zeichen zur Abfahrt geben.« Hilfesuchend blickte sie zu Bellamuti, der sich neben ihr auf seinen Spazierstock stützte. »Sag doch auch mal was, Maurizio! Bring diesen störrischen Esel zur Vernunft!«

Der Italiener rollte mit den Augen. »Ich will mich da nicht einmischen«, sagte er. »Aber da mir bei dem Gedanken graust, meinen Prachtkörper auf diese Pyramiden zu wuchten, bleibe ich gerne freiwillig hier.« Er nickte Fuchs zu. »Steig schon ein, ich gehe für dich zur Polizei!«

Fuchs schüttelte trotzig den Kopf. »Das kommt nicht infrage! Es ist mein Eigentum, daher werde ich mich auch selbst darum kümmern, es zurückzubekommen. Ihr solltet jetzt wirklich einsteigen, sonst fährt der Zug ohne euch ab.«

Während Rina und Bellamuti ihn fassungslos anstarrten, berührte Carla sachte seinen Arm. Die Miene des Mädchens drückte Besorgnis aus, dennoch glaubte er, in seinem Blick auch Verständnis wahrzunehmen. Sein Eindruck bestätigte sich, als Carla ihm etwas zuflüsterte.

Fuchs stutzte kurz, dann nickte er. Seine Tochter hatte es erraten. Sie wusste, dass sich etwas sehr Wertvolles in der Fotokamera befand, und dass es für ihn, doch darüber hinaus noch für viele andere Menschen einer Katastrophe gleichkam, wenn er sie nicht zurückerhielt.

»Mutter wird dich für verrückt halten, wenn du in Alexandria bleibst, um einer Fotokamera hinterherzujagen«, flüsterte Carla. »Sie wird dir das nicht verzeihen. Willst du ihr nicht lieber reinen Wein einschenken? Noch ist Zeit!«

»Was soll ich ihr sagen? Dass ich ein Diamantenschmuggler bin? Ein Glücksritter, der es in Hitlers Reich nicht mehr ausgehalten und deswegen dafür gesorgt hat, dass wir nach dieser Kreuzfahrt nie wieder in die Heimat zurückkehren können?«

»Sie würde es verstehen, weil sie dich liebt! Du musst ihr nur vertrauen!«

»Was ist nun?«, hörten sie Rina rufen. Sie klang aufgebracht. »Kommst du nun oder nicht?« Fuchs hatte plötzlich das Gefühl, den Boden unter den Füßen zu verlieren. Wie gern wäre er in den Zug gestiegen, um gemeinsam mit denen, die er liebte, an den Nil zu fahren, aber er konnte nicht. Es ging einfach nicht. Langsam schüttelte er den Kopf.

»Ich folge euch nach Kairo, sobald ich meine Kamera gefunden habe«, erklärte er.

Ohne ein weiteres Wort wandte sich Rina um und folgte Bellamuti und Rovanic, die bereits im Abteil Platz genommen hatten. »Beeil dich besser«, rief sie Carla zu. »Oder hast du etwa auch vor, uns alleine weiterreisen zu lassen?«

»Geh, Carla!« Fuchs umarmte seine Tochter flüchtig, dann machte er einen Schritt zurück. »Wir sehen uns in ein paar Tagen im Hotel Semiramis!«

Sie schüttelte verlegen den Kopf. »Nein, das glaube ich nicht!« Sie flüsterte ihm etwas zu, was ihn kurz zusammenzucken ließ.

»Bist du dir sicher?«

Ihre Antwort wurde vom Lärm der Lokomotive verschlungen, deren Räder sich mit einem lauten Krachen und Zischen endgültig in Bewegung setzten.

25. KAPITEL

Kairo, Hotel Semiramis, Spätsommer 1936

»Hast du gewusst, dass ich in manchen Nächten immer noch auf Russisch träume?«

Rina räumte ihre Kleider, Schuhe und Hüte in einen prachtvollen Zedernholzschrank ein. Alles fand seinen Platz, denn Rina lebte ungern aus dem Koffer. In ihrer Jugend beim Ballett von St. Petersburg war ihr manchmal keine andere Wahl geblieben, da sie viel hatte reisen müssen. Heute in der einen, morgen in einer anderen Stadt, doch diese Zeiten lagen hinter ihr. Nun zog sie Ordnung vor. Sesshaftigkeit ging ihr über alles.

»Das hat mit eurem Vater zu tun«, klärte sie ihre Kinder auf, die ihr beim Auspacken zusahen. »Ich rede mit ihm, aber er versteht mich nicht. Genau so, als würde ich eine Sprache sprechen, von der er keine Ahnung hat.« Sie lachte. »Dabei war mein Russisch immer schon miserabel, weil in unserem Dorf an der Wolga fast nur Deutsch gesprochen wurde.«

Carla wechselte einen Blick mit Emil, der im Schneidersitz auf dem Fußboden saß und mit dem Ärmel die kleine Kamelfigur polierte. Der Junge hing seinen eigenen Gedanken nach und dachte gar nicht daran, sich mit seiner Mutter über das sonderbare Verhalten des Vaters zu unterhalten. Die Gruppe vom Schiff war aufgrund der Verzögerung in Alexandria erst spät am Abend in Kairo eingetroffen und hatte nach ihrer Ankunft im Hotel sogleich die Zimmer bezogen. Rina hatte während der Fahrt nur sehr wenig gesprochen, obwohl Rovanic nicht müde geworden war, sie auf die Schönheit der vorübereilenden Landschaft aufmerksam zu machen. Wiederholt hatte er darauf hingewiesen, dass Carlas Vater in Alexandria schon nichts zustoßen würde. Auf der Polizeikommandantur würde man ihn vertrösten und zum Hafen zurückschicken. Von der Mannschaft der »Königin Maria« befanden sich zwar etliche auf Landurlaub, doch waren genügend Offiziere und Stewards an Bord geblieben, um es ihm an nichts fehlen zu lassen, bis er wieder zur Besinnung kam und den nächsten Zug nach Kairo bestieg. Geld für Fahrkarten besaß er ja wohl genug.

»Dimitrios ist ein schlauer Bursche«, hatte Rovanic gemeint und dann vorsichtig erklärt, dass er Verständnis dafür hatte, wenn Rina im Hotel auf Ihren Gatten warten wollte, bevor sie zu den Pyramiden hinausfuhr. Rovanics Bemerkung ließ Rinas Augen aufblitzen.

»Ganz bestimmt nicht, Kapitän! Mein Mann kann tun und lassen, was ihm gefällt. Ich bin nach Ägypten gekommen, um mich zu amüsieren, und ich schwöre bei Gott, das werde ich auch! Vielleicht fahre ich sogar ein Stück den Nil hinunter. Oder ich nehme die Eisenbahn bis Luxor. Am Bahnhof habe ich gesehen, dass sie nicht länger als fünfzehn Stunden unterwegs ist.«

Carla trat auf den Balkon hinaus, der an diesem Morgen bereits von der Sonne beschienen wurde. Hier gab es elegante Korbsessel zum Verweilen sowie kleine Palmen in Tonkübeln. Ein Blick über das Geländer versprach einen atemberaubenden Ausblick auf den Nil, der sich kaum fünfzig Schritte entfernt am Hotel vorüberwand. Am Ufer dümpelten Dahabijen in der Sonne vor sich hin, schneidige Segelboote, deren Eigner lautstark auf europäisch gekleidete Passanten einredeten und Fahrten ins Tal der Könige anpriesen. Auch Händler gab es hier jede Menge. Einige von ihnen führten Kamele mit farbenfroh bestickten Satteldecken. Zwei Mädchen, dem Aussehen nach Schwestern, breiteten auf einem Teppich Körbe mit Datteln, Feigen und gezuckerten Süßigkeiten aus Blätterteig aus. Eine andere junge Frau kam mit einer Art Bauchladen bis zur Frühstücksterrasse des Hotels, wo eine Handvoll vornehm gekleideter Damen und Herren Kaffee trank. Als die Türsteher sie entdeckten, wurde sie prompt am Arm gepackt und auf die Straße zurückgetrieben, wo schon zu dieser morgendlichen Stunde reger Verkehr herrschte. Pferdedroschken brachten Gäste oder holten andere ab, Automobile hupten, Maulesel brullten. Eine Karawane von Menschen schleppte Kisten oder Säcke die Straße entlang. Womöglich waren sie auf dem Weg zum Basar.

Carla wandte ihre Aufmerksamkeit wieder den Booten zu. Mit einiger Mühe gelang es ihr, die Aufschrift auf den vor Anker liegenden Dahabijen zu entziffern. Sie trugen so malerische Namen wie Osiris, Hathor, Isis und Gazelle. Rovanic hatte ihnen während der Fahrt erklärt, dass diese Boote bei Reisenden sehr beliebt seien, weil sie gemächlich und ohne den Lärm eines Dampfers durch die Wellen glitten. Herrschte allerdings Windstille oder wehte der Wind aus einer anderen Richtung, konnte die Geduld der Passagiere auf eine harte Probe gestellt werden.

Ob Reidt einen dieser Segler für die Reise in die Stadt Nofretetes ausgewählt hatte? Carla stellte es sich traumhaft vor, damit den Nil hinunterzufahren. Doch dann musste sie an ihren Vater denken, und ihre Laune verschlechterte sich schlagartig. Für einen Mann wie ihn, dem seine Prinzipien über alles gingen, musste es schrecklich sein, Steinbergs Diamanten verloren zu haben. Carla konnte gut verstehen, dass ihr Vater alles daransetzte, sie wiederzufinden, doch was, wenn ihm dies nicht gelang? Wie sollte er Steinberg jemals wieder unter die Augen treten? Der Dirigent musste doch annehmen, sein Vetter habe ihn betrogen, wolle ihn und die vielen armen Menschen, die ihm ihr letztes Hab und Gut anvertraut hatten, hintergehen und die Steine selbst behalten. Carla wusste indes, dass das ausgeprägte Ehrgefühl ihres Vaters es ihm niemals erlauben würde, Alexandria ohne die Diamanten zu verlassen. Aber wie sollte er sie in einer so großen Stadt wiederfinden? Wenn er großes Glück hatte, waren die Steine noch in der Kamera. Doch hatten die letzten Wochen ihnen nicht deutlich vor Augen geführt, wie launenhaft Fortuna war? Auf so etwas wie Glück konnte sich kein Mitglied der Familie mehr verlassen. Von nun an galt es, einen kühlen Kopf zu bewahren. Allerdings bezweifelte Carla, dass ihr Vater dazu noch imstande war.

Ich hätte ihn nicht alleinlassen dürfen, schalt sie sich, während sie einem der Segler nachsah, der die Anlagestelle verließ und der Mitte des Stromes entgegenglitt. Männer und Frauen standen an der Reling und winkten zum Balkon herüber. Sie winkte nicht zurück.

Hinter ihr erklang ein Räuspern. Es war Emil. »Ein Hausdiener hat eben geklopft«, sagte er, während er neben Carla an die Balustrade trat. In der Hand hielt er Vaters zerfledderten Reiseführer, in dem er vermutlich gerade gelesen hatte. »Er lässt ausrichten, dass Herr Reidt unten in der Halle auf dich wartet.«

»Will er sich uns anschließen, wenn wir zu den Pyramiden fahren?«, rief Carlas Mutter aus dem Innern des Raumes. Ein warmer Luftzug ließ die fast durchsichtigen Gardinen tanzen.

Carla holte tief Luft. Die Zeit war gekommen, ihrer Mutter und Emil zu beichten, dass sie nicht vorhatte, die beiden nach Gizeh zu begleiten. Sie bat Emil, in die Halle zu laufen und dem Regisseur mitzuteilen, dass sie gleich nachkommen würde.

»Bist du verrückt geworden?«, fuhr Rina sie an, nachdem Carla sie in ihre Pläne eingeweiht hatte. »Du kannst doch nicht allein mit einem wildfremden Mann durch Ägypten reisen!«

»Wir werden nicht allein sein«, versuchte Carla ihre Mutter zu beruhigen. »Reidt hat einen einheimischen Führer engagiert, und bei den Ausgrabungen in der Wüstenstadt treffen wir einen deutschen Archäologen, den er in Berlin kennengelernt hat. Der Mann war damals vor Ort, als die Büste der Nofretete entdeckt wurde.«

Rina schüttelte den Kopf. »Trotzdem gehört sich so etwas nicht für ein junges Mädchen. Oder hat Reidt dir einen Antrag gemacht? Oh …« Sie schlug die Hand vor den Mund und machte ein zerknirschtes Gesicht. »Entschuldige. Ich weiß ja, dass das nicht mehr so einfach ist wie früher. Wegen Vaters ... Herkunft.«

»Papa hat es dir also endlich gesagt.«

»Ja, allerdings, und ich könnte ihn umbringen, weil er so lange geschwiegen hat, anstatt mit mir zu reden. Hat er angenommen, mich ginge das alles nichts an?«

Carla wusste nicht, was sie darauf antworten sollte. Gewiss hatte ihr Vater einen Fehler begangen, indem er sich hinsichtlich seiner Familie so lange in Schweigen gehüllt hatte. Dass Rina sich hintergangen fühlte, war kein Wunder. Allerdings hatte er auch nicht vorhersehen können, wie rasch sich die Verhältnisse in seiner Heimat ändern würden.

»Papa hielt es für seine Pflicht, uns zu schützen«, sagte Carla schließlich. »Vielleicht hatte er auch Angst, du könntest ihn verlassen, sobald die Wahrheit ans Licht kommt.«

»Nun, die Sache ist schwierig«, gab sie zu. »Sobald in Deutschland jemand herausfindet, dass Vater jüdischer Herkunft ist, könnten wir alles verlieren, was wir uns aufgebaut haben. Das Haus, die Firma ... Ich möchte ehrlich zu dir sein: Ich weiß nicht, ob ich stark genug bin, das zu ertragen. Ich bin keine dreißig mehr. Ich werde alt und ...« Ihre Lider zuckten nervös. »O Gott, wenn ich mir vorstelle, wie die Leute über uns reden und mit dem Finger auf uns zeigen, wird mir ganz übel. Und Emil ... Der arme Junge weiß doch noch von gar nichts.«

»Er muss die Wahrheit erfahren, sonst fühlt er sich ebenso hintergangen wie du.«

Rina nickte. »Ja, aber nicht sofort. Lassen wir ihn den Rest der Kreuzfahrt genießen. Er ist so aufgeregt, weil wir endlich in Ägypten sind. Ist dir aufgefallen, dass er den Reiseführer kaum noch aus der Hand legen will? Vater hat ihm das Buch anvertraut, und nun hütet er es wie den Schatz des Tutanchamun.«

»Apropos Schatz ...« Carla holte tief Luft. Eigentlich hatte ihr Vater sie gebeten, niemandem von Steinbergs Diamanten zu erzählen, doch sie fand, dass Rina ein Recht darauf hatte, zu erfahren, warum ihr Mann wirklich in Alexandria geblieben war.

»Das ist ja ungeheuerlich!«, sagte ihre Mutter, als sie mit ihrem Bericht zu Ende gekommen war. »Vater schmuggelt Diamanten nach Palästina? Was, wenn der Zoll die bei ihm gefunden hätte? Dann säßen wir jetzt nicht in einem Luxushotel in Kairo, sondern im Zuchthaus.«

»Er fand, er wäre es seinem Verwandten schuldig. Vermutlich, weil es ihm all die Jahre an nichts fehlte, während Steinberg zur selben Zeit zu Hause diskriminiert und verfolgt wurde.«

»Mag sein, aber ehrlich gesagt beruhigt es mich, dass die Steine gestohlen wurden. Vater wird sie bestimmt nicht wiederfinden. Also können sie unserer Familie nicht mehr gefährlich werden.« Sie hob den Kopf und sah Carla an. »Und außer uns weiß wirklich niemand darüber Bescheid? Auch Herr Reidt nicht?«

Carla schüttelte den Kopf. Dies war eine Angelegenheit, die nur ihren Vater und Steinberg etwas anging.

»Danke, dass du es mir erzählt hast«, sagte Rina mit einem dünnen Lächeln. »Nun weiß ich wenigstens, warum dein Vater in Alexandria geblieben ist. Trotzdem finde ich sein Verhalten ebenso unsinnig wie deine Reisepläne, meine Gute.« Sie drückte Carlas Arm. »Hast du dir auch wirklich alles gut überlegt? Früher neigtest du weder zu spontanen Entschlüssen noch zu Sommerromanzen. Bist du sicher, dass du diesem Herrn Reidt nicht nur folgst, weil dich die dumme Geschichte mit Harald durcheinandergebracht hat? Ich bin übrigens heilfroh, dass dieser Schuft uns nicht mehr behelligt. Bellamuti hat sich nach ihm erkundigt, aber nur in Erfahrung gebracht, dass Harald nicht im Zug nach Kairo saß. Vermutlich nimmt er den nächsten Dampfer zurück nach Europa.« Sie verzog das Gesicht, als habe sie in eine Zitrone gebissen. »Zu dumm nur, dass er so viel über uns weiß. Ich hoffe, er verwendet sein Wissen nicht, um dir und Herrn Reidt zu schaden.«

Carla nickte flüchtig und hoffte, dass ihre Mutter sich damit zufriedengab und nicht weiter in sie drang. Hätte ihr jemand vor ein paar Wochen erzählt, sie würde an der Seite eines Mannes, den sie auf einem Kreuzfahrtschiff kennengelernt hatte, zum Ostufer des Nils reisen, hätte sie schockiert den Kopf geschüttelt. Niemals hätte sie es sich zugetraut, ganz allein eine solche Entscheidung zu treffen. Doch nun verspürte sie weder Angst noch Zweifel, sondern freute sich auf die vor ihr liegende Zeit.

»Theo Reidt und mich verbindet keine einfache Urlaubsromanze, sondern viel mehr«, sagte sie leise. »Als wir am Drehbuch für seinen Film gearbeitet haben, habe ich gespürt, dass ich etwas für ihn empfinde. Er kennt unsere Geschichte, und obwohl er weiß, dass wir in der Heimat keine gemeinsame Zukunft haben, solange die Nazis an der Macht sind, hält er zu mir. Er macht mir Mut und bringt mich zum Lachen.«

Carla nahm ihre kleine Reisetasche und setzte sich ihren Strohhut auf. Sie hatte nur wenig eingepackt, schließlich würde sie in der Wüste weder Abendkleider noch Schmuck brauchen. Als ihr Blick auf den Geigenkasten fiel, zögerte sie einen Moment, dann klemmte sie ihn sich unter den Arm. Das Instrument vermittelte ihr ein Gefühl von Trost, Sicherheit und Heimat, auf das sie nicht verzichten wollte.

»Bellamuti wird das nicht gefallen«, meinte Rina mit einem Stirnrunzeln. »Ich weiß ohnehin nicht, wie ich ihm dein plötzliches Verschwinden erklären soll.«

Carla drückte ihrer Mutter einen Kuss auf die Wange. »Dir wird schon etwas einfallen, um ihn versöhnlich zu stimmen. Du wirst sehen, wir sind rechtzeitig wieder in Alexandria, bevor das Schiff den Hafen verlässt.«

26. KAPITEL

Alexandria, Spätsommer 1936

Die Polizeikommandantur von Alexandria befand sich in einem düsteren Gebäude am Rande der Altstadt, der *al-Medina*, das mit seinen hohen Mauern und Zinnen fast wie ein Gefängnis wirkte. Als Fuchs die Treppe hinaufstieg, war er im Stillen dankbar dafür, dass der junge Dimitrios sich bereit erklärt hatte, ihn in die Stadt zu begleiten. Der Umweg über den Hafen hatte ihn zwar eine Menge Zeit gekostet, doch da Fuchs sich weder in Alexandria auskannte noch sich verständlich machen konnte, war ihm keine andere Wahl geblieben.

Die beiden Männer brauchten nicht lange zu warten, bis sie in das Büro eines Sergeanten geführt wurden. Der Beamte, ein Mann um die fünfzig mit dichtem Schnauzbart und wachen Augen, empfing sie mit süßem Tee und wirkte zumindest so, als wäre er an ihrem Fall tatsächlich interessiert. Geduldig hörte er sich an, was Fuchs ihm über den Diebstahl seines Fotoapparates zu sagen hatte. Da Fuchs Deutsch sprach, verstand er natürlich kein Wort, doch das war für ihn offensichtlich kein Grund, den fremden Europäer zu unterbrechen. Dimitrios gab sich derweil Mühe, Fuchs' Ausführungen in ein halbwegs verständliches Englisch zu übersetzen.

Als er zum Schluss gekommen war, stand der Beamte auf und ließ die Jalousien vor dem Fenster herab. In einer Ecke summte ein elektrischer Ventilator.

»Hat er verstanden, worum es geht?«, flüsterte Fuchs dem Steward zu. Allmählich verlor er die Geduld. Er wollte keinen Tee trinken, sondern Hilfe. Je mehr Zeit verging, desto schwerer würde es werden, den Dieb vom Bahnhof ausfindig zu machen.

Dimitrios legte den Zeigefinger an die Lippen, womit er zu verstehen gab, dass er es nicht für ratsam hielt, die Polizeibehörden zu verärgern. Eine halbe Ewigkeit verging, bis der Mann am Fenster ihnen wieder seine Aufmerksamkeit schenkte. Er trat an den Schreibtisch, wo er ein in arabischer Sprache beschriebenes Blatt Papier von einem Aktenstapel nahm. Nachdem er es eingehend studiert hatte, hob er den Blick und sagte etwas in holprigem Englisch.

»Und?«, drängte Fuchs. »Was nun? Was wollen Sie unternehmen?«

»Der Sergeant bedauert sowohl den Angriff als auch den Diebstahl«, übersetzte Dimitrios stockend. »Der Regentschaftsrat König Faruqs hat wohl erst kürzlich versprochen, die Anzahl von Polizisten in Alexandria zu erhöhen, um Gewalttaten und Diebstähle an den Orten, wo sich Reisende für gewöhnlich aufhalten, besser bekämpfen zu können.«

»Fabelhaft«, murrte Fuchs, dem das selbstgefällige Grinsen des Sergeanten auf die Nerven ging. »Aber was bringt mir das? Wie kann der Mann mir helfen?«

»Überhaupt nicht«, sagte Dimitrios. »Seiner Meinung nach hat sich der Bursche mit seiner Beute längst in die Souks zurückgezogen.«

»Wohin?«

»In die Souks«, wiederholte Dimitrios. »So nennt man hier im Orient die Viertel der Altstadt, die von einem unüberschaubaren Gewühl aus Gassen und Basaren durchzogen werden. Wer dort untertaucht, wird nur gefunden, wenn er auch gefunden werden will.«

Fuchs beugte sich vor und klopfte mit den Fingerknöcheln so heftig auf den Tisch, dass die zierlichen Teegläschen klirrten. »Heißt das, Sie wollen nichts unternehmen?« Er zückte seine Brieftasche. »Was kostet es mich, wenn Ihre Männer die Souks durchkämmen? Zehn Pfund? Zwanzig?«

Die eben noch freundliche Miene des Sergeanten verfinsterte

sich schlagartig. Fuchs hatte ihn beleidigt, entsprechend scharf fiel die Erwiderung des Mannes aus. Ehe Dimitrios ihn mit ein paar Worten besänftigen konnte, läutete er ein Glöckchen, woraufhin zwei Uniformierte in den Raum stürmten. Die Männer bekamen den Auftrag, Fuchs und Dimitrios zum Ausgang zu bringen.

»Eine schöne Bescherung«, brummte Fuchs, als sie wieder auf der Straße standen.

»Wie konnten Sie dem Mann nur Geld anbieten?« Dimitrios seufzte. »Hätte er welches von Ihnen haben wollen, hätte er Sie das wissen lassen. So haben Sie ihm unterstellt, käuflich zu sein, und ihn damit tödlich beleidigt.«

Fuchs musste widerwillig zugeben, dass Dimitrios' Vorwürfe gerechtfertigt waren. Er hatte sich gehen lassen und somit jegliche Hoffnung auf Unterstützung durch die Polizeibehörden von Alexandria verspielt. Was konnte er jetzt noch tun? Bei dem Gedanken, allein die Viertel der Altstadt zu durchstreifen, trat ihm der Schweiß auf die Stirn.

»Seien Sie froh, dass der Sergeant uns nur aus der Kommandantur geworfen hat«, sagte der Kabinensteward auf dem Heimweg. »Es hätte Ihnen bestimmt nicht gefallen, die Nacht in einer ägyptischen Gefängniszelle zu verbringen.«

Fuchs zog es vor, diese Bemerkung unerwidert zu lassen. Seine Aufmerksamkeit galt nun auch mehr einem stämmigen Mann, der, als Dimitrios und er sich ihm näherten, grüßend die Hand hob. Fuchs schätzte ihn auf etwa dreißig Jahre. Seine Uniform sowie der kirschrote Fez auf seinem Kopf wiesen ihn als Angehörigen der Kommandantur aus.

»Ist das nicht einer der beiden Burschen, die uns eben so freundlich zum Ausgang begleitet haben?« Dimitrios ging langsamer. »Das gefällt mir nicht. Was kann der von uns wollen?«

Der Uniformierte lächelte nicht. Mit den Augen gab er Fuchs zu verstehen, dass er mit ihm zu reden hatte. Dies tat er auch sogleich mit einem arabischen Wortschwall. Fuchs, der kein

Wort davon verstand, hob abwehrend beide Hände, was den Mann offenkundig amüsierte. Fuchs wollte schon erbost weitergehen, als der Polizist plötzlich in verständlichem Deutsch sagte: »Ich weiß, warum du hier bist, Sajid! Du wurdest bestohlen. Ein …« Er schnalzte mit der Zunge, wobei er das Klicken einer Kamera nachahmte. »An der Bahnstation nach Kairo.«

Fuchs sperrte überrascht die Augen auf. »Sie haben gehört, wie ich mit Ihrem Sergeanten darüber sprach. Aber Ihr Vorgesetzter kann oder will mir nicht helfen.«

Der Uniformierte rümpfte die Nase. »Der Sergeant ist ein Idiot! Hat Angst vor den Straßen der tausend Augen. An ihren Grenzen endet die Macht der Kommandantur!«

»Die Straßen der tausend Augen?«

»Er meint wohl die Souks, Herr Doktor«, erklärte Dimitrios flüsternd. Dem jungen Griechen war der Mann, der sie mit verschränkten Armen musterte, nicht geheuer. »Wir sollten jetzt zum Schiff zurückgehen. Die Sonne geht schon unter!«

»Fürchten sich die Männer bei euch Sajids vor der Dunkelheit?«, fragte der Mann. »Wenn ich euch helfen soll, müsst ihr bleiben und mir zuhören!«

Fuchs wurde hellhörig. »Ist das Ihr Ernst? Sie können mir helfen?«

»Ich nicht, aber ich habe einen jüngeren Bruder, der es vielleicht kann. Sein Name ist Faysal, und er kennt die Straßen der tausend Augen besser als jeder andere.« Er grinste. »Faysal könnte sich für euch umhören. Der Dieb wird Ihren …«

»Fotoapparat …«

Er nickte eifrig. »Er wird den Fotoapparat nicht behalten, sondern verkaufen. Es gibt nur wenige Händler hier, die sich dafür interessieren dürften.«

»Also gut, überredet«, sagte Fuchs. »Wie finde ich Ihren Bruder?«

»Faysal wird sich mit Ihnen treffen, wenn er etwas herausgefunden hat. Kommen Sie zum Teehaus im Souk am Tork, gegenüber vom Kleidermarkt. Das ist leicht zu finden und bei Tageslicht völlig ungefährlich. Sagen Sie dort, Farad schickt Sie.« Er hüstelte leise. »Farad bin übrigens ich.«

»Danke«, sagte Fuchs erleichtert. Ein kleiner Hoffnungsschimmer tat sich am Horizont für ihn auf. Er vermutete, dass dieser Faysal selbst zu den Dieben Alexandrias gehörte, aber das störte ihn nicht, solange der Mann ihm nur seinen Besitz zurückbrachte.

»Dann müssen wir nur noch über die Bezahlung sprechen, Sajid«, sagte Farad. »Aber keine Angst, ich nehme nur das, was Sie auch Sergeant Hosni angeboten haben, kein Pfund mehr.«

»Und Sie fühlen sich dadurch auch nicht beleidigt?«

Farad lachte. »Überhaupt nicht! Hosni hätte das Geld gern genommen, aber er traute sich nicht, weil er wusste, dass er Ihnen nicht helfen kann. Ich dagegen vermittle Ihnen Faysal, und der wird Sie nicht enttäuschen. Ein gutes Geschäft für uns beide!«

Voller Ungeduld erwartete Fuchs den kommenden Tag. Als die Mittagsstunde näher rückte, suchte er Dimitrios auf, doch da dessen Vorgesetzter es ablehnte, dem jungen Steward frei zu geben, blieb Fuchs nichts anderes übrig, als am Hafen eine Pferdedroschke in die Altstadt zu nehmen.

Am Kleidermarkt, den Farad am Vortag erwähnt hatte, ließ er den Wagen anhalten, denn er hatte vor, den Rest des Wegs zu Fuß zurückzulegen.

»Teehaus?«, fragte er den Droschkenkutscher. Er machte eine Handbewegung, als rührte er in einer Tasse, in die er dann auch noch pustete. »Tee?«

»*Shay*?« Der Kutscher blinzelte erfreut. Er wies Richtung Osten, wo jenseits des Platzes der Kleiderhändler ein enger Durchgang in eine schattige Gasse führte. Auf dem Weg dorthin musste Fuchs den Markt überqueren, wobei er von Männern verfolgt wurde, die nicht nur europäische Ware anpriesen, sondern ihn auch mit traditioneller arabischer Bekleidung an ihre Stände zu locken versuchten. Noch nie hatte Fuchs eine so riesige Ansammlung von Mänteln, Hemden, Hosen, Frauenkleidern, Schuhen und Hüten auf einem Fleck gesehen. Ein paar der Händler besaßen moderne Kleiderstangen, doch die meisten hockten inmitten ihrer bunt zusammengewürfelten Ware auf dem Boden oder feilschten eifrig mit Kunden.

Als Fuchs in die Gasse einbog, die der Droschkenkutscher ihm gezeigt hatte, brummte ihm der Schädel vom Lärm des Basars. Schon nach ein paar Schritten war von dem Markttreiben jedoch kaum noch etwas zu hören. Dafür stieg Fuchs ein betörender Duft von Minzblättern und herben Kräutern in die Nase. Dieser kam aus einem zweigeschossigen Eckhaus, vor dem ein paar Einheimische an kleinen runden Tischen saßen und Tee tranken.

Wie nicht anders zu erwarten, wurde Fuchs ausgiebig gemustert. Die Mienen der Männer blieben misstrauisch, keiner von ihnen richtete das Wort an ihn. Fuchs blickte sich verstohlen um, wobei er vor Anspannung kaum zu atmen wagte. Die Leute, die hier beisammensaßen, um zu rauchen und Tee zu trinken, waren alle mindestens über sechzig. Faysal war also nicht unter ihnen.

Fuchs warf einen Blick auf seine Taschenuhr. Verdammt nochmal, wo blieb dieser Kerl? Konnte es sein, dass Farad ihm einen Bären aufgebunden hatte, um an sein Geld zu kommen?

Fuchs starrte missmutig auf das Teeglas vor sich, in dem das duftende Getränk allmählich erkaltete. Irgendwann hielt er es nicht mehr aus und rief den Wirt herbei, der sich ihm mit vorsichtigem Gesichtsausdruck näherte. Der dürre Mann deutete auf das Teeglas und fragte etwas in arabischer Sprache. Vermutlich wollte er wissen, ob der Fremde seinen Tee nicht mochte.

»Farad?« Fuchs brachte ein schiefes Lächeln für den Wirt zustande, dann wiederholte er: »Farad! Er schickt mich.«

Einen Herzschlag lang sah es so aus, als würde der Wirt

Fuchs den Rücken zukehren, dann bedeutete er ihm mit einer Kopfbewegung, ihm ins Innere des Hauses zu folgen. Dort roch es noch viel stärker nach Teeblättern. Fuchs, der sich an seine alte Apotheke in Aachen erinnert fühlte, konnte gar nicht anders, als den würzigen Duft zu inhalieren.

Der Wirt hieß Fuchs, sich an einen Tisch zu setzen. Dann betätigte er einen Klingelstrang. Auf der Treppe, die ins Obergeschoss des Teehauses führte, waren Schritte zu hören. Wenig später stand ein etwa zwanzigjähriger Mann vor Fuchs, der dem stämmigen Polizeikorporal vom Vortag kein bisschen ähnlich sah. Der Junge war schlank, größer als Fuchs und verfügte über eine scharf geschnittene Adlernase. Sein ausgeschlafener Blick ließ ein gehöriges Maß an Lebenserfahrung erahnen. Bekleidet war der junge Mann mit dem in Ägypten üblichen *Dschallabija*, einem knöchellangen, hemdartigen Gewand mit weiten Ärmeln, das schon recht schmutzig und fadenscheinig war.

»Ich bin Faysal«, sagte der junge Mann. Mit einem verschmitzten Lächeln streckte er die Hand aus und wartete, bis Fuchs sie schüttelte. »Und Sie sind Herr Fuchs aus Deutschland, wenn ich mich nicht irre.« Eine Verbeugung andeutend, fügte er hinzu: »Willkommen, Sajid. Ich hoffe, Sie hatten bis jetzt eine gute Reise. Wie ich annehme, sind Sie mit dem Schiff nach Alexandria gekommen, das im Hafen liegt.«

Fuchs nickte flüchtig. Über die Kreuzfahrt wollte er jetzt nicht sprechen, dazu war er viel zu aufgeregt. Stattdessen brannte er darauf, zu hören, ob der junge Mann schon etwas über den Diebstahl seiner Kamera in Erfahrung gebracht hatte. »Ihr Bruder Farad meint, Sie seien der geeignete Mann, um gestohlene Wertsachen wiederzufinden«, sagte er.

Faysal zuckte mit den Schultern. »Er übertreibt! Zaubern kann ich auch nicht.«

Fuchs war enttäuscht. Vergeudete er etwa doch seine Zeit in diesem baufälligen Haus? Es war zwecklos, wie Rovanic und der Schnauzbart auf der Kommandantur ihm prophezeit hatten. Wie hatte er nur so naiv sein und annehmen können, dass ein Bursche wie Faysal den Dieb vom Bahnhof in einer Nacht aufspüren konnte.

Der junge Mann bedachte Fuchs mit einem eindringlichen Blick. »Ich muss gestehen, es kommt nicht gerade oft vor, dass ich einen Fotoapparat finden soll«, sagte er. »Schmuck, goldene Taschenuhren, ja. Aber Kameras …« Er schüttelte den Kopf. »Für die Summe, die Sie meinem Bruder und mir für unsere Bemühungen bezahlen, könnten Sie sich auch einen neuen Apparat kaufen. Gleich neben der Attarin-Moschee kenne ich einen Laden, der sogar europäische Modelle führt. Aber das ist es nicht, was Sie wollen, habe ich recht? Sie wollen Ihre Kamera, oder gar keine?«

»Ich sollte wohl besser gehen!«

»Warum, Sajid? Wenn mich nicht alles täuscht, weiß ich, wo sich Ihr Eigentum befindet. In den Straßen der tausend Augen gibt es nicht mehr als drei Männer, die der Dieb einer teuren deutschen Kamera aufsuchen würde. Einer von ihnen ist seit Wochen im Sudan, der andere ist schwer fieberkrank.«

»Und der Dritte?« Fuchs' Stimme zitterte vor Aufregung. »Heraus mit der Sprache. Wer ist der Kerl?«

»Sein Name ist Zabi«, erklärte Faysal. »Jeder kennt ihn. Ein wohlhabender Geschäftsmann. Es heißt, in seinem Haus befinde sich die größte Sammlung europäischer Kunst Ägyptens. Er ist aber auch als Liebhaber moderner technischer Gerätschaften bekannt. Ich bin mir sicher, dass Ihr Fotoapparat ihm zum Kauf angeboten wurde.«

Fuchs entnahm seiner Brieftasche zwei zehn-Pfund-Noten. Ohne zu zögern reichte er sie dem jungen Mann. »Das genügt. Ich schicke diesem Zabi die Kommandantur auf den Hals.«

Faysal riss die Augen auf, als habe er sich verhört. »O nein, das sollten Sie besser gleich wieder vergessen! Zabi gehört zu den einflussreichsten Männern Alexandrias. Man erzählt sich, dass er in direkter Linie von den alten Pharaonen abstammt. Er steht nicht nur den Muslimbrüdern nahe, sondern verkehrt auch mit dem neuen Premierminister. Nicht einmal Seine Exzellenz der Gouverneur würde es wagen, uneingeladen bei Zabi einzudringen.«

»Aber wie soll ich dann wieder an mein Eigentum kommen?«

Faysal dachte einen Augenblick lang nach. Dann sagte er: »Ganz einfach, Sajid. Sie müssen ihm im Austausch etwas bieten, was für ihn von größerem Interesse ist als ein einfacher Fotoapparat.«

27. KAPITEL

Auf dem Weg zur antiken Wüstenstadt Amarna, Spätsommer 1936

»Wach auf, wir sind gleich da!«

Als Carla die Augen aufschlug, stellte sie verwundert fest, dass es bereits dunkel war. Wie peinlich, einfach einzuschlafen, dachte sie schuldbewusst. Sie hätte wach bleiben und Reidt, der am Steuer saß und bestimmt ebenso müde war wie sie, unterhalten sollen.

»Tut mir leid«, sagte sie, ein Gähnen unterdrückend. »Wie lange habe ich geschlafen?«

Reidt winkte ab. »Ach, nicht der Rede wert. Ich kenne das von verschiedenen Reisen in orientalische Länder. Gerade scheint noch die Sonne, und im nächsten Moment ist es schon stockdunkel. Und verdammt kalt.« Er zwinkerte ihr vergnügt zu. »Hinter deinem Sitz liegen Decken und eine Flasche Brandy, falls du frierst. Aber wenn meine Landkarte uns nicht in die Irre führt, dürfte es bis zur Ausgrabungsstätte nicht mehr weit sein.«

»Ich kann es kaum erwarten, endlich Amarna zu sehen!«

Das Licht der Scheinwerfer reichte nur wenige Meter weit, sie bewegten sich auf einer schmalen, holprigen Straße fort. Carla konnte zu ihrer Linken die Umrisse von Palmen ausmachen, die andere Seite verschwamm in der Finsternis, was darauf hindeutete, dass es dort außer karger Wüste überhaupt nichts gab. Es kam ihr fast so vor, als kehrten sie der Welt den Rücken, um in ein riesiges Tintenfass zu fahren. Ängstlich lauschte sie auf die Laute der Nacht. Ob es hier draußen, fern von jeder Stadt oder auch nur einem Dorf, wilde Tiere gab? Vermutlich schon. Die Vorstellung, Bekanntschaft mit Schlangen und Skorpionen zu machen, bescherte Carla einen trockenen Mund.

»Hoffentlich schafft der alte Klapperkasten das letzte Stück, bevor der Motor zu qualmen beginnt«, meinte Reidt mit einem Seufzer. »Zu dumm, dass ich in Memphis kein neueres Modell auftreiben konnte.« Er berührte kurz Carlas Wange. »Du wärst bestimmt gern länger auf dem Nil geblieben, nicht wahr?«

Sehnsüchtig dachte Carla an die Dahabije zurück, auf der sie das erste Stück des Wegs zurückgelegt hatten. Ja, an Bord des Seglers war es so herrlich gewesen, wie sie es sich schon in Kairo vorgestellt hatte. Sie hatte es genossen, an der Reling zu stehen, während das Boot mit geschmeidigen Bewegungen das klare Wasser des Nils durchpflügte. Die Aussicht auf die beiden Uferseiten war atemberaubend gewesen. Auf dem Fluss waren sogar die brütende Hitze und die Stechmückenschwärme erträglicher gewesen als an Land. Ihr kam es so vor, als wären ihre Sorgen um ihren Vater und die eigene ungewisse Zukunft für einige Stunden davongespült worden.

In Memphis hatte sie sich daher sogar von Reidt überreden lassen, die Statuen des Pharao Ramses sowie die Stufenpyramide von Sakkarah vom Rücken eines Esels aus zu erkunden. An jedem Ort hatte sie Zeichnungen angefertigt und ihre Eindrücke aufgeschrieben, damit Reidt später, wenn es daran ging, geeignete Drehorte für den Film auszuwählen, auf mehr als nur seine eigenen Erinnerungen zurückgreifen konnte.

Obwohl sie so zügig vorankamen, hatte Reidt ihr schließlich erklärt, dass sie die Reise nun leider in einem Wagen fortsetzen mussten. Ihr Ziel, die Wüstenstadt der Nofretete, lag abgeschieden und nicht auf der Route der Nilschiffe.

»Weißt du, wie froh ich darüber bin, dass du dich entschlossen hast, mich zu begleiten?«, bemerkte der junge Regisseur nach einer Weile in die Stille hinein. »Vor allem bin ich glücklich, dass du mir vertraust.« Er lachte auf. »Eine hübsche junge Frau, die mit einem Kerl vom Film allein in einem alten Automobil durch die Wüste Ägyptens fährt. In Berlin würden sie sich über uns die Mäuler zerreißen, nicht wahr?«

Carla spürte einen bitteren Geschmack auf der Zunge. In Berlin würde man nicht nur über ihre Unverfrorenheit reden. Vermutlich würde es nicht lange dauern, bis die Gestapo vor ihrer Türe stand. Hatte er das etwa vergessen? Nun, vielleicht war es gut, dass er in ihr ein ganz normales Mädchen sah, doch sie durfte sich nichts vormachen, nicht einmal in einem so schönen Moment wie diesem. Die Bedrohung reiste mit ihr, sie war ganz nah und ließ sich nicht abschütteln, ganz gleich, was sie tat. Sie musste dabei an Marlies Uhl denken, die ursprünglich mit ihrem Bruder an den östlichen Nil hatte reisen wollen.

An all ihre Drohungen.

Möglicherweise wusste die Frau inzwischen über Carla Bescheid, wohl von Harald, der ihr aus verletztem Stolz und Wut auf Reidt bestimmt liebend gern reinen Wein eingeschenkt hatte.

Aber Marlies ist nicht hier, beruhigte sie sich. Sie kann dir hier nichts anhaben. Und wenn sie auch noch so verbittert ist, in Ägypten haben weder sie noch die Nazis Macht über mich.

»Du bist so nachdenklich«, flüsterte Reidt, der sich größte Mühe gab, bei den miserablen Lichtverhältnissen nicht von der schmalen Straße abzukommen. Diese verkam immer mehr zu einem unwegsamen Pfad. Die Gefahr, dass die Räder in Treibsand gerieten oder die Achse brach, wuchs mit jedem zurückgelegten Kilometer. »Machst du dir Sorgen um deine Eltern? Ich muss zugeben, dass ich ein schlechtes Gewissen habe, weil ich dich quasi aus Kairo entführt habe. Deine Mutter wird mir das vermutlich nicht so schnell verzeihen. Leider habe ich erst nach meiner Ankunft in Kairo erfahren, was deinem Vater in Alexandria passiert ist. Hätte ich früher davon gehört, wäre ich gern bei ihm geblieben, um ihm behilflich zu sein.«

Carla schüttelte den Kopf. »Bellamuti hatte das auch angeboten, aber Vater ist nun mal stur. Er hat vor, seine Angelegenheiten ohne fremde Hilfe zu regeln, und dabei bleibt er. Von meiner Mutter konnte ich mich im Hotel wenigstens noch verabschieden. Zugegeben, sie war zuerst ziemlich schockiert, aber ich glaube, inzwischen versteht sie mich sogar.« Sie bewegte ihre verspannten Schultern. »Ein wenig zumindest. Sie glaubt daran, dass jeder Mensch einmal im Leben die Chance bekommt, seine Träume wahr werden zu lassen.«

Reidt hielt den Wagen mit quietschenden Reifen an, denn der Weg endete ganz plötzlich, knapp eine Handbreit vor einem ausgetrockneten Bachbett. Dahinter breitete sich die Wüste aus.

»Wir müssen wohl ein Stück zu Fuß gehen!« Reidt stieg aus und kramte zwei Taschenlampen aus seinem Koffer. Eine davon reichte er Carla. »Keine Angst, mein Bekannter vom Ägyptischen Museum Berlin erwartet uns schon! Ich habe ihm telegrafiert.«

Tatsächlich schimmerten Lichter durch das Blattwerk der Palmen. Die Ausgrabungen von Amarna schienen nur einen Steinwurf weit entfernt zu sein. Trotzdem war Vorsicht geboten.

Reidt nahm seinen Koffer, warf sich Carlas Gepäck über die Schulter und stapfte voraus. Er hatte nicht nur in Memphis seinen Anzug gegen sportlichere Kleidung eingetauscht, sondern sich auch seit zwei Tagen nicht rasiert, was ihm – wie Carla zugeben musste – etwas Herbes verlieh und ausnehmend gut stand. Ihr selbst war keine andere Wahl geblieben, als in ein Paar von Reidts engen, khakifarbenen Hosen zu schlüpfen. Diese fühlten sich steif und kratzig an, waren aber angesichts des Sandes, der ihr vom Wind entgegengetrieben wurde und wie mit tausend winzigen Nadelstichen in Augen, Ohren und Nase drang, immer noch besser als ein Kleid aus ihrem Koffer.

Keine fünf Minuten vergingen, bis Carla die Umrisse eines Feldlagers erspähte. Es befand sich in unmittelbarer Nähe zu einer Ansammlung von hüfthohen Mauerresten, die wohl zu den Ausgrabungen der altägyptischen Metropole gehörten, und bestand aus einem äußeren Ring aus Beduinenzelten sowie zwei größeren Baracken, die vermutlich von den Archäologen benutzt wurden. Vor einer dieser Behausungen brannte ein Lagerfeuer.

Ihre Ankunft blieb nicht unbemerkt. Als sie auf die Baracken zugingen, schoss ein Hund mit lautem Gebell auf sie zu.

»Aus, Mini«, ließ sich eine tiefe Bassstimme vernehmen. Sie gehörte einem Mann, den das Gebell des Tieres ins Freie gelockt hatte. In seiner Hand hielt er ein Gewehr. »Wirst du wohl gehorchen, du Nervensäge?«

»Dr. Albert Foster, sind Sie das?« Reidt lief schneller. Wie es aussah, hatte er seinen alten Bekannten wiedererkannt. Carla atmete erleichtert auf, als dieser grüßend die Hand hob und ihnen bedeutete, ihm ins Innere der Baracke zu folgen. Wenige Augenblicke später saßen sie und Reidt vor einer dampfenden Tasse Tee.

»Es ist mir ein Vergnügen, Ihre Bekanntschaft zu machen, Fräulein Fuchs!«

Der Wissenschaftler sah sie über den Goldrand seiner Brille freundlich an. »Als Herr Reidt telegrafierte, dass er Amarna in Begleitung einer Dame besuchen würde, dachte ich offen gestanden an seine Schwester.« Er wandte sich an Reidt, der aufgestanden war, um sich die Bücher des Archäologen sowie die zahlreichen Gipsstatuen anzusehen, welche den kleinen Raum füllten.

»Wie geht es Marlies? Es hat mir sehr leidgetan, als ich von ihrem Mann gehört habe. Ein Unfall mit dem Automobil, nicht wahr?« Abwesend strich Foster sich über seinen kleinen Oberlippenbart. »Ich war im Sudan, als es passierte, daher konnte ich nicht zur Beerdigung kommen. Ein guter Kerl, dieser Uhl. Wussten Sie, dass einige der ersten Aufnahmen, die von unserer großen alten Dame vor Ort gemacht wurden, von Ihrem Schwager stammen, Reidt?«

»Marlies' Mann war dabei, als Nofretete entdeckt wurde?«, fragte Carla. Das war ihr neu. »O ja. Er gehörte ebenso zu Ludwig Borchardts Mitarbeitern wie ich. Wir waren damals blutjunge Burschen. Noch ziemlich grün hinter den Ohren, aber bereit, die Welt zu erobern.«

Foster holte eine bereits zur Hälfte geleerte Flasche aus der Schreibtischschublade und sah sich nach halbwegs sauberen Gläsern um. »Cognac, die Herrschaften? Die Nächte in der Wüste können verdammt kalt werden.«

Die Männer stießen an, Carla jedoch verzichtete. Ihr wäre eine weitere Tasse Tee lieber gewesen, aber sie traute sich nicht, den Archäologen darum zu bitten. Sie wollte ihm keine weiteren Umstände machen, denn er stellte ihr und Reidt ja schon ein Nachtlager in seinem Camp zur Verfügung, obwohl dieses eigentlich gar nicht auf Besucher eingerichtet war.

Sie unterhielten sich noch ein Weilchen. Obwohl Carla kaum noch die Augen offen halten konnte, fand sie Doktor Fosters Berichte über das Reich der Nofretete so spannend, dass sie geradezu an seinen Lippen hing. Auch Reidt machte sich fleißig Notizen. In Gedanken plante er gewiss schon die ersten Szenen seines Filmes.

Es war fast Mitternacht, als der Archäologe sie zu ihrem Zelt brachte. Reidt sollte sich eines mit Fosters Gehilfen teilen, einem griesgrämig dreinblickenden Mann, der sich um das Gepäck kümmerte, ansonsten aber kaum das Wort an die Gäste richtete. Carla fand ihn etwas unheimlich.

»Born hat schon lange keine so hübsche Frau mehr zu Gesicht bekommen«, meinte Foster, dessen Wangen sich von den Begrüßungscognacs gerötet hatten. »Ich habe ihn vor einiger Zeit in Bagdad aufgegabelt. Am besten beachten Sie ihn gar nicht, dann lässt er Sie in Ruhe.«

»Das will ich ihm auch geraten haben«, knurrte Reidt.

»Morgen werde ich Sie in Amarna herumführen. Möge Aton, der Gott des alten Echnaton, Sie heute Nacht vor allen Gefahren beschützen.« Foster kicherte. Seine glasigen Augen fixierten sie wie ein Gepard eine Antilope. »Und auch vor bösen Geistern!«

»Böse Geister?« Carla hob die Augenbrauen, bemüht, den hungrigen Blick des Mannes zu ignorieren. »Glauben Archäologen denn an so etwas wie Geister oder Flüche?«

Foster lachte nicht mehr. »Wenn Sie eine Weile in der Wüste gelebt haben, überrascht Sie so leicht nichts mehr!«

Nachdem der Archäologe wieder zu seiner Baracke zurückgekehrt und es im Lager still geworden war, nahm Reidt Carla in die Arme. Als er sie küsste, zuckte sie zusammen, weil seine Stoppeln an der Wange kratzten. Irgendwo in der Nähe blökte ein Kamel. »Ich hatte mir Amarna anders vorgestellt«, flüsterte er. »Vielleicht sollte ich heute Nacht den Eingang zu deinem Zelt im Auge behalten. Man kann schließlich nie wissen. Ich möchte nicht, dass du ungebetenen Besuch bekommst.«

»Von bösen Geistern?«

Reidt schüttelte besorgt den Kopf. »Eher von Kerlen, die so ausgehungert aussehen wie dieser Born. Wenn du verstehst, was ich meine.«

»Sei nicht albern«, sagte Carla, obwohl das Angebot des jungen Mannes in ihren Ohren durchaus verlockend klang. Aber Reidt war viele Stunden lang in brütender Hitze durch unwegsames Gelände gefahren, während sie geschlafen hatte. Wenn einer Ruhe brauchte, so war er es. Er konnte sich ja kaum noch auf den Beinen halten. Wollte er morgen die alte Stadt Echnatons und Nofretetes mit ihr erkunden, musste sie dafür sorgen, dass er nun eine Mütze voll Schlaf abbekam.

»Geh nur!« Carla verabschiedete ihn mit einem flüchtigen Kuss. »Ich komme schon allein zurecht.«

Im Zelt roch es muffig nach Ziege und vergorenen Früchten. Außerdem hing das Dach so niedrig, dass Carla sich in gebückter Haltung zu dem schmalen Klappbett bewegen musste. Davor bedeckte ein verblichener Berberteppich den sandigen Boden. Ein Schatten huschte lautlos von einem Winkel zum anderen. Nur kein Skorpion, schoss es ihr durch den Kopf. Unsicher blickte sie in die Flamme der Petroleumlampe, die man ihr überlassen hatte, und nahm sich vor, sie die ganze Nacht über brennen zu lassen.

Auf ihrem Lager sitzend, lauschte sie den Geräuschen der

Nacht, die hier so anders klangen als alles, was sie von zu Hause her kannte. Das also war sie, die ägyptische Wüste. Wie oft hatte sie in den letzten Nächten von ihr geträumt. Ein Teil von ihr konnte es immer noch nicht glauben, dass sie es gewagt hatte, gegen jede gesellschaftliche Konvention hierherzukommen, mit einem Mann, den sie kaum kannte. Vernünftig war das wohl kaum, und es passte auch nicht zu der Carla, die sie einmal gewesen war. Eine innere Stimme warf ihr vor, es aus Trotz zu tun. Weil sie ohnehin kein Teil der Gesellschaft mehr sein durfte, in der sie aufgewachsen war. Weil Harald sie betrogen hatte. Weil … Ach, welche Rolle spielte das denn noch? In dieser von Gott und Menschen verlassenen Einöde galten die Gesetze der Wüste, sonst nichts. Ein Ehrfurcht gebietender und gleichzeitig gespenstischer Ort.

Die Frau aus dem Drehbuch, an dem sie mitgewirkt hatte, war hier wenigstens eine Zeit lang glücklich gewesen. Nun, wenn Carla es zuließ, würde ihr dies auch gelingen. Sie dachte an Reidt und wünschte sich in diesem Augenblick nichts so sehr, als dass er bei ihr wäre. Sie hätte ihn nicht wegschicken sollen. Niemand konnte sagen, was der kommende Tag brachte, oder gar die kommende Woche und das nächste Jahr. Die Nacht jedoch hätte ihnen allein gehört. Zu dumm, dass sie diese nun verbringen musste, ohne seine Nähe zu spüren.

Ein Geräusch riss Carla unbarmherzig aus ihrer Träumerei. Als sie den Blick hob, sah sie am Zelteingang einen Mann. Es war Born, Fosters Grabungsgehilfe. Carlas Herz klopfte. Wie lange mochte der Kerl schon unbemerkt dort gestanden und sie beobachtet haben? Sie war nur froh, dass sie sich noch nicht ausgezogen hatte.

»Alles in Ordnung, Fräulein?«, fragte Born. »Wollte mich nur vergewissern, dass Sie es auch bequem haben.«

Bequem? Carla war so verblüfft, dass sie nur ein knappes Nicken zustande brachte. Die Blicke des Mannes verrieten unmissverständlich, dass es ihm nicht um ihre Bequemlichkeit ging. Doch er schien enttäuscht von dem, was er sah. Hatte er gehofft, sie in Unterwäsche vorzufinden? Oder auf herumliegenden Schmuck zu stoßen?

»Na ja, dann hoffe ich für Sie, dass sich keine Viper ins Zelt verirrt hat.« Born grinste. »Mit diesen Mistviechern ist nicht gut Kirschenessen.« Er streckte den Zeigefinger aus.

»Was ist das für ein Kasten? Sagen Sie bloß, da ist eine Geige drin?«

»Was kümmert Sie das?« Carla verlor allmählich die Geduld mit dem unverschämten Kerl, der keine Anstalten machte, ihr Zelt zu verlassen.

Born schlug nach einer Fliege. Obwohl er noch keine dreißig war, war er bereits völlig kahl, was sein gebräuntes Gesicht mit den stechenden Augen seltsam alterslos wirken ließ. Zudem hatte die harte Arbeit in Amarna seinen Körper gestählt. Die muskulösen Arme, welche beide nach Seemannsart tätowiert waren, wiesen darauf hin, dass er seine Tage nicht nur hinter einem Schreibtisch verbrachte, sondern auch kräftig zupacken konnte.

»Ich bin schon lange im Orient, aber ein Mädel, das eine Geige in die Wüste mitschleppt, habe ich noch nie gesehen. Sind wohl eine Künstlerin, was? Oder ist die Fiedel was wert?«

Carla sah in den Augen des Mannes Gier aufblitzen und bekam plötzlich eine Heidenangst um ihre Geige. Sie hatte sie mitgenommen, weil sie es sich in den Kopf gesetzt hatte, in der antiken Stadt der Nofretete auf ihr zu spielen. Nun aber verwünschte sie sich, weil sie so verdammt leichtsinnig gewesen war und das gute Stück nicht bei Bellamuti in Kairo gelassen hatte. Was, wenn dieser Born sie stahl, wie der Dieb in Alexandria die Kamera ihres Vaters? Aber würde er das wirklich wagen? Born bekam sein Geld von Foster. Wenn sie sich über ihn beschwerte, verlor er möglicherweise seine Anstellung.

»Etwas wert?« Carla hoffte, dass ihre Stimme nicht verriet, dass sie log. »Iwo, die stammt vom Trödel. Ich habe sie hier in

Ägypten einem Händler abgekauft. Aber nun würde ich gern schlafen. Für Sie wird es doch gewiss auch Zeit! Der Doktor meinte, dass die Arbeit in den Ruinen schon im Morgengrauen beginnt, weil es dann noch nicht so heiß ist.«

Born winkte desinteressiert ab. »Kann mir gleich sein, wir schnüren eh bald unsere Bündel. Sie und dieser Filmfritze hatten unglaubliches Schwein, dass Sie uns überhaupt noch in Amarna angetroffen haben. Der Laden hier wird nämlich dichtgemacht.«

»Dichtgemacht?« Carla wurde hellhörig. »Was meinen Sie damit?«

»Ach, hat Foster Ihnen das nicht gesagt? Er wird mit einer Gruppe britischer Archäologen zusammenarbeiten, die in Palästina graben, und zwar an einem Ort mitten in der judäischen Wüste, der genauso öde ist wie Amarna. Qumran, oder so ähnlich, soll er heißen.«

Borns Naserümpfen war zu entnehmen, dass er von den Umzugsplänen seines Chefs nichts hielt.

»Auf mich kann er dabei nicht zählen!«, sagte er. »Ich habe nämlich für die Engländer nichts übrig.«

»Im Gegensatz zu Ihrem Chef, nehme ich an?«

Born machte eine abfällige Geste. »Der Vater des Alten kam aus London. Wird schon seine Gründe haben, warum der Doktor heute lieber in der Welt herumreist, anstatt seine Dienste dem Reich zur Verfügung zu stellen. Na ja, dort bekäme er vermutlich auch Ärger mit dem Deutschen Archäologischen Institut, weil er sich weigert, sich von seinem damaligen Mentor Ludwig Borchardt loszusagen.«

»Sie meinen den Forscher, der die Nofretete-Büste gefunden hat?«, fragte Carla.

Born nickte. »Der alte Borchardt ist Jude. Man erzählt sich, Foster helfe ihm, seinen Besitz in Ägypten wiederzubekommen. Dass er Amarna verlässt, ist für Ihren Liebsten sicher eine gute Nachricht, so kann er bald mit seinen Filmleuten anrücken.

Vorausgesetzt er bekommt die nötigen Genehmigungen. Jetzt, wo die Briten abziehen, sollte das aber nicht mehr allzu schwierig sein.«

Wie hatte Born Reidt gerade genannt? Ihren »Liebsten«? Carla beschlich das unangenehme Gefühl, dass der Mann sie vorhin vor dem Zelt beobachtet hatte. Sie errötete vor Verlegenheit, was Born nicht entging.

»Ich könnte in Ihrer Nähe bleiben«, schlug er vor. »Hier draußen brauchen Sie einen Kerl wie mich, der auf Sie aufpasst, keinen schwächlichen Filmfritzen!«

»Das wird nicht nötig sein, ich kann ganz gut auf mich selbst aufpassen.« Carla ging an Born vorbei und lupfte die Zeltplane. Auf die Gefahr hin, ihn sich zum Feind zu machen, sagte sie: »Ich möchte, dass Sie jetzt verschwinden! Wenn Sie nicht gehen, rufe ich um Hilfe!«

Born warf ihr einen kalten Blick zu, dann zuckte er mit den Achseln. Ein säuerlicher Geruch von Schweiß stach Carla in die Nase, als der Mann sich an ihr vorbeischob.

»Hoffentlich bereuen Sie das nicht noch, Fräulein! Die Nächte hier können … einsam sein.«

Sie sah ihm nach, bis er in der Dunkelheit verschwand. Sie konnte nur hoffen, dass sie für den Rest der Nacht vor weiteren Belästigungen verschont blieb.

28. KAPITEL

Einen ersten näheren Eindruck von der Ausdehnung der antiken Wüstenstadt gewann Carla, als Foster sie und Reidt am nächsten Morgen durch die Ausgrabungsstätte führte. Amarna bestand aus einem schmalen Streifen fruchtbaren Landes im Osten, wo Palmen und Büsche genug Wasser abbekamen, um zu sprießen, den Rest bildete Wüste, umgeben von Bergen.

Fosters Augen leuchteten vor Stolz, als er Carla den Palast des Echnaton zeigte. Von dem hatten Wind und Wüstensand nicht mehr als einige Mauerreste übrig gelassen. Dennoch war unschwer zu erkennen, dass die gesamte Anlage einmal weiträumig und prunkvoll gewesen sein musste.

»Pharao Echnaton fand hier die idealen Bedingungen für die Gründung einer neuen Stadt vor«, erklärte Foster. »Ein Stück unberührter Natur, in das noch nie zuvor ein Mensch seinen Fuß gesetzt hat. Das Land gehörte nach seinen Vorstellungen niemandem, keiner erhob Anspruch darauf. Also weihte er es seinem Gott Aton. Er nannte die neue Stadt Achet-Aton. Wenn man die Ruinen heute sieht, glaubt man kaum, dass hier einmal zwischen dreißig- und fünfzigtausend Menschen lebten. Sie hatten sich ein kleines Paradies erschaffen.«

Carla zog ihren Hut tiefer in die Stirn, um nicht von der Sonne geblendet zu werden, die heiß auf sie herabbrannte. Ein Stück weiter sah sie ein paar ägyptische Grabungshelfer unter einem Dach aus Palmblättern arbeiten. Die Männer hatten lange Holzbänke vor sich, darauf Körbe voller Geröll. Unter Borns Anweisungen reinigten die Helfer Stück um Stück mit feinen Haarpinseln, danach wurden die Steine akribisch vermessen und zur weiteren Begutachtung in spezielle Kästen gelegt.

Als Fosters Assistent seinen Chef und dessen Besucher entdeckte, tippte er grüßend an seinen Hut, wandte sich dann aber sogleich ab. Carla atmete auf. Sie hatte beschlossen, den Besuch des Mannes in ihrem Zelt zu verschweigen. Wem half es, wenn er und Reidt in Streit gerieten?

»Sie haben sicher erwartet, wir würden mit Schaufel und Spitzhacke graben«, sagte Foster.

»Das glauben viele. Aber mit einer Hacke würden wir die Hälfte aller Funde zerstören. Die Archäologie ist nichts für Ungeduldige!«

Er führte sie an den Fundamenten weiterer Gebäude vorbei zum Haus des Bildhauers, das so genannt wurde, weil an diesem Ort zwanzig Jahre zuvor die kostbarsten Entdeckungen im Wüstensand gemacht worden waren.

»Mein geschätzter Kollege Borchardt nannte diese Stätte Haus P47/2«, sagte Foster. Er deutete auf die Überreste einer Lehmziegelmauer, welche erstaunlich gut erhalten war.

»Hier wurde die Büste der Nofretete gefunden, nicht wahr?« Carla ging in die Hocke und legte ihre Hand behutsam auf den heißen Sand.

Reidt sah sie erstaunt an. »Woher weißt du das? Hast du davon gelesen?«

»Nein, aber … Ich habe keine Ahnung. Es ist nur so ein Gefühl.«

»Oder weibliche Intuition!« Foster wischte sich mit einem Tuch Staub und Schweiß von der Stirn. »Aber Sie haben recht, meine Liebe! Nofretete lag exakt dort, wo Ihre Hand den Sand berührt. Mit dem Gesicht nach unten wurde sie gefunden, als hätten diejenigen, die sie dort vor über dreitausend Jahren verscharrten, sich vor dem Blick aus ihren steinernen Augen gefürchtet. Für Borchardt und mich war ihre Bergung allerdings ein Grund zum Feiern. Der aufregendste Tag meines Lebens.«

Der Archäologe schwelgte einen Moment in Erinnerungen, dann klopfte er Reidt auf die Schulter. »Ihr Schwager würde mir gewiss beipflichten, wenn er noch am Leben wäre. Er war der Erste, der seine Kamera auf die Büste richtete. Gewiss kennen Sie seine Aufnahmen?«

Carla sah Reidt nach Luft schnappen. Ihr war schon früher aufgefallen, dass die Miene des jungen Mannes sich verdüsterte, sooft die Rede auf seinen verstorbenen Schwager kam. Er hegte doch wohl kaum den Verdacht, dass Uhls Tod etwas mit der Ausgrabung der Büste zu tun haben könnte? Nein, das war Unsinn. Reidt mochte auf seinem Gebiet ein Künstler sein, doch abergläubisch war er nicht. Vermutlich war ihm der tödliche Unfall seines Schwagers einfach nahegegangen. Hinzu kam, dass er sich seitdem für Marlies verantwortlich fühlte, was eine Reihe ganz eigener Probleme heraufbeschwor.

Carla und Reidt folgten dem Archäologen zu einem mit zahlreichen Pflöcken abgesteckten Feld, welches nach Ansicht der Gelehrten den ehemaligen Tempelbezirk darstellte.

»Für Echnaton und seine Gemahlin Nofretete war dieser Boden heilig!« Fosters Stimme gewann einen weihevollen Unterton. »Hier verehrten sie Aton, den Gott der Sonne. Der Pharao sah sich selbst als dessen Inkarnation und obersten Priester.«

Reidt marschierte das Feld mit langen Schritten ab, dann breitete er die Arme aus. »Dieser Ort wirkt auf mich selbst geradezu magisch. Dazu das herrliche Panorama!« Er warf Carla einen begeisterten Blick zu. »Ja, ich denke, dass wir an diesem Ort fast alle Außenaufnahmen drehen könnten. Die entsprechenden Kulissen sind schnell gezimmert: ein Tempel, ein paar Gebäude … Und das Licht ist außergewöhnlich.« Er stapfte durch den Sand, wobei er auf die in der Ferne liegenden Berge deutete.

»Nofretete flieht während eines Sandsturms hinauf ins Gebirge, wo sie sich zu verstecken versucht. Es ist alles da, was wir brauchen.« Er wandte sich um. Seine Augen funkelten, als er erklärte: »Dieser Film wird so realistisch, dass das Publikum in den Lichtspielhäusern glauben wird, die Hitze auf der eigenen Haut spüren zu können. Die Menschen werden sich dreitausend Jahre in die Vergangenheit versetzt fühlen. Damit können die Herren aus Hollywood mit ihrem neumodischen Technicolor und ihren Pappkulissen einpacken.«

Carla fiel auf, dass Foster zu Reidts euphorischem Ausbruch kein Wort verlor. Er blickte im Gegenteil ziemlich ernst drein. Erst beim Mittagessen, das sie gemeinsam unter einem Schattendach einnahmen, sprach er seine Bedenken aus.

»Ihr Projekt in allen Ehren, lieber Reidt, aber Sie scheinen zu vergessen, dass Amarna eine archäologische Ausgrabungsstätte ist.«

»Aber keineswegs, Doktor! Ich würde selbstverständlich dafür sorgen, dass Ihre Arbeiter nicht behelligt würden. Ich möchte ja nicht an der Fundstelle der Keramiken drehen, sondern ein Stück weiter östlich, dort, wo Sie Nofretetes einstigen Sonnentempel vermuten.«

Foster presste fest die Lippen aufeinander, schwieg aber.

»Ich vermute, dass genau hier das Problem liegt«, warf Carla schüchtern ein. »Nicht wahr, Doktor? Es ist heiliger Boden, der oft genug von Menschen entweiht wurde.«

Reidt schüttelte irritiert den Kopf. »Ich habe mich wohl verhört!«

»Nein, das haben Sie nicht«, brummte Foster. »Ich habe angenommen, Sie wollten hier nur die Gegebenheiten studieren, damit Sie später in den Berliner Studios ein detailgenaues Bild von Amarna entwerfen und umsetzen können. Es war aber niemals die Rede davon, eine ganze Filmgesellschaft mit Kameras, Scheinwerfern und Schauspielern herzubringen, die dann alle zwischen den Ausgrabungen herumstolpern.«

»Ich kann diesen Film nur hier drehen«, protestierte Reidt aufgeregt. »Ich will keine Berge aus billigem Pappmaché nachbauen oder Sand von der Havel ins Studio karren, sondern den

Zauber Ägyptens einfangen. Nur aus diesem Grund bin ich hierhergekommen.« Er holte tief Luft. »Ich habe die Büste der Nofretete in Berlin gesehen. Seitdem weiß ich, dass ich ihre Geschichte erzählen muss, und diese Geschichte beginnt hier!«

Foster warf verärgert seine Serviette auf den Tisch. Über den Resten des Mittagessens, am Spieß gegrillte Hammelbratenstücke mit duftendem Gewürzreis und einer Joghurttunke, schwirrte bereits ein Schwarm Fliegen, die ein Festmahl witterten.

»Sie wollen also Nofretetes Geschichte erzählen?«, rief der Archäologe. »Ich denke, es geht Ihnen nur um Ihren eigenen Erfolg. Sonst würden Sie nicht einmal in Betracht ziehen, den einstigen Tempelbezirk zu schänden. Dort liegt noch zu viel im Wüstensand begraben, was nicht durch das unbedachte Vorgehen von Laien zerstört werden darf.«

Reidt sprang auf. »Das ist nicht fair, Doktor, und das wissen Sie! Und weil wir gerade dabei sind: Wie können Sie es wagen, mir unlautere Interessen zu unterstellen, wo Sie doch selbst drauf und dran sind, sich aus Amarna zurückzuziehen?«

Fosters Augen verengten sich zu kleinen Schlitzen, durch die er Reidt, aber auch Carla böse anfunkelte. »Was zum Teufel …«

»Wir wissen, was Sie vorhaben«, fiel Reidt ihm ins Wort. »Wenn Sie der Meinung sind, dass es rund um den Palast und die Tempelanlage noch so viel auszugraben gibt, warum gehen Sie dann nach Palästina, anstatt in Amarna die Stellung zu halten?«

»Dieser verdammte Säufer Born …«, fluchte Foster. Er atmete ein paarmal tief durch, dann schien seine Wut abzuflauen. Er streckte sogar den Arm aus, um die Hand auf Reidts Schulter zu legen. »Hören Sie zu, Junge!«, sagte er in eindringlichem Ton. »Dass Sie Ihr Vorhaben mit solcher Leidenschaft verteidigen, gefällt mir. Und wenn die Ufa beim neuen königlichen Ministerium für Kunst und Kultur in Kairo einen Antrag auf Bewilligung stellt, wird sie diese ohnehin bekommen, ob ich nun dafür bin oder nicht. Ich wurde in Ägypten zur Persona non grata erklärt, deshalb meine Flucht nach Palästina.« Er grinste schief. »Dem biblischen Moses erging es nicht anders. Auch er zog aus Ägypten aus, auf der Suche nach seinem gelobten Land. Interessanterweise sind einige Gelehrte heute der Ansicht, dass sein Glaube an einen einzigen Gott, den Gott der späteren Juden und Christen, an diesem Ort, in Amarna, geboren wurde.«

»Es tut mir leid, dass Sie fortgeschickt werden«, sagte Carla. »Gewiss fällt es Ihnen schwer, die Ausgrabungen zurückzulassen.«

»Kein Sorge, ich werde am Toten Meer genug alte Scherben finden!« Foster nickte ihr zu, dann wandte er sich wieder an Reidt. »Ich kenne da ein Fleckchen Land, das sich noch viel besser für Ihre Zwecke eignen würde als der staubige Tempelbezirk.«

»Einen Drehort?«

Foster nickte eifrig. »Und ob!«, sagte er lächelnd. »Ein unberührtes Stück Wüste, gar nicht weit von hier. Von der Anlage her ist das Tal ähnlich geschnitten wie Amarna. Dort wären Sie und Ihre Leute völlig ungestört. Und das Panorama ist ausgezeichnet, fast besser als vor Ort. Born wird Sie gleich morgen nach Tagesanbruch hinführen.«

»Morgen?« Carla stieß die Luft aus. »Aber wir müssen zurück nach Kairo, und von dort aus nach Alexandria. Unser Schiff wartet nicht auf uns.«

»Ach was, mit dem Jeep brauchen Sie keine zwei Stunden, um sich das Tal anzusehen.«

Reidt war anzusehen, dass er mit sich kämpfte. Amarna war genau der Ort, von dem er geträumt hatte. Die antike Stadt mitten in der Wüste besaß für ihn nicht nur den Vorzug günstiger Lichtverhältnisse sowie einen herrlichen Ausblick auf den schmalen Nilstreifen, auf Wüste und Berge. Nein, hier draußen atmete jeder einzelne Stein, über den sie schritten, die Geschichte aus, die Echnaton und Nofretete vor Jahrtausenden geschrieben hatten. Es lag geradezu ein mystischer Zauber über dem einsamen Ort, der nicht nur den jungen Regisseur faszinierte. Auch Carla spürte, dass Amarna sie längst in ihren Bann gezogen hatte.

Dennoch fand sie Fosters Kompromissangebot fair. Sollten in dem Tal, von dem er sprach, ähnliche Bedingungen vorliegen, so durfte Reidt nicht zögern, das Angebot anzunehmen.

29. KAPITEL

Den Abend verbrachte Reidt damit, zwei Briefe aufzusetzen, die er noch vor ihrer Rückfahrt nach Alexandria zu übermitteln gedachte. Der eine war für seinen Produzenten in Berlin bestimmt, der andere sollte die ägyptischen Behörden in Kairo darüber informieren, dass die deutsche Ufa in Kürze Verhandlungen wegen Drehgenehmigungen für das kommende Jahr 1937 aufzunehmen gedenke.

Carla unternahm derweil einen ausgedehnten Spaziergang durch die Ruinen. Im Haus des Bildhauers setzte sie sich auf eine Mauer, von der aus sie den Fundort der Büste der Königin gut sehen konnte. Dort wartete sie auf die allmählich hereinbrechende Dämmerung. Sie fragte sich, wie es wohl ihrem Vater ging. Hielt er sich noch in Alexandria auf, oder war er inzwischen in Kairo eingetroffen? Und Rina? Hatten sie und Emil inzwischen die Pyramiden und die Sphinx gesehen?

Carla zuckte erschrocken zusammen, als ein leises Räuspern an ihr Ohr drang.

Born? Sich wie ein Luchs an sie heranzuschleichen, passte zu dem Burschen. Wie von der Tarantel gestochen sprang sie von der Mauer herab und ergriff gleichzeitig einen herumliegenden Stein, um sich nötigenfalls damit zur Wehr zu setzen.

»Schon gut, erschlag mich nicht gleich!«

Mit einem Seufzer ließ Carla den Stein zu Boden fallen, als sie Reidt auf sich zukommen sah. Der junge Mann trug etwas bei sich, was Carla im schwindenden Tageslicht erst auf den zweiten Blick als ihren Geigenkasten erkannte.

»Was machst du mit meiner Geige?«

Über Reidts Gesicht huschte ein Lächeln. »Na ja, ich dachte mir, wenn du das gute Stück schon durch halb Ägypten schleppst, könntest du mir auch mal etwas vorspielen.«

»Ausgerechnet im Haus des Bildhauers? Ich weiß nicht, ob das eine gute Idee ist.« Carla fiel ein, was der Archäologe über die Heiligkeit dieses Ortes gesagt hatte. Womöglich störte sie die Ruhe derer, die hier einst gelebt hatten. Andererseits war die Stätte, an der sie standen, kein Grab ... Im Gegenteil, sie war vor Jahrtausenden voller Leben gewesen. Begabte Künstler hatten hier Werke unvergänglicher Schönheit erschaffen. Menschen waren durch die Tore gegangen, hatten an diesem Ort gelacht, geweint und geliebt.

»Möchte wetten, dass in Amarna schon lange niemand mehr musiziert hat«, sagte Reidt. »Vermutlich wärst du die Erste seit den Tagen des Pharaos Echnaton. Es heißt, er und seine Gemahlin hätten Musik geliebt und Achet-Aton wäre voll davon gewesen.« Er zwinkerte ihr zu. »Tu es für mich«, bat er. »Gib Amarna seine verlorene Musik zurück.«

Carla nahm die Geige aus dem Kasten und prüfte sorgfältig die Saiten, bevor sie den Bogen einige Male probeweise ansetzte. Ja, nun fühlte sie es auch: Der Ort verlangte nach Musik. Ohne lange darüber nachzudenken, fing sie an zu spielen. Sie entschied sich für ein Violinkonzert Beethovens, wechselte dann aber zu Brahms und schloss schließlich mit den ersten Takten eines Stücks von Max Bruch, weil dieses ihr die Möglichkeit gab, zu improvisieren. Als die Melodie verklungen war, sah Carla, dass Reidt die Augen geschlossen hatte.

»Aufwachen, Schlafmütze!«, rief sie lachend. »Nun, genügt das für den ersten Abend?«

Reidt kam näher und drückte ihre Hand. »Du weißt gar nicht, wie viel du mir bedeutest, Carla. Wenn du bei mir bist, habe ich das Gefühl, dass mir alles möglich ist.«

»Du meinst, ich bin dein vierblättriges Kleeblatt?«

»Ich möchte, dass wir zusammenbleiben! Auch nach Ägypten!«

Carla verharrte einen Moment lang wie gelähmt. Erst als sie wieder Gefühl in ihren Armen und Beinen spürte, riss sie sich von ihm los. Mit zitternden Fingern verstaute sie ihre Geige, blickte Reidt dabei aber nicht an.

»Willst du denn gar nichts dazu sagen?«

Sie spürte, wie Tränen in ihre Augen schossen, was sie wütend machte, weil sie sich fest vorgenommen hatte, nicht die Fassung zu verlieren. »Wie oft denn noch? Es ist unmöglich. Ich dachte eigentlich, wir hätten das geklärt.«

»Du magst es für dich geklärt haben, aber …«

Carla schüttelte den Kopf. »Es ändert sich nichts, wenn du immer wieder davon anfängst. Wie du dich erinnerst, bin ich unter der Bedingung mit dir nach Amarna gekommen, dass wir gemeinsam den Augenblick genießen und nicht an die Zukunft denken. Eben weil es für uns keine Zukunft gibt. Oder willst du deine Arbeit beim Film aufgeben?«

Er schüttelte den Kopf.

»Na siehst du!« Carla fuhr sich mit der Hand über die Augen, denn urplötzlich überkam sie eine unbeschreibliche Müdigkeit. »Schade«, sagte sie leise. »Dieser Augenblick war wirklich etwas ganz Besonderes. Wir hätten uns ein Leben lang daran erinnern können. Er hätte uns Kraft und Trost gegeben …«

»Ich will mich nicht mit einer Erinnerung an dich trösten, Carla. Erinnerungen verblassen. Ich will dich!«

»Aber du kannst nicht mich und eine Karriere beim Film in Deutschland haben! Sieh das doch ein! Oder willst du, dass uns die Gestapo verfolgt? Dass man uns den Prozess macht?«

Es brach Carla fast das Herz, ihn stehen zu lassen. Aber welche Wahl hatte sie? Rasch nahm sie ihren Geigenkasten und rannte damit so schnell sie konnte zu ihrem Zelt.

Dort angekommen, warf sie sich auf ihre Pritsche und vergrub ihr Gesicht im Kissen. Dabei fiel der Geigenkasten zu Boden, das Schloss schnappte auf.

Es verging eine halbe Ewigkeit, bis Carla sich aufraffen konnte, ihr Instrument aufzuheben. Sie polierte das Holz mit einem Tuch blank und wollte die Geige gerade wieder in den Kasten legen, als ihr etwas auffiel. Der Kasten war sehr alt, älter als das Instrument selbst. Ihr Vater hatte ihn auf einer Geschäftsreise in Brüssel erstanden, als Carla noch ein Kind gewesen war. Er war mit einem dicken weinroten Samtbezug ausgeschlagen, der die Geige vor Stößen und Erschütterungen schützte. Dieser Bezug war durch den Sturz zu Boden verrutscht. Als Carla ihn in den Kasten zurückstopfen wollte, stießen ihre Finger zu ihrer Überraschung auf etwas Hartes, das dort nicht hingehörte. Es steckte irgendwo im Samt, wo genau ließ sich jedoch schwer feststellen.

Carla runzelte die Stirn. Nanu, was um alles in der Welt konnte das sein? Steine, die durch den Stoff in den Kasten gedrungen waren? Aber das war doch unmöglich.

Irritiert nahm sie die Lampe vom Tisch und platzierte sie so, dass ihr Schein direkt auf die Pritsche fiel. Mit wachsender Neugier suchte sie weiter den Stoff ab, bis sie schließlich eine kleine Naht ertastete. Sie war nicht länger als ein paar Zentimeter, jedoch groß genug, um etwas darunter verschwinden zu lassen. Carla holte ihre Tasche und wühlte in ihren Sachen, bis sie eine kleine Nagelfeile in der Hand hielt. Damit trennte sie vorsichtig die Naht im Samt auf. Wer auch immer den Stoff aufgeschnitten hatte, war mit Bedacht vorgegangen. Die Stiche wirkten zwar nicht sehr fachmännisch, waren aber mit Garn in derselben Farbe wie der Samt selbst und zudem an einer besonders faltenreichen Stelle ausgeführt worden, die für das bloße Auge fast unsichtbar blieb. Als die Öffnung groß genug war, schob Carla zwei Finger durch die aufgetrennte Naht. Im ersten Augenblick glaubte sie, nichts als ein weiteres Stück Samt zu ertasten, stellte dann aber fest, dass es ein kleiner Beutel war, den sie berührte. Da sie den uralten Bezug nicht ruinieren wollte, kostete es sie einige Anstrengung, um ihn durch den Schlitz zu ziehen. Aber nach einigen Versuchen gelang es ihr schließlich.

Sie rückte die Petroleumlampe näher an sich heran, dann begutachtete sie ihren Fund: Der Beutel bestand aus demselben Material wie der Geigenkastenbezug, seine Öffnung war mit festem Faden zugenäht worden.

Eine Ahnung beschlich Carla, als sie den Faden mithilfe ihrer Nagelfeile durchtrennte und den Inhalt auf die Decke ihres Feldbetts leerte. Aber … Sie schnappte nach Luft. Das konnte doch nicht sein. Träumte sie?

Diamanten. Zwölf lupenreine Diamanten, die im Licht der Lampe wie Sterne um die Wette funkelten. Etwas Schöneres hatte sie nie gesehen – und auch nichts Bedrohlicheres.

Carla wurde schwindelig, je länger sie die Edelsteine anstarrte. Ihr Herz begann zu rasen. Sie hatte Steinbergs Diamanten durch halb Europa bis nach Afrika mit sich herumgetragen. In einem Geigenkasten.

Sie presste sich ein Kissen vor den Mund, weil sie spürte, dass sich ein hysterisches Kichern Bahn brach. Nur mit Mühe gelang es ihr, sich zu beherrschen und nicht laut zu lachen. Es war aber auch zu komisch. Ihr Vater hatte sie in dem Glauben gelassen, er schmuggle Steinbergs Diamanten in seiner Kamera aus Nazi-Deutschland heraus, dabei hatte er sie in ihren Kasten eingenäht. Dieser elende Schuft, dachte sie, während sie die Steine in die Hand nahm. Dieser mit allen Wassern gewaschene Betrüger. Warum zum Teufel hat er das getan?

Weil ich es ihm angeboten habe? Ihre Faust schloss sich um die Diamanten, bis diese ihr ins Fleisch schnitten. Der Schmerz besänftigte ihren Zorn ein wenig.

Ja, wenn man es ganz genau nahm, hatte sie ihm tatsächlich an Bord angeboten, ihn bei der Durchführung seiner Mission zu unterstützen. Aber er hatte abgelehnt. Wie kam er dazu, ohne ihr Wissen die Edelsteine in ihrem Geigenkasten zu verstecken?

»Und was soll der Blödsinn mit der Kamera?«, flüsterte sie. »Vater, was ist bloß los mit dir? Was für ein Spiel treibst du mit uns allen? Ich würde dich so gern verstehen, aber wie?«

Draußen waren plötzlich Schritte zu hören. Jemand kam zum Zelt gelaufen. Ausgerechnet jetzt, dachte Carla beunruhigt, als ihr einfiel, dass sie vorhin viel zu durcheinander gewesen war, um den Zelteingang zu schließen. Wie dumm von ihr! Es fehlte noch, dass jemand im Lager von ihrem Fund Wind bekam. Da es zu spät war, ein sicheres Versteck für die Steine zu finden, bedeckte Carla sie mit ihrem Kissen. Anschließend bückte sie sich nach der Lampe. Doch es gelang ihr nicht mehr, sie zu löschen.

»Sie sind noch wach?« Born steckte seinen Kopf durch die Zeltöffnung und sah sie an. »Sie sehen, mit Verlaub, reichlich mitgenommen aus, Fräulein. Haben Sie etwa geweint? Wegen des Filmfritzen?« Er machte eine wegwerfende Handbewegung. »Ich habe zugehört, wie Sie vorhin gespielt haben. Das war schön! Gesehen haben Sie mich aber nicht, Sie hatten nur Augen für diesen Reidt! Und dann sind Sie plötzlich davongelaufen wie ein scheues Reh. Was ist passiert? Wurde der Bursche frech? Soll ich ihm die Schnauze polieren?« Er grinste tückisch.

Carla hatte keinen Nerv für Borns Annäherungsversuche. Sie musste ihn loswerden, und das so rasch wie möglich. Es kostete sie ja jetzt schon Überwindung, nicht zu ihrem Feldbett hinüberzuschauen. Born war nicht zu trauen, er durfte auf keinen Fall Verdacht schöpfen.

Sie zwang sich zu einem Lächeln. »Wir hatten eine kleine Meinungsverschiedenheit, nichts Ernstes«, sagte sie. »Übrigens ist Herr Reidt weder mein Verlobter noch mein Aufpasser. Ich erledige nur einen Auftrag für ihn.«

Born stieß einen leisen Pfiff aus und sagte: »Dachte ich's mir doch gleich!« Er machte einen Schritt auf Carla zu. Sie wich zurück und stieß dabei mit dem Fuß gegen den Geigenkasten, der immer noch auf dem Boden lag. Ihr Herz drohte auszusetzen, als sie bemerkte, wie Born interessiert auf den geöffneten Kasten starrte. Da hob Carla Geige und Bogen auf und zog Letzteren über die Saiten. Ein kreischender Laut war zu hören.

Verdutzt öffnete Born den Mund. »Was soll das?«, zischte er

sie an. »Es ist spät, wollen Sie das ganze Lager aufwecken? Hören Sie auf damit, bevor hier alles zusammenläuft!«

Keine schlechte Idee, dachte Carla. Sie ließ den Bogen über die Saiten tanzen, bis Born den Rückzug antrat. Als sie das Instrument wieder beiseitelegte, hörte sie Fosters Hund aufjaulen. Nicht weit beschwerten sich verschlafene Stimmen auf Arabisch über die Ruhestörung.

Carla heuchelte Betroffenheit. »Das tut mir leid, aber manchmal packt es mich einfach. Äh, warum sind Sie eigentlich gekommen?«

»Sie sollen sich bereithalten«, sagte Born, seine Wut nur mühsam unterdrückend. »Morgen fahre ich Sie und Herrn Reidt zum Tal von El-Amaik.«

»Sie? Aber ich dachte, der Doktor …«

»Falsch gedacht, Herzchen«, brummte Born. »Foster kann mit dem Jeep nicht umgehen!«

»Das muss er auch nicht! Herr Reidt und ich haben ein Automobil. Er kann mit uns fahren.« Carla presste die Lippen aufeinander. Sie hatte fest damit gerechnet, dass nur der Doktor sie und Reidt zu dem einsam gelegenen Ort begleiten würde. Die Aussicht darauf, einen ganzen Tag mit Born zu verbringen, behagte ihr ganz und gar nicht. Noch stutziger wurde sie, als der Mann sie aufforderte, ihr gesamtes Gepäck mitzunehmen und nichts zurückzulassen.

»Wollten Sie nicht so schnell wie möglich nach Kairo zurück?«, fragte Born, ohne die Miene zu verziehen. »Sie und Herr Reidt fahren hinter mir her bis El-Amaik. Anschließend zeige ich Ihnen, wie Sie auf die nächste befahrbare Straße nach Memphis kommen. Sie werden sehen, bei Tageslicht und mit genügend Wasser in den Flaschen ist das das reinste Kinderspiel.«

Ein Kinderspiel? Carla mochte das gerne glauben, aber sie spürte ganz deutlich, dass Born sie belog.

Urplötzlich kam sie sich in der Stadt der Pharaonen nicht mehr wie ein willkommener Gast vor, sondern wie eine Gefangene. Sie verspürte Angst vor dem kommenden Tag.

30. KAPITEL

Alexandria, Spätsommer 1936

Fuchs grübelte, bis ihm der Kopf rauchte. Vergebens.

Etwas anbieten sollte er diesem Zabi. Fein, aber womit um alles in der Welt lockte man einen Mann aus der Reserve, der angeblich alles besaß, was man mit Geld kaufen konnte?

Fuchs war an diesem Abend der einzige Gast an der kleinen Bar an Deck, ein Umstand, den er begrüßte. Ihm stand der Sinn nicht danach, mit den an Bord verbliebenen Passagieren höfliche Konversation zu betreiben, mit ihnen Karten zu spielen oder im Rauchersalon über Beruf und Familie zu plaudern. Noch vor wenigen Monaten hätte er das liebend gern getan. Doch seit Rina und die Kinder fort waren, spürte er, wie die Kluft zwischen ihm und seinen Mitreisenden größer wurde. Er fühlte sich allein wie noch nie zuvor in seinem Leben. Mit den Landsleuten auf dem Schiff verband ihn nichts mehr, es war fast so, als sprächen sie nicht einmal mehr dieselbe Sprache. Vermutlich spürten auch sie sein distanziertes Verhalten und ließen ihn deshalb in Ruhe. Der einzige Mensch, der noch mit ihm redete, war Dimitrios. Der junge Steward versah an diesem Abend seinen Dienst an der Bar. Fuchs hatte ihm berichtet, was er im Teehaus am Markt der Kleiderhändler in Erfahrung gebracht hatte, doch helfen konnte Dimitrios ihm nicht.

Fuchs bestellte ein weiteres Glas Wein – das hatte er seit seiner Studienzeit nicht mehr getan. Heute trank er, weil er hoffte, der Alkohol würde ihm auf die Sprünge helfen. Ihm die rettende Idee eingeben. Doch so sehr er sich auch den Kopf zerbrach, ihm wollte einfach nichts einfallen, was er dem Ägypter für die Herausgabe seiner Kamera anbieten konnte.

Geld? Wenn die Gerüchte stimmten, war Zabi märchenhaft reich und würde Fuchs die Tür vor der Nase zuschlagen, wenn dieser versuchte, die Kamera für ein paar Pfund abzukaufen. Informationen? Schon besser. Ein Kaufmann war immer darauf angewiesen, zu wissen, was in der Welt vor sich ging. Bedauerlicherweise verfügte Fuchs aber nicht einmal über neue Zeitungen. Es gab nur eine Sache, die den Ägypter dazu bringen konnte, ihn in seinem Haus zu empfangen. Fuchs geriet wieder ins Grübeln. Sollte er Zabi ein Geschäft vorschlagen? Ihm seine Dienste als Wissenschaftler anbieten? Wenn der Kaufmann tatsächlich so einflussreich war, wie Faysal behauptete, und zudem über Kontakte zur ägyptischen Regierung verfügte, war es ihm vielleicht möglich, Fuchs und dessen Familie Schutz zu gewähren. Sie würden in Alexandria leben, was für Rina und Carla zunächst zwar schwer wäre, aber woran sie sich mit der Zeit gewöhnen würden. Emil würde am wenigsten Schwierigkeiten machen, für ihn wäre ein neues Leben in Ägypten der Beginn eines großen Abenteuers.

Dummerweise konnte Fuchs nicht beweisen, dass Zabi seinen Fotoapparat wirklich besaß. Er hatte auch keine Ahnung, ob dem Mann zu trauen war. Einen Fremden in seine Geheimnisse einzuweihen hieß, ein unkalkulierbares Risiko einzugehen. Faysal hatte behauptet, der Kaufmann bewundere Europa. In Alexandria, so viel wusste selbst Fuchs, gab es nicht nur Personen, die ihre Bewunderung für das nationalsozialistische Deutschland ganz offen zeigten, es tummelten sich auch viele Spione der deutschen Regierung im Land. Die würden bald auf ihn und seine Familie aufmerksam werden. Sich in Ägypten niederzulassen war daher ohne die Hilfe mächtiger Unterstützer ein Tanz auf dem Drahtseil.

Dimitrios hob erstaunt den Blick, als sich Fuchs vom Barhocker schwang. »Geht es Ihnen gut, Herr Doktor? Vielleicht sollten Sie sich hinlegen!«

»Ich … muss noch einmal in die Stadt!«

»Aber doch nicht zu diesem Zabi!« Der junge Steward seufzte. »Sie haben doch gehört, was der Bursche aus dem Teehaus Ihnen lang und breit erklärt hat: Man geht nicht einfach so zu Männern wie ihm. Er wird Sie nicht empfangen, und im schlimmsten Fall handeln Sie sich auch noch Prügel ein.«

»Ich muss es wenigstens versuchen«, sagte Fuchs.

»Also ist Ihnen etwas eingefallen, womit Sie Zabis Interesse wecken können?«

Fuchs zuckte mit den Achseln. Er wünschte, es wäre so einfach. Mit Verwunderung sah er zu, wie Dimitrios eilig Flaschen und Gläser in den Barschrank einschloss und aus der Bar trat. »Sie schließen schon ab? Aber so spät ist es doch noch gar nicht!«

»Ach was, wer jetzt noch einen Schluck braucht, soll in die Bar neben der Lounge gehen«, erklärte Dimitrios. »Was ist nun? Gehen wir?«

Fuchs verspürte einerseits Erleichterung, andererseits wollte er nicht, dass Dimitrios Ärger bekam. Der Zahlmeister hegte ohnehin schon den Verdacht, dass der junge Mann die Abwesenheit des Kapitäns nutzte, um es sich an Bord gut gehen zu lassen. Dimitrios ließ sich von seinem Vorhaben allerdings nicht abbringen.

Eine halbe Stunde später hielt die Droschke der beiden Männer vor dem Teehaus am Platz der Kleiderhändler. Zu Fuchs' Erleichterung war Faysal zu Hause. Sein Onkel servierte ihnen zwei Gläser aromatischen Tee mit Minzblättern, dann zog er sich ins Obergeschoss zurück, um in Ruhe das *Maghrib*, das islamische Abendgebet, zu sprechen.

Faysal schien nicht überrascht, Fuchs so schnell wiederzusehen, vermutlich hatte er sogar damit gerechnet. Als Fuchs ihn jedoch bat, ihn sogleich zum Haus des Kaufmanns zu bringen, legten sich Sorgenfalten über seine Stirn.

»Haben Sie sich das auch gut überlegt, Sajid? Wenn Sie Zabi verärgern, weil Sie ihm die Verwicklung in einen Diebstahl unterstellen, könnte es sein, dass Sie sein Haus nicht mehr lebend verlassen. Es soll vorgekommen sein, dass Menschen nach einem Besuch bei ihm einfach verschwunden sind. Das sind natürlich nur Märchen, die Diebe und Einbrecher von seinem Grundstück fernhalten sollen. Trotzdem ist äußerste Vorsicht geboten.« Er sah Fuchs an. »Sind Sie bewaffnet?«

»Wo denken Sie hin? Ich befinde mich auf einer Vergnügungsreise!«

»Ihr Glück«, sagte Faysal ruhig. »Wenn man eine Waffe bei Ihnen finden würde, wäre das nicht gut. Zabi lebt, wie viele wohlhabende Männer seines Ranges, in ständiger Sorge, man könnte ihn bestehlen oder einen Anschlag auf ihn verüben.«

»Sie vergessen, dass ich derjenige bin, der beraubt wurde!«, brauste Fuchs auf. »Und der Dieb steckt mit diesem Zabi unter einer Decke. Das haben Sie selbst gesagt!«

Faysal schüttelte entsetzt den Kopf. »Bei Allah, das habe ich nicht getan! Und Sie sollten sich hüten, so etwas in Zabis Haus zu behaupten.«

Es kostete Fuchs jede Menge Überredungskunst sowie weitere zehn britische Pfund, ehe sich der junge Mann bereit erklärte, ihn und Dimitrios durch die abendliche Stadt zum Haus des Zabi zu bringen. Dass sein Geld gut angelegt war, begriff Fuchs, als er versuchte, sich den Weg durch die zahlreichen engen Gässchen des Souk zu merken, durch die der junge Mann sie schnellen Schrittes führte. Dies war ein hoffnungsloses Unterfangen, denn im Viertel der tausend Augen glich ein Haus dem anderen. Fuchs konnte nur hoffen, dass Faysal sich nicht weigerte, ihm aus diesem Gewirr auch wieder herauszuhelfen.

Faysal lotste ihn und Dimitrios durch eine Pforte, die auf einen verwahrlosten Innenhof führte. Fuchs sah sich verdutzt um. Die Häuser hier wirkten allesamt schäbig und verfallen. Sollte in einem davon tatsächlich einer der reichsten Männer Ägyptens wohnen?

Er ging zu einem mit bunten Keramikkacheln belegten Brunnen, der inmitten des Hofes wirkte wie ein Veilchen in einem braunen Sumpf, und spritzte sich ein wenig Wasser ins Gesicht. »So und nun Spaß beiseite«, sagte er zu Faysal, nachdem er sich ein wenig erfrischt hatte. »Mir steht nicht der Sinn nach einem Stadtrundgang, also führen Sie mich endlich zu Zabis Haus. Es wird doch wohl kaum eine dieser Bruchbuden sein?«

»Urteilen Sie nicht vorschnell, Sajid«, sagte Faysal mit einem düsteren Lächeln. Er streckte die Hand aus und deutete auf ein aus rötlichem Sandstein erbautes Haus mit schmalen, zum Hof hin vergitterten Fenstern, über dessen Eingang eine Laterne brannte.

»Sie wollten, dass ich Sie zu Zabi bringe, und das habe ich getan. Was Sie nun machen, ist Ihre Sache und geht mich nichts an. Den Rest des Weges müssen Sie ohne mich gehen.«

»Sie haben wohl Angst vor diesem Mann?«

Faysal riss empört die Augen auf: »Angst? Ich? Wollen Sie mich beleidigen, Sajid? Ich halte es einfach nur nicht für ratsam, Zabis Aufmerksamkeit unnötig auf mich zu lenken. Das verdirbt meine Geschäfte und schadet auch meinem Bruder bei der Kommandantur. Aber keine Sorge, Sajid, ich werde vor dem Torbogen auf Sie und Ihren Freund warten. Eine Stunde lang, ab jetzt. Sollten Sie bis dahin nicht zurück sein, müssen Sie den Weg zum Hafen ohne meine Hilfe finden.«

Mit diesen Worten machte Faysal kehrt und verschwand lautlos in der Dunkelheit.

Auf Fuchs' Klopfen kam ein kugelrunder Mann an die Tür, der ihn und auch Dimitrios mit misstrauischen Blicken musterte. Fuchs entschuldigte sich wortreich für die späte Störung, obwohl er mutmaßte, dass der Türwächter ihn nicht verstand. Als er jedoch darum bat, Zabi sprechen zu dürfen, hellte sich die finstere Miene des Mannes auf.

»*Almaiin*?«, erkundigte er sich auf Arabisch.

Fuchs nickte. »Ja, ich komme aus Deutschland. Bitte fragen Sie Ihren Herrn, ob er so gütig wäre, mir ein paar Minuten seiner kostbaren Zeit zu schenken.«

Der Diener machte einen Schritt zur Seite, damit Fuchs eintreten konnte. Als Dimitrios ihm ins Haus folgen wollte, versperrte ihm Zabis Diener den Weg und schüttelte den Kopf.

»He, was soll das?«, giftete der Steward den dicken Mann erbost an. »Sag bloß, du willst mich nicht hereinlassen?«

»Nur *Almaiin*!«

Fuchs protestierte, doch es hatte keinen Zweck, da Zabis Diener ihm nicht zuhörte. »Nur *Almaiin*«, war alles, was der Mann von sich gab. Dimitrios fand gerade noch Zeit, ihm zu verstehen zu geben, dass er draußen zusammen mit Faysal auf ihn warten würde, bevor die Tür krachend zugeschlagen wurde.

Fuchs stand einen Moment lang wie betäubt da. Er hatte nicht damit gerechnet, ohne jede Vorwarnung von Dimitrios getrennt zu werden. Das gefiel ihm nicht, ließ sich aber auch nicht mehr ändern. Ungeduldig wartete er, bis der Diener die Eingangstür sorgfältig verschlossen hatte, dann überreichte er ihm seine Karte, welche der Mann kommentarlos in einer Falte seiner roten Samtweste verschwinden ließ.

»Und nun?«, fragte Fuchs gereizt. »Wo ist Herr Zabi?«

Der Mann wies auf einen der an die Halle angrenzenden Räume, aus dem Stimmen und Gelächter drangen. Zur Untermalung plärrte ein Grammophon französische Chansons in die Nacht hinaus. Der Hausherr schien Gäste zu bewirten. Fuchs bewegte sich auf eine der Türen zu, doch der Diener eilte ihm sogleich hinterher. Er sollte den Herrn jetzt nicht stören, würde ihn aber so bald wie möglich zu Gesicht bekommen, las Fuchs aus seiner Reaktion. Anstatt Fuchs in der Halle warten zu lassen, führte der Mann ihn durch ein kompliziertes Netz aus prachtvollen Fluren in einen abgelegenen Trakt des Hauses. Der Weg dorthin bot Fuchs immerhin Gelegenheit, sich im Inneren umzusehen. Zu seiner großen Überraschung war das Haus des Kaufmanns nicht annähernd so verfallen und schäbig, wie er beim Anblick der Außenfassade gedacht hatte. Vielmehr erinnerten die Räume, an denen er vorbeikam, an den Palast eines

Paschas. Die Fußböden waren mit kostbarstem Edelholzparkett belegt, die Wände teilweise mit Marmor verkleidet. Kronleuchter aus Kristall beleuchteten antike Möbel, kostbare Teppiche und verspielte Wasserbecken, in denen sich Goldfische tummelten. Auffallend war dabei, dass die meisten Kunstobjekte, ebenso wie das Mobiliar, nicht orientalischen, sondern europäischen Ursprungs waren. Das Haus hätte, sah man einmal von der Umgebung ab, ebenso gut auch im Berliner Grunewald stehen können. In einer Art Kaminzimmer, das nach süßlichem Pfeifentabak duftete, musste Fuchs warten. Der Raum besaß grüne Seidentapeten, wirkte aber insgesamt kühl und leblos, was auch das Ticken einer goldenen Uhr auf dem Kaminsims nicht minderte. Fuchs fühlte sich an eine Filmkulisse erinnert.

Fuchs stellte fest, dass Zabi über eine beeindruckende Sammlung naturwissenschaftlicher Werke verfügte. Viele der Bücher stammten aus Deutschland und waren in feines Kalbsleder gebunden. Falls Zabi damit nicht nur seinen europäischen Salon dekorierte, sondern die Bücher auch studierte, musste er ein kluger Kopf sein. Dafür sprach auch das große Fernrohr auf dem Schreibtisch, welches, wie Fuchs erkannte, von den Jenaer Zeiss-Werken stammte.

»Sie bewundern mein Teleskop?«, ließ sich eine singende Stimme hinter ihm vernehmen. Sie gehörte zu einem Mann, der leise in den Salon getreten war und Fuchs mit einer Mischung aus Neugier und Vorsicht betrachtete. »Man versprach mir, dieses Gerät sei das Modernste, was der europäische Markt zu bieten hat. Sie können mir gewiss sagen, ob dies der Wahrheit entspricht, nicht wahr?«

Fuchs starrte den Mann irritiert an. Er war groß und hager, hielt sich aber betont aufrecht. Sein fast faltenfreies Gesicht war bis auf ein Oberlippenbärtchen glatt rasiert und wurde von eng beieinanderstehenden Augen beherrscht, die Fuchs aufmerksam beobachteten. Sein Alter zu schätzen war nahezu unmöglich, was nicht nur an seinem kahlen Schädel lag, sondern auch an dem bewusst jugendlichen Auftreten des Mannes. Er schien Wert darauf zu legen, seinen Körper von allen Anzeichen des Alterns zu befreien. Seine Hände erschienen ebenso gepflegt wie das Gesicht, die Fingernägel waren perfekt manikürt. Auch seine Kleidung wies ihn als Mann von gutem Geschmack aus: Er trug einen schwarzen Abendanzug mit Kummerbund und rotem Binder; im Revers steckte eine goldene Nadel. Alles an ihm wirkte teuer und auserlesen, selbst das Rasierwasser, das den süßlichen Tabakduft überlagerte.

»Mein Name ist Zabi«, stellte sich der Mann mit einem festen Händedruck vor. »Ich heiße Sie in meinem Haus willkommen, auch wenn ich zugeben muss, ein wenig erstaunt zu sein. Verraten Sie mir, mit wem ich die Ehre habe?« Mit einer freundlichen Handbewegung lud er Fuchs ein, ihn zu den beiden grünen Ledersesseln am Kamin zu begleiten und nahm ihm gegenüber Platz. Auf einem zierlichen Biedermeiertisch gleich neben Zabis Sessel entdeckte Fuchs ein Schachbrett mit wunderschönen, handgeschnitzten Figuren.

»Spielen Sie?«

Fuchs hob überrascht den Blick. »Ich? O nein, das heißt … nicht mehr.«

»Das ist schade. Ich selbst liebe das Spiel der Könige seit meiner Jugend. Es vergeht kaum ein Tag, an dem ich nicht wenigstens eine der berühmten alten Partien nachspiele. Das hilft mir, den Kopf von schlechten Gedanken und traurigen Erinnerungen zu befreien, die uns alle von Zeit zu Zeit heimsuchen. Ich reiste sogar in meiner Jugend zur ersten Weltmeisterschaft 1886 in New York. Ein Erlebnis, das mein ganzes Leben geprägt hat.« Er zwinkerte Fuchs zu. »Diesen Blick kenne ich, mein Lieber. Er verrät mir, dass die Leidenschaft für das Schachspiel auch in Ihnen gebrannt haben muss. Aber vermutlich gibt es inzwischen viel bedeutsamere Dinge, die Ihrem Leben Sinn stiften, nicht wahr?«

Zabi hatte plötzlich Fuchs' Visitenkarte in der Hand, die er aufmerksam studierte. »Ich bin beeindruckt, Herr Doktor«, sagte er. »Als mein guter Ahmed mir die Karte gab, glaubte ich an einen Scherz. Dafür muss ich mich entschuldigen. Aber was, fragte ich mich, sollte einen der renommiertesten deutschen Wissenschaftler und Unternehmer ausgerechnet ins Haus eines armseligen Kaufmanns führen?« Abermals warf er einen Blick auf Fuchs' Visitenkarte. »Nein, ich fürchte, das ist zu viel der Ehre.«

»Nicht, wenn ich auf Ihre Hilfe zählen kann«, sagte Fuchs.

»Meine Hilfe?« Zabi wirkte erstaunt. »Aber wie sollte ein alter Krämer wie ich Ihnen helfen können?«

Die Tür ging auf, und Ahmed trat ein. Der wortkarge Diener balancierte ein Tablett mit Tee und einer Auswahl bunt bemalter Schälchen, welche Pistazien, Mandeln, gezuckerte Datteln und andere Köstlichkeiten enthielten. Beim Versuch, das Tablett auf dem Tisch abzustellen, stieß er versehentlich einige der Schachfiguren vom Brett, die polternd zu Boden fielen.

Wutentbrannt sprang Zabi auf und versetzte dem Mann eine schallende Ohrfeige.

Fuchs hielt die Luft an. Wie konnte ein so kultiviert und bedächtig wirkender Mann wie Zabi wegen ein paar heruntergefallener Spielfiguren derart die Fassung verlieren? Das war doch verrückt! Zu seiner Erleichterung beruhigte sich der Kaufmann rasch wieder, allerdings verbot er Ahmed, die Schachfiguren aufzuheben.

»Das mache ich selbst«, erklärte er streng und fügte, als er Fuchs' verständnislosen Blick bemerkte, hinzu: »Verzeihen Sie, dass Sie Zeuge dieser unerfreulichen Szene werden mussten, aber dieser Narr weiß, dass ich an einer schwierigen Eröffnungsstrategie gearbeitet habe.«

»Ach wirklich? Woher sollte er das wissen?«

Zabi nahm eine Handvoll Pistazienkerne und steckte sie sich in den Mund. »Ganz einfach«, sagte er kauend, »ich unterrichte ihn. Jeder, der auch nur einen Funken Verstand und Willen zum Lernen zeigt, bekommt Unterricht von mir! Männer wie Frauen, da mache ich keine Ausnahmen. Sie mögen es eine Marotte oder vergeudete Zeit nennen, aber ich folge damit nur dem Wunsch meiner verstorbenen Frau, der Bildung über alles ging. Sie wurde übrigens in Ihrer Heimat geboren, in Köln!«

»Dann darf ich annehmen, dass Sie Ihre guten Deutschkenntnisse Ihrer Gattin verdanken?«, fragte Fuchs, der sich schon gewundert hatte, dass der Ägypter seine Sprache beherrschte.

Zabi nickte. »Wir sind früher oft gemeinsam durch Deutschland gereist, und ich verbinde viele schöne Erinnerungen damit.«

Fuchs wurde aus diesem Mann nicht schlau. Seinem Hauspersonal Unterricht zu erteilen und durch Methoden wie das Schachspiel zum eigenständigen Denken anzuregen war gewiss großzügig und entsprach Zabis Vorliebe für Fortschritt und technische Errungenschaften, die er auch in seinem Heimatland verwirklicht sehen mochte. Er schien seine Frau noch über deren Tod hinaus zu verehren und respektierte ihren letzten Wunsch. Andererseits schien er offensichtlich zum Jähzorn zu neigen. Fuchs begann zu verstehen, warum Faysal ihn so eindringlich vor Zabi gewarnt hatte. Der Mann war unberechenbar, und das machte ihn hochgefährlich. Daran vermochte auch der höfliche Ton nichts zu ändern, den er ihm gegenüber anschlug.

»Sie wollten mir erklären, was Sie zu mir führt, Herr Doktor!« Zabis Stimme klang leicht ungeduldig. »Wobei kann ich Ihnen denn zu Diensten sein? Sind Sie geschäftlich in Alexandria? Brauchen Sie Hilfe bei den hiesigen Behörden?« Er seufzte. »Ach, die können eine wahre Plage sein.«

Fuchs verneinte. Er begann von der Kreuzfahrt zu erzählen, und dass er seiner Familie ein paar erholsame Tage auf hoher See sowie in einigen Ländern des Orients versprochen hatte. Dabei wählte er jedes Wort mit Bedacht, da ihm nicht entging, wie aufmerksam Zabi seinem Bericht zuhörte. Als er zu dem

Zwischenfall am Bahnhof kam, glaubte er, einen zufriedenen Zug um die Augen des Kaufmanns wahrzunehmen.

»Reden Sie weiter!«, drängte Zabi. »Das alles ist hochinteressant für einen einsamen Mann wie mich.«

Er weiß, wovon ich spreche, schoss es Fuchs durch den Kopf. Er weiß längst, dass ich am Bahnhof bestohlen wurde, weil ihm nichts von dem entgeht, was sich in der Stadt tut.

»Dass ein gelehrter Gentleman wie Sie in meiner Stadt Opfer eines so dreisten Diebstahls wurde, betrübt mich sehr!«, erklärte Zabi schließlich, wobei die Art und Weise, wie er von Alexandria sprach, Fuchs verriet, dass er die Stadt tatsächlich als sein Eigentum betrachtete. »Ich bedaure Ihren Verlust! Möge Allah dem Dieb die rechte Hand verdorren lassen.«

»Bekannte rieten mir, mich in diesem Fall an Sie zu wenden«, sagte Fuchs. »Wie Sie eben selbst so richtig bemerkten, sind die Behörden oftmals eher Last als Hilfe.«

»Ja, aber …«

»Ich möchte meinen Fotoapparat zurückhaben, mehr interessiert mich nicht«, unterbrach Fuchs den Ägypter. »Sie sind der bedeutendste Sammler technischer Geräte in Alexandria. Bevor eine Kamera für ein paar lumpige Münzen einem Krämer überlassen wird, schätze ich, dass sie Ihnen zum Kauf angeboten wird. Natürlich gehe ich davon aus, dass ein Mann von Ehre wie Sie niemals wissentlich Diebesgut aufkaufen würde.«

Zabi kniff die Augen zusammen. »Nur weiter, guter Mann!«

»Ich gehe von einem Versehen aus! Natürlich hatten Sie keine Ahnung, dass der Apparat, der zu Ihnen gebracht wurde, gestohlen war. Man hat Sie hinters Licht geführt!«

Zabi nahm einen Schluck Tee und forderte Fuchs mit einem Blick auf, auch sein Glas nicht kalt werden zu lassen. Fuchs stand der Sinn nicht nach Tee.

»Sie scheinen zu vergessen, wer ich bin«, sagte der Kaufmann nach einer halben Ewigkeit. »Mich führt man nicht so einfach hinters Licht. Aber Sie haben durchaus recht, mein Freund. Ihr

Apparat wurde mir von einem dieser dreckigen kleinen Halunken angeboten, die täglich mein Haus belagern, um mir irgendwelchen Schund anzudrehen. Meistens behaupten die, in den Gassen oder im Basar etwas gefunden zu haben. Für gewöhnlich lasse ich sie verjagen, aber ich muss gestehen, dass ich in diesem Fall einmal schwach geworden bin.« Er verbeugte sich. »Das beschämt mich.«

Fuchs' Herz raste vor Aufregung. »Dann ist die Kamera also in Ihrem Haus?«

Zabi nickte lächelnd.

»Ich bedaure, dass Sie Umstände und Ausgaben hatten«, sagte Fuchs eifrig. Er zückte seine Brieftasche. »Selbstverständlich werde ich sie Ihnen ersetzen. Sagen Sie mir nur, wie viel!«

Als Fuchs Zabis veränderten Gesichtsausdruck bemerkte, erkannte er, dass er einen Fehler gemacht hatte. Er hatte ihm Geld angeboten, etwas, vor dem Faysal ihn doch gewarnt hatte. Wie hatte er das nur vergessen können? Hatte der junge Mann aus dem Teehaus ihm nicht eingeschärft, Zabi bloß nicht zu beleidigen? Ihm stattdessen etwas im Tausch anzubieten, wozu er nicht Nein sagen konnte? Wie konnte er nur im entscheidenden Moment versagen?

Fuchs sackte förmlich in sich zusammen vor Enttäuschung und Wut über seine Blindheit. Nun würde der Kaufmann ihm sein Eigentum bestimmt nicht zurückerstatten, und das Gespräch war damit vermutlich ebenfalls zu Ende. Jeden Augenblick konnte Zabi nach seinem Diener läuten und ihn hinausbefördern lassen.

Doch er tat nichts dergleichen. War er gekränkt, so ließ er es sich keineswegs anmerken. Ja, Fuchs beschlich einen Herzschlag lang sogar das Gefühl, dass der Mann mit der Wendung, die ihr Gespräch genommen hatte, recht zufrieden war.

»Im Speisezimmer warten noch ein paar Gäste auf mich«, sagte er, nachdem er abermals an seinem Tee genippt hatte. »Eine illustre Schar, die darauf brennt, Sie kennenzulernen!«

»Mich?« Fuchs spürte, wie seine Kehle sich schmerzhaft zusammenzog. Ungeschickt zog er an seiner Krawatte. »Aber wer kann das sein? Leute vom Schiff?«

Zabis Lächeln wurde scharf wie eine Damaszenerklinge. »Meine Gäste sind Landsleute von Ihnen, Herr Doktor. Sie vertreten die Interessen des Deutschen Reichs. Sie arbeiten für die Handelskammer und für das Ministerium für Propaganda. Ja, und dann gibt es da noch zwei Herren, die ... Nun ja, sie werden sich Ihnen persönlich vorstellen wollen.« Er schüttelte den Kopf. »Ich muss zugeben, dass ich bestürzt bin. Da besucht mich ein Wissenschaftler aus der Heimat meiner verstorbenen Ehefrau, und was muss ich erfahren? Dass seine Bewilligung für Auslandsreisen inzwischen widerrufen und sein Pass für ungültig erklärt wurde.«

Fuchs riss fassungslos die Augen auf. Seine Papiere? Ungültig? Das konnte nicht sein.

»Tja, es sieht ganz so aus, als würden die Herren in meinem Speisezimmer sich mit Ihnen über Ihre sofortige Rückreise ins Deutsche Reich unterhalten wollen. Ein Jammer, nachdem Sie nicht einmal Zeit fanden, unsere Pyramiden und das Tal der Könige zu besichtigen.«

Fuchs rang nach Atem. Er hatte sich in die Höhle des Löwen begeben, nicht ahnend, dass dort wesentlich gefährlichere Raubtiere auf ihn lauerten. Unwillkürlich sah er sich in dem Raum nach einer Fluchtmöglichkeit um, doch das einzige Fenster, das auf einen ummauerten Garten führte, war vergittert. Und hinter der Tür wartete zweifellos Ahmed.

»Ich möchte Ihnen abraten, davonzulaufen, Fuchs«, sagte Zabi. »Das Haus ist verschlossen, die Altstadt wie ein Labyrinth. Bis zum Hafen werden Sie es niemals schaffen. Nicht, wenn ich es Ihnen nicht erlaube!«

»Ich nehme an, dass Sie das auch nicht beabsichtigen?«

Zabi hob die Hände. »Was habe ich davon, wenn ich Sie entkommen lasse? Es würde mich viel mehr interessieren, was die Herren im Speisezimmer von Ihnen wollen.«

Fieberhaft dachte Fuchs nach. Zabis gleichgültiger Tonfall verriet ihm, dass seine prekäre Lage für den Mann nicht mehr als ein abendliches Amüsement darstellte, das ihn selbst aus seiner Langeweile entführte. Zabi war Beobachter und Mittelsmann, hatte aber nichts gegen ihn. Vielleicht konnte er sich das zunutze machen. Doch wie?

Sie müssen ihm etwas anbieten, das ihn interessiert, erklang Faysals Stimme in seinem Kopf. Und plötzlich wusste er, was zu tun war. Er deutete auf das Schachbrett.

»Ich biete Ihnen eine Partie nach allen geltenden Regeln an«, sagte er. »Verliere ich, folge ich den Herren, ohne Aufsehen. Aber wenn ich gewinne, möchte ich meinen Fotoapparat zurückhaben.« Er streckte die Hand aus. »Was ist, schlagen Sie ein?«

Zabi schien hocherfreut. »Ein ausgezeichneter Einsatz, Doktor. Offen gestanden, habe ich mich schon gefragt, wie lange ich auf dieses Angebot würde warten müssen. Sie haben mich lange zappeln lassen, aber das sei Ihnen verziehen. Gehe ich recht in der Annahme, dass Ihr Vater Ihnen das Schachspiel beigebracht hat?«

Fuchs nickte zögerlich.

»Wie könnte es auch anders sein«, entgegnete der Kaufmann. »Gustav Heinrich Fuchs, Vizeweltmeister von 1886. Erwähnte ich nicht, dass ich damals bei der Endausscheidung in New York anwesend war und die großen Meister ihres Fachs aus nächster Nähe bewundert habe? Irgendwo im Haus muss ich noch eine Fotografie aus der New York Times haben, auf der er nach seinem triumphalen Sieg abgebildet ist. Was hätte ich darum gegeben, gegen ihn antreten zu dürfen, aber leider gehen nicht alle Wünsche in Erfüllung. Jedenfalls glaubte ich das bis heute. Nun scheint das Schicksal mir doch noch gnädig zu sein. Es führt den Sohn des Mannes in mein Haus, gegen den ich im Geiste Hunderte von Partien gespielt habe. Sie sehen ihm sogar ähnlich, wenn Sie mir diese Bemerkung erlauben. Aber Gustav

Fuchs war Jude, soweit ich mich erinnere! Heißt das nicht, dass Sie auch ...« Er stutzte, dann lachte er so schallend, als habe ihm jemand eine amüsante Geschichte erzählt. »Meine Güte, ich kann für Sie nur hoffen, dass den Herren in meinem Speisezimmer dieser Umstand nicht bekannt ist. Ihnen ist hoffentlich klar, was Ihnen bevorsteht, wenn Sie sich erst einmal in der Obhut der Gestapo befinden? Man wird Sie ins Reich zurücktransportieren und ... befragen. Womöglich auch zu der Leica, die Ihnen so am Herzen liegt.«

Fuchs nahm vor dem Tisch Platz und ordnete die Figuren auf dem Brett.

Er wählte weiß, so wie vor zwanzig Jahren, als er zum letzten Mal eine Partie gegen seinen Vater gespielt und diese haushoch verloren hatte. Bevor er seinen ersten Zug machte, hob er fragend den Blick.

»Wird man Sie drüben nicht vermissen?«, fragte er besorgt. »Ihre deutschen Gäste werden sich doch wundern, weil Sie so lange wegbleiben?«

»Keine Sorge«, sagte Zabi. »Ahmed hat dafür gesorgt, dass wir nicht gestört werden. Dieser Abend gehört mir, und was auch geschehen mag, ich werde ihn genießen.«

31. KAPITEL

Kairo, bei den Pyramiden von Gizeh, Spätsommer 1936

»Die Sphinx von Gizeh gehört zu den beeindruckendsten Sehenswürdigkeiten, die unser Land zu bieten hat. Kommen Sie zu mir, meine Herrschaften! Treten Sie näher und bewundern Sie die Schönheit, der weder die Jahrtausende noch der Sand etwas anhaben konnten.«

Die Begeisterung des Fremdenführers, der die Ausflugsgruppe vom Schiff über das Plateau von Gizeh führte, wirkte ansteckend. In den schillerndsten Farben führte er aus, was es über das sonderbare Bauwerk, halb Mensch, halb Löwe, zu sagen gab, das sich in unmittelbarer Nähe zu den Pyramiden aus dem Sand erhob. Als Rina sich umblickte, stellte sie fest, dass nicht nur Emil, sondern auch Bellamuti wie gebannt an den Lippen ihres Führers hingen. Sie hingegen fühlte sich an einen Zirkusdirektor erinnert, der vor seinem Zelt die Werbetrommel für Akrobaten, Clowns und Elefanten schlug.

Hereinspaziert, hereinspaziert!

Müde spannte Rina ihren Sonnenschirm auf. Es war höllisch heiß an diesem Ort. Ihre Füße brannten so sehr, dass sie am liebsten in eine der Droschken gestiegen und gleich zum Hotel zurückgefahren wäre. Aber natürlich durfte sie Emil das nicht antun. Der Junge stand neben Bellamuti, sein Gesicht schien vor Aufregung rot zu glühen.

»Die Sphinx entstand in der vierten Dynastie«, riss die Stimme des Fremdenführers sie aus ihren Gedanken. »Ihr Körper ist etwa dreiundsiebzig Meter lang, die Höhe beträgt sage und schreibe zwanzig Meter. Die Skulptur wurde aus demselben Stein gehauen wie die Pyramide des Cheops, die Sie dort drüben sehen können. Da ihr Körper die meiste Zeit tief unter Sand begraben lag, ist sie noch erstaunlich gut erhalten.«

»Gut erhalten?«, höhnte Bellamuti, der sich mit seinem Strohhut wedelnd die Fliegen vom Leib hielt. »Das Ungetüm hat keine Nase mehr und sieht auch sonst ziemlich ramponiert aus!«

Der Fremdenführer lächelte nachsichtig, als hätte er es mit einem quengelnden Kind zu tun. »Das haben Sie richtig erkannt, mein Herr! Ja, ausgezeichnet! Was die Nase der Sphinx betrifft, existieren unterschiedliche Erklärungen. Manche behaupten, der fanatische Scheich eines Sufi-Klosters sei an der Skulptur hochgeklettert und habe ihr die Nase mit Hammer und Meißel entfernt. Damals wurde die Sphinx noch gefürchtet und verehrt. Sie galt, wie zur Zeit der Pharaonen, als Hüter der Gräber. Auf Arabisch nannte man sie *Abu l-Haul*, was ›Vater des Schreckens‹ heißt. Die Sphinx, so jedenfalls die Legende, hat sich furchtbar für diesen Frevel gerächt. Der Sufi-Scheich wurde angeblich von einer aufgebrachten Menge gesteinigt.« Der Fremdenführer streckte seine Hand aus und berührte vorsichtig den wie Löwentatzen geformten Sandstein. Dann winkte er Emil aus der Gruppe heraus und forderte ihn mit einem breiten Grinsen auf, es ihm gleichzutun.

»Keine Angst, heute ist sie zahm wie ein Kätzchen. Solange man sie nicht verspottet!« Er nickte Bellamuti zu, der griesgrämig vor sich hin starrte. »Na, wollen Sie *Abu l-Haul* nicht auch einmal berühren, mein Herr?«

»Ich verzichte auf derlei Albernheiten«, sagte Bellamuti. »Aber trotzdem danke!«

Rina hätte Emil auch gern zurückgepfiffen. Doch damit hätte sie sich vor allen Leuten, auch vor ihrem Sohn, zum Gespött gemacht.

Was zur Hölle war nur mit ihr los? Warum lagen ihre Nerven blank? Hatte sie sich nicht vorgenommen, sich auf diesem Ausflug zu amüsieren wie alle anderen, die vergangenen Tage einfach auszublenden und zur Abwechslung endlich einmal nur an sich zu denken? Es war frustrierend, festzustellen, dass ihr nicht einmal das gelang.

»Den Herrn mit dem Gehstock wird es gewiss freuen, zu erfahren, dass es ein Italiener war, der unsere Sphinx von 1816 bis 1818 weitgehend aus ihrem sandigen Grab befreite«, hörte Rina erneut die Stimme des Fremdenführers. »Sein Name war Giovanni Battista Caviglia!«

»Die erste gute Nachricht heute«, bemerkte Bellamuti trocken. Carlas Geigenlehrer schien genug zu haben. Er beendete das Besichtigungsprogramm, indem er dem verdutzten Führer ein Bakschisch in die Hand drückte und sich dann schwerfällig wie eine Schildkröte auf die wartenden Wagen unterhalb des Plateaus zubewegte. Dort angekommen, wurde er sogleich von einem Schwarm Kinder umringt, die ihn lautstark anbettelten.

»Sie sehen erschöpft aus, gnädige Frau! Ich hoffe doch, die Hitze macht Ihnen nicht zu sehr zu schaffen?«

Verwundert drehte sich Rina um und bemerkte, dass Rovanic sich zu ihr gesellt hatte. Der Kapitän sah ohne seine Uniform verändert, aber keine Spur weniger attraktiv aus.

»Danke, es geht«, entgegnete Rina zurückhaltend. »Die vergangenen Tage waren ein wenig … aufregend, wenn Sie verstehen, was ich meine. Aber natürlich hätte ich um nichts in der Welt diesen Ausflug versäumen wollen. Seit wir in Kairo angekommen sind, redet mein Sohn von nichts anderem mehr als den Pyramiden. Ich glaube, es gibt keine Perspektive, aus der er die Bauwerke nicht fotografiert hat. Ich hoffe nur, dass die Aufnahmen gelingen.«

Rovanics Lachen wirkte ansteckend. Er bot Rina seinen Arm, um ein wenig mit ihr über das Plateau zu spazieren. Die Aussicht von dort oben war in der Tat so atemberaubend, dass es selbst Rina die Sprache verschlug. Rovanic reichte ihr sein Fernglas. In der Ferne sah sie, wie Beduinen ihre Kamele tränkten und Händler, die von Kairo hinausgezogen waren, um den Besuchern Süßigkeiten und bunte Webdecken zu verkaufen. Rina fragte sich unwillkürlich, wie der Ort wohl zur Zeit der Pharaonen ausgesehen haben mochte. Waren schon damals so viele Leute hierhergekommen, um die Gräber der Menschen zu besuchen, die sie wie Götter verehrten, oder hatte man sich gehütet, die Ruhe der Toten zu stören? Dass der Ort indes über eine unglaubliche Anziehungskraft verfügte, ließ sich nicht abstreiten. Rina seufzte leise, als sie Rovanic das Fernglas zurückgab. Mehr als alles andere wünschte sie, dass Robert und Carla bei ihr wären. Sie fühlte sich einsam.

»Machen Sie sich keine Sorgen«, sagte der Kapitän mit einem mitfühlenden Blick. »Auf dem Schiff geschieht Ihrem Gatten nichts, und gewiss geht es auch Ihrer Tochter gut. Sie ist erwachsen, lassen Sie sie Ihren Ausflug mit dem jungen Mann genießen. Die antike Stadt Achet-Aton ist berühmt. Bei den Archäologen vor Ort sind die beiden in guten Händen. Ihre Carla ist übrigens ein bewundernswertes Mädchen. Ich freue mich schon darauf, wenn wir wieder an Bord zurück sind und ich endlich ihrem Geigenspiel lauschen kann. Wie ich hörte, hat sie ja bereits vor ein paar Tagen in Athen ein spontanes Konzert gegeben. Die Passagiere, die mir davon erzählt haben, waren begeistert.«

Rina machte ein paar Schritte auf den Rand des Plateaus zu. Hier oben wehte der Wind so kräftig, dass sie Angst hatte, er könnte ihr den Sonnenschirm aus der Hand reißen.

»Was Carla betrifft, haben Sie recht«, sagte sie nach einigem Zögern. »Ich war immer stolz auf ihr Talent, aber wie es wirklich in ihr aussieht, ging völlig an mir vorüber. Ich war viel zu sehr mit mir beschäftigt, um meinen Kindern oder meinem Ehemann die nötige Aufmerksamkeit zu schenken.« Sie lachte. »Irgendwann musste ich dafür ja die Quittung erhalten. Mein Sohn ist ein Schlafwandler, meine Tochter treibt sich mit Regisseuren herum und mein Mann … Er hat mir etwas über sich verheimlicht, weil er mir nicht zutraute, mit dieser … Neuigkeit umgehen zu können.« Sie zuckte mit den Achseln. »Vielleicht zu Recht, wer weiß das schon. Seit Tagen grüble ich darüber nach, wie es von nun an mit uns weitergehen soll. Aber anstatt mit mir zu reden, jagt Fuchs wie ein Besessener seiner gestohlenen Fotokamera hinterher.«

»Vermuten Sie in Wahrheit eine Affäre?«

»Oh, nein, es geht nicht um eine andere Frau«, sagte Rina. Sie schloss kurz die Augen, um sich zu sammeln. Es tat gut, mit Rovanic zu reden. Anders als Bellamuti, der nur seine Musik und Carlas Laufbahn im Kopf hatte, hörte er ihr tatsächlich zu. Seine Blicke drangen bis in ihre Seele vor. Zum ersten Mal seit langer Zeit fühlte sie … Ja, was? Sie lächelte den Kapitän scheu an.

»Sie verdienen etwas Besseres als einen Mann, der Sie hintergeht«, sagte Rovanic leise. Er nahm ihre Hand und zog sie ganz nah an sich heran. Sie ließ es zu, ohne sich zu wehren.

»Und was verdiene ich Ihrer Meinung nach?«

»Jemanden, der Ihnen zeigt, wie wunderschön und begehrenswert Sie sind, Rina. Der es ehrlich mit Ihnen meint!«

Rinas Herz raste, als sie Rovanic ihren Vornamen aussprechen hörte. Geschah das wirklich oder war es nur ein Traum? Die Sonne, redete sie sich ein. Die Hitze. Ich phantasiere, weil ich nicht genug getrunken und geschlafen habe. Das kann nicht real sein.

Rovanics Kuss war durchaus keine Einbildung. Er brannte sich in Rinas trockene Lippen wie eine grell auflodernde Stichflamme, die kurz darauf zischend erlosch. Rina warf ihren Schirm zu Boden, dann spürte sie, wie ihre Hände unter Rovanics Hemd glitten. Er drängte sie gegen einen zerklüfteten Felsen.

»Nicht«, stöhnte sie, kaum noch eines vernünftigen Gedankens fähig. Einen Moment lang glaubte sie, ihre Füße verlören sich in Treibsand. »Hören Sie auf damit! Sofort!«

Augenblicklich ließ Rovanic sie los und strich sich die in die Stirn gefallenen Haarsträhnen zurück. Er holte tief Luft, bevor er sich leise entschuldigte. Rina bückte sich hastig nach ihrem Sonnenschirm, dann brachte sie ihr verrutschtes Kleid in Ordnung. Dabei zitterte ihre Hand vor Aufregung. Was war nur mit ihr geschehen? Sie hatte sich von einem fremden Mann bei den Pyramiden küssen lassen. Aber warum? Weil er gesagt hatte, sie verdiene jemanden, der sie zu schätzen wusste und nicht wie ein Möbelstück hin und her schob? Weil sie Robert bestrafen wollte, den Mann, den sie seit zwanzig Jahren liebte?

»Wir wissen beide, dass das eben niemals hätte geschehen dürfen«, erklärte sie mit rauer Stimme. »Also werden wir die Zeit ein paar Minuten zurückdrehen und so tun, als sei es auch nicht passiert! Ich verlasse mich darauf, dass Sie ein Kavalier sind und mich nicht ins Gerede bringen!«

»Ins Gerede bringen?« Ungläubig starrte der Kapitän Rina an. »So etwas würde ich niemals tun, Rina …«

»Frau Fuchs, wenn es Ihnen nichts ausmacht!«, entgegnete Rina mit Schärfe. »Sie haben mich zu einem kleinen Spaziergang eingeladen, um mir die herrliche Aussicht zu zeigen. Aber nun sollten wir zu den anderen zurückgehen, ehe man noch eine Suchmannschaft nach uns losschickt.«

Rovanic atmete tief durch, dann sagte er leise: »Haben Sie sich nicht gewundert, dass ich mit Ihnen von Alexandria nach Kairo gekommen bin, anstatt an Bord des Schiffes zu bleiben? Ich wollte in Ihrer Nähe sein, weil ich mich in Sie verliebt habe, Rina. Gegen einen solchen Sturm ist auch ein alter Seemann wie ich machtlos.«

Rina hatte vor, ihm über den Mund zu fahren, ihn daran zu erinnern, dass sie verheiratet war und Kinder hatte. Sie war kein Backfisch mehr, sondern trug Verantwortung für eine Familie. Das setzte man doch nicht für eine Liebelei aufs Spiel! Als Seeoffizier, der ein Schiff durch stürmisches Gewässer lotste, musste er das doch verstehen. Wie konnte er ihr sagen, dass er sie liebte? Wie konnte er nur annehmen, dass sie so etwas hören wollte, dass es ihr gar gefiel? Gefiel es ihr etwa wirklich?

Am Ende konnte sie sich nur zu einem müden Kopfschütteln aufraffen. Es ging nicht. Sie durften sich nicht mehr sehen, was auf einem Schiff schwierig werden würde.

»Du kannst mir nicht verbieten, um dich zu kämpfen«, rief er, als sie an ihm vorbeischritt. Ehe Rina eine Erwiderung einfiel, tauchte wie aus dem Nichts Maude Robbins vor ihr auf. Die junge Gouvernante sah abgekämpft aus, Rock und Schuhe waren staubig. Trotz der Hitze schien sie den Weg von der Sphinx bis hierher in aller Eile zurückgelegt haben.

Rina erstarrte. Hatte die Amerikanerin gehört, was Rovanic gesagt hatte?

»Ich störe doch hoffentlich nicht!« In Maudes Bemerkung schwang ein leiser Vorwurf mit. »Der Autobus muss nach Kairo zurück. Haben Sie ihn denn nicht hupen gehört? Was machen Sie überhaupt hier, gibt es dort hinten etwas Sehenswertes, Kapitän?«

Rovanic mochte ein hervorragender Kapitän sein, doch ein guter Schauspieler war er nicht. Noch immer aufgewühlt von seiner Liebeserklärung, wirkte seine Erklärung, Rina bei einem Spaziergang getroffen und beim Plaudern die Zeit vergessen zu haben, verkrampft.

Maude Robbins' zuckersüßes Lächeln verriet Rina nicht nur, dass die junge Frau ihm kein Wort glaubte, es drückte auch tiefe Enttäuschung aus. Doch sie schnappte sich Rovanics Arm, der ihre subtile Reaktion nicht bemerkt zu haben schien, und machte sich munter plaudernd auf den Weg zu den Autobussen bei der Sphinx. Rina würdigte sie dabei keines Blickes.

Nein, was für ein Schlamassel, dachte Rina. Das hatte ihr gerade noch gefehlt. Wie hatte sie sich nur so gehen lassen können?

Im Autobus lehnte sie versonnen den Kopf gegen das Fenster und dachte nach. Was, wenn Maude sie und Rovanic tatsächlich gesehen hatte? Ihr graute bei dem Gedanken, sie könnte Carla davon erzählen.

32. KAPITEL

Amarna, Spätsommer 1936

Carla starrte benommen auf das Zifferblatt ihrer Armbanduhr. So spät war es? Aber hatte sie nicht eben erst auf die Uhr gesehen und sich gefreut, noch ein wenig ausruhen zu können? Sie musste doch noch eingeschlafen sein, obwohl sie sich fest vorgenommen hatte, wach zu bleiben. Das war dumm, aber nicht zu ändern. Nun blieb kaum noch Zeit, um sich frisch zu machen. Hastig überzeugte sie sich davon, dass ihre Habe noch an Ort und Stelle war – auch die Diamanten. Dann schlüpfte sie in ihre Stiefel, zog sich den Gürtel straff und griff nach ihrem Hut.

Als sie durch das Lager spazierte, warf die Sonne bereits ihren ersten zaghaften Schein auf die Mauerreste und Fundamente der Stadt Echnatons. Vor dem Haus des Bildhauers stieß sie auf einige der ägyptischen Grabungshelfer, die eine aromatisch duftende Suppe löffelten. Als die Männer Carla bemerkten, verstummten sie wie auf Kommando. Einige senkten die Köpfe und konzentrierten sich auf ihr Frühstück, andere warfen ihr drohende Blicke zu. Ein Mann berührte sogar wie zufällig den Dolch, den er an seinem Gürtel trug. Carla gab vor, dies nicht bemerkt zu haben, und ging schleunigst weiter. Sie fragte sich, ob die Helfer schon wussten, dass ihre Dienste in Amarna nicht länger benötigt wurden. Wenn ja, so vermochte das die plötzliche Wut und Niedergeschlagenheit der Männer zu erklären.

Ein Grund mehr, von hier zu verschwinden, fand Carla. Sie verspürte wenig Lust, auch noch in einen schwelenden Konflikt zwischen Foster und seinen Leuten verwickelt zu werden. Sie hatte auch so schon genug Probleme.

Auf halbem Weg zum Treffpunkt begegnete sie Reidt, der ihr einen Kaffee mitgebracht hatte. Die fürsorgliche Geste beschämte sie, denn eigentlich hätte er Grund gehabt, sie nach ihrem abweisenden Verhalten vom Vorabend mit Verachtung zu strafen. Doch er schien ihr nichts übel zu nehmen. Gut gelaunt erkundigte er sich, ob sie sich munter genug für die Fahrt durch die Wüste fühlte. Carla nickte flüchtig, denn zum einen ging ihr noch das einschüchternde Benehmen der Grabungshelfer durch den Kopf, zum anderen wünschte sie sich, Reidt wäre weniger freundlich zu ihr.

»Alles in Ordnung?«, fragte er und sah sie forschend an. »Dich beunruhigt doch etwas!«

Und dir kann man offensichtlich nichts vormachen, dachte Carla. Sie nahm einen Schluck von dem Kaffee. Das heiße Getränk war eine Wohltat.

»Ich traf soeben einige von Fosters Leuten«, flüsterte sie. »Wenn mich nicht alles täuscht, hat Born sie bereits vor die Tür gesetzt. Das scheint die Männer hart zu treffen. Sie …«

»Ja?«

»Na ja, sie sitzen beisammen und tuscheln. Bewaffnet sind sie auch, zumindest einige von ihnen.« Carla spähte misstrauisch über die Schulter, doch es war weit und breit niemand zu sehen. Die Männer waren ihr nicht gefolgt. »Sie sind arm, nicht wahr?«, wollte sie wissen. »Die Ausgrabungen in Amarna sicherten ihren Lebensunterhalt und den ihrer Familien. Was wird denn nun aus ihnen, wenn Foster Ägypten verlässt?«

Reidt hob ratlos die Hände. »Keine Ahnung, Carla«, gab er zu. »Ich vermute, sie werden in ihre Dörfer zurückkehren. Vielleicht verdingen sich ein paar auch auf einem Nildampfer, oder sie versuchen ihr Glück auf einer Baustelle nilabwärts. Wie man hört, hat der Regierungsrat des jungen Königs ein paar ehrgeizige Bauprojekte ausgeschrieben. Wirklich, Carla, du musst dir wegen dieser Leute keine Sorgen machen. Sie werden schon nicht über uns herfallen.«

Carla zuckte mit den Achseln; sie konnte nur hoffen, dass er recht behielt. Wieder blickte sie sich um. Wo zum Teufel blieben nur Foster und Born? Warum ließen die beiden sie hier warten? Plötzlich überfiel sie die schreckliche Vorstellung, der Archäologe und seine rechte Hand könnten mit durchschnittener Kehle irgendwo zwischen den Ruinen liegen.

»Mein Gott, Carla, du wirst ja ganz blass!« Reidt berührte sanft ihren Arm. »Es ist alles in bester Ordnung! Meinst du nicht, wir hätten es mitbekommen müssen, wenn heute Nacht unter den Arbeitern ein Aufruhr ausgebrochen wäre? So groß ist Amarna ja schließlich auch wieder nicht. Außerdem habe ich in Borns Zelt geschlafen, in Rufweite von der Baracke des Doktors. Es gab keine Schüsse, obwohl Born bewaffnet ist, und auch keine Hilferufe.«

Carla seufzte. »Ich benehme mich kindisch, nicht wahr? Bestimmt glaubst du, ich bereue es längst, dich hierher begleitet zu haben, aber dem ist nicht so. Ich habe nie zuvor etwas so Aufregendes erlebt.«

»Wegen gestern Abend ...«

»Lass uns nicht mehr davon reden«, wehrte Carla ab. »Ich fürchte, ich war etwas schroff.« Sie seufzte. »Die ganze Situation hat mich überfordert. Ich hoffe, du nimmst es mir nicht übel, dass ich einfach weggelaufen bin.«

»Wenn einer sich entschuldigen sollte, dann bin ich es«, sagte Reidt. »Wir sind hier, um zu arbeiten, daher war es ziemlich unprofessionell, dich mit meinem Antrag zu überfallen. Ich habe nicht nachgedacht.« Er lächelte schief. »Verzeihst du mir?«

»Was? Dass du gesagt hast, du würdest mich lieben?«

»Nein, weil ich so unsensibel gewesen bin. Ich vergesse einfach immer wieder, dass die Zeiten schwierig geworden sind. Marlies hat schon recht, wenn sie mich einen Traumtänzer nennt.« Er goss den Rest Kaffee aus seiner Tasse in den Sand, dann hob er den Blick und sah sie nachdenklich an. »Für dich würde ich auf den Film verzichten, das meine ich ganz ehrlich! Ich hoffe, du weißt das.«

»Das wäre gar nicht in meinem Sinne«, sagte Carla. »Ich bestehe drauf, dass du den Film drehst. Du darfst ihn dir nicht vom Propagandaministerium aus der Hand nehmen lassen! Eines Tages werde ich dein Werk auf der Leinwand eines Lichtspielhauses sehen und froh darüber sein, dass ich seine Entstehung nicht aus selbstsüchtigen Motiven verhindert habe.«

Reidt schüttelte traurig den Kopf. »Das wird die teuerste Produktion meines Lebens!«

»Wenn du so viel Herzblut und Leidenschaft in dein Projekt steckst, kann es nur ein Erfolg werden. Ich bin jetzt schon gespannt, doch bevor es losgeht, brauchst du den perfekten Drehort. Daher sollte unser guter Foster nun wirklich …« Sie hielt inne, als auf einmal das Geräusch eines Motors die Stille des Morgens durchdrang.

In einer Staubwolke näherte sich ein Wagen. Carla sah genau hin und stellte fest, dass es der Wagen war, den Reidt in Memphis gemietet hatte. Mit quietschenden Reifen kam das Fahrzeug vor ihnen zum Stehen. Hinter dem Lenkrad saß Born, neben ihm Foster.

»Was zum …«, begann Reidt, bevor der aufgewirbelte Staub ihm einen heftigen Hustenreiz bescherte. Während er noch dagegen ankämpfte, schwang sich der Archäologe aus dem Sitz und ging Carla und Reidt mit einem breiten Lächeln entgegen.

»Da sind Sie ja«, sagte Carla ein wenig vorwurfsvoll, aber auch erleichtert, dass dem Doktor nichts zugestoßen war. »Wir haben uns Sorgen gemacht, weil Sie so lange nicht gekommen sind. Hatten wir nicht vor, zeitig aufzubrechen?«

»Wir haben uns erlaubt, zuerst Ihren Wagen abzuholen. Born hat die Reifen überprüft und Kühlwasser nachgefüllt. Wir wollen doch in der Wüste keine Panne riskieren, oder?«

Reidt schüttelte den Kopf. Ihm war anzusehen, dass er Born nicht gern hinter dem Steuer seines Wagens sah, was Carla gut nachvollziehen konnte. Sie war daher erleichtert, als der junge Regisseur darauf bestand, sein Fahrzeug selbst zu steuern.

»Ganz wie Sie wollen«, sagte Foster. »Dann werden Born und ich eben vorausfahren, und Sie folgen uns. Aber beeilen Sie sich, wenn ich bitten darf. Ich habe nicht den ganzen Tag Zeit!«

Carlas Aufregung wuchs, als sie ihre Tasche sowie den Geigenkasten im Wagen verstaute. Dies lag nicht zuletzt daran, dass sie Fosters Verhalten immer seltsamer fand. Er schien sehr nervös und angespannt. Einerseits betonte er, dass er eigentlich Wichtigeres vorhatte, als sie zu dem Tal Al-Amaik zu bringen, andererseits wollte er aber auch nichts davon hören, sie nur unter Borns Führung auf den Weg zu schicken.

»Ich werde das Gefühl nicht los, dass die beiden etwas gegen uns aushecken«, sagte Carla, als Fosters Fahrzeug sich langsam in Richtung Süden in Bewegung setzte. »Jedenfalls traue ich diesem Born nicht über den Weg.«

»Geht mir auch so«, gab Reidt zu. Konzentriert lenkte er den Wagen um eine Sandmulde herum, in der das Skelett eines Esels lag. Die bleichen Knochen des verendeten Tieres sahen selbst bei Tageslicht gespenstisch aus. »Deshalb wollte ich auch nicht, dass er uns fährt.« Er zwinkerte Carla aufmunternd zu. »Kopf hoch! In Fosters Beisein wird er nicht frech werden. Im Wagen kann uns ja auch nichts passieren. Wir haben genug Wasser für einen Tag bei uns, und einen kleinen Kompass gibt es auch. Nur für den Fall, dass wir die anderen verlieren und uns unterwegs verirren sollten.«

Verirren? Ein entsetzlicher Gedanke, den Carla sich gar nicht ausmalen mochte. Gefangen in der Wüste, waren ihre Wasservorräte nicht mehr als ein Tropfen auf dem heißen Stein. Sie warf einen letzten Blick zurück auf die Ausgrabungsstätte, deren Ruinen sich vor den Bergen nur noch schemenhaft abzeichneten. Ein paar der Grabungshelfer unterbrachen ihre Arbeit und starrten den beiden Jeeps nach, die auf die Wüste zuhielten. Carla grüßte höflich, aber keiner der Männer reagierte darauf.

Die nächsten Stunden folgten sie dem Lauf des Nils, doch je näher sie den Bergen kamen, desto eintöniger wurde die Landschaft. Bald schon waren die Palmen und Büsche, die das Flussufer säumten, nicht mehr als flimmernde Punkte am Horizont. Hinzu kam, dass der Weg durch das sandige Gelände immer schlechter wurde. Es ging mal auf-, dann wieder rasant abwärts. Carla klammerte sich mit beiden Händen an ihren Sitz. Reidt war ein vorsichtiger Fahrer, doch der Wagen war für solche Strecken einfach nicht gebaut. Carla kämpfte gegen die aufsteigende Übelkeit an. Sie bat Reidt, langsamer zu fahren, was dieser jedoch ungern tat, weil er befürchtete, Borns Fahrzeug aus den Augen zu verlieren. Stattdessen gab er sich Mühe, Carla durch eine Unterhaltung über das Filmprojekt von ihrem flauen Magen abzulenken.

»Die meisten Innenaufnahmen müssen natürlich in den Filmstudios Babelsberg gedreht werden«, plapperte er drauflos. »Erinnerst du dich an die Szene, in der Pharao Echnaton den Tempel des Sonnengottes weiht? Laut Drehbuch sind dafür nur sechs Darsteller vorgesehen. Wenn ich aber genauer darüber nachdenke, bin ich der Ansicht, dass wir daraus etwas ganz Großes machen sollten. Eine Monumentalaufnahme mit … fünfhundert Komparsen. Ja, eine Massenszene. Echnaton ruft sein Volk zusammen und erklärt, dass von nun an eine neue Zeit für alle anbricht, die ihm und seiner Gemahlin Nofretete die Treue halten. Und das Volk jubelt seinem Herrscherpaar begeistert zu. Aber dann, inmitten des größten Triumphes, schwenkt die Kamera auf die Gesichter der Priester aus Memphis, und jedem Zuschauer wird schlagartig bewusst, dass die Anteilnahme der Männer nur geheuchelt ist – eigentlich verabscheuen sie den Tempel. Wie könnte man das noch deutlicher hervorheben? Vielleicht, indem einer von ihnen hinter Echnatons Rücken die heilige Flamme löscht? Was meinst du, Carla? Wäre das nicht wie eine sich andeutende Götterdämmerung?«

»Sie halten an!«

»Was?«, fragte Reidt irritiert.

Carla deutete auf das Fahrzeug des Archäologen vor ihnen. Sie waren soeben über einen niedrigen Sandhügel gefahren. Keine hundert Meter hinter diesem brachte Born den Jeep zum Stehen. »Born steigt aus, fahr bitte langsamer!«

»Verflucht, was soll das?« Reidt runzelte die Stirn. »Born öffnet die Motorhaube, aber ich kann nicht erkennen, was da los ist. Möglicherweise eine Panne.« Reidt hielt nun ebenfalls an, zögerte jedoch, den Wagen zu verlassen. Er ließ seine Blicke über die Landschaft gleiten. Die schroffen Berghänge waren zum Greifen nahe, doch vom Zugang zu einem Tal war weit und breit nichts zu sehen.

Reidt öffnete die Tür. »Foster ist auch ausgestiegen«, sagte er leise. »Er ruft uns etwas zu, ich kann ihn aber nicht verstehen. Da, jetzt winkt er uns herbei! Wie es aussieht, hat der Jeep tatsächlich einen Motorschaden.«

»Aber Born hat ihn doch sicher auch überprüft, bevor er das Lager verlassen hat«, erhob Carla aufgeregt Einspruch. »Ich finde, wir sollten im Wagen bleiben. Oder verstehst du dich auf die Reparatur eines Automobils?«

Reidt schüttelte den Kopf. »Nein, aber …«

»Ja, ich weiß doch!«, unterbrach ihn Carla. »Wenn die Männer eine Panne haben, dürfen wir sie nicht in der Wüste zurücklassen. Aber was, wenn nicht?«

Reidt dachte einen Moment lang nach, dann sagte er mit fester Stimme: »Du bleibst hier! Am besten, du klemmst dich hinters Steuer. Ich werde derweil Foster fragen, was mit dem Wagen los ist. Sollte dir etwas verdächtig vorkommen, legst du den Rückwärtsgang ein und trittst aufs Gaspedal.«

»Vergiss es!«, protestierte Carla aufgeregt. »Ich würde dich doch nicht im Stich lassen und einfach davonfahren. Wohin auch? Etwa ins Lager von Amarna zurück? Niemals!«

Reidt fasste sie scharf ins Auge, doch er sah bald ein, dass er sie nicht zur Flucht überreden konnte. »Dann verhalte dich wenigstens ruhig«, bat er sie. »Ich bin gleich zurück!«

Reidt legte die ungefähr fünfzig Meter zu Fosters Jeep mit schnellen Schritten zurück. Carla kletterte auf den Fahrersitz, doch da sie im Wagen nicht genug erkennen konnte, stieg sie aus und sah zu dem liegen gebliebenen Fahrzeug des Archäologen hinüber. Dort beugte sich Born immer noch über den Motor, während der Doktor mit Reidt redete. Alles schien recht friedlich, Reidt winkte ihr sogar zu.

Carla holte tief Luft. Und nun? Sollte sie zu den Männern hinübergehen oder lieber bleiben, wo sie war? Eine Antwort erübrigte sich, als sie Reidt, Foster und Born auf sich zukommen sah. »Tatsächlich eine Panne«, rief Reidt ihr schon von Weitem zu. »Der Motor gibt keinen Mucks von sich. Wir müssen nach Amarna umkehren. Es wird ein wenig eng werden, aber ...« Der junge Mann schnaubte. »Wolltest du nicht im Wagen auf mich warten?«

»Schon aber ...« Carla verschlug es die Sprache. Ihre Augen weiteten sich, als sie die Pistole sah, die Born ganz plötzlich aus dem Gürtel zog. Reidt fing ihren Gesichtsausdruck auf und wirbelte auf dem Absatz herum. Doch es war zu spät. Born schnellte nach vorn und streckte Reidt mit einem gezielten Faustschlag nieder.

»Was soll das?« Carla wandte sich an Foster, der fast wie ein unbeteiligter Zuschauer vor ihr stand. »Um Gottes willen, was haben Sie vor?«

Foster ignorierte ihre Frage, aber seinen Gehilfen bedachte er mit einem tadelnden Blick. »Es war nicht die Rede davon, ihn blutig zu schlagen, Sie Schwachkopf!« Er deutete auf Reidt. »Na los, helfen Sie ihm auf!«

Born schnaubte verdrossen. »Das hochnäsige Pack geht mir schon seit vorgestern auf die Nerven, vor allem die Kleine da. Spielt das Fräulein Rühr-mich-nicht-an, aber in Wahrheit macht sie dem Kerl da schöne Augen. Ich habe es selbst gesehen, im

Haus des Bildhauers. Aber bitte, wie Sie wollen!« Er packte Reidt grob am Oberarm und zog ihn mit einem Ruck auf die Füße. »Sie sind der Boss!«

»Vergessen Sie das nicht, dann bekommen wir keinen Ärger miteinander.« Foster sah Reidt an, der seinen Blick mit zusammengekniffenen Augen erwiderte. Blut quoll aus seiner Nase. »Sie haben mich reingelegt, und ich war so dumm, Ihnen zu vertrauen«, sagte Reidt. »Ich hätte auf mein Bauchgefühl hören sollen.«

»Dafür freue ich mich umso mehr, dass ich Sie nicht falsch eingeschätzt habe«, entgegnete Foster. »Born bezweifelte nämlich, dass Sie anhalten würden. Das wundert mich auch nicht, er schließt eben von sich auf andere. Ich hingegen wusste, dass ich mich auf Sie verlassen kann. Das lässt mich hoffen, dass wir schnell miteinander ins Geschäft kommen werden.«

Carla reichte Reidt ein Taschentuch, damit er sich das Blut aus dem Gesicht wischen konnte. Dabei gab sie sich Mühe, ihre zitternde Hand zu verbergen. Sie hatte schreckliche Angst vor den beiden Männern und fragte sich, was die beiden nun mit ihnen vorhatten. »Wir hätten gleich stutzig werden sollen, als Sie dieses Tal von Al-Ameik als die perfekte Filmkulisse aus dem Hut zauberten«, sagte sie. »Ihr einziges Ziel war doch, Reidt von Amarna fortzulocken.«

»Sie sind ein kluges Mädchen, Fräulein Fuchs! Hätte dieser dumme Bursche auf sie gehört, hätten wir uns diese ganze Charade sparen können. Ich bin Wissenschaftler, verstehen Sie? Amarna bleibt mein Lebenswerk, auch wenn mich nun andere Wirkungsstätten rufen. Es ist unter meiner Würde, ein solches Verwirrspiel aufzuführen, aber manchmal heiligt der Zweck die Mittel.« Mit erhobener Faust stapfte er auf Reidt zu, sein schütteres Haar flatterte im Wind. »Sie werden keine Filmleute durch Amarna treiben!«

»Ich nehme an, um das zu verhindern, haben Sie uns aus dem Lager gelockt«, sagte Reidt. »In die Wüste, wo es weit und breit keine Zeugen gibt. Und nun? Wollen Sie uns von Born erschießen und im Sand verscharren lassen?«

Foster starrte Reidt an, als brächte dieser ihn gerade auf eine Idee. Doch dann schüttelte er den Kopf. Aus einer Innentasche seiner ausgebeulten Jacke holte er zwei eng beschriebene Blätter Papier heraus, die er auf der Motorhaube des Jeeps glättete.

»Was soll das sein?«, fragte Carla misstrauisch. Sie hatte nie zuvor im Leben so große Angst gehabt, aber sie bemühte sich, diese nicht zu zeigen. Schon gar nicht Born gegenüber, der mit seiner Waffe hinter ihr stand und ihr seinen sauren Atem ins Genick blies.

»Ganz einfach!« Foster hielt plötzlich auch einen Füllfederhalter in der Hand. »Mit diesem von mir aufgesetzten Schreiben teilt der Herr Regisseur seinen Produzenten schriftlich mit, dass Amarna als Drehort für einen Film nicht infrage kommt. Sobald er unterschreibt, lassen wir Sie beide gehen, wohin Sie wollen. Nicht wahr, Born?«

Reidt verdrehte die Augen, als habe er nicht richtig verstanden. »So etwas Dilettantisches habe ich noch nie gehört«, sagte er spöttisch. »Warum zum Teufel sollte ich mich an einen solchen Wisch gebunden fühlen, sobald ich wieder in Berlin bin? Ich brauche ja nur meine Meinung zu ändern und los geht's.«

Foster verwies mit einem Lächeln auf das zweite Schriftstück. »Sollten Sie Ihre Meinung ändern, geht dieses Geständnis an die zuständigen Behörden.«

»So, und was gestehe ich? Dass ich so dumm war, einen Gauner wie Sie für meinen Freund zu halten?«

»Nein«, antwortete Born. »Diamantenschmuggel!«

Carla spürte, wie ihre Kehle sich eng zusammenzog.

Reidt lachte schallend auf. »Das wird ja immer schöner. Sagen Sie, was wollen Sie für die Rechte an diesem filmreifen Stoff haben? Ich habe in meinem ganzen Leben noch keinen Diamanten besessen, geschweige denn einen geschmuggelt. Auf so eine dreiste Lüge wird weder die ägyptische Polizei hereinfallen noch die Behörden zu Hause im Reich.«

»Vielleicht fragen wir einfach mal Fräulein Fuchs um Rat«, schlug Born vor. Er hob seine Pistole und setzte ihre Mündung auf Carlas Schlüsselbein. Von dort ließ er sie aufwärts bis zu ihrer Kehle gleiten.

Carla erstarrte, als sie das warme Metall auf ihrer Haut spürte. Sie wagte keine Bewegung, ja nicht einmal zu atmen. Eine unbedachte Bewegung und sie würde tot sein.

»Lassen Sie sie los, Sie Mistkerl!«, hörte sie Reidts Stimme. Aus den Augenwinkeln sah sie ihn einen Schritt auf Born zumachen, doch als er die grimmige Entschlossenheit im Blick des Mannes bemerkte, verharrte er in der Bewegung. »Foster, ich unterschreibe, was Sie wollen, aber befehlen Sie ihm, Carla in Ruhe zu lassen!«

»Sie soll die Diamanten herausrücken«, knurrte Born zurück. »Du hast sie doch dabei, nicht wahr? Ich habe dir doch nicht umsonst aufgetragen, kein Gepäck zurückzulassen.«

Carlas Augen füllten sich mit Tränen. Nicht wegen Born und seiner Waffe an ihrem Hals, sondern weil ihr Reidts erschütterte Blicke ein Loch in die Seele brannten.

»Was, du hast wirklich Diamanten bei dir?« Seine Stimme klang müde. Enttäuscht.

»Ich hatte bis gestern Abend gar keine Ahnung, dass ich die Steine habe«, schluchzte Carla. »Mein Vater hat sie ohne mein Wissen ins Futter meines Geigenkastens eingenäht.«

»Dann gehören sie ihm? Ich meine … Nicht, dass es in dieser Situation eine Rolle spielen würde, aber ich möchte es einfach gern wissen.«

Carla schüttelte den Kopf. »Nein, die Steine gehören ihm nicht. Er hat sie für einen alten Freund aus Deutschland herausgeschmuggelt, der das selbst nicht tun konnte. Born muss sie entdeckt haben, als er gestern in mein Zelt kam. Vermutlich hatte er mich schon eine ganze Weile beobachtet.«

»So ist es, Fräulein Fuchs!«, erklärte Foster. »Born hat mir davon berichtet, nachdem er Ihr Zelt verließ, und ich muss gestehen, es spielt mir in die Hände.« Seine Stimme wurde scharf. »Und nun holen Sie die Diamanten! Ich werde die Steine in Verwahrung nehmen, sozusagen als Pfand. Aber keine Angst, ich bin Wissenschaftler, kein Dieb. Sie erhalten sie bald zurück.«

Carla zögerte, was ihr einen Stoß in den Rücken mit der Pistolenmündung einbrachte.

»Du hörst wohl schlecht, Mädchen?« Born trieb sie mit vorgehaltener Waffe um den Jeep herum, bis zur Ladefläche, wo sich neben ihrem Gepäck auch der Geigenkasten befand. »Her mit den Klunkern, und mach bloß keine Dummheiten!«

Carla hatte keine Möglichkeit, sich zu weigern. Sie öffnete den Kasten, nahm die Violine heraus und tastete mit zitternden Fingern den Samt ab, bis sie den schmalen Riss im Stoff wiederfand, durch den sie das Beutelchen in sein Versteck zurückgeschoben hatte.

»Das nehme ich an mich!« Mit einem Handgriff entwendete Born Carla den Samtbeutel. Er hielt ihn an sein Ohr und schüttelte ihn leicht. Ein zufriedenes Grinsen breitete sich auf dem Gesicht des Mannes aus.

»Von wegen Pfand«, fuhr Reidt den überraschten Archäologen an. »Ihr Handlanger scheint ganz andere Pläne mit den Diamanten zu haben. Unter diesen Bedingungen werde ich sicher keines Ihrer Papiere unterzeichnen.«

»Sie gehen zu weit, Born«, protestierte Foster. Er machte einen Schritt auf den Mann zu und streckte die Hand aus. »Sie sind immer noch mein Angestellter und werden gut von mir bezahlt. Geben Sie mir die Edelsteine! Dann lassen wir Reidt die Schriftstücke unterschreiben und kehren nach Amarna zurück.«

Born gab vor, über Fosters Worte nachzudenken, doch sein Grinsen verriet Carla, dass er nicht im Traum daran dachte, Fosters Aufforderung nachzukommen. »Ich finde, dass ich mir nach all den Mühen, der Hitze und dem Sand eine kleine Belohnung verdient habe«, sagte er mit vor Häme triefender Stimme. »Nun schauen Sie nicht so entgeistert, Doktor! Sie müssen den Bonus nicht mal aus eigener Tasche bezahlen.«

»Unglaublich!« Reidt schnaubte. »Dem Kerl ist Ihr kostbares Amarna völlig gleichgültig. Er hat Sie nur benutzt, um an Carlas Steine heranzukommen.«

»Zum letzten Mal, Born ...« Foster stutzte unvermittelt. Dann fing er an, wutentbrannt auf seinen Gehilfen einzuschreien: »Sie richten die Waffe auf mich? Sind Sie jetzt völlig übergeschnappt?« Er machte Anstalten, Born die Pistole wegzunehmen, doch ein Schuss, der neben ihm in den Sand einschlug, brachte den Mann jäh zur Besinnung.

»Bleiben Sie stehen«, entgegnete Born. »Noch ein Schritt und meine Kugel trifft. Dasselbe gilt auch für den Filmfritzen, kapiert?« Born öffnete die Tür des Jeeps und setzte sich hinter das Steuer, hielt Carla und die beiden Männer dabei aber weiterhin in Schach. »Sie haben doch hoffentlich nichts dagegen, wenn ich mir Ihren Wagen ausleihe?«, rief er. »Die andere Kiste ... Nun ja, ich gebe gerne zu, dass ich bei dem Motorschaden selbst Hand angelegt habe. Die Panne sollte doch echt wirken und Sie zum Anhalten zwingen.«

Foster stöhnte auf. Allmählich begann ihm zu dämmern, was sein Gehilfe vorhatte. »Aber Sie werden uns doch nicht hier in der Wüste zurücklassen«, jammerte er. »Born, um Himmels willen, kommen Sie zur Vernunft! Bis zur nächsten Oase sind es sechzig Meilen, das schaffen wir zu Fuß niemals. Wir werden vorher verdursten! Über die Berge kommen wir auch nicht.«

»Tut mir leid, unsere Wege trennen sich hier. Aber ich bin ja kein Unmensch!« Born griff nach einer der beiden Wasserflaschen, die Reidt im Lager aufgefüllt hatte, und warf sie dem Doktor vor die Füße. »Gehen Sie sparsam damit um!«

»Fahren Sie zur Hölle!« Foster versetzte der Flasche einen Fußtritt. Hasserfüllt funkelte er seinen ehemaligen Gehilfen an. Doch der zuckte nur mit den Achseln.

»Nehmen Sie wenigstens Carla bis zur nächsten Siedlung mit«, rief Reidt, obwohl seinem Tonfall anzumerken war, wie viel Überwindung ihn die Bitte kostete. »Sie hat doch mit der ganzen Sache nichts zu tun!«

Born warf Carla einen verschlagenen Blick zu. Offenbar fand er die Idee, sie mitzunehmen, amüsant. »Na, was sagt das gnädige Fräulein zu dem Vorschlag des Filmfritzen? Wir könnten eine Menge Spaß miteinander haben!«

Carla verschränkte die Arme vor der Brust. Zu sagen gab es nichts.

»Na gut, du hast deine Chance gehabt«, sagte Born, während er den Motor anließ. »Lebt wohl, Freunde!«

Ohne eine Bewegung beobachtete Carla, wie der Jeep sich entfernte. Er wurde kleiner und kleiner am Horizont, bis irgendwann nichts mehr von ihm zu erkennen war.

Reidt legte Carla einen Arm um die Schulter. »Den sehen wir nicht wieder«, sagte er leise. »Zu dumm, dass er Dr. Foster nicht mitgenommen hat!« Er wandte sich zu dem Archäologen um, der mit hängenden Schultern zu dem beschädigten Wagen trottete. »Wenn ich mir vorstelle, dass der uns das bisschen Wasser wegsäuft, das wir noch haben.«

Carla bückte sich nach ihrem Geigenkoffer. Gottlob hatte Born kein Interesse an ihm und der kostbaren Violine gezeigt, sondern beides achtlos in den Wüstensand geworfen.

»Ich fürchte, dass wir Born nur allzu bald wiedersehen werden«, sagte sie leise.

»Was?« Reidt runzelte die Stirn. »Wie kommst du darauf, dass er zurückkommen könnte?«

Carla streifte sich den linken Stiefel ab und nahm die Sohle heraus. Darunter kam ein eingeschlagenes Stück Stoff zum Vorschein, das aus einer Damenbluse herausgerissen war. »Ich frage mich, wie lange Born brauchen wird, bis er feststellt, dass in dem Samtbeutel, den er mitgenommen hat, nichts als Kieselsteine sind«, sagte sie leise. »Wäre gewiss besser, er würde uns dann nicht mehr hier finden, nicht wahr?«

33. KAPITEL

Kairo, Spätsommer 1936

Gelangweilt zählte Emil die Stufen der Treppe, die von der Hängenden Kirche, einer der ältesten koptischen Kirchen Kairos, hinunter zur Altstadt führte. Das Gotteshaus lag erhöht über den Dächern der benachbarten Häuser, stammte aus dem Mittelalter und besaß eine Sammlung wertvoller Ikonenmalereien, die seine Mutter und die anderen Reisenden gerade bestaunten. Emil hatte nur einen flüchtigen Blick auf die Bilder geworfen, denn trotz ihrer Schönheit fand er sie auch ein wenig einschüchternd. Überhaupt fühlte Emil sich in großen, alten Kirchen immer ein wenig befangen. Dort durfte man keinen Krach machen und wurde fortwährend von den Blicken der Erwachsenen verfolgt, die nur darauf warteten, dass man sich danebenbenahm. Hinzu kam, dass Emils Kenntnisse in Fragen des Glaubens viele Lücken aufwiesen. In seinem Elternhaus herrschte die eiserne Regel des Vaters, über Religion nicht zu sprechen. Emil leitete das von der Tatsache ab, dass er und Mutter als Protestanten im katholischen Umland nicht auffallen wollten. Dennoch bestanden beide Eltern darauf, dass Emil den Religionsunterricht besuchte und sich auf seine Konfirmation vorbereitete. Auf diese freute sich Emil schon riesig. Er konnte sich noch erinnern, wie Carla zu ihrem Fest mit Geschenken überschüttet worden war. Von ihren Eltern und Bellamuti wohlgemerkt, denn Verwandte hatten sich damals keine bei ihnen blicken lassen. Überhaupt hatte Emil, so lange er zurückdenken konnte, noch nie Angehörige seiner Eltern getroffen. Seine Schulfreunde hatten nicht nur Geschwister, sondern auch Großeltern, Onkel, Tanten und Cousins, die sie an

Feiertagen besuchten oder Päckchen und Ansichtskarten schickten. Emils Welt drehte sich einzig und allein um seine Eltern, Carla und eine Handvoll ausgesuchter Bekannter. Als er jünger gewesen war, hatte er dies nicht infrage gestellt. Doch nun war er ein Gymnasiast und kein kleines Kind mehr, das man mit Ausflüchten abspeisen konnte.

Ungeduldig suchte Emil einen der beiden schlanken Türme der Hängenden Kirche nach einer Uhr ab, konnte aber keine entdecken. Eine Armbanduhr müsste man haben, dachte er und erinnerte sich daran, dass sein Vater ihm zur Konfirmation eine versprochen hatte. Aber der hatte auch gesagt, dass er sich auf dieser Reise Zeit für ihn nehmen würde. Und wo war er stattdessen? Irgendwo in Alexandria. Und Carla? Die hatte sich ebenfalls davongemacht und ließ nichts von sich hören.

Auf und davon mit diesem Kerl vom Film.

Grimmig kickte Emil einen Kieselstein die Treppenstufen hinab. Den Erwachsenen konnte man nichts glauben, die redeten sich ständig aus allem heraus.

Emil kam auf neunundzwanzig Stufen, war sich dann aber doch nicht sicher, richtig gezählt zu haben, weswegen er abermals hinaufstieg und von vorne begann. Alles war besser, als in der dunklen Kirche herumzusitzen. Emil hoffte nur, dass seine Gruppe ihn nicht mehr allzu lange warten ließ. Wenn sie sich nicht beeilten, würde für die Besichtigung der Mumien im Ägyptischen Museum nicht mehr viel Zeit bleiben. Bellamuti hatte beim Frühstück gesagt, sie würden den Abendzug nach Alexandria nehmen und morgen früh schon Kurs auf Palästina nehmen.

Ein schwarz gewandeter Priester mit Nickelbrille kam aus der Kirche und stieg gemessenen Schrittes die Treppenstufen hinab. Als Emil ihm höflich Platz machte, blieb der Mann kurz stehen und grüßte ihn mit einem freundlichen Nicken. Dabei bewegte sich das sonderbar geformte Kreuz, das er an einer Kette um den Hals trug und unter dem weißen Rauschebart fast verschwand. Emil starrte den Anhänger fasziniert an. Auf dem Altarbild der Hängenden Kirche war ihm vorhin ein ganz ähnliches Symbol aufgefallen. Und davor noch woanders.

Der Priester mit dem Rauschebart lächelte, wobei sein Gesicht sich in ein Netz aus tausend Falten verwandelte. Er deutete auf das Symbol an der Kette und sagte: »Anch!«

Emil errötete vor Verlegenheit. Natürlich gehörte es sich nicht, einen fremden Geistlichen anzustarren. Er war nur froh, dass seine Mutter das nicht sehen konnte. Doch der Priester schien keineswegs beleidigt. Noch einmal berührte er das Kreuz auf seiner Brust und sagte in fließendem, fast akzentfreiem Deutsch: »Ich bin Vater Cyprian und habe ein paar Jahre in Berlin verbracht. Na, gefällt dir das koptische Kreuz? Es wurde vor langer Zeit zum Merkmal unserer Kirche, die schon seit fast zweitausend Jahren in Ägypten die Lehren des Erlösers verkündet. Aber eigentlich ist es altägyptischer Herkunft. Schon die Pharaonen haben es verwendet. Sie nannten es in ihrer Sprache Anch.«

»Und wozu soll so ein Ding gut sein?«, wollte Emil wissen.

Der Priester lächelte tiefgründig. »Die Pharaonen glaubten nicht nur an ein Weiterleben im Jenseits, sondern auch, dass bestimmte Symbole sie mit Glück, Stärke und Macht ausstatten würden. Das Anch wurde als Geschenk ihrer Götter angesehen. Der Überlieferung nach genügte es schon, es sich an die Nase zu halten, um ewig zu leben.« Er lachte. »Eine hübsche Vorstellung, nicht wahr?«

Emil bedankte sich für die Auskunft. Als der Priester sich schon abwenden wollte, fiel ihm ein, wo er das Anch-Zeichen zum ersten Mal gesehen hatte. Aus seiner Jackentasche holte er seinen neuen Glücksbringer, die kleine Kamelfigur, und sah sie sich noch einmal genau an. Tatsächlich befand sich auf der Satteldecke des Tieres eine feine Gravur, die unzweifelhaft dasselbe Zeichen wie das an der Kette des koptischen Priesters zeigte.

»Deins?«, fragte der Kopte argwöhnisch. »Es ist alt. Ein Geschenk, nehme ich an. Aber nicht vom Basar! Dort findet man nur billige Reproduktionen. Auf solchen ist das Zeichen wertlos.«

»Das Kamel gehört mir«, erklärte Emil. »Nur ein Andenken, hat mein Vater gesagt. Wertvoll ist es bestimmt nicht.« Er fand, dass es den Fremden nichts anging, wie genau er in den Besitz der Kamelfigur gekommen war. Anch hin oder her.

Der Kopte klopfte Emil zufrieden nickend auf die Schulter, dann setzte er seinen Weg fort. »Pass gut auf dein Lebenssymbol auf, Junge«, rief er über die Schulter zurück, als er schon fast am Fuß der Treppe angelangt war. Sein Tonfall klang eigenartig. Fast beschwörend.

»Verlier es nicht, und lass es dir auch nicht stehlen. Das würde Unglück bringen, hörst du? Großes Unglück für dich und alle, die dir nahestehen. Das Anch beherrscht euer Leben.«

Nachdenklich beobachtete Emil, wie der Priester die letzte Stufe zur Altstadt hinunterstieg und dann um eine Hausecke bog. Ein merkwürdiger Kauz, befand er. Freundlich, aber auch schon ein wenig matschig im Kopf.

Während Emil noch über die Worte des Kopten nachdachte, hielt nur wenige Schritte vor ihm eine Pferdedroschke. Ein Mann stieg aus und drückte dem Kutscher ein paar Münzen in die Hand. Als der Junge ihn erkannte, schnappte er nach Luft.

Harald von Breden. Auch das noch. Was zum Teufel hatte der hier verloren? Warum war er überhaupt in Kairo? Hatte Emils Mutter nicht behauptet, dass Carlas ehemaliger Verlobter in Alexandria geblieben war, um von dort die Heimreise anzutreten? Ihm, Emil, hatten seine Eltern eingeschärft, kein Wort mehr mit Harald zu wechseln und sie zu verständigen, falls der Mann es sich einfallen ließe, Emils Nähe zu suchen.

Emil wollte nicht gesehen werden und versteckte sich daher hinter einem Baum, der gleich neben der Treppe in einem sorgfältig geharkten Vorgarten wuchs. Von dort aus beobachtete er, wie Harald sich mit dem Droschkenkutscher unterhielt. Seine

Annahme, der junge Mann würde anschließend die Stufen zur Kirche hinaufsteigen, erwies sich indessen als falsch. Er ließ das prachtvolle Gebäude links liegen, ohne es auch nur eines Blickes zu würdigen, und folgte der Straße, die in eines der Altstadtviertel führte.

Emil beobachtete, wie der Mann raschen Schrittes davoneilte. Hoppla, was war denn das? Wenn Harald von Breden auf der Suche nach Carla war, wie er vermutete, warum ging er dann nicht in die Kirche hinein? Gewiss hatte man ihm im Hotel erklärt, wo die Passagiere des Kreuzfahrtschiffes zu finden waren. Vielleicht hatte er längst herausgefunden, dass Carla nicht bei ihnen war – doch was suchte er dann in dieser Gegend? Kairo war eine riesige Metropole. An einen puren Zufall wollte Emil daher nicht glauben. Gewiss wäre es vernünftig gewesen, seine Mutter zu rufen, aber Emil tat es nicht. Stattdessen klemmte er sich an Haralds Fersen. Er wollte herausfinden, wohin der Mann ging. Wenn er Glück hatte, war sein Ziel ganz in der Nähe, und er, Emil, wäre wieder zurück, bevor seine Mutter und die anderen ihn vermissten. Dass er Rina später nicht einmal von seiner Verfolgungsjagd erzählen konnte, ohne Ärger zu bekommen, verdrängte er. Das würde sich irgendwie regeln lassen. Hauptsache er fand heraus, was von Breden im Schilde führte.

Vorsichtig folgte er dem Mann durch die Altstadt, bis zu einem großen, mit prachtvollen Malereien und Verzierungen versehenen Tor, das, wie Emil sich erinnerte, Bab el-Badistan hieß und einen Zugang zu den schmalen Gassen des berühmtesten Basars von Kairo bildete. Bellamuti hatte ihm versprochen, sich dessen Läden vor ihrer Abreise anzusehen, doch der Italiener lag mit Kopfschmerzen auf dem Balkon seines Hotelzimmers.

Emils Herz pochte wild, als er Harald in einigem Abstand durch das Tor folgte. Dahinter tat sich ihm eine Welt auf, die er bislang nur aus Karl-May-Büchern kannte. Der Basar war kein einzelner Markt, sondern erstreckte sich über eine verwirrende Anzahl von engen Gassen, die durch Torbögen miteinander verbunden waren. Hier reihte sich ein Ladengeschäft an das andere, wobei viele der Händler ihre Ware direkt vor den Häusern auf Teppichen, niedrigen Tischen oder mit Schnitzereien versehenen Bänken präsentierten. Da gab es Teppiche in allen Farben, Formen und Größen, kupferne Kannen und runde Serviertabletts, Säcke voller Gewürze und verschiedene Leckereien, deren Duft den Jungen ganz benommen machten. Auf Tischen und Truhen waren allerlei Reiseandenken wie Büsten ägyptischer Pharaonen, polierte Handspiegel, verblichene Papyri mit Hieroglyphen und filigrane Figuren ausgestellt. Ein Stück weiter die Straße hinunter hingen Hammelkeulen und andere Fleischstücke von einem Vordach herab. Emil wich einem schwer bepackten Kamel aus, dessen Schwanz beim Gehen gegen die Brocken schlug.

Er beobachtete, wie Harald von Breden von zwei Wasserpfeifenverkäufern angesprochen wurde. Doch der junge Mann würdigte weder die Händler noch ihre Ware eines Blickes. Er gab sich alle Mühe, keinem der Läden oder Stände zu nahe zu kommen. Stattdessen hielt er auf ein kleines Kaffeehaus zu, in dem er kurz entschlossen verschwand.

Emil wartete ein Weilchen, dann erklomm auch er die knarrenden Stufen der Treppe. Sie führte an einer Terrasse vorbei, auf der sich jedoch nur zwei Katzen schnurrend in der Sonne aalten. Vorsichtig hob Emil den aus geknüpften Glasperlen bestehenden Vorhang und spähte in den dämmrigen Raum hinein, der recht gut besucht war. Trotz des Trubels entdeckte Emil Harald von Breden sogleich an einem der Tische. Er redete aufgeregt auf jemanden ein, den Emil aber nicht sehen konnte, da ihm ein Wandschirm im Weg war.

Ob er es denn wagen durfte, ein paar Schritte näher an den Schirm heranzutreten? Wenn er es geschickt anstellte, würde Harald ihn nicht bemerken, aber er könnte ihn trotzdem belauschen. Denn dass der Mann nicht nur in das Kaffeehaus gekommen war, um einen Mokka zu trinken, lag für ihn auf der Hand.

Mit klopfendem Herzen bewegte sich der Junge durch das Kaffeehaus, wobei er den Hals reckte und vorgab, jemanden zu suchen. Harald drehte ihm den Rücken zu. Er trank seine Tasse aus, dann winkte er dem Kellner, einem schnurrbärtigen Mann mit rotem Fez auf dem Kopf, um einen weiteren Mokka zu bestellen.

Emil hatte den Wandschirm erreicht. Einem plötzlichen Einfall folgend, bückte er sich und tat so, als müsse er seinen Schuh zubinden. Dabei sperrte er die Ohren auf. Wenn die Leute an den Nachbartischen doch bloß nicht so laut wären! Es war nicht einfach, sich in dem Stimmengewirr, Gelächter und Stühlerücken auf Harald von Breden zu konzentrieren. Eine ganze Weile schien dieser sogar verstummt, was Emil ärgerlich fand. Schließlich konnte er sich nicht mehr lange hinter dem Paravent verstecken, ohne aufzufallen. Ein Mädchen mit rot geschminkten Lippen und einer protzigen Perlenkette, das sich in einer Gruppe älterer Herrschaften befand, blickte schon irritiert zu ihm herüber.

»Ich hätte mich niemals auf Sie einlassen dürfen!«, dröhnte es plötzlich durch das Gitter des Schirms. Harald, kein Zweifel. »Sie haben mich benutzt, und das mag ich ganz und gar nicht!«

Emil spitzte angestrengt die Ohren, weil er auf die Antwort gespannt war, doch zu seinem Verdruss kamen bei ihm nur undeutliches Gemurmel und Geräusche an. Jemand schien mit der Faust auf den Tisch zu schlagen. Emil hörte, wie Harald von Breden aufstöhnte.

»Wollen Sie etwa behaupten, ich hätte mich nicht an unsere Abmachung gehalten?«, rief er erbost. »Habe ich nicht alles dafür getan, um mich mit Carla zu versöhnen? So, wie Sie es gewollt haben? Ich bin ihr nachgereist. Ich habe mich von ihrem verrückten Vater schlagen und beleidigen lassen. Das kostet Sie extra, kapiert?«

Keine Antwort. Emil stutzte. Ob die Person, der Harald gegenübersaß, ihm tatsächlich Geld zusteckte? Aber warum? Was kümmerte es einen Unbekannten im Kairoer Basar, ob Emils Schwester Harald von Breden noch eine Chance gab oder nicht?

»Ich hätte die Kleine fast davon überzeugt, dass ich ihr … Problem lösen kann«, fuhr Harald fort. Seine Stimme klang keineswegs zufrieden, demnach hatte sich der Fremde im Schatten nicht großzügig genug gezeigt.

»Sie wäre nach der Kreuzfahrt mit mir nach Hause zurückgekehrt. Ihre Familie ebenso. Aber das wollen Sie gar nicht mehr, habe ich recht? Sie haben längst andere Pläne mit diesen Juden. Deshalb versuchen Sie nun, mich mit ein paar lumpigen Reichsmark abzuspeisen. Der Baron hat versagt und kann nun gehen, was?« Sein Lachen klang rau.

»Falsch«, antwortete ihm eine kratzige Stimme, kaum mehr als ein Wispern. Sie erinnerte Emil an knisterndes Papier oder das Rascheln trockener Herbstblätter. »Sie haben nach wie vor zu meiner Verfügung zu stehen.«

»Schön«, sagte Harald von Breden. »Ich hatte ohnehin nicht vor, mir den Rest der Seereise durch die Lappen gehen zu lassen. So billig komme ich nie wieder in der Welt herum!«

Emil hörte, wie ein Stuhl über den Holzboden gezogen wurde, und geriet in Panik. Stand Harald auf? Wenn das Gespräch ein so jähes Ende fand, blieb ihm keine Gelegenheit mehr, unbemerkt aus dem Kaffeehaus zu schleichen. Emil sah, wie das aufgedonnerte Mädchen vom Nachbartisch auf den Kellner einredete, woraufhin der Mann zu ihm hinüberstarrte und ihm etwas auf Arabisch zurief.

Emil sprang auf die Füße und schoss wie ein Pfeil aus dem Raum. In seinem Rücken hörte er Radau, doch das scherte ihn nicht mehr. Hastig sprang er die Treppenstufen hinab und rannte die sich windende Gasse zum Bab el-Badistan hinunter, die, wie er sich erinnerte, aus dem Basar hinausführte. Zwischen all den Menschen hier würde Harald ihn nicht erwischen.

Schon ragte der mit Ornamenten geschmückte Torbogen vor Emil auf, als er plötzlich von einem bulligen Uniformierten angerempelt wurde, der ihm mit einigen anderen Männern entgegenkam. Emil verlor das Gleichgewicht und stolperte in eine Ansammlung von Trödel, der auf einer verblichenen Wolldecke zum Verkauf angeboten wurde. Dabei fiel ihm die Kamelfigur aus der Tasche und landete ausgerechnet zwischen dem Plunder. Emil hob die Figur wieder auf und steckte sie ein. Dabei wurde er von dem Händler beobachtet, der sofort auf ihn zuraste und lautstark zu schimpfen anfing. Allem Anschein nach verdächtigte er Emil, sich die Figur einfach genommen zu haben. Emil wurde bleich. Es hätte nicht viel gefehlt und er hätte angefangen zu weinen. Der Trödler war kaum größer als er, aber kräftig gebaut und außer sich vor Wut über den vermeintlichen Dieb. Sein Gezeter lockte im Nu einen Schwarm von Schaulustigen an, die nichts Besseres zu tun hatten, als in das Geschrei des Mannes mit einzustimmen. Der Trödler packte Emil am Kragen, während ein hochaufgeschossener Kerl in seine Jackentasche griff. Ein triumphierender Schrei entwich den Lippen des Trödlers.

»Das ist meine Figur«, beteuerte Emil, obwohl ihm rasch klar wurde, dass die schimpfende Menge ihn nicht verstand. Zu allem Übel musste er nun auch noch an den Kopten denken. Keine halbe Stunde war es her, seit dieser ihn davor gewarnt hatte, die Figur zu verlieren. Sollte sich die Prophezeiung des Priesters so rasch schon erfüllt haben?

Die Uniformierten kamen im Laufschritt zurück. Mit Hieben und Tritten trieben sie die Menge auseinander, und Emil erstarrte vor Angst, als er die finsteren Mienen der Männer sah. Dabei waren sie allein schuld an seinem Malheur, immerhin hatte einer von ihnen Emil rücksichtslos in den Trödel gestoßen. Dessen Besitzer winkte einem der Uniformierten zu, wobei er Emils Kamel wie ein Beweisstück über dem Kopf schwenkte. »Shurta, Shurta«, rief er mit blitzenden Augen. »Police!«

Nun, dieses Wort verstand Emil gut genug, um vor Angst zu zittern. Er war einer Ohnmacht nahe. Was würde die Polizei von Kairo mit einem Dieb machen, der auf keine ihrer Fragen eine Antwort geben konnte? Während der Trödler auf einen der Polizisten einredete, legte sich plötzlich eine Hand auf Emils Schulter. Der Junge drehte sich überrascht um. Hinter ihm stand Harald von Breden. Carlas ehemaliger Verlobter musste gerannt sein, denn sein Atem ging schnell. Die blonden Haare fielen ihm in die Stirn. Finster funkelte er Emil an.

»Na, Schwierigkeiten?«, fragte er ernst.

Emil zuckte hilflos mit den Schultern. Dass er hier nicht zu seinem Vergnügen stand, war doch wohl nicht zu übersehen. »Ich will meine Figur zurückhaben«, stammelte er. »Ich habe sie fallen lassen, als ich stolperte. Nun denken diese Leute, ich hätte sie gestohlen, aber das stimmt nicht.«

Harald schüttelte den Kopf. »Du hast ein besonderes Talent, dich in die Nesseln zu setzen. Das war schon in Berlin so, als ich dir im letzten Moment zu Hilfe kam. Ich hoffe, du hast das nicht vergessen.« Er kniff die Augen halb zusammen, tat so, als müsste er sich die Ereignisse wieder ins Gedächtnis zurückrufen. »Oh, doch, ich fürchte, das hast du, Emil. Dabei hatte ich angenommen, wir seien damals Freunde geworden. Schließlich habe ich dichtgehalten und deinen Eltern nichts von deinem Schlafwandeln erzählt.«

»Wir sind keine Freunde«, erwiderte Emil trotzig.

»Ja, vermutlich nicht, denn Freunde würden nicht hintereinander herschnüffeln. Du warst doch gerade noch im Kaffeehaus.« Harald packte Emil hart am Arm. »Was wolltest du dort? Raus mit der Sprache, oder ich verschwinde und überlasse dich der Polizei. Mit Dieben geht man hier in Ägypten nicht gerade zimperlich um.«

»Ich habe meine Mutter und die amerikanische Dame aus den Augen verloren«, log Emil. »Ich dachte, dass sie vielleicht ins Kaffeehaus gegangen wären.« Er schaute sich hektisch suchend um. »Großes Ehrenwort! Die beiden müssen hier irgendwo im Basar sein. Bestimmt suchen sie schon nach mir.«

Emil betete inständig, dass Harald diese Ausrede schluckte. Tatsächlich ließ dieser nach kurzem Zögern seinen Arm los. »Und belauscht hast du mich auch nicht?«

»Der Wandschirm war mir im Weg, ich habe überhaupt nichts gesehen oder gehört«, sagte Emil kläglich. »Ich wollte Sie nicht stören, und weggelaufen bin ich nur, weil mir der Kellner mit seinem Geschrei Angst gemacht hat.«

»Bleib hier stehen und rühr dich nicht von der Stelle!« Harald zog eine Banknote aus seiner Brieftasche und drückte sie dem Trödler in die Hand. Der Mann verstummte augenblicklich. Er reichte Harald die Kamelfigur und schlurfte dann zu seinem Laden zurück, ohne sich noch einmal umzudrehen. Was Harald den Ordnungshütern in einem Mischmasch aus französischen und englischen Brocken erklärte, schien ihn nicht mehr zu interessieren.

Harald drehte sich langsam zu Emil um. »Ich habe die Sache in Ordnung gebracht – so wie auch schon vor einigen Wochen in Berlin. Aber offen gestanden weiß ich nicht recht, ob ich dir vertrauen kann.« Er beugte sich zu Emil hinunter und fasste ihn scharf ins Auge. »Damit will ich nicht sagen, dass das deine Schuld ist. Man hat dir einen Haufen Lügen über mich aufgetischt, nicht wahr?«

Emil zuckte eingeschüchtert mit den Schultern. Er wollte fort, aber ihm war auch klar, dass Harald das nicht zulassen würde. Ihm fiel seine Mutter ein. Bestimmt war sie schon außer sich vor Angst, weil er davongelaufen war.

»Nun komm schon«, holte Haralds Stimme ihn aus seinen Gedanken. »Ich will wissen, was du vorhin aufgeschnappt hast, bevor du davongelaufen bist. Wenn du es mir sagst, kannst du gehen. Wenn nicht, hole ich mir von dem Trödler mein Geld zurück und schaue zu, wie er die Polizisten zurückpfeift.«

»Das können Sie doch nicht machen!«

»Also?«

Emil blieb keine Wahl. Er hatte Angst, tatsächlich im Gefängnis verrotten zu müssen. Stockend rückte er damit heraus, was ihm im Kaffeehaus zu Ohren gekommen war. Harald von Breden hörte ihm aufmerksam zu, ohne ihn zu unterbrechen.

»Ist es wahr?«, wollte Emil wissen. »Haben Sie wirklich Geld dafür bekommen, dass Sie uns auf das Schiff gefolgt sind? Ich hörte, dass Sie mehr verlangt haben. Aber von wem?«

»Ich fürchte, deine Phantasie geht mit dir durch«, sagte Harald von Breden. Er lächelte nicht. »Das geschieht manchmal, wenn Menschen …« Er tippte sich gegen die Stirn. »Es tut mir leid, aber was du da gehört haben willst, hast du dir eingebildet. Kein Mensch bezahlt mich dafür, dass ich mich mit deiner Schwester versöhne. Und was das Kaffeehaus betrifft: Du hast an meinem Tisch niemanden sehen können, weil es niemanden gab. Ich war allein. Wollte nur einen Mokka trinken, bevor ich mich wieder ins Getümmel stürze. Und geredet habe ich nur mit dem Kellner sowie ein paar Gästen am Nachbartisch. Aus Ungarn, wie sie mir erzählten. Deine Familie wurde mit keinem Wort erwähnt. Wozu auch?«

Emil verschlug es die Sprache. Der Mann nahm ihn auf den Arm, ganz bestimmt sogar. Er war doch nicht verrückt! Er hatte zwar in der Tat nichts als einen Schatten gesehen, aber …

»Armer Junge«, sagte Harald. Teilnahmsvoll tätschelte er Emils Schulter. »Es wird das Beste sein, kein Wort über diesen Zwischenfall zu verlieren. Deiner Mutter wäre es bestimmt nicht recht, wenn sie erführe, dass du ganz allein durch den Basar schleichst.« Er warf Emils Figur in die Luft und fing sie wieder auf.

»Kann ich jetzt mein Kamel zurückhaben?«, flüsterte der Junge niedergeschlagen.

Harald hob die Augenbrauen. »Ich denke, ich werde es noch ein Weilchen behalten«, sagte er. »Immerhin habe ich dafür bezahlt!«

Ja, mit dem Geld eines Schattens, dachte Emil mit zusammengepressten Lippen. Wieder war er den Tränen nahe. So sehr er Harald von Breden einmal bewundert hatte, so sehr hasste er ihn nun. Der Mann war ein Schwindler und habgierig obendrein. Er durfte ihm das Kamel nicht wegnehmen. Der Kopte hatte ihn doch eigens darauf hingewiesen, dass etwas Schlimmes geschehen konnte, wenn er das Symbol aus der Hand gab.

»Na, na, nur keine Aufregung!« Harald ließ die Figur in seiner Jackentasche verschwinden. »Du bekommst das Ding wieder, sobald ich weiß, dass du den Mund halten kannst. Und nun verschwinde, bevor ich dir Beine mache!«

Harald zündete sich erst eine Zigarette an, bevor er ohne Eile auf das Tor Bab el-Badistan zuging.

Emil sah ihm nach. Nie zuvor hatte er sich so verloren gefühlt. Wenn doch wenigstens sein Vater oder Carla da gewesen wären. Langsam setzte er sich in Bewegung und dachte nach. Wie um alles in der Welt sollte er nur erklären, dass er nicht einfach davongelaufen war? Dass er nicht den Verstand verlor und Gespenster sah?

Da fiel ihm plötzlich etwas ein. Etwas, das er Harald im Kaffeehaus hatte sagen hören und tatsächlich so absurd klang, dass es fast nur eingebildet sein konnte.

Juden.

Emil verharrte in der Bewegung. Um ihn herum begann sich der Basar mit seinen Gassen und Läden wie ein feuriger Kreisel zu drehen.

Harald hatte seine Familie als Juden bezeichnet. Das hatte er ganz genau gehört. Er musste herausfinden, wieso er das gesagt hatte.

34. KAPITEL

Alexandria, Spätsommer 1936

Fuchs hatte einen eigenartigen Traum. Er saß festlich gekleidet in der ersten Reihe eines Opernhauses und hörte sich ein Konzert an. Neben ihm fächelte sich Rina Luft zu. In ihrem Abendkleid sah sie zauberhaft aus. Ja, sie wirkte fast wieder so jung wie damals in St. Petersburg, als sie ihm auf der Bühne des Mariinski-Theaters aufgefallen war. Das samtene Stirnband wurde von einer schillernden Feder geschmückt, und an ihren Ohren glitzerten Diamanten.

Fuchs spendete höflich Beifall, als die Künstler die Bühne betraten. Er stand sogar auf, weil Rina an seiner Seite das auch tat. Erst in diesem Moment erkannte er den Dirigenten und die Solistin, welche mit ihrer Violine auf ihren Einsatz wartete: Es waren Steinberg und Carla.

Fuchs spürte ein Gefühl von Enge und wachsender Panik in seiner Brust. Warum standen die beiden zusammen auf der Bühne? Wussten sie denn nicht, dass dies zu gefährlich war? Das Publikum schien unruhig zu werden. Undeutliches Gemurmel drang an Fuchs' Ohr. Als er sich umblickte, entdeckte er, dass der Opernsaal mit Menschen vom Schiff gefüllt war, die ihre Köpfe zusammensteckten und miteinander tuschelten. Zu seiner Linken erhob sich der Kapitän, Rovanic, und bat sich Ruhe aus, da er dem Konzert folgen wollte. Doch die Stimmen verstummten nicht, im Gegenteil, sie wurden immer lauter. Eine Frau hinter Rina und ihm, die sich nach der Schwester des Ufa-Regisseurs Reidt anhörte, murmelte etwas von einem Skandal und dass die Behörden informiert werden mussten.

Auf der Bühne wurde unbeirrt weitergespielt. Steinberg

schwang den Taktstock, als hinge sein Leben davon ab, während Carla wie in Trance die Saiten ihres Instruments bearbeitete. Fuchs begann in seinem schwarzen Frack zu schwitzen. Seine Zunge klebte ihm trocken am Gaumen. Er wollte aufstehen, seine Familie sammeln und den Saal verlassen, aber so sehr er sich auch abmühte, er konnte sich nicht bewegen. Wie festgeklebt saß er auf seinem Platz, musste mitanhören, wie einzelne Jubelrufe aus den Logen über ihm mit derben Pfiffen und boshaften Schmährufen beantwortet wurden. Vor ihm drehte sich ein Mann zu ihm um und legte beschwörend einen Finger auf die Lippen: Zabi.

Fuchs kam nicht dazu, sich darüber zu wundern, denn im nächsten Moment flogen die Türen auf und eine Abteilung Braunhemden mit Hakenkreuzbinden stürmte in den Saal. Ihre Anführer erklommen unter lautem Kommandogebrüll die Bühne. Sie rissen Steinberg den Taktstock aus der Hand und brachen ihn in der Mitte entzwei. Steinberg versuchte zu protestieren, doch niemand im Opernsaal kam ihm zu Hilfe. Schließlich eskortierten ihn zwei der Uniformierten unter dem Beifall der Menschenmenge hinaus.

Die übrigen Männer blieben auf der Bühne stehen, denn sie hatten ihren Auftrag erst zur Hälfte ausgeführt. Voller Entsetzen beobachtete Fuchs, wie sich ihre Aufmerksamkeit nun auf Carla richtete.

Fuchs rüttelte verzweifelt an den Stuhllehnen, aber er schaffte es noch immer nicht, sich von seinem Platz zu erheben. Auch Rina saß neben ihm wie angenagelt. Er versuchte Carla zu warnen, aber auch seine Stimme versagte ihm den Dienst.

Warum zum Teufel hörte das Mädchen nicht auf zu spielen? Bemerkte sie denn nicht, was ihr drohte? Und warum schwankte der Fußboden des Opernsaals plötzlich unter Fuchs' Füßen wie das Deck eines Schiffes?

Ein Schiff. Aber ja, warum war er nicht gleich darauf gekommen! Er befand sich auf einer Seereise und nicht in der Oper.

Fuchs spähte auf seine Füße hinab, die plötzlich im Wasser standen; er schmeckte Salz auf seiner Zunge. Die Klänge der Violine lösten sich im Geschrei von Seemöwen auf. Wasser spritzte ihm ins Gesicht, rann in seine Augen.

Jemand rüttelte ihn an der Schulter.

Benommen schlug er die Augen auf. Es verging ein Moment, bis ihm wieder einfiel, wo er sich befand. Er lag auf einem Kanapee, und ein junger Mann mit glutschwarzen Augen beugte sich über ihn – es war Ahmed, Zabis Diener. Vermutlich war er geschickt worden, um nachzusehen, ob Fuchs endlich erwacht war.

»Al'almaniat, alrab yantazir!«, sagte der Diener in arabischer Sprache. Es kostete Fuchs nur wenig Vorstellungskraft, um zu erraten, was das hieß. Ahmeds Arbeitgeber erwartete ihn bestimmt voller Ungeduld zurück. Er war unzufrieden über den Verlauf der Partie und verlangte eine Entscheidung.

Mühsam richtete Fuchs sich auf, obwohl es in seinem Kopf pochte, als würde er von innen mit einem Hammer bearbeitet.

»Al'almaniat, tueal maei!«

»Schon gut, ich folge dir ja«, murmelte Fuchs müde. Als Ahmed ihm die Tür zum Kaminzimmer öffnete, starrte Zabi bereits grübelnd auf das Schachbrett.

»Na endlich, da sind Sie ja, Herr Doktor! Ich hoffe, es geht Ihnen wieder gut.« Er erhob sich mit einem Lächeln und deutete auf eine Kanne Tee. »Stärken Sie sich. Der Tee ist ganz frisch. Ich hoffe, Sie wissen es zu schätzen, dass ich Ihnen erlaubt habe, sich ein Weilchen auszuruhen. Normalerweise hasse ich nichts so sehr, wie eine Partie zu unterbrechen, aber Sie erschienen mir so unkonzentriert und zerfahren. So macht es keinen Spaß zu gewinnen.«

Fuchs nahm seine Brille ab und rieb sich die Augen. Die Bilder des Alptraums, aus dem Ahmeds nasses Tuch ihn geholt hatte, steckten ihm immer noch tief in den Gliedern. Obwohl die meisten davon schon verblasst waren, erinnerte er sich doch an die lähmende Angst, die er um seine Tochter ausgestanden hatte. Auch an seine Hilflosigkeit, die ihn zum bloßen Zuschauer von Ereignissen verdammt hatte, die längst seiner Kontrolle entzogen waren. Für einen Menschen wie ihn, der sein Leben lang nichts anderes getan hatte als zu prüfen und zu kontrollieren, war dies eine schmachvolle Niederlage.

Während Fuchs sich ein Glas Tee eingoss, dachte er an seinen Vetter Steinberg. In seinem Traum war er vom Dirigentenpult gezerrt und aus dem Saal gejagt worden. Doch diese Szene hatte sich so oder so ähnlich tatsächlich zugetragen – drei Jahre war dies nun her, nur wenige Monate nachdem Hitler zum Reichskanzler ernannt worden war. Steinberg hatte damals an der Frankfurter Oper gearbeitet und war von den politischen Ereignissen völlig überrannt worden. Fuchs dagegen hatte sich absolut sicher gefühlt. Er hatte alle seine Spuren verwischt, seine Herkunft verschleiert und dafür gesorgt, dass seine Erfolge in der Forschung ihn für das Reich unverzichtbar machten. Doch jeder Mensch war austauschbar, sobald die Verblendung der Ideologen überhandnahm.

»Wir sollten unser Turnier nun fortsetzen, mein lieber Herr Fuchs«, sagte Zabi. »Oder geben Sie sich etwa schon geschlagen? Vergessen Sie bitte unsere Abmachung nicht! Die Herren, von denen ich Ihnen erzählt habe, sind immer noch meine Gäste. Noch ist es mir gelungen, sie hinzuhalten. Ich habe das Gerücht verbreitet, Sie hätten einen Schwächeanfall erlitten und würden von meinen Ärzten behandelt. Niemand wäre so dumm, das Wort eines Zabi anzuzweifeln oder sich über meine Wünsche als Gastgeber hinwegzusetzen.« Er lud Fuchs mit einer herrischen Handbewegung zu sich an den Spieltisch ein. »Ich kann nur hoffen, dass Sie dies ebenfalls beherzigen! Und geben Sie sich bitte etwas mehr Mühe! Ihre Schachzüge waren bislang so ... durchschaubar. Dem Andenken Ihres Vaters machen Sie damit keine Ehre!«

»Wir wollen doch nicht persönlich werden«, sagte Fuchs.

»Also lassen Sie meinen Vater bitte aus dem Spiel. Er ist schon lange tot – genauso wie Ihre Gattin.«

Zabi hob beide Hände. »Touché, mein Lieber. Also gut, Sie sind am Zug! Aber enttäuschen Sie mich nicht wieder.« Er läutete sein goldenes Glöckchen, woraufhin Ahmed erschien. Der Diener schien ständig vor der Tür zu kauern, damit er seinen Herrn keinen Moment zu lange warten lassen musste. Zabi raunte dem jungen Mann etwas zu, worauf dieser verschwand, nur um wenige Augenblicke später mit einer hübschen Schatulle zurückzukehren. Er stellte sie so auf den Kamin, dass Fuchs sie genau vor Augen hatte. Dann öffnete er ihren Deckel.

Fuchs schnappte nach Luft. »Mein Fotoapparat!«

»Ich dachte mir, der Anblick Ihres Eigentums würde Sie vielleicht ein wenig anspornen«, meinte Zabi. Dann trug er Ahmed in arabischer Sprache auf, sich um die übrigen Gäste im Haus zu kümmern, verbot ihm aber, sie zu ihm in den Salon zu lassen.

Fuchs sah keinen Anlass, das Unvermeidliche hinauszuzögern. Er konnte nicht gewinnen, nicht gegen einen Mann, den die Leidenschaft für dieses Spiel innerlich so verzehrte wie den alten Gustav Heinrich Fuchs. Nachdenklich nahm er die Figur des Springers vom Schachbrett und drehte sie zwischen Daumen und Zeigefinger. Er erinnerte sich dunkel daran, dass sein Vater das manchmal getan hatte. Verflucht, warum hatte er damals nicht besser aufgepasst? Er hätte so viel von seinem Vater lernen können, aber nun war es zu spät. Er hatte alle seine Erinnerungen an den alten Mann und dessen Lebenswerk verdrängt, als habe er damit nicht das Geringste zu schaffen. Unkonzentriert schob er die Figuren über das Brett, die schwarzen und weißen Felder begannen vor seinen Augen zu verschwimmen.

Als er wieder aufblickte, machte Zabi ein langes Gesicht, seine Fingerknöchel knackten. Fuchs konnte sich schon denken, warum. Der Ägypter hatte ihn eindringlich davor gewarnt, ihn zu enttäuschen. Er brannte darauf, gegen einen Fuchs zu gewinnen, aber er hatte sich den falschen ausgesucht. Fuchs war nun einmal nicht sein Vater, ihm fehlte … Irritiert stellte er fest, dass plötzlich nur noch wenige Figuren im Spiel waren. Was war ihm entgangen?

Zabis Gesicht war verzerrt, so sehr konzentrierte er sich. Er machte einen Vorstoß, zog die Dame aber wieder zurück, bevor sie das Feld berührte. »Unmöglich«, hörte Fuchs den Mann vor sich hinmurmeln. »Einfach unmöglich!«

Fuchs selbst fand den Verlauf der Partie nicht nur unmöglich, sondern auch erschreckend. Hatte er eben noch kaum einen klaren Gedanken fassen können, so begannen sich die Nebel in seinem Kopf allmählich zu lichten. Seine Züge wurden sicherer, weniger berechenbar, was Zabi offensichtlich in höchste Alarmbereitschaft versetzte.

Die Blicke der Männer kreuzten sich.

Fuchs zog mit seiner Dame diagonal nach – ein taktischer Fehler, wie er sofort feststellen musste, als Zabi sie mit einem Triumphschrei vom Brett fegte. »Schach«, rief er. Fuchs holte tief Luft. In dem Kaminzimmer war es stickig. Der schwere süßliche Teegeruch schien selbst in den Vorhängen zu kleben. Fuchs nahm die Brille ab, setzte sie wieder auf.

Wohin würden ihn die Männer, die irgendwo ganz in der Nähe auf seine Auslieferung warteten, wohl bringen? Seine Gedanken drifteten erneut ab.

»Bei Allah, was ist das nun schon wieder?«

Verwundert verfolgte Fuchs, wie Zabi urplötzlich aufsprang, dabei aber das Brett nicht aus den Augen ließ. Aber warum? Er hatte doch Schach geboten, woraufhin Fuchs nichts anderes eingefallen war, als …«

»Ja, ja, starren Sie nur wie ein Narr«, fuhr der Kaufmann ihn an. Sein Kopf wurde feuerrot. Er wandte seinen Blick von den Figuren ab, als könnte er ihren Anblick nicht länger ertragen, und begann händeringend im Raum auf- und abzugehen wie ein Tiger im Käfig.

»Ich habe versucht, Sie nicht zu enttäuschen«, erklärte Fuchs, den der jähe Wutausbruch des Ägypters beunruhigte.

»Dann sprechen Sie die Worte schon aus, Fuchs!«, sagte Zabi. »Erlösen Sie mich!«

»Die Worte?«

Zabi stemmte die Fäuste in die Hüften. »Ja, verflucht. Schachmatt! Wie Ihnen das geglückt ist, weiß ich nicht. Sie wissen es selbst nicht, habe ich recht? Ich muss irgendeinen dummen Denkfehler gemacht haben, aber wo?« Er schenkte sich ein Glas Tee ein, obwohl dieser nicht mehr heiß war, und stürzte es hinunter. »Ich werde es herausfinden, hören Sie? Und wenn ich diese Partie mit Ahmed hundert Mal nachspielen muss.«

Fuchs stand auf. Seine Beine zitterten leicht, doch seine Stimme klang fest, als er Zabi an dessen Versprechen erinnerte. Desinteressiert deutete der Kaufmann auf den Kamin.

»Ich pflege meine Zusagen zu halten! Der Apparat gehört Ihnen!« Er klatschte müde in die Hände und verharrte wortlos, bis Ahmed seinen Kopf durch die Tür steckte.

»Doktor Fuchs wird uns jetzt verlassen«, erklärte Zabi diesem leise auf Arabisch. »Öffne ihm die Seitentür zum Hof, aber sorge dafür, dass niemand euch sieht!« Er drehte sich zu Fuchs um und legte die Hand auf seine Brust, um eine Verbeugung anzudeuten. »Es ist mir ein Rätsel, warum das Deutsche Reich Männer Ihres Schlags vertreibt, Fuchs! Aber sehen Sie es mir nach, wenn ich mich da heraushalte. Ich habe genug damit zu tun, den Einfluss der Engländer auf Ägypten einzuschränken.«

Fuchs nahm den Fotoapparat und folgte Ahmed, der ihn durch die mit bunten Marmorfliesen belegte Halle führte. Dort blieb alles still, wenn man vom Geräusch seiner Schritte und dem fröhlichen Gesang einiger Singvögel absah, die aus goldenen Käfigen auf die Männer herabsahen. Wenige Augenblicke später befand sich Fuchs in dem Innenhof. Kinder tobten schreiend herum, dicht verschleierte Frauen schwatzten am Brunnen. Aus einem der benachbarten Häuser zog der würzige Duft von gegrilltem Fleisch, in einem anderen sang ein junges Mädchen mit wunderschöner Stimme ein trauriges Lied.

Ahmed nickte Fuchs zum Abschied zu, dann eilte er mit raschen Schritten zum Haus des Kaufmanns zurück. Benommen ließ sich Fuchs auf dem Brunnenrand nieder und sah zu, wie das Wasser die bemalten Kacheln umspülte. Dass er dabei von den Leuten im Hof angestarrt wurde, störte ihn nicht. Niemand sprach ihn an; ihm war fast so, als hindere sie Zabis Einfluss, sich dem Fremden zu nähern. Vorsichtig öffnete er die Fotokamera und atmete, nach kurzer Prüfung ihres Innern, erleichtert auf. Den Blick hob er erst wieder, als er zwei Männer auf sich zulaufen sah. Ein müdes Lächeln glitt über sein blasses Gesicht.

»Haben Sie etwa die ganze Zeit hier auf mich gewartet, Dimitrios?«, fragte er den Steward, der ihn mit besorgter Miene musterte. Faysal lehnte mit verschränkten Armen lässig gegen den Torbogen. »Keine Angst, meine Herren, mir fehlt nichts. Ganz im Gegenteil, es geht mir blendend. Ich habe mein Eigentum zurück.«

»Das sehe ich«, sagte Dimitrios. »Faysal und ich haben das Haus abwechselnd beschattet, um sicherzugehen, dass Sie nicht klammheimlich fortgeschafft werden. Ich kann nur hoffen, dass Sie beim Zahlmeister ein gutes Wort für mich einlegen, denn ich habe keine Ahnung, ob ich noch eine Anstellung habe oder schon längst arbeitslos bin.«

»Ich werde mit Rovanic persönlich sprechen«, versprach Fuchs. Er klopfte dem Steward auf die Schulter. Faysal reichte er die Hand. »Auch bei Ihnen muss ich mich bedanken, Faysal. Sie hätten nicht bleiben müssen. Dass Sie es dennoch getan haben, rechne ich Ihnen hoch an.«

Der junge Mann öffnete den Mund, um etwas zu sagen, schloss ihn aber sogleich wieder. Mit den Augen gab er Fuchs und Dimitrios ein warnendes Zeichen.

Der Wink bezog sich auf zwei Männer, einen Graubart fortgeschrittenen Alters und einen jüngeren Rotschopf, die plötzlich, wie aus dem Nichts, rauchend vor Zabis Haus auftauchten und zu Fuchs und seinen Begleitern hinüberspähten. Beide Männer waren hochgewachsen und kräftig. Während der Ältere einen funkelnagelneuen Anzug mit Weste und eleganten Handschuhen trug, schien sein Freund lässige Kleidung vorzuziehen. Er hatte sein Hemd über die Ellenbogen hochgekrempelt und die oberen Kragenknöpfe geöffnet.

»Wir bekommen Besuch«, sagte Faysal, als die beiden Männer ihre Zigaretten austraten und über den Hof auf den Brunnen zuhielten. »Kennen Sie die beiden?«

Fuchs kämpfte sich sogleich auf die Füße. Nein, er kannte die Männer nicht, ahnte aber, dass es dieselben waren, die Zabi momentan unter seinem Dach beherbergte.

»Habe ich das Vergnügen, mit Robert Fuchs zu sprechen?«, redete ihn kurz darauf einer der Herren an. Seine Aussprache verriet, dass er aus Berlin kam. Ohne eine Antwort abzuwarten, fügte sein rothaariger Begleiter hinzu: »Wie gedankenlos von dem guten Zabi, Sie zu verabschieden, ohne uns vorher miteinander bekannt zu machen. Dabei hatten wir ihn darum gebeten. Ich bin Legationsrat Fred Kessler, der Name meines Kollegen lautet Egon Bammentaler. Wir sind an der deutschen Botschaft in Kairo akkreditiert und nur vorübergehend in Alexandria.«

»Uns ist zu Ohren gekommen, was Ihnen am Bahnhof zugestoßen ist, mein Herr«, sagte sein Begleiter. »Das ist unfassbar. Wie Sie sich denken können, dürfen wir es nicht zulassen, dass ein Bürger des Deutschen Reiches im Ausland derart behelligt wird.«

Fuchs wehrte mit einer Handbewegung ab. Aus den Augenwinkeln sah er, dass der noch vor wenigen Minuten so belebte Hof plötzlich wie ausgestorben dalag. Die Leute hatten sich in ihre Häuser zurückgezogen und die Türen hinter sich geschlossen. Auf den Balkonen und Balustraden war kein Mensch mehr zu sehen.

Der Rotschopf stimmte den Ausführungen seines Kollegen

nickend zu. »Wir müssen der Sache unbedingt auf den Grund gehen. Dafür ist es erforderlich, dass Sie als Geschädigter uns ein paar Angaben zu Sache machen, mein Herr. Dürfte ich Sie als Erstes um Ihre Papiere bitten?«

»Pass, Unbedenklichkeitsbescheinigung für Auslandsreisen«, verlangte der Graubart in einem Ton, der nicht mehr ganz so höflich klang wie zu Beginn der Unterhaltung. »Sie haben die genannten Dokumente doch bei sich, nicht wahr?«

Fuchs spürte genau, dass die beiden angeblichen Botschaftsmitarbeiter ihn einschüchtern wollten. Das machte ihn wütend.

»Was sollen diese Spielchen, meine Herren?«, knurrte er. »Sie wissen ebenso gut wie ich, dass ich mit gültigen Papieren reise. Jedenfalls waren sie noch gültig, als ich Deutschland verlassen habe. Sagen Sie mir doch, ob sich das inzwischen geändert hat!«

»Müssen wir das hier besprechen, auf offener Straße?« Kessler deutete auf das Tor. »Herr Bammentaler und ich haben ein Automobil. Es wartet in der Nähe, am Rande der Altstadt. Ich möchte vorschlagen, dass Sie mit uns kommen, ohne Aufsehen zu erregen.«

Der ältere Mann machte eine einladende Handbewegung. »Wir haben nur ein paar Fragen, deren Beantwortung auch in Ihrem Interesse liegen dürfte.«

Fuchs kniff argwöhnisch die Augen zusammen. »Inwiefern?«

»Nun ja, sollten Ihre Reisedokumente aufgrund eines dummen Missverständnisses nicht mehr in Ordnung sein, könnte Sie das in große Schwierigkeiten bringen. Sie haben doch nicht vor, in Ägypten zu stranden, oder? Sie wollen gewiss Ihre Kreuzfahrt an Bord dieses jugoslawischen Dampfers fortsetzen?«

Das falsche Grinsen des Mannes erschreckte Fuchs so sehr, dass seine Hand unwillkürlich unter sein Jackett fuhr, um die Innentasche abzutasten. Seine Brieftasche hatte er zuletzt gesehen, als er Zabi Geld für die Herausgabe seines Fotoapparates angeboten hatte. Sie war noch immer an Ort und Stelle.

Aber seine Papiere? Wo waren seine Ausweise, verdammt?

Fuchs geriet in Panik. Unter den steinernen Blicken der Männer durchwühlte er sämtliche Taschen seiner Anzugjacke. Vergeblich.

»Geben Sie sich keine Mühe, Herr Doktor! Ich habe, was Sie suchen.«

Ein flüchtiger Blick verriet Fuchs, dass Kessler nicht log. Der rothaarige Mann hielt seinen Pass in der Hand wie eine Trophäe. Darüber, wie er es geschafft hatte, sich das Dokument unter den Nagel zu reißen, ließen sich bestenfalls Vermutungen anstellen. Fuchs war während der Schachpartie vor Erschöpfung eingeschlafen, währenddessen musste sich jemand an seinem Eigentum vergriffen haben. Zabi? Nein, der Ägypter mochte seine eigenen Regeln über die Gesetze seines Königs und Premierministers stellen, doch seinem Wort war zu trauen. Das galt jedoch nicht für alle Bewohner seines Hauses.

Als hätte Kessler seine Gedanken erraten, sagte er: »Unser gemeinsamer Freund Zabi ist nicht der einzige Mann, der über gute Informanten verfügt. Sein stiller Diener Ahmed ist ein kluger Kopf, der ein paar Scheinchen zwischendurch nicht abgeneigt ist. Er war so freundlich, uns Ihre Papiere zu bringen, während Sie geruht haben.«

»Geben Sie Herrn Fuchs sofort seinen Pass zurück«, mischte sich nun Dimitrios ein. »Sie befinden sich hier auf dem Boden des Königreichs Ägypten, wo Sie keinerlei Befugnisse haben!« Der junge Steward machte ein paar Schritte auf Kessler zu, konnte aber nicht mehr verhindern, dass dieser den Pass an seinen Kollegen weiterreichte.

Fuchs stockte der Atem. Während Kessler Dimitrios den Weg versperrte, zog der Graubart blitzschnell einen Füllfederhalter aus der Brusttasche, schlug den Pass auf und kritzelte etwas hinein. Das Dokument, das zwischen den letzten Seiten steckte, nahm er heraus und zerriss es in kleine Stücke.

Er macht die Papiere ungültig, schoss es Fuchs voller Entsetzen durch den Kopf. Damit hatte Fuchs keine Möglichkeit mehr, nach Syrien und ins britische Mandatsgebiet Palästina einzureisen. In Ägypten konnte er aber auch nicht bleiben, dafür hatte dieser vermaledeite Kerl gesorgt.

Bammentaler warf ihm den Pass mit einem verächtlichen Schnauben vor die Füße. »Ich wiederhole mich nur ungern, aber bedauerlicherweise müssen wir darauf bestehen, dass Sie uns als bevollmächtigten Botschaftsmitarbeitern des Deutschen Reiches nun begleiten. Wir fahren nach Kairo, zur Botschaft. Keine Angst, wir werden nicht zu viel Ihrer kostbaren Zeit in Anspruch nehmen. Sie können den Nachtzug zurück nach Alexandria nehmen.« Er lächelte ohne jeden Humor. »Mit neuen, gültigen Ausweispapieren, selbstverständlich.«

Stumm hob Fuchs seinen Pass vom Boden auf. Obwohl er nun wertlos war, konnte er das Dokument nicht einfach so in diesem Hinterhof liegen lassen. Während er es sorgfältig einsteckte, funkelte er den Graubart herausfordernd an.

»Seien Sie vernünftig, Mann«, sagte Kessler eisig. »Der Wagen wartet auf uns!«

Fuchs schüttelte den Kopf. Niemals, hört ihr, dachte er. Niemals werde ich zu euch in den Wagen steigen. Darauf könnt ihr warten, bis ihr schwarz seid.

»Wollen Sie sich in noch größere Schwierigkeiten bringen? Vielleicht haben Sie es immer noch nicht kapiert, aber unsere Anordnungen kommen aus Berlin. Sie haben gegen Staats- und Parteiinteressen verstoßen, Fuchs. Ihre fröhliche Seereise durchs Mittelmeer ist hiermit beendet.«

Der Graubart wischte sich mit einem Taschentuch einen Tintenfleck vom Mittelfinger. »Um Ihre Familie wird man sich kümmern, sobald sie alle nach Alexandria zurückgekehrt sind!«

Ein Pfiff drang durch den Hof. Der schrille Laut brach sich an den Mauern der Häuser und wurde von diesen hin und her geworfen. Als Fuchs sich erschrocken umwandte, sah er, wie Faysal ihm verschwörerisch zuzwinkerte. Die beiden Männer wirkten dagegen irritiert. Flink sausten ihre Blicke auf der Suche nach einer plötzlichen Gefahr durch den Hof. Die Hand des Graubarts wanderte in sein Jackett. Hatte er eine Waffe? Wenn ja, so zögerte er jedenfalls, sie zu ziehen, um Fuchs mit Gewalt aus dem Hof zu scheuchen. In unmittelbarer Nähe zum Anwesen des einflussreichen Zabi war das wohl auch wenig ratsam.

Während die beiden Männer noch unschlüssig auf der Stelle verharrten, pfiff Faysal ein zweites Mal. Im Nu strömten nicht weniger als zwei Dutzend junger Burschen in den Hof, als hätten sie alle nur auf ein Zeichen gewartet. Einige von ihnen trugen Stöcke bei sich, andere hatten Steine in den Händen. Pfeifend und mit Drohgebärden näherten sie sich Kessler und Bammentaler, denen angesichts dieser Übermacht nichts übrig blieb, als sich fluchend bis zu Zabis Haus zurückzuziehen. Bis dorthin folgte die Menge den Männern nicht, dazu hatten sie zu viel Angst vor der Macht des Geschäftsmannes.

Fuchs wechselte einen Blick mit Dimitrios, dessen übermütiges Lächeln zu verstehen gab, dass ihn die Ankunft all dieser Jugendlichen nicht halb so sehr überraschte wie Fuchs selbst. Plötzlich begriff er. Hatte Faysal nicht von einigen seiner Freunde berichtet, die er gebeten hatte, Zabis Haus zu beschatten?

»Sie glauben wohl, Sie hätten uns abgeschüttelt, Fuchs!« Kesslers Stimme überschlug sich vor Wut. »Aber da irren Sie sich! Ohne Papiere werden Sie nicht weit kommen. Wo immer Sie auch landen, wir werden da sein, um Sie zu empfangen!«

Die Männer rissen die Tür auf und verschwanden in Zabis Haus.

Auf einen lauten Ruf Faysals hin löste sich die Menge auf und erlaubte Fuchs und seinem Begleiter somit, durch den Torbogen auf die belebte Gasse zu entkommen. Der junge Ägypter führte sie durch das Labyrinth der Gassen. Unweit des Teehauses am Kleidermarkt verabschiedete er sich von Fuchs.

»Wenn es sich einrichten lässt, kommen Sie nicht wieder nach

Alexandria«, meinte Faysal mit einem Lächeln. »Und passen Sie nächstes Mal besser auf Ihren Fotoapparat auf!«

»Wir sollten schleunigst machen, dass wir aufs Schiff zurückkommen«, drängte Dimitrios, der befürchtete, verfolgt zu werden. »Und dort bleiben Sie, bis Rovanic mit den Passagieren aus Kairo zurück ist. Vielleicht kann der Kapitän ja etwas wegen Ihrer Papiere unternehmen.«

Fuchs wagte das zu bezweifeln. Der Verlust von Reisedokumenten war eine ernste Angelegenheit, die Rovanic nicht herunterspielen durfte. Als Kapitän eines jugoslawischen Mittelmeerdampfers war er nicht nur seiner Reederei verpflichtet, sondern musste sich auch internationalen Bestimmungen beugen. Zweifellos würde er darauf bestehen, dass Fuchs sich telegrafisch mit dem nächsten Konsulat des Deutschen Reichs in Verbindung setzte, was dieser aus naheliegenden Gründen natürlich nicht tun konnte.

Aber ohne gültige Papiere würde er von nun an auch keinen Schritt mehr an Land setzen können, und dies war tatsächlich eine Katastrophe.

35. KAPITEL

In der Wüste von Amarna, Spätsommer 1936

Carla bestand darauf, dass Reidt die Flasche nahm. In den zurückliegenden Stunden hatte der junge Mann lediglich vorgegeben, etwas zu trinken, aber in Wahrheit nur die Lippen benetzt. Glaubte er wirklich, sie damit täuschen zu können?

»Nimm einen Schluck«, bat sie ihn, sein energisches Kopfschütteln ignorierend. »Nun mach schon! Wem hilft es, wenn du verdurstest? Noch ist genug Wasser da.«

»Nicht mehr lange«, widersprach Reidt heiser. »So sehr wir auch sparen, das bisschen, das wir noch haben, wird bis zum Einbruch der Nacht aufgebraucht sein.« Reidt stieß einen ärgerlichen Laut aus. »Warum kriege ich diese verdammte Karre nur nicht zum Anspringen?«

»Beruhige dich«, sagte Carla, obwohl sie nicht weniger aufgebracht war. »Es ist nicht deine Schuld, dass wir hier festsitzen.«

Reidt strich ihr eine Haarsträhne aus dem Gesicht. »Rechnest du immer noch damit, dass Born zurückkommt?«

Carla seufzte. Eigentlich war sie zu ermattet, um darüber nachzudenken. Die Hitze und der Durst schienen jeden ihrer Gedanken seltsam unwirklich zu machen.

Ja, ursprünglich hatte sie fest darauf gebaut, dass Born zurückkommen würde. Aber selbst wenn der Mann ihren Betrug mit den Kieselsteinen bemerkte und umkehrte, bedeutete das noch lange nicht ihre Rettung. Im Gegenteil.

»Er wird uns abknallen«, drang Fosters Stimme aus dem Wagen. Der Archäologe war so geschwächt, dass er nur noch apathisch herumsaß und Löcher in die Luft starrte. »Sie hätten ihm die Diamanten gleich geben sollen, anstatt ihn für dumm zu verkaufen. Vielleicht hätte er bei ihrem Anblick ja mit sich reden lassen.«

Reidt schlug mit der Faust gegen die Fahrertür. »Geben Sie Ruhe, verdammt! Sie sind doch an der ganzen Misere schuld. Hätten Sie uns nicht hier hingelockt …«

»Ich wollte doch nur Amarna schützen!«, schrie Foster, wobei seine Stimme sich überschlug. »Mein Lebenswerk darf nicht zerstört werden, weil ignorante Filmleute sich in meiner Ausgrabung breitmachen!«

»Ich hätte nie zugelassen, dass die antike Stadt zu Schaden gekommen wäre, das wissen Sie genau!«

Fosters einzige Reaktion war ein abfälliges Schnauben.

»Jetzt hört doch auf«, bat Carla, die nicht wollte, dass die beiden Männer ihre letzten Kräfte damit verschwendeten, einander an die Kehle zu gehen. »Sich zu streiten führt zu nichts!«

»Mir hilft es!« Reidt nahm nun doch einen kleinen Schluck Wasser, dann schüttelte er die Flasche, um darauf hinzuweisen, dass er recht behalten hatte und der Vorrat zur Neige ging. Lange würden sie nicht mehr durchhalten. Sie hatten eine lange Nacht vor sich, eine Nacht, welche die noch glühende Einöde mit ihren fahlen Fingern berühren und vor ihren Augen in einen Ort aus Kälte und Schwärze verwandeln würde.

Reidt hatte mithilfe von ein paar Decken aus dem Jeep sowie Holzstücken, die sie in den Sand gerammt hatten, einen behelfsmäßigen Sonnenschutz für sich und Carla gebaut. Foster hatte nicht mitgeholfen, sondern sich abseits gehalten. Carla vermutete, dass er sich trotz seiner harschen Worte schämte, weil er sie und Reidt hinters Licht geführt hatte. Dass Born ihn ebenfalls aussetzen würde, hatte er wohl nicht für möglich gehalten.

Carla bewegte vorsichtig die Schultern. Wie konnte es sein, dass ihre Glieder schmerzten, als hätte sie eine Bergwanderung durch die Alpen hinter sich? Nur einen Moment wollte sie die Augen schließen …

Als sie erwachte, fühlte sie sich kräftiger und weniger matt. Ihre Kehle schrie nach Wasser und ihre Zunge klebte ihr am Gaumen, aber die Kopfschmerzen und das Gefühl der Taubheit in ihren Beinen hatten so weit nachgelassen, dass sie aufstehen und sich umsehen konnte. Hinter der kärglichen Bergkette, die mit bloßem Auge zum Greifen nah wirkte, versank schon die Sonne. Das erfüllte Carla auf der einen Seite mit Erleichterung, andererseits fürchtete sie sich vor der Dunkelheit und der wohl bald hereinbrechenden Kälte.

Sie wankte um den Jeep herum, aus dessen Inneren nichts zu hören war. Foster schien vor Erschöpfung eingeschlafen zu sein, Reidt lag indes unter dem Schattendach und wälzte sich unruhig im Sand hin und her. Seine Hand lag auf der Wasserflasche, als bewachte er sie. Etwa vor Foster? Der Archäologe hatte kein Wasser verlangt, aber Carla hatte darauf bestanden, es gerecht unter ihnen dreien aufzuteilen. Abermals sah sie sich den Wagen an und stellte fest, dass die Motorhaube geöffnet und mit einem Stab fixiert worden war.

Hatten die Männer ein letztes Mal versucht, den Motor zum Laufen zu bringen? Falls dem so war, hatten sie anscheinend kein Glück gehabt. Born hatte ganze Arbeit geleistet. Erst als sie einen Blick auf die Rückbank warf, bemerkte sie, dass Foster nicht mehr da war. Verdammt, wo steckte der Mann?

Beunruhigt weckte sie Reidt.

»Dieser verrückte Kerl«, sagte der junge Regisseur grimmig. »Er ist vorhin einfach auf und davon.«

»Was sagst du da?« Carla konnte nicht glauben, was sie da hörte. »Aber warum hast du ihn nicht aufgehalten?«

Reidt plagte sich auf die Füße. »Und wie hätte ich das anstellen sollen? Er stolperte plötzlich an mir vorüber und folgte der Reifenspur, die Born mit unserem Jeep im Sand hinterlassen hat. Er rief mir zu, wir könnten ja getrost hierbleiben und vor Durst krepieren, aber er würde Hilfe holen.« Er schüttelte den Kopf. »Er wollte partout nicht auf mich hören, Carla. Du hättest auch nichts ausrichten können. Vergiss nicht, welche Vorwürfe er dir gemacht hat, weil du Born nicht die Diamanten überlassen hast.« Er lächelte. »Ich bin froh, dass du es nicht getan hast. Selbst wenn wir draufgehen, soll der Kerl an uns denken!«

Carla entfernte sich ein Stück von ihrem notdürftigen Lager, in der Hoffnung, irgendwo in der Ferne doch noch eine Spur des Archäologen zu erhaschen. Allem Anschein nach hatte der in der Hitze den Verstand verloren, etwas, das vermutlich auch ihr bald bevorstand. Als sie wieder unter das Schutzdach kroch, stieß sie mit dem Fuß gegen die Flasche. In ihr stand noch ein letzter kümmerlicher Rest. Die zweite Flasche, in der auch nur noch wenig Wasser gewesen war, war verschwunden.

»Foster hat sie mitgenommen, nicht wahr?« Carla fand es sehr großherzig von Reidt, dass er dem Archäologen das Wasser zugestanden hatte, trotz des Ärgers, den sie dem Mann verdankten.

»Er hat einen Kompass, aber ich bezweifle, dass er auch nur noch eine Stunde durchhält«, sagte Reidt. »Zumal es bald so finster sein wird, dass man die Hand vor Augen nicht sieht.« Carla schlüpfte aus ihrem Schuh, holte die Diamanten heraus und schaute sie sich an. Welch eine Ironie, dachte sie. Die Steine gehörten Menschen, die sich damit in einer Wüstengegend wie dieser ein neues Leben aufbauen wollten. Darüber hinaus ein Orchester, in dem sie frei und ohne Angst vor Unterdrückung und Repressalien musizieren konnten. Doch nun lagen die Diamanten in Ägypten im Sand; vermutlich würde Steinberg niemals erfahren, was aus ihnen geworden war.

Carla wickelte die Steine wieder in das Tuch ein, dann legte sie sich neben Reidt. Der junge Mann lächelte sie müde an. »Ich muss mich noch einen Moment ausruhen, dann schaue ich noch einmal nach dem Motor. Es kann doch nicht so schwer sein, ihn wieder anzulassen.« Er seufzte. »Ich wünschte, mein Schwager wäre hier. Er war ein hervorragender Mechaniker, und Automobile waren seine große Leidenschaft.« Er hob seine Hände empor. »Die hier sind absolut nutzlos, zu nichts zu gebrauchen.«

»Ach was, du bist einfach nur kein Mechaniker, sondern Regisseur!«

Er lachte bitter. »Ein Regisseur von Filmen, die niemals gedreht werden, weil ich in dieser Wüste verrecken werde wie die Nofretete in meinem Film. Wer auch immer das Drehbuch an Bord zerstören wollte, kann sich freuen: Sein Plan ging auf.«

»Pst«, machte Carla. »Ich will das nicht hören! Noch sind wir nicht tot. Meine Mutter und Bellamuti wissen, dass wir nach Amarna gefahren sind. Wenn wir nicht rechtzeitig aufs Schiff zurückkehren …«

»Werden sie annehmen, wir beide seien miteinander durchgebrannt und fahren den Nil hinunter bis Assuan«, keuchte Reidt. »Selbst wenn sie uns suchen lassen, werden wir dreimal verdurstet sein, bis sie uns hier aufspüren.«

Carla hatte keine Kraft mehr, um mit ihm über den Sinn zu diskutieren, die Hoffnung auf Rettung nicht aufzugeben. Ein paar Minuten ausruhen, hatte er gesagt. Eine großartige Idee. Es würde ihr besser gehen, wenn sie erwachte. Ganz bestimmt. Vorhin war das doch auch so gewesen. Der Durst war kaum noch zu spüren, als sie die Augen schloss und in Gedanken den ersten Satz einer Solosonate auf der Violine durchspielte.

Born raste wie von Sinnen durch die Dunkelheit; im gelblichen Licht seiner Scheinwerfer sah der wellige Sand, der unter seinen Reifen knirschte, aus wie das Haar einer Frau.

Dieses kleine Miststück, fluchte der Grabungshelfer in Gedanken vor sich hin. Er konnte es immer noch nicht fassen, dass er auf diese Carla Fuchs hereingefallen war. Wie hatte er nur so dumm sein und einfach losfahren können, ohne vorher den Inhalt des Beutels zu überprüfen? Er war schon fast an der

Ausgrabungsstätte gewesen, als ihm während einer kurzen Rast eingefallen war, das Versäumte nachzuholen.

»Kieselsteine!«, brüllte er, vor Wut schäumend, in die Nacht hinaus, während der Jeep über eine Sanddüne donnerte. »Nichts als verdammte, wertlose Kieselsteine!«

Er nahm sich vor, das unverschämte Luder dafür teuer bezahlen zu lassen. Nicht nur mit den Diamanten, die sie zweifellos noch immer bei sich trug – Born malte sich aus, wie er sie mit vorgehaltener Waffe zwingen würde, sich ihrer Kleider zu entledigen. Stück um Stück, bis sie splitternackt vor ihm stand. Er würde sich viel Zeit dabei nehmen, ihren kleinen Körper nach den Edelsteinen abzutasten. Der dämliche Filmfritze durfte dabei zuschauen, würde ihr aber nicht helfen können, wenn er sich nicht eine Kugel einfangen wollte. Die Vorstellung, wie diese Carla Fuchs zitternd vor ihm im Sand lag, erregte ihn, bezwang aber nicht seine Wut, im Gegenteil. Sie wuchs von Kilometer zu Kilometer.

Mit unvermindertem Tempo fuhr Born weiter, wobei er hin und wieder einen Blick auf den Kompass warf, um sich nicht zu verfahren. Eine innere Stimme raunte ihm zu, dass es um einiges sinnvoller gewesen wäre, bis zum Morgengrauen zu warten, doch die verdrängte er. »Dabei habe ich dem Luder sogar angeboten, sie mitzunehmen«, brummte er, wohl wissend, dass sie, falls sie ihn freiwillig begleitet hätte, nun vermutlich schon nicht mehr am Leben wäre. Er hatte vorgehabt, sich während einer Rast mit ihr zu vergnügen und ihr dann einen Gnadenschuss zu verpassen. Eine Zeugin konnte er ja wohl schlecht frei herumlaufen lassen. Sie hätte ihm bei nächster Gelegenheit die Polizei auf den Hals gehetzt, noch bevor er in der deutschen Kolonie in Kairo einen Unterschlupf gefunden hätte.

Born malte sich noch in den schillerndsten Farben aus, was er mit der Betrügerin anstellen würde, als seine Scheinwerfer etwa zweihundert Meter vor ihm auf dem Boden die Umrisse eines Körpers erfassten. Born trat stirnrunzelnd auf die Bremse. Was zum Teufel war das? Ein verendetes Tier?

Born stieg aus dem Jeep aus, zog seine Pistole aus dem Gürtel und bewegte sich auf die Gestalt zu, die im Dunkeln auf dem Boden kauerte. Im Scheinwerferlicht sah er nun, dass er kein Tier, sondern einen Mann vor sich hatte. Oder besser gesagt, den reglosen Körper eines Mannes.

»Schön, Sie wiederzusehen, Foster«, sagte Born. Dann blickte er sich suchend um. War der Alte allein durch die Wüste spaziert oder lauerten die anderen beiden irgendwo? Born lief zum Jeep zurück und holte eine Taschenlampe, mit der er ein Stück des Wegs ableuchtete, den der Archäologe zurückgelegt hatte, bevor er vor Erschöpfung zusammengebrochen war. Außer Foster hatte niemand Fußabdrücke im Sand hinterlassen. Das legte nahe, dass nur Foster versucht hatte, sich nach Amarna durchzuschlagen. Born würde Carla Fuchs und den Filmfritzen dort finden, wo er sie zurückgelassen hatte.

Hoffen wir, dass dir die Sonne nicht auch das Gehirn so geröstet hat wie dem Alten, meine Süße, dachte Born grimmig. Sonst versäumst du, was ich mit dir vorhabe.

Als Born sich wieder zum Jeep aufmachte, vernahm er plötzlich ein leises Röcheln, das ihn jäh zusammenzucken ließ. Das Geräusch kam von Fosters reglosem Körper.

Verdammt, fluchte Born, als ihm aufging, dass der Alte noch lebte.

»Wasser …«

Born näherte sich dem Archäologen, der ganz unvermittelt die Augen aufschlug und sogar den Kopf anhob. Durch den grellen Schein der Scheinwerfer geblendet, stöhnte er auf.

»Born … Du?« Die dahergelallten Wörter waren kaum zu verstehen, bewiesen aber, dass der Mann noch bei Verstand war. Er schloss die Augen, versuchte aber mit letzten Kräften, sich auf die Arme zu stützen. Ein schauriges Kichern entwich Fosters rauer Kehle. »Dann … hatte sie doch recht … Das

Mädchen … hat gesagt, du würdest schon bald …« Weiter kam er nicht. Er keuchte hektisch, dann öffnete er seinen Mund.

»Ach ja, Sie hatten Wasser bestellt, nicht wahr?« Born kniff die Augen zusammen »Nun, bedauerlicherweise spurt der Zimmerservice hier nicht so wie im Berliner Adlon.«

Born holte mit seiner Taschenlampe aus und schlug damit so oft auf Fosters Kopf ein, bis der Archäologe blutüberströmt und regungslos liegen blieb. Nachdem Born sich davon überzeugt hatte, dass Foster nicht mehr atmete, stieg er in den Wagen und fuhr weiter.

Nur eine knappe Stunde später hatte Born sein Ziel erreicht. Er sah den Wagen schon von fern, nicht aber Reidt und das Mädchen. Ob sie doch fortgegangen waren, um Wasser zu suchen? In die entgegengesetzte Richtung? Nein, er hielt das für ausgeschlossen. Vermutlich hatten sie sich einfach hinter dem kaputten Geländewagen verkrochen. Dort saßen sie wie Ratten in der Falle. Wieder kochte heiße Wut in Born hoch. In wenigen Augenblicken würde das Miststück ihn anbetteln, ihre Diamanten anzunehmen.

Born schaltete Motor und Scheinwerfer aus. Die beiden sollten, sofern sie überhaupt noch bei Bewusstsein waren, ihn nicht schon von Weitem kommen hören. Er rechnete nicht damit, dass sie ihm in ihrem Zustand davonliefen oder auch nur genügend Kraft hatten, um sich zur Wehr zu setzen. Zumal seine Pistole ihnen ein unumstößliches Argument lieferte, das nicht einmal zu versuchen.

Auf leisen Sohlen schlich Born auf den Jeep zu, dessen aufgeklappte Motorhaube ihm ein böses Lächeln entrang. Wie es aussah, hatten diese Anfänger sich die Zeit damit vertrieben, den beschädigten Motor wieder zu reparieren. Nun, das hätten sie sich sparen können. Was Born einmal lahmlegte, brachte kein anderer mehr zum Laufen. Vor dem Wagen flatterte ein notdürftig aufgeschlagener Sonnenschutz auf Pflöcken im Wind, doch auch dort war niemand zu sehen – weder das Mädchen noch der Filmfritze. Der Wagen war ebenfalls leer.

In Born regte sich Enttäuschung. Er hatte weder Zeit noch Lust, eine Ewigkeit im Dunkeln herumzutappen und nach den beiden zu suchen. Frustriert schaltete er seine Taschenlampe ein und richtete den Strahl auf die umherliegenden Habseligkeiten der Vermissten.

Das Mädchen und der Mann hatten ihr ganzes Gepäck aus den Taschen genommen und in einem wilden Durcheinander um den Wagen herum verteilt. Born hob einen Damenstrumpf auf, der um ein Herrenhemd gewickelt war.

Was zum Teufel hatte das zu bedeuten? Das ganze Durcheinander sah aus, als wären die beiden in einen Akt der Raserei verfallen.

»Also schön, ihr hattet euren Spaß«, rief er, während er mit der Taschenlampe weiter nach Carla und Reidt suchte. »Wenn ihr freiwillig herauskommt …«

Er hielt inne, als er ein Stück hinter dem Jeep, von ein paar Halmen dürren Gestrüpps halb verdeckt, die Umrisse von zwei im Sand liegenden Körpern entdeckte. Na also, dachte er. Da sind sie ja! Rasch stapfte er auf die Ohnmächtigen zu, doch seine Zufriedenheit verflog, als ihm aufging, dass er Carla nicht befragen konnte, solange diese nicht bei Bewusstsein war. Wenn er das kleine Miststück richtig einschätzte, so hatte es die Diamanten auch nicht in der geschlossenen Faust. Bevor er sich die Kleine richtig vornehmen konnte, musste er ihr wohl oder übel ein paar Tropfen Wasser einflößen.

Bevor Born zum Jeep zurückging, um seine Feldflasche zu holen, warf er einen knappen Blick auf Reidt. Er überlegte kurz, ob er dem Bewusstlosen sofort eine Kugel durch den Kopf jagen sollte, verschob dies aber auf später. Carlas Schreie würden den Burschen in Kürze aufwecken. Er sollte ruhig mitansehen, wie es denen erging, die ihm in die Quere kamen.

Kurz darauf setzte er Carla die Flasche an die Lippen. Ihre Augen blieben geschlossen, nur die Lider flatterten schwach.

»Na los«, knurrte Born, wobei er Carla hart an der Schulter packte und schüttelte. »Tu mir den Gefallen und trink, du Miststück! Ja, so ist es gut, und nun wirst du …«

Ein schauerliches Stöhnen durchschnitt die Stille der Nacht.

Borns Blick glitt zu Reidt hinüber, doch an der Stelle, wo er soeben noch den jungen Mann gewähnt hatte, befand sich nur ein Haufen hastig zusammengeraffter Kleidungsstücke. Born starrte entgeistert auf das Bündel. Das war doch nicht möglich. Wo hatte sich der verflixte Mistkerl verkrochen? Derb fluchend riss Born die Flasche von Carlas Lippen und wandte sich, einer Ahnung folgend, um. Zu spät. Mit einem Aufschrei schnellte Carla empor und warf Born eine Handvoll Sand ins Gesicht. Born hob den Arm, aber es gelang ihm nicht mehr, seine Augen zu schützen. Er schrie vor Wut und Schmerz auf.

»Scheiß auf die Diamanten, du verfluchtest Biest, dafür stirbst du!« Blind wie ein Maulwurf richtete er die Mündung seiner Waffe auf die Stelle, an der er Carla immer noch vermutete. Doch bevor er abdrücken konnte, schlang von hinten jemand etwas Weiches um seinen Hals und zog aus Leibeskräften zu.

Born zerrte mit vor Überraschung geöffnetem Mund an der Schlinge, die sich immer tiefer in das Fleisch seines Halses grub. Seine Augen traten ihm aus den Höhlen. Ein Versuch, nach Luft zu schnappen, blieb erfolglos, ebenso wie ein weiterer und alle, die noch folgten. Wild schlug er um sich, die Waffe immer noch in der Hand. Plötzlich hörte er einen Mann aufstöhnen, was wie Musik in seinen Ohren klang. Er schien Reidt, diesen Schwächling, mit einem Hieb niedergestreckt zu haben, denn ganz plötzlich ließ der Druck um seine Kehle spürbar nach.

Born taumelte ein paar Schritte zurück und schob seine Linke röchelnd unter den Fetzen, mit dem man ihn hatte erdrosseln wollen. Noch brannten und tränten seine Augen. Er sah nur Schatten, die um ihn herumtanzten wie kleine Teufel.

Einer dieser Schatten warf sich auf Born und riss ihn mit Wucht von den Füßen. Er spürte, wie nach seiner Hand gegriffen wurde.

Noch während er fiel, lösten sich zwei Schüsse …

36. KAPITEL

Alexandria, Spätsommer 1936

»*John, not so fast, please! Take care of your sister!*«

Kopfschüttelnd sah Maude Robbins zu, wie ihre Schützlinge die Gangway hinaufstürmten. Die beiden führten sich auf wie die Wilden, was kein gutes Licht auf sie als Erzieherin warf. Andererseits hielt Maude auch nichts davon, den Kindern alles zu verbieten. Ihr lag mehr daran, dass der Junge und seine Schwester sie in guter Erinnerung behielten. Sie hatten es auch ohne Vorschriften und Moralpredigten schon schwer genug.

»*Come on, Margie!*«, hörte sie John rufen. Der Junge klang so aufgeregt, als sei er nach vielen Monaten der Abwesenheit endlich wieder daheim. Ob Palästina für ihn und die Kleine ein Zuhause werden würde, stand indes in den Sternen. Maude musste noch heute dem Funker einen Besuch abstatten. Wenn sie Glück hatte, war während ihres Ausflugs nach Kairo eine Nachricht vom Major eingetroffen. Der Mann durfte sie doch nicht einfach im Ungewissen lassen – es ging schließlich um die Zukunft seiner Kinder!

»Verflixt nochmal, pass doch auf, wo du hinläufst, *Bambino*!«

Rina Fuchs und ihr Freund Bellamuti, die vor Maude über die Gangway schritten, fühlten sich genötigt, zur Seite zu treten, damit die ausgelassenen Kinder an ihnen vorbeikamen.

»Verzogene kleine Räuber«, brummte Bellamuti, während er sich geräuschvoll die Nase schnäuzte. »Dieser englische Offizier sollte sich besser nach einer neuen Erzieherin umsehen, und zwar einer, die sich von diesen Kindern nicht so auf der Nase herumtanzen lässt!«

»Also bitte, Bellamuti«, zischte Rina. »Nicht so laut! Sie kann dich hören!«

»Ach was!« Der dicke Mann nieste. Seit der Abreise aus Kairo waren seine Augen gerötet und tränten heftig, seine Nase lief. Er schien auf etwas allergisch zu reagieren, womit er bei den Pyramiden von Gizeh in Berührung gekommen war. Fluch der Pharaonen nannte Rina das plötzliche Niesen des Mailänders scherzhaft.

»Verzeihen Sie, Madam«, sagte Maude reserviert, sah dabei aber nicht Bellamuti, sondern nur Rina an. »Ich habe John gebeten, nicht so schnell zu laufen und auf seine Schwester zu achten. Verständlicherweise sind die beiden aufgeregt.«

»Sie müssen sich nicht entschuldigen, meine Liebe.« Rina rang sich ein Lächeln ab, das aber ihre Verlegenheit nicht zu verbergen vermochte. »Die Kinder hatten gewiss eine Menge Spaß in Kairo, und nun fiebern sie der Landung in Haifa entgegen. Darf ich fragen, ob ihr Vater sie am Hafen in Empfang nehmen wird? Oder fahren Sie gemeinsam mit uns nach Jerusalem?«

Maude verspürte wenig Lust, mit der Frau höfliche Konversation zu betreiben. Ihr steckte immer noch in den Gliedern, was sie in Gizeh beobachtet hatte. Nur ganz kurz natürlich, für die Dauer eines Herzschlages – Carlas Mutter hatte in Rovanics Armen gelegen. Maude redete sich seitdem ein, dass es sie nichts anging, was sie gesehen hatte, und dass es besser war, wenn sie es wieder vergaß. Aber so leicht war das nicht, zumal sie einfach nicht begreifen konnte, was einen Mann wie Rovanic zu dieser Deutschen hinzog. Zugegeben, für ihr Alter sah sie noch passabel aus. Sie verfügte über die Umgangsformen einer vornehmen Dame und verstand es, ihre Reize vorteilhaft einzusetzen. Aber sonst …

Maude atmete tief aus. Sie wollte sich nicht mehr über Rina und Rovanic den Kopf zerbrechen, das verdiente diese eingebildete Person nicht. »Keine Ahnung, was der Major vorhat«, sagte sie in gelangweiltem Ton. »Aber sagen Sie, Rina …« Maude schaute suchend zur Reling, über die sich schon zahlreiche winkende Passagiere beugten. »Wo steckt denn Carla? Ich sehe sie nirgendwo. Ich nahm an, sie und Reidt wären schon an Bord.«

Augenblicklich verdüsterten sich Rinas Züge. Sie zuckte zusammen, als der Italiener nach ihrem Arm schnappte und sie wortlos mit sich zog.

Als Rina die Kabine betrat, kehrte ihr Mann ihr den Rücken zu. Er spähte durch das Bullauge, als suchte er jemanden unter den an Bord zurückkehrenden Passagieren. Ihre Anwesenheit bemerkte er erst, als Rina sich mit einem lauten Räuspern bemerkbar machte.

»Verzeih, meine Liebe!« Er küsste sie flüchtig auf beide Wangen. »Wie unaufmerksam von mir. Aber von hier hat man einen guten Ausblick auf die Gangway. Ich konnte beobachten, wie du mit Emil, Bellamuti und der Amerikanerin an Bord gekommen bist.« Er zögerte einen Augenblick, bevor er hinzufügte: »Es tut mir leid, dass ich euch nicht nach Kairo folgen konnte.«

Rina winkte ab. »Vergiss es, Robert! Und bevor du nachfragst: Ja, Emil und ich hatten eine gute Zeit bei den Pyramiden. Kairo hat eine wunderbare Altstadt, man fühlt sich darin wie in einem Märchen aus tausendundeiner Nacht.« Sie deutete auf den Nachttisch ihres Mannes. »Wie ich sehe, ist das gute Stück wieder da! Offen gestanden, ich hätte unser Haus in Aachen verwettet, dass du den Fotoapparat nie wiedersiehst.«

Fuchs zuckte mit den Achseln. Er tat gleichmütig, aber Rina erkannte an dem Blitzen seiner Augen, dass er stolz darauf war, sein Eigentum nicht kampflos aufgegeben zu haben. Doch sie sah auch noch etwas anderes in seinem Ausdruck: tiefe Sorge.

»Willst du mir nicht verraten, wo du die Kamera gefunden hast?«, frage sie, obwohl es sie nicht wirklich interessierte.

»Später! Wo steckt Carla? Ruht sie sich aus? Ich muss sie unbedingt sprechen.«

Rina entledigte sich ihrer Schuhe und des breiten Sonnenhutes, den sie in Kairo gekauft hatte. Dann trat sie zum Frisiertisch und begutachtete ihre Frisur im Spiegel. »Carla ist nicht mit uns zurückgefahren«, sagte sie zögerlich, wobei sie sich zwang, ihre Stimme fest klingen zu lassen.

»Was?«

»Nun reg dich bloß nicht auf!« Rina fuhr herum und stemmte beide Hände in die Hüften. »Unsere Tochter ist kein Zirkuspferd, sondern eine erwachsene junge Frau. Jetzt, wo sie weiß, welchen Beschränkungen sie zu Hause in Zukunft unterworfen sein wird, sollte sie erst recht ihre eigenen Entscheidungen treffen, auch wenn das dir und Bellamuti nicht behagt.« Sie griff nach ihrer Bürste und begann, ihr Haar zu richten. »Carla und der Herr Regisseur Reidt sind zu den Ausgrabungen von Amarna gefahren, zum Ostufer des Nils.«

Fuchs nickte. »Das weiß ich«, erklärte er. »Carla hat es mir gesagt, als wir uns am Bahnhof verabschiedeten. Aber müsste sie nicht längst zurück an Bord sein? Der Dampfer wird bald ablegen.«

Rina mochte es nur ungern zugeben, aber sie machte sich ebenfalls Sorgen. Carla war die Zuverlässigkeit in Person, für gewöhnlich so korrekt und pünktlich wie ihr Vater. In Kairo hatte sie Rina versprochen, rechtzeitig von ihrem Ausflug zurückzukehren. Allerdings gab es zuweilen Widrigkeiten, die man nicht voraussehen konnte. Nachdenklich drehte sie ihre Bürste in den Händen hin und her. »Wie spät ist es denn?«

Fuchs sah auf seine Uhr. »Halb drei. Es ist also noch Zeit. Aber wenn sie und dieser Bursche bis zum Abendessen nicht zurück an Bord sind …«

»Das Schiff darf keinesfalls ohne Carla auslaufen, hörst du!«, fiel Rina ihm sofort ins Wort. »Geh bitte zu Rovanic, Robert! Auf der Stelle! Er müsste jetzt auf der Brücke zu finden sein … Vielleicht sollten wir auch die Botschaft verständigen!«

Sie bemerkte, wie Fuchs zu schwitzen anfing. Irgendetwas stimmte nicht mit ihm, das sah sie ihm an.

»Was ist?«

»Es wäre besser, wenn du das in die Hand nimmst«, sagte er stockend. Er verschränkte die Arme hinter dem Rücken und starrte wieder aus dem Fenster. »Du verstehst dich doch gut mit Rovanic, jedenfalls war das mein Eindruck, als ich neulich sah, wie der Kapitän dich am Bahnhof anstarrte.«

Rina hatte plötzlich das Gefühl, in der Kabine nicht mehr atmen zu können. Die Bilder von Gizeh drängten sich mit Gewalt in ihr Gedächtnis zurück. Nach dem Besuch der Pyramiden hatte sie getan, was sie konnte, um Rovanic aus dem Weg zu gehen. Sie hatte sogar mit Emil auf dem Zimmer zu Abend gegessen, was dem Jungen gar nicht gefallen hatte. Vermutlich war Emil deshalb so wortkarg und abweisend. Im Zug nach Alexandria hatte er sie wie Luft behandelt und nur mürrisch aus dem Fenster geschaut. Mit Rovanic hatte dies aber nichts zu tun, dessen war Rina sich sicher. Trotzdem konnte sie auf keinen Fall jetzt einfach zu ihm gehen.

»Du verheimlichst mir doch etwas«, sagte sie, um die Stille aus dem Raum zu vertreiben. »Warum willst du den Kapitän nicht informieren?«

Anstatt ihr die Frage zu beantworten, öffnete Fuchs seine Nachttischschublade und nahm etwas heraus. Es war sein Pass.

Rina nahm das Ausweisdokument stirnrunzelnd entgegen. Eine böse Ahnung beschlich sie, als sie es öffnete. »Was … soll das bedeuten?«

»Das bedeutet, dass ich über keinen gültigen Pass mehr verfüge.«

Rina sank auf das Bett. Wie vor den Kopf gestoßen starrte sie auf die mit schwarzer Tinte vorgenommenen Randbemerkungen. Ungültig? Aber warum? Mit welchem Recht?

»Das ist eine lange Geschichte«, erklärte Fuchs. »Ich hatte eine unerfreuliche Begegnung mit zwei Landsleuten, die vermutlich zur Geheimen Staatspolizei gehören und nicht wollen, dass ich Ägypten verlasse und weiterreise.« Er lachte. »Schon gar nicht ins britische Mandat!«

»Was ist mit meinen Papieren und mit denen der Kinder?«

»Die sind in Ordnung, jedenfalls gehe ich davon aus.«

Rina vergrub ihr Gesicht in beiden Händen; nur mit Mühe unterdrückte sie ein Schluchzen. Was geschah hier nur mit ihnen? Warum tat man ihnen das an? Dass ihr Leben zu Hause in Zukunft nicht mehr so sein würde wie bisher, war schlimm genug, aber sie würde sich daran gewöhnen. Die Sache mit den Papieren ängstigte sie viel mehr. Dahinter verbarg sich eine Drohung, die sie nicht unterschätzen durften.

»Weiß die Gestapo Bescheid über dich? Ich meine, dass du …«

Fuchs begegnete ihrem Blick so stoisch, dass es sie fast um den Verstand brachte. Warum schimpfte und tobte er nicht? Ihr war jedenfalls sehr danach.

»Dass ich jüdische Verwandte habe?«, fragte er schließlich. »Keine Ahnung, ich habe in den vergangenen Jahren alles getan, um diese Tatsache zu verschleiern und sie zu vergessen.«

»Aber Harald von Breden wird das niemals durchgehen lassen. Vielleicht hat er dich angeschwärzt. Er ist auch wieder an Bord, Bellamuti hat gesehen, wie er mit einem der Stewards sprach.«

Fuchs verzog das Gesicht; wenigstens schien er ihren Verdacht in Betracht zu ziehen.

»Was, wenn diese Gestapoleute dich vom Schiff holen?«, fragte Rina ängstlich. »Großer Gott, ich weiß gar nicht mehr, was ich mir mehr wünsche: dass wir länger im Hafen bleiben, damit Carla es rechtzeitig an Bord schafft, oder dass wir augenblicklich auslaufen.«

Sie gingen an Deck, weil beide dringend frische Luft brauchten. Auf einem der Liegestühle lag Bellamuti. Als er Fuchs und Rina sah, faltete er seine Zeitung zusammen und begrüßte sie mit erwartungsvoller Miene.

»Na, wo steckt mein Wunderkind? Ist sie zurück? Ich muss schon sagen, es war leichtsinnig von Rina, sie mit diesem Burschen vom Film davonziehen zu lassen. Da stimmst du mir doch sicher zu!«

»Carla ist noch nicht an Bord«, erklärte Rina. Um dem Italiener nicht zu zeigen, wie besorgt sie war, richtete sie ihre Aufmerksamkeit auf die wenigen Nachzügler, die plaudernd über die Gangway liefen. Carla war nicht unter ihnen. Dafür erspähte Rina Harald von Breden. Der Baron war unrasiert; dichte Stoppeln bedeckten seine geröteten Wangen. Seinem Schwanken nach zu urteilen hatte er getrunken. Zu Rinas Verdruss steuerte er nun geradewegs auf sie zu.

»Dieser fürchterliche Kerl ist ja immer noch da!« Bellamuti schüttelte den Kopf. »Dabei hatte ich so gehofft, ihm nicht mehr begegnen zu müssen. Würdet ihr es mir sehr übel nehmen, wenn ich ihn über Bord würfe?«

Harald von Breden blieb stehen und zog den Hut vor Rina, die die Nase rümpfte, als ihr der nach Schnaps riechende Atem des jungen Mannes entgegenschlug.

»Na, wenn das nicht meine ehemaligen Schwiegereltern in spe sind«, nuschelte Harald. Er versuchte, Rina einen Kuss auf die Hand zu hauchen, was diese aber verhinderte.

»Sie sind betrunken«, konstatierte Fuchs, Abscheu schwang in seiner Stimme mit. »Gehen Sie, bevor ich Sie fortschaffen lasse!«

Die harschen Worte ernüchterten Harald. Aus seinen Augen schienen Funken zu sprühen, als er sich vor Fuchs aufbaute. »Wie können Sie es nur wagen? In Deutschland könnte ich Sie für diese Frechheit einsperren lassen. Sie haben meinen guten Ruf zerstört!«

Fuchs schüttelte den Kopf. »Nicht doch, das haben Sie ganz ohne mein Zutun geschafft.«

»Sie haben mich vor Carla und ihrem Liebhaber lächerlich gemacht, und das nur wegen eines dummen Missverständnisses in Berlin, das ein Gentleman dezent übergangen hätte.«

»Ein Gentleman? Seit wann ist ein verschuldeter Hochstapler und Heiratsschwindler wie ein Gentleman zu behandeln?«

»Einer von Ihrem Schlag wird nie verstehen, dass er mit schmutzigem Geld ebenso wenig einen guten Namen kaufen kann wie die richtige Herkunft«, giftete Harald. »Aber das, Herr Doktor, werden Sie bald zu spüren bekommen. Ich wollte Ihnen und Ihrer Familie helfen, Sie unter den Schutz der Familie von Breden stellen. An meiner Seite hätte Carla in Deutschland eine Zukunft gehabt, aber das ist nun vorbei. Soll sie sich doch mit diesem Reidt vergnügen, so lange sie noch kann.«

Rina wünschte, ihr Mann würde aufhören, mit dem Burschen zu streiten. Fröstelnd sah sie zu Bellamuti, der reichlich verwirrt aussah.

»Kann mir jemand erklären, was dieser Betrunkene meint?«, fragte der Italiener da auch schon. Seine tiefe Stimme dröhnte unheilverkündend. »Wieso glaubt er, ihr hättet seine Hilfe oder gar Schutz nötig?«

»Ach, der Herr Musiklehrer ist gar nicht eingeweiht?« Harald beugte sich über Bellamutis Liegestuhl und legte geheimniskrämerisch einen Finger auf die Lippen. Doch bevor er etwas sagen konnte, wurde er von einer Frau in einer ausgeleierten Strickweste gestört, die laut rufend auf Fuchs und Rina zueilte. Sie sah sehr besorgt aus.

»Das ist doch Frau Uhl«, sagte Rina stirnrunzelnd. Reidts Schwester hatte ihr gerade noch gefehlt. Allerdings sorgte das plötzliche Auftauchen der Frau dafür, dass Harald von Breden leise schimpfend den Rückzug antrat.

»Wo ist mein Bruder?«, rief Marlies aufgeregt. »Hat er sich bei Ihnen gemeldet?«

Rina hatte nicht viel für die Frau übrig. Sie verabscheute ihre scharfzüngigen Kommentare und die Eifersucht, mit der sie Carla verfolgte. Dennoch nahm sie Marlies ab, dass sie sich ehrlich Sorgen machte, weil ihr Bruder noch immer nicht an Bord war. Obwohl Rina ahnte, wie viel Überwindung es die Frau gekostet haben musste, sie anzusprechen, nahm sie es ihr ein wenig übel, dass sie Carla unerwähnt ließ. Rina fragte sich, ob sie im umgekehrten Fall dazu bereit gewesen wäre, über den eigenen Schatten zu springen.

»Bedaure, aber wir haben nichts von den beiden gehört«, gab sie zu. »Ich hatte gehofft, sie wären vor uns zurückgekommen.«

Marlies Uhl erbleichte; offensichtlich hatte sie sich an die Hoffnung geklammert, dass Rina ihr mehr über den Verbleib ihres Bruders würde sagen können.

»Aber wir sollen doch in Kürze auslaufen!«, rief sie. »Ob Kapitän Rovanic auf meinen Bruder warten wird? Ja, das muss er. Er darf nicht ohne ihn ablegen. Was fange ich denn ganz allein an Bord an, wenn er nicht mehr kommt? Wir sind schließlich nicht zum Vergnügen an Bord, wie Sie! Wir haben Verpflichtungen. Termine! Mein Bruder war immer sehr zuverlässig, aber seit ihm Ihre Tochter den Kopf verdreht hat, erkenne ich ihn gar nicht wieder.«

Rina hätte der Frau gern eine passende Antwort gegeben oder sich wie ihr Mann an die Reling begeben, um ihrem Geplapper zu entgehen. Auch Bellamuti hatte seinen Liegestuhl inzwischen geräumt und sich davongemacht. Doch sie schluckte ihren Unmut hinunter. Dabei ertappte sie sich bei dem Wunsch, dass Carla und Reidt gar nicht mehr an Bord der »Königin Maria« zurückkehrten, sondern weit weg von Harald von Breden, Marlies Uhl und dem Damoklesschwert, das über ihren Köpfen hing, ein neues Leben begannen.

»Was, wenn sie nicht zurückkommt?«, fragte sie ihren Mann, als sie wieder allein waren. Sie starrte hinunter auf das schäumende Wasser des Hafenbeckens. Über ihren Köpfen ging der Mond auf. Der Wind trug den Ruf eines Muezzins aus der Stadt herüber, welcher die Gläubigen von Alexandria zum Abendgebet in eine der Moscheen rief.

Es verging viel Zeit, bis Fuchs antwortete. »Sie wird zurückkommen«, sagte er mit so viel Überzeugung in der Stimme, dass sie fast neidisch wurde.

37. KAPITEL

»Ich bedaure, gnädige Frau, aber wir können nicht länger warten!«

Auf der Brücke beugte sich Kapitän Rovanic über einige Berechnungen, während seine Offiziere damit beschäftigt waren, das Manöver zum Ablegen des Schiffes vorzubereiten. Die »Königin Maria von Jugoslawien« war nun bereit, aus dem Hafen von Alexandria auszulaufen. Befehle schwirrten durch die Luft des Raumes, welcher streng genommen von Passagieren gar nicht betreten werden durfte.

Rina schluckte ihre Verzweiflung hinunter. Sie hatte nicht damit gerechnet, dass ihre Bitte sogleich Gehör fand, fand es aber dennoch ernüchternd, wie distanziert Rovanic ihr plötzlich begegnete.

Was hast du denn auch anderes erwartet, schalt sie eine innere Stimme. Warum sollte er dir helfen, nachdem du ihn erst geküsst, dann aber zurückgewiesen hast?

Rovanic verließ den Kartentisch und wandte sich seinem Ersten Offizier zu, mit dem er ein paar Worte in serbokroatischer Sprache wechselte. Als dieser ihn mit einer Handbewegung darauf aufmerksam machte, dass Rina noch wie angewurzelt auf der Brücke war, drehte er sich um und hob die Augenbrauen.

»Ich muss Sie nun bitten, die Brücke zu verlassen, gnädige Frau!«

Rina machte einen Schritt auf ihn zu. »Aber verstehen Sie doch, wir machen uns Sorgen um unsere Tochter. Sie ist Passagierin dieses Schiffes. Es ist Ihre Pflicht, auf sie zu warten!«

»Vor allem ist es meine Pflicht, die Bestimmungen einzuhalten, Frau Fuchs.«

Wenigstens nannte er sie nun nicht mehr »gnädige Frau«. Das ermutigte Rina, ihm weiter mit Bitten zuzusetzen. Sie musste ihn einfach umstimmen.

»Ich kann Ihre Sorge nachvollziehen«, sagte Rovanic. »Aber wenn Ihre Tochter vorhätte, die Reise mit der ›Königin Maria‹ fortzusetzen, wäre sie längst zurückgekommen. So weit ist der Umweg von Amarna über Kairo nun auch nicht.«

»Aber unterwegs kann den beiden doch alles Mögliche zugestoßen sein«, protestierte Rina. »Eine Autopanne zum Beispiel!«

Der Kapitän unterschrieb rasch ein Schriftstück, das ihm ein Mitglied der Besatzung ohne Kommentar hinhielt. »Gewiss, aber ich habe Herrn Reidt vor seinem Ausflug zu den antiken Ausgrabungsstätten deutlich vor Augen geführt, dass er auf eigenes Risiko handelt und sich nicht verspäten darf. Ich habe meine Anweisungen, Frau Fuchs. Ich muss ein Kreuzfahrtschiff voller Passagiere nach Haifa bringen und mich für jede noch so kleine Verzögerung vor der Reederei rechtfertigen. Was also schlagen Sie vor? Soll ich etwa einen Maschinenschaden vortäuschen? Schwierigkeiten mit dem ägyptischen Zoll oder der hiesigen Hafenpolizei?« Er schüttelte den Kopf. »Das würde mich in Teufels Küche bringen, Rina!«

»Ich verlange doch nicht, dass Sie im Hafen von Alexandria überwintern!« Allmählich verlor Rina die Geduld, ihre Nerven drohten sie im Stich zu lassen. »Aber ich brauche Hilfe, um in Erfahrung zu bringen, was mit meiner Tochter geschehen ist. Sie kann doch nicht einfach spurlos verschwunden sein.« Sie legte ihre Hand auf die seine. »Mehr verlange ich nicht von dem Mann, der vor wenigen Tagen behauptet hat, er würde mich lieben.«

Rovanic blickte kurz über die Schulter, um sich zu vergewissern, dass seine Männer ihn nicht hörten. Dann raunte er ihr zu: »Das ist unfair, Rina, und das weißt du auch.«

Rina nickte. Nie zuvor in ihrem Leben hatte sie sich erbärmlicher gefühlt. Nicht einmal in dem Moment, als Fuchs mit der Wahrheit herausgerückt war und sie begriffen hatte, dass ihr bisheriges Leben in Saus und Braus nicht mehr existierte. Aber dies alles zählte nicht. Die Verachtung, die in Rovanics Augen aufglomm, tat weh, war aber trotzdem nichts im Vergleich zu ihrer Angst, Carla zu verlieren.

Rovanic zog seine Hand zurück, nicht schroff, sondern sachte, als zögere er die Trennung hinaus. »Also gut, Rina, du hast gewonnen. Wir werden noch eine kleine Weile warten. Auch auf die Gefahr hin, dass vonseiten der Passagiere und meines Ersten Offiziers unangenehme Fragen aufkommen.« Er dachte nach, dann sagte er: »Wenn Passagiere von einem Landgang nicht an Bord zurückkehren, sollte die Botschaft verständigt werden, das verschafft uns ein wenig Zeit.«

Rina biss betreten auf ihre Unterlippe. »Es gibt da noch etwas, das du nicht weißt. Mein Mann hat keinen gültigen Pass.«

Rovanic starrte sie an, als habe sie den Verstand verloren. »Du musst dich irren, Rina! Eure Papiere wurden schon mehrfach überprüft. In Italien, Jugoslawien, Griechenland und zuletzt hier, in Alexandria. Dabei gab es keine Beanstandungen, sonst wäre mir das längst zu Ohren gekommen.«

Stockend erklärte Rina ihm, was sie über die Begegnung ihres Mannes mit den beiden Unbekannten wusste, die im Auftrag der deutschen Vertretung in Kairo mit einem einzigen Federstreich Fuchs' Pass ungültig gemacht und seine Reisebescheinigungen vernichtet hatten. Während sie sprach, verdüsterte sich Rovanics Miene.

»Dein Mann scheint jemandem auf die Füße getreten zu sein«, sagte er schließlich. »Soviel ich weiß gibt es in Ägypten eine starke deutsche Kolonie, die die Interessen eurer Regierung mit größerer Hingabe vertritt als das Konsulat selbst. Sie umfasst an die tausend Mitglieder, darunter Geschäftsleute, Wissenschaftler und Juristen. Ihr Vorsitzender ist ein gewisser van

Meeteren. Er soll mit dem Stellvertreter eures Reichskanzlers Hitler befreundet sein.«

»Du meinst Heß?« Rina sperrte verwundert die Augen auf.

»Der Bursche stammt aus Alexandria, wo seine Familie ein Unternehmen geführt hat. Hast du das nicht gewusst?«

»Ich weiß allmählich überhaupt nichts mehr«, gab Rina zu. »Das ist nicht meine Welt, und bis vor wenigen Tagen habe ich noch angenommen, dass dasselbe auch auf meinen Ehemann zuträfe. Ich habe mich geirrt. Gut möglich, dass wir nicht wieder nach Deutschland zurückkönnen.«

Rovanic sah unangenehm berührt aus, was Rina seinem Widerwillen zuschrieb, politische Konflikte jedweder Art auf seinem Schiff zuzulassen.

»Ich bin Seeoffizier und an Befehle und Weisungen gebunden«, sagte er mit rauer Stimme. »Eigentlich müsste dein Mann in Ägypten bleiben, bis er seine Passprobleme bei den dafür zuständigen Stellen bereinigt hat, aber …«

»Aber?«

Rovanic seufzte. Er öffnete den Mund, um etwas zu sagen, wurde aber von seinem Ersten Offizier, einem Österreicher, unterbrochen, der ihm mitteilte, dass das Schiff zum Auslaufen bereit war.

»Wenn wir weitere Verzögerungen vermeiden und pünktlich in Haifa sein wollen, sollten Sie nun die erforderlichen Befehle erteilen, Kapitän«, sagte der Mann, wobei er Rina fragend musterte. Zweifellos kam es ihm eigenartig vor, dass die deutsche Dame nicht längst von der Brücke geschickt worden war.

»Ist noch was?«, erkundigte sich Rovanic, als der junge Offizier unschlüssig verharrte.

»Nun ja, ich weiß nicht, ob ich Sie damit belästigen soll, aber vor dem Schiff lungern zwei sonderbare Personen herum, die unbedingt an Bord kommen wollen.«

Zwei Personen? Rina horchte auf. Mit klopfendem Herzen

berührte sie den Offizier am Arm. »Sind das vielleicht meine Tochter und Herr Reidt?«

»Bedaure, gnädige Frau«, erwiderte der Erste Offizier höflich. »Aber um Deutsche handelt es sich tatsächlich. Ich habe mir erlaubt, ihre Namen feststellen zu lassen.« Noch während er sprach, zog er eine weiße Karte aus seiner Uniformjacke, die er dem Kapitän überreichte.

»Kessler? Bammentaler?« Rovanic gab die Karte an Rina weiter. »Nie gehört!«

»Die Herren behaupten, bei der deutschen Gesandtschaft in Kairo akkreditiert zu sein. Mir scheint, sie wollen etwas mit einem unserer Passagiere besprechen.« Der Offizier bedachte Rina mit einem durchdringenden Blick. Sie zerknüllte die kleine Karte in der Hand. Ihr Mann hatte ihr die Namen der Männer zwar nicht genannt, die ihn hatten aufhalten wollen, aber sie zweifelte keinen Augenblick lang daran, dass es sich um dieselben handelte.

»Soll ich …«

»Nein«, blaffte Rovanic den jungen Mann schroff an. »Es kommt jetzt keiner mehr an Bord! Wir laufen aus!«

Rina schlug die Hand vor den Mund; vor ihren Augen begann sich alles zu drehen. Rovanics Befehl hallte in ihren Ohren wider. Er verhinderte, dass sie in die Hände dieser Leute fielen. Gleichzeitig trennte er sie von Carla.

»Es tut mir wirklich leid, Rina«, hörte sie Rovanics Stimme, die plötzlich ganz sanft klang. Als unter ihren Füßen der stählerne Boden zu vibrieren begann, fasste sie einen Entschluss. »Also schön, ich bleibe hier«, sagte sie mit zitternder Stimme. »Lass mich von Bord. Ich finde Carla, und wenn ich bis in die Wüste fahren müsste, um nach ihr zu suchen!«

»Das ist nicht dein Ernst!«

»Mein voller Ernst.« Mit einem dünnen Lächeln drückte sie dem Kapitän die Hand. »Und bitte verzeih mir, dass ich versucht habe, dich unter Druck zu setzen. Das war wirklich unfair von mir. Du bist ein guter Mensch und verdienst jemanden, der ebenso gut ist wie du.«

Als sie an der frischen Luft war, brachen sich Rinas zurückgehaltene Tränen Bahn. Auf dem Weg an Deck verschwammen Schiffswände, Türen, Liegestühle und Beiboote vor ihren Augen und wurden zu einem zähen grauen Brei, durch den sie mühsam vorwärtsstolperte. Es blieb keine Zeit mehr, sich von Robert und Emil zu verabschieden. Es blieb für nichts mehr Zeit, denn der Dampfer würde in Kürze den Hafen verlassen.

Ein Stück weiter hörte sie Gelächter und aufgeregte Stimmen. Keine Ahnung, wer sich dort freute, vermutlich Passagiere, die es begrüßten, dass die Reise weiterging.

Doch plötzlich stutzte sie. Diese Stimmen … Sie ging weiter, geradewegs auf sie zu, und zuletzt rannte sie fast. Sie wischte sich die Tränen aus den Augenwinkeln und konnte doch nicht verhindern, dass weitere flossen.

»Sie hat es geschafft!«, hörte sie ihren Mann rufen. Fuchs winkte mit seinem Hut. Er strahlte über das ganze Gesicht. »Sie ist zurück!«

Überglücklich fiel Rina Carla in die Arme.

AUF HOHER SEE
UNTERWEGS
NACH PALÄSTINA
1936

38. KAPITEL

Carla hasste es für gewöhnlich, sich Essen in die Kabine bringen zu lassen, doch heute hätten sie keine zehn Pferde dazu gebracht, den Speisesaal zu betreten. Obwohl sie annahm, dass die wenigsten Passagiere etwas von ihrer Verspätung mitbekommen hatten, fürchtete sie sich doch vor neugierigen Blicken und Fragen. Abgekämpft und müde wie sie war, wären solche gewiss nicht lange ausgeblieben. Morgen früh, so hatte Dimitrios ihr ausgerichtet, wollte der Kapitän mit ihr sprechen. Vermutlich würde er ihr eine Standpauke halten und sie mit Vorwürfen überschütten. Dies würde unangenehm werden, war aber nichts im Vergleich zu dem, was sie in den letzten Tagen durchgestanden hatte.

Carla starrte auf das Tablett mit den liebevoll garnierten Speisen, das der Steward auf den Kabinentisch gestellt hatte. Gedünsteter Seeteufel im Kräutermantel, dazu Olivenreis und eine Nachspeise mit Apfelsinen und gezuckerten Datteln. Obwohl sie hungrig war, konnte sie sich nicht überwinden, zu Messer und Gabel zu greifen. Nicht einmal das bis zum Rand gefüllte Wasserglas lockte sie, obwohl sie auf ihrer Zunge noch immer den Wüstensand zu spüren glaubte. Sie hatte sich gewaschen und wurde das Gefühl doch nicht los, dass er sich ihres Körpers bemächtigt hatte und ihn nie wieder loslassen wollte.

Irgendwann stellte sie das Tablett zur Seite und öffnete ihren Geigenkasten. Es kam einem Wunder nahe, dass die kostbare Violine nicht zu Schaden gekommen war. Versonnen zupfte sie an einer Saite, und dann an einer weiteren, bis sie alle zum Schwingen gebracht hatte. Es tat ihr gut, diese Vibrationen zu fühlen. Das hatte etwas Belebendes.

Ein Klopfen an der Tür ließ sie innehalten. Wie lange würde es wohl dauern, bis sie nicht mehr bei jedem Geräusch zusammenzuckte wie ein in die Ecke getriebenes Tier? Ihre Eltern hatten ihr versichert, dass sie nicht mehr in Gefahr war, und doch hatte sie immer noch den Eindruck, Born lauere im Schatten mit einer Waffe auf sie. Ihr Verstand erklärte ihr, dass dies unmöglich war, weil der Mann von einem Schuss aus seiner eigenen Pistole tödlich getroffen worden war. Dennoch fiel es ihr immer noch schwer, zu akzeptieren, dass sie und Reidt dem Tod im letzten Moment von der Schippe gesprungen waren. Mehr tot als lebendig hatten sie sich bis Amarna und von dort weiter über Kairo nach Alexandria durchgekämpft, wo sie das Schiff wie durch ein Wunder noch vor dem Ablegen erreicht hatten.

Carla erwartete Reidt oder ihren Vater vor der Tür, daher war sie ein wenig enttäuscht, als sich Maude Robbins an ihr vorbei in die Kabine schob. Die junge Frau küsste sie stürmisch auf beide Wangen, dann ließ sie sich auf Carlas kleinem Sofa nieder. Für den heutigen Abend hatte sie ein bezauberndes Kleid aus veilchenblauem Satin gewählt, das bei jeder Bewegung rauschte. Sorgfältig frisiert und geschminkt war nicht zu übersehen, dass sie vorhatte, den angebrochenen Abend zu genießen.

»Ich brauche einen Drink, damit der Seeteufel vom Dinner nicht auf dem Trockenen sitzt!« Sie schnupperte. »Oh, du hast deinen Fisch ja nicht einmal angerührt!«

Carla schloss die Tür, bevor sie sich zu ihrer Freundin umwandte.

»Ein Jammer, dass du nicht in den Speisesaal gekommen bist«, sagte Maude. Es klang fast wie eine Rüge. Vermutlich starb die Amerikanerin fast vor Neugierde und fand es gar nicht nett, dass Carla sie nicht längst aufgesucht hatte, um mit ihr zu plaudern. »Weißt du, dass deine Eltern heute zum ersten Mal seit Beginn der Kreuzfahrt nicht am Kapitänstisch saßen?«

»Was du nicht sagst«, murmelte Carla desinteressiert. Sie

wünschte inständig, Maude würde gehen und sie ihren Gedanken überlassen, doch da kannte sie die Gouvernante schlecht.

»Dein Reidt war übrigens auch nicht beim Essen! Rovanic hat andere Leute eingeladen, bei ihm Platz zu nehmen. Aber nun erzähl doch!« Erwartungsvoll beugte sich Maude vor. »Wie war euer Ausflug an den Nil? Bestimmt habt ihr Hübschen einiges erlebt und auch ein paar interessante Menschen kennengelernt.«

Carla dachte an Foster, dessen Leichnam sie und Reidt auf dem Rückweg gefunden hatten. Die Verletzungen des Mannes wiesen darauf hin, dass er Born in die Hände gefallen war. In Amarna hatte Reidt mithilfe eines Funkgeräts die Behörden verständigt und dafür gesorgt, dass Fosters ägyptische Grabungshelfer die Toten geborgen und ins Lager gebracht hatten. Obwohl er, wie Carla auch, sehr erschöpft gewesen war, hatte er darauf gedrungen, sich ohne Verzögerung nach Alexandria zu begeben, um das Schiff zu erreichen. Sie hatten eine schriftliche Erklärung hinterlassen. Carla konnte nur hoffen, dass man sie und Reidt nicht für Fosters und Borns Tod verantwortlich machen würde.

Zum Glück sind wir auf hoher See, überlegte sie erleichtert. Nach Ägypten würde sie so bald nicht zurückkehren, und bis Palästina reichte der Arm des Gesetzes gewiss nicht.

Maude stand auf und glättete ihr Kleid. Sie sah ein wenig enttäuscht aus, weil Carla sich so zierte, mit ihr über ihre Erlebnisse zu reden. Dabei interessierte sie hauptsächlich, ob Reidt und Carla sich unterwegs nähergekommen waren. Doch was dies betraf, hüllte Carla sich in eisernes Schweigen.

»Und du willst wirklich nicht mit zum Tanzen kommen?«

»Wirklich nicht«, erklärte Carla kopfschüttelnd. »Aber lass dich nicht aufhalten. Geh tanzen und amüsier dich gut!«

Maude schürzte die rot geschminkten Lippen und sah Carla fragend an. »Das werde ich, keine Angst. Ich lasse mir die letzten Abende an Bord nicht verderben. Aber was ist mit dir? Hast du immer noch vor, dich in Palästina niederzulassen?«

Carla wünschte, sie wüsste eine Antwort darauf. Nach alldem, was sie mit Reidt in der Wüste von Amarna durchgestanden hatte, zitterte sie bei dem Gedanken, ihn zu verlieren und möglicherweise niemals wiederzusehen. Ging sie in Haifa von Bord, würde aber genau das geschehen. Dennoch hatte sie ihn beschworen, seine Karriere nicht für ein Leben mit ihr, in völliger Ungewissheit, zu opfern. Sein Platz war in Deutschland, in der Fremde würde er als Regisseur keine Arbeit finden. Sie hingegen musste versuchen, weit weg von ihrer Heimat ein neues Leben zu beginnen. Steinbergs Orchester war ihre einzige Chance, dieses Leben mit etwas zu füllen, das sie über die Einsamkeit hinwegtrösten würde. Wenn sie dem Dirigenten die Diamanten übergab, würde er ihr ihre Bitte um Aufnahme sicher nicht abschlagen können. Aus diesem Grund hatte sie sich nach ihrer Rückkehr an Bord geweigert, ihrem Vater die Steine zurückzugeben. Er hatte sie loswerden wollen und heimlich in ihrem Kasten versteckt. Das trug sie ihm nicht mehr nach, aber von nun an würde sie allein dafür sorgen, dass die zwölf Diamanten in die Hände ihrer rechtmäßigen Eigentümer zurückkehrten.

»Du wirst dich doch an dein Versprechen halten und mit dem Major reden, Maude?«, fragte sie schließlich zaghaft.

Maude Robbins sah sie an. Einen Moment lang wirkte sie beunruhigt, fast so, als habe Carla sie an etwas erinnert, das ihr unangenehm war. Dann huschte ein Lächeln über ihre Lippen. »Versprochen ist versprochen!«, sagte sie. »Merkwürdig ist nur, dass ich immer noch nichts von ihm gehört habe.«

»Gar nichts? Nicht einmal eine kurze Nachricht von seinem Stab oder seiner Einheit?«

Maude schüttelte den Kopf. »Es scheint dort Schwierigkeiten zu geben. Unruhen, vielleicht sogar ein Aufstand gegen die Mandatsregierung. Beten wir zu Gott, dass der Major davon nicht unmittelbar betroffen ist. Der Mann wird mir sonst den Kopf abreißen, wenn ich seine Kinder derart in Gefahr bringe.

Dabei habe ich es nur gut gemeint. Die Kleinen haben sich so nach ihrem Vater gesehnt.«

Carla hatte inständig gehofft, dass ihre Zusage, die Passagiere der »Königin Maria« mit einem Violinkonzert zu unterhalten, im Zuge der Ereignisse in Vergessenheit geraten war, doch was dies betraf, kannte sie Bellamuti schlecht. Am nächsten Morgen überraschte er Carla mit der Neuigkeit, dass er für den späten Nachmittag den kleinen Tanzsaal neben der Lounge für ihr Konzert habe reservieren lassen. Ein riesiges Plakat hing bereits neben der Tür, ein zweites hatte Bellamuti eigenhändig vor dem Speiseraum der Ersten Klasse aufgehängt.

»Nun läuft er durchs Schiff und lädt jeden ein, der ihm auf dem Promenadendeck oder auf dem Weg zur Cocktailbar in die Arme läuft«, vertraute Carla Reidt an, als sie einen Spaziergang an Deck unternahmen. Es war ein warmer Morgen, das Meer wirkte spiegelglatt. Reidt beruhigte sie. Er sah immer noch entsetzlich blass aus, behauptete aber, es gehe ihm gut. Carla fragte sich, ob er die Wahrheit sagte oder nur vor ihr den Helden spielen wollte. Dass der tödliche Schuss, der sich beim Gerangel um die Pistole gelöst hatte, nicht ihn, sondern Born getroffen hatte, war reiner Zufall gewesen. Carla hatte Reidt beschworen, weder ihren Eltern noch sonst jemandem davon zu erzählen. Sie wollte die entsetzlichen Stunden, die sie in der Wüste in Todesangst verbracht hatte, so rasch wie möglich vergessen.

»Gib dein Konzert«, redete Reidt ihr gut zu. »Erfülle Bellamuti seinen Wunsch, dann wird er dich für den Rest der Reise in Ruhe lassen.«

Für den Rest der Reise? Carla traute sich nicht, zu beichten, dass das Ende der Kreuzfahrt für sie ganz nahe war. Lange würde das Schiff nicht mehr brauchen, bis es in den Hafen von Haifa einlief.

»Ich werde in der ersten Reihe sitzen und mir vorstellen, du würdest nur für mich spielen!« Reidt vergewisserte sich mit einem Blick, dass niemand in ihrer Nähe war, dann küsste er sie stürmisch.

Den Rest des Tages brachte Carla damit zu, in ihrer Kabine die Stücke durchzugehen, die Bellamuti mit ihr geprobt hatte. Hatte sie befürchtet, ihre Hände könnten nicht ruhig genug sein, um die Violine zu halten, so erlebte sie eine Überraschung: Kaum führte sie den Bogen über die Saiten, waren die Sorgen der vergangenen Tage wie von Zauberhand verschwunden. Bellamuti überließ nichts dem Zufall. Er hatte das Violinkonzert mit so viel Sorgfalt vorbereitet, als fände es an der Pariser Oper und nicht an Bord eines Kreuzfahrtschiffes statt. Für das Publikum lagen handgeschriebene Programme bereit, hübsche Blumenarrangements zierten Beistelltische und das Klavier. Als Carla in ihrem schwarzen Seidenkleid pünktlich den Saal betrat, klopfte ihr Herz vor Aufregung. Bellamuti kam ihr im Frack entgegen und machte ihr gut gelaunt Komplimente. Dann nahm er mit knackenden Knochen am Klavier Platz und überließ Carla und ihrer Violine die Bühne.

Ein hastiger Blick in den vollen Zuschauerraum verriet Carla, dass alle gekommen waren, die sie auf dem Schiff kannte. Sie entdeckte ihre Eltern, die ein wenig hölzern und abwesend wirkten, und gleich neben ihnen Emil, dem Rina sogar eine Krawatte verpasst hatte.

Reidt saß, wie er es versprochen hatte, ganz vorne. Dafür hatte sich seine Schwester weit hinten im Saal niedergelassen. Sie fächelte sich mit Bellamutis Programm Luft zu, wobei sie Reidt nicht aus den Augen ließ. Rovanic nickte ihr höflich zu. Seine Miene drückte Verwunderung aus, als habe er gar nicht damit gerechnet, dass Carla ihr Versprechen tatsächlich einhielt. Als Letzte betraten Maude und ihre Schützlinge sowie Harald von Breden den Saal. Ein Steward führte sie leise zu den wenigen noch freien Plätzen. Zu Carlas Schrecken setzte sich Harald auf einen Stuhl in der ersten Reihe. Carla wechselte einen Blick mit Bellamuti, der ihr aber zu verstehen gab, dass sie den Mann geflissentlich ignorieren und sich stattdessen ganz von der Musik leiten lassen sollte.

Zu Carlas Erleichterung erlebte sie während ihres Konzerts keine bösen Überraschungen. Nach einem ersten Teil, in dem sie Brahms und Schumann spielte, hatte Bellamuti eine Art Wunschkonzert vorgesehen, was vom Publikum mit viel Begeisterung aufgenommen wurde. Carla warf dem Mailänder am Klavier einen strafenden Blick zu, weil er sie mal wieder vor vollendete Tatsachen stellte, doch zugegebenermaßen reizte sie die Herausforderung auch. Sie begann mit Mozarts »Kleiner Nachtmusik«, welcher der getragene Kanon des Nürnberger Barockkomponisten Pachelbel folgte. Die letzte Zugabe bildete ein Csárdás, dessen Wechsel von betont langsamen hin zu rasanten schnellen Passagen Carla alles abverlangte, was in ihr steckte. Als sie sich schließlich verbeugte, war sie erschöpft und atemlos, strahlte aber auch vor Glück.

In der Lounge wurde mit Champagner angestoßen, den Kapitän Rovanic servieren ließ, um seinen Dank auszudrücken. Bellamuti stand neben Carla und nahm mit vor Stolz geschwellter Brust Glückwünsche entgegen. Zum ersten Mal seit Antritt der Reise sah er zufrieden aus. Carla stieß mit ihm an. Dabei bemerkte sie, dass seine Hand leicht zitterte, und erinnerte sich, dass Bellamuti am Ende des Konzerts ein paar Noten übersprungen oder nicht ganz sauber ausgespielt hatte, etwas, das er früher als Schlamperei schwer gerügt hätte.

»Alles in Ordnung mit dir?«, erkundigte sie sich. Besorgt beobachtete sie, wie Bellamuti in aller Hast den Champagner hinunterstürzte, um ihn nicht zu verschütten. Das Glas stellte er auf einem Tisch in der Nähe ab. Er nahm kein weiteres.

»Du wirkst ein wenig … überanstrengt!«

Bellamuti lachte auf. »Überanstrengt?«, dröhnte er. »Bella Maria, wie will ein Küken wie du so etwas beurteilen? Dein Erfolg heute sollte dich nicht übermütig werden lassen, hörst du? Das war gar nichts! Nur eine bessere Probe für dein erstes richtiges Konzert auf einer großen Bühne in Deutschland. Als dein Impresario obliegt es mir, dafür die nötigen Vorkehrungen zu treffen. Sobald wir zu Hause sind, müssen wir uns darüber ernsthaft unterhalten!«

Der Champagner schmeckte plötzlich bitter auf Carlas Zunge.

Maude Robbins erdrückte sie fast, als sie ihr um den Hals fiel. Sie hatte John und Margie zu Bett gebracht, war dann aber gleich wieder in die Lounge zurückgeeilt, um Carla zu ihrem Erfolg zu gratulieren. Jauchzend verkündete sie, nicht einmal in der Metropolitan Opera in New York jemals ein schöneres Violinkonzert gehört zu haben. Bellamuti verzog unmerklich das Gesicht, als sie temperamentvoll seine Hand schüttelte.

»Dort müsste Carla auftreten, guter Mann«, plauderte Maude ungerührt weiter. »Können Sie das nicht arrangieren? Dann bräuchte die Ärmste sich keine Gedanken mehr über dieses Orchester in der Wüste Palästinas machen.«

»Maude, verdammt nochmal …«, zischte Carla sie an. »Sei doch still!«

»In der Wüste?« Argwöhnisch blickte der Mann von Carla zu Maude, die sich betroffen auf den Mund schlug. »Wenn das ein Scherz sein soll, finde ich ihn nicht komisch!«

»Habe ich mich verplappert, Leute?« Maude kicherte. »Liegt vermutlich am Champagner. Nehmen Sie das bloß nicht zu ernst.«

»Carla wird eine große Karriere machen, dafür werde ich sorgen«, verkündete Bellamuti mit schneidender Stimme. »Wenn Sie mich jetzt entschuldigen würden, ich muss noch andere Gäste begrüßen.« Er nickte Carla zu, dann kehrte er den beiden Frauen den Rücken zu.

»Na vielen Dank auch«, empörte sich Carla. »Was ist denn gerade in dich gefahren?«

»Tut mir leid, ganz ehrlich! Ich und meine große Klappe!« Maude seufzte. »Das war immer schon mein Problem. Wo ich herkomme, ist man eben offen und direkt!«

»Fein«, konterte Carla sarkastisch. »Da, wo ich herkomme, kann einem diese Offenheit den Kopf kosten!«

Eine Weile später ließ Maude Robbins sich in einen der schweren Ledersessel fallen und streifte sich gähnend die Schuhe von den Füßen. Der Champagnerempfang war zu Ende, Rovanic und die älteren Passagiere wünschten einander eine gute Nacht. Von den jüngeren blieb nur noch eine Handvoll in der Lounge zurück. Jemand legte eine Grammophonplatte auf. Carla machte es sich auf einem Sofa bequem. Obwohl es spät geworden war, zog sie nichts zurück in ihre Kabine. Sie ertrug es nicht, heute Nacht allein zu sein. Ihr Blick streifte die leeren Champagnerflaschen, die überall im Raum herumstanden. Ob es wohl irgendwo Nachschub gab? Noch bevor sie danach fragen konnte, verschwand Reidt und kehrte kurz darauf mit zwei Flaschen griechischen Weins zurück.

»Der Herr Regisseur ist wohl auch Gedankenleser?«, sagte Maude kichernd, während Reidt die erste Flasche entkorkte. Auffordernd hielt sie ihm ihr Glas hin.

»Ihre Gedanken verraten mir, dass Sie eigentlich genug haben, Miss Robbins«, sagte Reidt, ließ sich aber schließlich erweichen und schenkte ihr etwas ein.

Inzwischen war die Runde noch weiter geschrumpft. Außer Carla, Maude und Reidt hielten sich noch Bellamuti und Marlies Uhl in der Lounge auf, doch die beiden zogen es vor, zu lesen, und wechselten weder miteinander noch mit den übrigen Gästen ein Wort. Als Carla sich umwandte, sah sie Harald von Breden in den Raum taumeln.

»Mir scheint, das hier ist die einzige Bar, die noch geöffnet hat«, sagte der junge Mann mit einem gierigen Lächeln, das einem Haifisch alle Ehre gemacht hätte. »Nun, Carla, willst du mir denn gar nichts anbieten?«

»Geschlossene Gesellschaft, Herr von Breden!«, rief Reidt. »Niemand hat Sie eingeladen! Also ziehen Sie Leine, bevor …«

»Bevor was?« Harald schwankte, als er sein Jackett ablegte

und mit fahrigen Bewegungen an seinen Manschettenknöpfen zerrte. Carla sah sofort, dass ihr früherer Verlobter schon wieder zu viel getrunken hatte. Was war nur los mit ihm? Warum konnte er sie nicht endlich in Ruhe lassen?

Bevor die Situation erneut eskalieren konnte, schaltete sich Maude ein. »Kommt schon, Jungs!«, rief sie energisch. »Keinen Streit! Nicht heute, tut mir den Gefallen! Dies ist mein letzter Abend auf dem Schiff. Ich steige morgen aus!«

»Sie haben wirklich vor, in Palästina zu bleiben?«

Alle wandten sich zu Marlies Uhl um, deren laute Stimme sogar die Grammophonplatte übertönte. Die Frau räusperte sich. »Ich meine … Glauben Sie, dass eine so freizügige Person wie Sie ins Heilige Land gehört?«

»Seit wann hast du eine Schwäche für das Heilige Land?«, erwiderte Reidt, ohne mit der Wimper zu zucken. »Soweit ich mich erinnern kann, warst du nicht begeistert davon, dass die ›Königin Maria‹ überhaupt Haifa anläuft.«

»Man darf doch wohl noch seine Meinung ändern, oder nicht?«, fauchte Marlies zurück. »Jetzt möchte ich jedenfalls Jerusalem sehen!«

»Um für deine Freunde im Propagandaministerium zu ermitteln, wie viele Juden dorthin abgeschoben werden können!«

Die Frau kniff die Augen zusammen. »Es gibt Probleme, die gelöst werden müssen, Theo! Im Interesse des Staates. Tun wir es nicht, tut es ein anderer!«

»Oh, ich bin überzeugt, dass Sie im Lösen gewisser Probleme sehr tüchtig sind, Frau Uhl.« Maude nippte an ihrem Wein. »Und dass Sie eine Frau mit vielen Geheimnissen sind.«

Marlies Uhl ließ ein abfälliges Schnauben hören. Ohne Maude eines Blickes zu würdigen, steckte sie das Buch, in dem sie gelesen hatte, in ihre Handtasche und stand auf.

»Wollen Sie uns nicht etwas aus Ihrem traurigen Leben erzählen, gnädige Frau?«, schickte ihr Harald von Breden hinterher. Er schenkte sich ein Glas Wein ein und setzte sich. »Die

Alte hat bestimmt jede Menge Geheimnisse, da pflichte ich der amerikanischen Lady bei. Aber bestimmt keine, für die jemand auch nur fünf Pfennige bezahlen würde, um sie zu erfahren!«

»Halten Sie den Mund«, grollte Reidt. »Meine Schwester hat viel durchgemacht, mehr als ein Aristokratensöhnchen wie Sie es sich vorstellen kann.«

Harald verzog den Mund. »Sie wissen überhaupt nichts von mir, also maßen Sie sich kein Urteil an!« Er drehte sich zur Tür um, wo Marlies wie angewurzelt stand. »Und Sie auch nicht, gnädige Frau!« Marlies sah ihn an wie ein Insekt, das sie am liebsten zwischen zwei Fingern zerquetscht hätte. Ihrer Miene nach verspürte sie zwar keine Lust mehr, dem Gespräch in der Lounge zuzuhören, andererseits erlaubte es ihr ihre krankhafte Neugier aber auch nicht, sich so unvermittelt zurückzuziehen.

»Ich glaube, jeder hier in dieser Lounge hütet tief in seinem Innern finstere Geheimnisse«, unternahm Maude einen Versuch, die Wogen zu glätten. »Schwarze Flecken auf unseren weißen Westen. Fehler der Vergangenheit oder auch geheime Sehnsüchte, die uns vielleicht das Genick brächen, wenn wir sie öffentlich machen würden. Dabei könnte es so befreiend sein, so manche Last endlich loszuwerden.«

»Wir sind nun einmal keine Priester, die dem Beichtgeheimnis unterliegen«, wandte Reidt ein. »Ich vertraue in diesem Raum niemandem. Na ja, mit einer Ausnahme.«

»Dann darf Carla sich glücklich schätzen«, sagte Maude mit einem Lächeln auf den Lippen. Sie beugte sich vor zu dem Tisch mit den leeren Champagnerflaschen und nahm eine davon in die Hand. Nachdenklich begutachtete sie sie.

»Ich habe neulich ein Buch über Jerusalem gelesen«, sagte sie leise. »Wusstet ihr, dass die Mauer, die heute als Klagemauer bezeichnet wird, früher zum jüdischen Tempel gehörte, der von den Römern angezündet wurde? Heute treten Gläubige an die Mauer und stecken kleine Botschaften mit Wünschen oder Gebeten in die Ritzen zwischen den Steinen. Sie hoffen, dass Gott sie dort findet und auf seine Weise beantwortet. Wie wäre es, wenn jeder von uns sein schaurigstes Geheimnis aufschreibt, den Zettel in eine der Champagnerflaschen steckt und diese im Morgengrauen ins Meer wirft?« Erwartungsvoll blickte die junge Frau in die Runde. »Na, was ist, Herrschaften? Traut ihr euch?«

Carla überlegte. Die Idee, sich alle Lasten von der Seele zu schreiben, die sie seit Berlin auf ihren Schultern trug, und diese dann dem Meer zu überantworten, klang reizvoll.

»Aber warum erst im Morgengrauen?«, wollte sie wissen.

»Das erhöht den Reiz, meine Liebe!« Harald nahm sich nun ebenfalls eine Flasche, warf sie spielerisch in die Luft und fing sie wieder auf. »Die Flaschen bleiben ein paar Stunden von allen unbeobachtet in der Lounge stehen. Eben so lange, bis wir die Küste Palästinas vor uns sehen. Wer seine Flaschenpost vorher wieder an sich nimmt, aus Angst, einer der anderen könnte sie heute Nacht lesen, hat verloren.«

»So etwas Albernes«, ließ sich Bellamuti aus seiner Ecke vernehmen. Der Italiener klappte sein Buch zu und kämpfte sich mühevoll auf die Beine. »Ich bin zu alt, um mir mit solchen Dummheiten die Nacht um die Ohren zu schlagen. Und dir, Carla, rate ich, jetzt ebenfalls schlafen zu gehen. Du willst doch bestimmt an dem Ausflug nach Jerusalem teilnehmen. Dort kannst du so viele Zettel in die Klagemauer schieben, wie du willst.«

Carla folgte dem Mann nicht hinaus. Stattdessen ließ sie sich von Reidt ein Stück Papier geben, das dieser aus dem Notizbuch trennte, in dem er seine Reiseeindrücke niederschrieb. In Amarna hatte er dies zum letzten Mal getan. Carla holte sich eine Flasche und zog sich in einen Winkel der Lounge zurück, wo sie unbeobachtet war.

Hatte sie anfangs geglaubt, die Worte würden nur so aus ihr heraussprudeln, so musste sie nun feststellen, dass es ihr gar nicht so leichtfiel, dem Zettel ihr Geheimnis anzuvertrauen. Verstohlen sah sie sich um.

Nachdem sie ihre Flasche mit einem Korken verschlossen hatte, beobachtete sie, wie die anderen schrieben. Sie fragte sich, welches Geständnis Maude zu Papier brachte. Im Grunde wusste Carla über sie nur, dass sie aus den Vereinigten Staaten stammte, Pech mit Männern hatte und sich um die Kinder anderer Leute kümmerte. Sie hatte einmal angedeutet, dass ihr Bruder Maudes Reiselust nicht gerade billigte, dessen ungeachtet hielt sie etwas davon ab, in die Staaten zurückzukehren. Ein Mann? Oder etwas Gefährlicheres?

Harald schrieb noch, doch ohne dabei auch nur mit der Wimper zu zucken. Er schien das dumme Spiel ernster zu nehmen, als Carla vermutet hätte. Ob er soeben beichtete, was oder wer ihn tatsächlich dazu bewogen hatte, Carla auf das Schiff zu folgen? Genug getrunken, um die Gefahr eines solchen Geständnisses zu unterschätzen, hatte er. Wie gern hätte Carla ihrem früheren Verlobten jetzt über die Schulter geschaut, doch damit hätte sie gegen die Regeln verstoßen.

Reidt tat sich schwer. Er grübelte mehr, als dass er schrieb. Als Carla vorsichtig zu ihm sah, fiel ihr auf, dass er aussah, als quälten ihn Erinnerungen, die er lange verdrängt hatte. Immer wieder setzte er den Stift an, um dann doch wieder innezuhalten.

Einige Minuten später waren schließlich alle Flaschen bestückt und verkorkt.

»Nicht vergessen, die Flaschenpost bleibt stehen bis zum Morgengrauen«, sagte Maude. »Ihr müsst schwören, dass ihr sie vorher nicht anrühren werdet!«

Harald zuckte mit den Achseln. »Warum bleiben wir nicht alle hier und warten, bis es hell wird?«

»Weil ich meinen Schönheitsschlaf brauche und meine letzte Nacht an Bord nicht in einem ungemütlichen Sessel verbringen möchte!«

»Nur keine Angst!« Reidt unterdrückte ein Gähnen. »Ich werde Dimitrios bitten, die Lounge abzuschließen.« Flüsternd raunte er Carla zu: »Das wird es von Breden schwer machen, sich an unseren Flaschen zu vergreifen.«

»Glaubst du denn …«

»Dass er es versuchen wird?« Reidt holte tief Luft. »Darauf kannst du dich verlassen.«

39. KAPITEL

Ein Geräusch weckte Emil auf – aber als er sich benommen die Augen rieb, war er sich nicht mehr so sicher, ob er es wirklich gehört oder nur davon geträumt hatte. Er spähte zu dem Sessel vor seinem Bett, aber er war leer. Carla und seine Mutter schienen anzunehmen, dass die Gefahr des Schlafwandelns bei ihm fürs Erste gebannt war, deswegen ließen sie ihn nachts wieder allein. Doch gerade heute hätte Emil sich gewünscht, Carla in seiner Kabine zu sehen.

Er musste mit ihr reden. Auf der Stelle, bevor die anderen wach wurden.

Carla würde ihn bestimmt nicht mit Lügen abspeisen wie die Erwachsenen.

Obwohl es noch stockdunkel war, verließ Emil das Bett und schlüpfte in seine Pantoffeln. Das Schiff schwankte ein wenig unter seinen Füßen, jedenfalls kam es Emil so vor. Der Junge dachte an sein Messingkamel. Er vermisste die Figur, seinen ägyptischen Glücksbringer. Am liebsten hätte er sie sich von Harald zurückgeholt, aber er traute sich nicht, in dessen Kabine zu gehen.

Emil huschte durch den Korridor, den die Notbeleuchtung in ein rötliches Licht tauchte, bis er vor Carlas Kabinentür stand. Auf sein leises Klopfen reagierte niemand. Emil wollte schon enttäuscht kehrtmachen, als seine Schwester schließlich schlaftrunken die Tür öffnete.

»Emil? Warum schleichst du hier herum? Ist etwas passiert?« Sie sah ihn forschend an. »Du bist doch nicht schon wieder geschlafwandelt, oder?«

Sie ließ ihn hinein und bestand darauf, dass er sich in ihr Bett legte, was er nur widerwillig tat. Das Glas Saft, das sie ihm einschenkte, nahm er indessen gern an, denn erst jetzt fiel ihm auf, wie durstig er war.

»Also, wenn du nicht schlafend durch das Schiff geirrt bist, was hast du dann auf dem Herzen?«, wollte Carla wissen, nachdem er das leere Glas auf ihren Nachttisch gestellt hatte. Obwohl er sie aus dem Schlaf gerissen hatte, lächelte sie ihn freundlich an.

»Tut mir leid, dass ich bisher so wenig Zeit für dich hatte«, sagte sie, während sie zu ihm unter die Decke schlüpfte. Ihre Füße waren warm, keine Eisklumpen wie seine eigenen.

»Hattest du doch nie!«, wandte er ein. Er verschränkte die Arme im Nacken und starrte an die Decke der Kabine. »Na ja, ich sage ja nicht, dass das deine Schuld ist. Bin nur heilfroh, dass ich nicht musikalisch genug bin, um Bellamutis Interesse zu wecken.«

Carla sagte eine ganze Weile nichts. Dann drehte sie sich unvermittelt zu Emil um. »Nichts sollte wichtiger sein als die Familie«, sagte sie so leise, als spräche sie mehr zu sich selbst als zu ihm. »Weder Arbeit noch der Aufbau einer Karriere. Ich musste vermutlich erst auf dieses Schiff kommen, um das zu begreifen.«

Emil kniff die Augen halb zu. »Du hast dich ganz schön verändert«, sagte er anerkennend. »Vermutlich wäre ich gar nicht gekommen, wenn ich das nicht bemerkt hätte. Ich …« Er holte tief Luft, denn er spürte mit jedem Atemzug, dass die Frage, die er ihr stellen musste, für ihn alles verändern würde. Stand sie einmal ausgesprochen im Raum, würde sie sich auch nicht wieder zurücknehmen lassen.

»Ich habe ein Gespräch belauscht«, begann er zaghaft. »In einem Kaffeehaus. Jemand hat etwas über unsere Familie gesagt. Über Vater …«

»Wen hast du belauscht?«

Emil schüttelte den Kopf. »Frag nicht, ich darf es nicht sagen. Sonst bekomme ich Ärger.« – »Aber Junge …«

»Nein!« Emil strampelte die Decke fort und sprang aus dem Bett seiner Schwester. »Ich will von dir nur wissen, ob an dem, was ich gehört habe, etwas dran ist. Dass Vater in Wahrheit ein Jude ist!«

Carlas Zögern bestätigte ihm, was er bereits seit jenem Nachmittag in Kairo geahnt hatte. Es war also wahr. Und alle wussten es, sogar der widerliche Harald.

Außer sich vor Wut schlug Emil gegen die Kabinentür.

»Still!« Carla legte einen Finger über die Lippen. »Du weckst ja das ganze Schiff auf!«

»Mir doch egal!«, rief er. »Ihr habt mich belogen. Hattet ihr jemals vor, es mir zu sagen, oder darf ich die Wahrheit nicht wissen, weil ich noch ein Kind bin?«

Carla legte ihre Hand auf seine Schulter. »Ich bin mir nicht sicher, aber ich glaube, Vater hat diese Kreuzfahrt gebucht, weil er hoffte, dir in Palästina alles leichter erklären zu können. Dass du verängstigt bist, kann ich gut verstehen. Mir ging es nicht anders, als ich erkannte, dass meine Abstammung mich zu Hause für viele Menschen zu einer anderen Person machen würde. Mein Konzert von gestern war vielleicht sogar das letzte für lange Zeit. Aber inzwischen weiß ich, dass ich stolz auf meine Vorfahren sein kann. Sie waren gute Menschen, die viel für unsere Heimat geleistet haben. Du darfst auf keinen Fall auf die Lügen hören, die zu Hause über sie und andere Juden verbreitet werden.«

»Wenn meine Freunde das herausfinden, bin ich geliefert. Ich weiß doch, wie die sich über Juden lustig machen. Sie sagen, die seien alle Feinde des Reiches, die aus dem Land gejagt gehören. Aber ich bin doch nicht plötzlich ihr Feind, nur weil Vater etwas zu sein vorgibt, was er nicht ist.« Seine Gedanken jagten sich. »Wie kommt es überhaupt, dass ihm zu Hause noch niemand auf die Schliche gekommen ist? Ich dachte, so was wird genau überprüft!«

Carla hob die Hand. Entweder sie wusste es nicht oder sie wollte es ihm nicht sagen. Na schön, dann würde er eben einen Weg finden müssen, um es selbst herauszubekommen.

»Wenn ich Vater und Mutter auf den Kopf zusage, dass ich ihr Geheimnis kenne, werden sie mir nicht mehr ausweichen können«, meinte er entschlossen.

Carla hatte einen Vorschlag. »Vielleicht warten wir, bis wir in Jerusalem sind. Diese Stadt ist allen drei monotheistischen Weltreligionen heilig und möglicherweise sogar der Ort, aus dem unsere Urahnen einst kamen. Wer weiß das schon so genau? Ich habe das Gefühl, dass Vater uns dort etwas sagen möchte.«

Unvermittelt sah sie zum Fenster, hinter dem die Schwärze der Nacht einer zarten Röte zu weichen begann. Über dem Meer ging die Sonne auf.

»Du musst jetzt in deine Kabine zurückgehen«, sagte Carla nervös. »Ich habe etwas zu erledigen.«

»So früh am Morgen? Darf man fragen, was?«

Sie schmunzelte geheimnisvoll. »Ich schicke eine Flaschenpost ins Heilige Land.«

Im Morgengrauen, hatte Maude ihr und den anderen eingeschärft. Aber als Carla wenig später auf den fast dunklen Korridor hinaustrat, bezweifelte sie, dass außer ihr jemand am vereinbarten Treffpunkt auftauchen würde. Bestimmt schliefen die anderen alle noch. Plötzlich kam ihr ihr Vorhaben reichlich kindisch vor. Wieso hatte sie überhaupt bei dieser Albernheit mitgemacht? Hatte sie wirklich angenommen, ihre Sorgen auf diese Weise loswerden zu können? Eine Flasche, die im Meer trieb, würde an ihrer ungewissen Zukunft nichts ändern. Es war eine Laune gewesen, mehr nicht. Carla spürte einen Luftzug, der sie zusammenzucken ließ. Sie war müde, fror und sehnte sich nach einem heißen Tee. Vielleicht hatte sie ja Glück und fand Dimitrios. Er würde ihr bestimmt mit Freuden eine Tasse auf das Promenadendeck bringen.

Ob man von dort aus schon die Küste Palästinas sehen konnte? Bei dem Gedanken daran, dass das Ziel ihrer Reise zum Greifen nahe war, bebten ihre Hände vor Aufregung. In Haifa würde sie gemeinsam mit Maude und den Kindern in den nächsten Autobus nach Jerusalem steigen. Ihr Vater hatte ihr nicht gesagt, wie sie Steinberg dort finden konnte, aber so schwer würde das bestimmt nicht sein, schließlich unterhielt Maude die besten Verbindungen zur britischen Mandatsregierung. Trotzdem wuchs Carlas Aufregung. Was, wenn sie nicht den Mut aufbrachte, ihre Mission zu beenden? Maude gegenüber hatte sie kühn behauptet, auf jeden Fall im britischen Mandatsgebiet zu bleiben, notfalls ohne Papiere. Aber die Ereignisse in der Wüste von Amarna ließen sie daran zweifeln, dass sie für ein so riskantes Leben gemacht war.

Die frische Luft half Carla aus ihren beklemmenden Gedanken. Sie wandte ihr Gesicht den ersten Sonnenstrahlen zu, welche die Wassertropfen auf den Schiffsplanken zum Glitzern brachten. Ein sanfter Wind strich über das Deck. Da durchbrachen laute Stimmen die Stille des Morgens – verwundert machte Carla einigen Männern Platz, die mit schweren Schritten an ihr vorbeieilten. Sie gehörten zur Besatzung und schienen sehr aufgeregt, doch Carla konnte nicht verstehen, was sie so in Panik versetzte. Als sie irritiert den Hals reckte, sah sie Kapitän Rovanic, der in Begleitung seines Ersten Offiziers weiter vorn eine Treppe hinabstieg. Sein Gesicht war kreidebleich. Irgendetwas Schreckliches musste geschehen sein.

Carla spürte ihr Herz heftig gegen die Rippen trommeln. Wie magisch angezogen folgte sie der Besatzung. Als Rovanic sie erkannte, forderte er sie auf, zurückzubleiben, doch sie tat so, als hörte sie ihn nicht.

Die Männer hetzten weiter über Deck, und dann erscholl erneut ein Schrei, dem Worte in griechischer Sprache folgten. Carla verstand, dass nach einem Arzt verlangt wurde. Demnach war jemand verletzt worden. Verletzt oder …

Carla fand Rovanic beim Schwimmbassin. Ein lautes Plätschern verriet ihr, dass jemand in das Becken hineingesprungen war, und als sie vorsichtig näher trat, entdeckte sie zwischen den Wellen das weiße Hemd und die schwarze Hose eines Kabinenstewards.

Dimitrios. War er ... Carla atmete auf, als sie erkannte, dass der junge Grieche lebte. Mit kräftigen Schwimmstößen gelangte er zur Mitte des Bassins, wo er Luft holte und abtauchte. Auf den Grund, wo ein lebloser Körper trieb.

Carla erhaschte ein paar nackte Beine, die sich tänzelnd im Wasser bewegten, und schlug entsetzt die Hand vor den Mund. Obwohl ihr plötzlich die Knie nachzugeben drohten, gelang es ihr, im letzten Moment die Reling zu erreichen, über die sie sich heftig erbrach.

»Hatte ich Sie nicht gebeten, zurückzubleiben?«, hörte sie die Stimme des Kapitäns dicht an ihrem Ohr. So ärgerlich hatte Carla ihn noch nie erlebt. Aber vermutlich trieb auch nicht jeden Tag ein Leichnam im Pool des Sonnendecks.

»Ihre Familie macht nichts als Schwierigkeiten«, brummte der Kapitän. Ein wenig milder fügte er hinzu: »Geht es wieder, oder brauchen Sie auch den Arzt? Er wäre jetzt wieder frei.«

Carla wagte es nicht, die Reling loszulassen. Hinter ihr drängten immer mehr Passagiere über die Kabinenaufgänge auf das sonnenüberflutete Deck. Dort blieben sie in Grüppchen stehen und steckten die Köpfe zusammen. Carla sah, wie einige der Männer und Frauen misstrauisch zu ihr und Rovanic herüberstarrten. Doch an der Mannschaft wagte sich keiner vorbei. Am Pool waren Dimitrios und einige Besatzungsmitglieder derweil damit beschäftigt, den Leichnam mit Decken zu verhüllen.

Carla wurde unruhig, als sie niemanden aus ihrer Familie unter den Wartenden entdeckte. »Wer ist es?«, fragte sie Rovanic, auf alles gefasst. »Jemand, den ich kenne?«

Der Kapitän schaute betreten drein. »Ich war schon als Seekadett auf diesem Schiff, habe aber erst zwei Mal einen Todesfall melden müssen. Einmal einen älteren Passagier, der in Venedig an Herzversagen verstorben ist, und dann vor ein paar Jahren eine asthmakranke Frau. Doch nie zuvor schwamm eine Leiche in unserem Bassin. Ich habe keine Ahnung, wie ich das meiner Reederei erklären soll.« Er sah Carla eindringlich an, dann bekreuzigte er sich flüchtig. »Die Tote ist Frau Uhl, Regisseur Reidts Schwester.«

»Sie soll Selbstmord begangen haben?«

Reidt massierte sich beide Schläfen. »Das kann nicht wahr sein. So etwas hätte Marlies nie getan! Sie hasste Schwimmen. Nicht einmal einen Badeanzug hatte sie mit auf die Reise genommen.«

»Nun ja, sie ist ja auch nicht zum Vergnügen in den Pool gesprungen, sondern um ihrem Leben ein Ende zu setzen«, wandte Rovanic ein. Es fiel ihm sichtlich schwer, mit Reidt über den Tod von dessen Schwester zu sprechen. »Verzweifelte Menschen tun so manches, was ihnen unter anderen Umständen nie in den Sinn kommen würde.«

»Mag sein, aber Sie kannten Marlies nicht! Sie war ... eine Frau, die ... Ach, zum Teufel!« Nach Worten ringend drehte er sich zu Carla um, die an der Tür zur Messe stehen geblieben war. Sie konnte ihn gut verstehen. Ihr selbst kam das alles wie ein böser Traum vor.

»Natürlich kenne ich Ihre Schwester nur von flüchtigen Begegnungen, aber selbst mir ist nicht verborgen geblieben, dass Sie einen gereizten und zuletzt reichlich unglücklichen Eindruck gemacht hat.« Rovanic fuhr sich verlegen durch den Bart. »Ihre Beziehung zu Fräulein Fuchs wurde von Frau Uhl doch sehr missbilligt, nicht wahr? Sie fühlte sich an den Rand gedrängt.«

Reidt sprang auf und beugte sich über den blank gescheuerten Tisch. »Also ist es meine Schuld?«, rief er erzürnt. »Das wollen Sie doch damit sagen, oder?«

»Keineswegs, Herr Reidt. Bitte beruhigen Sie sich!« Mit dem Zeigefinger winkte der Kapitän Carla herbei, die zögerlich näher kam.

»Der Steward hat in Frau Uhls Kabine keinen Abschiedsbrief gefunden. Aber das muss nichts heißen. Sie kann den tragischen Entschluss auch ganz spontan gefasst haben, als sie nachts unbemerkt an Deck spazieren ging. Könnten Sie sich vorstellen, dass es sich so zugetragen hat?«

Carla ahnte, worauf Rovanic hinauswollte. Er hatte bei einigen Gelegenheiten miterlebt, wie rasend eifersüchtig Marlies gewesen war und was sie unternommen hatte, um Carla loszuwerden. Nachdem sie damit gescheitert war, hatte sie wohl keinen Sinn mehr in ihrem Leben gesehen und beschlossen, es zu beenden. Ja, so sehr Carla sich gegen diese Theorie wehrte: Sie klang überzeugend. Und dann gab es da noch etwas, das auch ins Bild passte.

»Denk an deine Drehbuchseiten«, erinnerte sie Reidt. »Und wo du sie gefunden hast!«

Reidt schnappte nach Luft. Trotz des Ventilators schwitzte er. »Du meinst … Aber Marlies hat mir geschworen, dass sie die Seiten weder gestohlen noch in das Bassin geworfen hat. Sie war sehr gekränkt, als wir sie verdächtigten.«

»Hältst du es wirklich für einen Zufall, dass Marlies ausgerechnet dort gefunden wurde, wo auch die Drehbuchseiten aufgetaucht sind? Vielleicht wollte sie an diesem Ort …«

»Niemals«, murmelte Reidt. »Das glaubst du selbst nicht.«

Rovanic blickte irritiert von Carla zu dem jungen Mann, der wieder auf seinem Stuhl Platz genommen hatte. »Würde mir mal jemand erklären, von welchen Drehbuchseiten Sie reden? Wenn das unseren Todesfall betrifft, würde ich gerne …«

Ein Klopfen an der Tür unterbrach ihn. Der Erste Offizier trat ein, legte ein Schriftstück vor Rovanic auf den Tisch und verließ den Raum dann sogleich wieder.

»Oh«, machte der Kapitän, nachdem er eines der Blätter überflogen hatte. »Unser Arzt ist ganz Ihrer Meinung, Herr Regisseur. Er glaubt auch nicht an einen Selbstmord.« Er blickte auf. »Ihre Schwester war tot, bevor sie in das Becken fiel. Sie starb durch einen Schlag auf den Hinterkopf. Ich hoffe, Ihnen beiden ist klar, dass sich damit alles ändert!«

Carla wusste, was er damit meinte, und auch, warum er sie plötzlich so merkwürdig ansah. Er hielt sie oder Reidt für einen Mörder.

Nach einem Moment betretenen Schweigens stand Rovanic auf; mit einem Nicken gab er Carla zu verstehen, dass die Unterredung beendet war.

»Sie verstehen hoffentlich, dass ich Ihnen momentan nicht erlauben kann, in Haifa von Bord zu gehen«, sagte er streng. »Zuerst muss ich telegrafisch die Behörden informieren.«

Carla erschrak bis auf die Knochen. Sie sollte auf dem Schiff bleiben? Aber das ging nicht. Sie musste mit Maude von Bord gehen. Noch ehe sie jedoch gegen Rovanics Entscheidung protestieren konnte, hatte dieser auch schon die Kabine verlassen, um sich noch einmal mit dem Schiffsarzt zu beraten.

40. KAPITEL

Vor der Küste Palästinas, Spätsommer 1936

Der Schiffsarzt war ein gutmütiger Mann namens Dr. Blakowitz, der seine einträgliche Wiener Praxis schon vor Jahren aufgegeben hatte, um seinen Lebensabend auf See zu verbringen. Das Klima in den südlichen Ländern bekam seinen Lungen besser als das in Österreich, und die Arbeit an Bord machte ihm keine Mühe. Für gewöhnlich konsultierten ihn Passagiere wegen Seekrankheit oder leichten Erkältungsbeschwerden. Eine Tote hatte er während seiner gesamten Dienstzeit auf der »Königin Maria von Jugoslawien« noch nicht auf seinem Behandlungstisch gehabt. Dennoch – oder vielleicht auch deshalb – untersuchte er Marlies' Körper so sorgfältig, wie seine begrenzten Möglichkeiten es zuließen.

Fast eine Stunde verging, ehe er heißes Wasser in eine Schüssel goss, um sich die Hände zu waschen. Erst als er damit fertig war, hob er den Blick und rückte sich die Brille zurecht.

»Wie ich dem Herrn Kapitän schon mitteilen ließ, die Dame ist nicht ertrunken, sondern erschlagen worden«, erklärte er. »Ach, seien Sie doch so gut und reichen mir mein Journal! Ja, Sie meine ich, gnädiges Fräulein! Wenn Sie schon hier herumstehen müssen!«

Auf dem Schreibtisch des Schiffsarztes fand Carla neben einer vergilbten Broschüre über Durchfallerkrankungen eine Kladde, die saubere handschriftliche Eintragungen enthielt. Sie reichte dem älteren Mann das Buch, der sogleich darin zu blättern begann.

»Das ist sozusagen mein eigenes Logbuch«, erklärte der Mediziner. »Na, dann wollen wir mal, Herrschaften. Heute haben wir den …«

Reidt stöhnte ungeduldig auf. »Könnten Sie uns nicht einfach sagen, was Sie bezüglich des Todes meiner Schwester festgestellt haben, Doktor? Wir warten jetzt schon eine Stunde!«

»Na Moment, junger Mann! Seien Sie froh, dass der Herr Kapitän so freundlich war, Ihnen zu erlauben, hier zu warten. Ich persönlich hätte Sie nämlich vor die Tür gesetzt!«

»Herr Reidt entschuldigt sich«, sagte Rovanic in einem Ton, der allen deutlich machte, dass er keine weitere Störung vonseiten des jungen Regisseurs dulden würde.

»Dass die Frau im Wasser lag, ist schlecht für die Bestimmung des Todeszeitpunkts«, fuhr der Arzt gemächlich fort. »Aber ich würde mich doch trauen zu sagen, dass sie zwischen Mitternacht und vier Uhr in der Früh gestorben ist.« Er kritzelte etwas in sein Journal, dann wandte er sich wieder dem Leichnam zu. Um diesen vor unbefugten Blicken zu schützen, hatte er ein Leintuch über ihm ausgebreitet, das nur den Kopf freiließ. Nun aber entfernte er einen Zipfel des Tuches und betrachtete den rechten Arm der Toten.

Carla schloss die Augen.

»Ich kann Einstiche feststellen«, erklärte Dr. Blakowitz. »Sieben, um genau zu sein! Junger Mann, hat Ihre Frau Schwester Morphium konsumiert?«

»Was?« Reidt trat mit ungläubiger Miene näher, schreckte dann aber davor zurück, sich das anzusehen, worauf der Arzt hinwies. »Ich weiß nichts von Morphium. Gewiss, sie fühlte sich nicht immer wohl, aber …« Er stutzte. »War sie etwa krank?«

Blakowitz zuckte mit den Achseln. »Das kann nur durch eine Autopsie geklärt werden, die ich hier auf dem Schiff aber leider nicht durchführen kann.«

»Herr Reidt hat selbst kategorisch ausgeschlossen, dass seine Schwester sich das Leben genommen haben könnte«, gab der Kapitän zu bedenken. »Aber angenommen, sie wäre sehr krank gewesen. In dem Fall wäre so etwas doch wenigstens denkbar, oder?«

Der Arzt runzelte die Stirn. »Absolut nicht, Herr Kapitän, so gern ich Ihnen diesen Gefallen auch tun würde. Aber die Frau hat sich nicht eigenhändig am Rand des Pools eine Flasche auf den Hinterkopf geschlagen!«

»Eine Flasche?« Carla wechselte einen Blick mit Reidt, aus dessen Gesicht der letzte Rest Farbe wich. Offenkundig, weil ihm dasselbe durch den Kopf ging wie ihr.

»Jawohl, gnädiges Fräulein! Ich tippe auf eine Sektflasche. Ich habe winzige Splitter aus der Schädelverletzung entfernen können. Dass das Mordwerkzeug weder im Bassin noch davor gefunden wurde, legt den Verdacht nahe, dass der Täter es nach dem Angriff auf die Dame über Bord geworfen und die Scherben beseitigt hat.«

»Der Täter oder die Täterin«, meinte Rovanic leise.

Auf dem Weg zur Lounge kam Carla und Reidt Maude Robbins entgegen. Die Amerikanerin sah bestürzt aus. Entgegen ihrer sonstigen Gepflogenheit, sich stets fein zu machen, trug sie an diesem Morgen ein kariertes Holzfällerhemd, das lose über einer abgetragenen Leinenhose hing. Ihr langes Haar hatte sie zu einem Pferdeschwanz gebunden.

»Ich habe gerade eben im Speiseraum davon erfahren«, sagte sie, während sie Reidts Hand drückte. »Es tut mir so leid für Sie! Ein Unfall, nicht wahr?« Da Reidt stumm blieb, wandte sie sich Carla zu. »Habt ihr schon mit dem Kapitän gesprochen? Der Ärmste kann einem leidtun. Ein tragischer Unglücksfall an Bord hat ihm sicher gerade noch gefehlt.« Als sie Reidts düsteren Blick auffing, schlug sie die Augen nieder. »Ach, was plappere ich da nur? Nehmt es mir bitte nicht übel, meine Lieben! Ich fürchte, die Nachricht hat den meisten Passagieren einen Schock versetzt. Ich wette, dass keiner von ihnen mehr das Schwimmbassin benutzen wird. Ein Jammer für die Kinder, aber immer noch besser, als Alpträume zu bekommen! Zum Glück legen wir bald in Haifa an …«

Carla nickte flüchtig. Einerseits widerstrebte es ihr, Maudes

Annahme, Marlies Uhl sei durch eine Unachtsamkeit ums Leben gekommen, unwidersprochen stehen zu lassen. Auf der anderen Seite gab es momentan aber auch viele andere Dinge, die ihr durch den Kopf geisterten.

»Warst du heute früh in der Lounge?«, erkundigte sie sich auf dem Weg nach oben bei der jungen Gouvernante. »Hast du die Champagnerflaschen gezählt?«

Maude seufzte, als erinnerte Carla sie an eine große Dummheit. »Ich hätte gestern nicht so tief ins Glas gucken sollen«, sagte sie bedauernd. »Was für eine Schnapsidee, Geheimnisse in Flaschenhälse zu stecken. Mein Bruder warnt mich immer, dass ich keinen Alkohol vertrage. Nein, natürlich bin ich nicht mehr in die Lounge gegangen. Ich habe tief und fest geschlafen. Keine Ahnung, was aus den Flaschen geworden ist.«

»Dann sollten wir keine Zeit verlieren und nachsehen!« Reidt beschleunigte seinen Schritt, Carla und Maude folgten ihm, so rasch sie konnten.

Wie Carla erwartet hatte, stand die Tür zur Lounge sperrangelweit offen. Als sie eintrat, schlug ihr ein Gemisch aus kaltem Zigarettenrauch und blumigem Parfüm entgegen, das ihr fast den Atem raubte. Auch Maude schnappte nach Luft.

»O mein Gott, ist das wirklich mein Parfüm?«, keuchte sie. »Ich werde es gleich nachher ins Meer schütten, das verspreche ich.« Sie sah sich suchend um.

»Sie sind weg«, sagte Reidt. Er begab sich zu dem Tisch, auf dem sie vergangene Nacht die Champagnerflaschen zurückgelassen hatten. Er war blank gewischt und leer.

Flaschen und Gläser waren fortgeschafft worden.

Maude setzte sich und streckte ihre Beine auf dem Teppich aus. »Vermutlich war das einer der Stewards. Keine Bange, die meisten können weder Deutsch noch Englisch. Außerdem sind sie morgens immer schwer beschäftigt und werden keine Zeit gehabt haben, die albernen Zettel zu lesen. Bestimmt sind die Flaschen längst ohne unser Zutun ins Meer geflogen.«

Carla wandte sich ab, weil sie nachdenken wollte. Vielleicht war es so, wie Maude sagte, aber es gab noch eine andere Möglichkeit: Jemand hatte heimlich alle Flaschen entwendet und Marlies mit einer von ihnen erschlagen.

Aber warum? Welchen Sinn ergab ein Angriff auf Reidts Schwester?

Und welchen Sinn hatte es, Drehbuchseiten zu vernichten?

Wenige Augenblicke später steckte Dimitrios den Kopf in die Lounge und fragte, ob sie oder die anderen einen Wunsch hätten. Er schien ein wenig perplex, als Carla ihn fragte, wer vom Bordpersonal den Raum nach der gestrigen Abendgesellschaft gereinigt hatte.

»Ich war das persönlich«, erklärte er. »Aber als ich meinen Dienst antrat, war die Tür nicht verschlossen. Es war auch gar nicht so unordentlich, wie ich dachte. Ein paar Gläser standen herum, aber keine Flaschen. Nein, keine einzige!«

»Nun lasst doch diese blöde Flaschenpost sein!«, bat Maude händeringend. »Ihr werdet doch selbst in angetrunkenem Zustand nicht so dumm gewesen sein, darin einen Mord zu gestehen, oder so etwas? Äh … Sorry, mein lieber Reidt, nichts für ungut!«

Reidt holte tief Luft. »Da Sie es ohnehin bald erfahren würden, kann ich es Ihnen auch jetzt sagen. Der Tod meiner Schwester war kein Unfall! Sie wurde umgebracht, und zwar durch einen Schlag auf den Kopf mit einer Champagnerflasche!«

Maude stieß einen kleinen Schrei aus.

»Vielleicht begreifen Sie nun, warum uns die verschwundenen Flaschen interessieren!«

»O Gott, wie schrecklich«, murmelte die junge Frau. »Marlies Uhl war bestimmt nicht der beliebteste Passagier an Bord …«

»Oder der taktvollste«, sagte Carla, die sich diese Bemerkung nicht verkneifen konnte.

»Aber wer würde sie deswegen gleich erschlagen?«

Dieselbe Frage wurde auch im Speisesaal erörtert, als Carla sich mit ihren Eltern zu einem späten Frühstück traf. Emil war bei ihnen, brütete aber nur missmutig vor sich hin. Den Kakao mit extra viel Sahne, den der Steward ihm brachte, ließ er kalt werden, ohne auch nur an der Tasse zu nippen. Auf die Frage des Jungen, ob er aufstehen und hinauf an Deck gehen dürfe, schüttelte Rina den Kopf.

»Du bleibst hier bei uns«, verkündete sie streng. »Allein ist man auf diesem Schiff ja seines Lebens nicht mehr sicher.«

Ihr Vater tätschelte den Arm des Jungen, woraufhin dieser sich jedoch brüsk abwendete. Carla las daraus, dass die beiden sich inzwischen ausgesprochen hatten. Das war gewiss kein schlechter Anfang, aber Emil steckte in einem schwierigen Alter, war außerdem verängstigt und wütend. Bis er all das verarbeitet hatte, was er über seine Familie erfahren hatte, und bereit war, sich seinem Vater von Neuem anzunähern, würde viel Zeit vergehen.

»Weißt du etwas Näheres?«, wollte Carlas Vater wissen. »Uns sagt man ja kaum etwas.«

»Nur, dass die Schwester von Regisseur Reidt im Schwimmbassin gefunden wurde«, fügte Rina kopfschüttelnd hinzu. »Der arme Junge! Er hatte es weiß Gott nicht leicht mit ihr. Frau Uhl konnte recht unangenehm werden. Es war ja kaum mitanzusehen, wie sie ihn ständig heruntergeputzt hat, noch dazu vor fremden Leuten. Aber Blut ist nun mal dicker als Wasser, und eine Familie eine Schicksalsgemeinschaft, im Guten wie im Bösen. Man kann sich nie ganz von ihr lösen, selbst wenn man es noch so verzweifelt versucht.«

Nachdenklich klopfte Carla mit dem Löffel auf ihr gekochtes Frühstücksei, bis die weiche Schale sprang. Manchmal gab ihre Mutter schrecklich kluge Dinge von sich, ohne auch nur zu ahnen, wie richtig sie damit lag. Auch ihr Vater hatte sich bemüht, sämtliche Erinnerungen an seine Herkunft zu tilgen. Doch war ihm das gelungen? Nein. Die Vergangenheit hatte ihn in einem Moment eingeholt, in dem er längst nicht mehr damit gerechnet hatte.

Mit einem Räuspern bat Carlas Vater um die Aufmerksamkeit seiner Angehörigen. »Ich weiß, ich habe lange gezögert, mit euch über ein paar Dinge zu reden, die unsere Zukunft betreffen. Zu lange. Dafür gibt es keine Entschuldigung, ich kann nur hoffen, dass ihr meine Entscheidung eines Tages verstehen werdet.« Er holte tief Luft, bevor er die Katze aus dem Sack ließ. »Wir kehren nach dieser Kreuzfahrt nicht mehr nach Hause zurück.«

Rina seufzte. Sie hatte es geahnt. »Aber wo sollen wir denn hin?«, wollte sie wissen. »Du hast keine gültigen Papiere mehr, kein Land wird dich unter diesen Bedingungen aufnehmen. »Und was wird aus unserem Haus in Aachen und deinem Unternehmen? Das muss doch alles verkauft und übergeben werden …«

Fuchs unterbrach seine Frau mit einer Geste. »Das wird nicht möglich sein. Die Firma gibt es nicht mehr, und ich gehe jede Wette ein, dass unser Besitz bereits beschlagnahmt wurde. Aber das ist nicht wichtig. Für mich zählt nur, dass unsere Familie zusammen ist.«

»Ich gehe davon aus, dass wir trotz Verlust des Hauses nicht bettelarm sein werden, nicht wahr, Vater?«, fragte Carla. »Du hast deine Forschungsergebnisse der letzten Jahre mit auf das Schiff genommen, damit sie den Nazis nicht in die Hände fallen.«

Fuchs nickte. »Mein Labor war vor allem damit beschäftigt, den Ertrag von Nutzpflanzen zu steigern, aber bei meinen Experimenten mit den Extrakten exotischer Pflanzen habe ich ein paar zusätzliche Entdeckungen gemacht. Daraus entstanden die Formeln für drei Medikamente, die zumindest unter Laborbedingungen erstaunliche Wirkungen zeigen. Eines stärkt das Gedächtnis. Es hilft, sich an jede noch so unbedeutend erscheinende Einzelheit zu erinnern, selbst wenn das Ereignis sich im Kleinkindalter zugetragen haben mag. Die beiden anderen Medikamente schärfen unser Gehör und machen es möglich, bei völliger Dunkelheit so scharf zu sehen, als wäre es heller Tag. Mir wurde schnell klar, dass sich das Militär brennend dafür interessieren würde. Als Hitler im März die Wehrmacht im Rheinland einmarschieren und sogar bei uns in Aachen eine Garnison errichten ließ, war Eile geboten. Ich weiß, dass die Aufrüstung nur ein einziges Ziel hat, da kann der Führer noch so oft vom Frieden reden. Hitler will Krieg! Aber er wird ihn nicht mit meiner Hilfe führen.«

»Demnach hast du Kontakt mit dem Ausland aufgenommen und um Hilfe gebeten«, sagte Carla. »Bekannt bist du ja, durch deine Reisen und Vorträge.«

»Aber dann ist Papa ein Spion!« Emil starrte seinen Vater an, hin- und hergerissen zwischen Faszination und Empörung. »Ein Feind des Reiches!«

»Feinde des Reiches sind ja wohl diejenigen, die Menschen wie uns zu Hause aufgrund von schwachsinnigen Gesetzen wie denen vom Nürnberger Parteitag alle Rechte nehmen«, wies Carla den Jungen zurecht. »Vater hat getan, was er für richtig hielt, mehr nicht.«

Fuchs wartete, bis der Steward das benutzte Geschirr abgeräumt hatte, bevor er fortfuhr: »In Berlin wollte ich eine amerikanische Kontaktperson treffen, um dieser meine Ergebnisse gegen Einreisevisa für uns alle zu übergeben. Im Grunde kein schlechter Plan, denn während der Olympischen Spiele wimmelte es in der Stadt vor Ausländern. Mein Kontaktmann tarnte sich als Journalist einer amerikanischen Zeitung. Doch dann ging alles schief.«

»Die Morgenzeitung!« Emil errötete vor Aufregung. »Erinnert ihr euch nicht? Darin stand etwas von einem Verkehrsunfall, bei dem ein Ausländer getötet wurde. Papa wurde ganz blass um die Nase, als er den Artikel las.«

»Ich wusste sofort, um wen es sich dabei handelte«, gab Fuchs zu. »Und auch, dass mehr als ein bloßer Zufall dahintersteckte.

Irgendjemand hatte von meinen Absichten Wind gekriegt und sich an meine Fersen geheftet. Allerdings nicht die Gestapo, die war zu diesem Zeitpunkt noch nicht im Bilde, sonst hätten sie mich sofort einkassiert. Ich musste handeln, ein zweites Treffen arrangieren. Doch nicht in Berlin oder sonst irgendwo in Deutschland, wo der Boden unter den Füßen zu brennen begann. In meiner Panik buchte ich diese Kreuzfahrt und kaufte eine Kamera, die beste, die ich finden konnte.«

Rina verdrehte die Augen. »Was hast du nur mit dieser Kamera? Sogar am Frühstückstisch lässt du sie nicht aus den Augen, dabei hast du sie bislang kein einziges Mal benutzt.«

»Weil darin kein gewöhnlicher Film eingelegt ist, sondern einer, der Formeln enthält, nicht wahr?«, sagte Carla. »Deshalb hast du in Alexandria Kopf und Kragen riskiert, um die Kamera zurückzubekommen. Du musstest verhindern, dass sie in die falschen Hände gerät.«

Carlas Vater warf ihr einen anerkennenden Blick zu. »Nicht mehr lange, dann werde ich sie einer weiteren Kontaktperson aus den Staaten übergeben. Ich schlug Jerusalem vor, weil ich dort, wie du weißt, noch etwas anderes zu erledigen habe.« Er strich sich nachdenklich über seinen Oberlippenbart. »Ich hoffe, dass Steinberg es inzwischen nach Palästina geschafft hat und …«

Er wurde von einem knackenden Geräusch aus der Lautsprecheranlage unterbrochen, die an der Ostwand des Saals hing und für wichtige Durchsagen von der Kapitänsbrücke genutzt wurde.

Augenblicklich verstummten die Gespräche an den Tischen; sogar die sonst so umtriebigen Stewards richteten ihren Blick gespannt auf den Lautsprecher. Das Knistern wurde lauter.

»Bestimmt geht es um die arme Marlies Uhl«, flüsterte Rina Carla zu. »Aber keine Angst, Kind, es wird sich alles aufklären. Vielleicht wurde der Täter schon gefunden!«

Durch das Rauschen war auf einmal Kapitän Rovanics Stimme zu hören, der die Passagiere um Aufmerksamkeit bat.

»Zu meinem Bedauern muss ich Ihnen mitteilen, dass die britische Mandatsregierung in Jerusalem uns aufgrund von Unruhen keine Anlegeerlaubnis in Haifa erteilt hat.«

»Was?«, rief Fuchs. Entsetzt hob er den Blick. »Das kann nicht wahr sein!«

»Ich wiederhole«, schepperte es aus dem Trichter. *»Keine Anlegeerlaubnis für Palästina! Wir drehen bei und nehmen Kurs auf Beirut! Über den weiteren Reiseverlauf werden Sie nach Rücksprache mit der Reederei informiert. Ich danke Ihnen für Ihre Aufmerksamkeit.«*

Im Speisesaal wurde es schlagartig laut, ein regelrechtes Stimmengewirr setzte ein. Viele Passagiere beschwerten sich, ohne ein Blatt vor den Mund zu nehmen, wobei die Stewards für ihren Unmut herhalten mussten. Jerusalem galt als einer der Höhepunkte der Reise. Dass das Schiff so nahe an der Küste kreuzte und nun doch nicht in den Hafen einlaufen durfte, erregte die Gemüter.

Carla starrte fassungslos auf den Lautsprecher über ihr, als hoffte sie, das Ganze wäre ein Scherz gewesen, der jeden Augenblick zurückgenommen wurde.

Was machen wir jetzt nur, überlegte sie fieberhaft. Wir müssen doch an Land! Sie vergaß dabei völlig, dass der Kapitän ihr den Landgang bis auf Weiteres verboten hatte.

Ihr Vater wollte sich nicht geschlagen geben. Einen Moment lang saß er still da, dann aber sprang er so unbeherrscht auf, dass sein Stuhl rücklings zu Boden fiel.

Rina sah ihn ängstlich an. »Was hast du jetzt vor?«, wollte sie wissen.

»Na was wohl? Ich gehe zu Rovanic! Carla, begleitest du mich?«

Vor dem Zugang zur Brücke standen zwei Matrosen, was Carla zu denken gab, da es noch nie vorgekommen war, dass Rovanic seine Tür hatte bewachen lassen. Nun aber signalisierte das drohende Gehabe der Männer eindeutig, dass der Kapitän nicht zu sprechen war.

»Wo ist er? Lassen Sie mich zu ihm, es eilt!«

Als Carla und ihr Vater sich umdrehten, sahen sie schon von Weitem Maude Robbins auf sich zueilen. Augenscheinlich hatte die junge Frau dasselbe vor wie sie selbst und dachte gar nicht daran, sich abwimmeln zu lassen. Nur einen Herzschlag später stolperte sie in das Büro des Kapitäns, wo sie alsbald begann, ihn mit Vorwürfen zu überschütten.

»Nehmen Sie Vernunft an«, beschwor Rovanic die aufgeregte Frau. »Ich kann weder Sie noch Herrn Fuchs oder sonst einen Passagier an Land bringen, weil wir nicht anlegen dürfen. Die Regierung Seiner Majestät würde das als einen feindlichen Akt werten. Kein Schiff ohne britische Flagge darf in Palästina anlegen. In den Küstengewässern kreuzen Kriegsschiffe.«

Maude lief händeringend durch den Raum. »Dann machen Sie gefälligst eines der Beiboote klar. Vor Kreta ging das doch auch.«

»Die Griechen nahmen uns aber nicht unter Feuer!«, erklärte Rovanic. »Es bleibt dabei, wir nehmen Kurs auf den Libanon.«

»Sie scheinen mich nicht verstehen zu wollen, Kapitän! Ich trage die Verantwortung für zwei unschuldige Kinder, die ihren Vater sehen wollen. Und der ist ein ranghoher Offizier der Regierung, die Ihnen angeblich die Landung untersagt.«

Wenig beeindruckt hob Rovanic die Hand. »Ich bedaure sehr, Miss Robbins! Mir gefällt das alles selbst nicht, das dürfen Sie mir glauben. Immerhin haben wir den Leichnam einer Frau an Bord, die auf diesem Schiff getötet wurde.«

»Gibt es denn keine Möglichkeit, Jerusalem auf dem Landweg zu erreichen?«, wollte Carla wissen. Ihr graute davor, wieder einen Geländewagen besteigen zu müssen, doch vermutlich durfte sie nicht wählerisch sein.

»Vom Libanon aus?« Rovanic schüttelte den Kopf. »Davon

muss ich dringend abraten. Die Grenzregion zwischen dem französischen und dem britischen Mandatsgebiet wird nicht nur von Aufständischen, sondern auch von Räuberbanden unsicher gemacht, denen es nur um Wertsachen oder Lösegeld geht. Davon abgesehen könnte ich in Beirut nicht länger als einen Tag auf Ihre Rückkehr warten. Ich muss den Dampfer von Beirut aus direkt nach Syrien steuern, damit wir nicht in Verzug kommen. Ich fürchte, Miss Robbins' Schützlinge werden noch eine Weile warten müssen, bis sie ihren Vater wiedersehen. Es sei denn, Sie lassen die Kinder von ihm in Beirut abholen. Ich schlage vor, Sie telegrafieren ihm gleich!« Er hob die Augenbrauen. »Der Gentleman weiß doch, dass Sie zu ihm unterwegs sind, oder?«

Maude entzog sich einer Antwort. Stattdessen warf sie dem Kapitän einen vernichtenden Blick zu und verließ eilig den Raum. Als Carla und ihr Vater sich ebenfalls entfernen wollten, hielt Rovanic sie jedoch zurück.

»Was mache ich nun mit Ihnen? Dem Herrn ohne gültige Papiere und dem Mädchen, das sich seit Beginn dieser Kreuzfahrt mit dem Opfer eines Mordanschlags in den Haaren lag.«

»Ich habe mich nicht mit Frau Uhl gestritten, sondern sie mit mir«, sagte Carla. »Das ist ein himmelweiter Unterschied.«

»Mag sein, aber es waren nicht Sie, die mit einem Loch im Kopf im Schwimmbecken trieb.«

»Meine Tochter wäre zu so etwas nicht fähig, Kapitän«, schritt Carlas Vater ein. Ihm war anzusehen, dass es ihm schwerfiel, nicht laut zu werden. »Ihre Verdächtigungen sind völlig aus der Luft gegriffen!«

»So? Sind sie das, Herr Fuchs?

»Allerdings! Befragen Sie lieber diesen Schuft Harald von Breden. Er lungert immer noch auf dem Schiff herum, obwohl meine Tochter ihm längst den Laufpass gegeben hat. Er stellt ihr nach und belästigt auch den Rest meiner Familie. Und er ist eifersüchtig auf den jungen Regisseur!«

»Nun ja, aber der Anschlag galt nicht Herrn Reidt, sondern seiner Schwester. Soviel ich weiß, hatten von Breden und sie kaum etwas miteinander zu tun.« Rovanic wandte sich mit fragender Miene an Carla.

»Ja, Sie haben recht«, gab Carla zögerlich zu. Sie konnte sich auch keinen Grund vorstellen, warum Harald sich eine der Flaschen schnappen und damit auf Marlies losgehen sollte. Die ganze Angelegenheit war so verstörend, dass sie ohnehin kaum noch einen klaren Gedanken fassen konnte. Umso bedrückter fühlte sie sich, als der Kapitän auf die Champagnerflaschen zu sprechen kam. Verflixt, wie hatte er so schnell davon erfahren?

»Ein Steward kam zu mir und berichtete mir davon, nachdem er erfahren hatte, dass Frau Uhl mit einer Flasche erschlagen wurde«, sagte Rovanic, als habe er ihre Gedanken gelesen. Carlas Vater starrte den Kapitän an, als fechte er mit diesem ein Duell aus, bei dem es nicht nur um das ging, was der Kapitän zu seiner Tochter gesagt hatte, sondern um weit mehr. Um zu verhindern, dass ihr Vater aufbrauste, berichtete Carla in knappen Worten von dem Spiel mit den Champagnerflaschen. Auch ihren Verdacht, dass eine der Flaschen für den Anschlag auf Marlies Uhl benutzt worden war, vertraute sie dem Kapitän an.

»Hat Ihnen der Steward denn auch mitgeteilt, wie viele Flaschen heute Morgen noch auf dem Tisch standen?«, wollte sie wissen. »Wir haben vier zurückgelassen. Wenn nur noch drei da waren …«

Der Kapitän hob die Hand. Er sah verwirrt aus und schien auch nicht willens, sich weiter mit Carla über den Fall zu unterhalten. Er erklärte, den Steward später rufen zu lassen, dann schickte er Vater und Tochter Fuchs hinaus und wies seinen Ersten Offizier mit fester Stimme an, bis auf Weiteres keinem Passagier mehr den Zutritt zu ihm zu gewähren.

41. KAPITEL

Die »Königin Maria von Jugoslawien« besaß ein eigenes kleines Lichtspieltheater – eigentlich kaum mehr als ein dunkler Raum nahe dem Mitteldeck, in dem zuweilen zur Unterhaltung der Passagiere alte Filme oder Wochenschauberichte gezeigt wurden. Ein paar Stuhlreihen auf rotem Teppichboden führten zu einer mehrfach geflickten Leinwand, und die mit grünen Seidentapeten bespannten Wände zierten Filmplakate, auf denen Stars wie Clark Gable, Emil Jannings und eine über das ganze Gesicht strahlende Greta Garbo zu sehen waren.

Carla war ein einziges Mal mit Emil bei einer Vorführung gewesen, doch die Begeisterung der meisten Passagiere hielt sich in Grenzen. Der Großteil zog es vor, an den Abenden der Bordkapelle zu lauschen, zu tanzen oder im Rauchersalon Karten zu spielen.

Reidt saß in der zweiten Reihe und starrte grübelnd auf die leere Leinwand. Carla war sofort klar gewesen, dass sie ihn hier finden würde. Als sie näher kam, bemerkte sie, dass er mit einem von Marlies' Armbändern spielte.

»Ein schrecklicher Tand, nicht wahr?«, sagte er, während Carla auf dem Stuhl neben ihm Platz nahm. »Keine Ahnung, warum Marlies es gekauft hat. Ich wette, in Berlin hätte sie es sogleich weggeworfen.«

Carla nickte. Sie versuchte, tröstende Worte zu finden, aber ihr fielen beim besten Willen keine ein. Sie war sich nicht einmal sicher, ob Reidt ihre Anwesenheit überhaupt half.

»Wenn du lieber allein sein möchtest …«

Er nahm ihre Hand, vermied es dabei aber, sie anzusehen.

»Nein, ich bin froh, dass du bei mir bist. Dass du mich hier gefunden hast, zeigt mir, wie gut du mich schon kennst.«

Über Carlas Gesicht huschte ein Lächeln. »Wo sollte man einen vielversprechenden jungen Regisseur denn suchen, wenn nicht in einem Lichtspieltheater, inmitten all dieser Stars?« Sie deutete auf ein schon leicht verblasstes Plakat, auf dem Marlene Dietrich in *Der blaue Engel* posierte. »Ich war ein Backfisch, als der Streifen in die Kinos kam«, sagte sie. »Mutter hatte mir verboten, ihn anzusehen. Sie meinte, er wäre nichts für ein junges Mädchen und ich sollte lieber fleißig Geige üben. Aber auf dem Schulweg haben wir uns für ein paar Groschen die Filmheftchen gekauft und heimlich Marlenes Lied gesungen. *Ich bin von Kopf bis Fuß auf Liebe eingestellt.*« Versonnen summte sie die ersten Takte des alten Gassenhauers, dann hielt sie inne: »Was meinst du, wäre die Dietrich nicht eine hervorragende Nofretete?«

»Sie kommt nicht nach Deutschland zurück«, wandte Reidt ein. »Bei der Ufa hört man, dass Goebbels sie unbedingt haben wollte, ihr sogar riesige Gagen sowie das Mitspracherecht bei Drehbüchern und der Filmbesetzung zugesichert hat. Aber sie hat ihn abblitzen lassen.«

Carla seufzte. »Also keine Dietrich?«

»Keine Dietrich!«

»Vielleicht wäre Lilian Harvey noch frei?«

Reidt tat so, als erwöge er ihren Vorschlag ernsthaft. Er sprang auf und ging mit auf dem Rücken verschränkten Armen vor ihr auf und ab. »Die Harvey, die Harvey … Nun ja, vielleicht ein wenig jung für die Rolle einer erfahrenen ägyptischen Königin, aber sie verfügt doch über jene natürliche Anmut und Sinnlichkeit, die Kinobesucher sehen wollen. Fürs Erste gar nicht schlecht, Fräulein Regieassistentin! Weißt du, Marlies sagt immer …« Er sprach nicht weiter; seine Stimmung verdüsterte sich, als die Erinnerungen ihn wieder einholten. Carla hatte ihn nur für einen kurzen Moment abzulenken vermocht.

»Du warst beim Kapitän, nicht wahr?«, fragte Reidt. »Will er auch noch einmal mit mir sprechen?«

»Rovanic ist sehr pflichtbewusst, aber er verfügt trotzdem über genügend Taktgefühl, um dich jetzt nicht zu behelligen«, sagte Carla. »Herausgefunden hat er außerdem noch nichts. Wir tappen alle im Dunkeln. Unter den Passagieren machen sich Angst und Unruhe bemerkbar – erst die Sache mit deiner Schwester, dann das Verbot, in Haifa einzulaufen ...« Sie senkte den Kopf und starrte auf ihre im Schoß gefalteten Hände. »Ich muss zugeben, dass ich auch Angst habe. Ich versuche mir die ganze Zeit einzureden, dass Marlies' Tod nichts mit mir oder ... uns zu tun hatte, sondern doch nur ein Unfall war. Oder ein Streit mit einem Betrunkenen, der eskaliert ist. Aber das zu glauben, fällt mir schwer.«

Reidt zupfte an seinem Pullunder. »Hast du Rovanic von den Flaschen erzählt?«

Carla gab es zu. »Ich hielt es für richtig, ihm das nicht zu verschweigen. Zumal er schon von dem Steward informiert worden war, den wir gebeten hatten, die Lounge abzuschließen.« Sie stand auf und bewegte sich auf Reidt zu, der sich nervös mit der Zunge über die Lippen fuhr. »Was ist los mit dir? Ich sehe doch, dass dich noch etwas quält!«

»Während du mit Rovanic gesprochen hast, habe ich mich mit dem Steward unterhalten. Er wollte zuerst nicht so recht mit der Sprache herausrücken. Erst als ich ihm ein großzügiges Trinkgeld versprach, erzählte er mir, dass Marlies vergangene Nacht nach ihm geklingelt habe. Das muss so gegen drei Uhr in der Früh gewesen sein. Genau wusste er es nicht mehr.«

»Dann hat sie also um diese Zeit noch gelebt und war wohlauf ...«, sagte Carla in nachdenklichem Ton. »Aber was wollte sie so spät noch von dem Steward?«

»Marlies trug ihm auf, unter dem Bett nach einem ihrer Armbänder zu suchen, weil sie das wegen ihrer Rückenbeschwerden nicht selbst tun könne. Verrückt, nicht wahr?«

Dem konnte Carla nicht widersprechen: Gewiss war Marlies Uhl exzentrisch gewesen, doch nicht einmal sie hätte einen Steward ohne einen guten Grund mitten in der Nacht kommen lassen. Die Suche nach einem billigen Andenken konnte aber wohl kaum ausreichen. Also musste etwas anderes dahintergesteckt haben.

»Ein Steward«, überlegte sie laut. »Wofür ist ein Steward da?«

Reidt zuckte die Achseln. »Er kümmert sich um das Wohlbefinden der Gäste.«

»Und er besitzt Schlüssel!«, platzte sie heraus.

»Was?«

»Marlies ging es nicht um ihr billiges Armband. Sie hat den Steward nur abgelenkt, um ihm heimlich die Schlüssel zur Lounge aus der Tasche zu nehmen. Was wiederum bedeuten würde, dass sie um jeden Preis in Erfahrung bringen wollte, was wir geschrieben hatten!«

Reidt wurde leichenblass. Aufstöhnend sank er auf einen der Stühle vor der Filmleinwand und verbarg sein Gesicht in beiden Händen. Dabei murmelte er vor sich hin, dass, falls Carlas Vermutungen wahr wären, er allein die Schuld am Tod seiner Schwester trüge.

Carla legte ihm sanft die Hand auf die Schulter. »Du darfst dir keine Vorwürfe machen! Es war Marlies' Entscheidung, noch einmal zur Lounge zu gehen. Sie war neugierig und …«

»Du verstehst das nicht«, brauste Reidt auf. »Marlies interessiert sich nicht für deine oder Maudes Flaschenpost. Sie wollte nur lesen, was *ich* zu Papier gebracht habe. Ob ich nach all den Jahren endlich ein Geständnis abgelegt hatte.«

»Ein Geständnis?« Carla fror plötzlich, hoch über ihrem Kopf schienen sich die Mienen der Filmstars in ihren Rahmen in höhnische Grimassen zu verwandeln.

»Ich verstehe nicht, was du meinst. Was um alles in der Welt solltest du denn zu gestehen haben?«

»Marlies hegte schon lange den Verdacht, dass ihr Mann damals bei dem Unfall mit dem Automobil nicht am Steuer saß. Er beherrschte jeden Fahrzeugtyp wie im Schlaf, sogar an einigen Rennen hatte er teilgenommen, was meine Schwester ihm später verbot, weil sie Angst vor seinem Übermut hatte. Er war ein richtiger Draufgänger.«

»Und weiter?«

»Wir hatten in dieser Nacht den Abschluss der Dreharbeiten zu meinem ersten größeren Film in einem Waldgasthof außerhalb Berlins begossen. Mein Schwager hatte mich in seinem Automobil mitgenommen. Ich beschwor ihn an diesem Abend, nicht zu viel zu trinken, aber er meinte, ich solle mich nicht so anstellen. Am Ende bestand ich darauf, noch in der Nacht nach Berlin zurückzufahren, denn ich hatte am nächsten Morgen einen dringenden Termin mit einem Produzenten, den ich nicht versäumen durfte. Aber Marlies' Mann wollte mir sein geliebtes Automobil nicht ausborgen. Er behauptete, ich käme ohne seine Hilfe nicht einmal zur Ausfahrt hinaus und würde ihm Dellen in die Karosserie hineinfahren. Aber da er nicht mehr nüchtern war, wollte ich auch nicht, dass er fuhr. Schließlich konnte ich ihn überreden, mich ans Steuer zu lassen. Unterwegs begann es plötzlich wie aus Kübeln zu gießen, so dass ich trotz der Scheibenwischer kaum noch etwas vor mir erkannte. Nach wenigen Kilometern über den matschigen Waldweg hatte ich die Nase voll und schlug vor, zurückzufahren und es nach dem Regen noch einmal zu versuchen. Doch davon wollte mein Schwager nichts hören. Er trieb mich an, redete auf mich ein, was für ein miserabler Fahrer ich doch sei und dass meine Filme, wenn ich sie denn so angehen würde, wie ich aufs Gaspedal trete, nichts weiter als Schlafmittel seien.«

Er hielt kurz inne, um Luft zu holen, bevor er fortfuhr: »Also tat ich ihm den Gefallen und fuhr schneller. Plötzlich schoss wenige Meter vor mir etwas über den Weg. Ein Tier vermutlich, vielleicht ein Reh oder ein Keiler. Ich erinnere mich noch, dass ich auszuweichen versuchte. Das Automobil geriet auf dem

Waldboden ins Schlingern und raste auf einen Baum zu. Es gab einen Aufprall, durch den ich das Bewusstsein verlor. Wie lange, kann ich nicht sagen. Als ich zu mir kam und benommen zum Beifahrersitz hinüberspähte, lebte mein Schwager noch, war aber blutüberströmt und nicht ansprechbar. Ich zerrte ihn aus dem Automobil, weil ich Angst hatte, es könnte jeden Moment zu brennen anfangen. Aber was sollte ich tun? Bei ihm bleiben und darauf hoffen, dass jemand vorbeikam, oder zum Waldgasthof zurücklaufen und Hilfe holen? Wie entscheidet man sich richtig in einer solchen Situation? Ich hüllte also meinen Schwager in eine warme Decke aus dem Wagen ein und machte mich auf den Weg. Als ich dann mit dem Wirt und einigen anderen Männern zum Unfallort zurückkehrte, war mein Schwager tot. Ich ... hatte ihn alleingelassen, und er war gestorben.«

»Wie furchtbar«, sagte Carla mitfühlend. »Kein Wunder, dass dich der Unfall noch heute belastet. Aber warum hast du Marlies denn nicht gesagt, was wirklich passiert ist? Du hattest doch gar keine Schuld! Du wolltest nur Hilfe holen!«

Reidt zuckte mit den Achseln. »Ich weiß heute nicht mehr, warum ich behauptet habe, mein Schwager wäre gefahren, nachdem ich versucht hatte, ihm das auszureden. Vielleicht war es die Angst vor Schuldzuweisungen. Oder vor einem Skandal. Oder vor Marlies. Aber weil jeder, der ihren Mann gekannt hatte, mir sofort abnahm, was ich erzählte, kam ich aus dieser Version der Geschichte auch nicht mehr heraus. Sie wurde polizeilich aufgenommen und zu den Akten gelegt. Nur Marlies konnte nie glauben, dass ein Automobil ihren Mann besiegt haben sollte.«

Carla begriff nun, wie die Fessel aus Schuld, Argwohn und Sühne, welche die Geschwister aneinandergekettet hatte, entstanden war. Reidt hatte unter Schuldgefühlen gelitten, aber lieber Marlies' Launen ertragen, als die Geschehnisse von damals richtigzustellen. Er hatte ihr eine Stelle bei der Ufa besorgt und es in Kauf genommen, dass sie sich mit der Zeit in alle seine Entscheidungen, beruflich wie privat, eingemischt hatte.

Doch ausgerechnet hier an Bord hatte das Schicksal Marlies eine Gelegenheit in die Hand gespielt, zu erfahren, was sich am Todestag ihres Mannes tatsächlich zugetragen hatte. Sie schien sich ganz sicher gewesen zu sein, dass Reidt etwas darüber niedergeschrieben hatte. So sicher, dass sie beschlossen haben musste, sich die Flaschenpost ihres Bruders zu holen, bevor diese im Meer verschwand.

Womit Reidt ein gutes Motiv hatte, Marlies mit einem Schlag auf den Kopf zum Schweigen zu bringen, dachte Carla niedergeschlagen. Es war erschreckend, aber alle ihre Überlegungen endeten immer wieder bei ihm. Reidt träumte von einer großen Karriere, wusste aber auch, dass jeder noch so kleine Skandal das Ende seiner Laufbahn heraufbeschwören konnte.

Carla holte tief Luft, denn was sie nun fragen musste, fiel ihr nicht leicht. »Glaubst du, dass Marlies gelesen hat, was du aufgeschrieben hast?«

Reidt wandte sich ihr zu, doch sein Blick entschwand in die Ferne, als sähe er sie gar nicht. Eine halbe Ewigkeit sagte er gar nichts, dann fuhr er sich müde mit der Hand über die Augen. »Du hältst mich für einen Feigling, nicht wahr?«, flüsterte er. »Weil ich nicht den Mut hatte, ihr die Wahrheit zu sagen.«

Carla schüttelte den Kopf. »Aber nein, so etwas würde ich niemals über dich denken. Ich glaube auch nicht, dass Marlies es leichter gehabt hätte, wenn du ihr reinen Wein eingeschenkt hättest.« Plötzlich musste sie an ihren Vater denken. Auch er hatte versucht, durch sein Schweigen die Familie zu schützen. Manchmal hielt man das einfach für die bessere Wahl.

»Rovanic muss in Beirut die zuständigen Behörden verständigen«, sagte sie. »Wollen wir hoffen, dass der Fall rasch aufgeklärt wird.«

Reidt pflichtete ihr bei. »Wenigstens bekommt Marlies eine

ordentliche Beisetzung. Ich glaube nicht, dass ihr eine Seebestattung gefallen hätte.«

Carlas Versuche, Reidt zu überreden, mit ihr hinauf in die Sonne zu gehen, stießen auf taube Ohren. Allerdings konnte sie auch nachvollziehen, dass ihm gerade nicht der Sinn nach den neugierigen Blicken der Mitreisenden stand und er es stattdessen vorzog, in dem kleinen Kinoraum seinen Gedanken nachzuhängen. Sollte der Kapitän ihn brauchen, musste er sich eben zu ihm bemühen.

Während sie die Treppe zum Mitteldeck hinaufstieg, rief sie sich ins Gedächtnis, was Reidt ihr anvertraut hatte. Nein, dieser Mann war kein Mörder. Sein Gewissen peinigte ihn noch wegen der Entscheidung, die er nach dem Unfall getroffen hatte, daher war es für sie völlig abwegig, dass er Marlies etwas getan haben könnte. Selbst wenn sie ihn mit ihrem Wissen konfrontiert hätte und es zu einem Streit gekommen wäre … Aber für einen Streit gab es nicht den kleinsten Hinweis. Hätte es ihn gegeben, so wäre er doch von irgendjemandem an Bord mitangehört worden.

Nein, wer auch immer Marlies mit der Champagnerflasche niedergeschlagen hatte, musste sich von hinten an die arglose Frau herangepirscht haben, das hatte sogar der Arzt bestätigt. Ein warmer, aber heftiger Seewind strich über das Deck, als Carla an der Reling entlangging. Einige der Frauen hatten sich Kopftücher umgebunden, um ihre Frisuren zu schützen, andere hielten ihre Sonnenhüte fest, damit sie nicht ins Meer geweht wurden. Wohin Carla auch sah, traf sie auf angespannte Mienen. Der Kapitän hatte befohlen, sowohl Besatzung wie Passagiere über die genauen Todesumstände von Marlies Uhl im Unklaren zu lassen, daher gingen die meisten Gäste von einem tragischen Unglücksfall und einige wenige von einem Selbstmord aus. Wie zu erwarten, war weder die eine noch die andere Erklärung einer guten Stimmung an Bord zuträglich. Die Tanzkapelle hatte bereits angekündigt, aus Gründen der Pietät heute nicht zu spielen, die Bar blieb indessen ebenso geöffnet wie der Rauchersalon mit seinen diversen Kartentischen.

Ihre Eltern fand Carla in dem Durchgang mit den Liegestühlen. Ihr Vater saß in einem windgeschützten Winkel, den Fotoapparat um den Hals, und löffelte schweigend Eiscreme, während sich Rina daneben leise mit einem deutschen Ehepaar unterhielt. Carla kannte die beiden nur flüchtig aus dem Speisesaal der Ersten Klasse, hatte aber kein Wort mit ihnen gewechselt. Sie hätte es auch vorgezogen, allein mit ihren Eltern zu sprechen, wollte zu den älteren Herrschaften jedoch nicht unhöflich sein und zog sich auf Drängen ihrer Mutter einen Stuhl heran.

»Stell dir vor, Carla, der Herr ist Apotheker wie dein Vater«, sagte Rina. Sie lächelte ihren Platznachbarn freundlich zu. »Wie schade, dass wir ihn und seine Gattin erst jetzt, fast am Ende unserer Reise, kennenlernen. Papa hätte es gewiss Spaß gemacht, mit einem Kollegen zu fachsimpeln. Standeskollegen haben doch immer Gemeinsamkeiten, nicht wahr?«

Carla sandte einen Blick zu ihrem Vater, der nicht so aussah, als würde er vor Begeisterung platzen. Dass er sich an der Unterhaltung seiner Frau kaum beteiligte, konnte Carla ihm nicht verdenken. Deren neue Reisebekanntschaft mochte demselben Beruf nachgehen wie er, aber war der Mann ebenfalls gezwungen, seine Heimat zu verlassen, bevor man dort seine wahre Herkunft entdeckte? Hatte er es nötig, die Ergebnisse seiner Forschungen außer Landes zu schmuggeln, damit sie nicht einem Regime in die Hände fielen, welches die Gebote der Menschlichkeit und des Anstands außer Kraft gesetzt hatte und das er aus tiefstem Herzen verabscheute? Was also sollten Vater oder sie gerade mit diesen Leuten zu besprechen haben? Sie reisten zum Vergnügen. Carla hatte das auch einmal von sich geglaubt, aber das war vorbei. Das Schiff kam ihr von Stunde zu Stunde mehr wie ein Gefängnis vor. Gleichzeitig war es aber auch der einzige Ort, an dem sie sich noch sicher fühlen konnte.

»Ihre Mutter berichtete uns, dass Sie die bedauernswerte deutsche Dame gekannt haben, die heute Nacht verunglückt ist«, holte die Stimme der älteren Frau sie aus ihren Gedanken. Sie klang mitfühlend genug, um nicht zu neugierig zu wirken.

»Aber natürlich hat sie die Frau gekannt, meine Liebe«, sagte ihr Gatte stirnrunzelnd. »Sie haben zusammen am Kapitänstisch gespeist!« Er nickte Carla knapp zu. »Mein Beileid!«

Bevor Carla entgegnen konnte, dass sie wohl kaum Beileidsbekundungen verdiene, da sie die Verstorbene nur oberflächlich kennengelernt habe, bedankte sich ihre Mutter bei dem Apotheker und dessen Frau für die freundlichen Worte.

»Ja, das ist eine schlimme Sache, aber auf einem großen Dampfer, der so viele Menschen trägt, kann leider auch einmal ein Todesfall vorkommen. Sie sollten sich trotz aller Bestürzung nicht die letzten Tage der Reise verderben lassen. Auch wenn wir nicht ins Heilige Land kommen werden, sollten wir trotzdem noch den Rest genießen.«

Carla verdrehte unmerklich die Augen. An ihrer Mutter war fürwahr eine Schauspielerin verloren gegangen. Wie zum Teufel schaffte sie es bloß immer wieder, so zu tun, als sei alles in bester Ordnung? Hatte sie denn noch nicht begriffen, dass sie alle verloren waren, wenn es Vater nicht gelang, in Jerusalem seinen Kontaktmann zu treffen? Den Mann, der ihm und damit auch der ganzen Familie Schutz und ein neues Leben in Sicherheit in Aussicht gestellt hatte?

Der weiteren Unterhaltung hörte Carla nicht mehr zu. Sie machte sich Sorgen um Reidt, den der Tod seiner Schwester quälte, und grübelte darüber nach, wie ihr Vater ohne einen gültigen Pass nach ihrer Ankunft im Libanon von Bord gelangen sollte. Rovanic konnte ihnen nicht helfen, so viel stand fest. Er durfte die Sicherheit seiner Passagiere und sein Schiff nicht riskieren. Aber an wen konnte sie sich dann wenden?

Aus den Augenwinkeln sah sie, wie Harald von Breden aus einer Tür trat und sogleich bei einem vorübereilenden Steward eine Bestellung aufgab. Der wackelige Gang des jungen Mannes verriet, dass er schon wieder zu viel getrunken hatte.

»Warum starrt ihr mich so an, als wäre ich Nosferatu, der frisch seinem Sarg entstiegen ist?« Haralds Augen starrten glasig in ihre Richtung.

»Ich habe dieser Person kein Haar gekrümmt!« Er deutete auf Carlas Eltern, wobei er einen Schritt nach vorne machte. »Und euch … auch nicht!«

»Dass der junge Mann sich nicht schämt«, flüsterte die Apothekergattin Rinas Mutter zu. »Um diese Uhrzeit schon betrunken! Dabei soll er ein adeliger Herr aus Berlin sein.«

»Nicht nur das, meine Liebe«, ergänzte ihr Mann. Er nahm einen Zug von seiner Zigarre. »Der Kerl soll für den *Völkischen Beobachter* schreiben. Wenn die Herren dort wüssten, wie einige ihrer Mitarbeiter sich auf Auslandsreisen aufführen …«

Carla atmete tief durch. Es überraschte sie nicht, dass die anderen von Haralds Gestammel nicht viel verstanden, ihr jedoch verriet es, dass er inzwischen von Rovanic verhört worden war. Allerdings schien diese Befragung nichts bewirkt zu haben, außer den Unmut ihres ehemaligen Verlobten zu wecken. Allein die Annahme, er könnte mehr über die Hintergründe von Marlies Uhls Tod wissen, empörte ihn.

Eigentlich hatte Carla sich fest vorgenommen, kein Wort mehr mit Harald zu wechseln, doch hier ging es längst nicht mehr um verletzte Eitelkeit, sondern darum, die Wahrheit zu ergründen. Sie hielt es gewissermaßen für ihre Pflicht, hier über den eigenen Schatten zu springen, und näherte sich ihm.

»Was denkt dieser Kapitän eigentlich, wer er ist?«, polterte Harald los, kaum dass Carla ihn auf seine Befragung angesprochen hatte. »Ein von Breden hat es nicht nötig, sich von einem dahergelaufenen Burschen wie ein Verbrecher verhören zu lassen. Wenn der glaubt, dass ich ihm noch einmal die Ehre erweise, an seinem verfluchten Kapitänstisch Platz zu nehmen, hat er sich geschnitten.«

Carla schluckte die heftige Erwiderung hinunter, die ihr schon auf der Zunge lag. Haralds Arroganz war ebenso schwer zu ertragen wie seine naive Vorstellung, jemand könnte auch nur auf die Idee kommen, ihn noch einmal an Rovanics Tisch zu bitten.

»Hast du bis eben geschlafen?«, hakte sie vorsichtig nach. Den zerknitterten Kleidern und dem unrasierten Gesicht nach war das die einzig mögliche Erklärung für seinen Zustand.

»Bis Rovanics Offizier, dieser Schnösel, mich geweckt hat.« Harald blickte sich suchend um; vermutlich hielt er verzweifelt Ausschau nach dem Steward, bei dem er einen Drink bestellt hatte. Doch der ließ auf sich warten, was Haralds Laune nicht gerade hob. »Na, jedenfalls habe ich diese verrückte Alte … Wie hieß sie noch gleich?«

»Marlies Uhl, und ich bitte dich, nicht so laut zu sein!«, fauchte Carla ihn wütend an. Die Tote mochte ihre Fehler gehabt haben und ihr auch nicht wohlgesinnt gewesen sein, aber sie verdiente es trotzdem nicht, derart verhöhnt zu werden.

Harald grinste tückisch. »Ich habe die Dame nicht mehr gesehen, nachdem sie sich aus der Lounge zurückgezogen hatte. Warum auch? Hatte ich etwas mit ihr zu schaffen? Ganz sicher nicht. Ganz im Gegenteil, mein Schatz. Soweit mir bekannt ist, hasste sie es, dich mit ihrem Bruder zu sehen. Das hätte uns direkt zu Verbündeten machen können, denn mir geht es ebenso!«

Als er einen Schritt auf Carla zu machte, wich sie flink zurück. Es war zum Verrücktwerden, aber alles, was dieser Mann vorbrachte, ergab einen Sinn.

»Du siehst also, dass sogar du ein stärkeres Motiv gehabt hättest, die Frau loszuwerden, da sie eurem jungen Glück im Wege stand.« Er heuchelte Betroffenheit. »Jammerschade, dass du dich gegen mich entschieden hast, Carla. Es wäre vieles einfacher für dich geworden, wenn du dich dazu durchgerungen hättest, Baronin von Breden zu werden. Reidt ist nur ein kleines Licht, das bald verglühen wird. Die Kontakte zum Propagandaministerium hatte nicht er, sondern seine Schwester – und die ist tot. Er kann dich nicht beschützen, wie ich es als ein von Breden vermocht hätte!«

»Fang nicht wieder davon an«, sagte Carla, die darum rang, ihre Fassung nicht zu verlieren. »Sag mir lieber, ob du etwas über den Verbleib der Champagnerflaschen weißt!«

Harald zuckte die Achseln. »Tut mir leid, aber da bin ich überfragt. Was du geschrieben hast, kann ich mir denken, und die Geheimnisse der anderen interessieren mich nicht. Was sollen die mit ihrem langweiligen Dasein schon Spannendes zu beichten haben? Nein, ich wäre niemals mit den Hühnern aufgestanden, um mir eure Flaschen zu holen.« Er gähnte. »Da ist mir mein Schönheitsschlaf lieber.«

Carla biss sich auf die Lippen. Sie fragte sich, ob sie an Haralds Stelle nicht doch neugierig auf die Geheimnisse eines Rivalen gewesen wäre?

»Wenn du mich nun entschuldigen würdest! Ich will nachsehen, wie lange dieser verflixte Steward braucht, um mir einen Gin Tonic zu mischen!« Damit kehrte er Carla den Rücken zu, doch bevor er verschwinden konnte, rief sie ihm nach: »Wer bezahlt dich?«

Er drehte sich um. Aus seinem Gesicht wich das überhebliche Lächeln. »Was?«

»Ich will wissen, von wem du das Geld hast, hier auf diesem Schiff in der Ersten Klasse zu reisen? In Berlin warst du noch völlig abgebrannt. Nicht mal ins Restaurant konntest du uns einladen, erinnerst du dich?«

Harald presste die Lippen aufeinander und funkelte sie feindselig an.

»Du weißt schon lange, dass es zwischen uns aus ist, trotzdem bleibst du an Bord. Ich will wissen, von wem du den Auftrag hast, meiner Familie und mir nachzuspionieren!«

»Du bist verrückt«, zischte Harald kopfschüttelnd. »Aber wen wundert's? All die Jahre hast du dich nur mit deiner Musik befasst, und nun setzt dir dieser Traumtänzer von der Ufa auch noch einen Floh ins Ohr.« Er holte tief Luft, bevor er hochnäsig den Mund verzog. »Mich kann niemand kaufen, verstanden?«

Carla ließ sich von seinen Unschuldsbeteuerungen nicht täuschen. Sie war mehr denn je überzeugt davon, dass Harald wie eine Marionette an den Fäden eines Unbekannten hing. Nachdenklich blickte sie ihrem einstigen Verlobten nach. Sie sah, wie ihm Emil entgegenkam, jedoch, als er den Mann erkannte, kehrtmachte und davonhetzte.

Er möchte Harald auch nicht begegnen, dachte Carla. Kein Wunder.

»Du solltest nicht mehr mit diesem Mann gesehen werden«, beschwor Rina sie, nachdem Carla wieder zu ihr und ihrem Vater zurückgekehrt war. Das ältere Ehepaar neben ihnen war verschwunden, den freien Platz zu Rinas Rechten hatte Bellamuti eingenommen.

Schläfrig schaute der Italiener unter seinem Hut hervor. »Ich bin schon gespannt auf den Libanon«, sagte er. »Beiruts Flaniermeilen sollen angeblich an die Riviera erinnern. Wenn ich ehrlich bin, ein Hauch von Italien täte meinen morschen Knochen gut!« Er gähnte. »Und eine schöne Portion Pasta! Davon verstehen die Köche auf diesem Schiff nämlich rein gar nichts!«

»Da magst du recht haben«, sagte Carla.

Forschend sah Bellamuti sie an. »Natürlich habe ich recht! Und sei um Gottes willen nicht so traurig. Konzentriere dich auf deine Musik. Eine Künstlerin muss stark sein, verstanden? Sensibel und feinfühlig, aber auch eisern.«

Carla nickte flüchtig, doch es fiel ihr schwer, Bellamutis Vortrag zu folgen. Er hatte zwar mit Sicherheit recht, aber trotz allem gab es da eine Frage, auf die sie bislang keine Antwort gefunden hatte.

Harald kannte ihr Geheimnis. Warum also verwendete er dieses nicht gegen sie? Warum verkündete er nicht überall, dass Dr. Robert Fuchs in Wahrheit ein Jude war?

LIBANON
1936

42. KAPITEL

Beirut, früher Herbst 1936

Über den Libanon wusste Carla nur wenig mehr, als dass er bereits in der Bibel als Land der Zedern erwähnt wurde. Schon König Salomo hatte angeblich das stabile Holz dieser Bäume für den Bau seines Tempels in Jerusalem verwendet. Aber auch Phönizier, Ägypter, Babylonier, Perser, Römer und Türken hatten für die Stämme Verwendung gefunden, weswegen die Zedernbestände im libanesischen *Wadi Qadischa* mehr und mehr am Schrumpfen waren.

Carla blätterte in dem zerfledderten Reiseführer ihres Vaters und versuchte dabei, sich ein Bild von dem Land zu machen, dessen Boden sie in den nächsten Stunden betreten würde. Es sollten dort Oliven, Feigen und Maulbeeren wachsen, außerdem Sträucher, von denen wohlriechende Düfte ausgingen. Als berühmt wurden in Vaters Buch die Seifen und Parfüms beschrieben, die in den Basaren von Beirut angeboten wurden.

Carla breitete die fleckige Karte aus, die am Ende des Buches eingelegt war, und fuhr mit dem Finger die Linien des Gebirgszuges nach, der im Norden eine natürliche Grenze zum britischen Mandatsgebiet Palästina bildete. Er trug den Namen *Jebel Libnan*, war annähernd dreitausend Meter hoch und einhundertsiebzig Kilometer lang. Hänge und Täler wurden von wilden Tieren bewohnt, denen man besser nicht zu nahe kam. Carla stieß beunruhigt die Luft aus. Einen Pass über das Gebirge zu finden war ohne einen ortskundigen Führer ein Ding der Unmöglichkeit. Nein, noch einmal würde sie sich nicht durch eine Wüste kämpfen. Sie schmeckte ja jetzt noch den heißen Sand Amarnas auf der Zunge und spürte den Durst, der einen fast um den Verstand brachte.

Ein frohes Jauchzen lenkte ihren Blick von der Karte zur Tür des kleinen Salons, in den sie sich nach dem Gespräch mit Harald zurückgezogen hatte. Maude kam hereingestürmt, riss Carla von ihrem Stuhl und zwang sie in eine parfümgeschwängerte Umarmung.

Carla schnappte nach Luft. »Alles in Ordnung mit dir?«

»Endlich eine Nachricht vom Major«, antwortete die junge Frau mit einem Seufzer der Erleichterung. »Ich zitterte vor Angst, als mich der Funker rufen ließ. Aber nun wird alles gut. Der Major schickt einen jungen Leutnant … Ach, nun habe ich den Namen vergessen, aber das ist auch egal. Hauptsache, er trifft rechtzeitig in Beirut ein, um die Kinder und mich dort abzuholen.« Als die junge Amerikanerin Carlas betroffene Miene bemerkte, tätschelte sie ihr begütigend die Hand. »Keine Sorge, meine Liebe! Gemeinsam werden wir den Knaben schon überreden, dich mitzunehmen. Gegen zwei Damen unseres Schlages hat der keine Chance, und die Sache mit dem Major gehen wir erst an, wenn wir auf dem Boden der britischen Mandatsregierung sind. Wie ich Bennett kenne, wird er zunächst einmal toben und fluchen, aber spätestens wenn er seine Kinder in die Arme schließt, wird er sich beruhigen.«

Carla hatte ihre Zweifel daran, daher traute sie sich kaum, ihrer Freundin in die Augen zu schauen. Wie sollte sie ihr erklären, dass sie den Libanon nicht allein verlassen konnte? Als sie es ihr so sachte wie möglich beichtete, schlug Maude fassungslos die Hand vor den Mund. Alle Farbe wich aus ihrem Gesicht.

»Deine ganze Familie? Darling, wofür hältst du mich? Für Premierminister Baldwin?«

»Mein Vater kann nicht mehr nach Deutschland zurück, Maude«, erwiderte Carla kleinlaut. »Er würde sofort nach seiner Ankunft verhaftet und verschwände in einem dieser Lager dort.

Meine Mutter vermutlich auch, obwohl sie von Vaters Plänen keine Ahnung hatte. Aber in Jerusalem wartet jemand, der ihnen weiterhelfen will!«

»Dann sollten sie in Beirut abwarten, bis sich die Lage in Palästina entspannt hat«, meinte Maude. »Vielleicht darf in ein paar Wochen schon wieder ein Schiff in Haifa anlegen.«

»Dazu ist keine Zeit, Maude! Sein Kontaktmann wartet nur einen Tag, mit Glück vielleicht zwei oder drei. Aber länger?« Carla schüttelte betrübt den Kopf. »Gewiss nicht! Davon abgesehen hat mein Vater keine gültigen Papiere mehr.«

»Was? Habe ich richtig gehört?«

»Eine lange Geschichte!«

»Ihr macht mich wahnsinnig«, jammerte Maude. Sie hatte Carla noch mehr zu sagen, doch bevor sie dazu kam, steckte Dimitrios seinen Kopf in den Raum und teilte den beiden jungen Frauen lächelnd mit, dass die »Königin Maria von Jugoslawien« just in diesem Moment in den Hafen von Beirut einlief.

Kapitän Rovanic kannte nicht nur seine Pflichten als Seeoffizier, sondern fühlte sich auch für seine Passagiere verantwortlich. Im Heiligen Land hatte er niemanden an Land gehen lassen dürfen, als Entschädigung dafür sollten die Gäste nun Beirut kennenlernen.

Als Carla das Promenadendeck erreichte, war dieses bereits voller Menschen, die von der Reling aus dem Anlegemanöver zusahen. Sie schlüpfte durch die Menge, um einen Blick auf die Hafenanlagen zu werfen. Der Ausblick auf die Stadt war ein Traum. Weiße Häuser, die im Sonnenlicht glitzerten, als wären sie aus Edelsteinen erbaut worden, dazwischen schlanke Kirchtürme und Minarette, die ebenso hoch in den blauen Himmel ragten wie die vielen Palmen, deren Zweige sich im Wind wiegten. Carla musste daran denken, dass Bellamuti die Stadt »Paris des Nahen Ostens« genannt hatte, und fand diese Bezeichnung nun keineswegs mehr übertrieben.

Eine Wagenkolonne, die fast ausnahmslos aus Militärfahrzeugen bestand, jagte mit hoher Geschwindigkeit über den Hafenplatz. Die röhrenden Motoren der Automobile schreckten nicht nur die Dockarbeiter auf, sondern auch die Möwen, die auf der Suche nach Fisch um die Schiffsanlegestelle herumsprangen. Kreischend erhoben sich die Vögel in die Lüfte und flatterten davon.

Geblendet von der Sonne, kniff Carla die Augen zusammen, dennoch entging ihr nicht, dass einige Männer in Uniform aus den Fahrzeugen stiegen und sich dem Schiff näherten. Andere blieben zurück und behielten die Anlegestelle genau im Auge. Im Unterschied zu anderen Häfen, welche das Schiff auf der Reise angelaufen war, gab es hier weder eine Kapelle, um die Ankömmlinge zu begrüßen, noch wurden Schaulustige auf den Kai gelassen. Carla beobachtete, wie einige Männer, offenbar Angehörige der französischen Mandatsregierung, etwa zwanzig Meter von der Gangway entfernt Tische aufstellten, während Soldaten mit aufgepflanztem Bajonett ein Spalier bildeten. Es sah so aus, als sollten alle Passagiere durch eine Art Schleuse treten, um zum Ausgang zu gelangen.

In dem Moment, als der erste Beamte seinen Fuß auf die Gangway setzte, näherte sich mit lautem Knattern ein alter Reisebus, der unweit der Militärfahrzeuge zum Stehen kam.

Mit klopfendem Herzen sah Carla sich nach ihren Eltern um, konnte sie aber in der Menge der Passagiere an der Reling nicht entdecken. Dafür schallte nur wenige Augenblicke später eine Durchsage aus dem Bordlautsprecher. Carla erkannte Rovanics Stimme: Der Kapitän bat um Geduld, da die Verwaltungsbehörden der französischen Mandatsregierung darauf bestanden, einige Untersuchungen vorzunehmen. Diese würden jedoch nicht allzu viel Zeit in Anspruch nehmen. Alle Passagiere würden daher gebeten, sich mit ihren Papieren für die Passkontrolle bereitzuhalten. Anschließend würde der bereits zur Verfügung stehende Bus sie in die Innenstadt von Beirut bringen.

Passkontrolle.

Dumpf wie ein Glockenschlag hallte das Wort in Carlas Ohren nach. So schnell sie konnte, eilte sie die Treppe hinunter und durchquerte den langen Gang, der zu ihrer und der Kabine ihrer Eltern führte. Der Moment war gekommen. Sie würden das Schiff verlassen.

In ihrer Kabine angekommen, öffnete sie hastig den Schrank und warf Kleider, Schuhe und Bücher heraus. Was sollte sie mitnehmen, was zurücklassen? Würde es Verdacht erregen, wenn sie zu viel einpackte? Offiziell nahm sie doch nur wie alle anderen Passagiere an einer Stadtrundfahrt durch Beirut teil. Ein Koffer würde daher nur neugierige Blicke auf sich ziehen.

Also die Reisetasche! Ohne nachzudenken packte sie Kleidungsstücke, Toilettenartikel und Notenhefte ein. Zwischen dem Durcheinander auf ihrem Bett lag ein Päckchen. Darin befand sich die Spieldose, die sie bei dem Berliner Trödler als Geschenk für die Baronin von Breden erstanden hatte. Carla wusste nicht, was sie dazu trieb, sie ebenfalls einzupacken. Wo war eigentlich ihr Geigenkasten? Von ihm konnte sie sich unter keinen Umständen trennen, ganz gleich, was Rovanic oder die Zollbeamten unten am Kai sich denken mochten. Zuletzt holte sie ihren Ausweis und den Beutel mit Steinbergs Diamanten aus seinem Versteck.

Zurück an Deck fand Carla ihre Eltern. Während ihr Vater nichts weiter bei sich trug als seinen Fotoapparat, sah sie bei ihrer Mutter eine lederne Umhängetasche, in der sie, wie es schien, ihren Schmuck und einige andere Wertsachen vom Schiff zu schmuggeln gedachte. Rina sah schrecklich nervös aus. Ihre weite Leinenhose flatterte ihr um die Waden. Immer wieder fuhr sie sich mit der Zungenspitze über die blutleeren Lippen. Carlas Vater ging es kaum besser. Er war blass und blickte sich fortwährend über die Schulter.

Die Wartenden machten einen Schritt zur Seite, als die Behördenvertreter gemeinsam mit dem Kapitän an ihnen vorüberschritten. Sie diskutierten auf Französisch, und obwohl Carla die Ohren spitzte, verstand sie nur wenig. Plötzlich drückte jemand ihre Hand. Es war Reidt.

»Marlies wird gleich von Bord gebracht«, flüsterte er ihr zu. »Rovanic ließ mich dabei sein, als er den Beamten ihren Leichnam zeigte. Merkwürdigerweise haben weder er noch dieser österreichische Schiffsarzt sich über die genaue Todesursache ausgelassen.«

Carla stutzte. Das war eigenartig. »Bist du dir sicher, dass du sie richtig verstanden hast?«, hakte sie nach.

»Nun ja, mein Schulfranzösisch mag eingerostet sein, aber von einem Mord war definitiv nicht die Rede, das könnte ich beschwören.« Reidt zuckte die Achseln. »Vielleicht klären sie das erst, wenn der Leichnam von Bord gebracht worden ist. Man hat mir versprochen, mich in die Untersuchungen miteinzubeziehen. Außerdem wird noch ein Herr vom deutschen Konsulat erwartet. Er hat sich verspätet, wird aber bei den Kontrollen anwesend sein.«

»Den Kontrollen?«

Reidt nickte. »Hast du nicht die langen Tische unten auf dem Hafenvorplatz gesehen? Sie werden alle Passagiere, die von Bord gehen, genauestens kontrollieren und unsere Pässe bis zur Rückkehr aufs Schiff einkassieren! So hat es mir jedenfalls der französische Commissaire erklärt. Erst danach dürfen wir den Autobus besteigen, der uns in die Innenstadt von Beirut bringt.«

Die Angst schnürte Carla die Kehle zu. Bei der Passkontrolle würden die Beamten sogleich bemerken, dass die Papiere ihres Vaters nicht in Ordnung waren. Was würden sie dann wohl mit ihm machen? Ihn diesem Konsulatsmitarbeiter übergeben?

Erneut knackte der Bordlautsprecher und unterbrach das Gemurmel der Umstehenden. Dieses Mal war es nicht Rovanic, sondern sein Stellvertreter, der die Meldung durchgab, dass die Passagiere nun von Bord gehen durften.

»Bitte halten Sie Ihre Ausweise griffbereit«, schallte es bis in den letzten Winkel. *»Reihen Sie sich in die Warteschlange vor den Kontrollpunkten ein und besteigen Sie anschließend ohne weitere Verzögerungen den Bus! Wir wünschen Ihnen einen zauberhaften Aufenthalt in Beirut!«*

Rinas Fingernägel bohrten sich vor Aufregung tief ins Fleisch ihrer Hände.

»Und was nun?«, raunte sie ihrem Mann zu. »Wir können unmöglich von Bord! Das heißt, Carla, Emil und ich schon, mit unseren Papieren. Aber was willst du tun? Da unten am Kai soll einer vom deutschen Konsulat herumlungern, ich hab's genau gehört. Wenn der Mann erfährt, dass ein Deutscher mit ungültig gemachtem Ausweis in die Stadt will, wird er doch gleich hellhörig.« Sie schüttelte den Kopf. »Nein, das ist zu gefährlich, Robert. Ich bitte dich, bei allem, was dir heilig ist: Bleib an Bord zurück und warte ab. Nur hier bist du sicher!«

»Glaubst du das wirklich? Selbst nachdem diese arme Frau zu Tode gekommen ist?«

»Aber das war ein Unglücksfall!«, widersprach Rina aufgeregt. »Mit uns hat das nicht das Geringste zu tun!«

Fuchs' Augenlider flatterten unruhig. Er sah ratlos und überfordert aus. Dennoch sagte er: »Wir wissen doch beide, dass ich nicht bleiben kann. Das Schiff entfernt sich immer weiter von Jerusalem. Nur noch ein paar Tage, und es wird die Heimreise antreten, ohne auch nur den Versuch zu unternehmen, ein weiteres Mal im Heiligen Land vor Anker zu gehen. Und was dann? Soll ich auf ewig die Meere durchkreuzen wie der Fliegende Holländer?«

»Ich könnte Rovanic um Hilfe bitten«, schlug Rina nach einigem Zögern vor. Es fiel ihr schwer, den Namen des Kapitäns in Gegenwart ihres Mannes auszusprechen, weil sie befürchtete, sich dadurch zu verraten. »Vielleicht kann er uns helfen!«

»Warum sollte er? Weil er in dich verliebt ist?«

Rina errötete, aber sie stritt es auch nicht ab.

»Es ist zu spät!«, sagte Fuchs und machte sich auf, den Passagieren zu folgen, welche die Gangway hinunterstiegen, um sich in die lange Schlange der Wartenden einzureihen.

Die Abfertigung der Passagiere zog sich hin wie zäher Leim, was die Geduld der Männer, Frauen und Kinder, die in langen Reihen vor den Kontrolltischen auf die Überprüfung ihrer Personalien warteten, insgesamt auf eine harte Probe stellte. Es wurde immer heißer, selbst der salzige Seewind, der von Zeit zu Zeit über die Anlegestellen zog, verschaffte nur wenig Erfrischung.

Carlas Herz schlug mit jedem Schritt, den sie zurücklegte, heftiger gegen die Rippen. Ihre Hand verkrampfte sich um ihren Ausweis, als sie bemerkte, wie konzentriert die Vertreter der französischen Mandatsregierung des Libanon jedes einzelne Reisedokument studierten, das ihnen vorgelegt wurde. Immer wieder blickten sie von den Lichtbildern in die Gesichter, ehe sie sich von Neuem in die Papiere der einreisenden Ausländer vergruben. Dies alles nahm viel Zeit in Anspruch – Zeit, die für Carla zur Folter wurde. Erleichterung zeigte sich in den Gesichtern derjenigen, die das erlösende Geräusch des Stempels hörten. Ihre Papiere verschwanden nach der Durchsicht in verschiedenen Schubfächern, welche mit arabischen und französischen Aufschriften versehen waren. Sogar eine uralte Schreibmaschine konnte Carla aus der Ferne ausmachen.

Wer seinen Pass hinterlegt hatte, durfte durch den Kordon der bewaffneten Uniformierten hindurch zu dem wartenden Autobus gehen.

Carla reckte den Hals. Vor ihr standen nur noch etwa zwanzig Personen, darunter Maude, die an jeder Hand eines der Kinder führte. Der junge John wirkte von dem schroffen Gebaren der Beamten nur wenig eingeschüchtert, seine Schwester dagegen blickte ziemlich ängstlich drein. Sie hielt ihre Puppe im Arm und sah sich immer wieder nach Dimitrios sowie einem weiteren Steward um, die das Gepäck der Kinder trugen. Es war allgemein bekannt geworden, dass die englischen Mitreisenden nicht an Bord zurückkehren würden. Allerdings war auch weit und breit niemand zu entdecken, der die Kinder und ihre Gouvernante erwartete.

Die Warteschlange schrumpfte weiter, noch befanden sich etwa zehn Personen zwischen Carla und dem Kontrolltisch. Von hinten wurde gedrängt, und sie hörte jemanden schimpfen – natürlich war es Bellamuti, der sich nur ein paar Schritte von ihr entfernt auf seinen Gehstock stützte.

Ihre Eltern und Emil hatten sich weiter hinten eingereiht. Einen Herzschlag lang kreuzten sich Carlas Blicke mit denen ihres Vaters. Diesem stand der Schweiß auf der Stirn, was nicht nur an der Hitze lag. Sein hektisches Zwinkern sagte ihr, dass er versuchte, ihr ein Zeichen zu geben, aber sie begriff nicht recht, worauf er hinauswollte.

Ein Stück weiter wurde eine Familie von Soldaten zu dem Kontrolltisch gewunken. Carla hieß man warten. Ihr Blick fiel auf einen hochgewachsenen, sehr dünnen Mann im grauen Zweireiher, der sich das Schubfach mit den Ausweispapieren der deutschen Gäste geben ließ. Das musste der Mann vom deutschen Konsulat sein, von dem Reidt gesprochen hatte. Scheinbar gelangweilt sah der Beamte sich einige der Papiere an, dann warf er sie wieder in den Kasten zurück.

Im nächsten Moment beobachtete Carla, wie eine Bahre an der Menge vorbei zu einem Fahrzeug getragen wurde. Marlies Uhl, schoss es ihr durch den Kopf. Neben der Bahre ging Reidt. Sie hob die Hand, um den jungen Mann auf sich aufmerksam zu machen, doch da eilte auch schon der Dünne auf ihn zu, schüttelte ihm die Hand und begann, auf ihn einzureden. Er zeigte auf das Auto. Allem Anschein nach forderte er Reidt auf, mit ihm – und der toten Marlies – in die Stadt zu fahren. Dies schien Reidt nicht recht zu sein, doch nach einigern Hin und Her nickte er. Er sagte etwas zu dem Konsulatsbeamten, dann suchte er die Reihen der Passagiere ab. Als er Carla entdeckte, lächelte er ihr erleichtert zu und lief schnell zu ihr.

»Keine Angst, Carla! Ich muss mich um ein paar Formalitäten kümmern, aber der Herr von der Botschaft hat mir versprochen, dass es nicht lange dauern wird. Ich weiß, wo ihr später essen werdet!« Er drückte ihr einen Kuss auf die Lippen, dann machte er kehrt. »Wir sehen uns!«, rief er. »Steig ruhig mit den anderen in den Bus und genieße den Tag!«

Carla war viel zu durcheinander, um etwas darauf zu erwidern. Sie brachte es auch nicht fertig, ihm zu erklären, dass sie nicht annahm, ihn wiederzusehen. Sie beobachtete, wie sich die Tür des Fahrzeugs hinter Reidt schloss, und spürte nichts als Leere in sich. Als der Wagen sich in Bewegung setzte, flüsterte sie: »Leb wohl und alles Glück der Welt!«

»Na los, du bist dran, oder willst du hier Wurzeln schlagen?« Bellamutis raue Stimme holte Carla ungnädig auf den Boden der Tatsachen zurück. Fast rechnete sie damit, jeden Moment seinen Stock im Rücken zu spüren. Als sie den Blick hob, sah sie, wie ein Beamter sie zu sich winkte. Ausgerechnet der dünne Bursche vom deutschen Konsulat stand wie ein Leuchtturm neben ihm und blickte ihr mit einem kühlen Lächeln entgegen. Also war er nicht mit Reidt in die Stadt gefahren. Was suchte er noch hier – oder besser gesagt wen?

Carla beschoss, den Mann erst einmal zu ignorieren, und wandte sich dem Beamten zu, der hinter dem Tisch saß und die Hand nach ihrem Pass ausstreckte. Wie schon bei den bereits kontrollierten Passagieren begutachtete er das kleine Foto sehr genau, dann maß er sie mit einem skeptischen Blick. Carla bezwang den Drang, zu Boden zu blicken, stattdessen sah sie dem Mann direkt in die Augen. Schließlich griff dieser zum Stempel, ohne auch nur ein Wort an sie zu richten. Auch ihre kleine Reisetasche und der Geigenkasten interessierten ihn nicht. Sie wollte sich schon abwenden, als sie zu ihrem Entsetzen den Dünnen nach ihrem Ausweis greifen sah. Mit einer Handbewegung hielt der Mann sie auf.

Der Beamte auf seinem Stuhl zuckte mit den Achseln und winkte Bellamuti heran, der ihn mit einer Flut italienischer Worte überschüttete.

»Carla Fuchs aus Aachen!« Die Augenbrauen des Dünnen schnellten in die Höhe. »Reisen Sie ganz allein, Fräulein?«

Carla schüttelte irritiert den Kopf. Was sollte das denn? Ihre Papiere waren in Ordnung. Es gab keinen Grund, sie aufzuhalten. Aus den Augenwinkeln sah sie, wie Bellamutis Reisepass in eines der Kästchen wanderte. Der Italiener wollte warten, bis auch Carla abgefertigt war, wurde aber von einem der müßig herumstehenden Soldaten zum Ausgang geschoben. Als Nächste war Maude an der Reihe. Sie und die Kinder durften als Einzige ihren Pass behalten.

»Sie sind unverheiratet?« Der Dünne sah prüfend auf Carla herab, dann deutete er auf ihren Geigenkoffer. »Musikerin?«

Carla holte tief Luft. »Violinistin, wenn Sie erlauben! Ich habe an Bord unseres Schiffes ein Konzert gegeben.«

Der Mann schien einen Moment über das Gehörte nachzusinnen, dann machte er einen Schritt zur Seite. »Ich hätte Ihnen gerne gelauscht«, sagte er mit fast wehmütig klingender Stimme. »Wissen Sie, ich spiele seit meiner Kindheit Geige, aber bedauerlicherweise reichte mein Talent nicht aus, um ein großer Musiker zu werden.« Er neigte den Kopf und gab Carla den Weg frei. »Alles Gute für Sie, Carla Fuchs aus Aachen!«

Carla sandte ein stummes Dankgebet gen Himmel. Ihre Geige hatte die Aufmerksamkeit des Mannes erregt, nicht sie selbst. Als sie einen Blick über die Schulter warf, sah sie, wie er ihren Ausweis sorgfältig zu den anderen Dokumenten legte.

Kurz darauf hatte sie Maude und die Kinder eingeholt.

»Ich dachte schon, dieser Kerl würde dich zu einem Verhör abführen.« Maude blickte sich nervös nach allen Seiten um. Der

Fahrer des Omnibusses betätigte die Hupe, weil weder sie noch Carla einstiegen, doch Maude winkte ärgerlich ab.

»Schluss mit dem Lärm, ich fahre nicht mit«, rief sie durch die offene Tür ins Innere. »Ich werde abgeholt! Hoffe ich zumindest!« Sie lief mit wehendem Mantel zu Dimitrios hinüber, der ihre und die Koffer der Kinder ein Stück von dem knatternden Bus entfernt abgestellt hatte, und bedankte sich bei dem Steward, indem sie ihn überschwänglich auf beide Wangen küsste.

Carla sah ihr mit einem Hauch von Wehmut dabei zu. Der junge Grieche war ihrer Familie ans Herz gewachsen. Sie alle hatten ihm viel zu verdanken, daher hätte auch sie sich gern von ihm verabschiedet, doch ihr Verstand sagte ihr, dass dies unter den Augen der Zoll- und Hafenbeamten sowie den Vertretern der französischen Mandatsregierung nicht klug wäre. Daher begnügte sie sich damit, nur kurz die Hand zu einem Gruß zu heben.

Die Schlange vor der Passkontrolle war klein geworden. Es gab nur noch wenige Personen, die sich registrieren lassen mussten.

Vor Carlas Vater standen Rina und Emil, den Schluss bildete das ältere Ehepaar, mit dem die Eltern am Vortag an Deck geplaudert hatten.

Carla beobachtete mit wachsender Aufregung, wie ihre Eltern Schritt um Schritt dem Tisch näher kamen. Die Angst in den Augen ihrer Mutter war unverkennbar, auch wenn sie sich nach Kräften bemühte, Gelassenheit an den Tag zu legen. Dagegen entschwanden die Blicke ihres Vaters irgendwo in der Ferne. Sie konnte nicht einschätzen, woran er dachte. Aber das war ihr noch nie gelungen, ebenso wenig wie Rina.

»Allez, allez«, hörte sie die Männer auf Französisch drängen. Ihre Stimmen drangen bis zu ihr hinüber. Jeden Moment konnte einer von ihnen die Papiere ihres Vaters verlangen.

Was würde er sagen, wenn er den Ungültigkeitsvermerk darin entdeckte?

Ob er seine Vorgesetzten rief? Oder den Konsulatsbeamten davon verständigte, dass es ein Problem gab?

Rina legte ihren Arm um Emils Schulter und schob ihn bis zur Tischkante vor. Als der Mann von seinen Unterlagen aufblickte und die Hand ausstreckte, verwies Emil stumm auf seine Mutter, die ihn mit einem entwaffnenden Lächeln aus dem Weg schob und dann ihre Tasche öffnete. Nach einigem Wühlen zog sie den Ausweis des Jungen und ihren eigenen heraus und legte beide Dokumente auf die Tischkante. Beim Versuch, ihre Tasche über die Schulter zu hängen, fegte sie die Pässe vom Tisch. Der Mandatsbeamte stieß einen ärgerlichen Laut aus.

»Pardon, Monsieur, wie ungeschickt von mir!«

Stirnrunzelnd sah der Mann zu, wie Rina sich nach den Ausweisen bückte. Und dann ging plötzlich alles ganz schnell. Während Carlas Mutter ihren Pass mit einem Zipfel ihrer Bluse zu reinigen vorgab, brauste, laut hupend, ein schwarzer Bentley auf den Kontrollpunkt zu, der mit britischen Flaggen gekennzeichnet war. Dem Automobil folgte ein Militärfahrzeug. Die den Kontrollen beiwohnenden Polizisten sprangen verdutzt zur Seite.

Sprachlos über die Störung, erhob sich der Mandatsbeamte von seinem Platz und starrte auf den Bentley, der nur knappe drei Meter von ihm entfernt zum Stehen kam. Rina und die anderen beachtete er längst nicht mehr. Auch seine Kollegen schienen unsicher, was sie von diesem Zwischenfall halten sollten.

Aus dem Bentley stiegen zwei Männer, deren Uniformen sie als Angehörige der britischen Armee auswiesen. Während ihre Begleiter in dem offenen Geländewagen auf ihren Plätzen blieben, kamen die beiden mit langen Schritten über den Platz gelaufen.

»Wir kommen im Auftrag Seiner Exzellenz, des High Commissioner und Chief Commissioner, Sir Arthur Wauchope, um eine Dame sowie zwei Kinder in Gewahrsam zu nehmen, die heute mit diesem Schiff angekommen sind!«

Der britische Offizier, ein stämmiger Haudegen, dessen wettergegerbtes Gesicht erahnen ließ, dass er schon Jahrzehnte im Orient seinen Dienst versah, reichte dem Mandatsbeamten ein offizielles Schreiben. Danach blickte er sich suchend um.

»Nanu, wo stecken sie denn? Wir haben dringende Anweisung, noch heute nach Jerusalem aufzubrechen, und möchten keine Zeit verlieren.«

Carlas Vater machte einen Schritt auf den Briten zu. Mit Händen und Füßen erklärte er ihm, dass seine Frau und er die Dame, nach der gesucht wurde, kenne und ihn zu ihr führen könne.

»Very well«, sagte der Mann erfreut. »Let's go!«

Rina warf hastig die Reisedokumente, die sie noch immer in der Hand hielt, in das Fach auf dem Tisch. Dann gab sie Emil mit einer Kopfbewegung zu verstehen, dass er sich zu seinem Vater gesellen sollte, und ehe der irritierte Beamte der französischen Mandatsregierung den Mund öffnen konnte, um zu protestieren, hatten die Engländer die Familie Fuchs auch schon in ihre Mitte genommen, um sie quer über den Platz zum Autobus mit den anderen Passagieren zu eskortieren.

Dort kam ihnen Maude schon winkend entgegengelaufen.

»Gentlemen, das ist die junge Dame, die Sie hier abholen sollen«, rief Fuchs. Er widerstand der Versuchung, ein letztes Mal zum Schiff zurückzublicken. Doch nicht nur er, auch Rina und Emil beschleunigten ihre Schritte. Noch hatte keiner von ihnen den Bus erreicht. Die Gefahr, von einem Beamten zurückzitiert zu werden, schwebte wie eine Wolke über ihren Köpfen.

»Miss Robbins«, stellte sich Maude den Offizieren vor. »Ich bin überglücklich, dass Major Bennett Wort gehalten und jemanden nach Beirut geschickt hat, um die Kinder und mich abzuholen!« Sie rief John und Margie zu sich, die sich auf ihre Koffer gesetzt hatten.

»Nun, ob Sie nach Ihrem Gespräch mit dem Major immer noch so glücklich sein werden, bleibt noch abzuwarten, Miss«, sagte der ältere Offizier kühl. Er befahl den Kindern, auf der Rückbank des schwarzen Bentley Platz zu nehmen. »Benehmt euch und macht nichts kaputt, ihr beiden, verstanden?«, schickte er ihnen nach.

»Und Sie steigen nun besser in diesen Bus, bevor noch jemand misstrauisch wird!«, sagte Maude zu Carlas Eltern. Hastig schüttelte sie ihnen und Emil die Hand, dann wandte sie sich Carla zu, die unruhig von einem Bein aufs andere trat.

»Wie ich gehört habe, werdet ihr mit dem Bus ins Zentrum von Beirut gebracht, wo euch ein traditionelles libanesisches Essen erwartet.« Maude senkte ihre Stimme. »Ich werde die britischen Gentlemen dazu bringen, euch zu folgen.«

»Wie willst du das anstellen?«, fragte Carla skeptisch. In ihrem Rücken hupte der Busfahrer erneut. Er wollte den Hafen verlassen.

»Lass das meine Sorge sein! Auf jeden Fall kommt ihr mit nach Jerusalem! Versprochen!«

Ein letztes Mal drückte sie Carla an sich, dann eilte sie zu dem wartenden Bentley.

43. KAPITEL

Der Platz der Märtyrer, dessen Name an die Freiheitskämpfer erinnern sollten, die in der Auseinandersetzung mit den Ottomanen ihr Leben verloren hatten, befand sich nicht weit vom Hafen, im Herzen der Stadt. Um den im Stil eines arabischen Gartens mit Palmen und exotischen Gewächsen angelegten Platz gruppierten sich Prachtbauten im osmanischen und venezianischen Stil. Ein Kaffeehaus lag neben dem anderen. Frauen schlenderten über den in nächster Nähe etablierten Blumenmarkt oder statteten den zahlreichen Goldschmieden und Lederwarenhändlern einen Besuch ab, deren Werkstätten sich sowohl am Platz selbst als auch in den zahlreichen Höfen befanden, die durch großzügige Torbögen betreten wurden. Der Bus kam nur langsam durch das Straßengetümmel. Zwar waren am Platz der Märtyrer kaum Automobile unterwegs, doch dafür verstopften Pferdedroschken und Handkarren die engen Straßen. Von Zeit zu Zeit stürzten diese von halbwüchsigen Knaben in Eile gezogenen Vehikel um, so dass Melonen, Feigen und Apfelsinen über das holprige Pflaster rollten. Esel und Schafe wurden zum Markt getrieben, Männer in farbenfroher Tracht warben in französischer und arabischer Sprache für billige Hotels und Tavernen, in denen man gut und günstig die Köstlichkeiten des Landes genießen konnte.

Während die meisten ihrer Reisegenossen wie gebannt durch die staubigen Scheiben des Autobusses auf das quirlige Leben der Mittelmeermetropole spähten, ließ Carla sich Maudes Worte durch den Kopf gehen. Die junge Frau hatte ihr hoch und heilig versprochen, die Engländer zu einem Abstecher zum Märtyrerplatz zu überreden, doch von deren Bentley war durch das Rückfenster des Busses keine Spur zu sehen.

Womöglich wollte sie mich nur in Sicherheit wiegen und ist schon längst auf dem Weg zur Grenze, dachte Carla niedergeschlagen. Wenn die Briten ihr nicht halfen, den Libanon zu verlassen, musste sie es auf eigene Faust schaffen. Auf das Schiff würde sie auf keinen Fall zurückkehren, so viel stand fest. Als ihr Blick dem ihres Vaters begegnete, ahnte sie, dass ihm ganz ähnliche Gedanken durch den Kopf gingen. Er saß stocksteif neben Carlas Mutter, deren Augen geschlossen waren.

Vor einem palastartigen Gebäude, das mit seinen Arkaden und Balkonen an einen Palazzo in Venedig erinnerte, öffnete der Busfahrer wenig später die Türen.

»Hier werden Sie speisen, meine Herrschaften«, ließ er die Passagiere wissen, während die Zigarette in seinem Mundwinkel bei jedem Wort auf und ab wippte.

Carla sah sich neugierig um. Der Palast, zweifellos einst der Wohnsitz eines wohlhabenden libanesischen Kaufmanns oder Würdenträgers, lag nur wenige Schritte von den Vierteln der Handwerker und Gewürzhändler entfernt, war von deren Basar aber durch eine hohe Mauer mit schmiedeeisernem Tor getrennt. Über dem von Säulen getragenen Eingang, der am Ende eines Palmengartens mit Fischteich lag, prangte ein französisch beschriftetes Schild, welches das Anwesen als führendes Hotel am Platze auswies.

»Haben wir denn überhaupt noch genug Geld, um hier zu speisen?«, flüsterte Rina ihrem Mann zu. »Dieses Haus ist ja der reinste Palast!«

Fuchs beruhigte sie. Er hatte gehört, dass die Reiseveranstalter der Kreuzfahrt die Kosten für das Mittagessen übernehmen wollten, eine kleine Entschädigung dafür, dass einer der Höhepunkte der Reise, das Heilige Land, nun doch nicht angesteuert werden konnte.

»Nun, wenn das so ist!« Rina glättete ihr Kleid und stieg würdevoll die Treppe hinauf, die zum Hoteleingang führte. »Wer weiß, wann wir das nächste Mal die Gelegenheit bekommen, ein Festmahl zu genießen.«

Das Essen wurde kurz darauf in einem prachtvoll ausgestatteten Raum serviert, der mit seinen bunten Orientteppichen, den weichen Kissen und polierten Öllampen an ein Märchen aus tausendundeiner Nacht erinnerte. Freundlich lächelnde Kellner eilten mit Wasserschalen umher, damit die Gäste sich die Hände waschen konnten. Ein milder Duft von Gewürznelken lag in der Luft. Die Passagiere hatten sich in kleine Gruppen aufgeteilt und saßen an Tischen, die aus kostbarem Zedernholz, dem Reichtum des Libanon, gedrechselt worden waren.

Die Speisen, die alsbald aufgetragen wurden, schmeckten allesamt köstlich. Den Anfang machten *Mezze,* kleine Vorspeisen, die aus Lammhackbällchen mit Sesampüree, gerösteten Fladenbrotwürfeln und in Öl gebackenen Auberginen und Bohnen bestanden. Im Nu bogen sich die Tische unter der Last zahlreicher Schüsseln und Schalen. Obwohl Carla eigentlich nur wenig Appetit hatte, sahen alle diese Gerichte so verlockend aus, dass sie gar nicht anders konnte, als zuzugreifen. Sie kostete von jeder Schale eine Kleinigkeit und war längst satt, als das Hauptgericht, Fleischspieße, Zitronenschmorhuhn mit Mandelreis und Petersiliensalat, gereicht wurde. Auch ihre Eltern und Emil ließen es sich schmecken. Als die Kellner nach einer Weile süßen Mokka mit Kardamom sowie kleine Kuchen in Zuckersirup an die Tische trugen, musste Carla dankend ablehnen, denn sie befürchtete, zu platzen, wenn sie auch nur noch einen Krümel mehr vertilgte. Ihr Blick wanderte zum Eingang. Während des Essens war sie einige Male aufgestanden und hinausgegangen, um nach Maude Ausschau zu halten, doch jedes Mal unverrichteter Dinge zurückgekehrt.

»Ich habe doch gleich gewusst, dass diese Gouvernante uns

im Stich lässt«, sagte Rina ungnädig. »Bestimmt ist sie schon auf halbem Weg nach Jerusalem und denkt gar nicht mehr daran, was sie dir versprochen hat.«

»Das glaube ich nicht!«, widersprach Carla, ihre eigene Unsicherheit war ihr aber deutlich anzumerken. »Maude hat mir noch am Hafen versprochen …«

»Dass sie die britischen Offiziere überredet, uns hinterherzufahren, ich weiß. Und wo ist sie dann?« Rina warf ihre Serviette zusammengeknüllt auf den Tisch. »Mag ja sein, dass sie es versucht hat, aber du musst doch mittlerweile einsehen, dass wir nicht auf sie zählen können. Wir können uns auf gar niemanden mehr verlassen!«

Carlas Vater sah seine Frau missbilligend an. »Würdest du bitte deine Stimme senken? Wir sind nicht allein hier.«

»Ach was, Bellamuti ist in den Waschraum gegangen und die anderen Gäste sind viel zu sehr mit ihren Blätterteigkuchen beschäftigt, um uns zuzuhören.«

»Trotzdem …«

Rina schnitt ihrem Ehemann mit einer scharfen Geste das Wort ab. »Ich will wissen, wie wir von hier wegkommen sollen! Rovanic hat zwar gesagt, dass die Grenzregion gefährlich sei, aber es muss doch irgendeine Möglichkeit geben, den Libanon zu verlassen.«

»Die Entfernung zwischen Beirut und Jerusalem beträgt laut Vaters Reiseführer ungefähr vierhundertdreißig Kilometer«, gab Carla zu bedenken. »Mit einem Automobil könnten wir es in zehn Stunden schaffen. Vorausgesetzt wir kommen über die Grenze und haben unterwegs keine Reifenpanne. Die Straßen sind bestimmt nicht die besten.«

Fuchs stieß die Luft aus. »Ganz auf uns allein gestellt haben wir vermutlich keine Chance, Palästina zu erreichen. Wir würden uns verirren oder gar unterwegs überfallen werden. Wir brauchen einen Ortskundigen, der uns führt und einige Schlupflöcher kennt.«

Carla nickte. Was ihr Vater sagte, klang einleuchtend. Doch es würde schwierig werden, in kurzer Zeit eine Person aufzutreiben, die sich nicht nur im libanesischen Gebirge auskannte, sondern auch vertrauenswürdig genug war, sie nicht übers Ohr zu hauen. Davon abgesehen wusste Carla, dass das Geld ihres Vaters zur Neige ging. Umsonst aber würden sie weder ein Fahrzeug noch einen Führer bekommen.

»Dann verscherbeln wir eben einen von Steinbergs Diamanten«, schlug Rina vor, nachdem Carla das Problem angesprochen hatte. »Wir sind schließlich in einer Notlage, da darf man nicht zu wählerisch sein.«

»Hier wird gar nichts verscherbelt!« Carla schüttelte den Kopf. »Ich habe versprochen, auf die Edelsteine aufzupassen, und das werde ich tun. Entweder übergebe ich sie in Jerusalem vollständig oder überhaupt nicht.«

»Dein Sturkopf wird uns kaum aus dem Libanon heraushelfen«, wandte ihre Mutter erbost ein. »Und was diesen Steinberg betrifft, so sollte der Bursche glücklich über jeden einzelnen Diamanten sein, den er zurückerhält.«

»Die Steine gehören nicht ihm, sondern …«

Rina winkte energisch ab. »Ich weiß, sie sind Eigentum seiner Musiker. Dennoch bin ich der Ansicht, dass wir auch einmal an uns denken müssen! Wenn ich schon auf den Rest der Reise mit unserem luxuriösen Kreuzfahrtschiff verzichten muss, möchte ich wenigstens sichergehen, dass mir auf dem Weg nach Palästina nicht der Hals durchgeschnitten wird.«

»Eben«, sagte Fuchs scharf. »Aber genau das könnte geschehen, wenn bekannt wird, dass wir Diamanten mit uns führen. Es bleibt dabei! Steinbergs Diamanten werden unter keinen Umständen angerührt. Ich möchte nicht einmal wissen, wo Carla sie versteckt hat.«

Rina wollte etwas darauf erwidern, doch da steuerte einer der libanesischen Kellner auf den Tisch der Familie zu.

»Eine Nachricht für mich?« Verblüfft nahm Carlas Vater das

Kärtchen vom Silbertablett des Libanesen. »Aber von wem? Wer hat Ihnen das gegeben?«

Der junge Kellner schien Fuchs' Frage zu verstehen, doch sein Französisch war umständlich und strotzte nur so von arabischen Wörtern. Daher verlegte er sich auf Gesten. Er deutete auf die Tür des Speiseraums, die hinter einem granatapfelroten Vorhang kaum zu erkennen war, und sagte: *»Messieurs, la-bàs«*. Er hob Daumen und Zeigefinger. *»Deux, deux hommes!«*

»Zwei Männer, die dich sprechen wollen?« Rina hob irritiert die Augenbrauen. »Hoffentlich nicht die beiden Gestalten aus Alexandria, die deinen Pass ungültig gemacht haben.«

»Geh bitte nicht!«, bat Emil in heller Aufregung. »Wir dürfen uns nicht trennen.«

Fuchs überlegte einen Moment lang, dann stand er auf und zog Weste und Schlips gerade. »Sehr unwahrscheinlich, dass diese Leute so rasch herausgefunden haben sollen, dass wir in den Libanon gereist sind und nun hier unser Mittagessen einnehmen, meint ihr nicht auch?« Er steckte dem Kellner ein Trinkgeld zu, dann fragte er. »Sind die beiden Herren, die nach mir gefragt haben, vielleicht Deutsche? *Allemand*?«

Kopfschütteln.

»Na also, wer sagt's denn?« Fuchs lächelte zufrieden. »Ich nehme an, deine amerikanische Freundin hat doch noch jemanden geschickt, um mit uns zu reden.«

»Maude?« Carla machte ein skeptisches Gesicht. Noch vor wenigen Minuten hatte sie die Gouvernante vor Rina in Schutz genommen, doch ihre verzweifelte Hoffnung, Maude würde mit den britischen Offizieren hier aufkreuzen, um einer deutschen Familie die Flucht nach Palästina zu ermöglichen, wurde von Augenblich zu Augenblick kleiner. Umso erleichterter war sie, als sie plötzlich auf eine Frau an der Tür aufmerksam wurde, die durch hektisches Winken auf sich aufmerksam zu machen versuchte. Es war Maude.

»Rasch, bitte beeilen Sie sich«, bat die junge Frau eindringlich, während sie Carlas Familie durch die Hotelhalle führte. »Wir dürfen uns nicht zu viel Zeit lassen, sonst werden die Gentlemen misstrauisch.«

»Wieso misstrauisch?« Carla hielt Maude am Arm fest. »Was um alles in der Welt hast du ihnen über uns erzählt?«

»Später, in Ordnung? Ich musste sie dazu bringen, zum Hotel zu fahren. Sei einfach still und vertrau mir. Ich werde dich und deine Eltern vorstellen.«

Die britischen Armeeangehörigen, welche Maude und die Kinder des Majors am Hafen in Empfang genommen hatten, warteten bereits voller Ungeduld in einem Separee, das auf den parkähnlichen Garten des Anwesens hinausging. Beide wirkten nervös und angespannt. Der Tee, der vor ihnen stand, war unberührt geblieben. Als Maude mit Carlas Familie eintrat, sprangen die Männer wie auf Kommando von ihren Stühlen.

»Das sind die Lieutenants Charles Baxter und Mike Christians«, stellte die Gouvernante ihre Begleiter vor. Sie fügte etwas auf Englisch hinzu, worauf der ältere der beiden Männer die Hand hob.

»Bemühen Sie sich nicht, Miss, ich verstehe ganz gut Deutsch!« Mit steifem Rücken ging er auf Carlas Vater zu, dabei musterte er ihn streng. Dann streckte er unvermittelt die Hand aus. »Ist mir eine Ehre, Herr Doktor! Welch ein Glück, dass Miss Robbins noch eingefallen ist, wo wir Sie finden können!«

»Ach … Tatsächlich?«, stotterte Fuchs überrascht. Er warf Carla einen Seitenblick zu, doch die zuckte nur die Achseln.

»Aber gewiss doch, Sir! Lieutenant Christians und ich hatten ja keine Ahnung, wie schlecht es um die Gesundheit der Kleinen bestellt ist. Dass sie medizinische Betreuung braucht, war uns neu. Aber wen wundert das? Unser Freund, Major Bennett, kann ziemlich verschlossen sein, wenn es um seine Familie in England geht.«

»Ich verstehe trotzdem nicht, wie Miss Robbins vergessen konnte, uns von diesen Anfällen zu erzählen«, sagte Baxters

Begleiter. »Wenn Bennetts Tochter zusammenbricht, weil sie ihre Arznei nicht bekommt, haben wir den Ärger am Hals.« Er maß Fuchs mit einem skeptischen Blick. »Und Sie haben das Kind wirklich auf dem Schiff behandelt, Doktor?«

Carla hörte ihren Vater nach Luft schnappen und begriff, auf welchen tollkühnen Einfall Maude gekommen war: Sie hatte den Offizieren tatsächlich weisgemacht, die kleine Margie sei krank und benötige Medikamente, die nur Fuchs ihr verabreichen konnte. Als sie zu der Gouvernante hinüberschaute, gab diese ihr mit den Augen zu verstehen, dass sie unbedingt mitspielen musste.

»Mein Mann kennt als Einziger die richtige Dosierung des Präparats für die kleine Margie«, sagte Rina, die noch vor ihrem Mann erkannt hatte, worum es hier ging. »Er hat es sogar in seinem Laboratorium entwickelt. Wir dachten, Miss Robbins könnte in den nächsten Tagen die Behandlung allein weiterführen, aber wie ich vermute, ist sie damit überfordert.«

Maude zuckte die Achseln. »Ich bin keine ausgebildete Krankenschwester und möchte auf keinen Fall einen Fehler machen. Es geht um das Leben der Kleinen!«

Lieutenant Christians brummte etwas auf Englisch vor sich hin, was nach einem derben Fluch klang und dafür sorgte, dass selbst sein Kamerad Baxter betreten zu Boden sah.

»Miss Robbins, darüber reden wir noch, wenn wir in Jerusalem sind!«, fauchte er Maude an, dann wandte er sich wieder Fuchs zu. »Wie ich erfahren habe, waren Sie untröstlich, weil Ihr Schiff nicht in Haifa anlegen durfte? Sie wären gern nach Palästina gereist?«

Fuchs nickte vorsichtig.

»Dürfte ich Sie und Ihre Familie vielleicht einladen, mit uns nach Jerusalem zu fahren? Ich weiß, dass ich damit viel verlange, denn Sie könnten Ihre Reise auf dem Dampfer nicht mehr fortsetzen. Aber ich verfüge über eine ausgezeichnete Menschenkenntnis, daher sehe ich sofort, dass Ihnen das Wohlbefinden eines kleinen Patienten wichtiger ist als ein paar Tage auf See.«

Carla schloss die Augen. Ihr wurde fast schwindelig vor Erleichterung. Sie musste sich sehr zusammennehmen, um dem britischen Offizier nicht an Ort und Stelle um den Hals zu fallen.

Unter seinem und Lieutenant Baxters Geleitschutz würden sie sicher nach Palästina reisen können. Sie hoffte nur, dass die Briten keinen Verdacht schöpften. Ein wenig plagte sie das schlechte Gewissen, weil sie die Männer hinters Licht führen mussten und sogar die Kinder des Majors in die Sache mit hineinzogen. Doch so, wie sie die kleine Margie kennengelernt hatte, war diese bestimmt nicht abgeneigt gewesen, an der kleinen Charade mitzuwirken, um Menschen in Not zu helfen. Ein Zurück gab es nun ohnehin nicht mehr.

»Nun, Doktor?« Der Offizier hob mit einem fragenden Blick die Augenbrauen. »Werden Sie mit uns auf die britische Seite kommen? Ich verspreche Ihnen, dass die Fahrt kurzweilig sein wird, und Jerusalem ist eine faszinierende Stadt. Momentan ist es auch ruhiger dort als in den vergangenen Tagen. Die Juden bereiten sich auf ihr Neujahrsfest vor.« Er lachte. »Nach ihrem Glauben leben wir im Jahr 5697 nach Erschaffung der Welt. Ist das nicht verrückt? Ich werde jubeln, wenn ich endlich wieder im guten alten England bin, wo das Jahr im Dezember endet!«

Fuchs räusperte sich. Seiner Miene nach gefiel es ihm nicht, den Arzt zu spielen, doch nach einem Augenblick des Zögerns ergriff er die Hand des Briten und schüttelte sie.

»Selbstverständlich, ich werde tun, was ich kann!«

»Ausgezeichnet! Dafür verspreche ich Ihnen, dass Major Bennett sich erkenntlich zeigen und Sie in Jerusalem für Ihre Unannehmlichkeiten entschädigen wird.« Baxter neigte knapp den Kopf vor Carla und Rina. »Das gilt auch für Sie, meine Damen. Bedauerlicherweise ist die Zeit zu knapp, um noch einmal zum Hafen zu fahren, damit Sie Ihr Gepäck holen können.«

»Machen Sie sich darüber keine Gedanken«, beschwichtigte ihn Rina. »Wir haben, was wir brauchen. Meine Tochter hat sogar an ihre Violine gedacht.«

»Und was geschieht mit Bellamuti?« Emil blickte besorgt in die Runde. »Kommt er auch mit uns?«

»Wer ist das?«, wollte Lieutenant Baxter wissen.

»Der Geigenlehrer meiner Tochter!« Fuchs legte seinem Sohn eine Hand auf die Schulter. »Tut mir leid, mein Junge, aber daraus wird wohl nichts werden. Bellamuti würde sich gewiss mit Händen und Füßen sträuben, du kennst ihn doch. Er wird die Kreuzfahrt beenden und dann nach Hause zurückkehren.« Er atmete tief durch, dann nickte er den beiden Engländern zu. »Ich werde unserem Bekannten mitteilen, dass sich unsere Pläne geändert haben. Bitte geben Sie mir fünf Minuten, dann bin ich zurück.«

Baxter dachte einen Moment lang nach, dann stimmte er widerstrebend zu. »Also schön, wenn es sein muss, verabschieden Sie sich von dem Mann. Aber keine Minute länger, wenn ich bitten darf! Vor uns liegt eine lange Fahrt.«

»Ja, Robert, bitte beeil dich!« Rinas Lächeln war warm und hoffnungsvoll. Sie drückte ihrem Mann liebevoll die Hand, als sie hinzufügte: »Du wirst sehen, jetzt wird alles gut!«

44. KAPITEL

Nachdem Fuchs den Raum verlassen hatte, gab Carlas Mutter sich alle Mühe, die beiden Engländer in ein Gespräch zu verwickeln, doch die Männer schienen an einer Unterhaltung nicht sonderlich interessiert zu sein. Sie waren zwar höflich, blieben aber reserviert. Baxter sah pausenlos auf seine Armbanduhr, sein Begleiter trank Tee.

»Wo bleibt dein Vater?«, flüsterte Maude Carla zu. »Er sollte die Gentlemen nicht warten lassen. Hat er denn noch nicht begriffen, dass sie sein Fahrschein in die Freiheit sind?« Sie verdrehte entnervt die Augen. »Davon abgesehen will ich John und Margie nicht zu lange allein lassen. Die beiden warten mit Baxters Männern im Wagen. Margie war sogleich bereit, die kleine Komödie mitzuspielen. Aber wer kann schon sagen, wie lange ein Kind es schafft, eine Krankheit vorzutäuschen, ohne sich zu verplappern.«

Carla nickte. Maude hatte absolut recht, sie mussten aufbrechen. Doch sie verspürte auch Gewissensbisse, weil sie sich hier verkroch, anstatt mit ihrem Vater Bellamuti aufzusuchen. Ihrem Lehrer nach all den Jahren, die er sie unterrichtet hatte, nicht Lebewohl zu sagen, war feige und undankbar. Auch auf die Gefahr hin, dass er tobte und fluchte – sie musste ihm für seine Mühen danken. Eines Tages würde er verstehen, dass sie nicht anders handeln konnte.

Kurz entschlossen stand sie auf und ergriff ihren Geigenkasten. Als Rina sie verwundert ansah, sagte sie: »Ich werde mal nachschauen, wo Vater so lange bleibt!«

»Hältst du es für eine gute Idee, Bellamuti ausgerechnet jetzt unter die Augen zu treten? Wie ich ihn kenne, wird er dir eine Szene machen.« Rinas Gesichtsausdruck zeigte Besorgnis. »Wir haben jetzt keine Zeit für so etwas. Schlimm genug, dass dein Vater dies nicht einzusehen scheint.« Sie warf einen Blick auf ihre Uhr. »Was habe ich gesagt? Er verspätet sich. Das wäre ihm früher nicht passiert.«

Und genau das macht mir Sorgen, dachte Carla. Doch bevor ihr etwas einfiel, um ihre Mutter zu beruhigen, erhob sich Rina auch schon. Mit schnellen Schritten ging sie zur Tür.

»Wohin wollen Sie, Madam?«, rief Baxter stirnrunzelnd.

»Mein Mann muss aufgehalten worden sein. Wir werden ihn gleich holen!« Sie nickte Carla zu, während sie ihrem Sohn befahl, bei Maude und den Offizieren auf sie zu warten.

Im Speiseraum wurden bereits die Tische abgeräumt. Carla konnte durch eines der Fenster zum Garten sehen, wie die Reisegesellschaft der »Königin Maria« den Autobus bestieg. Rina eilte hinaus, kehrte jedoch kurz darauf kopfschüttelnd zu Carla zurück.

»Bellamuti ist nicht mehr im Restaurant aufgetaucht«, berichtete sie atemlos. »Dein Vater auch nicht. Niemand hat die beiden gesehen. Der Busfahrer wollte von mir wissen, ob er auf uns warten soll, aber ich habe vorgegeben, wir würden uns den Basar von Beirut auf eigene Faust ansehen und dann ein Taxi zum Hafen nehmen.«

Sie hatte den Satz kaum zu Ende gesprochen, als der Autobus mit schrillem Hupen und in eine gelbe Staubwolke gehüllt aus der Hoteleinfahrt rumpelte.

»Tut es dir leid?«, fragte Carla leise.

»Was?«

»Na, dass du nicht mehr auf Rovanics Schiff zurückkannst.«

Rina hob den Zeigefinger, um ihre Tochter zurechtzuweisen, doch dann schüttelte sie nur stumm den Kopf.

Die beiden Frauen machten sich zu den Waschräumen auf. Rina vermutete, dass Bellamuti übel geworden war und Fuchs damit beschäftigt war, ihm Erleichterung zu verschaffen. Doch als Carla durch einen Türspalt in die Herrentoilette spähte, stellte sie fest, dass sich auch dort niemand aufhielt.

»Wo können die beiden denn nur stecken?«, murrte Rina.

»Womöglich haben Sie sich irgendwohin bewegt, wo nicht jeder sogleich mitbekommt, worüber sie miteinander reden.« Carla dachte nach. Plötzlich hatte sie einen Einfall. »Als wir vorhin zum Mittagessen gingen, ist mir an einem der Räume die Aufschrift *Salle de musique* aufgefallen. Dir nicht auch? Es muss hier ganz in der Nähe sein.«

»Ein Musikzimmer?«, rief Rina. »Ja, das würde passen. Bestimmt ist Bellamuti mit deinem Vater dort hingegangen, um ungestört zu sein!«

Es war nicht schwer, den Musiksalon zu finden. Tatsächlich mussten Carla und ihre Mutter nur das nunmehr menschenleere Restaurant durchqueren. Über eine holzgeschnitzte Treppe erreichten sie eine kleine Galerie, auf der libanesische Musiker allabendlich die Hotelgäste mit landestypischen Melodien unterhielten. Die Tür zum Salon befand sich gleich hinter der Balustrade und war nur angelehnt.

»Vater?« Carla sah sich unsicher um. Die Stille machte sie nervös. Sowohl der weitläufige Raum, wo vor nicht allzu langer Zeit noch fröhlich gespeist und getrunken worden war, als auch die Räume entlang der Galerie schienen in einen bleiernen Dornröschenschlaf gefallen zu sein.

»Robert, nun sag doch was!« Die Stimme ihrer Mutter klang nicht nur weinerlich, sondern zog auch ein hallendes Echo von den hohen Wänden nach sich. Doch eine Antwort blieb aus. Sie deutete auf die Tür. »Willst du nicht öffnen?«

Noch bevor Carla den Raum betrat, stieg ihr ein schwerer Geruch von Blut und Tod in die Nase. Doch weder dies noch das diffuse, rötliche Licht, das eine Deckenlampe über das Parkett ausschüttete, bereitete sie auf das vor, was sich ihr beim Eintreten bot. Sie schnappte nach Luft, doch ihre Kehle fühlte sich wie zugeschnürt an. Hinter ihr fing Rina zu schreien an. Hilfesuchend packte sie Carlas Arm und schüttelte ihn, als versuchte sie sich aus einem bösen Traum zu befreien.

Nicht weit von der Tür lagen zwei Männer auf dem Parkettboden, von einer Blutlache umgeben. Die Hand des einen umklammerte unübersehbar den Griff einer zerbrochenen *Buzuk,* eines lautenähnlichen Zupfinstruments, mit dem er allem Anschein nach den Schädel des anderen Mannes zerschmettert hatte.

»Vater!«, schluchzte Carla. Sie befreite sich aus Rinas Griff, die wie betäubt auf den reglosen Körper zu ihren Füßen starrte, und lief zu ihm. »Großer Gott, er … Er wurde …« Sie brachte es nicht über sich, es auszusprechen. »Es war dieser Kerl! Er hält die Mordwaffe ja noch in der Hand. Vater muss mit ihm gekämpft und sich gewehrt haben!«

»Wer ist das?«, fragte Rina mit tonloser Stimme. »Und warum ist er auch tot? War das dein Vater?«

»Nein, das war ich!«

Die tiefe Männerstimme klang vertraut, dennoch zuckte Carla zusammen, denn sie hatte nicht angenommen, dass sich außer ihr, Rina und den reglosen Körpern noch jemand im Raum befand. Bellamuti saß breitbeinig auf einem wuchtigen, mit Kissen und Rollen gepolsterten Diwan, der fast im Dunkeln lag, da das Licht der Lampe nicht bis zu ihm reichte.

Der schwergewichtige Mann kämpfte sich mühsam auf die Füße. Unter Ächzen schlurfte er auf Rina zu, wobei er einen großen Bogen um die Toten machte.

»Erkennst du den Schuft etwa nicht, der deinem Mann das angetan hat?«, fragte er Rina fast empört.

»Es ist Harald«, antwortete Carla, da ihre Mutter keinerlei Anstalten machte, etwas zu sagen. Der Schock, den die Frau erlitten hatte, saß zu tief. »Aber warum?«

Bellamuti seufzte gequält. »Dein Vater schien etwas auf dem Herzen zu haben, worüber er mit mir sprechen wollte, bevor wir aufs Schiff zurückkehren. Aber er kam gar nicht mehr dazu, denn auf einmal stürmte dieser Harald von Breden herein. Er war angetrunken und so wütend wie ein Stier. Faselte ständig etwas davon, das er nun endgültig genug von eurer Familie habe, und wenn Fuchs sich weiterhin weigere, ihm das zu geben, was ihm seit Berlin zustehe, werde er es sich eben mit Gewalt nehmen. Die beiden stritten heftig, und ehe ich eingreifen konnte, nahm dieser Mistkerl dieses Instrument zur Hand und zog es Fuchs über den Kopf.« Er hob beide Arme. »Ich wollte ihm helfen, kam aber leider zu spät. Von Breden tobte wie ein Wahnsinniger. Als ich ihm das Ding entreißen wollte, ging er auch auf mich los. Ich hatte keine andere Wahl, als ihn unschädlich zu machen. Endgültig!« Angewidert spuckte er aus, dann ergriff er Carlas Hand und drückte sie mit einem milden Lächeln, das seine Augen zum Funkeln brachte. »Er wird dich nie wieder belästigen und auf dumme Gedanken bringen, *Principessa mia*. Nun wird wieder alles wie früher, das verspreche ich dir. Du wirst die Karriere machen, auf die ich dich vorbereitet habe, seit du ein Kind warst.«

Carla gefiel nicht, wie ihr Lehrer redete. Sein starrer Blick bescherte ihr eine Gänsehaut. Fast kam es ihr so vor, als richteten sich seine Vorwürfe gar nicht gegen Harald von Breden, sondern gegen einen anderen. Gegen jemanden, der sich nicht mehr wehren konnte.

Carla blickte zu Rina, doch ihre Mutter reagierte nicht.

Plötzlich stutzte Carla. Sie vermisste etwas, das eigentlich hätte da sein müssen, jedoch nicht mehr da war. Bellamuti fiel auf, dass sie sich suchend in dem Raum umblickte und hob alarmiert die buschigen Augenbrauen. »Was hast du, *Principessa*?«

»Wo ist Vaters Fotoapparat? Er muss hier sein, Bellamuti!«

Bellamuti verzog den Mund, als hätte Carla etwas sehr Dummes gesagt. »Warum sorgt ihr euch nur um diesen dämlichen Fotoapparat?«, rief er wütend. »Dein Vater hatte ihn nicht bei sich, als er zu mir kam.«

»Das ist gelogen! Vater hätte sich nie von dem Fotoapparat getrennt. Und hätte er ihn während seines Handgemenges mit Harald verloren, müsste er doch noch hier herumliegen, oder nicht?«

»Vielleicht haben die Diebe vom Bahnhof in Alexandria ihn sich ja wiedergeholt«, spottete Bellamuti. »So viel Aufregung wegen einer Kamera, die dein Vater nie benutzt hat! Als gäbe es nichts Wichtigeres!«

»Wie meine Karriere als Violinistin zum Beispiel?«

Bellamuti sagte nichts darauf.

»Wie kommst du eigentlich darauf, dass alles wieder so werden könnte wie früher?«

Carla machte einen Schritt zurück, denn mit einem Mal durchfuhr sie eine lähmende Angst vor dem Mann, den sie schon fast ihr ganzes Leben lang kannte. Es konnte, nein, es durfte nicht wahr sein, was sie sich da zusammenspann! Und doch ergab für sie ganz plötzlich alles einen entsetzlichen Sinn. Rina schien ebenfalls zu merken, dass ein Knistern in der Luft lag, denn ihre Miene spiegelte Verwirrung wider. Sie war jedoch noch nicht so weit, zu akzeptieren, dass sie sich hatte täuschen lassen.

»Was hat das denn jetzt mit allem zu tun, Carla?«, fragte sie.

»Ich glaube, es gibt einen Mann, der nicht erst heute von Vaters Plänen erfahren hat, sondern sie schon eine ganze Weile kennt.« Carlas Stimme zitterte, aber sie zwang sich, Bellamuti in die Augen zu sehen.

»Das ist der Schock«, erwiderte der Mailänder, wobei er Rina verständnisvoll zunickte. »Sie steht am Rande eines Nervenzusammenbruchs. Aber keine Angst, ich werde mich um Carla kümmern. Das habe ich Robert versprechen müssen. Bevor er das Bewusstsein verlor, bat er mich noch, euch zum Schiff zurückzubringen.«

»Das soll er gesagt haben?«, murmelte Rina abwesend. Aber …«

»Aber?« Auf Bellamutis Stirn schwoll eine Ader an. »Willst du mich etwa auch einer Lüge bezichtigen?«

Carla trat rasch zu ihrer Mutter und legte den Arm um deren Schulter, etwas, das sie noch nie getan hatte. Aber so stark Rina sich auch stets gab, in diesem Moment hatte Carla das Gefühl, ihre Mutter beschützen zu müssen. Als sie Bellamuti ansah, wusste sie, dass der Mann nichts von den beiden Briten unten im Hotel wusste. Vater hatte sie ihm offensichtlich verheimlicht.

Eine Weile gab niemand auch nur einen Ton von sich, dann schlug Bellamuti wutentbrannt mit seinem Spazierstock auf. »Es ist alles seine Schuld, hört ihr? Seine Schuld, nicht meine! Habt ihr tatsächlich angenommen, ich hätte nicht gemerkt, was er vorhatte?«

»Maurizio ...« Carla hob die Hand, doch eine scharfe Drohgebärde ließ sie gleich wieder verstummen.

»Ihr habt alle versucht, mich hinters Licht zu führen!«, keuchte der Italiener, dessen Gesicht feuerrot geworden war. »Vermutlich habt ihr hinter meinem Rücken über mich gelacht. Über den dummen, weltfremden Maestro Bellamuti, den nur Fugen und Sonaten interessieren und der von der Welt dort draußen gar nichts mehr mitbekommt. Ha! Lächerlich! Mir ist sehr wohl aufgefallen, dass Fuchs plötzlich Geheimnisse vor mir hatte. Schon vor Monaten fing er an, meine Bemühungen zu sabotieren, Carla im Deutschen Reich zu einer großen Violinistin zu machen. Das hat mir zu denken gegeben: Warum wollte er partout verhindern, dass Carla Karriere macht? Was hatte er davon, mein Lebenswerk zu zerstören?«

Carla stieß die Luft aus. »Dein Lebenswerk?«

»Was denkst du denn?« Bellamuti hob die Hand und bewegte umständlich seine geschwollenen Finger. Sie schienen ihm kaum zu gehorchen. »Ist dir nicht aufgefallen, dass ich keine Geige mehr anrühren mag? Dass mein Klavierspiel inzwischen klingt, als hacke jemand Holz? Ich werde nie wieder auf einer

Bühne stehen, weder in Italien noch sonst irgendwo auf der Welt. Ich habe auch keine Kontakte und Beziehungen mehr zu den großen Häusern Europas. Das ist lange vorbei. Du, Carla, warst meine Hoffnung, am Ende meines Künstlerdaseins noch ein wenig Anerkennung zu erlangen. Und den Respekt, der mir als Lehrer und Impresario zusteht!«

»Aber dann hast du eines Tages herausgefunden, dass dein Wunderkind in Deutschland gar keine Karriere würde machen können. Jedenfalls nicht, solange Hitler und seine Partei an der Macht sind«, sagte Carla mit zitternder Stimme. »Was für eine Enttäuschung für dich!«

»Dein Vater hätte mir das sagen müssen«, keifte Bellamuti. »Es wäre seine verdammte Pflicht gewesen, schließlich vergeudet ein Mann meiner Reputation seine Zeit nicht mit aussichtslosen Fällen. Doch was tat dieser Narr? Nichts. Er schwieg einfach und ließ mich dich weiter unterrichten, als sei alles in bester Ordnung.«

»Du hättest den Unterricht doch auch selbst beenden können!«, warf Rina ein.

»Bist du verrückt? Ich ... konnte das auf keinen Fall. Allein die Vorstellung, Carla nie wieder auf der Geige spielen zu hören, hätte mich um den Verstand gebracht. Ich muss sie hören. Ihr Spiel ist für mich wie ... wie eine Droge, die Schmerzen lindert. Niemand darf sie mir wegnehmen! Aber genau das hattet ihr vor, Rina! Ich wusste davon, noch ehe wir einen Fuß auf dieses Schiff gesetzt haben. Aber so leicht wollte ich euch nicht aus unserem Vertrag entlassen. Ich fand, dass ich für meinen großen Verlust eine kleine Entschädigung verdiene.«

Carla fiel es nun wie Schuppen von den Augen. Bellamuti hatte sich stets in der Nähe ihrer Familie aufgehalten. Er musste ihren Vater beobachtet und jeden seiner Schritte heimlich verfolgt haben. Nie hatte jemand gegen ihn Verdacht geschöpft.

»Dann war dir auch bekannt, dass Vater seine Forschungsergebnisse außer Landes bringen wollte?«

Bellamuti nickte. »In Berlin verhandelte er deswegen mit einem Amerikaner, ich bin ihm gefolgt, als er sich mit diesem Mann traf. Aber zu einer Übergabe ist es nicht gekommen, das wusste ich zu verhindern.«

»Der Automobilunfall!«, rief Carla wie elektrisiert. »Das warst du! Du wolltest verhindern, dass Vaters wissenschaftliche Entdeckungen das Land verlassen. Du hattest vor, sie selbst in die Finger zu bekommen und zu Geld zu machen. Als Entschädigung für deinen ... Verlust, wie du es nennst.« Sie wies auf den toten Harald. »Und er? Welche Rolle spielte er in deinen Plänen? Lass mich raten: Das Geld für die Kreuzfahrt bekam er von dir. Aber warum hast du ihn aufs Schiff geholt?«

Bellamuti stützte sich erschöpft auf seinen Stock. Das lange Stehen bekam ihm nicht, dennoch rührte er sich nicht vom Fleck. »Ich wusste über von Bredens Schwächen Bescheid«, sagte er. »Alkohol und Frauen. Er war ständig abgebrannt und hat mein Geld ohne zu zögern angenommen. Ich trug ihm auf, dich zu überzeugen, ihm noch eine Chance zu geben und mit ihm nach Deutschland zurückzukehren. Mir dagegen sollte er Fuchs' Forschungsergebnisse beschaffen. Nichts davon ist diesem Versager gelungen. Im Gegenteil, er wurde von Tag zu Tag unberechenbarer und schlampiger. Bei eurem albernen Flaschenpostspiel hat er sogar gebeichtet, dass ich ihn aufs Schiff geholt hatte! Daher musste ich mir für ihn etwas anderes einfallen lassen.«

»Ich kann mir schon denken, was das war«, sagte Carla. Für die Behörden musste es so aussehen, als hätte Harald von Breden ihren Vater getötet und wäre daraufhin in Notwehr erschlagen worden. Der alte Mann hatte seine Winkelzüge zu sorgfältig geplant.

»Vermute ich richtig, dass du auch für den Tod von Marlies Uhl verantwortlich bist?« Carla spähte vorsichtig zur Tür. Verflixt, warum kam niemand herauf, um nachzusehen, wo sie so lange blieben? Maude und ihre beiden Briten mussten sie doch längst vermissen. So eilig, wie die Männer es gehabt hatten, die Fahrt nach Jerusalem anzutreten, würden sie doch sicher nicht länger warten wollen. Warum ließen sie sich jetzt nur so viel Zeit?

»Alle Achtung«, brummte Bellamuti. »So viel Scharfsinn hätte ich dir gar nicht zugetraut. Es war allerdings dumm von dir, dich mit diesem blassen Kerlchen von der Ufa einzulassen. Das hat nicht nur von Bredens Pläne zunichtegemacht, sondern auch die Eifersucht von Reidts Schwester geschürt. Als die Frau an jenem Abend aus der Lounge rauschte, war mir sofort klar, dass sie gefährlich war. Und hatte ich nicht recht, sie im Auge zu behalten? Sie kehrte nämlich mitten in der Nacht mit einem Schlüssel in der Hand zurück, um sich eine der Sektflaschen zu holen. Ich vermutete sogleich, dass sie erfahren wollte, was Harald von Breden und du in eurem jugendlichen Leichtsinn aufgeschrieben hattet. Na, was glaubst du, wäre geschehen, wenn sie das herausgefunden hätte?« Bellamuti lachte auf. Sein breites Gesicht war gerötet vor Hitze und Anstrengung, sein Hemdkragen durchnässt und fleckig.

»Ich kenne Frauen wie diese Marlies. Es wäre ihr ein Vergnügen gewesen, dich aus purem Hass zu zerstören. Und mich hätte sie mit ihrem Wissen erpressen können. Das durfte ich nicht zulassen.« Er holte tief Luft, bevor er fortfuhr. »Ich habe beobachtet, wie sie sich eine der Flaschen schnappte. Welche, konnte ich nicht erkennen, aber das war mir auch egal. Sie ging mit ihrer Beute an Deck, und ich schlich ihr hinterher. Bevor sie die Papierrolle aus der Champagnerflasche zog, entriss ich sie ihr und schlug ihr damit kräftig auf den Kopf. Das ging ganz schnell, sie fand nicht einmal Zeit für einen Schrei.«

»Anschließend schlepptest du sie quer über das Deck bis zum Schwimmbassin und warfst sie ins Wasser«, folgerte Carla. »Es sollte so aussehen, als sei Marlies Uhl freiwillig aus dem Leben geschieden. Der Ort war auch geschickt gewählt, denn du hattest vorher schon Reidts Drehbuch in den Pool geworfen, nicht wahr? Um ihm einen Denkzettel zu verpassen, weil er mir den Hof machte.« Sie schüttelte langsam den Kopf. »Aber Marlies Uhl hast du dennoch ganz umsonst getötet.«

Bellamutis dunkle Augen blitzten auf wie glühende Kohlen. »Woher willst du das wissen?«

»Ich weiß es nicht, aber ich bin mir ziemlich sicher, dass es ihr nicht darauf ankam, was auf *meinem* Zettel stand. Nein, sie wollte erfahren, was ihr Bruder geschrieben hatte.«

»So ist es«, gab Bellamuti zu. »Irgendein Gefasel über einen Unfall bei Berlin. Sie kam aber, wie gesagt, nicht mehr dazu, es zu lesen. Ich habe dann auch die übrigen Flaschen aus der Lounge geholt und ins Meer geworfen. Niemand hat mich dabei gesehen.«

»Und nun?« Rina, die zunächst sprachlos zugehört hatte, reckte trotzig das Kinn. »Was hast du nun vor, Bellamuti? Willst du Carla und mich etwa auch beseitigen?«

Der alte Mann strich sich bedächtig über den Bart. »Ihr habt keine Beweise, und wenn ihr mich beschuldigt, werde ich alles abstreiten.« Mit dem Stock klopfte er leicht auf das Parkett. »Dort liegt der Schuldige, verstanden?« Er hob fragend den Blick. »Wo ist Emil?«

»Im Park«, antwortete Carla. »Bestimmt fragt er sich schon, wo wir bleiben.«

»Wir werden ihn holen und uns dann zur Vertretung des Deutschen Reichs fahren lassen! Wenn ihr mir keinen Ärger macht, bekommt ihr auch etwas vom Erlös der Formeln ab. Wir drei werden ein neues Leben beginnen!«

»Mit dir? Niemals!« Rina unternahm den Versuch, zur Tür zu entkommen, doch sie knickte in ihrer Hast mit dem Knöchel um und brach sich einen Absatz ab. Bevor ihre Hand die Klinke zu fassen bekam, war Bellamuti auch schon bei ihr. Er holte aus und traf die Frau mit seinem Stock so heftig an der Schulter, dass sie vor Schmerz aufheulte.

»Du wirst nirgendwohin gehen, eher zertrümmere ich dir den

Schädel«, knurrte Bellamuti. Seine Wut schien ihm eine Wendigkeit zu geben, die keine der beiden Frauen von ihm gewohnt war. Er hob ein weiteres Mal drohend seinen Spazierstock, doch zu einem weiteren Hieb kam es nicht mehr. Ein Geräusch, das wie ein Stöhnen klang, ließ ihn zusammenzucken. Carla schlug die Hand vor den Mund. Fassungslos wanderte ihr Blick an Bellamuti vorbei zu Boden. Nein, sie täuschte sich nicht: Der schwache Laut kam von einem der beiden Männer, die sie und ihre Mutter für tot gehalten hatten.

»Großer Gott, ist das möglich?« Außer sich vor Freude ließ Carla sich neben ihrem Vater zu Boden gleiten und berührte behutsam seine Hand. »Er atmet! Ganz schwach zwar, aber …«

Bellamuti wurde kreidebleich. Unschlüssig sah er zu, wie Carla vorsichtig ihren Kopf auf die Brust des Bewusstlosen legte, um dessen Herzschlag zu prüfen. »Gib nicht auf«, flüsterte sie ihm zu. Dabei war es ihr gleich, ob er sie hören konnte oder nicht. Seine Augen waren geschlossen, aber er würde spüren, dass sie ganz in seiner Nähe war. »Atme! Wir müssen doch nach Jerusalem, hörst du? Es ist alles vorbereitet, also lass uns jetzt nicht im Stich. Du musst mir noch so viel erzählen. Ich möchte erfahren … wer wir sind.«

Bellamuti wurde kreidebleich. Mit dieser Wendung hatte er offensichtlich nicht gerechnet. »Geh weg von ihm«, befahl er in strengem Ton. »Hörst du schlecht? Lass seine Hand los!«

Sie gehorchte ihm nicht.

»Zum letzten Mal, Carla! Entweder du kommst jetzt mit oder deine Mutter …« Erneut hob er den Stock, um Rina damit gegen die Wand zu drängen. Sie schrie erstickt auf. Im nächsten Moment schwang die Tür zum Salon auf. Auf der Schwelle stand Reidt.

»Du Schuft, du verfluchter Irrer hast Marlies getötet!« Den Stock in Bellamutis Hand ignorierend, drang Reidt auf den überraschten Mann ein. Dieser wich im ersten Schreck zurück, dann aber stieß er den jungen Mann zurück.

»Ah, da hat wohl jemand an der Tür gelauscht«, brüllte er. »Dir muss ich wohl Manieren beibringen, Bürschchen.« Die Luft surrte unter dem kräftigen Stockhieb, welcher Reidts Kopf um weniger als einen Fingerbreit verfehlte.

Nun schlug Reidt zu. Er war zierlich, auf den ersten Blick ein ungleicher Gegner für einen Mann von Bellamutis massigen Körperbau, doch Wut und Verzweiflung verliehen seinen Armen eine Kraft, die Carla bereits in der Wüste von Amarna wahrgenommen hatte, als sie mit Born um ihr Leben hatten kämpfen müssen. Sein Fausthieb traf Bellamutis Nase, aus der sogleich ein Blutstrahl schoss. Der Schmerz ließ Carlas ehemaligen Lehrer benommen einen Schritt zurücktaumeln. Er stolperte und stürzte.

Carla floh in Reidts Arme. Sie grub ihr Gesicht tief in den kratzigen Stoff seiner Jacke und atmete den Duft von Tabak und Wolle ein, den sie so vermisst hatte. Er sagte etwas, doch sie verstand kein Wort. Wichtig war nur, dass es sanft und beruhigend klang. Dann drängten plötzlich mehrere Menschen in den Salon, darunter Maude, Baxter und einige Einheimische, vermutlich Hotelangestellte, die allesamt in verschiedenen Sprachen durcheinanderschrien und Erklärungen forderten.

Zwei Carla unbekannte Männer halfen Bellamuti auf die Füße, banden ihm aber die Hände mit Stricken auf den Rücken und zerrten ihn zur Tür hinaus. Andere beugten sich mit ernsten Mienen über Carlas Vater. Haralds Kopf wurde mit einem weißen Tuch bedeckt.

Carla löste sich aus Reidts Umarmung und steuerte auf den Diwan zu, auf dem Bellamuti gesessen hatte, bevor sie und ihre Mutter den Salon betreten hatten.

»Was machst du da?« Reidt klang überrascht.

Carla warf die bunten Kissen zu Boden und tastete mit den Händen die Polster ab, bis sie fand, was sie gesucht hatte. Wie erwartet war Bellamuti keine Zeit geblieben, ein besseres Versteck zu finden.

Reidt strich sich verblüfft eine Haarsträhne aus der Stirn. »Der Fotoapparat deines Vaters? Was zum Teufel wollte der Kerl damit anfangen?«

»Später!«, versprach Carla. »Weißt du eigentlich, wie froh ich bin, dass du gekommen bist?«

»Aber das habe ich dir doch am Hafen versprochen! Von nun an lasse ich dich bestimmt nicht mehr allein, das verspreche ich dir!«

Rina eilte mit besorgter Miene auf sie zu. »Sie bringen Vater in ein Hospital, es soll ganz in der Nähe sein. Emil und ich begleiten ihn. Aber ...« Sie machte eine Pause, um Luft zu holen; über ihre Wange rollte eine Träne, die Carla verriet, dass es nur wenig Hoffnung gab. »Baxter und Christians können nicht länger warten. Sie müssen den Libanon sofort verlassen. Ich ... habe die Herren gebeten, dich mitzunehmen. Als Vaters engste Mitarbeiterin quasi!«

Einen Herzschlag lang starrte Carla ihre Mutter an, als habe diese den Verstand verloren. Was war nur in sie gefahren? Glaubte sie allen Ernstes, Carla würde nach Palästina reisen, während der Rest der Familie im Libanon zurückblieb? Sie sollte ihren Vater verlassen?

»Vater würde es so wollen«, sagte Rina. »Denk daran, was er erduldet hat, um für uns eine Zukunft in Sicherheit zu erkämpfen. Die Aufgabe, seine Mission zu beenden, liegt nun bei dir, Carla. Ich weiß, dass du es schaffen wirst, denn du bist stärker, als du glaubst.«

»Aber wenn Vater zu sich kommt ...«

»Wenn er das Bewusstsein wiedererlangt und nur Emil und mich an seinem Bett sieht, wird er wissen, wo du bist und was du tust. Und er wird sehr stolz sein, so wie er immer stolz auf dich gewesen ist.«

Carla wurde abwechselnd heiß und kalt. Sie wollte nicht gehen, aber eine innere Stimme, die der ihres Vaters ähnelte, flüsterte ihr zu, dass es keinen anderen Weg gab. Sie sah zu, wie ein schnauzbärtiger Mann, vermutlich ein libanesischer Arzt, ihren Vater forttragen ließ. Die Zeit verrann wie der Sand in einem Stundenglas. Sie forderte eine Entscheidung von ihr.

»Ich weiß nicht einmal, wo und wann ich Vaters Kontaktperson in Jerusalem treffen soll.« Rina flüsterte ihr etwas zu, dann küsste sie Carla auf beide Wangen und drehte sich um, um den Männern mit ihrem Mann nachzueilen.

Ein Räuspern erklang in ihrem Rücken. Es kam von Reidt, der vorsichtig seinen Arm um sie legte.

»Nach Palästina also?«, fragte er. »Du hast hoffentlich nichts dagegen, wenn ich dir durch die Wüste ins Gelobte Land folge!«

Carla nickte.

45. KAPITEL
Jerusalem, Herbst 1936

In der Altstadt schien an diesem Morgen jeder auf den Beinen zu sein, der laufen konnte. Von überallher strömten Menschen unter Jubelrufen herbei und sammelten sich vor der Klagemauer, um dem Klang des *Schofar*, eines Widderhorns, zu lauschen. Gute Wünsche und Segenssprüche wurden ausgetauscht, viele der Anwesenden beteten oder steckten kleine Zettel in die Ritzen zwischen den mächtigen Quadersteinen.

Die Männer, die der Mauer am nächsten standen, trugen Hüte und waren überwiegend in Schwarz gekleidet. Sie schienen dem Lärm ringsum entrückt und konzentrierten sich allein auf ihre Zwiesprache mit dem Himmel. Rings um den großen Platz nahmen ein paar Dutzend bewaffnete Soldaten Aufstellung. Kommandos mischten sich mit Gebetsrufen, eine britische Flagge wurde gehisst. Carla wusste, warum die Briten hier waren: Überall in der Stadt wurde von den Unruhen und dem großen Streik geredet, der seit Wochen das Militär in Atem hielt. Angeblich hatten Aufständische in ihrer Wut über die Politik der Mandatsregierung abgelegene Siedlungen überfallen. Häuser waren niedergebrannt, Ernten vernichtet worden. Nun befürchtete man, dass ein Tag wie dieser dazu einlud, auch inmitten Jerusalems einen Anschlag auszuführen.

Carla hielt den Atem an. Sie konnte die knisternde Spannung, die über diesem Ort lag, geradezu körperlich spüren.

»Zu einem guten Jahr möget ihr eingeschrieben sein«, übersetzte Steinberg den Gruß eines vorübereilenden bärtigen Mannes. »Dies wünscht man sich zum Neujahrsfest. Hat dein Vater darüber nie mit dir gesprochen?«

Carla musste verneinen. Solange sie zurückdenken konnte, war zu Hause nie auch nur ein einziges hebräisches Wort ausgesprochen worden, und gefeiert hatte man Weihnachten und Ostern, aber kein Fest, zu dem ein würdevoll dreinblickender alter Mann einem Widderhorn Töne entlockte. Dies alles wirkte fremd auf sie: eine Welt, die sie nicht kannte. Sie musste jedoch zugeben, dass der Klang des Horns sie tief in ihrem Innern berührte. Er wirkte wie ein uraltes Flehen, aus dem tiefen Gedächtnis der Menschheit emporgekrochen, das so lange bestehen bleiben würde, wie es Männer und Frauen gab, die voller Hoffnung an diese Mauer traten.

»Erwacht, die ihr da schlummert, und ihr, die ihr in einen tiefen Schlaf versunken seid«, übersetzte Steinberg einen der nun angestimmten Gesänge. Carla sah den Dirigenten an – ihren Verwandten, der ihr einerseits so fremd wie die Riten des Feiertags war, andererseits aber auch vertraut, als kenne sie ihn schon ihr ganzes Leben. Sie war sich nicht sicher, was ihm die Zeremonie bedeutete, die sie gemeinsam aus einiger Entfernung verfolgten. Ein paar Frauen, das Haar unter Tüchern verborgen, stiegen an ihnen vorbei die Treppe hinunter, die zum Platz des alten Jerusalemer Tempelbezirks führte. Eine trug eine bunte Tonschale voller kleiner Apfelstücke, die anderen hatten Schüsseln mit goldgelbem Honig bei sich.

»Nimm dir ein Stück und tauch es in den Honig«, sagte Steinberg mit einem Lächeln, als die Frauen vor Carla stehen blieben. »Das soll das neue Jahr süß machen!«

Die Frucht schmeckte köstlich, aber während Carla noch aß, musste sie an ihren Vater denken, und eine tiefe Traurigkeit überfiel sie. Zwei Tage war sie nun schon in Jerusalem. Zwei Tage, in denen sie nicht nur eine Bleibe gefunden, sondern auch Steinberg in einer schäbigen Pension aufgespürt hatte, wo er Wand an Wand mit anderen Emigranten aus Deutschland hauste. Die Diamanten waren wie gerufen gekommen, wofür er Carla zutiefst dankbar war. Eine dauerhafte Aufenthaltsgenehmigung in Palästina hatte die britische Mandatsregierung Carla indes verwehrt. Es hieß, man wolle ihren Fall überprüfen, doch solle sie sich nicht zu viel davon versprechen. Offiziell galt sie als Besucherin. Doch wie lange durfte ein Urlaub dauern? Einen Monat? Oder zwei? Aus Beirut kam keine Nachricht, egal, wie oft sie auch zum Telegrafenamt in der Jaffa-Road lief. Aber ihr Vater war zäh, sie spürte, dass er es schaffen und sie ihn eines Tages wiedersehen würde.

»Das gewundene Horn erinnert an den Widder, der in der Bibel anstelle von Isaak auf dem Altar geopfert wurde«, holte Steinbergs Stimme Carla in die Gegenwart zurück. »Soweit ich weiß, ist das stellvertretende Opfer auch das zentrale Motiv im Christentum, nicht wahr?« Der dunkelhaarige Mann ergriff Carlas Hand. »Ich mache mir große Vorwürfe, weil ich deinen Vater um diesen Gefallen gebeten habe. Hätte ich das nicht getan …«

»Nein, Onkel«, unterbrach ihn Carla. »Vater wollte nicht nur wegen deiner Diamanten nach Jerusalem, das habe ich dir doch erklärt. Ihm ging es darum, für uns einen Ort zu finden, wo wir sicher leben können.«

Steinberg seufzte. »Ich kann mir nur schwer vorstellen, dass ihm da ausgerechnet Palästina eingefallen sein soll. Dieser britische Major hat dir doch erklärt, wie verworren die Lage hier momentan aussieht. Es gibt jüdische Untergrundkämpfer, die gegen die Engländer agieren, die Araber drohen mit Aufständen, falls weitere Emigranten ins Land kommen …«

»Und in all diesem Durcheinander baut ihr ein Orchester auf«, sagte Carla. »Warum?«

»Warum?« Er brauchte nicht lange nachzudenken. »Weil wir Hoffnung haben.«

Der melodiöse Gesang des Vorbeters wurde lauter. Plötzlich brach er ab, und der Klang des Widderhorns schallte über den Platz. Ehrfürchtig hielt die Menge inne.

Steinberg wartete, bis das Echo des klagenden Tons verklungen war, dann raunte er Carla zu: »Ich weiß genau, worauf du anspielst, meine Liebe. Du möchtest in unserem Orchester Geige spielen. Aber wie soll ich dich dort unterbringen, wenn nicht einmal die Engländer der Ansicht sind, dass du hierher gehörst?«

Carla verschränkte die Arme vor der Brust.

»Und dann dieser Bursche, mit dem du nach Jerusalem gekommen bist, dieser Regisseur! Ich habe gehört, du habest ihn ermuntert, nach Berlin zurückzukehren, sobald wieder ein Schiff von Haifa aus Kurs auf Europa nimmt.«

»Ja, damit er seinen Film drehen kann«, sagte Carla. »Aber danach kommt er wieder, und ich werde auf ihn warten. Ganz egal, wie lange das dauern mag.«

Steinberg tätschelte seufzend ihre Hand, eine mitfühlende Geste, die Carla an ihren Vater erinnerte. In Berlin hatte sie angenommen, die beiden Vettern wären grundverschieden, doch inzwischen fühlte sie sich eines Besseren belehrt. Sie waren einander viel ähnlicher, als sie gedacht hatte. Und dies war ein Gedanke, der tröstete.

»Ich weiß, wie man sich fühlt, wenn man zwischen den Stühlen sitzt«, sagte Steinberg.

»Auch zwischen zwei Stühlen gibt es einen Platz«, antwortete Carla. Mit einem schmalen Lächeln deutete sie auf ihren Geigenkoffer. »Für uns beide muss er gar nicht so groß sein.«

Steinberg sah zur Mauer hinüber, hinter welcher die Sonne das goldene Kuppeldach des muslimischen Felsendoms zum Glühen brachte.

»Ich glaube, es wäre falsch, dich einfach fortzuschicken«, sagte er. »Komm in die Pension und bring deine Geige mit. Aber erst nach dem Feiertag, hörst du? Ich möchte hören, was du kannst. Alles Weitere wird sich finden! Nanu …« Er hob die Augenbrauen, als sein Blick auf zwei Männer fiel, die gemessenen Schrittes auf ihn und Carla zuschlenderten.

»Dein junger Bekannter aus Berlin! Aber wer ist der Kerl, der ihn begleitet?«

Mit einem wehmütigen Lächeln berührte Carla die Fotokamera, die um ihren Hals hing und die sie in den vergangenen Tagen wie ihren Augapfel gehütet hatte.

Dann sprang sie von der Treppe, um Reidt und dem Fremden entgegenzugehen.

NACHWORT DES AUTORS

Im August des Jahres 1936 fanden nicht nur die Olympischen Sommerspiele in Berlin statt. Es stach auch ein Kreuzfahrtschiff in See, das eine Schar reiselustiger und bildungsbeflissener Passagiere über Italien und Griechenland nach Ägypten, den Libanon, Syrien und das damals britische Mandatsgebiet Palästina befördern sollte. Die »Königin Maria von Jugoslawien« ist keine Erfindung des Autors, der Dampfer fuhr tatsächlich in den dreißiger Jahren des 20. Jahrhunderts durch das östliche Mittelmeer. Mit an Bord waren auch meine Urgroßeltern, deren wunderbare Fotografien und Reiseandenken mich zu diesem Roman inspiriert haben. Die geschilderten Ereignisse und Konflikte sind jedoch erdacht worden, und das trifft auch auf fast alle Personen zu, die im Roman eine Rolle spielen. Da die Geschichte aber auf historischen Begebenheiten beruht, war es mir ein Anliegen, Orte und Handlungen so zu schildern, wie meine Romanfiguren sie erlebt und angetroffen haben könnten. Dies schließt Restaurants, wie das seinerzeit sehr noble und beliebte *Horcher* in Berlin ebenso ein wie das *Hotel am Steinplatz* oder das *Resi* genannte Tanzlokal, in dem man sich, wie im Roman beschrieben, durch einen Rohrpostanschluss Bestellungen an den Tisch liefern lassen konnte. Da zu dieser Zeit in der von Besuchern überfüllten Hauptstadt die Olympiade stattfand, sind sogar die Wetterverhältnisse und das Kinoprogramm bestens dokumentiert.

In den dreißiger Jahren des 20. Jahrhunderts gab es noch keinen Massentourismus. Reisen waren eine kostspielige Angelegenheit, und Dampfer, auf denen Tausende von Menschen ihre Ferien verbrachten, eine Seltenheit. So beförderte auch die

»Königin Maria« unter der Flagge des damaligen Königreichs Jugoslawien kaum mehr als zweihundert Personen. Kein Wunder, dass Reisebekanntschaften rasch zustande kamen und man sich an Deck oft über den Weg lief. Ein gewisses Angebot an Abwechslung und Zerstreuung bot indes auch ein kleineres Kreuzfahrtschiff. So gab es auf der »Königin Maria« Ruhedecks mit Liegehallen, eine Bar mit Tanzkapelle, einen Raum für Filmvorführungen und ein Schwimmbecken an Deck.

Die politische Lage war zu dieser Zeit sowohl in Europa als auch in Nordafrika angespannt. In Deutschland bereiteten sich die nationalsozialistischen Machthaber durch fortlaufende Aufrüstung und bewussten Bruch der Versailler Verträge, zum Beispiel die Besetzung des Rheinlands, auf einen Krieg vor. Im Jahr der Olympischen Spiele hielten sie diese Pläne zwar noch vor der Öffentlichkeit verborgen, doch wurde mit Hochdruck daran gearbeitet, sie umzusetzen. Dazu gehörte auch die zunehmende Verfolgung der jüdischen Bevölkerung im Deutschen Reich. Im Herbst 1935 waren die Juden mit den in Nürnberg verabschiedeten Rassengesetzen zu Staatsangehörigen minderen Rechts erklärt worden. Die staatliche Diskriminierung löste eine Fluchtbewegung aus Deutschland aus, der sich auch Autoren, Film- und Theaterschaffende sowie andere Künstler und politisch Andersdenkende anschlossen.

Zu diesen Emigranten gehörte auch der Musiker Wilhelm Steinberg, der 1899 in Köln zur Welt kam. Steinberg hielt sich 1936 nachweislich in Berlin auf, wo er Konzerte im jüdischen Kulturbund organisierte. Im gleichen Jahr noch gründete er in Palästina mit Arturo Toscanini und dem Violinisten Bronislaw Huberman unter schwierigen Bedingungen ein Orchester, aus dem einige Jahre später das Israel Philharmonic Orchestra hervorgehen sollte. Steinberg gelang es, zahlreiche Musikerinnen und Musiker nach Palästina zu holen, was nicht einfach war, da die britische Mandatsregierung einer weiteren Einwanderung von europäischen Juden kritisch gegenüberstand. Dass Steinberg einen Verwandten gebeten haben soll, für ihn und seine Orchestermusiker Diamanten aus Nazi-Deutschland zu schmuggeln, ist jedoch erfunden. Steinberg ging später auf Einladung Toscaninis in die USA, wo er eine glänzende Karriere als Stardirigent machte.

Dass die »Königin Maria von Jugoslawien« im Spätsommer 1936 keine Anlegeerlaubnis für Haifa erhielt, entspricht den historischen Tatsachen. In Palästina war es zu einem arabischen Aufstand gekommen, der sich gegen neue Einwanderer, das Militär und die Zivilverwaltung im britischen Mandat richtete. Bis Oktober kam es zu zahlreichen Anschlägen und Streiks.

Passagierschiffen im Mittelmeer blieb somit nichts anderes übrig, als den Landausflug nach Jerusalem abzusagen und Kurs auf den Libanon zu nehmen, der zu dieser Zeit unter französischem Mandat stand.

In der ägyptischen Wüstenstadt von Amarna sollte übrigens nie ein deutscher Ufa-Film über das Leben der Königin Nofretete gedreht werden. Dafür fand man dort 1912 eines der faszinierendsten Kunstwerke der Kulturgeschichte. Archäologische Ausgrabungen gibt es in Amarna immer noch, eine Erforschung Qumrans begann aber erst nach 1947.

Die Büste der Nofretete befindet sich im Neuen Museum auf der Berliner Museumsinsel.

Mein herzlicher Dank gilt neben meiner Familie allen, die mir während meiner Arbeit an diesem Roman mit Rat und Tat zur Seite gestanden, mich mit guten Ratschlägen und Literatur versorgt, meine Fragen zu den Lebensumständen in den 1930er Jahren beantwortet und mir wertvolle Tipps gegeben haben, um die Kreuzfahrt meiner Romanfiguren so authentisch wie möglich zu schildern.

Guido Dieckmann, Februar 2020